SARA FORSTER

Dornensavanne

Über dieses Buch:

Südwestafrika, 1966. Ein schweres Grubenunglück hat sich ereignet. Bei der verzweifelten Rettungsaktion trifft die Farmerstochter Mariama Fechner auf den Geologen Robert Wolf. Robert ist augenblicklich fasziniert von der temperamentvollen jungen Frau. Mariama hingegen will von dem zugereisten Deutschen nichts wissen. Für sie ist er nur ein Verbrecher, arbeitet er doch für genau die Firma, die das Land und die Menschen ihrer geliebten Heimat ausbeutet und zu zerstören versucht. Als ihr Vater Robert allerdings auf die Farm der Fechners einlädt, bleibt Mariama keine Wahl, als Zeit mit dem unerwünschten Gast zu verbringen. Je näher sie ihn kennenlernt, desto mehr wird ihr bewusst, dass Robert in Wahrheit ganz anders ist. Sie verliebt sich Hals über Kopf in ihn, und als er während eines romantischen Ballonflugs um ihre Hand anhält, zögert sie keine Sekunde. Doch das Familienglück der beiden bleibt nicht ungetrübt: Einige Jahre nach ihrer Hochzeit werden sie plötzlich von mehreren tragischen Schicksalsschlägen heimgesucht. Mariama glaubt nicht, dass es sich dabei lediglich um Zufälle handeln kann. Und als sie zu recherchieren beginnt, lüftet sie langsam aber sicher ein dunkles Geheimnis, das tief verborgen in Roberts Vergangenheit liegt und das ihre gemeinsame Zukunft ein für alle Mal zu zerstören droht …

Die Autorin:

Sara Forster wurde in Hannover geboren und studierte Bibliothekswesen. Schon früh entdeckte sie ihre Liebe zu fernen Ländern und dem Schreiben. Besonders wüstenartige Gegenden haben es ihr angetan, die sie in den USA und Afrika bereist. Sie arbeitet heute als Bibliotheksleiterin in Niedersachsen. Unter dem Pseudonym Michelle Raven hat sie bereits mehrere Bestseller-Romane veröffentlicht.

SARA FORSTER

DORNEN SAVANNE

Roman

LYX
EGMONT

Neuausgabe August 2015 bei LYX
verlegt durch EGMONT Verlagsgesellschaften mbH,
Gertrudenstr. 30–36, 50667 Köln

1. Auflage
Umschlaggestaltung: © Guter Punkt, München | www.guter-punkt.de
Umschlagmotiv: © Guter Punkt unter Verwendung
von Motiven von shutterstock und Michael Dunst
Satz: Greiner & Reichel, Köln
Printed in Germany (670421)
ISBN 978-3-8025-9124-2

www.egmont-lyx.de

MIX
Papier
FSC FSC® C083411

Glossar

Afrikaans – Früher auch Kapholländisch oder Kolonial-Niederländisch genannt. Eine der elf Amtssprachen Südafrikas. Es ist aus dem Holländischen entstanden und wird hauptsächlich in Südafrika gesprochen, aber auch in anderen Staaten des südlichen Afrika.

Apartheid – Politik der völligen sozialen Trennung von weißer, farbiger und schwarzer Bevölkerung in Südafrika, die von 1948 bis 1990 dauerte. Die Bezeichnung Apartheid entstammt dem → Afrikaans und bedeutet »Gesondertheit, Trennung«.

Boerewors (→ Afrikaans für »Burenwurst« oder »Bauernwurst«) – Eine zu einer großen Schnecke aufgerollte Grill- bzw. Bratwurst. Sie besteht klassischerweise aus Rind- und Schweinefleisch und wird kräftig gewürzt. Die Boerewors ist ein wichtiger Bestandteil eines typischen südafrikanischen bzw. namibischen Grillessens, des → Braais.

Braai (→ Afrikaans für »braten«) – Gewöhnlicherweise wird damit das Grillen als gesellschaftliches Ereignis in Südafrika und Namibia bezeichnet. Es genießt in der afrikanischen Gesellschaft einen hohen Stellenwert.

Buren – Der Begriff bezeichnet etwa seit Ende des 18. Jahrhunderts die teilweise → Afrikaans sprechenden europäischen Einwohner Südafrikas und Namibias. Er leitet sich vom Niederländischen Wort »boer« für »Bauer« her. Schwarzafrikaner bezeichnen damit oft alle Weißen, auch die englischsprachigen, in Südafrika.

Damara – Auch Bergdama genannt. Eine afrikanische Volksgruppe mit Siedlungsgebieten unter anderem in Namibia. Sie gelten zusammen mit den San als die ältesten Besiedler des südlichen Afrika, auch wenn ihr Ursprung nicht eindeutig geklärt werden konnte. Bei den Herero und Nama hatten sie lange Zeit nur Sklavenstatus, genossen aber dennoch aufgrund ihrer Fertigkeiten des Eisen- und Kupferschmelzens sowie des Schmiedens eine gewisse Wertschätzung. Die Beherrschung durch andere Volksstämme führte zu einem allmählichen, aber weitgehenden Verlust der kulturellen Identität, zumal die Damara keine Schriftsprache kannten. Während der Zeit der Apartheid wurden sie in das Homeland »Damaraland« umgesiedelt.

Kaffer – Rassistische Bezeichnung, die von europäischen Kolonialisten und Einwanderern im südlichen Afrika zunächst nur für die dort lebenden Xhosa verwendet wurde. Sie schloss aber später weitere bantusprachige Völker mit ein. In den Zeiten der Kolonialisierung und der → Apartheid wurde sie als Schimpfwort verwendet, ihr Gebrauch ist heute in Südafrika und Namibia verboten.

Khoisansprache – Die Khoisansprachen werden im südlichen Afrika (Südafrika, Namibia, Angola und Botswana) von den San, Khoi Khoi, → Damara und Nama gesprochen. Charakteristisch für die Khoisansprachen sind die Schnalzlaute sowie die phonologische Komplexität, da es auch Khoisansprachen mit über fünfzig Konsonanten gibt.

Kral – Charakteristische kreis- oder halbkreisförmig um ein Viehgehege angelegte Siedlung der afrikanischen Völker, besonders im südlichen Afrika.

Odendaal-Plan – Setzte in den Jahren 1964 bis 1966 in Südwestafrika die südafrikanische Apartheidspolitik und damit die »getrennte Entwicklung« von Schwarzen und Weißen durch. Die schwarze Bevölkerungsmehrheit Südwestafrikas sollte durch Zuweisung von stammesbezogenen Reservatsgebieten – den so genannten Homelands – in Abhängigkeit von der weißen Regierung gehalten werden, um damit die Vormachtstellung der weißen Bevölkerungsminderheit zu sichern.

Pad – Wort aus dem → Afrikaans für Weg oder Straße. Es handelt sich um Sand- oder Gerölluntergrund, der mit einem Erdhobel planiert wird. Pads sind in Namibia und dem restlichen südlichen Afrika außerhalb der Ortschaften häufig anzutreffen.

PLAN – People's Liberation Army of Namibia. Militärischer Flügel der → SWAPO, der seit 1966 den bewaffneten Unabhängigkeitskampf gegen Südafrika führte.

Rand – Währung der Republik Südafrika. Bis 1993 war der Rand auch offizielles Zahlungsmittel in Namibia. Der 1993 eingeführte Namibia-Dollar ist nach wie vor im Verhältnis 1:1 mit dem Rand konvertibel.

Rivier – Zeitweilig austrocknender Flusslauf in Namibia und angrenzenden Ländern, wie Südafrika und Botswana (gelegentlich auch Trockenfluss genannt). Auch in der Zeit, in der die Riviere trockenfallen, können sich dort Pflanzen mit tiefreichenden Wurzeln halten, weshalb die Riviere mit ihren Galeriewäldern oft wie grüne Adern das Land durchziehen.

Südwestafrika – Bezeichnung Namibias während seiner Fremdverwaltung durch das Deutsche Reich und Südafrika in den Jahren 1918 bis 1968. Heute werden die Begriffe Südwestafrika oder Südwest aus Nostalgie von den Einwohnern Namibias oder ehemaligen Einwohnern benutzt.

SWAPO – South West Africa People's Organization (Südwestafrikanische Volksunion). Die Befreiungsbewegung wurde 1958 als »Ovamboland People's Organization« im heutigen Namibia gegründet. Nachdem die UN Südafrika 1966 die Treuhandschaft über Namibia entzogen hatten, führte die SWAPO einen Guerillakrieg gegen das Besatzungsregime. Von der UN als Sprecherin der namibischen Bevölkerung anerkannt, erwirkte die SWAPO 1989 den Abzug der südafrikanischen Truppen und die Durchführung freier Wahlen. Der Präsident der SWAPO, Sam Nujoma, war von 1990 bis 2005 Staatspräsident von Namibia.

1

In der Nähe von Usakos, Südwestafrika, April 1966

Die Räder des alten Jeeps hüpften über die tief ausgefahrenen Spurrillen des Pads, einer Sandstraße, die unendliche Kilometer durch menschenleere Savanne zu führen schien. Nur selten ging ein schmaler Weg zu einer der wenigen Farmen ab. Genau genommen gehörte das ganze Land, an dem Mariama vorbeifuhr, zu diesen Farmen, die sich oft über etliche Hundert Hektar erstreckten. Sie verzog den Mund. Zumindest die Farmen der Weißen, die der Schwarzen waren dagegen wesentlich kleiner und meist in Gegenden, die von den Großgrundbesitzern wegen ihrer schlechten Böden und kargen Vegetation gemieden wurden. Wenn sie überhaupt Land besaßen, meist waren sie nur als Arbeiter auf den Farmen der Weißen beschäftigt. Ein Überbleibsel aus der Kolonialzeit, das durch die derzeitige Verwaltung des Landes durch Südafrika noch verstärkt wurde. Mariama sog tief die warme Luft ein, die ihr durch das geöffnete Fenster ins Gesicht blies. Lächelnd genoss sie den vertrauten Geruch. Nach vier Jahren Studienaufenthalt in Europa war sie endlich wieder zu Hause und mehr als bereit, auf der Rinderfarm ihrer Eltern mitzuarbeiten. Vieles, was im Studium der Agrarwissenschaften unterrichtet wurde, hatte sie schon gewusst, doch einige Erkenntnisse waren neu gewesen, und sie konnte es kaum erwarten, sie auf der Farm umzusetzen.

Der Jeep geriet ins Schlingern, als die Räder auf eine Stelle des Pads trafen, die nach dem gestrigen heftigen Regenguss noch feucht war. Mit beiden Händen am Lenkrad kämpfte Mariama darum, in der Spur zu bleiben. Erleichtert atmete sie auf, als der Wagen die Situation mit der üblichen Verlässlichkeit meisterte. An manchen Tagen während der Regenzeit konnten diese Sandstraßen unpassierbar sein, weshalb Mariama vorsichtshalber über Nacht in Windhoek geblieben war, anstatt während des Regens nach Hause zu fahren. Sie warf einen Blick nach hinten auf die Ladefläche. Ihre Mutter würde nicht glücklich sein, wenn sie einen der Säcke mit Mehl oder Zucker verlor, die sie in der Stadt gekauft hatte. Schmunzelnd schob sie sich eine Haarsträhne hinter das Ohr, die ihr der Fahrtwind ins Gesicht geweht hatte. Sie hatte es tatsächlich vermisst, von ihrer Mutter gegängelt zu werden, die sich nicht darum scherte, dass sie inzwischen erwachsen war, bereit, ihr eigenes Leben zu führen. Trotzdem war es ein gutes Gefühl zu wissen, dass sie sich ihren Unterhalt nun selbst verdienen konnte.

Nachdem sie so lange fort gewesen war, konnte sie jetzt endlich ihre Eltern entlasten. Es war erschreckend zu sehen, wie sehr sie in den vergangenen Jahren gealtert waren; schon bald würde ihrem Vater die harte körperliche Arbeit zu viel werden. Bis dahin wollte sie den Betrieb der Farm so umstellen, dass vieles leichter zu erledigen wäre. Und sie würde da sein, auch wenn ihre Mutter schon mehrmals angemerkt hatte, dass es für sie Zeit wurde, sich einen geeigneten Mann zu suchen. Derzeit hielt sie das für ziemlich ausgeschlossen. In Europa waren ihr alle Männer irgendwie … weich vorgekommen, es fehlte die gewisse Wildheit und Härte, die sie gewohnt war. Ihre Kommilitonen, obwohl gleich alt, wirkten unreif und unfähig zu einem Leben, wie sie es zu führen gedachte. Die Südwester dagegen waren ihr ein wenig zu sehr in ihren alten Traditionen gefangen, ihnen fehlte der Sinn für Neues und auch die Zuvorkommenheit, die sie bei den europäischen Männern kennengelernt hatte. Eine Mischung aus beiden Welten, das wäre es, doch sie konnte sich nicht vorstellen, wie und vor allem wo sie einen solchen Mann finden sollte, wenn sie die meiste Zeit auf der Farm beschäftigt war.

Lachend gab Mariama wieder Gas. Warum dachte sie über so etwas nach, wenn sie noch alle Zeit der Welt hatte? Mit ihren vierundzwanzig Jahren war die Suche nach einem Ehemann noch nicht so dringlich. Sie wollte ihr Leben erst einmal genießen, bevor sie ernsthaft darüber nachdachte, sich zu binden. Mariama sah kurz in den Himmel und lehnte sich beruhigt im Sitz zurück. Heute würde es jedenfalls nicht regnen, vielleicht war es auch schon der letzte große Niederschlag der Regenzeit gewesen. Der Herbst nahte und mit ihm sonniges, aber nicht mehr ganz so heißes Wetter; ihre liebste Jahreszeit, denn sie musste sich keine Sorgen mehr über ausbleibenden Regen und eine drohende Dürre machen, sondern konnte die Herde einfach in ein Gebiet mit saftigerem Gras bringen. Vielleicht sollten sie …

Instinktiv trat Mariama auf die Bremse, als etwas seitlich vor ihr aus den Büschen brach und auf die Straße lief. Der schwere Wagen geriet ins Schlingern und holperte wild über die ausgewaschenen Spurrillen. Die Reifen verloren ihre Haftung, und der Jeep brach unkontrolliert aus.

Verzweifelt versuchte Mariama, den Wagen zum Stehen zu bringen, bevor er in den Graben rutschte. Schließlich blieb er quer auf der Straße stehen. Schwer atmend beugte sie sich vor und lehnte die Stirn an das Lenkrad. Das war knapp gewesen, zu knapp für ihren Geschmack. Wie hatte sie vergessen können, dass ihr hier jederzeit ein Wildtier vor den Wagen laufen konnte? Mit Mühe löste sie ihre schweißnassen Hände vom Lenkrad, dann richtete sie ihren Oberkörper auf und atmete tief durch. Stille umfing sie, nur das Ticken des sich abkühlenden Motors war zu hören. Sie wusste nicht, ob sie ihn ausgeschaltet hatte oder ob er von selbst ausgegangen war. Sie konnte nur hoffen, dass er sich gleich wieder starten ließ. Ihr Blick wanderte zum Rückspiegel. Was war das gewesen, ein Impala? Nein, es war größer gewesen und irgendwie … anders.

Sollte sie aussteigen und nachsehen? Allerdings hätte sie es sicherlich gemerkt, wenn sie es erwischt hätte. Die Hand bereits am Schlüssel, sah sie auf, als sie neben sich eine Bewegung wahrnahm. Automatisch griff sie zur Flinte, die zwischen den Vordersitzen lag, während sie den jungen Mann musterte, der plötzlich neben dem Jeep aufgetaucht war. In diesen unruhigen Zeiten war man alleine nicht sicher, und schon gar nicht als Frau mit einem Wagen voller Vorräte, die Hunderte von Rand wert waren. Sie hatte schon Berichte von brutalen Übergriffen gehört, aber dass so etwas auch sie treffen könnte, hatte sie nicht geglaubt. Hier auf dem Land, weit weg von den Städten, kannte man sich, und sie war immer gut mit der einheimischen Bevölkerung zurechtgekommen. Der Schwarze bückte sich und sah sie durch das Fenster an.

Mariama richtete sich erschrocken auf. Auf seinem zerfetzten Hemd bemerkte sie dunkelrote Flecken. »Habe ich dich getroffen? Bist du verletzt?«

Er sah an sich hinab. »Wir brauchen Hilfe. Ein Schacht ist eingestürzt und hat viele Männer begraben.« Er antwortete auf Khoisan, der Sprache der Damara. Glücklicherweise hatte ihr Kindermädchen derselben Volksgruppe angehört und ihr vieles beigebracht. Auch wenn sie die typischen Klicklaute nie gelernt hatte, konnten die Damara sie verstehen.

Sie griff zum Funkgerät. »Ich rufe Hilfe. Ist es weit von hier?«

»Nein.«

»Wie viele Männer sind verschüttet?«

Er machte eine vage Geste. »Viele.«

Mariama biss sich auf die Lippe. Sie hätte daran denken sollen, dass die meisten der Ureinwohner mit abstrakten Zahlen nichts anfangen konnten. »In Ordnung.« Sie schaltete das Funkgerät an und wählte die Frequenz der Farm. »Hier ist Mariama, bitte kommen.« Nachdem sie es noch zweimal versucht hatte, ertönte durch das Knistern hindurch die Stimme ihrer Mutter.

»Ich höre dich. Was ist passiert?« Besorgnis schwang in Elise Fechners Frage mit.

Mariama schnitt eine Grimasse. Ihre Mutter wusste, dass sie sich nur im Notfall über Funk melden würde. »Ich bin auf dem Pad, etwa zehn Kilometer von der Farm entfernt. Ein Junge sagte mir eben, dass irgendwo in der Gegend ein Schacht eingestürzt sei, es soll mehrere Verschüttete geben.«

»Oh Gott, das ist ja furchtbar!«

»Kannst du die zuständige Klinik informieren und sie bitten, jemanden rauszuschicken?«

»Natürlich.« Elise zögerte. »Ich weiß aber nicht, wie schnell Hilfe kommen wird. Die weißen Ärzte fühlen sich nicht zuständig, und die schwarzen sind zu weit verstreut und meist sehr schlecht ausgerüstet.«

Wut stieg in Mariama auf. »Ich werde sehen, ob ich dort helfen kann.«

Ein kurzes Schweigen, dann: »Ist das nicht zu gefährlich? Es könnte eine Falle sein.«

Mariama kaute auf ihrer Lippe. »Und wenn ich gebraucht werde? Ich muss hinfahren.«

Ihre Mutter seufzte. »Das habe ich befürchtet. Pass bitte auf dich auf. Ich schicke ein paar Farmarbeiter vorbei, die euch helfen können. Es soll jemand am Pad warten und ihnen den Weg zeigen.«

»Danke, Mama. Ende.« Sie beugte sich abrupt vor und öffnete die Beifahrertür. »Steig ein und führ mich zum Schacht.«

»Kommt Hilfe?«

Mariama ließ den Motor an und legte den Gang ein. »Es wird ein Arzt gerufen, aber es kann dauern, bis er da ist. Solange helfe ich, wenn ich kann.«

Ein knappes Nicken, dann stieg der Junge zu ihr in den Jeep. Auch bei offenem Fenster konnte sie seinen Geruch nach Schweiß, Erde und Blut wahrnehmen. Während sie wendete, klammerte er sich an die Haltegriffe, als hätte er Angst, herauszufallen. Aus den Augenwinkeln heraus betrachtete sie ihn. Er war jünger als zuerst gedacht, vielleicht fünfzehn oder sechzehn, doch das harte Leben hatte ihn bereits gezeichnet. Seine Wangen waren hohl, das Weiß seiner in tiefen Höhlen liegenden Augen war gelblich. »Wie heißt du?«

»Dakarai.«

»Ich bin Mariama. Wo müssen wir lang?«

Mit zitterndem Finger deutete er auf einen fast verdeckten Trampelpfad, der von der Straße in die Wildnis führte. Die Damara hatten keine Autos und deshalb auch keine ausgebauten Wege, sie konnte nur hoffen, dass sie bis zur Unglücksstelle durchkam. Ihre Anspannung wuchs, während der Wagen über Steine und durch tiefen Sand fuhr und dornige Sträucher über den Lack kratzten. Auf der Farm war sie ähnliche Strecken gefahren, aber dort kannte sie sich aus, hier dagegen könnte sie sich jederzeit festfahren. Quälend langsam kamen sie voran, bis Dakarai die Hand auf ihren Arm legte.

»Besser zu Fuß weiter, es gibt tiefe Gräben vor uns.«

Mariama hielt an und wandte sich ihm zu. »Wie weit ist es noch?«

»Nicht weit.«

Ein Seufzen unterdrückend, stellte Mariama den Motor ab und stieg aus. »Nicht weit« konnte alles zwischen zehn Minuten und zwei Tagesmärschen bedeuten. Sie hoffte auf die kürzere Variante, war sich aber nicht sicher, deshalb holte sie ihren Rucksack vom Rücksitz und füllte ihn mit Wasserflaschen und etwas zu essen und steckte zum Schluss noch das Erste-Hilfe-Set hinein. Bevor sie den Wagen abschloss, drückte sie Dakarai eine Wasserflasche in die Hand, die er ungläubig betrachtete. Ihr Herz schmerzte, als sie seinen Blick sah. Für die Damara war Wasser sehr kostbar, sie mussten weite Strecken zurücklegen, um zu den wenigen Wasserlöchern in den Rivieren zu kommen, die im Sommer nicht austrockneten. »Trink, du bist sicher durstig.«

Als er weiterhin unentschlossen schien, nahm sie ihm die Flasche ab, öffnete den Verschluss und drückte sie ihm wieder in die Hand. »Trink, ich habe noch mehr.«

Zufrieden beobachtete sie, wie er einen großen Schluck nahm, bevor er den Verschluss sorgfältig wieder zuschraubte. Er neigte den Kopf, drehte sich um und führte sie zwischen den Dornbüschen hindurch, durch meterbreite Rinnen, die sich das Rivier in der Regenzeit gegraben hatte, Gräser strichen über ihre Beine. Dankbar für ihre lange Hose und das leichte, langärmlige Hemd, bemühte sie sich, mit Dakarai Schritt zu halten. Es war deutlich, dass er möglichst schnell zu seinen Leuten zurückwollte. Mehr als einmal blieb die breite Krempe ihres Hutes an den fingerlangen Dornen der Büsche hängen, doch sie konnte es sich nicht leisten, ihn abzusetzen. Ihre helle Haut würde sofort verbrennen, wie sie bereits sehr oft leidvoll hatte erfahren müssen. Es war ihr immer noch ein Rätsel, was sich ihre Eltern dabei gedacht hatten, in diesem so sonnenreichen und schattenarmen Land ein hellhäutiges, sommersprossiges Kind in die Welt zu setzen. Mariama verzog den Mund. Nun, sie hatten nicht ahnen können, dass sie das Aussehen ihrer Großeltern erben würde, anstatt nach ihnen zu kommen.

Innerhalb kürzester Zeit klebte ihr das Hemd am Körper, Haarsträhnen hatten sich aus ihrem Zopf gelöst und hafteten an ihrer feuchten Haut. Ungeduldig schob sie sie zurück, wischte mit dem Ärmel über ihr Gesicht und zog den Hut tiefer in die Stirn. Die nach dem Regen noch relativ hohe Luftfeuchtigkeit drückte auf ihre Lunge und ließ sie keuchen, obwohl auf dem Hochplateau selbst im Frühherbst kaum mehr als fünfundzwanzig Grad im Schatten waren. Sie merkte deutlich, wie sehr sie in Europa verweichlicht war, wenn ihr bereits ein kurzer Marsch durch die Savanne so zusetzte. Würden keine verunglückten Menschen auf sie warten, hätte sie den Ausflug trotz der Strapazen genossen. Endlich wieder draußen, in der wirklichen Welt, nicht in dieser künstlichen, für die Menschen zurechtgebogenen in den Städten. Natürlich hatte sie die Vorzüge genossen: richtige Straßen ohne Schlaglöcher, in denen sich eine ganze Büffelherde verstecken könnte, öffentliche Verkehrsmittel, ärztliche Versorgung an jeder Ecke … aber es war eben nicht ihr Zuhause gewesen. Die weiten Ebenen mit den Schatten spendenden Akazien, die zerklüfteten Hügel und grünen Täler, die Wasser speichernden Riviere und die unzähligen Wildtiere – das war die Welt, in der sie frei atmen konnte und sich lebendig fühlte. Wenn sich die politische Situation jemals klärte und die Menschen aller Rassen hier friedlich zusammenleben könnten, wäre es für sie das Paradies auf Erden.

Unvermittelt tauchten hinter den Büschen Hügel aus Erde und Sand auf, der aufgewühlte Boden war übersät mit flachen Mulden bis hin zu tiefen Löchern. Verbeulte Schubkarren aus Metall und Holz standen daneben und warteten darauf, eine weitere Fuhre Sand und Mineralien aufzunehmen, doch nirgends war ein Mensch zu sehen. Eine seltsame Stille herrschte.

»Wo ist es?« Mariama hatte automatisch die Stimme gesenkt.

Dakarai drehte sich nicht zu ihr um, sondern deutete vor sich. »Nicht weit.«

Außer der flimmernden Luft und einigen verschwommenen Sträuchern konnte Mariama nichts erkennen. Ein unangenehmes Gefühl kroch ihr über den Rücken. Hoffentlich lief sie nicht in eine Falle, niemand würde ihr hier draußen im Busch beistehen können.

»Komm, schnell.« Die Dringlichkeit in Dakarais Stimme war nicht zu überhören. Die Angst und der Schmerz in seinen Augen waren echt, davon war sie überzeugt.

Rasch rückte Mariama die Riemen ihres Rucksacks zurecht und achtete darauf, dass sie die Pistole in der Seitentasche jederzeit leicht erreichen konnte. Das Gewehr hatte sie im Jeep gelassen, um die Damara nicht zu provozieren, indem sie offensichtlich bewaffnet ihr Land betrat. Als Dakarai loslief, folgte sie ihm ohne zu zögern. Wenn wirklich jemand ihre Hilfe benötigte, war jede Sekunde kostbar. Das Herz hämmerte in ihrer Brust, als sie bei einer Gruppe Männer ankamen, die ihr die Sicht auf das, was dahinterlag, versperrte. Dakarai drängte sich durch sie hindurch und gab ihr ein Zeichen, ihm zu folgen. Überraschte Rufe ertönten, dann eine verärgerte Stimme.

»Du solltest Hilfe bringen, keine Frau.« Ein junger Mann, vielleicht ein paar Jahre älter als Dakarai, löste sich aus der Gruppe und betrachtete Mariama misstrauisch. »Sie …«

Mariama unterbrach ihn. »Ich war die Einzige, die vorbeigekommen ist. Aber wenn ihr meine Hilfe nicht braucht …« Sie drehte sich demonstrativ um. Doch die Entschlossenheit war nur vorgetäuscht, ohne Dakarais Hilfe würde sie den Jeep gar nicht wiederfinden.

»Halt!« Ein älterer Mann hielt sie auf. »Bist du Medizinfrau?«

»Nein, leider nicht. Aber ich kenne mich ein wenig mit Wundversorgung aus. Gibt es Verletzte?«

Es entstand eine kurze Diskussion, die zu schnell geführt wurde, um viel verstehen zu können. Schließlich traten die Männer zur Seite, sodass sie einen ersten Blick auf den Ort des Geschehens werfen konnte. Die mit Feuchtigkeit vollgesogenen Wände eines breiten Schachts waren in die Grube gestürzt und hatten die darin arbeitenden Männer unter sich begraben. Massen an nassem Sand und einzelne große Balken waren zur tödlichen Falle für jeden geworden, der sich nicht rechtzeitig in Sicherheit hatte bringen können. Mariama konnte nur einen flüchtigen Blick auf die Zerstörung und die mühsam schaufelnden Männer werfen, bevor sie die Verletzten entdeckte. Sie lagen einige Meter vom Rand des Schachts entfernt, ein Junge kniete neben ihnen. Alles andere war vergessen, als sie die furchtbaren Wunden sah. Wie sollte sie nur mit ihren wenigen Verbänden und Pflastern etwas ausrichten? Energisch riss sie sich zusammen. Sie musste etwas tun, und zwar schnell, sonst würden diese armen Männer keine Chance haben. Als sie sich neben den Jungen hockte, erkannte sie, dass es für einige zu spät war – sie waren ihren Verletzungen bereits erlegen. Ihre Kehle wurde eng.

»Hilfst du?«

Die Stimme des Jungen riss sie aus ihrer Starre. Rasch wandte sie sich ihm zu. Hoffnungsvoll sah er zu ihr auf, das schmutzige Gesicht von Tränenspuren gezeichnet. Mariamas Herz zog sich vor Mitleid zusammen. »Aber natürlich.« Sie setzte ihren Rucksack ab und zog eine Wasserflasche und den Verbandskasten heraus. Dakarai stand unentschlossen einige Meter hinter ihr. »Hilf mir, sie in den Schatten zu legen, und dann schick jemanden zur Straße, der nach dem Wagen von der Farm und dem Arzt Ausschau hält.« Dakarais Nicken war kaum sichtbar.

Gemeinsam trugen sie die Verletzten in den Schatten einer Akazie. Das Stöhnen der Männer, als sie bewegt wurden, zerrte an ihren Nerven. Aber sie mussten aus der prallen Sonne und der Gefahrenzone heraus. Mariama hatte keine Zeit, sich darüber Gedanken zu machen, dass sie die einzige Frau hier war – und die einzige Weiße. Die Versorgung der schweren Wunden nahm all ihre Aufmerksamkeit in Anspruch. Sie biss sich auf die Lippe, als sie den blutdurchtränkten Verband sah, der um das Bein eines Mannes gewickelt war. Ihre Hände zitterten, als sie ihn vorsichtig löste, um die Schwere der Verletzung abschätzen zu können. Genau genommen war es kein richtiger Verband, sondern der Überrest eines T-Shirts. Mariama drehte sich zu dem Jungen um, der immer noch stumm neben ihr hockte. »Gib mir bitte den Verbandskasten und das Wasser.«

Der Junge sprang auf, holte die Sachen und legte sie ehrfürchtig neben sie auf den Boden.

»Danke.« Sie lächelte ihm kurz zu. »Wie heißt du?«

»Mugambo.«

»Ein schöner Name. Ich bin Mariama. Ich möchte, dass du dich auf die Brust des Mannes stützt, während ich die Wunde untersuche, in Ordnung?«

Mugambo wirkte, als wollte er lieber woanders sein, aber schließlich nickte er nur und tat, worum sie ihn gebeten hatte. Die Unterlippe zwischen den Zähnen, starrte er auf die Wunde, die Mariama gerade freilegte. Der Oberschenkel war gebrochen, ein Stück des Knochens ragte durch die zerfetzte Haut, Stücke der Hose und Erde waren hineingelangt. Übelkeit stieg in ihr auf, doch sie drängte sie zurück. Sie musste jetzt funktionieren, sonst könnte sie diesen Männern nicht helfen. »Mugambo, öffne die Flasche und gib sie mir.« Sorgfältig zog sie alle erkennbaren Stoffreste heraus. Der Verletzte bewegte sich unruhig, was ihre Arbeit nicht gerade erleichterte. »Dakarai? Hilf mir, ihn auf die Seite zu drehen, damit ich die Wunde ausspülen kann.«

Gemeinsam drehten sie ihn um, und Mariama fixierte die Beine des Mannes unter sich. »Halt seinen Oberkörper still, es könnte sein, dass er vor Schmerzen um sich schlägt.« Sie wartete, bis Dakarai ihrer Aufforderung nachkam, bevor sie wieder zu Mugambo blickte. »Gib mir jetzt das Wasser.« Sie nahm die Flasche entgegen und spülte die Wunde. Ein Stöhnen drang von den Lippen des Verletzten, er versuchte, sich zu bewegen und sie abzuwehren, verlor aber kurz darauf das Bewusstsein. Ihr war es nur recht, denn so konnte sie die Wunde notdürftig desinfizieren und sein Bein neu verbinden, ohne ihm weitere Schmerzen zu bereiten. Anschließend untersuchte sie seinen restlichen Körper und atmete erleichtert auf, als sie keine weiteren ernsthaften Verletzungen entdeckte.

Rasch kniete sie sich neben den nächsten Verletzten. Er schien etwas älter zu sein, vielleicht dreißig, und starrte sie regungslos an. Im ersten Moment dachte sie, er wäre tot, doch dann bewegten sich seine Lippen. Sie beugte sich vor, um zu verstehen, was er sagte, doch es war ihr nicht möglich. Entweder lag es an ihren eingerosteten Sprachkenntnissen, oder er sprach zu undeutlich.

Mugambo war ihr gefolgt und kniete nun dicht neben dem Kopf des Mannes, Tränen füllten seine Augen. »Mein Vater.« Er schluckte die Trauer tapfer hinunter und sah sie bittend an. »Er wird gesund?« Es war halb Frage, halb Feststellung, was Mariamas Herz schwer werden ließ.

»Ich hoffe es.« Sie versuchte herauszufinden, was ihm fehlte, doch außer einigen Schürfwunden konnte sie keine offensichtlichen Verletzungen erkennen. Hoffentlich hatte er keine inneren Blutungen, dagegen konnte sie nichts unternehmen, und

Ärzte waren weit entfernt. Zu weit für einige der Verwundeten. »Mugambo, frag ihn, wo es ihm wehtut.« Der Junge redete so schnell, dass sie nur einige wenige Worte verstand. Ungeduldig wartete sie auf die Antwort.

»Nirgends.«

Erstaunt sah sie ihn an. »Warum ist er dann hier?« Noch bevor Mugambo etwas sagen konnte, ahnte sie bereits die Antwort. Oh nein, nur das nicht …

»Er kann sich nicht bewegen.« Zur Demonstration hob er einen Arm an und ließ ihn schlaff wieder sinken. »Keine Kraft mehr.«

Ihr Blick traf den des Verletzten, und sie wusste, dass er verstand, was das bedeutete, er wollte es seinem Sohn nur nicht sagen. Der Druck in ihrer Brust verstärkte sich, bis sie kaum noch atmen konnte. Mit belegter Stimme antwortete sie Mugambo. »Dann darf er sich nun ein wenig ausruhen.« Sie kniete sich neben den Mann und hob seinen Oberkörper sanft an. »Etwas Wasser wird Ihnen sicher guttun. Holst du noch eine Flasche aus dem Rucksack, Mugambo?«

Als der Junge außer Hörweite war, beugte sie sich vor. »Es tut mir leid, ich kann nichts tun. Ich habe Hilfe angefordert, aber …« Sie brach ab.

»Ich weiß. Mein Sohn … er ist ganz allein. Bitte …«

Mariama beugte sich noch weiter vor, um ihn besser verstehen zu können. »Ja?«

»Ich möchte, dass Mugambo … eine Zukunft hat. Eine … bessere. Außer mir ist niemand mehr da, der sich um ihn … kümmern kann. Im Stamm würde er nur auch … zu einem Edelsteinsucher werden und irgendwann … so enden … wie ich.« Schweiß perlte über sein Gesicht, es war offensichtlich, wie sehr ihn das Reden anstrengte. Aber Mariama wusste auch, dass er unbedingt loswerden musste, was er zu sagen hatte.

»Ich verstehe.« Sanft wischte sie ihm mit einem Tuch über die Stirn.

»Nehmen Sie ihn mit, damit er … ein besseres Leben hat.«

»Aber …«

»Mugambo ist ein … guter Junge. Bitte …« Mugambos Rückkehr unterbrach ihn. Seine Augen waren flehend auf sie gerichtet, er schloss sie erst, als Mariama zögernd nickte.

Für einen kurzen Moment wandte sie sich ab, damit Mugambo ihre Tränen nicht sah. Gott, was sollte sie tun? Sie konnte ihn hier nicht einfach so liegen lassen, er brauchte dringend medizinische Hilfe, wenn er überleben sollte.

Der Junge stupste ihren Arm an. »Hier, das Wasser.«

Mariama kämpfte um Fassung. »Danke.« Sie hielt die Flasche an den Mund des Verletzten und ließ einige Tropfen davon dessen rissige Lippen befeuchten. Seine Augen öffneten sich wieder, und auch der Mund. »Gut so, trinken Sie, das wird Ihnen guttun.«

Nach einigen gierigen Schlucken drehte er den Kopf zur Seite. »Heben Sie … das lieber für die anderen auf. Sie brauchen es dringender.«

»Das glaube ich nicht. Trinken Sie, ich habe genug dabei.« Das entsprach zwar nicht ganz der Wahrheit, aber sie würde nicht zulassen, dass der Mann noch mehr litt. »Mugambo, hilf deinem Vater, damit ich mich um die anderen Verletzten kümmern kann.« Sie gab ihm die Flasche und wartete, bis er ihren Platz eingenommen hatte, bevor sie sich dem nächsten Verwundeten zuwandte.

Blut strömte aus einer Platzwunde an der Stirn des Mannes, der bewusstlos zu sein schien. Mit einem stummen Seufzer griff Mariama nach einer neuen Wasserflasche und dem Verbandskasten und kniete sich hin. Steine und scharfkantige Gräser stachen schmerzhaft durch den Stoff ihrer Hose, während sie Wasser auf ihr Halstuch goss und damit vorsichtig die Wunde säuberte. Das Stöhnen des Mannes ließ sie zusammenzucken, aber sie biss die Zähne aufeinander und machte weiter. Nachdem sie ihn verbunden hatte, ging sie zum Nächsten.

Die Zeit verlor ihre Bedeutung, während sie mit den Verletzten beschäftigt war. Sie wollte eine neue Flasche nehmen, doch ihr Griff ging ins Leere. Ein kurzer Blick bestätigte ihre Befürchtung – ihre Vorräte waren verbraucht. Erschöpft setzte sie sich zurück und strich sich die feuchten Haare aus der Stirn. Sie war schon bald dazu übergegangen, Kleidungsstücke zu Verbänden umzufunktionieren, doch ohne Wasser würde sie kaum noch jemandem helfen können. Wenn doch nur endlich ein Arzt eintreffen würde oder zumindest die Leute von der Farm mit frischem Wasser und weiteren Verbandsmitteln. So war sie langsam am Ende ihrer Möglichkeiten angelangt. Mariama stand stöhnend auf und drückte sich die Fäuste in den schmerzenden Rücken. Suchend blickte sie sich um. Mugambo saß immer noch neben seinem Vater, und Dakarai war nirgends zu sehen. Vermutlich half er bei der Suche nach den Verschütteten. Zögernd näherte sie sich dem eingebrochenen Schacht. Niemand sprach sie an, aber sie konnte die feindseligen Seitenblicke spüren, als man sie bemerkte. Einerseits konnte sie dieses Verhalten als Reaktion auf schlechte Erfahrungen mit Weißen verstehen, aber in dieser Situation ärgerte sie sich darüber. Schließlich war sie hier, um ihnen zu helfen.

Mariama sprach den Mann neben sich an. »Gibt es hier Wasser? Ich brauche es für die Verletzten.«

Er sah sie nur stumm an und drehte ihr dann den Rücken zu. Verärgert drängte sie sich durch die Menge, um wenigstens zu überprüfen, ob noch weitere Patienten zu erwarten waren. Sie konnte nur hoffen, dass inzwischen alle Verschütteten geborgen waren. Während sich einige Helfer in die Grube hinuntergelassen hatten und den Sand zur Seite schaufelten, nahmen andere am Rand die Eimer mit Erde entgegen. Mariamas Kehle schnürte sich zusammen, als sie sah, wie gefährlich diese Arbeit war. Immer noch rieselte Sand von der Abbruchkante hinunter, jederzeit könnte ein weiterer Erdrutsch die Männer in der Grube verschütten. Aber sie hatten keine Wahl, wenn sich dort unten immer noch Menschen befanden, die geborgen werden mussten. Entschlossen straffte sie die Schultern. Irgendwoher würde sie Wasser bekommen, und wenn sie es stehlen musste. So unauffällig wie möglich löste sie sich aus der Menschentraube und trat zurück. Irgendwo mussten die Vorräte der Schürfer sein, sie würden sicher nicht ohne Nahrung und Wasser arbeiten. Oder vielleicht war auch ihr Kral in der Nähe, die typische kreis- oder halbkreisförmig angelegte Siedlung der afrikanischen Völker. Sie würde einfach die Umgebung des Minengeländes abgehen, und wenn sie nichts fand, Mugambo losschicken, damit er in einem der Riviere nach Wasser grub.

Bereits nach einigen Metern fühlte sie sich, als wäre sie alleine auf der Welt. Die Geräusche des Suchtrupps und die Stimmen der Männer waren nicht mehr zu hören, nur die Dornenbüsche knarrten leise, als ein Windstoß durch sie hindurchfuhr. Ein leises Rascheln ertönte zu ihren Füßen. Erschrocken sprang sie zur Seite, doch es war nur eine Eidechse, die eilig flüchtete. Kopfschüttelnd ging Mariama weiter. Sie sollte sich lieber darauf konzentrieren, wo sie hintrat, anstatt vor sich hin zu träumen, es hätte genauso gut eine aufgeschreckte Giftspinne oder -schlange sein können.

An einem Busch fand sie schließlich, wonach sie suchte: Säcke mit Wasser und Nahrung, für kleinere Tiere unerreichbar an den oberen Ästen aufgehängt. Ein schlechtes Gewissen durchzuckte Mariama, als sie ihre Hand nach einem der Beutel ausstreckte. Energisch rief sie sich zur Ordnung. Es ging um Menschenleben, sicher würden die Besitzer das einsehen. Außerdem würde sie jeden Tropfen davon ersetzen, sobald der Wagen von der Farm eintraf.

»Suchen Sie etwas?« Die tiefe Stimme sprach Englisch mit einem leichten Akzent.

Mariama wirbelte herum, ihr Herz pochte wild. Kaum zwei Meter von ihr entfernt stand ein Mann, dessen braun gebrannte Brust feucht in der Sonne schimmerte. Seine Jeans saß tief auf seinen schmalen Hüften und schien nur von einem breiten Ledergürtel gehalten zu werden. Braune Flecken bedeckten sowohl Hose als auch die Haut des Weißen, und eine breite Schramme zog sich über den muskulösen Oberarm. Als er näherkam, trat Mariama automatisch einen Schritt zurück, während ihr Blick zum Gesicht des Mannes wanderte. Dunkle Augen sahen sie fragend an, die gebräunte Stirn war gerunzelt. »Verstehen Sie mich?« Diesmal war der Akzent deutlicher zu hören.

Mariama hob ihr Kinn. »Ja, durchaus. Wir können uns aber auch auf Deutsch unterhalten, wenn Ihnen das lieber ist.«

Ein Mundwinkel zuckte für einen Sekundenbruchteil, doch er nickte nur und wechselte die Sprache. »Was machen Sie hier?«

»Ich brauche Wasser für die Verletzten des Grubenunglücks. Meine Vorräte sind ausgegangen, und ich kann sie nicht ordentlich versorgen, wenn ich die Wunden nicht ausspülen kann.« Sie bemühte sich, nicht wieder auf seine Brust zu blicken. »Wo kommen Sie überhaupt her?«

»Ich wurde angehalten und habe geholfen, die Verletzten auszugraben.«

Mariama sah ihn ungläubig an. »Warum habe ich Sie vorhin dann nicht gesehen?«

Er hob die Schultern. »Schlammbedeckt sehen wir alle

gleich aus.« Er strich sich durch das schwarze Haar. »Sie haben einen ganz schönen Aufruhr verursacht, es hätte nicht viel gefehlt, und die Männer wären auf Sie losgegangen.«

Ein Schauer lief über Mariamas Rücken, und sie blickte unwillkürlich in Richtung der Grube. »Ich bin nur hier, um zu helfen.« Sie schob das Kinn vor. »Und jetzt brauche ich Wasser, wenn die Verletzten nicht sterben sollen.«

»Ein sehr nobler Grund, aber ich glaube kaum, dass der Besitzer des Beutels auch dieser Meinung wäre.« Bevor sie protestieren konnte, hob er die Hand. »Kommen Sie mit, ich habe noch ein wenig Wasser übrig, das können Sie gerne haben.« Damit drehte er sich um und überließ es ihr, ihm zu folgen oder nicht.

Sein Rücken war breit und von gleichmäßig bronzener Farbe, zumindest dort, wo er nicht von rötlicher Erde bedeckt war. Mariama spürte, wie ihr Mund trocken wurde. Als er unvermittelt stehen blieb und sich zu ihr umdrehte, lief sie, tief in Gedanken versunken, fast in ihn hinein. Rasch hob sie ihren Blick von seiner nun allzu nahen Brust.

»Was tun Sie hier so alleine? Es ist nicht gerade die sicherste Gegend für eine weiße Frau ...«

Mariama verzog den Mund, während sie es endlich schaffte, nicht mehr auf seine Lippen zu starren und ihm stattdessen in die Augen zu sehen. »Sie klingen wie meine Mutter.«

Seine Augenwinkel kräuselten sich. »Das wage ich zu bezweifeln.« Der Humor verschwand aus seiner Stimme. »Wie sind Sie hierhergekommen?«

»Mit dem Jeep, einer der Minenarbeiter hat mich auf dem Pad angehalten. Ich konnte nicht einfach weiterfahren, wenn hier jemand meine Hilfe benötigt.«

»Das ist sehr ehrenwert, trotzdem war es leichtsinnig.«

Genervt schob Mariama die Krempe ihres Hutes nach oben,

damit sie ihrem Gegenüber besser in die Augen sehen konnte.
»Das weiß ich. Könnten wir jetzt das Thema wechseln? Diese Männer …« – sie deutete mit dem Daumen über ihre Schulter in Richtung Unglücksstelle – »… brauchen meine Hilfe.«

Beschwichtigend hob er die Hände. »Schon gut, es ist nicht meine Angelegenheit, was Sie tun.« Er strich sich eine feuchte schwarze Locke aus der Stirn. »Wie geht es den Männern? Ich habe in dem Schacht viele Schwerverletzte gesehen.«

Mariama holte tief Luft. »Einige waren schon tot, andere werden sterben, wenn nicht bald ärztliche Hilfe kommt.«

Er sah sie erstaunt an. »Sind Sie denn keine Ärztin?«

Mariama verzog den Mund. »Ich wünschte, ich wäre es. Leider habe ich nur Grundkenntnisse in der Wundversorgung.«

Der Mann neigte den Kopf. »Besser als nichts.« Er streckte seine Hand aus. »Ich bin Robert.«

»Mariama.« Sie ergriff die Hand zögernd.

Sein Lächeln enthüllte weiße Zähne. »Ein ungewöhnlicher, aber passender Name. Freut mich, Sie kennenzulernen.«

»Ebenfalls.« Mühsam schüttelte Mariama die Benommenheit ab, die seine Nähe in ihr ausgelöst hatte. Sie trat einen Schritt zurück. »Wir sollten uns beeilen, sonst …«

Sie brauchte nicht weiterzusprechen, Robert verstand sie auch so. Mit einem knappen Nicken wandte er sich wieder nach vorne. Die Freude war aus seinem Gesicht verschwunden, als hätte es sie nie gegeben. »Es ist nicht mehr weit.«

Wortlos folgte Mariama ihm. Der Mann verwirrte sie durch seine bloße Präsenz. Sie wusste nicht, was sie von ihm halten sollte. Wer war er? Wie kam er hierher? Stand sein Auto auch irgendwo abseits des Pads? Zumindest die letzte Frage wurde beantwortet, als sie unter einer Akazie ein Pferd entdeckte, das zur Begrüßung laut schnaubte und langsam auf sie zutrottete.

»Ist das Ihres? Aber wie …?«

Er schien sich über sie zu amüsieren, während er einen Behälter am Sattel löste. »Ja, ist es. Und ich bin geritten, oder dachten Sie, ich würde Windtänzer zum Spaß mitführen?«

Mariama biss sich auf die Lippe, um nicht gleich die nächste Frage zu stellen. Ihre Neugier konnte sie später immer noch befriedigen, zuerst mussten die Verletzten versorgt werden. So beobachtete sie schweigend, wie Robert den Behälter öffnete und einen ledernen Wassersack hervorzog. Er schwang ihn über die Schulter, gab seinem Pferd einen Klaps und drehte sich wieder zu ihr um.

»Ich bin so weit, gehen wir.«

Er nahm ihren Arm und führte sie zurück in Richtung Schacht. »Das eben mit dem Aufruhr war etwas übertrieben. Aber Ihre Anwesenheit ist nicht unbemerkt geblieben. Man beobachtet Sie. Ich verstehe zwar nur einzelne Worte, aber ich bin sicher, dass die Männer über Sie geredet haben.«

Unbehaglich zog Mariama die Schultern hoch. »Ich hoffe, sie verstehen, dass ich ihnen nur helfen will. Ich möchte auf keinen Fall irgendwelchen Ärger machen.« Sie hob energisch den Kopf. »Wenn meine Arbeit hier erledigt und die Hilfe eingetroffen ist, werde ich sofort verschwinden.« Sofern sie ihren Jeep wiederfand.

»Eine gute Idee. Wenn …« Robert brach ab. »Hören Sie das?«

Vom Schacht her drangen laute Stimmen zu ihnen herüber und das Geräusch eines Motors. Endlich, die Verstärkung war eingetroffen! Mariama rannte los, ohne auf ihren Begleiter zu warten. Sie kannte dieses durchdringende Brummen, sie war praktisch damit aufgewachsen. Ohne auf die Zweige zu achten, die ihr an die Arme peitschten und an ihren Kleidern rissen, lief sie auf den Lärm zu, der nur von einem der großen Wagen von der Farm stammen konnte.

»He, warten Sie! Wir wissen nicht …« Seine Stimme verstummte. Stattdessen schlang sich ein starker Arm von hinten um ihre Taille und brachte sie abrupt zum Stehen.

Vom Laufen atemlos und durch die plötzliche Attacke überrascht, sah sie ihn mit großen Augen an, als er sie losließ und zu sich herumdrehte. Seine Brust hob und senkte sich unter seinen schweren Atemzügen, Schweiß perlte über seine Haut und verschwand in den schwarzen Haaren, die seinen Brustkorb von den Brustwarzen bis zum Bauchnabel überzogen.

»Wir sollten vorsichtiger sein, wenn wir uns auf diesem Gebiet bewegen. Wir wissen nicht, wer dort gekommen ist, und die Situation hier wird mit jedem Tag explosiver.« Robert war zurückgetreten, hielt aber weiterhin ihren Arm fest.

Mariama versuchte, ihre Ungeduld zu zügeln. »Das ist die Hilfe, die ich über Funk angefordert habe.«

»Sind Sie sicher?«

»Ich kenne das Motorengeräusch.«

Robert nickte widerwillig. »Könnten wir uns vorher trotzdem noch vergewissern, dass es auch wirklich keine schwer bewaffnete Bande von Freiheitskämpfern ist?«

Mariama erkannte, wie ernst es ihm war. »Das klingt vernünftig.« Sie zögerte einen Moment. »Ist es wirklich so schlimm? Ich war einige Jahre nicht hier.«

»Ich weiß nicht, wie es früher war, im Moment ist die Situation jedenfalls ziemlich angespannt. Und ich fürchte, das ist nur der Anfang, jeden Tag schließen sich mehr Menschen der Freiheitsbewegung an, während Südafrika eine immer härtere Linie fährt.«

Unglücklich nickte Mariama. Ihre Eltern hatten ihr zwar häufig in ihren Briefen berichtet, was im Land vor sich ging, aber wie es schien, hatten sie ihr nicht alles erzählt. Obwohl sie nun schon einige Wochen da war, fiel es ihr immer noch schwer, die veränderte Situation zu akzeptieren. Auf der Farm hatte sie immer mit den schwarzen Arbeitern zu tun gehabt und es auch für ganz normal gehalten, mit den Kindern der Arbeiter zu spielen oder ein schwarzes Kindermädchen als wichtigste Ansprechpartnerin neben ihren Eltern zu haben. Natürlich war ihr nicht entgangen, dass viele Weiße auf die Ureinwohner herabblickten und sie für Menschen zweiter Klasse hielten, aber sie war davon ausgegangen, dass sich das mit der Zeit ändern würde. Dem war aber nicht so, und sie kam sich nun naiv vor, dass sie daran geglaubt hatte.

Robert drückte ihre Hand. »Folgen Sie mir.« Damit lief er ungeachtet des schweren Wassersacks über seiner Schulter leichtfüßig los, dicht gefolgt von Mariama.

Außer Atem erreichten sie schließlich das Lager und duckten sich hinter einige Dornbüsche. Die Unruhe schien sich etwas gelegt zu haben, die Männer standen um einen Wagen herum und debattierten über irgendetwas, doch aus der Entfernung konnte sie nicht verstehen, worum es ging. Mariama erkannte den Wagen und atmete erleichtert auf. Endlich! Sie gab Robert ein Zeichen und trat hinter dem Busch hervor. »Alles in Ordnung, das sind die Helfer von der Farm.«

»Beeilen wir uns, damit Sie von hier verschwinden können.«

Eine gute Idee, Mariama würde jetzt gerne die Verantwortung an andere übergeben und sich wieder auf den Weg nach Hause machen. Denn nun, wo die Anspannung ein wenig nachließ, spürte sie, wie verkrampft sie gewesen war, als sie die Verwundeten versorgt hatte, und vor allem spürte sie ihren Durst. Sie stand auf und schwankte ein wenig, als ihr für einen Moment schwarz vor Augen wurde. Robert versuchte sie zu stützen. Zögernd blickte sie zu ihm auf.

Sein Gesichtsausdruck war ernst. »Wann haben Sie zuletzt etwas getrunken?«

»Vor ein paar Stunden, schätze ich.«

Aus seinen tiefbraunen Augen sah Robert sie bohrend an. »Ich habe hier einen ganzen Sack voll Wasser, warum haben Sie nichts gesagt?«

»Die Männer brauchen es dringender als ich.«

Seine schwarze Augenbraue hob sich. »Was sagt eigentlich Ihr Mann dazu, wenn Sie sich auf solche Abenteuer einlassen?«

»Auch wenn es Sie nichts angeht, ich habe keinen Mann. Und wenn ich einen hätte, wäre er vermutlich stolz darauf, dass ich mache, was ich für richtig halte.« Sein skeptischer Gesichtsausdruck ärgerte sie. Abrupt drehte sie sich um und ließ ihn stehen, während sie auf den Wagen zustrebte.

Erneut schlossen sich seine warmen Finger um ihren Arm. »Ich hätte das nicht sagen sollen, es geht mich nichts an.«

»Ganz genau!«

Robert schenkte ihr ein schiefes Lächeln. »Es war nur meine ungeschickte Art, meine Sorge um Sie auszudrücken.«

Damit nahm er ihr in einem Satz den Ärger. »Glauben Sie mir einfach, dass ich weiß, was ich tue, und mir der Gefahren durchaus bewusst bin. Sie müssen sich nicht um mich sorgen, das tun meine Eltern schon genug.«

Sein Lächeln vertiefte sich. »Und wenn ich es möchte?«

»Hören Sie, Robert, ich weiß nicht, was Sie hier tun, ich kenne Sie nicht einmal. Lassen wir es dabei bewenden.« Verwirrt sah sie auf seine ausgestreckte Hand. »Was …?«

Er nahm ihre Hand und schüttelte sie. »Mein Name ist übrigens Wolf, Robert Wolf, ich komme aus Deutschland und lebe seit einem knappen Jahr hier.«

Mariama versuchte, ihm ihre Hand zu entziehen. »Bitte, ich muss …«

Er redete einfach weiter. »Ich bin Geologe und arbeite für Bodmin International …«

Bodmin. Als sie den Namen hörte, durchzuckte es sie wie ein Blitz. Die Firma, die für so viel Leid in der Bevölkerung verantwortlich war. Sie hatte von ihrem Vater gehört, dass sie immer mehr Land aufkaufte und die Besitzer übervorteilte. Ganz zu schweigen von den vielen Schwarzen, denen Bodmin vorgaukelte, dass sie bei der Suche nach Mineralien reich werden konnten, und die deshalb alle Gefahren auf sich nahmen. Und dieser Robert war einer von denen … Wütend riss sie ihre Hand zurück und begann erneut, auf den Wagen zuzugehen.

»Mariama, was ist los?« Seine Stimme erklang dicht hinter ihr.

Sie drehte sich ruckartig zu ihm um, die Hände zu Fäusten geballt. »Lassen Sie mich gefälligst in Ruhe. Jetzt verstehe ich endlich, was Sie hier gesucht haben. Sie wollten mal wieder den armen Männern ihre Ausbeute für einen viel zu geringen Preis abkaufen, habe ich recht? Vermutlich waren Sie es auch, der ihnen vorher noch erklärt hat, wie sie diese Todesgruben errichten müssen, um möglichst schnell an die Mineralien zu kommen – auf Kosten ihrer Sicherheit, aber das haben Sie ihnen natürlich nicht gesagt.« Sie tippte ihm wütend auf die Brust. »Sie und Ihre Firma haben diese Leute dort auf dem Gewissen, ich hoffe, das ist Ihnen bewusst!« Damit wandte sie sich um und lief los. Gott, wie hatte sie nur so dumm sein können, sich mit diesem zwielichtigen Kerl abzugeben.

Sie war froh, als sie ihr früheres Kindermädchen unter den Männern der Farm entdeckte, und führte sie sofort zu den Verletzten. Inzwischen war Nomami schon über fünfzig, aber sie hatte in der Gegend die meisten Kenntnisse über Krankheiten und Verletzungen und würde sich viel besser als sie selbst um die Männer kümmern können. Besorgt beobachtete Mariama, wie Nomami sich jeden der Verletzten genau ansah und schließlich den Kopf schüttelte.

Schweigend zog sie die ältere Frau beiseite. »Kannst du ihnen helfen?«

Traurigkeit lag in den dunklen Augen, die Falten schienen sich tiefer in die beinahe schwarze Haut gegraben zu haben. »Nein, sie müssen zu einem Arzt. Und der eine …« – ihr Blick streifte Mugambo, der noch immer neben seinem Vater hockte – »… wird nicht wieder aufstehen. Es wäre besser für ihn, wenn sein Ende schnell kommt.«

»Aber der Sohn …«

»Wir nehmen ihn mit, sein Vater möchte es so.«

Mariama schüttelte den Kopf. »Das können wir nicht machen, sein Vater braucht ihn, es wäre nicht richtig, die Familie zu trennen. Er sagte vorhin, dass Mugambo sonst niemanden hat.«

»Er hat jetzt dich.« Nomami sah sie mit ihren weisen, alten Augen an. »Um den Vater werden sich seine Freunde kümmern, er wird nicht mehr lange leiden müssen.«

Mariama sprang entsetzt auf. »Nein! Das können sie doch nicht tun …«

Nomami legte ihre Hand beruhigend auf Mariamas Arm. »Es ist besser für ihn. Er weiß es, und sie wissen es auch. Niemand kann ihm mehr helfen, lass ihn gehen.«

Tränen füllten Mariamas Augen, abrupt drehte sie sich weg. Sie war wütend auf ihr früheres Kindermädchen, auf Robert, auf die Situation, sogar auf sich selbst. Natürlich konnte sie den Mann nicht retten, das war ihr schon vorher klar gewesen, aber dennoch musste man alles versuchen. Verzweifelt suchte sie nach einer Lösung, doch es gab keine. Der Transport über die Savanne und den holprigen Pad wäre nur eine Qual für ihn, vermutlich würde er dabei sowieso sterben. Trotzdem fiel es ihr schwer, zu akzeptieren, dass er durch Menschenhand sterben sollte. Auch wenn es die Tradition seines Volkes sein mochte, vermutete sie, dass allein die Tatsache, dass er nicht mehr für sich selber sorgen konnte, sein Todesurteil besiegelt hatte. Und Schuld waren diese Blutsauger von Bodmin, denen alles egal war, solange sie ihre wertvollen Bodenschätze möglichst billig geliefert bekamen. Was interessierte es sie schon, wenn dabei jeden Tag Menschen zu Tode kamen?

Mühsam drängte sie Ärger und Trauer zurück. Sie musste sich jetzt um Mugambo kümmern und darum, dass die anderen Verletzten so schnell wie möglich zu einem Arzt gebracht wurden. Sie kniete sich neben den Jungen und legte ihre Hand auf seine Schulter. Ihre Stimme klang belegt, als sie zu sprechen begann. »Verabschiede dich von deinem Vater und dann geh mit Nomami zum Wagen, ja?«

Mugambo sah sie unglücklich an. »Aber ich möchte bei ihm bleiben! Er braucht mich.«

Mariama zog ihn an sich und strich mit der Hand über seinen Kopf. »Ich weiß, aber das geht nicht.« Sie sah Mugambos Vater an, der ihr kaum merklich zunickte. »Du kommst mit zu mir auf die Farm, dort sind auch andere Kinder, mit denen du spielen kannst.«

Verständnislos sah der Junge sie an. »Ich darf nicht mehr ins Dorf zurück? Aber …«

Sein Vater gab einen klickenden Laut von sich, woraufhin Mugambo sich sofort zu ihm herunterbeugte. »Geh … mit ihr. Ich werde nicht mehr lange für dich da sein können, ich möchte sicher sein, dass du versorgt bist.«

Tränen liefen über Mugambos Gesicht. Mariamas Herz krampfte sich zusammen, während sie beobachtete, wie er sich von seinem Vater verabschiedete, bevor er aufsprang und davonrannte. Die Stimme des Mannes hielt sie auf, bevor sie ihm folgen konnte.

»Er wird zurückkommen.« Sein Gesicht war schmerzlich

verzogen, und in seinen Augen standen Tränen. »Passen … Sie gut auf ihn auf. Er ist ein braver Junge, fleißig, er kann arbeiten.«

Mariama beugte sich vor. »Mugambo wird zuerst viel lernen, dafür werde ich sorgen.«

Der Schimmer eines Lächelns verzog seinen Mund. »Das ist … gut.«

Eine Hand legte sich auf Mariamas Schulter und ließ sie zusammenzucken. Hastig drehte sie sich um und atmete tief durch, als sie Nomami erkannte.

»Es ist so weit, wir müssen los, damit die anderen Männer versorgt werden können.«

»In Ordnung, ich komme sofort.« Mariama wartete, bis ihr ehemaliges Kindermädchen fort war, bevor sie sich wieder zu dem Mann umwandte. »Es tut mir unsagbar leid …« Mühsam riss sie sich zusammen. »Möchten Sie noch etwas zu trinken?«

Einen Moment lang schien er mit sich zu kämpfen. »Einen Schluck.«

Mariama hielt seinen Kopf, während er gierig trank. Es war unfassbar, diesen kräftig gebauten, eigentlich noch jungen Mann zu sehen, der sehr bald schon sterben würde. Noch schlimmer war allerdings, dass er alles bei klarem Verstand erleben würde. Sie würde seinen Gesichtsausdruck nie vergessen, diese Trauer und die Akzeptanz des Unvermeidlichen.

»Gehen Sie, die anderen brauchen Sie.«

Zögernd erhob sich Mariama. Was sagte man in solch einem Moment? Alles erschien irgendwie unpassend. »Mugambo wird sich an Sie erinnern. Ich verspreche, dass er es bei uns gut haben wird.«

Ein weiteres schwerfälliges Lächeln. »Danke.«

Mariama nickte und drehte sich um, damit er ihre Tränen nicht sah. Sie wollte nur weg von hier, von Elend und Tod, und einen winzigen Augenblick der Ruhe finden, bevor sie sich wieder zu den anderen gesellte. Automatisch wandte sie sich der Wildnis zu, doch als sie sah, dass Robert sie eindringlich beobachtete, änderte sie abrupt ihren Kurs. Auf keinen Fall wollte sie ihm jetzt begegnen und sich mit ihm auseinandersetzen. Demonstrativ wandte sie sich von ihm ab und sah aus den Augenwinkeln heraus, wie er einige Schritte auf sie zuging, dann aber den Kopf schüttelte und stehen blieb, die Hände in die Hüften gestemmt. Schließlich ging er zur Grube zurück und nahm sich eine Schaufel.

Das Verladen der Verletzten auf den Wagen erforderte ihre gesamte Aufmerksamkeit, und als sie einige Zeit später wieder aufblickte, war Robert verschwunden.

2

Ein leises Knirschen ertönt tief im Innern des Berges, Risse bilden sich, Feuchtigkeit sickert in den Ausweichstollen. Die Gewalt der Wassermassen drückt gegen die porösen Felswände, bis sie schließlich dem Druck nachgeben und bersten. Das Knacken verwandelt sich in ein ohrenbetäubendes Grollen, als eine Lawine aus Wasser und Geröll den Hang hinunterrutscht und gegen die Staumauer kracht. Für einen langen, atemlosen Moment hält das Bauwerk dem Druck stand, doch dann bilden sich lange Risse, und die ersten Wasserfontänen brechen hervor. Innerhalb von Sekunden fällt die hohe Mauer in sich zusammen. Schreie gellen, Männer werden von den reißenden Fluten davongespült, von Felsblöcken erschlagen, und anstelle eines gebändigten, idyllischen Flusses schießt eine alles zerstörende Flutwelle auf das Tal zu.

Das brodelnde Weiß der Wassermassen verschwimmt vor seinen Augen, geht über in ein grelles Licht. Hitze umgibt ihn plötzlich, brennt auf seiner Haut und erschwert jeden Atemzug. Aufgeweichte Erde bedeckt die schwarzen Körper zu seinen Füßen, hält sie fest in ihrem Griff. Der nächste Schaufelhieb kann zu weiteren Erdrutschen führen, zu weiteren Toten und Verletzten, zu noch mehr Leid. Die Gesichter der verzweifelt grabenden Männer sind verzerrt, die dunkle Haut von helleren Schmutzstreifen übersät, die Finger blutig vom Graben. Die Schaufel stößt auf etwas Hartes. Einer der wenigen vorhandenen Stützpfeiler? Geborsten unter der Last der feuchten Erdmassen? Er beugt sich vor und schiebt mit der Hand den

Sand zur Seite, nein, es ist kein Holz, sondern ein Bein, die Haut vom Stoß der Schaufel aufgerissen. Sein Herz klopft wild, er lässt sich auf die Knie fallen, gräbt mit den Händen weiter, bis der ganze Körper befreit ist. Es ist fast noch ein Kind. Zögernd legt er seine Hand auf die Brust des Jungen und beugt sich vor. Er kann nichts spüren, kein Anzeichen von Leben. Unvermittelt heben sich die Lider, die Augen richten sich anklagend auf ihn.

Der Mund öffnet sich, und braunes Wasser quillt daraus hervor. »Du hast mich auf dem Gewissen. Es ist deine Schuld!«

Entsetzt weicht er zurück, etwas wickelt sich um seine Beine. Er taumelt, er fällt …

Schmerz durchzuckte sein Steißbein und breitete sich in seinem Körper aus. Zitternd und schweißgebadet kauerte Robert auf dem Boden, während er versuchte, sich klarzumachen, dass es nur ein Albtraum gewesen war. Die Hände an den Kopf gepresst, wartete er, bis sein Atem sich beruhigte und die Kraft in seinen Körper zurückkehrte. Der Traum wiederholte sich seit einem Jahr beinahe jede Nacht, allerdings war das Ende diesmal anders gewesen, vermutlich bedingt durch die gestrigen Ereignisse. Doch die Aussage blieb die Gleiche: *Es ist deine Schuld.* Das Echo von Mariamas Anschuldigungen klang noch in seinen Ohren nach und vermischte sich mit der Stimme des toten Jungen aus seinem Traum, mit vielen Stimmen, immer mehr, bis es schließlich zu einem Orkan anschwoll, der ihm das Trommelfell zu zerreißen drohte. Er hatte gehofft, in diesem Land neu anfangen zu können, sich reinzuwaschen, die Vergangenheit hinter sich zu lassen, doch es funktionierte nicht, sie holte ihn immer wieder ein, egal, was er auch tat.

Und nun waren gestern in der Grube wieder Menschen gestorben, und er hatte nichts tun können. Robert vergrub sein Gesicht in den Händen. Er hatte den Jungen nur tot bergen können, andere Grubenarbeiter waren mit schwersten Verletzungen ausgegraben worden, die sie vermutlich nicht überleben würden. Wenn sie die holprige Fahrt mit dem Wagen überstanden hatten, war die Wahrscheinlichkeit, hier draußen einen qualifizierten Arzt zu finden, äußerst gering. Unter dem System der Apartheid, das Südafrika als Schutzmacht auch auf Südwestafrika übertragen hatte, konnte die schwarze Bevölkerung nicht einfach zu einem weißen Arzt gehen, sondern war auf einen der wenigen schwarzen Ärzte angewiesen. Vielleicht war es Mariama dennoch gelungen, er konnte sich nicht vorstellen, dass sie durch irgendetwas zu stoppen war. Ihre Vorwürfe gegen ihn, aber auch ihr tränenüberströmtes Gesicht, als sie den Schwerverletzten zurücklassen musste, waren ihm zu Herzen gegangen.

Verärgert stemmte Robert sich hoch und keuchte vor Schmerz auf. Jeder einzelne Muskel in seinem Körper tat ihm weh, eine Folge der harten Arbeit in der Grube, aber auch der Anspannung, die ihn seit dem Unglück fest im Griff hatte. Vorsichtig richtete er sich auf und hieß den Schmerz dabei fast willkommen. Er würde ihn gern auf sich nehmen, wenn er dafür einiges ungeschehen machen könnte … Unbekleidet machte er sich auf den Weg zum Badezimmer, um das Grauen mit kaltem Wasser fortzuspülen. Natürlich würde das nicht funktionieren, das hatte es bisher nie, aber alles war besser, als sich so schmutzig zu fühlen, als würde die Schuld an seiner Haut kleben, für jeden deutlich sichtbar. Rasch stieg er in die Dusche und drehte den Hahn auf. Die Hände an die Wand gestützt, ließ er den Kopf hängen, während das Wasser hart in seinen Nacken prasselte.

Erst als seine Zähne hörbar aufeinanderschlugen und er unkontrolliert zu zittern begann, drehte er den Wasserhahn zu und trat aus der engen Kabine. Seine Füße hinterließen nasse

Spuren auf den Fliesen, als er auf der Suche nach einem trockenen Handtuch den Raum durchquerte. Robert hatte keine Ahnung, wie früh es war, aber er konnte genauso gut den Tag jetzt schon beginnen; vielleicht brachte ihn die Arbeit auf andere Gedanken. Rasch trocknete er sich ab und kehrte ins Schlafzimmer zurück, wo er in frische Kleidung schlüpfte. Ein Blick aus dem Fenster zeigte ihm, dass immer noch tiefe Nacht herrschte. Allerdings kam der Sonnenaufgang ebenso wie der Sonnenuntergang hier innerhalb kürzester Zeit. Als Geologe hätte ihm das aufgrund der Lage Südwestafrikas zum Äquator eigentlich klar sein müssen, doch als er überstürzt aus Deutschland aufgebrochen war, hatte er über diese Dinge nicht groß nachgedacht. Er hatte nur weggewollt.

Robert verzog den Mund. Das Thema ließ ihn nicht los, es schien, als würde er hier noch mehr grübeln als zu Hause, wenn das überhaupt möglich war. Wütend fuhr er mit den Fingern durch seine nassen Haare. Wann würde er akzeptieren, dass dies nun seine Heimat war? Er wollte und konnte nicht zurück nach Deutschland. Im Grunde gefiel es ihm hier sogar, von der politischen Situation und den daraus resultierenden Unruhen einmal abgesehen. Das internationale Unternehmen, für das er neue Rohstoffvorkommen aufspürte und erschloss, zahlte ausgesprochen gut, und seine Aufgabe war interessant. Vor allem aber gab man ihm den Freiraum, den er dringend benötigte.

In der Küche setzte er den Wasserkessel auf den Herd, bereitete den Kaffeefilter vor und begann, die Kaffeebohnen zu mahlen. Diese Arbeiten waren ihm inzwischen so vertraut, dass er gar nicht mehr darüber nachdachte, wie viel bescheidener das Leben hier in vieler Hinsicht war. In der ersten Zeit hatte er seine Wigomat-Kaffeemaschine vermisst, aber inzwischen genoss er diese beschaulichere Art der Kaffeezubereitung. Die Bohnen waren hier auch frischer, da sie nicht erst über einen

Ozean geschippert werden mussten, um in seiner Tasse zu landen. Robert füllte den gemahlenen Kaffee in den Filter und lehnte sich mit der Hüfte an die Spüle, während er darauf wartete, dass das Wasser kochte. Um nicht wieder über den Unglücksfall nachdenken zu müssen, ließ er seine Gedanken zu dem einzigen angenehmen Aspekt des gestrigen Tages wandern: Mariama. Ein schöner Name, wenn er auch nicht ganz zu der feurigen Frau passte, zu der er gehörte. Er klang viel zu harmlos, zu ruhig und ausgeglichen, keineswegs so energisch und anpackend, wie er sie erlebt hatte.

Eigentlich sollte er ihr übel nehmen, dass sie ihn zu Unrecht angegriffen und beschimpft hatte, doch merkwürdigerweise konnte er das nicht. Warum war es ihm nicht gelungen, mehr über sie herauszubekommen? Wie sollte er sie wiederfinden? Zuerst hatte er überlegt, hinter dem Wagen herzureiten, aber es war wichtiger gewesen, den Damara beim Bergen der letzten Verschütteten zu helfen. Er hatte den Einheimischen weitere Hilfe angeboten, aber sie hatten abgelehnt. In Anbetracht der Situation konnte er das verstehen. Mariama hatte ihn praktisch beschuldigt, an dem Unglück die Verantwortung zu tragen, obwohl er erst zur Grube gekommen war, als der Schacht bereits eingestürzt war. Was hatte sie sich nur dabei gedacht? Und warum hatte er den seltsamen Drang, sich vor ihr zu rechtfertigen? Damit sie ihn wieder so ansah wie anfangs, als er in ihren Augen Interesse entdeckt hatte? Aber er konnte es nicht ändern, dass er bei Bodmin beschäftigt war, und er verstand auch nicht, was sie gegen die Firma hatte. Allerdings war ihm diese Haltung hier schon mehrfach begegnet.

Langsam goss Robert das heiße Wasser in den Filter, um möglichst viel vom Aroma des Kaffees zu bewahren. Eigentlich hatte er heute sein eigenes Stück Land auskundschaften und die geologischen Gegebenheiten überprüfen wollen, so wie gestern auch, als er auf den Hilfe suchenden Damarajungen getroffen war, doch vielleicht wäre es mit Rücksicht auf seine schmerzenden Muskeln besser, sich heute nur in der Nähe des Hauses aufzuhalten und ein wenig Ordnung zu schaffen. Vor einigen Monaten hatte er das Haus an einer, wie er fand, sehr schönen Stelle errichten lassen und es mit ausgebaut. Danach war er allerdings so viel für die Firma unterwegs gewesen, dass vieles liegen geblieben war. Robert zog den Filter aus der Kaffeekanne und goss sich eine Tasse ein. Genießerisch schloss er die Augen und sog den Duft ein. Es war erstaunlich, wie abhängig er inzwischen von diesem Ritual am Morgen war. Ein kleines Stück heile Welt, das ihn bei Verstand hielt.

Eine halbe Stunde später, kurz nachdem die Sonne in einem glutroten Ball aufgegangen war, warf er seinen Rucksack auf den Beifahrersitz und schwang sich in den Jeep. Nach einem Blick in seinen leeren Kühlschrank hatte er beschlossen, in die Stadt zu fahren, um dort Lebensmittel zu besorgen und sein Postfach zu leeren, was er zugegebenermaßen nur sehr unregelmäßig tat. Aber wer sollte ihm auch Post schicken, wenn doch so gut wie niemand wusste, wo er war. Eine bewusste Entscheidung, mit der er gut leben konnte, auch wenn dadurch der Kontakt zu seiner Familie abgebrochen war.

Wie immer schnürte ihm der Gedanke an seine Eltern die Kehle zu. Auch zwanzig Jahre nach Ende des Krieges hatten sie nichts dazugelernt. Sein Vater war immer noch der Meinung, er wäre der Herrscher im Haushalt und alle anderen hätten ihm zu gehorchen. Und er hatte nie damit hinter dem Berg gehalten, dass er es bedauerte, wie der Krieg ausgegangen war. Jeden, der anderer Meinung war, bedachte er mit Verachtung. Seine Mutter hatte immer alles getan, was er verlangte, und deshalb nie genug Zeit für ihre beiden Kinder gehabt. Wenn es irgendwelche Konflikte gegeben hatte, war sie immer auf der Seite ihres Mannes gewesen, nie hatte sie sich für Hannah oder Robert eingesetzt. Schon früh war er aus der stummen, bedrückenden Atmosphäre seines Elternhauses geflohen, ein Schritt, den er nie bereut hatte, auch wenn er dafür sein Studium selber finanzieren musste. Er hatte nicht mehr damit leben können, sich immer für seine Entscheidungen und Ansichten rechtfertigen oder die ständige Missbilligung seines Vaters ertragen zu müssen. Allerdings wünschte er, seine Schwester hätte es ihm gleichgetan, anstatt an dem Bild eines heilen Zuhauses festzuhalten, das es nie gegeben hatte. Mit den Jahren war Hannah kalt und hasserfüllt gegenüber jedem geworden, der anders war, genauso wie ihre Eltern.

Härter als nötig legte Robert den Gang ein und trat aufs Gaspedal. Schon vor langer Zeit hatte er sich geschworen, diese Gedanken nicht mehr an sich herankommen zu lassen. Wenn er nun wieder über seine Kindheit nachdachte, zeugte das davon, wie sehr ihn die Geschehnisse des gestrigen Tages aufgewühlt hatten. Energisch zwang Robert sich dazu, sich zu entspannen. Er war weit weg von seiner Vergangenheit, und genau so wollte er es haben. Warme Luft drang durch das heruntergekurbelte Seitenfenster und brachte den typischen Geruch nach Sonne, trockenen Gräsern und Sand mit sich. Der Wagen schwankte den unebenen Weg entlang, den er vom Pad zu seinem Haus angelegt hatte. Gut, das war zu viel gesagt, eigentlich hatte er nur einen Streifen Land von Büschen und Bäumen befreit und war einige Male mit dem Jeep darübergefahren, bis sich zwei halbwegs sichtbare Fahrspuren gebildet hatten. Irgendwann wollte er einen richtigen Weg bauen, doch vermutlich würde auch diese Arbeit warten müssen, bis er Zeit dafür fand.

Eine dichte Staubwolke hüllte ihn ein, als er sich langsam schaukelnd auf den Pad zubewegte, der etwa zwei Kilometer entfernt von seinem Haus verlief. Vermutlich hätte er dichter an der Straße bauen sollen, aber er brauchte seine Ruhe, und außerdem gefiel ihm der jetzige Standort des Hauses sehr gut. Umrahmt von sanft aufragenden Hügeln, stand das aus Holz und Lehm errichtete Haus in einem weiten Tal, das mit immergrünen Büschen, hohen Gräsern, vereinzelten Akazien und Köcherbäumen wie eine grüne Oase in der Wüste wirkte. Viele Fenster und eine ausladende Veranda rund um das Haus gaben ihm das Gefühl, direkt in der Landschaft zu leben. Bedingt durch die Bombenangriffe, die er als Kind miterlebt hatte, bekam er noch heute Herzrasen, wenn unerwartet Sirenengeheul erklang, und in engen, stickigen Räumen überkam ihn Platzangst, weshalb er das Haus so offen wie möglich gestaltet hatte. Doch der wichtigste Aspekt war die Nähe zum Rivier, das ihn bald durch eine mit Windkraft betriebene Pumpe mit frischem Wasser und auch mit Strom versorgen sollte. Noch benutzte er Wasser aus Containern sowie aufgefangenes Regenwasser, und Strom bekam er von seinem Nachbarn Karl Fechner, dem er das Grundstück für einen Spottpreis abgekauft hatte, doch das war nur eine Übergangslösung.

Beinahe wäre er von Karl erschossen worden, als er auf dessen Farm gekommen war, um ihm im Namen von Bodmin International ein Kaufangebot für sein Grundstück zu machen. Das Unternehmen hatte ihn schon öfter mit diesem Anliegen heimgesucht, was Robert nicht klar gewesen war, Karl aber über den ungebetenen Besuch mehr als erzürnt hatte werden lassen. Nachdem Robert ihm versichert hatte, ihn nie wieder danach zu fragen, und Karl einige Zeit später das Gewehr weglegte, hatten sie sich sehr gut verstanden. Inzwischen waren sie beinahe so etwas wie Freunde geworden. Fast wünschte er sich, einen Vater wie ihn zu haben, dann wäre vielleicht alles … Wütend hieb Robert mit seiner Hand auf das Lenkrad.

Schluss damit! Er war hier, in Südwestafrika, und die Vergangenheit würde er nicht mehr ändern können. Vor allem suchte er keinen Vaterersatz. Er genoss die Gespräche mit Karl, weil er das Gefühl hatte, von ihm als gleichberechtigt angesehen zu werden. Und nur das zählte.

Robert bremste am Ende des Grundstücks ab, bevor er vorsichtig auf den Pad abbog. Es waren zwar nur selten Fahrzeuge unterwegs, aber meist fuhren sie viel zu schnell. Grinsend trat Robert aufs Gaspedal. Eigentlich sollte er sich nicht beschweren, schließlich hatte er sich dieser Fahrweise angepasst. Er hatte schnell gelernt, bei welcher Geschwindigkeit das Auto am sanftesten über die tiefen Rillen hüpfte. Vor allem wollte er bei den langen Strecken auch irgendwann einmal irgendwo ankommen – möglichst ohne im Dunkeln fahren zu müssen. Bis Usakos waren es zwar nur etwa fünfzig Kilometer, doch bei diesen Straßenverhältnissen brauchte er dafür selbst bei gutem Wetter mindestens anderthalb Stunden, wenn nicht länger. Vermutlich wäre es sinnvoller gewesen, sich im Ort oder sogar in Windhoek etwas zu mieten, aber es hatte ihn gereizt, ein eigenes Stück Wildnis zu besitzen, etwas Ursprüngliches, unbeeinflusst vom Menschen. Für die Aufträge von Bodmin war es im Prinzip egal, wo er wohnte, er musste sowieso ständig durch das Land fahren. Robert lehnte sich im Sitz zurück und beschloss, die Fahrt durch die faszinierende Landschaft zu genießen. Wenn er noch ein wenig Zeit hatte und interessante Felsformationen sah, könnte er vielleicht sogar einen Zwischenstopp einlegen.

Usakos lag an der Bahnstrecke zwischen Swakopmund und Windhoek und war in der Zeit gediehen, als hier noch die Schmalspurloks der Otavilinie in eigens erbauten Werkstätten gewartet wurden. Doch vor einigen Jahren waren diese durch Diesellokomotiven ersetzt worden, und seitdem war die

Einwohnerzahl des Ortes, trotz der guten Lage am Khan River, drastisch gesunken. Die meisten Ortsansässigen waren in die größeren Städte gezogen oder in den nächsten Ort Karibib, in dem in riesigen Marmorsteinbrüchen der angeblich härteste Marmor der Welt abgebaut wurde. Trotzdem war Usakos für die Bewohner der Region weiterhin ein wichtiges Zentrum, wo sie alltägliche Dinge einkaufen konnten, eine Tankstelle und einen Bahnanschluss hatten sowie ihre Bankgeschäfte und die Post erledigen konnten. Zudem gab es einen deutschen Pub, der abends und am Wochenende viel besucht war. Robert parkte den Wagen am Stadtrand und ging zu Fuß durch die fast europäisch anmutenden Straßen mit ihren historischen Kolonialgebäuden. Sie standen in hartem Kontrast zu den heruntergekommenen Behausungen, die in jüngerer Zeit hinzugefügt worden waren und in seltsamer Eintracht direkt danebenstanden. Ein wenig Wehmut kam in ihm auf, als er an einem alten Hotel emporblickte, das ihn an deutsche Altstädte erinnerte.

Der Unterschied zu Deutschland war aber genauso offensichtlich: Es roch hier nicht nach Industrie- oder Autoabgasen, stattdessen trug der Wind den Duft der Savanne in den Ort. Warme, trockene Luft, die ihn umwehte, während die Sonne unbarmherzig auf ihn niederbrannte. Robert nahm einen tiefen Atemzug, bevor er langsam weiterschlenderte. Er brauchte sich nicht zu beeilen, der Laden machte sowieso erst in einigen Minuten auf, und er musste nicht befürchten, dass andere Kunden vor ihm auftauchten. Vor dem Gebäude der Stadtverwaltung blieb er stehen und sah sich die Aushänge an. So langsam sollte er sich vermutlich um einen Telefonanschluss kümmern. Bisher hatte er sich mit einem Funkgerät beholfen, doch das war etwas umständlich, wenn es um Aufträge von Bodmin ging. Eventuell könnte er sich dann auch einen Alibiphonomaten besorgen, ein neues Gerät, das dem Anrufer die Möglichkeit bot,

Nachrichten zu hinterlassen, wenn man gerade nicht zu Hause war. Das Unternehmen hatte ihm die Anschaffung eines solchen Apparats empfohlen, damit er besser erreichbar war. Robert verzog den Mund. Wer sagte, dass er das wollte? Kopfschüttelnd wandte er sich ab und lief direkt in ein Hindernis.

»Hey, Vorsicht!« Humor schwang in der Stimme mit. »Ach, Robert, hätte nicht gedacht, dich hier zu treffen.«

Robert grinste Philip Raynes an. »Und das sogar wortwörtlich.« Er schüttelte Phils Hand. »Wie geht es dir?« Phil war der Pilot einer einmotorigen Cessna, den er während eines Erkundungsfluges für Bodmin kennengelernt hatte. Sie unterhielten sich häufiger per Funk und trafen sich hin und wieder auf ein kühles Lager in Usakos oder Windhoek. Neben Karl Fechner war Phil einer der wenigen Menschen, mit denen er Kontakt aufnahm, wenn er sich einsam fühlte oder es ihn nach einem guten Gespräch verlangte. Phil war Engländer und sprach nur wenig Deutsch, für Robert eine gute Gelegenheit, seine Englischkenntnisse aufzubessern.

Phil sah ihn abschätzend an. »Ich dachte, du wolltest ein paar Tage auf deinem Land verbringen.«

»Hatte ich vor, aber gestern ist bei den Damara eine Grube eingestürzt, es gab etliche Verletzte und Tote. Ich war zufällig in der Nähe.« Robert fühlte den Albtraum zurück in sein Bewusstsein kriechen, und Kälte erfasste ihn.

»Ich habe davon gehört. Konntest du helfen?«

»Ein wenig, ich habe es zumindest versucht. Es ist auch noch eine Frau von einer der Farmen dazugekommen, vielleicht kennst du sie. Eine Deutschstämmige, sie sagte, ihr Name sei Mariama.« Robert versuchte, seinen Gesichtsausdruck neutral zu halten. Als Phil zu lachen begann, wusste er, dass es ihm nicht gelungen war.

»Mariama, so, so. Lass mich raten: jung und hübsch?«

Robert verdrehte innerlich die Augen. Phil war bekannt für seine Vorliebe für schöne Frauen. »Soweit ich sehen konnte, ja. Aber vor allem hat sie viel für die Menschen dort getan, sich um die Verletzten gekümmert und einen Wagen gerufen, um sie zum Arzt zu bringen.«

»Beeindruckend.«

Robert funkelte ihn wütend an. »Ja. Also, kennst du sie?«

Phil hob bedauernd die Schultern. »Leider nicht. Allerdings bin ich auch noch nicht so lange in der Gegend, vielleicht fragst du besser einen der alteingesessenen Südwester. Hast du es schon bei Richard im Laden versucht?«

»Nein, da wollte ich gleich hin, ich brauche neue Vorräte.« Wenn jemand Mariama kannte, dann sicher Richard Kramer. Jeder aus der Umgebung war schon einmal in seinem Geschäft gewesen, und er betrieb es lange genug, um auch jemanden zu kennen, der einige Jahre fort gewesen war. Robert versuchte, die Aufregung zu unterdrücken, die bei dem Gedanken in ihm aufstieg, vielleicht schon bald zu wissen, wo er Mariama finden konnte. Rasch wechselte er das Thema. »Was tust du hier?«

Phils Grinsen zeigte, dass er das Ablenkungsmanöver genau durchschaute. »Ich habe heute keinen Auftrag und dachte, ich steige mal einfach so zur Freude auf.« Er sah zum Himmel. »Richtig gutes Wetter dafür, sicher eine tolle Fernsicht.«

»Hört sich gut an.«

Phil lächelte, als er die Sehnsucht in Roberts Stimme hörte. »Ich habe noch einen Platz frei, falls du Lust hast …«

Robert warf einen Blick zum Laden hinüber. »Eigentlich müsste ich …« Er schüttelte den Kopf. »Das kann warten, ich komme mit. Danke für das Angebot.«

»Warum gibst du Richard nicht schon mal deine Liste, damit er dir alles zusammenstellt, und danach kommst du zum Flugplatz raus, ich warte dort auf dich.«

»Gute Idee. Ich bin in spätestens zehn Minuten da.« Als Robert davoneilte, folgte ihm Phils Lachen.

Unter der rötlich-braunen Markise mit der schlichten weißen Aufschrift *Kramer's* blieb Robert stehen und atmete tief durch. Schließlich öffnete er die Ladentür mit Schwung, was die Glocken über der Tür hektisch klingeln ließ. Vorsichtiger schloss er sie wieder.

»Wer macht denn da so einen Lärm?« Richard Kramers Stimme erklang aus dem Hinterzimmer, in das er sich immer zurückzog, wenn gerade kein Kunde im Laden war. Bevor Robert antworten konnte, streckte der Ladenbesitzer seinen Kopf heraus. »Ah, Herr Wolf. Was kann ich für Sie tun?«

Robert trat zur Theke, hinter der sich Kramer aufgebaut hatte. Die tiefen Furchen in seinem Gesicht, seine magere Gestalt und die grauen Haare ließen ihn älter wirken als Mitte fünfzig. Karl hatte ihm erzählt, der Ladenbesitzer sei während des Zweiten Weltkriegs wie viele deutsche Südwester wegen ihrer Nähe zum nationalsozialistischen Regime interniert gewesen und als gebrochener Mann zurückgekehrt. Seitdem ließ er nur noch seine Schwester an sich heran, die mit ihrer runden Figur und dem engelsgleichen Lächeln den Gegenpol zu ihm darstellte. Wenn er eine seiner Stimmungsschwankungen hatte, vertrat sie ihn im Laden, und das tat sie so gut, dass viele Kunden hofften, bald nur noch von ihr bedient zu werden. Robert war es egal, solange er vernünftige Ware zu fairen Preisen bekam, die pünktlich geliefert wurde.

Nachdem er Kramer den Zettel mit seinen Erledigungen in die Hand gedrückt und ihm versichert hatte, gegen 14 Uhr wieder zurück zu sein, wandte er sich halb um und zögerte dann. »Ach, Herr Kramer, ich wollte Sie noch etwas fragen …« Verunsichert brach er ab.

»Ja?«

»Kennen Sie eine Frau namens Mariama?« Als sein Gegenüber schwieg, beeilte Robert sich, eine Erklärung hinzuzufügen. »Es gab gestern ein Unglück in einer der Gruben, und die junge Frau hat die Verletzten versorgt und sie dann zu einem Arzt gefahren, wie ich annehme. Vielleicht haben Sie davon gehört …«

Kramers Falten vertieften sich noch. »Oh ja, das war hier Stadtgespräch. Wenn sie meine Tochter wäre, hätte ich ihr schon lange klargemacht, was sich gehört. Aber nein, stattdessen haben sie sie nach Deutschland zum Studieren geschickt.« Er sah aus, als wollte er verächtlich ausspucken. »Unglaublich, was sich diese jungen Dinger heutzutage erlauben, wahrscheinlich hat sie den *Kaffern* den Kopf verdreht und …«

Robert unterbrach ihn mit eisiger Stimme. »Nein, das hat sie nicht. Sie war großartig und hat sich völlig korrekt verhalten.« Er atmete tief durch, um seinen Ärger zu unterdrücken. »Sie sagten Tochter. Also kennen Sie ihre Eltern?«

Kramer sah ihn abschätzig an. »Die Fechners. Mich wundert, dass gerade Sie das nicht wissen.«

Robert biss die Zähne zusammen, um seine Überraschung nicht zu zeigen. Karl hatte ihm gegenüber nie erwähnt, dass er eine Tochter hatte. Vermutlich waren sie einfach nie auf dieses Thema zu sprechen gekommen, denn schließlich war Mariama für einige Jahre im Ausland gewesen und gerade erst zurückgekehrt. Er rieb sich nachdenklich über das Kinn. Eine gute Gelegenheit, sich von Karl mal wieder zu einem Braai einladen zu lassen und dabei ganz zufällig Mariama wiederzutreffen.

»Ich weiß, was Sie denken, aber vergessen Sie's, das Mädchen wird nie seine Freiheit aufgeben und schon gar nicht für einen Zugezogenen wie Sie.«

Nur mit Mühe gelang es Robert, ruhig zu bleiben und nicht auf die hämische Bemerkung des älteren Mannes einzugehen.

»Ich komme dann später wieder, um meine Sachen abzuholen.« Damit wandte er sich ab und ging aus dem Laden, damit er nicht noch etwas sagte, was er später bereuen würde. Es wäre nicht klug, sich den Besitzer des einzigen Lebensmittelladens im weiteren Umkreis zum Feind zu machen. Hoffentlich erzählte Kramer nicht weiter, dass er sich nach Mariama erkundigt hatte. Es wäre ihr sicher nicht recht, wenn sie erführe, dass über sie geredet wurde. Obwohl sie sonst nicht groß darüber nachzudenken schien, was andere von ihr sagten, solange sie überzeugt war, das Richtige zu tun. Erstaunlich, warum dachte er, er würde sie bereits so gut kennen? Auf jeden Fall beanspruchte sie in seinen Gedanken eindeutig zu viel Platz.

Robert ging zu seinem Wagen zurück, schwang sich hinein und fuhr zum Flugplatz. Eine Bezeichnung, die für die relativ ebene Sandpiste zum Starten und Landen sowie einen baufälligen Schuppen als Gerätelager und ein größeres Feld, auf dem mehrere Flugzeuge Platz hatten, eigentlich übertrieben war. Meist standen nur zwei Maschinen dort: die von Phil, wenn er hier war, und eine von der Stadtverwaltung, die in Notfällen eingesetzt wurde. Robert verzog den Mund. Nur für Weiße, sie war sicher nicht für die gestern Verunglückten benutzt worden.

Vor allem sah es so aus, als würde sich die Situation verschlimmern, die Nachricht von der Einführung des Odendaal-Plans, der wie schon in Südafrika die Apartheidspolitik durch Umsiedlung der Schwarzen in stammesbezogene Reservatsgebiete durchsetzen sollte, hatte sich schnell herumgesprochen. Er konnte sich nicht vorstellen, wie sie hier in Frieden leben sollten, wenn die Mehrheit der Bevölkerung von einer kleinen Minderheit unterdrückt, von ihrem Land vertrieben und in kargere Gebiete umgesiedelt wurde.

Während viele der Weißen dies begrüßten, weil dadurch die Schwarzen in Abhängigkeit von der weißen Regierung gehalten wurden und damit die Vormachtstellung der weißen Bevölkerungsminderheit gesichert wurde, gab es doch einige, die sich dagegen aussprachen, weil sie einen bewaffneten Konflikt befürchteten. Oder weil sie, wie die Fechners, der Meinung waren, dass alle Menschen von Grund auf die gleichen Rechte besaßen und sich keine Rasse einer anderen überlegen fühlen durfte. Doch das war eher die Ausnahme, den meisten war es schlicht egal, solange sie auf der Gewinnerseite standen. Schon jetzt gab es vereinzelt Unruhen und Übergriffe von Schwarzen auf weiße Landbesitzer, aber auch auf Schwarze von weißen Hitzköpfen, die es als eine Art Freizeitbeschäftigung ansahen, ihren Opfern das Leben noch schwerer zu machen, als es ohnehin schon war. Hoffentlich konnte verhindert werden, dass sich die Situation verschärfte. Wonach es im Moment leider nicht aussah, denn dazu müsste erst einmal der Internationale Gerichtshof die Klage Liberias und Äthiopiens gegen Südafrika wegen Verstoßes gegen die Mandatsbestimmungen annehmen und sich die Vereinten Nationen endlich dazu entschließen, härter gegen Südafrika durchzugreifen, das sich nicht an die internationalen Verträge hielt.

Robert stellte den Jeep neben dem Schuppen ab und lief zur Cessna, deren Motor bereits gestartet war. Er duckte sich unter der Tragfläche hindurch, zog die Tür auf und schwang sich hinein. Phil sah kurz auf und bedeutete ihm, sich anzuschnallen und den Kopfhörer aufzusetzen, der nicht nur als Schutz diente, sondern auch die Kommunikation erleichterte.

»Wo willst du heute hin?« Es war merkwürdig, die eigene Stimme so leise zu hören.

Phil unterbrach die Überprüfung der Anzeigen und grinste ihn an. »Ich dachte, wir drehen einfach eine Runde über die Erongos, und wenn wir noch Zeit haben, können wir dein Land überfliegen.«

»Wie immer finde ich deine Idee ganz ausgezeichnet.« Robert lehnte sich zufrieden zurück. Nach dem schlechten Beginn versprach der Tag noch richtig gut zu werden.

»Die letzten Wochen liefen gut, da kann ich mir heute eine kleine Auszeit genehmigen.«

Und das hieß für Phil Frauen und Fliegen, wenn auch nicht unbedingt in dieser Reihenfolge. Aber Robert sollte es nur recht sein, er genoss das Fliegen, den grandiosen Ausblick von oben, das Gefühl der Weite und Einsamkeit, aber auch die Momente, wo die Cessna nah am Boden über die Savanne jagte und er die großen Tierherden aus nächster Nähe beobachten konnte. Vielleicht sollte er sich irgendwann aufraffen und selber einen Flugschein machen, dann könnte er aufsteigen, wann immer er Lust verspürte. Robert schüttelte den Kopf. Worüber dachte er hier eigentlich nach? Er hatte gar keine Zeit für so etwas und vor allem auch kein Geld, nachdem er einen Großteil seines Ersparten in das Land, das Haus und den Jeep gesteckt hatte. Aber wenn er auf seinem Grundstück Rohstoffe finden würde … Er hatte einige der Felsen bereits überprüft, sie waren vulkanischen Ursprungs und konnten durchaus Kimberlitröhren enthalten, in denen in Südafrika und auch hier in der Gegend bereits Unmengen von Diamanten entdeckt worden waren. Aber auch andere Mineralien, Gold oder Rohstoffe mochten vorhanden sein.

Wenn er nur mehr Zeit hätte, um alles genauer zu erkunden, wäre es perfekt. Aber leider musste er von irgendetwas leben und konnte auf seinen Job bei Bodmin nicht verzichten. Mariamas Stimme, die ihm vorwarf, für das Grubenunglück verantwortlich zu sein, drang erneut in seine Gedanken, deshalb war er froh, als sich das Flugzeug schaukelnd in Bewegung setzte. Die Knöchel seiner Hände färbten sich weiß, so fest umklammerte er die Griffe, während die Maschine immer schneller über die unebene Piste raste. Kurz vor dem Ende der Startbahn riss Phil sie abrupt in die Höhe, zu schnell für Roberts Magen, dessen Inhalt sich sofort zu heben schien. Die Zähne zusammengebissen, bekämpfte Robert die leichte Übelkeit, die ihn jedes Mal bei Start und Landung überfiel, sich dann aber schnell legte, sobald der Flug ruhiger wurde.

Das Flugplatzgelände unter ihnen wurde rasch kleiner, sein Jeep sah aus wie ein Spielzeugauto. Phil drehte kurz vor Usakos ab, dessen Häuser wie säuberlich angeordnete Bauklötze wirkten, und folgte dem durch seine hellbraunen Windungen zwischen vereinzeltem Grün gut erkennbaren Khan River Richtung Nordosten. In der Ferne waren bereits die ersten Hügelketten des Erongogebirges zu sehen. Die Weite des Horizonts war unglaublich, und Robert schien es, als könnte er bis zum Ende der Welt blicken – und darüber hinaus. Der Boden wirkte durch den Sand und die am Ende des heißen Sommers vertrockneten Gräser bräunlich, nur Büsche brachten vereinzelt ein wenig Farbe in die Landschaft. Unzählige Seitenarme des Flusses führten noch Reste des schlammigen Wassers vom letzten Regen, doch auch diese würden bald wieder austrocknen, während das Wasser in tiefere Schichten ablief und dort die unterirdischen Speicher erneut auffüllte.

Die braunroten Felsen des Kranzbergs, eines kleinen Vorläufers des Erongogebirges, tauchten inmitten der flachen Ebene vor ihnen auf. Durch die halbrunde Form war der vulkanische Ursprung unverkennbar. Robert beugte sich vor und schob die Sonnenbrille hoch. Es war für ihn jedes Mal ein unbeschreibliches Gefühl, darüber hinwegzufliegen und sich vorzustellen, wie es hier vor rund hundertdreißig Millionen Jahren ausgesehen haben mochte, als das Gebirge entstanden war. Wind und Wetter hatten die ehemals schroffen Formen abgerundet und ablaufendes Wasser tiefe Rinnen in das Gestein gegraben.

Phil lenkte das Flugzeug durch einen besonders tiefen Graben und zog kurz vor einer steil ansteigenden Felswand wieder hoch. Nachdem es ihm erfolgreich gelungen war, seinen Mageninhalt bei sich zu behalten, genoss Robert die grandiose Sicht auf vulkanische Gesteinsschichten und die Einschlüsse aus anderen Konglomeraten und Sedimentgesteinen. In diesen Felsen gab es unzählige Pegmatitgänge und Drusen, in denen die unglaublichsten Berylle, Topase und Turmaline gefunden wurden.

Schon bald würde er mit seiner Ausrüstung wiederkommen, um die Berge zu Fuß zu erkunden. Von seinen Kollegen bei Bodmin wusste er, dass die Firma versucht hatte, dort Abbaurechte zu bekommen, bisher aber gescheitert war. Vermutlich, weil die Regierung hier selbst schürfen und eine so ertragreiche Quelle nicht einem privaten Unternehmen überlassen wollte. Nun, solange die Bewohner der Gegend sich weiterhin im Gebirge aufhalten durften, sollte es ihm recht sein. Es wäre eine Schande, alles durch professionellen Abbau zu zerstören. Aber das würde er seinem Arbeitgeber natürlich nicht auf die Nase binden. Es gab noch genug andere Abbaugebiete, die sich wesentlich besser eigneten, und er würde sie nach und nach aufspüren. Wie immer rief dieser Gedanke in ihm eine Aufregung hervor, die er in Deutschland schon lange nicht mehr gespürt hatte. Das Erstellen von Bodengutachten war einfach nicht mit der ursprünglichen Art der Rohstoffsuche zu vergleichen.

Phil drehte in Richtung der Savanne ab, deren gelbbraune Farbe von dunkleren Punkten durchbrochen wurde. »Und, wollen wir Büffel jagen?« Sein Grinsen zeigte Robert, dass er die Frage nicht ernst meinte. Obwohl man es bei Phil nie genau sagen konnte; er war durchaus bekannt dafür, für den richtigen Preis auch Jagdgruppen aus aller Welt in die tierreichen

Gebiete zu fliegen und den Rücktransport der Beute zu organisieren. Normalerweise war so etwas nicht sein Fall, aber Robert hatte im letzten Jahr gelernt, gelassener zu reagieren und wegen solcher Dinge keine Freundschaften zu opfern.

»Woher willst du wissen, dass es Büffel sind?« Robert kniff die Augen zusammen, um gegen die Sonne etwas erkennen zu können. »Könnten auch Kudus sein oder Antilopen.«

»Nein, ganz sicher nicht. Sieh dir genau an, wie sich die Tiere bewegen. Springen sie?«

»Soweit ich feststellen kann, nein.«

»Also scheiden Antilopen aus. Eines der Tiere springt immer, erst recht, wenn sie das Flugzeug hören. Kudus sind schlanker als Büffel, ihre Köpfe kleiner, dafür die Hörner größer, und ihr Fell ist heller. Außerdem sind sie meist in kleinen Familiengruppen unterwegs, während die Zahl der Tiere dort unten eindeutig für eine Büffelherde spricht. Warte, ich gehe weiter runter, dann sehen wir, ob ich recht habe.«

Robert klammerte sich am Griff fest, als die Maschine steil nach unten sank. »Ich glaube es dir auch so, du musst nicht …« Er brach ab, als er erkannte, dass er Phil sowieso nicht aufhalten konnte. Der Savannenboden kam immer näher, und die Tiere wuchsen von kleinen dunklen Flecken zu ausgewachsenen Büffeln heran. Durch das Flugzeug aufgeschreckt, setzten sie sich langsam in Bewegung. Robert beugte sich gespannt vor. Es war ein grandioser Anblick, dieses wogende Meer aus Tierleibern aus der Nähe zu sehen. Die Büffel wurden immer schneller, je näher die Maschine sich auf sie herabsenkte. Wie eine riesige Schlange schien sich die von einer Staubwolke umhüllte Herde durch die Savanne zu winden, zu schnell, um die Tiere zählen zu können, doch Robert schätzte sie auf mindestens einhundert. Deutlich konnte er nun auch die Kälber sehen, die verzweifelt versuchten, mit ihren Müttern

Schritt zu halten. »Okay, du hast mich überzeugt, zieh wieder hoch.«

Lachend ließ Phil die Maschine wieder aufsteigen. Ein weiterer Blick nach unten zeigte, dass sich die Büffel sofort wieder beruhigten, einige grasten bereits wieder.

Phil sah ihn an. »Noch eine Runde über die Erongos?«

»Gern.« Robert schob die Sonnenbrille auf seiner Nase zurecht. »Wenn es geht, diesmal etwas weniger Achterbahn, sonst braucht dein Flugzeug demnächst eine Grundreinigung.«

»Kein Problem.« Phil öffnete eine Klappe. »Da drin sind Spucktüten, such dir eine aus.«

Robert seufzte tief auf. »Wie überaus mitfühlend. Aber danke, ich verzichte.«

Phils blonde Augenbrauen hoben sich. »Gib doch einfach zu, dass du es genießt, wenn ich ein wenig Aufregung in dein langweiliges Leben bringe. Ohne mich würdest du dich jetzt doch nur um deine Einkäufe kümmern.« Sein Gesichtsausdruck deutete an, wie öde er das fand.

»Deine Nahrungsmittel fliegen dir vermutlich einfach so zu?«

Phil lachte. »So ähnlich. Ich kriege sie geliefert, wenn ich nicht gerade sowieso im Ort bin.«

»Den Luxus hat mir hier noch niemand angeboten. Wie kommt man in seinen Genuss?«

»Kontakte, mein Freund, Kontakte.«

Kopfschüttelnd lehnte Robert sich zurück und genoss den weiteren Flug. Der Erongo breitete sich beinahe kreisrund unter ihnen aus; die Spuren früherer Vulkanaktivität waren deutlich sichtbar. Zerklüftete Felswände erhoben sich aus der Hochebene und ragten, von Einschnitten durchzogen, in die Höhe. Zu gerne hätte er den Einschluss helleren Gesteins am südlichen Ende des Massivs genauer untersucht, doch da er wusste, dass Phil sein Interesse für Gesteinsformationen nicht teilte, seufzte er nur und riss seine Augen von dem faszinierenden Anblick fort.

»Genug gesehen?«

»Für heute ja.«

Das Flugzeug drehte über dem Ort Omaruru, der durch den Hereroaufstand von 1904 traurige Berühmheit erlangt hatte, eine Schleife und flog über die Berge zurück in Richtung Usakos. Robert richtete sich auf, als sie die Bahnlinie und kurz darauf den Khan River überflogen. Der Pad schlängelte sich als helles Band durch die Landschaft und erinnerte ihn daran, dass er in einigen Stunden die Rütteltour erneut durchstehen musste. Während des Fluges hatte er seine Muskelschmerzen fast vergessen, doch sowie er sich bewegte, setzten die Schmerzen wieder ein.

Tief unter sich erkannte Robert die charakteristischen Felsformationen, die das Tal, in dem sein Haus stand, umrahmten, und dahinter das Rivier. Unerwartet stellte sich tiefe Zufriedenheit bei ihm ein, während er sein Land betrachtete. Dies war seine Zukunft, die Möglichkeit, seinem Leben eine neue Richtung zu geben und die Vergangenheit hinter sich zu lassen.

»Ein schönes Stückchen Land hast du dir da geangelt. Was hast du dem Fechner dafür angeboten?«

Verwirrt sah Robert ihn an. »Gar nichts, wir haben uns einfach nur unterhalten.«

Phil warf ihm einen bedeutungsvollen Blick zu. »Normalerweise hätte Karl eher jemanden erschossen, als ihm sein kostbares Land zu geben.«

Robert lächelte in der Erinnerung an ihr erstes Treffen. »Das hatte er auch vor, aber er hat es sich noch mal anders überlegt.« Er hob die Schultern und zuckte zusammen, als der Schmerz hindurchfuhr. »Keine Ahnung, warum.«

»Höchst merkwürdig. Sag mal, hat der alte Kramer dir nun helfen können?«

»Er sucht meine Einkäufe zusammen, ich hol sie nachher ab.«

Phil grinste ihn vielsagend an. »Du weißt, dass ich etwas anderes meinte. Wo ist nun diese geheimnisvolle Mariama?«

Robert seufzte innerlich auf. Phil würde keine Ruhe geben, bis er damit herausrückte. Er deutete nach unten. »Genau dort.«

Sein Freund wirkte verdutzt. »Wie? Du kannst sie von hier aus sehen? Das glaube ich dir nicht, du kannst ja noch nicht mal einen Büffel von einem Kudu unterscheiden.«

»Davon rede ich auch nicht. Sie heißt Mariama Fechner.«

Phils Kopf ruckte zu ihm herum. »Karl hat eine Tochter? Warum hat der Kerl das all die Jahre vor mir geheim gehalten?«

Robert grinste zufrieden. »Er wird wohl seine Gründe gehabt haben. Und falls du dich fragst, warum du sie nie gesehen hast – sie hat die letzten Jahre in Deutschland studiert.«

Phil zog die Augenbrauen hoch. »Wenn sie dir doch so viel erzählt hat, warum dann nicht auch gleich ihren Nachnamen? Oder hast du sie nicht danach gefragt?«

Die Erinnerung an Mariamas Anschuldigungen verdüsterten Roberts Miene. »Ich bin nicht mehr dazu gekommen. Der Wagen von der Farm kam, und dann war sie schon weg.«

Das Flugzeug drehte eine weitere Schleife, diesmal über dem Swakop River, bevor Phil es wieder in Richtung Usakos lenkte. »Jetzt weißt du ja, wer sie ist. Weißt du schon, wie du das nächste Treffen mit ihr arrangierst?« Phil lachte, als Robert schwieg. »Also ja. Aber ich ahne, dass du mir nichts weiter erzählen wirst.« Er legte die Hand über sein Herz. »Ich bin wirklich getroffen, dass du nicht mal mir als altem Freund …«

»Ach, halt den Mund und leg bitte wieder beide Hände an den Steuerknüppel, sonst stürzen wir noch ab.«

Lachend folgte Phil der Anweisung. »Guter Versuch, aber darauf falle ich nicht rein. Ich erwarte einen vollständigen Bericht von eurem Wiedersehen.«

Robert schüttelte den Kopf. »Vergiss es.«

Sein Feund stieß einen übertriebenen Seufzer aus. »Ich werde hier noch mal an Langeweile sterben, nie passiert etwas, und wenn doch, erzählt mir keiner was.«

Eine größere Lüge hatte Robert noch nie gehört. Wenn jemand ein interessantes Leben führte, dann war es Phil. Er traf unzählige Leute und kam mit allen gut zurecht. Auf seinen Flügen erfuhr er meist mehr über seinen Fluggast als dessen Friseur. Von seinen Reisen brachte er immer die neuesten Neuigkeiten mit, egal ob aus Politik und Sport oder gesellschaftlichen Klatsch. Phil bekam alles mit und erzählte es brühwarm weiter. Ein Grund mehr, ihm nichts über Mariama zu berichten.

Der Hauptgrund war allerdings, dass Robert selbst nicht wusste, wie es mit Mariama weitergehen würde. Und wenn es wirklich irgendwann einmal etwas zu erzählen gäbe, würde Phil es sowieso erfahren.

Kopfschüttelnd wandte er sich wieder der grandiosen Landschaft unter ihm zu. Die verästelten Arme der Riviere zogen helle Linien durch die rotbraune Landschaft, Büsche und Bäume bildeten dunkle Punkte entlang der Flussadern und auch mitten in der Savanne. Zerklüftete Felsen ragten ihnen entgegen, grüne Flächen zeigten an, wo auch außerhalb der Regenzeit genug Wasser für Bäume und Büsche zu finden war. Gerade, helle Linien führten tief in der Landschaft zu den einzelnen Farmen und verbanden die Städte miteinander. Weiter westlich, zwischen dem Meer und dem Hochplateau, über dem sie sich befanden, lagen die gewaltigen roten Sanddünen der Wüste Namib, einem der trockensten Orte der Erde.

Er war bereits mit dem Auto hindurchgefahren, als er nach Swakopmund unterwegs gewesen war, und hatte sie auch schon vom Flugzeug aus gesehen, sich aber dennoch fest vorgenommen, sie irgendwann einmal in Ruhe zu erkunden, um die Einzigartigkeit ihrer Landschaft in sich aufzunehmen. Später, wenn ihm die Arbeit bei Bodmin und sein Land Zeit dafür ließen.

Roberts Muskeln spannten sich an, als sie kurz darauf den Khan River überquerten und die Maschine deutlich an Höhe verlor. Wenn er einen Moment beim Fliegen hasste, dann war es die Landung, zumindest auf dieser sogenannten Landebahn, die nur aus einem Feldweg mit Schlaglöchern bestand.

»Okay, halt dich besser fest, der letzte Regen hat einigen Sand weggespült, es könnte etwas holprig werden.«

Etwas? Robert klammerte sich an Sitz und Haltegriff, während er seine Füße gegen den Boden stemmte, um die schlimmsten Stöße abzufangen. Schon eine normale Landung war eine Tortur, doch bei der beschädigten Landebahn … Durch ihre Kürze war jeder Pilot gezwungen, sehr schnell und steil anzufliegen und dann sofort mit aller Kraft abzubremsen. Robert wusste, dass sein Freund sehr viel Übung hatte, trotzdem brach ihm der Schweiß aus, als die Maschine in ein tiefes Loch tauchte und mit einem gewaltigen Ruck wieder heraussprang, um dann wild hin und her zu schlingern, bis Phil sie wieder unter Kontrolle brachte. Als sie schließlich kurz vor dem Ende der Bahn zum Stehen kamen, gelang es Robert kaum, seine Finger vom Griff zu lösen.

»Wir stehen, du kannst dich ruhig abschnallen.« Ein Lachen war in Phils Stimme zu hören.

»Sehr witzig.« Robert schoss ihm einen wütenden Blick zu.

»Ja, fand ich auch.« Gut gelaunt grinste Phil zu ihm herüber, bevor er den Kopfhörer absetzte, seine Tür aufstieß und sich aus der Maschine schwang.

Robert wollte seinem Beispiel folgen und legte den Kopfhörer auf die Konsole. »Willst du nicht zum Parkplatz zurückfahren?«

Phil beugte sich wieder zu ihm herein. »Ich muss mir erst ansehen, ob die Maschine von dem Schlagloch etwas abbekommen hat. Du kannst entweder warten oder schon zu Fuß zum Auto zurückgehen.«

Mit zitternden Händen löste Robert den Gurt. »Ich denke, ein kleiner Fußmarsch wird mir jetzt guttun.«

Phils Lachen folgte ihm, als er sich, den Kopf zum Schutz gegen die sengende Sonne gesenkt, auf den Weg zu seinem Wagen machte. Sein Freund hatte einen merkwürdigen Sinn für Humor, aber was sollte man bei einem Engländer schon anderes erwarten. Roberts Mundwinkel zuckte. Gut, vermutlich hätte er sich an seiner Stelle auch amüsiert. Ein Blick auf die Uhr zeigte ihm, dass er sich langsam beeilen sollte, wenn er heute noch etwas erledigen wollte.

Kurze Zeit später lud Robert den letzten Karton in seinen Wagen und verabschiedete sich vom alten Kramer, der ihn die ganze Zeit über mit sauertöpfischer Miene beobachtet hatte. Vermutlich hatte er nur nach einer weiteren Gelegenheit gesucht, Gift zu versprühen, und war enttäuscht, dass Robert ihm keine geboten hatte. Froh darüber, den Blicken entkommen zu können, schwang er sich in den Jeep und fuhr die kurze Strecke hinüber zum kleinen Postamt, in dem es auch ein Münztelefon und Schließfächer für die Bewohner der weitab liegenden Farmen gab, in denen die eingegangene Post gesammelt wurde. Robert nickte dem Schalterbeamten zu und holte den Schlüssel zu seinem Schließfach hervor. Manchmal ließ ihm jemand von Bodmin Kartenmaterial oder Ähnliches hier, doch in dem Fall gaben sie ihm normalerweise vorher über Funk Bescheid. Im Grunde gab es nur eine einzige Person, die wusste, wo er war, und die ihm hin und wieder einen Brief schickte, aber auch da erwartete er vor dem nächsten Monat keine neue Nachricht.

Grinsend steckte Robert den Schlüssel ins Schloss und drehte ihn herum. Sein Freund Klaus war beinahe ebenso schreibfaul wie er selbst und raffte sich meist erst dann dazu auf, wenn seine Verlobte Evelyn ihn auf ihre unnachahmlich sanfte Art dazu zwang. Gott, wie er seine beiden Freunde vermisste! Zu gern würde er im Sommer zu ihrer Hochzeit heimfliegen, doch das war nicht möglich. Eine Welle aus Schmerz und Schuldgefühlen rollte über ihn hinweg. Klaus hatte ihn gebeten, sein Trauzeuge zu sein, eine Aufgabe, die er liebend gerne übernommen hätte. Stattdessen würde er an dem Tag wohl auf seiner Farm sitzen und sich sinnlos betrinken, während er auf das Brautpaar anstieß. Früher hatte er es als großes Abenteuer angesehen, in einem fremden Land leben zu können, doch er hatte gemerkt, dass es sich anders verhielt, wenn man dazu gezwungen war.

Robert zog die Tür des Schließfachs auf und sah hinein. Leer. Doch gerade als er die Klappe wieder schließen wollte, sah er in einer dunklen Ecke einen flachen Umschlag liegen. Zögernd streckte er die Hand danach aus und angelte ihn heraus. Das zart rosafarbene Papier brachte ihn zum Lächeln. Er brauchte gar nicht erst auf den Absender zu sehen, um zu wissen, dass der Brief von Klaus war, der immer Evelyns gutes Briefpapier benutzte. Wie hatte sie es nur geschafft, dass er diesmal so schnell geantwortet hatte? Ganz egal, er freute sich über diese kurzen Berichte aus der Heimat, die ihn ein wenig am Leben seiner Freunde teilhaben ließen. Sorgfältig schob er den Umschlag in seine Hosentasche und schloss die Tür des Schließfachs.

»Haben Sie heute nichts für uns?« Der Beamte lehnte sich über die Theke und sprach ihn auf Afrikaans an. Viele der Weißen in der Gegend waren Buren und stammten ursprünglich aus den Niederlanden.

Robert bemühte sich, die Sprache zu lernen, was ihm durch ihre Verwandtschaft zum Holländischen erstaunlich gut gelang. Obwohl er es eilig hatte, gesellte er sich für einen Moment zu ihm. »Nein, heute nicht. Aber ich bin sicher, es wird demnächst wieder was für Bodmin dabei sein.«

»Die halten Sie ganz schön in Atem, wie?«

»Kann man so sagen. Es ist immer viel zu tun. Kein Wunder bei der Fülle an Bodenschätzen, die hier in der Gegend noch unentdeckt sind.«

Das entlockte dem Postler einen sehnsüchtigen Seufzer. »Ich wünschte, ich würde auch Diamanten entdecken, aber leider habe ich zu wenig Ahnung von der Sache.« Er lächelte. »Und ich habe keine Lust, im Dreck zu wühlen. Nicht umsonst arbeite ich im Staatsdienst.«

»Ein regelmäßiges Einkommen ist viel wert.« Was viele Menschen trotzdem nicht davon abhielt, zu versuchen, auf andere Art an Geld zu kommen.

»Ja, das sagt meine Frau auch immer.« Er zuckte mit den Schultern. »Wir sind zufrieden.«

»Das ist das Wichtigste.« Robert sah erneut auf die Uhr. »Ich muss wieder los. Bis zum nächsten Mal!«

Der Beamte nickte grüßend. »Ich werde hier sein.«

Zurück auf der Straße, zog Robert den Brief aus seiner Hosentasche und schwang sich in den Jeep. Er warf den Umschlag auf den Beifahrersitz und starrte darauf. Wenn er noch länger herumtrödelte, würde er heute gar nichts mehr schaffen. Klaus würde warten müssen, bis er abends beim Sonnenuntergang mit einem kühlen Bier auf der Veranda saß. Die Vorstellung würde seinem Freund sicher gefallen. Hoffentlich nahm Klaus sich bald Urlaub und besuchte ihn hier, es würde Spaß machen, ihm alles zu zeigen und das Land dabei selbst noch einmal neu zu entdecken. Roberts Miene verdüsterte sich. Aber nach der Hochzeit im Sommer würde seinem Freund vermutlich das Geld fehlen, um dieses Jahr auch noch eine teure Reise zu machen.

Nun, irgendwann würde es sicher klappen. Er konnte nicht erwarten, dass seine Freunde sich in Schulden stürzten, nur weil er Deutschland hatte verlassen müssen. Das war seine Schuld, sein Verlust, nicht ihrer. Auch wenn sie es nie gesagt hatten, sie verstanden nicht, warum er geflohen war und alles zurückgelassen hatte. Wie sollten sie auch, wo er ihnen doch nie die ganze Wahrheit erzählt hatte. Außer ihm selbst, seinem früheren Partner Gunter und dessen Frau Heidrun wusste niemand genau, was passiert war. Aber Gunter würde niemandem etwas sagen, da es die Firma belasten würde. Wenn aber Ermittlungen eingeleitet würden, würde sein ehemaliger Kompagnon ihn nicht mehr decken, sondern Roberts Versagen offenbaren, um seine eigene Haut zu retten. Robert rieb sich über die schmerzende Stirn. Wie hatte das alles geschehen können? Gerade war alles so gelaufen, wie es sollte, doch dann unterlief ihm dieser schwerwiegende Fehler, und er hatte sein eigenes Leben und das vieler anderer zerstört.

Mit leerem Blick starrte er durch die staubbedeckte Windschutzscheibe. Führte er hier tatsächlich ein neues Leben oder versteckte er sich nur vor sich selbst – und vor seiner Schuld? Robert schob die Schultern vor und startete den Motor. All diese Gedanken waren nutzlos, er konnte nichts mehr ändern, egal, wie sehr er sich das auch wünschte. Es war unwiderruflich geschehen, und er musste lernen, damit zu leben, oder der Sog seiner Gefühle würde ihn immer weiter in die Tiefe reißen. Er musste sein Schicksal akzeptieren. Wie etliche Male zuvor meldete sich sein Überlebenswille, der Drang, noch einmal neu zu beginnen. Und genau das hatte er hier, in Südwestafrika, getan, sein altes Leben abgelegt und sich eine neue Existenz aufgebaut. Es ging ihm gut, er hatte alles, was er brauchte, und noch mehr.

Kurz entschlossen machte Robert den Motor wieder aus, nahm den Brief vom Sitz und riss ihn auf. Er könnte jetzt Klaus' unnachahmlich humorvolle Schilderungen der Irrungen und Wirrungen seines Lebens gut vertragen. Erwartungsvoll überflog er die ersten Zeilen.

Lieber Robert,
heute nur eine kurze Nachricht, da Du ja immer noch kein Telefon hast und ich dachte, dass Du davon wissen solltest. Lyn wollte mich schon zum Arzt schicken, weil ich mich freiwillig an den Schreibtisch setze, aber ich habe ihr nicht erzählt, warum ich Dir schreibe, ich wollte sie nicht damit belasten.

Du glaubst nicht, wen ich heute getroffen habe: Gunter Steinfels. Da ich nicht an Zufälle glaube, bin ich mir ziemlich sicher, dass Dein ehemaliger Partner mir absichtlich vor dem Büro aufgelauert hat. Er war wie immer ein überheblicher Arsch, aber ich hatte den Eindruck, er macht gerade eine schwierige Zeit durch. Ich habe über drei Ecken gehört, dass es eurer Firma nicht sehr gut gehen soll, er erhält kaum noch Aufträge. Das hat er mir natürlich nicht erzählt, stattdessen aber mit seinem neuen Mercedes angegeben. Ganz nebenbei fragte er, ob ich wüsste, wo Du zu finden seist. Ich habe es ihm natürlich nicht gesagt, aber ich glaube, ihm war klar, dass ich lüge. Ich bin mir ziemlich sicher, dass er es weiter versuchen wird und so lange nicht aufgibt, bis er eine Spur zu Dir findet. Pass also bitte auf, ich habe ein ganz ungutes Gefühl bei der Sache. Auch wenn er Dein Partner und Freund war, muss ich Dir wohl nicht erzählen, dass ich ihm alles zutraue. Tu mir den Gefallen und lass Dich nicht wieder von ihm einfangen, egal, was er Dir vorschlägt: SAG NEIN!

Mit dieser fröhlichen Botschaft werde ich den Brief schließen. Ich hoffe, wir sehen uns bald mal wieder. Evelyn sagt, Grüß und Kuss – ich muss ihr das wirklich mal austreiben, es geht nicht, dass meine Verlobte mit meinem besten Freund anbändelt, selbst wenn es nur in Briefen ist.

Viele Grüße, Klaus

Robert ließ langsam den Brief sinken und zerknüllte ihn in der Hand. Gunter war also auf der Suche nach ihm. Besonders überraschend kam die Nachricht nicht, aber er hatte gehofft, sein Ex-Partner hätte zu viel zu tun, um die Sache tatsächlich in Angriff zu nehmen. Er konnte nur beten, dass Gunter ihn nicht fand, denn er hatte keine Lust, sich mit ihm auseinanderzusetzen. Er erinnerte sich noch gut an ihre letzte Begegnung, bei der Gunter ihm vorgeworfen hatte, er würde sich gegenüber Steinfels & Wolf verantwortungslos verhalten, wenn er einfach alles hinwerfe. Und er hatte damit recht gehabt, doch für Robert war es der einzige Weg gewesen, um nicht den Boden unter den Füßen zu verlieren und die Firma mit in den Abgrund zu ziehen. Gunter hatte das nicht verstanden, genauso wenig wie Heidrun, die ihn gebeten hatte zu bleiben. Doch das konnte er nicht. Abrupt schüttelte Robert den Kopf, um diese Gedanken zu vertreiben. Es war vorbei, ein für alle Mal. Er hatte sie in Deutschland zurückgelassen, genauso wie den Rest seiner Vergangenheit. Mit zusammengebissenen Zähnen startete er erneut den Motor und fuhr zurück zu seinem Grundstück.

3

Noch so eine Woche, und er wäre reif für die Rente. Robert ließ seinen Kopf kreisen, um den schmerzenden Nacken zu entlasten. Nach dem anstrengenden Wochenende hatte ihn Bodmin International tagelang durch das Land geschickt, zu Probegrabungen, Gesprächen mit Landbesitzern, zur Kontrolle von Abraumhalden, und als wäre das nicht genug, hatten sie ihn am heutigen Freitag zum Gespräch in die Firmenzentrale in Windhoek bestellt. Er hasste diese Meetings, in denen die Firmenchefs von ihren Mitarbeitern verlangten, im Anzug zu erscheinen und von ihren Erfolgen zu berichten. Genervt zerrte Robert an seinem Kragen und öffnete noch ein paar Knöpfe des Hemdes. Die Krawatte hatte er sofort abgelegt, als er in den Wagen gestiegen war, trotzdem hatte er das Gefühl, eingezwängt zu sein. Seltsamerweise hatte es ihm früher als selbstständigem Gutachter nie etwas ausgemacht, zu einem Geschäftstreffen einen Anzug zu tragen, doch hier fühlte es sich … befremdlich an, als würde es nicht mehr zu seinem Leben passen.

Eine Staubwolke zog sich hinter seinem Jeep her, während er wieder einmal viel zu schnell über den Pad fuhr. Er konnte es kaum erwarten, zu Hause in seine Jeans zu schlüpfen und es sich mit einem kühlen Bier auf der Veranda gemütlich zu machen, während er den Grillen und Vögeln zuhörte, die sich auf die nahende Nacht einstimmten. Vielleicht würde er sogar dazu kommen, die *Allgemeine Zeitung* zu lesen, die in deutscher Sprache publiziert wurde und ihm ein Gefühl von Heimat gab, auch wenn die Themen hauptsächlich Südwestafrika betrafen. Radio und Zeitung reichten ihm als Informationsquellen völlig aus. Robert sah auf die Uhr. Das Meeting hatte nicht allzu lange gedauert, sodass er Windhoek bereits mittags wieder hatte verlassen können. Vielleicht kam er sogar früh genug an, um sich ein wenig um sein Haus zu kümmern, eine Grundreinigung war dringend angesagt. Ganz zu schweigen von den vielen kleinen Arbeiten, die er eigentlich schon lange hatte erledigen wollen. Aber wollte er sich wirklich den Abend davon verderben lassen? Schließlich stand ein langes Wochenende bevor, das er von morgens bis abends nutzen konnte.

Während er über seine eigene Faulheit den Kopf schüttelte, sah er aus den Augenwinkeln heraus eine Bewegung am Straßenrand. Automatisch trat Robert auf die Bremse und ließ den Wagen ausrollen, während er im Rückspiegel den Pad beobachtete. Nichts rührte sich mehr, vermutlich war es nur Einbildung gewesen oder der Verursacher bereits geflüchtet. Trotzdem fuhr er nicht weiter. Wahrscheinlich irrte er sich, aber er meinte eine Silhouette wahrgenommen zu haben, die ihm irgendwie menschlich vorgekommen war. Die Erinnerung an das Unglück vor einer Woche war sofort wieder präsent, griff mit kalten Fingern nach ihm. Robert schaltete den Motor aus und öffnete die Tür. Der Staub hatte sich gelegt und stob nun unter seinen Schuhen erneut auf, als er langsam den Pad zurückging. Die Sonne brannte ihm heiß auf Kopf und Rücken, und der Schweiß ließ das Hemd unangenehm an seiner Haut kleben.

Vermutlich sollte er einfach weiterfahren; selbst wenn es ein Mensch gewesen war, wollte er anscheinend nicht gesehen werden. Dennoch trieb ihn irgendetwas dazu, weiterzugehen; ein Gefühl sagte ihm, dass er gebraucht wurde. Den Blick in das Unterholz seitlich der Straße gerichtet, folgte Robert den Reifenspuren bis zu dem Punkt, wo er die Bewegung gesehen hatte. An einer Stelle war der Boden am Straßenrand aufgewühlt.

Robert trat in das Gestrüpp aus hohen Gräsern und Akazienbüschen, das von vereinzelten Kameldornbäumen überschattet wurde. Am Ende der Regenzeit waren die Sträucher noch grün, sodass er kaum etwas sehen konnte. Nur undeutlich war ein Fußabdruck zu erkennen, so klein, dass er einem Kind gehören musste. Robert hockte sich hin und versuchte herauszufinden, wohin es von hier aus gelaufen war. Das Gras machte es schwierig, weitere Spuren zu entdecken. Kopfschüttelnd richtete er sich wieder auf. Das brachte nichts, das Kind kannte sich hier vermutlich bestens aus und konnte ihm ohne Weiteres aus dem Weg gehen, wenn es das wollte.

Gerade als er sich umdrehte, hörte er ein unterdrücktes Niesen in unmittelbarer Nähe. Ohne darüber nachzudenken, wirbelte er herum und stürzte zum Verursacher des Geräuschs. Hinter einem Dornenbusch saß ein schwarzer Junge, der ihn mit großen Augen ansah und wirkte, als wollte er gleich fliehen. Robert hockte sich vor ihn und hob beschwichtigend die Hände. »Ganz ruhig, ich tue dir nichts.« Es war klar, dass der Junge kein Deutsch verstand, er konnte nur hoffen, dass er die Geste richtig deutete. »Brauchst du Hilfe?« Als der Junge ihn weiterhin nur schweigend ansah, versuchte er es auf Afrikaans und auf Englisch. Wieder keine Reaktion. Schließlich suchte Robert seine wenigen Brocken Khoisan zusammen. »Hilfe?« Diesmal zuckte der Junge zusammen, er hatte ihn verstanden. Robert streckte seine Hand aus, aber das Kind schreckte davor zurück, als wäre sie giftig. Ratlos setzte Robert sich auf seine Hacken zurück. Was sollte er tun? Er mochte den Jungen nicht alleine hierlassen, aber gegen seinen Willen konnte er ihn auch nicht mitnehmen.

Der Junge sagte etwas, das Robert nicht verstand. Irgendetwas über seinen Vater, doch zu mehr reichten seine Sprachkenntnisse nicht. Frustration breitete sich in ihm aus. Er hatte wirklich versucht, die Sprachen der Eingeborenen zu lernen, doch gerade die Khoisandialekte waren mit ihren vielen Klick- und Pfeiflauten verflucht schwer. Mehr als ein paar Wörter, die er für seine Arbeit brauchte, waren nicht hängen geblieben. Vielleicht, wenn er länger hier in der Gegend lebte … Der Junge machte eine Bewegung, als wolle er fliehen, deshalb umfasste Robert locker sein Handgelenk. Wieder verstand er den Redeschwall nicht, den der Junge von sich gab, bis ein Wort hängen blieb. *Unglück.* Furcht stieg in Robert auf. Hatte es schon wieder einen Grubeneinsturz oder etwas Ähnliches gegeben?

»Mariama.«

Roberts Herz blieb stehen, als der Junge klar und deutlich den Namen aussprach. »Was ist mit ihr? Ist sie verletzt?« Natürlich verstand er ihn auch diesmal nicht. Robert war kurz davor, den Jungen an den Armen zu packen und zu schütteln, als dieser zu einer Pantomime ansetzte.

Seine Hände klopften auf den Boden, dann ahmte er jemanden nach, der schaufelte. Eine Grube, genau. Er hob die Arme und ließ sie herunterfallen, begleitet von einem zischenden Laut. Seine Augen schlossen sich, der Kopf hing zur Seite. Ein Einsturz, Verletzte. Der Junge deutete auf Roberts Brust und machte wieder eine schaufelnde Bewegung. Danach klopfte er sich auf die Brust und sagte: »Mariama.« Und: »Vater.« Wieder die Darstellung eines Verletzten. Schließlich deutete er in die Richtung, aus der Robert gekommen war, und auf sich. »Vater.«

Jetzt endlich verstand Robert. Es ging nicht um ein neues Unglück, sondern um das von letzter Woche. Er selber hatte mit den Männern gegraben, während Mariama sich um die Verletzten kümmerte, anscheinend war auch der Vater des Jungen darunter gewesen. Robert konnte sich vage daran erinnern, dass ein Junge unter den Bäumen bei den Verletzten gesessen hatte, aber er hätte ihn nicht wiedererkannt. Die Frage war, was er jetzt mit ihm machen sollte. Der Junge hatte anscheinend vor, zu seinem Vater zu laufen, doch soweit Robert wusste, hatte Mariama alle Verletzten mitgenommen, nur die Toten waren zurückgeblieben und ein einzelner Mann, dessen Verletzungen keinen Transport zuließen. Was war aus ihm geworden? Vermutlich war er an seinen Verletzungen gestorben. Mariama würde wahrscheinlich wissen, wer der Vater des Jungen war und wie er ihn finden könnte. Am besten nahm er ihn mit und setzte ihn auf der Farm der Fechners ab.

Entschieden erhob Robert sich und hielt dem Jungen die Hand hin. Mühsam suchte er die Wörter zusammen. »Dein Name?« Der Junge sah ihn verwirrt an. Robert deutete auf sich. »Robert.« Seine Finger tippten auf die Brust des Jungen. »Name?«

»Mugambo.« Der Junge betrachtete ihn mit ernsten Augen. Schließlich zeigte er auf Robert. »Robert.«

Robert lächelte. »Genau.« Er hielt wieder die Hand auffordernd hin. »Komm mit.«

Nur zögernd legte Mugambo die seine hinein. »Vater suchen?«

Mühsam schluckte Robert. »Ja.«

Gemeinsam gingen sie zum Jeep zurück, wo Robert die Beifahrertür öffnete und den Jungen hineinhob. Sachte schloss er die Tür hinter Mugambo wieder, ging um den Jeep herum und schwang sich hinein. Während er den Motor startete und langsam anfuhr, beobachtete er aus den Augenwinkeln heraus den Jungen. Hoffentlich versuchte er nicht, aus dem fahrenden Auto zu springen, wenn er merkte, dass sie in Richtung der Fechnerfarm fuhren und nicht dorthin, wo er seinen Vater vermutete. Doch Mugambo sah ihn nur stumm an, eine Mischung aus Verzweiflung und Vertrauen in den dunklen Augen, die Robert einen Stich versetzte. Es schien ewig zu dauern, bis endlich die Einfahrt der Farm vor ihnen auftauchte. Erleichtert bog Robert vom Pad ab und hielt vor dem einfachen Holztor eines Zauns, mit dem verhindert werden sollte, dass Vieh vom Grundstück lief und Raubtiere eindrangen. Nach einem weiteren Blick auf Mugambo stieg er aus, öffnete das Tor, fuhr hindurch und schloss es hinter dem Jeep wieder.

Der Weg zum Haus wurde eindeutig mehr befahren und besser gepflegt als sein eigener, was bei der Länge der Strecke ein weiterer Vorteil war. Nach weiteren zehn Minuten hielt Robert schließlich vor dem Haus an und stellte den Motor ab, dann drehte er sich zu Mugambo um. »Okay, finden wir heraus, was mit deinem Vater geschehen ist.« Natürlich verstand der Junge seine Worte nicht, aber er schien den Sinn erfasst zu haben, denn er nickte eifrig.

Robert hob ihn gerade aus dem Jeep, als die Haustür aufgestoßen wurde und Elise Fechner herauskam, ein Geschirrtuch in der Hand. Eilig kam sie auf ihn zu, als sie den Jungen an seiner Hand sah.

»Oh, da ist er ja! Wir haben Mugambo schon überall gesucht, er war wie vom Erdboden verschluckt.«

»Guten Tag, Elise. Kein Wunder, dass ihr ihn nicht gefunden habt, er war auf dem Pad, einige Kilometer von hier.«

Elise schüttelte den Kopf. »Gut, dass du ihn entdeckt hast. Nicht auszudenken, was ihm da draußen hätte zustoßen können. Was hatte er nur vor?«

Robert legte seine Hände auf Mugambos Schultern. »Soweit ich ihn verstanden habe, will er zu seinem Vater.« Als er Elises merkwürdigen Gesichtsausdruck sah, fügte er rasch hinzu: »Ich kann mich aber auch irren, ich habe eigentlich nur das Wort Vater wirklich verstanden.«

Elise drehte sich zum Haus um. »Nomami! Mugambo ist wieder da!«

Auf ihren Ruf hin öffnete sich die Fliegentür erneut und

eine ältere schwarze Frau eilte heraus. Robert erinnerte sich daran, sie mit Mariama zusammen bei den Verletzten des Grubenunglücks gesehen zu haben.

»Nimm bitte den Jungen mit und gib ihm etwas Ordentliches zu essen, er hat sicher Hunger und Durst.«

Nomami nickte, ergriff Mugambos Hand und wollte ihn mit sich zum Haus nehmen. Doch der Junge drängte sich dichter an Robert und sah ihn flehend an. Erst als Robert ihm aufmunternd zunickte, löste er zögernd seine Umklammerung. Robert sah ihm nach, während er auf das Haus zuging. Armer Junge, es war sicher schwer für ihn, in dieser fremden Umgebung zurechtzukommen, noch dazu, wenn er nicht wusste, wo sein Vater war. Mit einem Seufzer drehte Robert sich schließlich zu Elise um, die wie er selbst zum Haus blickte. Mit dem Handtuch tupfte sie sich über das Gesicht, ihre Schultern bebten.

Zögernd sprach Robert sie an. »Elise?« Ihre Augen schwammen in Tränen, als sie sich zu ihm umdrehte. Sein Herz zog sich zusammen. »Was ist mit dir?«

»Mugambo wird seinen Vater nicht finden, er ist tot. Zumindest nehme ich das an. Sein Rückgrat war schwer verletzt, er war bis zum Nacken gelähmt, den Transport hätte er nicht überstanden. Er hat darum gebeten, dass wir uns um seinen Sohn kümmern, und genau das werden wir tun.«

Robert erinnerte sich noch gut an den Mann, der im Schatten der Akazie liegen geblieben war. Er holte tief Atem. »Irgendjemand muss dem Jungen das sagen, sonst wird er immer wieder nach seinem Vater suchen.«

Elise seufzte schwer. »Ich weiß. Nomami wird mit ihm reden. Ich möchte, dass er es genau versteht, aber mein Khoisan ist bestenfalls bruchstückhaft.«

Robert biss sich auf die Lippe, um nicht zu fragen, wo Mariama war und warum sie dem Jungen nicht alles erklärte. »Gut.«

Ein leichtes Lächeln erhellte Elises traurige Miene. »Danke, dass du ihm geholfen hast.«

»Aber gerne. Ich konnte ihn schlecht alleine da draußen herumlaufen lassen.«

Das Lächeln wurde breiter. »Gesprochen wie ein wahrer Neubürger.« Sie drückte seinen Arm. »Ich finde es schön, wenn jemand noch so mitfühlen kann und sich um andere kümmert.«

Robert fühlte Hitze in seine Wangen steigen, er räusperte sich. »Das war doch selbstverständlich.«

Elise strahlte ihn an und wechselte das Thema. »Jedenfalls ist es schön, dass du mal wieder hier bist, wir haben dich ja kaum noch zu Gesicht bekommen, seit du dein eigenes Land hast.«

»Es war viel zu tun in letzter Zeit. Aber langsam wird es wieder ruhiger, hoffe ich.«

»Komm herein, ich mache dir einen Eistee.«

Wie konnte er diese Einladung ausschlagen, wenn er so vielleicht Mariama wiedersehen würde? Ganz davon abgesehen, dass Elises Eistee einer der besten war, die er je getrunken hatte, und er furchtbaren Durst verspürte. »Gerne.« Robert folgte Elise ins Haus und versuchte, eine Ähnlichkeit zwischen ihr und Mariama zu entdecken. Doch bis auf die sanft gerundete Figur konnte er keine finden. Während Elise dunkelbraune Haare, blaue Augen und einen dunklen Teint hatte, waren Haare und Haut ihrer Tochter wesentlich heller. Bei deren Augenfarbe war er sich nicht so sicher, meinte aber, sich an ein dunkles Grün erinnern zu können. Auch Karl war vom Typ her viel dunkler, selbst wenn sein Haar inzwischen einiges Grau zeigte.

Elise führte ihn auf die schattige Veranda und deutete auf einen der gepolsterten Stühle. »Setz dich, der Tee kommt sofort.«

»Du musst doch nicht …« Robert verstummte, als Elise im Haus verschwand. Mit einem Seufzer ließ er sich in den Stuhl sinken und streckte die Beine aus. Er hatte schnell gelernt, Elise nicht zu widersprechen, er konnte sowieso nicht gewinnen. Auch wenn er Mariama noch nicht sehr gut kannte, hatte er den Verdacht, sie ähnelte ihrer Mutter charakterlich mehr als äußerlich. Es versprach interessant zu werden, wenn sie sich wiedersahen.

»An was denkst du?«

Elises Stimme schreckte ihn aus seinen Gedanken auf. Hitze überzog sein Gesicht. »Wie gut ich jetzt einen Eistee gebrauchen kann. Ich habe das Gefühl, der halbe Sand des Pads hat sich in meinem Mund gesammelt.«

Elise stellte das Glas vor ihn auf den Holztisch. »Warum fährst du auch immer mit offenem Fenster? Kein Wunder, dass der Sand in jede Ritze dringt.«

Robert zuckte mit den Schultern. »Ich fühle mich ungern so eingeengt, und außerdem mag ich die frische Luft hier.«

Lächelnd setzte sich Elise auf den Stuhl gegenüber. »Das kann ich verstehen. Wie gefällt es dir, Landbesitzer zu sein?«

»Ich habe jetzt ein Zuhause, und das verdanke ich euch. Ich habe gar nicht gewusst, was mir fehlte, als ich noch in Mietswohnungen hauste. Es ist ein ganz anderes Gefühl, auf seinem eigenen Land zu leben.«

Grübchen bildeten sich auf Elises Wangen, die ihn an Mariama erinnerten. »Das freut mich. Karl wartet auch schon gespannt darauf, zu erfahren, was du jetzt weiter auf dem Land vorhast.« Ihr Lächeln wurde liebevoll. »Er ist eben neugierig.«

»Ganz im Gegensatz zu dir, natürlich.« Karls Stimme ertönte hinter ihr und ließ sie hastig herumfahren.

»Nun ja …«

Karl legte seine Hände sanft auf ihre Schultern. »Gib es auf, Robert wird dir sowieso nicht glauben.«

Elise schob das Kinn vor. »Der Junge ist gut erzogen, er würde nie an meinen Worten zweifeln.« Sie hob ihre Augenbraue und sah ihn an. »Nicht wahr?«

Robert bemühte sich, sein Lachen zurückzuhalten. »Natürlich.«

Triumphierend wandte Elise sich zu ihrem Mann um. »Siehst du.«

Kopfschüttelnd gab Karl Robert die Hand, bevor er einen Stuhl heranzog und sich zu ihnen setzte. Er beugte sich verschwörerisch über den Tisch. »Wenn du keinen Ärger haben willst, musst du deiner Frau immer zustimmen, uraltes Männergeheimnis.«

Robert grinste. »Ich werde es mir merken, sollte ich jemals in diese Situation kommen.«

Lachend klopfte Karl ihm auf die Schulter. »Das wirst du sicher, schneller, als du denkst. Irgendwo wird es hier ein nettes Mädchen für dich geben, da bin ich mir sicher.«

Robert war froh, dass er gerade keinen Eistee im Mund hatte, vermutlich hätte er sich sonst daran verschluckt. Ja, hier gab es eine sehr interessante Frau, aber Karl hatte bei seinen Worten sicher nicht an seine Tochter gedacht. Um seine Gedanken nicht zu verraten, hob Robert nur nichtssagend die Schultern. »Ich habe es nicht eilig.«

Elise schien seine Zurückhaltung in dieser Frage zu bemerken, denn sie erhob sich rasch. »Möchtest du auch einen Eistee, Karl?«

Er lächelte seine Frau dankbar an. »Gerne. Es war dermaßen heiß und trocken draußen, ich dachte schon, ich würde zu Dörrfleisch werden.«

Elises Finger strichen über seine glatte Wange. »Gut, dass ich so was mag.«

Karls Hände schnappten nach ihr, doch sie war schon außer Reichweite und verschwand lachend im Haus. Robert hatte das

Geplänkel lächelnd verfolgt. Es war schön, wie liebevoll die Fechners selbst nach so langer Ehe noch miteinander umgingen. Kein Vergleich zu seinen eigenen Eltern, die meist stumm nebeneinanderher gelebt und sich kaum umeinander gekümmert hatten. Er hatte lange gedacht, es ginge in jeder Ehe so zu, deshalb hatte er sich auch nie bemüht, eine passende Frau zu finden. Die Vorstellung, ein Leben lang an einen anderen Menschen gefesselt zu sein, erschreckte ihn zutiefst.

»Was führt dich zu uns, Robert?«

Karls Frage holte ihn aus seinen deprimierenden Erinnerungen zurück. »Mir ist auf dem Pad ein kleiner Junge begegnet, der seinen Vater sucht. Du kennst ihn, sein Name ist Mugambo.«

Karls Miene verdüsterte sich. »Oh, gut, dass du ihn mitgebracht hast. Wir haben ihn schon überall gesucht. Er lebt bei uns, seit sein Vater bei dem Unglück letzte Woche gestorben ist.«

»Ich bin sicher, er wird es hier gut haben.«

»Ja, er bekommt Unterricht und kann, wenn er möchte, auf der Farm mitarbeiten. Viele unserer Arbeiter sind Damara, so hat er auch Kontakt zu seinen Leuten.« Karl trank einen Schluck. »Er wird nur erst begreifen müssen, dass er nun hier ein neues Zuhause hat und nicht zu seinem Vater zurückkann.«

»Ist denn sicher, dass er tot ist?«

Karl sah sich vorsichtig um. »Ja. Ich habe einen der Arbeiter hingeschickt, der nachgefragt hat.« Er stieß einen tiefen Seufzer aus. »Armer Junge. Es ist schwer, seine Eltern zu verlieren, besonders wenn man noch so jung ist.«

»Ja.« Viele von Roberts Klassenkameraden hatte der Krieg zu Halb- oder sogar Vollwaisen gemacht. Vermutlich hatte er es bei seinen Eltern besser gehabt; immerhin hatten sie dafür gesorgt, dass er immer etwas zu essen im Magen und ein Dach über dem Kopf gehabt hatte. Mit der emotionalen Kälte und ihren ständigen Streitereien hatte er einfach leben müssen.

Karl richtete sich auf. »Aber reden wir von etwas Erfreulicherem. Wie hast du dich auf deinem Land eingelebt?«

Robert lächelte. »Ich habe es eben schon Elise erzählt, es gefällt mir sehr gut dort. Ich muss zwar noch vieles machen, aber es ist toll, sein eigenes Land zu besitzen.«

Karl rieb sich die Hände. »Sehr schön. Wenn du willst, kann ich dir ein paar Tipps zur Viehzucht geben. Wo du gute Rinder herbekommst, wie viel sie kosten dürfen, wie du Tränken einrichten kannst …«

»Danke, Karl, das ist nett, aber du weißt, dass ich mit Viehzucht nicht viel am Hut habe. Das überlasse ich dann doch lieber dir.« Robert lehnte sich zurück und sah in die Ferne. »Nein, ich werde nach Bodenschätzen suchen, wie ich es gesagt habe. Ich habe auch schon einige recht vielversprechende Stellen entdeckt, an denen ich Probebohrungen durchführen werde.«

»Und wenn du nichts findest?«

Robert lachte. »Dann habe ich immer noch den Job bei Bodmin.«

Karl wurde ernst. »Du weißt, wenn du irgendwann nicht mehr für die Kerle arbeiten willst, kannst du hier jederzeit anfangen.«

»Danke, Karl, das bedeutet mir sehr viel.« Und jetzt, wo er wusste, dass Mariama hier lebte, hörte sich das gar nicht mehr so schlimm an wie noch vor wenigen Wochen.

Mariama lehnte sich gegen die Haustür und zog eilig die verschmutzten Stiefel von den Füßen. In wenigen Stunden würde es dunkel werden, und sie hatte Mugambo immer noch nicht gefunden. Sorgenvoll schoben sich ihre Augenbrauen zusammen. Wo konnte der Junge nur stecken? Er war in den letzten

Tagen immer stiller geworden, wollte nicht spielen, nicht zum Unterricht und aß auch nicht mehr genug. Natürlich trauerte er, das war offensichtlich, aber sie hätte nicht gedacht, dass er einfach ohne ein Wort verschwinden würde. Mariama verzog den Mund. Sie hatte sogar geglaubt, ein besonderes Band zu ihm geknüpft zu haben, während sie seinen Vater versorgt hatte. Das war wohl ein Irrtum gewesen. Er kannte sie ja auch erst seit einer Woche, wie sollte er da so schnell Vertrauen fassen, noch dazu, wenn sie nicht zu seinem Volksstamm gehörte. Sie konnte nur hoffen, dass sie ihn fanden, bevor es zu spät war.

Mariama hängte den Hut an die Garderobe und folgte dem Flur zum Wohnzimmer. »Mama?« Sie erhielt keine Antwort. Es hätte sie auch verwundert, wenn ihre Mutter so früh am Tag im Wohnraum gewesen wäre. Erschöpft von dem langen Tag, strich sie sich eine Haarsträhne aus der Stirn. Vermutlich sah sie aus wie ein Wischmopp, aber das war ihr im Moment egal, wichtiger war es, Mugambo zu finden. Auf schmerzenden Füßen eilte sie durch das Erdgeschoss und nahm die Treppe zur oberen Etage. »Mama, bist du hier?« Irritiert stemmte sie die Hände in die Hüften. Wo konnte sie nur sein? Durch das offene Fenster ihres Zimmers hörte Mariama leise Stimmen, die von der Veranda zu kommen schienen. Von hier oben war es unmöglich, etwas zu erkennen, deshalb lief sie die Treppe wieder hinunter, durchquerte das Wohnzimmer und näherte sich der offenen Verandatür. Die Stimmen waren jetzt deutlicher, sie erkannte ihren Vater – aber da war noch ein anderer Mann, den sie von hier aus nicht sehen konnte.

Erneut strich sie sich durch die wirren Haare. So wie sie momentan aussah, wollte sie Besuchern eigentlich nicht begegnen. Zögernd blieb sie vor der Tür stehen und lauschte, verborgen durch einen Fliegenvorhang, dem auf Deutsch geführten Gespräch.

»… sicher, dass es hier Bodenschätze gibt? Ich habe noch nie etwas gefunden, dabei lebe ich schon seit fast dreißig Jahren hier.« Die Stimme ihres Vaters klang ruhig, seinen Gesichtsausdruck konnte sie nicht erkennen, weil er mit dem Rücken zur Tür saß.

»Natürlich kann man es nie hundertprozentig voraussagen, bei den komplexen geologischen Vorgängen hängt es von geringfügigen Einflüssen ab, ob Mineralien oder Rohstoffe entstehen oder nicht. Ein minimaler Druckunterschied, eine winzige Verschiebung, Verunreinigungen … die Liste ist endlos. Aber ich spüre, dass hier etwas ist, man muss es nur finden und bergen.« Die Stimme war tief und etwas rau, sie kam ihr bekannt vor …

»Wird dir Bodmin dabei helfen?«

Bodmin? Mariama richtete sich steif auf. Jetzt wusste sie, woher sie die Stimme kannte, es war dieser Robert, der den Grubeneinsturz verursacht hatte. Sie musste sich eingestehen, dass sie in der letzten Woche mehr als einmal an ihn gedacht hatte, was sie noch wütender machte. Die Hand vor den Mund gepresst, damit sie sich nicht durch einen Laut verriet, beugte sie sich wieder vor.

»Nein, ich mache es auf eigene Faust. Mit dem Stück Land …«

Mariama trat durch den Vorhang auf die Veranda und baute sich vor Robert auf, der sie mit offenem Mund ansah. »Ich werde nicht zulassen, dass Sie oder Ihr Arbeitgeber Bodmin meine Eltern um ihr Land bringen! Dieses Land gehört uns, Sie können Ihre verdammten Bodenschätze woanders suchen. Es ist ja nicht so, als wäre Südwestafrika nicht groß genug! Sie …«

»Mariama, es reicht! Was ist in dich gefahren?« Sie hörte die Stimme ihres Vaters nur leise, so sehr rauschte es in ihren Ohren.

»In mich? Seit wann redest du überhaupt mit den Leuten von Bodmin? Sonst hast du sie immer vom Grundstück gejagt. Und jetzt sitzt dieser … dieser Kerl hier, und du unterhältst dich auch noch mit ihm?«

»Mariama!« Ihr Vater erhob sich. »Du entschuldigst dich sofort bei Robert, er ist mein Gast und hat es nicht nötig, sich deine Beleidigungen anzuhören.«

Robert mischte sich ein, sein Gesicht eine harte Maske. »Kein Problem, Karl, ich bin es schon gewöhnt. Bei unserem letzten Treffen lief es genauso.«

Mariama sah buchstäblich rot. »Das ist ja eine Unverschämtheit, Sie …«

Ihr Vater sah von ihr zu Robert und wieder zurück. »Ihr kennt euch?«

»Das Grubenunglück letzte Woche. Ich habe den Männern beim Graben geholfen, als Mariama dazustieß und sich um die Verletzten kümmerte. Damals wusste ich allerdings noch nicht, wer sie ist.« Ein Mundwinkel hob sich zynisch. »Und so sehen wir uns wieder.«

Mariama hob das Kinn. »Bedauerlicherweise, ja.« Roberts braune Augen schienen noch düsterer zu werden, doch sie ignorierte den leisen Stich, den ihr das versetzte.

»Ich denke, es ist besser, du gehst jetzt, Mariama. Selbst in deinem Alter hast du offenbar noch nicht gelernt, dass man nicht immer das ausspricht, was man gerade denkt. Geh zu deiner Mutter und hilf ihr mit Mugambo.«

Mariama spürte Hitze in ihr Gesicht steigen.

Ihr Benehmen war ihr selbst peinlich. Auch wenn sie im Recht war, sie hätte ihren Vater nicht in Verlegenheit bringen dürfen.

In ihrer Not stürzte sie sich auf seine letzte Aussage. »Mugambo? Ist er wieder aufgetaucht?« Erleichtert atmete sie durch, als ihr Vater nickte. »Oh, gut, ich hatte schon befürchtet, er wäre weggelaufen.«

Ihr Vater hob eine Augenbraue. »Das war er, Robert hat ihn unterwegs aufgelesen und zurückgebracht.«

»Oh.« Für einen Moment konnte Mariama keinen klaren Gedanken fassen.

»Ist das alles, was du zu sagen hast?« Ihr Vater sah sie enttäuscht an.

Mariama richtete sich auf. »Nein. Warum ist er weggelaufen?«

Diesmal antwortete ihr Robert. »Weil er seinen Vater gesucht hat. Er wollte zu ihm.«

»Oh mein Gott.« Sämtliches Blut wich aus ihrem Gesicht, und sie ließ sich auf den am nächsten stehenden freien Stuhl sinken. Nur zögernd hob sie die Augen und sah zu Robert. »Ich nahm an, er hätte verstanden, dass sein Vater sterben wird und er nicht mehr zu ihm zurückkann.« Tränen traten ihr in die Augen. »Wo ist er?«

»Bei Nomami und deiner Mutter. Sie sind mit ihm zu den Unterkünften gegangen, soweit ich weiß.« Die Stimme ihres Vaters war weicher geworden.

Abrupt erhob sie sich. Mitleid konnte sie im Moment nicht ertragen, dann lieber Zorn und Vorwürfe. »Dann werde ich mal nach ihm sehen. Entschuldigt mich.« Sie spürte die Blicke der beiden Männer auf ihrem Rücken, als sie zurück ins Haus ging, um ihre Stiefel zu holen. Im Wohnzimmer ließ sie sich für einen Moment an die Wand sinken und schloss die Augen. Wie hatte sie sich so gehen lassen können? Wann lernte sie es endlich, ihre Gedanken für sich zu behalten, besonders wenn es gegen eine so mächtige Firma wie Bodmin ging? Ihre unbedachten Worte könnten dazu führen, dass ihr Vater Probleme bekam. Bisher kamen nur hin und wieder Leute vom Konzern vorbei, um zu fragen, ob die Farm zu verkaufen sei, doch das konnte sich schnell ändern und zu unangenehmem Druck, auch seitens der Bezirksregierung, führen, die von Bodmin geschmiert war. Gut, das war eine Vermutung, aber sie war sich ziemlich sicher, dass es stimmte.

»Entschuldige, sie meinte es nicht so.« Die Stimme ihres Vaters drang durch die Terrassentür.

Roberts Antwort war so leise, dass sie kaum zu verstehen war. »Schon in Ordnung, ich bin sicher, sie hatte eine harte Woche und ist deshalb etwas gereizt.«

Unerklärlicherweise machte Roberts freundliche Antwort sie noch wütender. Gleichzeitig spürte sie in ihrem Innern einen kleinen Ruck, der ihr Angst machte. Lautlos löste Mariama sich von der Wand und schlich aus dem Raum.

»Das ist keine Entschuldigung. Sie müsste es besser wissen.« Karl seufzte tief. »Ich hatte gehofft, sie würde in Deutschland ihr Temperament ein wenig zügeln lernen, aber …« Er brach ab und schüttelte betrübt den Kopf.

Robert versuchte ein Lächeln, obwohl ihm nach Mariamas Angriff nicht mehr danach zumute war. »Eine Frau ohne Temperament wäre ja langweilig. Mach dir keine Gedanken, so etwas halte ich schon aus.«

Karl sah ihn forschend an, dann nickte er. »Gut. Ich möchte nicht, dass du dich von ihr vertreiben lässt. Du bist hier jederzeit willkommen, damit muss sich mein Fräulein Tochter abfinden.«

»Ich möchte wirklich keinen Unfrieden stiften …«

»Unsinn! Mariama hat die Unruhe hereingebracht, sie hat sich zurückzunehmen.«

Robert rieb sich über die Stirn. »Ich bin noch nicht so lange bei Bodmin, bisher sind mir keine Probleme bekannt. Was genau stört sie so an dem Konzern?«

Karls Gesicht zog sich in tiefe Falten. »Was uns alle stört. Mit dem, *was* sie über Bodmin gesagt hat, bin ich einverstanden, nur nicht mit dem *Wie*.«

Robert nahm die Worte schweigend zur Kenntnis und beugte sich vor. Wenn Karl so von der Schuld der Firma überzeugt war, musste er Beweise dafür haben, und es wäre gut zu wissen, für wen er, Robert, da eigentlich arbeitete. »Fahr fort.«

Karl strich sich über das Kinn. »Ein Ärgernis – aber natürlich kein Verbrechen – ist allein die Art, wie sie versuchen, den Farmbesitzern das Land abzupressen. Meist fallen sie zu zweit ein und bearbeiten den Eigentümer so lange, bis er dem Verkauf zustimmt. Dabei schrecken sie auch nicht vor Lügen und kaum verhohlenen Drohungen zurück.«

Robert zog die Augenbrauen zusammen. »Was für Drohungen?«

»Es wird angedeutet, welche guten Beziehungen Bodmin zur Bezirksregierung hat und wie einfach es für sie wäre, eine Zwangsenteignung durch den Staat zu erwirken – zum Wohl der Bevölkerung natürlich. Oder sie zählen einem auf, was dem Vieh alles zustoßen könnte auf einem so großen und ungeschützten Stück Weideland.«

»Unglaublich, so etwas habe ich noch nie zu jemandem gesagt!«

Karls Mundwinkel hob sich. »Genau deshalb sitzt du überhaupt hier, anstatt wie alle deine Vorgänger von meinem Land verscheucht zu werden.«

»Von der Firma hat mir nie jemand gesagt, ich solle die Grundbesitzer auf diese Weise bearbeiten.«

Karl sah ihn mit ernster Miene an. »Nein, denn sie wussten, dass das nicht deine Art ist. Sie setzen wohl darauf, dass du auf andere Weise überzeugst.«

Ratlos setzte Robert sich zurück. »Und wie?«

»Mit deinem geologischen Fachwissen, mit deiner Begeisterung für die Suche nach Bodenschätzen, mit deiner absoluten Sicherheit zu wissen, was das Beste ist.«

Unbehaglich gestand Robert sich ein, dass Karl in gewisser Weise recht hatte. Wenn er mit Landbesitzern redete, sagte er genau das, was er glaubte. Er fuhr gar nicht erst zu den Grundstücken, von denen er schon vorher wusste, dass dort keine Bodenschätze zu finden waren. Er suchte nur jene auf, bei denen nicht nur die geologischen Karten und die Luftaufnahmen vielversprechend waren, sondern er direkt etwas spüren konnte, als würde das Land zu ihm sprechen. Es konnte durchaus sein, dass diese Gewissheit die Besitzer davon überzeugte, zu verkaufen oder zumindest Probebohrungen zuzustimmen.

Langsam hob er den Blick. »Das mag sein. Aber es ist ja nicht so, als würde ich das Land stehlen wollen. Bodmin zahlt einen guten Preis dafür, zumindest soweit ich weiß. Meist geht es auch nur um einen Teil des Grundstücks, in den restlichen Gebieten kann weiter Vieh gehalten werden.«

»Und wo sollen die Farmer danach hin? Das gute Land ist hier bereits verteilt, wenn jemand seine ganze Farm an Bodmin verkauft, wird er es schwer haben, wieder Fuß zu fassen. Und das Geld, das sie bekommen, reicht nicht, um eine ganze Familie über Jahre hinweg zu ernähren.«

Unbehaglich blickte Robert Karl an. »Meine Aufgabe ist es nur, zu überprüfen, ob auf einem Stück Land Bodenschätze zu erwarten sind, und wenn dem so ist, die Besitzer auf einen Verkauf anzusprechen. Alles, was danach kommt, die Verhandlungen und die Zahlung des Kaufpreises, führen andere Mitarbeiter durch. Ich weiß also nicht, wie viel im Endeffekt bezahlt wird. Aber bisher dachte ich immer, es wäre eine ordentliche Summe. Die Chefs stöhnen ständig darüber, was für hohe Kosten das Unternehmen dadurch hat. Aber vielleicht täusche ich mich ja, und es ist so, wie du sagst. Hast du denn irgendeinen Beweis für üble Machenschaften von Bodmin?«

»Da wären zum Beispiel die ganzen ungesicherten Gruben auf dem Land der Schwarzen, die auf Veranlassung von Bodmin entstehen. Diesen Leuten wird vorgegaukelt, sie brauchten nur etwas im Boden zu graben, und schon würden sie reich, dabei gibt es dort meist kaum etwas zu holen. Und wenn doch, dann nehmen Bodmins Repräsentanten ihnen die wertvollen Steine sofort für einen Hungerlohn ab. Das steht nämlich in der Abmachung – Bodmin hat Vorkaufsrecht auf alle Steine. Die meisten geben gutgläubig alles den netten Herren mit den winkenden Geldscheinen. Wenn sie versuchen, sich woanders umzuschauen, erhalten sie einen Besuch von wesentlich unfreundlicheren Herren, die eine deutliche Warnung aussprechen.«

Deshalb also war Mariama letzte Woche auf ihn losgegangen, als er erwähnt hatte, dass er bei Bodmin arbeitete. Wenn es wirklich stimmte, was Karl erzählte, dann konnte er ihre Reaktion durchaus nachvollziehen, auch wenn sie ihn in ihrer Heftigkeit ärgerte. Er hatte gesehen, wie verzweifelt die Schwarzen nach den Steinen gruben, die ihnen zu einem besseren Leben verhelfen sollten. Dabei nahmen sie auch in Kauf, verletzt oder gar getötet zu werden, denn ihre Ausrüstung war äußerst dürftig, und Sicherheitsvorkehrungen fehlten fast ganz. Schließlich atmete Robert tief durch und sah Karl direkt an. »Mir sind die schlechten Bedingungen in manchen Abbaugebieten auch aufgefallen, aber ich dachte, die Leute würden auf eigene Faust dort arbeiten. Wenn Bodmin dahintersteckt, sollten sie zumindest für bessere Bedingungen sorgen.« Robert rieb sich über die Stirn. »Ich werde auf jeden Fall die Augen offen halten und nachforschen, ob die Anschuldigungen gegen Bodmin zutreffen. Wenn dem so ist, werde ich meine Konsequenzen ziehen. Mehr kann ich nicht versprechen.«

Karl nickte zufrieden. »Das ist alles, was ich hören wollte.« Er nahm einen Schluck Eistee und lehnte sich im Stuhl zurück. »Nun zu den wirklich wichtigen Themen: Du bleibst doch zum Braai?«

Robert lachte überrascht auf. Auch wenn er immer gerne gegrillt hatte, mit den Südwestern konnte er nicht mithalten. Für sie war das Braai fast so etwas wie eine Religion. »Ich verzichte nur ungern auf deine Boerewors, Karl, aber ich muss langsam los, wenn ich noch im Hellen zu Hause ankommen will. Windtänzer ist vermutlich auch schon beleidigt, weil ich ihn vernachlässigt habe.«

Enttäuscht verzog Karl den Mund. »Willst du mich wirklich mit den Frauen allein lassen? Wir Männer müssen doch zusammenhalten, sonst sind wir verloren. Bring dein Pferd nächstes Mal einfach mit, im Stall ist immer ein Platz frei.«

Da Robert nicht darauf erpicht war, das Thema Mariama wieder aufzunehmen, ging er nicht auf Karls Scherz ein. »Sag mir wann, und ich komme gerne mit Windtänzer vorbei.«

Karls Augen leuchteten. »Abgemacht! Morgen gegen 14 Uhr?«

Lächelnd nahm Robert die Einladung an. Dieses Wochenende versprach bedeutend angenehmer zu werden als das vorige. Zumindest, wenn eine gewisse grünäugige Xanthippe nicht wieder auf ihn losging. Auch wenn er wusste – oder es zumindest hoffte –, dass Mariama nur deshalb etwas gegen ihn hatte, weil er für Bodmin arbeitete, traf ihn ihre unverhohlene Feindseligkeit mehr, als er zugeben wollte. Normalerweise kam er mit Frauen sehr gut zurecht, noch nie hatte ihn eine mit so viel … Abscheu angesehen, und schon gar nicht, wenn er selbst sie durchaus interessant fand.

»Schön, dann sehen wir uns morgen.« Karl rieb sich die Hände. »Ich komme viel zu selten zum Grillen, Elise sagt immer, nur für uns beide lohnt es sich nicht. Doch nachdem du jetzt unser Nachbar bist und auch Mariama wieder hier lebt, werde ich wieder regelmäßig Braais veranstalten.«

»Hört sich gut an.« Robert sah auf die Uhr. »Jetzt muss ich aber wirklich los. Wir sehen uns morgen.«

Karl stand mit ihm auf. »Dann werde ich wohl mal nach Mugambo sehen.«

Robert zögerte. »Vielleicht sollte ich mich von ihm verabschieden.« Noch immer war ihm der unsichere, flehende Blick des Jungen in Erinnerung.

Karl nickte. »Natürlich, komm mit.«

Mariama hockte in der Ecke der Unterkunft und beobachtete, wie Nomami sich um Mugambo kümmerte. Ihre ehemalige Kinderfrau war eindeutig besser als sie selbst im Umgang mit einem verängstigten Jungen, der gerade erfahren hatte, dass er seinen Vater nie wiedersehen würde. Sanft redete sie in seiner Sprache auf Mugambo ein und gab ihm auf diese Weise Nähe und Geborgenheit, auch wenn der Junge im Moment von niemandem berührt werden wollte. Mariama verstand nicht viel, dafür sprach Nomami zu leise, doch vermutlich zählte sie ihm gerade die Vorzüge auf, die sein Leben auf der Farm bieten würde. Unterkunft, Nahrung, Bildung, Spielkameraden … Mariama unterdrückte einen Seufzer. Nichts von alldem würde ihm die Familie und die Liebe seines Vaters ersetzen. Sie stützte das Kinn auf ihr Knie und schloss für einen Moment die Augen. Mariama wusste, dass das Leben hier hart war und sie nicht jeder Waise helfen konnte, doch es fiel ihr schwer, einfach nur zuzusehen, wie die Menschen litten. Dabei ging es den etwa zwanzig Arbeitern hier auf der Farm noch vergleichsweise gut, sie hatten ihre eigenen Hütten, bekamen einen – wenn auch nicht allzu hohen – Lohn, erhielten regelmäßig Grundnahrungsmittel und konnten ihre Kinder unterrichten lassen, wenn sie wollten. Sie durften sogar eigenes Vieh halten, was sie auch taten. Natürlich war das alles nichts gegen eigenes Land, das ein wesentlich freieres Leben bedeutete.

Sie öffnete die Augen, als Mugambo mit einem Freudenlaut aufsprang und an ihr vorbei zur Tür lief. Nomami war in ihrem Alter nicht mehr schnell genug, ihn aufzuhalten, und sie selbst hatte lieber Gedanken gewälzt, anstatt auf ihn aufzupassen. Wütend auf sich selbst, war Mariama gerade dabei, sich aufzurappeln, als sie eine Gestalt in der Türöffnung wahrnahm. Robert! Was zum Teufel machte er hier? Immerhin hatte er Mugambo aufgehalten … Ihre Augen weiteten sich, als Robert sich hinkniete und den Jungen umarmte. Das Erstaunliche war aber die Art, wie Mugambo auf ihn reagierte, seine dünnen Arme waren eng um Roberts Nacken geschlungen, und Schluchzer schüttelten seinen Körper. Doch es war Roberts mitfühlender Gesichtsausdruck, der ihr endgültig die Tränen in die Augen trieb. Wie sollte sie ihn hassen, wo er offensichtlich zu solchen Gefühlen fähig war? Wenn er einen schwarzen Jungen, den er nicht näher kannte, festhielt, als wäre es sein eigener Bruder oder Sohn? Sie spürte einen scharfen Stich in ihrer Herzgegend, als Robert den Kopf hob und sie direkt anblickte. Schmerz und Hilflosigkeit waren deutlich zu erkennen, aber auch eine Sanftheit, die sie ihm vorher nicht zugetraut hätte.

Mariama bat Nomami als Übersetzerin zu fungieren, während sie selbst im Hintergrund blieb. Es war, als gäbe es eine Wand um Robert und Mugambo, durch die sie ausgeschlossen war. Rasch drängte sie die aufkeimende Eifersucht zurück. Wie konnte sie in so einem Moment eigensüchtig sein? Es ging hier um den Jungen und darum, was für ihn das Beste war, nicht um sie und ihre Bedürfnisse. Hoffentlich gewöhnte er sich nicht zu sehr an Robert, schließlich war er nur ein Gast, kein ständiger Bewohner der Farm. Jetzt erst bemerkte Mariama ihren Vater, der hinter Robert stand und sie eindringlich musterte. Sie wusste nicht, wie sie das leichte Lächeln deuten sollte, das seine Mundwinkel umspielte. Warum hatte er Robert überhaupt hierhergebracht? Es hätte ja wohl gereicht, ihn zum Wagen zu begleiten und … Mariama unterbrach sich. Wenn Robert Mugambo helfen konnte, dann war es gut gewesen.

Nach einigen Minuten löste sich Robert sichtlich widerstrebend von Mugambo und stand auf. Seine Stimme klang rau, als er sich an Nomami wandte. »Sagen Sie ihm bitte, dass ich morgen wieder da bin.«

Mariama glaubte, sich verhört zu haben, doch Nomami legte dem Jungen eine Hand auf die Schulter und übersetzte Roberts Ankündigung. Sie wollte etwas sagen, doch der warnende Blick ihres Vaters hinderte sie daran. Es war klar, dass er heute nichts mehr von ihr hören wollte, was gegen seinen Besucher gerichtet war. Gut, dann würde sie eben morgen beim Frühstück darauf zurückkommen, auf keinen Fall würde sie sich jetzt schon geschlagen geben. Die Farm war ihr Zuhause, ihre Zuflucht, sie konnte sich nicht vorstellen, sie mit jemandem von Bodmin zu teilen. Aber wenn Mugambo es durch ihn leichter hatte, würde sie sich rar machen und hoffen, dass Robert schnell wieder verschwand.

Erleichtert atmete sie auf, als er schließlich die Hütte gemeinsam mit ihrem Vater verließ. Mariama stand auf und sammelte das Geschirr ein, um es ins Haus zurückzubringen. Sie legte Nomami eine Hand auf die Schulter, die immer noch leise auf Mugambo einredete und ihn zu beruhigen versuchte. »Wir sehen uns morgen.« Nomami blickte kurz auf und nickte, bevor sie sich wieder dem Jungen zuwandte.

Mariama trat aus der Hütte und atmete tief durch. Die Suche nach Mugambo und dessen spürbare Trauer hatten sie erschöpft, doch der warme Wind mit dem typischen Geruch des Abends beruhigte sie wie so oft. Die Sonne begann bereits unterzugehen, und es war unwahrscheinlich, dass Robert es noch im Hellen nach Hause schaffen würde. Im Dunkeln war die Gefahr durch Schlaglöcher und plötzlich auf die Straße laufende Tiere um ein Vielfaches höher als tagsüber, er sollte sich lieber beeilen. Mit einem Seufzer gestand Mariama sich ein, dass sie ihm sofort zu Hilfe kommen würde, sollte er verunglücken, ganz egal, wer und was er war.

Zurück im Haus fand sie ihre Mutter in der Küche beim Zubereiten des Abendessens vor. Mariama sah in den Topf. »Ich dachte, wir machen heute ein Braai?«

Elise lächelte sie an. »Nein, Karl sagte, wir verschieben es auf morgen und machen dafür ein größeres. Geht es Mugambo besser?«

Mariama stellte das Geschirr ab und lehnte sich an die Spüle. »Nicht wirklich. Die Nachricht vom Tod seines Vaters hat ihn sehr getroffen, ich fürchte, es wird noch einige Zeit dauern, bis er darüber hinweg ist.« Sie runzelte die Stirn. »Es war ganz merkwürdig, dieser Robert kam in die Hütte, und Mugambo ist sofort auf ihn zugestürzt und hat sich an ihn geklammert. Dabei kennt er ihn doch gar nicht.«

Elise legte den Kochlöffel beiseite und verschränkte die Arme vor der Brust. »Nun, immerhin hat er ihn da draußen gefunden und zu uns zurückgebracht. Als er hier ankam, hat sich Mugambo auch nur sehr ungern von ihm getrennt. Vielleicht erinnert er ihn einfach an seinen Vater oder er braucht jetzt eine männliche Bezugsperson.«

»Warum nimmt er sich dafür nicht einen der Damara oder Papa? Jemanden, der auch hier wohnt und immer für ihn da sein kann.«

»Das kann ich dir nicht sagen, mein Schatz. Freu dich doch, dass der arme Junge jemanden gefunden hat, der ihm Halt gibt.«

»Aber muss es gerade *der* sein?«

Ihre Mutter sah sie streng an. »Karl hat mir schon erzählt, dass du dich heute komisch benimmst. Ich weiß wirklich nicht, was du gegen Robert hast. Er ist ein sehr netter junger Mann mit ausgezeichneten Manieren.«

»Er arbeitet für Bodmin!«

Elise wandte sich wieder ihrem Kochtopf zu. »Das ist natürlich schade, aber ich bin sicher, er wird nicht lange dort bleiben. Spätestens wenn er mitbekommt, was das Unternehmen so treibt, wird er sich nach einem anderen Job umsehen.« Sie probierte die Soße und gab noch eine Prise Salz dazu. »Dein Vater hat ihm angeboten, hier zu arbeiten, wenn er von den Leuten genug hat.«

»Hier?« Mariama verschluckte sich fast an dem Wort. »Das kann er nicht tun! Er braucht keinen Arbeiter, er hat doch jetzt mich.«

Ihre Mutter lächelte. »Natürlich hat er dich, aber es gibt nun mal manche Arbeiten, die besser ein Mann machen sollte.« Sie hob eine Augenbraue. »Oder hast du Lust, die Kälber zu brandmarken?«

»Dabei habe ich schon oft geholfen!« Mariama schob ihr Kinn vor. »Du weißt, dass ich es kann.«

»Ja, aber warum solltest du es machen, wenn du es nicht magst und jemand da ist, der dir diese Arbeit abnehmen kann?«

Ein gutes Argument, dem Mariama nichts entgegenzusetzen hatte. Sie hasste das Brandmarken. »Ja, das ist nett, aber dafür haben wir die Arbeiter. Wozu sollten wir einen Geologen brauchen?«

Ihre Mutter stemmte die Hände in die Hüften. »Und wozu

brauchen wir eine Agrarwissenschaftlerin? Für die meiste Arbeit hier braucht man kein Studium.«

Mariama schnitt eine Grimasse. Ihre Eltern hatten sie in ihrem Studienwunsch bestärkt, gleichzeitig aber auch gesagt, dass es eigentlich überflüssig sei, weil sie bereits alles gelernt habe, was sie für die Leitung der Farm brauchte, wenn sie sich einmal zur Ruhe setzen würden. Trotzdem war es ihr wichtig gewesen, alles auf eine solide Grundlage zu stellen und neue Dinge zu lernen. Nun hatte sie ihr Diplom in der Tasche, konnte in Ruhe weiterarbeiten und nach und nach einige Neuerungen einführen. »Ich glaube kaum, dass so ein toller Bodmin-Hecht von dem geringen Gehalt leben will, das wir ihm bezahlen können.«

Elise wandte sich wieder ihrem Topf zu. »Das mag sein, noch arbeitet er ja auch bei Bodmin. Und wer weiß, vielleicht findet er tatsächlich Bodenschätze und ist bald ein gemachter Mann.«

Mariama lachte auf. »Selbst wenn er etwas findet, das würde dann doch wohl Bodmin schlucken, denke ich.«

»Nicht, wenn es auf seinem eigenen Grundstück ist.«

»Wo hat er das denn her? Normalerweise stürzen sich doch alle wie die Geier auf jedes frei gewordene Stück Land, sofern es nur eine winzige Chance auf Bodenschätze bietet. Ich kann nicht glauben, dass Robert genug Geld hatte, um die anderen zu überbieten.«

Ihre Mutter lächelte. »Das brauchte er auch nicht, Karl hat es nur ihm angeboten.«

Mariama glaubte, sich verhört zu haben. »Was willst du damit sagen? Es ist *unser* Land?«

Verwirrt sah Elise sie an. »Ich dachte, du wüsstest …« Sie brach ab und ging auf Mariama zu. »Wir haben Robert vor etwa einem halben Jahr ein kleines Stück Land verkauft, das wir wegen der Felsen für das Vieh sowieso nicht richtig nutzen konnten. Er ist jetzt unser Nachbar, und ich fände es schön, wenn du dich besser mit ihm verstehen würdest.« Sie legte ihre Hand auf Mariamas Arm. »Robert ist ein sehr netter junger Mann, auch wenn er für Bodmin arbeitet. Nomami hat mir erzählt, dass er bei dem Grubenunglück geholfen hat, die Verletzten und Toten zu bergen. Und so, wie er sich heute um Mugambo gekümmert hat …« Elise brach ab und seufzte.

Mariama presste die Lippen zusammen. Es gefiel ihr, wie Robert sich um die Menschen kümmerte und wie nett er zu ihren Eltern war. Vermutlich sollte sie ihn erst einmal kennenlernen und danach ihr Urteil fällen. Aber es ärgerte sie, wie leicht es diesem Fremden gelungen war, ihre Eltern dazu zu bewegen, ihm Land zu verkaufen und ihn an ihren Tisch einzuladen. »Warum habt ihr es ihm verkauft? Ich meine, auch wenn wir es nicht nutzen konnten, es hat uns auch nicht belastet.«

Elise wischte ihre Hände am Geschirrhandtuch ab. »Nachdem wir Robert so vom Leben auf eigenem Grund und Boden vorgeschwärmt hatten, wollte er es auch mal versuchen, und da wir ihn mögen, hat Karl ihm angeboten, uns ein kleines Stück abzukaufen. Wir haben es bisher nicht bereut.«

»Er ist jetzt also unser Nachbar?«

Elise strahlte. »Ja. Er hat sich ein schönes Haus bauen lassen, das musst du dir unbedingt einmal ansehen. Eingerahmt von den Klippen und mit Blick in das Tal von der Veranda aus, die um das ganze Haus herumführt.«

Mariama versuchte, sich den Stich nicht anmerken zu lassen, den ihr die Vorstellung davon versetzte. So hatte sie sich ihre Zukunft vorgestellt: irgendwann ein Stück von ihren Eltern entfernt ein eigenes kleines Haus zu errichten, in dem sie mit ihrer Familie wohnen konnte, während sie weiter auf der Farm arbeitete. Und nun hatte ihr Robert eine schöne Stelle dafür weggeschnappt …

4

Robert erwachte abrupt, als Stimmen durch das geöffnete Fenster an sein Ohr drangen. Ein Blick auf den Wecker zeigte ihm, dass er länger als sonst geschlafen hatte. Kein Wunder nach der unruhigen Nacht, in der er sich die meiste Zeit nur im Bett herumgewälzt hatte und erst am frühen Morgen endlich eingeschlafen war. Trotzdem erklärte das nicht, warum jemand an einem Samstagmorgen auf seinem Grundstück herumlief. Schlecht gelaunt schob Robert seine Beine über den Bettrand und tastete nach seiner Hose, die er am Abend einfach nur auf den Boden geworfen hatte. Nach kurzem Zögern nahm er die Pistole aus der Nachttischschublade, überprüfte, ob sie geladen war, und schlich zur Tür. Mit einem Ruck riss er sie auf und trat auf die Veranda, die Waffe direkt auf die Eindringlinge gerichtet. Sein Herz überschlug sich beinahe, als er sie erkannte. Widerwillig ließ er die Pistole sinken.

»Was wollt ihr denn hier?« Auch wenn Klaus ihn vorgewarnt hatte, hätte er nicht im Traum daran gedacht, seinen ehemaligen Partner Gunter und dessen Frau Heidrun irgendwann einmal hier vor seiner Tür stehen zu sehen. Robert lehnte sich mit der Hüfte an das Geländer und versuchte gar nicht, seinen Unwillen vor ihnen zu verbergen, als sie ihn mit offenen Mündern anstarrten.

Gunter überwand seine Starre und setzte seine übliche hochmütige Miene auf. »Dich besuchen, natürlich. Wir hätten uns angekündigt, aber dummerweise hast du uns weder Adresse noch Telefonnummer hinterlassen.«

Robert stieß sich vom Geländer ab und ging die Stufen hinunter.

Es war ihm egal, dass er barfuß und sein Oberkörper nackt war, er wollte die Geister aus seiner Vergangenheit möglichst schnell wieder loswerden. »Vielleicht war das Absicht?«

»Aber Robert …« Heidrun verstummte, als er sich ihr zuwandte. Erinnerungen an den Tag, als er sie zuletzt gesehen hatte, überfluteten ihn.

»Du musst dich wieder um das Geschäft kümmern«, hatte Heidrun gesagt. »Es ist niemandem geholfen, wenn du dich hier vergräbst und über etwas nachgrübelst, das nicht mehr zu ändern ist. »Und mit sanfterer Stimme: »Es war für uns alle ein Schock, aber wir können diesen Leuten nicht mehr helfen.«

Er hatte bitter aufgelacht. »Nein, das können wir nicht. Aber wir hätten vorher sicherstellen müssen, dass so etwas nicht passiert.«

»Aber das hast du doch getan!«

»Anscheinend nicht sorgfältig genug. Mein Gutachten war offensichtlich fehlerhaft, auch wenn ich immer noch nicht weiß, wie das passieren konnte. Ich hätte verhindern müssen, dass das Wasserkraftwerk gebaut wird. Aber nein, ich war ja mit anderen Dingen beschäftigt.« Angewidert von sich selbst, hatte er sie angesehen. »Das wird nicht wieder vorkommen.«

»Was meinst du damit?« Verzweiflung hatte in ihrem Blick gelegen.

Er meinte jetzt noch hören zu können, wie sein Stuhl über den Boden geschabt war, als er hastig aufgestanden war. »Ich mache Schluss.«

»Womit?«

»Mit uns. Mit dem Büro. Mit allem hier.«

Heidrun war aufgesprungen und hatte ihn am Ärmel gepackt. »Das kannst du nicht machen! Wir brauchen dich hier.« Und dann flüsternd: »Ich *brauche dich.«*

Für einen Moment hatte er in ihre dunkelblauen Augen gesehen, hatte ihr schönes Gesicht betrachtet, die weichen Lippen, dann war er kopfschüttelnd zurückgetreten. »Nein, ihr werdet gut ohne mich auskommen. Mein Entschluss steht fest.«

Mühsam tauchte Robert aus ihrem Blick, in den er versunken war, wieder auf. Ihr zittriges Lächeln löste eine weitere Welle von Schuldgefühlen in ihm aus, die er diesmal abzublocken versuchte. Er durfte sie nicht an sich heranlassen, wenn er nicht die ganze, elende Geschichte wieder aufrollen wollte.

»Ich habe euch nicht darum gebeten, herzukommen, Heidrun.« Er sah sich um. »Wo ist Clarissa?« Hoffentlich hatten sie ihre Tochter nicht auch noch mitgenommen. Obwohl sie vermutlich das einzige Familienmitglied war, über dessen Besuch er sich gefreut hätte.

Gunter trat vor, wie immer im Anzug, das blonde Haar makellos frisiert, nur sein Gesicht schien in dem Jahr, in welchem sie sich nicht gesehen hatten, gealtert zu sein. »Sie ist zu Hause bei ihrer Großmutter, wir wollten ihr die lange Reise nicht zumuten.« Kaum unterdrückte Wut funkelte in seinen Augen. »Willst du uns nicht hereinbitten?«

Robert hob die Schultern. »Eigentlich nicht, aber wo ihr nun da seid …« Er drehte Gunter den Rücken zu. »Kommt herein.« Ohne ein weiteres Wort nahm er Heidrun den kleinen Koffer ab, der zu ihren Füßen stand, und ging zurück ins Haus.

Glücklicherweise sah es nicht zu wüst bei ihm aus, weil er abends noch ein wenig aufgeräumt hatte, um den Ärger über

Mariamas Benehmen und die Erinnerung an Mugambos traurigen Blick zu verdrängen. Es hatte nicht funktioniert. Er führte seine ungebetenen Gäste ins Wohnzimmer. »Nehmt Platz. Mögt ihr etwas zu trinken?«

Heidrun setzte sich zögernd auf das Sofa. »Ein Glas Saft bitte, wenn es dir nichts ausmacht.«

Gunter blieb demonstrativ am Fenster stehen und schaute auf die Savanne hinaus. »Mineralwasser.«

Robert biss die Zähne zusammen. »Ich habe nur Wasser ohne Kohlensäure. Möchtest du stattdessen ein Lager?«

Gunter sah ihn mit hochgezogenen Brauen an. »Was ist das?«

»Bier.«

»Nein, so früh noch nicht. Dann nehme ich auch einen Saft.«

Robert nickte knapp und ging in die Küche, bevor er seinem ehemaligen Partner noch den Hals umdrehte. Wie hatte er es in Deutschland nur so lange mit ihm ausgehalten? Tatsächlich hatte er Gunter sogar gemocht, zumindest bis er plötzlich anfing, nur noch in Anzügen herumzulaufen, sich einen teuren Wagen leistete und nur noch Leute mit Ansehen in seinem Freundeskreis duldete. Er hatte keine Ahnung, was zu diesem Wandel geführt hatte, allerdings schien auch Heidrun diese Entwicklung verwirrt zu haben, sie hatte mehr als einmal bei ihm Trost gesucht. Und er hatte es zugelassen, verdammt nochmal! Nicht nur das, er selbst hatte ihre Beziehung sogar noch vertieft. Robert lehnte die Stirn an die kalte Tür des Kühlschranks. Wie hatte es so weit kommen können? Scham stieg in ihm auf und brannte heiß in seinen Adern. Dass Gunter Heidrun mitgebracht hatte, konnte eigentlich nur bedeuten, dass er von ihrer heimlichen Beziehung wusste und nun irgendwie Kapital daraus schlagen wollte.

Mit steifen Bewegungen nahm Robert Gläser aus dem Schrank und goss den Saft ein. An der Tür atmete er noch einmal tief durch, bevor er ins Wohnzimmer trat. Rasch stellte er die Gläser auf den Couchtisch und machte einen Schritt zurück. »Entschuldigt mich für einen Augenblick, ich ziehe mir erst einmal etwas an.«

Robert überhörte Gunters hämische Bemerkung zu seinem Aufzug und zog sich ins Schlafzimmer zurück, wo er sich auf das Bett sinken ließ. Normalerweise widerstrebte es ihm, unhöflich zu sein, aber er konnte sich nicht vorstellen, sich zu den Steinfelsens zu setzen und mit ihnen eine oberflächliche Unterhaltung zu führen. Und zu allem anderen fühlte er sich nicht in der Lage. Warum konnten sie seinen Wunsch, neu anzufangen, nicht einfach respektieren und ihn in Ruhe lassen? Weil das nicht ihrer Art entsprach, beantwortete er sich die Frage selbst. Wenn Gunter etwas haben wollte, verbiss er sich wie eine Bulldogge darin. Die Frage war nur, wieso er ihn so dringend zurückhaben wollte. Schließlich hatte Robert sein Kapital in der Firma gelassen und war nur mit seinem Ersparten nach Südwestafrika gegangen. Eigentlich sollte Gunter sich freuen, dass er weg war. Mit einem tiefen Seufzer stand Robert auf und nahm ein frisches T-Shirt aus dem Schrank. Er sah keinen Anlass, sich für diesen Besuch besser zu kleiden, das hob er sich lieber für das Braai heute Nachmittag auf.

Nach einem kurzen Abstecher ins Bad fühlte er sich einigermaßen gewappnet, um sich mit Gunter auseinanderzusetzen. Im Wohnzimmer schien die Zeit stehen geblieben zu sein, Heidrun saß noch immer alleine auf dem Sofa, während Gunter weiterhin aus dem Fenster starrte. Es war klar, dass er sich nicht setzen würde, damit er die Oberhand behielt. Robert verzog den Mund. Gunter hatte schon immer sehr viel auf Taktik und Machtspiele gegeben, deshalb war er für die Verhandlungen mit potenziellen Kunden zuständig gewesen, während Robert sich um die fachliche Seite des Unternehmens gekümmert hatte. Nun, er hatte keine Lust mehr auf die Spielchen, dies hier war sein Zuhause, und Gunter hatte sich zu benehmen, sonst würde er hochkant rausfliegen.

Mit einem leichten Lächeln in Heidruns Richtung setzte er sich in den Sessel ihr gegenüber. »Wie seid ihr hierhergekommen?«

»Ein Flug nach Windhoek und von dort aus …«

Gunter drehte sich ruckartig um. »In diesem gottverlassenen Land gibt es noch nicht mal vernünftige Wagen zu mieten! Wir mussten mit der Bahn bis nach Usakos fahren und von dort aus jemanden dafür bezahlen, uns mitzunehmen. Er hat uns nicht mal bis vor das …« – sein Gesichtsausdruck passte zu der Art, wie er das folgende Wort aussprach – »… Haus fahren wollen, sondern an der Zufahrt abgesetzt. Wir mussten den ganzen restlichen Weg zu Fuß gehen.«

»Dann seid froh, dass ihr unterwegs keinem gefährlichen Tier begegnet seid.«

Heidrun sah ihn erschrocken an. »Gibt es hier so etwas? Ich dachte auf den Grundstücken …«

»Hast du irgendwo einen Zaun oder ein Tor gesehen? Alles, was draußen herumläuft, kann auch hier vorbeischauen. Tatsächlich habe ich vor zwei Wochen eine Hyäne um das Haus schleichen sehen.«

Gunter lachte. »Nun glaub doch nicht alles, was er dir erzählt, Heidrun. Er will dir nur Angst einjagen.«

Robert sah ihn ruhig an. »Glaubst du?«

Gunter war die Verunsicherung anzusehen, was ihn nur noch wütender zu machen schien. »Du hast dich sehr verändert, Robert.«

»Du dich dagegen gar nicht. Also, warum seid ihr gekommen? Und diesmal bitte nicht wieder irgendwelche Ausflüchte, dass ihr mich nur besuchen wollt.«

Gunter verschränkte die Arme über der Brust. »In Ordnung. Du willst also gleich zur Sache kommen. Schön, das ist mir nur recht. Ich erwarte, dass du zurück nach Deutschland kommst. Wir haben die Firma gemeinsam gegründet, denkst du nicht, dass du ein wenig mehr Verantwortungsgefühl gegenüber Steinfels & Wolf zeigen solltest?«

Robert rieb sich über das von Bartstoppeln bedeckte Kinn. »Vielleicht sollte ich das, aber es ist nicht mehr meine Welt. Ich weiß, es war nicht so abgemacht, aber ich habe meinen Anteil auf dich überschrieben, damit bist du abgesichert. Such dir einen neuen Partner, wenn du nicht alleine weitermachen willst.«

Gunters Gesicht war rot angelaufen. »Es geht mir nicht ums Geld!«

»Worum dann?«

Gunter trat näher, die Hände zu Fäusten geballt. Sein Mund öffnete sich, aber kein Laut kam heraus.

Überraschend empfand Robert Mitleid mit seinem früheren Partner. »Verstehst du nicht, wenn ich dort geblieben wäre, hätte ich den Boden unter den Füßen verloren, und ich wollte nicht, dass du und Heidrun mit mir untergeht.«

»Aber doch wohl nicht wegen dieser Sache in Norwegen? Das war Pech, nicht unsere Schuld. Das solltest du doch wissen …«

Robert sprang auf. »Wir haben ein positives Gutachten für die Betreiberfirma geschrieben, aber das Wasserkraftwerk hätte nie gebaut werden dürfen! Ich denke schon, dass wir Verantwortung tragen.«

»Vielleicht, aber es war die Entscheidung der Betreiber, nicht unsere. Hättest du ein negatives Gutachten geschrieben, hätten sie das Kraftwerk wahrscheinlich auch gebaut.« Gunter zuckte mit den Schultern. »Wirklich, Robert, ich kann nicht verstehen, warum du immer noch über diese Sache nachgrübelst. Geschehen ist geschehen, und wir können nichts mehr daran ändern.«

Roberts Stimme war gefährlich leise. »Genau das war mein Problem: Du kannst keine Firma führen, ohne auch Verantwortung für das zu übernehmen, was du tust. Wir hätten die Bauarbeiten verfolgen und zur Not noch einmal neue Berechnungen anstellen müssen. Stattdessen haben wir uns um andere Projekte gekümmert. Für dich war die Sache doch erledigt, nachdem sie bezahlt hatten. Das war nicht richtig!« Er schob seine Hände in die Hosentaschen. »Ich verstehe immer noch nicht, warum die norwegische Regierung nicht noch ein weiteres Gutachten in Auftrag gegeben hat, um das Gestein noch einmal zu überprüfen. Ich hatte immerhin auf eine gewisse Porosität hingewiesen.«

Ein seltsamer Ausdruck glitt über Gunters Gesicht, der gleich darauf wieder verschwand. »Wir können nicht jeden an die Hand nehmen, der bei uns ein Gutachten bestellt. Aber reden wir nicht mehr über diese alte Geschichte. Ich brauche dich in der Firma.« Es war ihm deutlich anzusehen, wie schwer es ihm fiel, das zuzugeben.

»Warum?«

»Herrgott nochmal, muss ich dir alles vorbuchstabieren? Wir haben zwar beide Geologie studiert, aber ich bin der Verkäufer und du der Geologe, so war es schon immer! Unsere Stärken haben sich perfekt ergänzt, wie du genau weißt. Ich will wieder an die alten Zeiten anknüpfen und Steinfels & Wolf zu einer der besten Adressen für geologische Gutachten machen.«

Langsam setzte Robert sich wieder. Sein Blick glitt hinüber zu Heidrun, die den Wortwechsel stumm und mit blassem Gesicht verfolgt hatte. »Tut mir leid, ich stehe nicht mehr zur Verfügung. Ich bin sicher, du findest einen anderen Geologen, der mich ersetzen kann. Wenn du möchtest, kann ich dir einige Namen von Kollegen nennen, die perfekt für die Arbeit geeignet wären.«

Gunters Gesichtshaut spannte sich, als er sich zu Robert vorbeugte. »Du brauchst dich nicht zu bemühen, ich schaffe es auch ohne dich.« Damit stürmte er aus dem Haus und schlug die Tür hinter sich zu.

Heidrun war aufgesprungen und blickte ängstlich zum Ausgang. »Gibt es hier wirklich gefährliche Tiere?«

Roberts Mundwinkel hob sich. »Ja, aber keine Angst, sie werden sich nicht an Gunter heranwagen.«

Mit einem tiefen Aufatmen setzte Heidrun sich wieder. Humor blitzte für eine Sekunde in ihren Augen auf. »Das war gemein.«

Grinsend prostete Robert ihr zu. »Ich weiß.« Rasch wurde er wieder ernst. »Was ist bei euch los, Heidrun?«

Ihr Blick glitt hinüber zur Tür. »Nichts …«

»Dann wüsste ich gern, warum ihr hier seid und Gunter mit allen Mitteln versucht, mich nach Deutschland zurückzulocken.«

Seufzend lehnte Heidrun sich zurück. »Die Firma läuft nicht mehr gut, seit du weg bist. Gunter hat es ja gesagt, du warst der Fachmann, er der Verkäufer. Er kann so viele Kunden an Land ziehen, wie er will, wenn er keine vernünftigen Gutachten liefert, spricht sich das herum. Überhaupt gibt es seit deinem Weggang viel Gerede, auch über das Unglück in Norwegen. Eventuell sollen dort sogar Ermittlungen aufgenommen werden.«

Robert rieb sich über die Stirn. »Ich weiß immer noch nicht, wie das passieren konnte. Ich habe die Berechnungen so oft überprüft, danach war das Gutachten korrekt. Trotzdem hat das Gestein dem Wasserdruck nicht standgehalten, also muss ich doch einen Fehler gemacht haben.« Er wollte nicht länger darüber nachdenken und wechselte das Thema. »Wie geht es dir?«

Wieder der Blick zur Tür. »Die Stimmung ist derzeit etwas gereizt.«

Die Untertreibung des Jahres, wenn er ihren Gesichtsausdruck richtig deutete. »Weiß er es?«

Er musste ihr nicht erklären, was er meinte. Heidrun hob die Schultern. »Ich kann es nicht sagen, aber es könnte gut sein. Die meiste Zeit ignoriert er mich, aber manchmal …« Röte kroch in ihre Wangen. »Es kommt mir vor, als versuchte er, deine Berührungen mit seiner Leidenschaft ungeschehen zu machen.« Ihre Lippen zitterten. »Was ihm aber niemals gelingen wird.«

»Heidrun …« Unsicher, was er sagen sollte, brach Robert ab. Er mochte sie sehr gern und hatte sogar eine Zeit lang geglaubt, sie zu lieben, doch egal, was sie sagte, er würde weder nach Deutschland zurückkehren noch ihr Verhältnis wieder aufnehmen.

Eine Träne glitt über ihre Wange. »Es ist vorbei, oder?«

Am liebsten hätte Robert sie in den Arm genommen, doch das hätte nur zu Missverständnissen geführt. »Ja. Es tut mir leid, ich wollte dich nicht verletzen.«

Heidrun wischte sich mit dem Handrücken über die Wange. »Das hast du aber. Ich habe geglaubt, du würdest mich irgendwann zu dir holen.«

»Das kann ich nicht. Ich könnte keine Familie ernähren, und es wäre auch nicht richtig, Clarissa ihrem Vater wegzunehmen. Du gehörst nicht hierher, Heidrun.«

»Du auch nicht!« Ihr Mundwinkel bog sich nach unten. »Obwohl ich gestehen muss, dass dir der wilde Kleidungsstil sehr gut steht.« Ihre Augen ruhten auf seinem T-Shirt. »Du hast mehr Muskeln und bist viel brauner als …« Sie brach ab, als die Tür aufging und Gunter ins Haus trat.

Robert war beinahe froh über die Unterbrechung. Ein kleiner Teil von ihm verspürte die gleiche Sehnsucht, die auch in Heidruns Augen lag, doch er hatte nicht vor, ihr jemals wieder nachzugeben. Gunters geringschätziger Blick sagte ihm, dass er genau gewusst hatte, worüber sie reden würden, und dass Heidrun versuchen würde, ihn zur Rückkehr nach Deutschland zu bewegen. Vermutlich war ihm klar, dass Heidrun ihn nie verlassen würde, denn sie liebte ihre Tochter über alles und würde sie sicher nicht dem Leben hier aussetzen wollen.

Gunter starrte ihn an. »Hast du es dir noch einmal überlegt?«

»Nein. Ich werde euch gleich zum Bahnhof fahren, damit ihr nach Windhoek zurückkommt.«

Hass stand deutlich sichtbar in Gunters Augen. »Wie außerordentlich großzügig von dir, mein Freund.« Das letzte Wort betonte er bitter. Wütend drehte er sich wieder zum Fenster um und starrte hinaus.

Heidrun versuchte, die Wogen zu glätten. »Es ist nett von dir, uns zum Bahnhof zu fahren, Robert.«

Ein kaum unterdrücktes Schnauben ertönte vom Fenster her, das Robert aber ignorierte. »Das mache ich gerne für dich.«

Gunters Rücken versteifte sich, doch er sagte nichts weiter. Das war auch gut so, denn noch mehr hätte Robert sich von ihm nicht bieten lassen. Er unterdrückte einen Seufzer. So hatte es nicht enden sollen, es wäre besser gewesen, wenn Gunter und Heidrun nie hier aufgetaucht wären. Jetzt wurden auch die schönen Erinnerungen überschattet und zunichte gemacht. Andererseits war es vielleicht gut, wenn sein neues Leben nicht weiter von der Vergangenheit beeinflusst wurde.

Am besten schloss er das Gespräch freundlicher, damit sie nicht im Streit auseinandergingen. »Fliegt ihr gleich zurück, oder schaut ihr euch noch ein wenig die Gegend an?«

Unsicher sah Heidrun zu Gunter hinüber. »Ich würde mir gerne einiges ansehen, wo wir nun schon hier sind …«

»Glaubst du, wir sind zum Spaß hergekommen?« Gunter drehte sich nicht um. »Wer wird wohl das Geld verdienen, während wir uns hier schöne Tage machen?«

»Ich wollte doch nur …«

Gunter fuhr herum und bedachte sie mit einem harten Blick. »Ja, immer willst du etwas, das kenne ich schon. Du scheinst zu vergessen, dass ich eine Firma leiten muss, damit du das Geld hast, deinen Lebensstil zu führen. Wäre ich nicht …«

Robert ging dazwischen. »Das reicht, Gunter. Du bist hier nicht zu Hause, entweder du behandelst deine Frau anständig, oder du fliegst raus.«

Heidrun sprang auf und lief aus dem Haus, die Hand vor den Mund gepresst, um die Schluchzer zu unterdrücken. Robert und Gunter sahen sich einen Moment ratlos an, bevor Gunter dicht vor ihn trat.

»Glaubst du wirklich, du könntest mir vorschreiben, wie ich mit meiner Frau umzugehen habe?«

Robert hielt seine Stimme ruhig, auch wenn die Wut in ihm hochkochte. »In meinem Haus, ja. Ich weiß nicht, was mit dir geschehen ist, Gunter, aber was ich sehe, gefällt mir nicht. Du warst einmal mein Freund, und Heidrun und Clarissa hast du vergöttert. Was ist passiert?«

Hass leuchtete aus Gunters Augen. »Die Frage meinst du nicht ernst, oder? Anscheinend hat es dir ja nicht gereicht, unsere Firma zu ruinieren, du musstest dich auch noch an meiner Frau vergreifen.« Er lachte bitter. »Du hast doch nicht wirklich geglaubt, dass ich es nicht bemerken würde?«

Robert seufzte stumm auf. »Nein, das habe ich nicht geglaubt. Es war sicher falsch von uns, aber du bist auch nicht ganz unschuldig daran, dass Heidrun sich so einsam fühlte. Was hast du dir dabei gedacht, sie immer weiter aus deinem Leben zu schieben, als wäre sie ein unliebsames Möbelstück? Clarissa hast du später auch so gut wie ignoriert, dabei warst du der glücklichste Mensch, als sie geboren wurde.«

Als seine Tochter erwähnt wurde, versteifte Gunter sich, Schmerz trat in seinen Blick. »Nimm nie wieder ihren Namen in den Mund, wenn dir dein Leben lieb ist.«

Erschrocken über die Vehemenz in Gunters Tonfall, trat Robert einen Schritt zurück und hob beschwichtigend die Hände. »In Ordnung, ganz wie du willst. Ich denke, es ist besser, wenn ich euch jetzt zum Bahnhof bringe.«

Gunter drehte sich abrupt um und ging zur Tür, wo die Koffer der beiden standen. Robert folgte ihm hinaus.

Auf der obersten Stufe der Veranda saß Heidrun und blickte in die Wildnis hinaus. Sie drehte sich erst um, als Gunter ihren Koffer neben sie fallen ließ und der Knall sie aus ihren Gedanken riss. Sie blickte ihrem Mann hinterher, der bereits zum Wagen stapfte.

»Ich schätze mal, es ist nicht gut gelaufen.« Ihre Stimme klang resigniert.

»Nein.« Robert berührte ihre Schulter. »Du solltest dich von ihm trennen, er hat sich sehr verändert.«

Heidrun sah mit feuchten Augen zu ihm auf. »Ja, ich weiß. Aber ich kann nirgends hin, und ich muss auch an Clarissa denken. Er ist nun mal ihr Vater.«

Robert nickte. Es war klar, dass Heidrun bei ihrem Mann bleiben würde, egal wie schlecht er sie behandelte, und es brachte nichts, sie vom Gegenteil überzeugen zu wollen.

»Kann ich kurz dein Bad benutzen?«

»Natürlich, ich zeige es dir.« Er half ihr beim Aufstehen und führte sie ins Haus. Vor der Badezimmertür zögerte er. »Wenn du jemals etwas brauchen solltest, wende dich an Klaus Wagner, er wird dir helfen.«

Heidrun trat dicht vor ihn und legte ihre Hand auf seine Wange. »Danke. Wir hatten eine schöne Zeit, nicht wahr?«

»Die beste. Es tut mir leid, dass …«

Heidrun stoppte ihn, indem sie ihm einen Finger auf die Lippen legte. »Nein, kein Bedauern. Ich möchte es so in Erinnerung behalten, wie es war.« Sie beugte sich vor und berührte seine Lippen mit den ihren. Nach einem langen, sanften Kuss trat sie zurück. »Danke.«

Robert brachte nur ein Nicken zustande. Seine Kehle war wie zugeschnürt. Schließlich räusperte er sich. »Ich warte draußen auf dich.«

Nachdem sich die Tür hinter ihr geschlossen hatte, lehnte Robert sich für einen Moment an die Wand und schloss die Augen. Es tat weh, Heidrun so unglücklich zu sehen und zu wissen, dass er nichts tun konnte, um ihr zu helfen. Außer sie zu bitten, hierzubleiben, doch das war unmöglich. Mit einem hohlen Gefühl in der Brust stieß sich Robert von der Wand ab und verließ das Haus. Gunter saß bereits auf dem Beifahrersitz und sah stur geradeaus. Aber seine angespannte Haltung verriet deutlich, dass es ihm keineswegs egal war, was im Haus vor sich ging. Kopfschüttelnd nahm Robert Heidruns Koffer und trug ihn zum Wagen. Gunter war schon immer verbohrt gewesen, aber das hier übertraf alles. Er öffnete die hintere Klappe, schob den Koffer hinein und schnallte ihn zusammen mit dem zweiten Koffer fest. Mit mehr Gewalt als nötig schlug er die Klappe zu und ging um den Wagen herum.

»Wie lange dauert das denn noch?«

Robert steckte den Schlüssel in den Anlasser und sah nur

flüchtig zu Gunter hinüber. »Heidrun wollte sich noch frisch machen, sie kommt sicher gleich.«

»Immer diese Frauen, ständig muss man auf sie warten.« Gunters Stimmung hatte sich nicht gebessert, eher im Gegenteil.

Erleichtert atmete Robert auf, als Heidrun endlich aus dem Haus kam und hinten in den Jeep einstieg, sodass er losfahren konnte.

Mariamas Blick schweifte zum Fenster, wie bereits unzählige Male zuvor, seit sie hier in der Küche stand und den Abwasch erledigte.

»Gibt es da draußen irgendwas zu sehen?«

Die Stimme ihrer Mutter ließ sie ertappt zusammenzucken. »Nein, nichts Besonderes. Ich habe nur Angst, dass Mugambo noch einmal wegläuft.«

Elise legte ihre Hand auf Mariamas Schulter. »Er ist hinter dem Haus und hilft deinem Vater bei den Grillvorbereitungen. Und selbst wenn er weglaufen wollte, würde er wohl nicht direkt vor unseren Augen entlangspazieren.«

Mariama atmete tief durch. »Ich weiß. Aber irgendwie bin ich unruhig, seit die ganze Sache passiert ist.«

Ihre Mutter wandte sich wieder dem Herd zu. »Ja, das Unglück war schrecklich. Und wenn man dabei noch auf einen so gut aussehenden Mann trifft, der sämtliche Feuer in einem zum Lodern bringt …« Belustigung schwang in ihrer Stimme mit.

»Mama! Wie kannst du so etwas sagen?«

Lächelnd tunkte Elise das Impalafleisch in die Marinade. »Ich war auch mal jung, glaubst du, ich weiß nicht mehr, wie sich das anfühlt? Als ich deinen Vater zum ersten Mal traf …« Ihr Blick wurde verträumt.

Mariama stemmte die Hände in die Hüften. »Das kann man ja wohl überhaupt nicht vergleichen. Vater und du, ihr habt euch geliebt, du hast mir schon so oft erzählt, dass ihr vom ersten Augenblick an voneinander fasziniert wart.« Sie verzog den Mund. »Das einzige Feuer, das Robert in mir entfacht, ist das der Wut. Ein wenig Abscheu ist auch noch dabei, weil er für ein Unternehmen wie Bodmin arbeitet.«

»Na, wenn er solch starke Gefühle in dir auslöst, zeigt das nur, dass er dich interessiert.« Sie hob die Hand, als Mariama erneut protestieren wollte. »Warten wir es einfach ab, wir werden sehen, wie sich eure Beziehung entwickelt.«

»Was?« Mariama senkte ihre Stimme. »Das ist völlig absurd! Wir haben keine Beziehung und werden auch nie eine haben.«

Lachend wandte Elise sich wieder ihrer Arbeit zu. »Du protestierst zu viel, mein Schatz. Wenn du mit dem Abwasch fertig bist, kümmer dich bitte um die Kartoffeln, ja?«

Mit einem lautlosen Seufzer nahm Mariama es hin, dass ihre Mutter bei ihrer Meinung über Robert bleiben würde, egal was sie dagegen sagte. »Natürlich, ich bin gleich so weit.« Sie stellte den letzten Teller in den Abtropfständer und wandte sich den Kartoffeln zu, die in einem Korb in der Ecke standen. »Wie viele Gäste kommen heute?«

»Eigentlich nur einer, dein Vater hatte einfach mal wieder Lust zu grillen.«

Mariama schloss die Augen. Also konnte sie sich noch nicht einmal anderen Gästen zuwenden, sondern würde die ganze Zeit mit Robert Konversation betreiben müssen. Das versprach ein heiterer Nachmittag zu werden. Erneut wanderte ihr Blick zum Fenster.

»Soweit ich weiß, wollte er heute mit dem Pferd kommen, du müsstest also in die andere Richtung schauen.« Unterdrücktes Gelächter schwang in Elises Stimme mit.

»Sehr lustig.«

»Finde ich auch.« Elise schlang ihren Arm um Mariamas Taille. »Ach komm, lass mir den Spaß, ich habe mich hier vier Jahre ohne dich gelangweilt.«

Mariama musste lachen. »Das glaube ich kaum, sicher hast du Papa ständig aufgezogen. Und Nomami. Und die Arbeiter …« Sie lehnte ihre Wange an die ihrer Mutter. »Komm schon, gib es zu.«

»Das eine oder andere Späßchen werde ich mir wohl erlaubt haben.« Elise rückte von ihr ab und sah ihr in die Augen. »Aber dass ich dich unendlich vermisst habe, stimmt. Ich hoffe, du bleibst von nun an zu Hause.«

»Nichts anderes hatte ich vor. Mich bekommt niemand mehr von der Farm herunter.«

Elise lächelte. »Es sei denn, ein Mann entführt dich von hier.«

»Das halte ich für unwahrscheinlich, wo sollte ich denn einen kennenlernen? Außerdem wird er sich damit abfinden müssen, dass ich nie von hier weggehen werde. Mir gefällt es hier, und ihr werdet mich später brauchen, wenn ihr älter werdet.«

»Was hoffentlich nicht allzu schnell passieren wird.« Elise strich sich eine Haarsträhne aus dem Gesicht. »Ich kann mich noch gut daran erinnern, als ich in deinem Alter war und das ganze Leben noch vor mir lag. Es ist unglaublich, dass das schon fünfundzwanzig Jahre her ist.«

»Ich habe auch gedacht, das Studium würde ewig dauern, aber dann ist es doch ganz schnell gegangen.«

»Für uns war es eine sehr lange Zeit.«

Mariama umarmte ihre Mutter. »Jetzt bin ich ja wieder da.« Sie trat zurück. »Also, wie viele Kartoffeln soll ich schälen?«

Als sie eine Dreiviertelstunde später auf die Veranda traten, stand Robert bereits mit Karl am Grill und ließ sich von ihm in die Kunst des Braai einweisen. Sein Gesichtsausdruck verriet, dass es ihm zuvor schon einige Male erklärt worden war, er aber zu höflich war, ihren Vater zu unterbrechen. Fast tat er ihr leid, das Braai war für die Südwester mehr als nur Grillen, es war ein gesellschaftliches Ereignis und zugleich Ausdruck einer Lebensweise. Mariama setzte die Schale mit den Kartoffeln auf dem Tisch ab und blieb unschlüssig stehen. Ihre letzte Begegnung war so verlaufen, dass sie nicht wusste, ob sie Robert ganz normal begrüßen und so tun konnte, als wäre nie etwas geschehen.

Elise hatte dieses Problem nicht. »Robert, schön dass du kommen konntest.« Sie trat zu den Männern und schüttelte ihm die Hand. »Mariama kennst du ja schon.«

Roberts Miene zeigte ein gewisses Unbehagen, auch wenn er versuchte, es zu überspielen. Höflich nickte er ihr zu. »Mariama.«

»Robert.« Sie war froh, dass er sie nicht berührte, sie wusste nicht, ob sie es ertragen hätte, ihm so nah zu sein. Eingehend beschäftigte sie sich mit der Tischdekoration und hoffte, dass der Tag schnell vorübergehen würde.

Während des Essens blickte Mariama immer wieder unauffällig zu Robert hinüber. Irgendetwas schien ihn heute zu beschäftigen, er war deutlich zurückhaltender als bei ihrem letzten Zusammentreffen. Ihre Eltern bemühten sich, die Konversation in Gang zu halten. Er beantwortete ihre Fragen freundlich, blieb aber reserviert. Nur als sie auf Mugambo zu sprechen kamen, wurde er etwas lebhafter, er schien sich wirklich für das Schicksal des Jungen zu interessieren. Mariama erkannte, wie wenig sie über den Mann wusste, der ihr dort gegenübersaß, eigentlich nur, dass er für Bodmin arbeitete und ihre Eltern ihm ein Stück von ihrem Land verkauft hatten. Das zweite Thema, das ihm eine etwas stärkere Reaktion entlockte, war die Geologie und speziell die Suche nach Bodenschätzen. Das Kinn in die Hand gestützt, lauschte Mariama seinen Berichten über die Entstehung der unterschiedlichen Mineralien und darüber, welche Zeichen auf ein Vorkommen hindeuteten.

Gerade als sie fragen wollte, ob er tatsächlich glaubte, auf ihrem – oder inzwischen ja seinem – Land Bodenschätze zu finden, hörte sie Nomamis laute Rufe. Sofort sprang sie auf und kam nur wenige Schritte weit, als auch schon Mugambo um die Ecke lief. Eingeschüchtert sah er zur Veranda hoch, von der ihm vier Leute erstaunt entgegenblickten, doch schließlich entdeckte er Robert und begann, rasch die Stufen zu erklimmen. Er lief zu ihm und drängte sich an seine Seite.

Nomami blieb keuchend vor der Treppe stehen. »Es … es tut … mir leid, er hat das fremde Pferd im Stall gesehen und gefragt, wem es gehört. Danach war er nicht mehr zu bremsen.« Nomami vergrub ihre Hände in den Falten der Schürze, ein besorgter Ausdruck lag auf ihrem Gesicht.

Elise lächelte ihr beruhigend zu. »Das ist schon in Ordnung, wir waren sowieso gerade mit dem Essen fertig.« Sie wandte sich Robert zu. »Wenn es dir recht ist, Robert?«

»Natürlich.« Robert legte dem Jungen eine Hand auf den Kopf. »Wie geht es ihm heute?«

Nomami hob die Schultern. »Er hat den ganzen Tag auf Sie gewartet, das hat ihn von seinem Kummer abgelenkt. Es macht ihm Spaß, bei den Tieren zu sein, deshalb war ich mit ihm im Stall.«

Robert nickte.

Karl lehnte sich zurück. »Wenn das so ist, kann ich ihn nach dem Unterricht mit zum Vieh rausnehmen, vielleicht möchte er mithelfen.«

Nomami übersetzte Mugambo, was gesagt wurde, doch der vergrub nur sein Gesicht an Roberts Hemd.

Robert schob ihn ein Stück von sich weg, legte ihm die Finger unter das Kinn und hob das Gesicht des Jungen an, bis der ihn ansehen musste. »Das ist eine ganz tolle Sache, da gibt es jede Menge Rinder und ein paar Pferde und natürlich Autos. Weißt du noch, wie du mit mir gefahren bist?«

Als Nomami übersetzt hatte, nickte Mugambo zögernd.

»Hat dir das gefallen?«

Wieder ein Nicken, diesmal mit etwas mehr Begeisterung.

»Wenn du groß bist, wirst du es sicher auch lernen, dann kannst du selber fahren.«

Sein breites Grinsen brachte alle zum Lachen.

Elise schüttelte den Kopf. »Jungs sind überall gleich.«

Robert lächelte amüsiert. »Anscheinend.« Er stand auf. »Ich möchte ihm Windtänzer vorstellen, wenn ihr mich kurz entschuldigt.«

Karl machte eine auffordernde Handbewegung. »Natürlich, geht nur, dann hole ich ein paar gekühlte Lager und natürlich die gute Flasche Wein, die du mitgebracht hast.«

Mariama und ihre Mutter blieben alleine am Tisch zurück. Seufzend begann Elise, das Geschirr zusammenzuräumen. »So schnell sind wir abgeschrieben. Männer!«

Lachend ging Mariama ihrer Mutter zur Hand. »Ich bin froh, wenn sie etwas zu tun haben. Irgendetwas muss unseren Nachbarn beschäftigen, er kam mir ungewöhnlich still vor.«

Elise sah sie besorgt an. »Dir ist es also auch aufgefallen. Robert war sicherlich nie ein Alleinunterhalter, aber normalerweise ist er wesentlich offener und zugänglicher.«

Mariama hob die Schultern. »Vielleicht wird ihn Mugambos Gegenwart ein wenig auflockern. Es macht mich fast eifersüchtig, dass ich für den Jungen Luft bin, sobald Robert auftaucht.«

»Ich glaube nicht, dass er das absichtlich macht.«

»Ich weiß, wichtig ist nur, dass Mugambo sich hier schnell eingewöhnt.« Mariama sah sich um. »Wo ist eigentlich Nomami geblieben? Ist sie mit zum Stall gegangen?«

»Nein, sie hat sich zurückgezogen. Warum?«

»Weil Mugambo kein Deutsch versteht und Robert kein Khoisan. Wie verständigen sich die beiden dann?«

Ratlos sah Elise sie an. »Ich habe keine Ahnung. Sei so lieb und sieh nach, wie die beiden zurechtkommen, ja?«

Mariama verzog den Mund. »Muss das sein? Du weißt, wie ich …«

»Bitte, tu es für Mugambo.«

Tief aufseufzend legte Mariama das Besteck auf den obersten Teller. »Ist ja gut, ich gehe schon.« Sie ging die Treppe hinunter und durchquerte den kleinen Steingarten, den ihre Mutter liebevoll pflegte. Ein seltsames Geräusch drang von der Veranda zu ihr herunter, es klang beinahe wie ein Kichern … Aber natürlich, ihre Mutter versuchte, sie mit Robert zu verkuppeln, und dachte nun, sie hätte einen Erfolg errungen, indem sie sie hinter ihm herschickte. Als eine Art Kindermädchen. Eine kleine Pforte trennte den Garten von der direkt dahinter beginnenden Savanne. Entlang den Holzgattern, in denen sie die Rinder zusammentrieben, führte ein schmaler Weg zu den Ställen und Schuppen, in denen Futter für die Tiere sowie Geräte gelagert waren.

Mariama trat durch das hohe Tor in den Stall und sah sich suchend im Halbdunkel um. Da sie niemanden entdeckte, ging sie den Mittelgang entlang und blickte vorsichtig in die zu beiden Seiten abgehenden Boxen. Die Pferde begrüßten sie mit einem leisen Schnauben und reckten ihr die samtigen Nüstern entgegen. Lächelnd tätschelte Mariama einigen die Köpfe, während sie sich weiter in den Stall hineinbewegte. In einer der Boxen hörte sie leise Stimmen, neugierig steckte sie den Kopf hinein. Roberts Pferd lag am Boden, und Mugambo lehnte sich an den Hals des Tieres, während Robert danebenhockte. Er musste es darauf dressiert haben, normalerweise legte sich kaum ein Pferd freiwillig hin. Robert sah auf, als sie in die Box trat. In seinem Blick lag zwar kein Misstrauen, aber ein gewisser Grad an Vorsicht, der ihr bewusst machte, wie unhöflich sie sich ihm gegenüber bislang verhalten hatte. Ein Arm war locker um den Hals des Pferdes geschlungen, mit den Fingern rieb er über das Fell. Sie wünschte, sie könnte sich dazulegen und …

Mariama räusperte sich. »Ich möchte nicht stören, ich wollte mich nur als Übersetzerin anbieten, falls Sie mit Mugambo reden wollen.«

Der Argwohn wich aus Roberts Zügen. »Danke, im Moment kommen wir auch so zurecht.« Er zögerte. »Möchten Sie sich dazusetzen? Windtänzer mag Gesellschaft.«

»Sie auch?«

»Kommt darauf an, von wem.« Er fuhr rasch fort. »Ich hätte es nicht angeboten, wenn es mich stören würde.«

Mariama nickte und setzte sich neben Mugambo, der seine Aufmerksamkeit ganz dem Pferd widmete. Roberts Antwort war nicht unbedingt das, was sie gerne gehört hätte, aber das konnte sie auch nicht erwarten. Eine Weile saßen sie stumm da, dann hielt Mariama es nicht mehr aus. »Was ist heute mit Ihnen los? Sie haben kaum ein Wort gesagt und wirkten irgendwie abwesend. Ich hoffe, es lag nicht an dem, was ich gestern zu Ihnen gesagt habe, mein Vater würde mich skalpieren.«

Roberts Mundwinkel hob sich, er schien die Vorstellung amüsant zu finden. »Nein, daran lag es nicht.«

»Woran dann? Ärger bei der Arbeit?«

Er sah sie nur stumm an.

»Ich versuche nur zu erfahren, welche Laus Ihnen über die Leber gelaufen ist.«

Roberts Gesicht verdunkelte sich. »Ich hatte heute unangemeldeten Besuch.«

»Oh.« Mariama forschte in seiner düsteren Miene. »Die Polizei?«

Robert starrte sie an. »Herrje, was denken Sie eigentlich von mir? Sie müssen wirklich glauben, dass ich ein Verbrecher bin.«

Mariama legte die Hand auf seinen Arm. »Nein, so meinte ich das doch nicht. Ich dachte nur, weil Sie »unangemeldeter Besuch« sagten und dabei so ernst schauten ... Ich wollte Sie wirklich nicht beleidigen.«

Robert schnitt eine Grimasse. »Und ich bin heute eindeutig zu empfindlich. Vor allem scheine ich mich ständig falsch auszudrücken. Der Besuch kam aus Deutschland.«

»Freunde? Sie hätten sie ruhig mitbringen können, mein Vater liebt es, Gäste zu empfangen.«

»Ehemalige Freunde, und danke für das Angebot, aber ich habe sie vorhin zum Bahnhof gebracht, damit sie nach Windhoek zurückkommen.«

Nachdenklich drehte Mariama einen Strohhalm in ihrer Hand. »Das war dann aber ein sehr kurzer Besuch.«

»Er war, wie gesagt, nicht angekündigt, sonst hätte ich ihnen gleich gesagt, dass sie gar nicht erst zu kommen brauchen.« Er strich sich mit der Hand durch die Haare. »Könnten wir das Thema wechseln?«

Was immer auch hinter dieser Geschichte stecken mochte, sie schien Robert sehr mitgenommen zu haben. Es lag nicht nur Ärger in seinen Gesichtszügen, sondern auch Kummer und noch etwas anderes. Schuldgefühle? Vielleicht eine Frau in Deutschland, die er zurückgelassen hatte? Seltsamerweise störte sie das, und sie verspürte den Wunsch, diese »Gäste« einem

Rudel Löwen zu überlassen. Eigentlich konnte es ihr egal sein, im Gegenteil, sie sollte sich über alles freuen, was Robert Wolf Ärger bereitete, aber es gelang ihr nicht. Stattdessen versuchte sie, das Gespräch in Gang zu halten. »Es ist nett, dass Sie trotzdem gekommen sind, Mugambo hat sich sehr auf Sie gefreut.«

Roberts Mundwinkel hoben sich, während er zu dem Jungen hinüberblickte, der sich aufgesetzt hatte, als er seinen Namen hörte. »Er ist ein tapferer kleiner Bursche. Ich komme gerne, wenn ihm das hilft, sich hier einzugewöhnen. Es muss schwer für ihn sein.« Mariamas Herz begann schneller zu klopfen, als sie sah, wie Robert den Jungen anlächelte. »Aber gemeinsam werden wir das schaffen, nicht wahr, Mugambo?«

Obwohl der Junge ihn sicher nicht verstanden hatte, nickte er eifrig.

»Ich weiß nicht, wie Sie das machen, aber er scheint Sie zu lieben.«

Robert grinste sie an. »Vielleicht bin ich einfach liebenswert und Sie haben es nur noch nicht gemerkt?« Dabei wackelte er übertrieben mit den Augenbrauen.

Mariama lachte auf. »Das mag natürlich sein. Andererseits kenne ich Sie auch noch nicht gut genug, um das beurteilen zu können.«

»Das sollten wir ändern, schließlich sind wir jetzt so etwas wie Mugambos Pflegeeltern.« Trotz seiner scherzhaften Bemerkung schien ein ernsthafter Ton in seiner Stimme zu liegen.

Verlegen strich sie sich eine Haarsträhne hinter das Ohr. »Haben Sie keine Angst, ich könnte beim nächsten Mal wieder auf Sie losgehen?«

»Doch, ich zittere jetzt schon. Andererseits macht das unsere Begegnungen … spannender, finden Sie nicht?«

Mariama grinste. »Ich hätte es anders ausgedrückt, aber ja, langweilig war es bisher jedenfalls nie.«

»Gut.« In dem Wort schwang hörbare Befriedigung mit, das Lächeln war einem intensiven Gesichtsausdruck gewichen. »Ich würde es sehr bedauern, wenn wir uns nicht verstehen würden.«

Hitze stieg in ihre Wangen, als sie tief in seinen Blick eintauchte. Sie befeuchtete ihre plötzlich viel zu trockenen Lippen. »Erstaunlicherweise geht es mir genauso.«

Robert strich ein letztes Mal über den Pferdehals, bevor er sich erhob. »Na dann …« Er hielt ihr seine Hand hin und lächelte über ihre Unsicherheit. »Gehen wir besser zu den anderen zurück.«

Hastig rappelte Mariama sich auf, ohne seine Hilfe anzunehmen. »Oh, natürlich.« Sie wischte sich das Heu von der Hose und hielt ihrerseits Mugambo die Hand hin. Auf Khoisan sprach sie ihn an. »Komm, gehen wir nach draußen.«

Mugambo ließ sich widerwillig hochziehen, eine Hand weiter nach dem Pferd ausgestreckt. »Ich will bleiben …«

Hilflos sah Mariama Robert an. »Er will beim Pferd bleiben.«

Robert legte seinen Arm um die Schulter des Jungen und schob ihn sanft aus der Box. »Sagen Sie ihm, dass er noch öfter Gelegenheit haben wird, mit Windtänzer zusammen zu sein, entweder hier oder drüben bei mir, er ist jederzeit willkommen.«

Mariama versuchte, sich gegen das warme Gefühl zu wehren, das sich in ihrer Brust ausbreitete, aber es gelang ihr nicht. Während sie Roberts Worte in Khoisan übersetzte, ruhte ihr Blick auf dem muskulösen Arm, der um die schmalen Schultern des Jungen lag. Es war ein so rührendes Bild, dass ihr Tränen in die Augen stiegen. Verstohlen wischte sie sie weg und folgte den beiden, während sie ihren Gedanken nachhing. Wer waren die Besucher gewesen, von denen Robert gesprochen hatte? Ehemalige Freunde, hatte er gesagt, aber es schien noch etwas anderes mitzuschwingen. Wenn einer ihrer Freunde aus Südwestafrika sie in Europa besucht hätte, hätte sie sich unheimlich gefreut und sie für Tage, wenn nicht sogar Wochen nicht mehr fortgehen lassen. Robert dagegen hatte seine Freunde bereits nach sehr kurzer Zeit wieder zum Bahnhof gefahren, sie konnten höchstens ein paar Stunden da gewesen sein. Mariama schüttelte den Kopf. Warum grübelte sie überhaupt darüber nach? Was immer geschehen war, es ging sie nichts an. Robert war ein Nachbar, weiter nichts.

5

Worauf hatte sie sich nur eingelassen? Nachdem sie am gestrigen Tag mit Robert und Mugambo wieder zum Tisch zurückgekehrt war, hatte sie sofort am Gesichtsausdruck ihres Vaters erkannt, dass er einen Anschlag auf sie plante. Das verschwörerische Zwinkern ihrer Mutter war auch nicht zu übersehen gewesen, hoffentlich hatte Robert nichts mitbekommen. Glücklicherweise war er noch mit Mugambo beschäftigt gewesen, bis Nomami ihn zu den Behausungen der Damara zurückgebracht hatte. Der Vorschlag ihres Vaters, sie könnte Robert am folgenden Tag mit der windradbetriebenen Wasserpumpe am Rivier vertraut machen, ließ sie zusammenzucken. Robert hatte daraufhin sofort beteuert, dass er sich die Anlage auch alleine ansehen könne. Natürlich hatte sie nicht mehr ablehnen können, erst recht nicht, als ihre Eltern sie enttäuscht angesehen hatten, und so war sie nun am frühen Morgen aufgebrochen, um sich zur verabredeten Zeit am Windmotor mit ihm zu treffen.

Mit einem tiefen Seufzer setzte Mariama ihren Weg zum Rivier fort. Normalerweise genoss sie die nur von den Gesängen der Vögel durchbrochene Stille, den rot gefärbten Himmel, die kühle Luft und den Geruch von feuchten Gräsern. Doch heute war sie von einer seltsamen Unruhe erfasst. Selbst die Prüfungen im Studium hatte sie mit weniger Aufregung überstanden. Am ehesten war das Gefühl wohl mit dem zu vergleichen, das sie bei einem Zahnarztbesuch überkam. Mariama verzog den Mund. Keine besonders angenehme Vorstellung. Sie war sich nicht sicher, ob Robert das verdient hatte, immerhin würde er nicht bohren. Schmunzelnd rückte sie die Riemen ihres Rucksacks zurecht und beschloss, einfach abzuwarten, was auf sie zukam, vielleicht würde der Tag ja gar nicht so unangenehm werden, wie sie es befürchtete.

»Einen Rand für Ihre Gedanken.«

Mariama fuhr erschrocken zusammen, als Roberts Stimme unvermittelt neben ihr erklang. Eine Hand auf ihr wild klopfendes Herz gepresst, fuhr sie herum und starrte ihn fassungslos an. »Müssen Sie sich immer so heranschleichen?« Sie atmete tief durch und versuchte, das Zittern in ihren Beinen zu unterdrücken. Schon bei ihrer ersten Begegnung hatte sie Robert nicht kommen hören und dann fast einen Herzinfarkt erlitten.

»Geht es? Ich wollte Sie wirklich nicht erschrecken.« Die Besorgnis in seiner Stimme klang gespielt.

Mariama bedachte ihn mit einem wütenden Blick und beschloss, seine Provokation zu ignorieren. Stattdessen setzte sie ihren Weg unbeirrt fort und warf ihm, als er ihr folgte, über die Schulter zu: »Was machen Sie hier? Ich dachte, wir treffen uns am Rivier.«

»Ich war zu früh da und zu unruhig, um einfach zu warten. Also habe ich die Zeit genutzt, mich hier ein wenig umzusehen.« Selbstironie schwang in seiner Stimme mit.

Mariama stoppte erneut, wandte sich zu ihm um und zog eine Augenbraue hoch. »Auf unserem Land.« Es war keine Frage.

»Keine Angst, ich habe nichts geklaut, nicht nach Rohstoffen gegraben und auch keine Pflanze ausgerissen. Gut, Windtänzer hat sich bestimmt den einen oder anderen Grashalm genehmigt …« Wenn er lachte, bildeten sich Falten um seine Augen und machten ihn noch attraktiver, als er ohnehin schon war. »Habe ich noch irgendwo Marmelade kleben?«

Mariama erwachte aus ihrer Trance und fühlte, wie ihre Wangen heiß wurden. »Nein.«

»Sondern?«

Verzweifelt startete sie ein Ablenkungsmanöver. »Ich habe mich gefragt, warum Sie unruhig waren.«

Roberts Lächeln verbreiterte sich, und seine Augen wurden wärmer. »Ich habe mich auf unsere Verabredung gefreut.«

Ein wenig damenhaftes Schnauben entschlüpfte ihr. »Ja, sicher. Einmal davon abgesehen, dass meine Eltern die ganze Sache eingefädelt haben, glaube ich kaum, dass man es eine Verabredung nennen kann. Wir sind hier, um uns die Windpumpe anzuschauen, das ist alles.«

»Sind wir das?« Er war ernst geworden, seine Stimme noch tiefer als sonst. Bevor sie darauf antworten oder überhaupt einen klaren Gedanken fassen konnte, schüttelte Robert den Kopf und machte eine Handbewegung zum Pfad hin. »Gehen wir weiter, Windtänzer wundert sich bestimmt schon, wo ich bleibe.«

Mariama setzte sich wieder in Bewegung, froh, seinem Blick entkommen zu können. »Sie haben ihn doch nicht angebunden?«

»Nein. Warum?«

»Weil er dann keine Chance hätte, falls sich ihm ein Raubtier nähern sollte.« Mariama rückte ihren Hut zurecht und schob eine Haarsträhne darunter. »Und den Fluss darf man auch nicht vergessen.«

»Raubkatzen sind doch wasserscheu.«

Mariama blickte über ihre Schulter zurück. »Nicht alle. Außerdem gibt es Flusspferde und Krokodile.«

Robert wich die Farbe aus dem Gesicht. »Ich hatte angenommen, dafür sei der Wasserstand zu niedrig.«

»Ist er im Sommer auch, aber das heißt nicht, dass sich nicht doch mal ein Tier zu uns verirren kann. Wir haben hin und wieder schon Spuren von Krokodilen gefunden. Und Flusspferde sind die gefährlichsten Tiere überhaupt, vor allem die Mütter mit ihren Jungen. Wenn man dazwischengerät, ist man so gut wie tot.«

»Ich werde es mir merken.« Robert schien es plötzlich eilig zu haben.

»Gut. Dies hier ist ein wildes Land, man muss immer auf alles vorbereitet sein, man weiß nie, was hinter der nächsten Ecke auf einen wartet.« Schließlich erbarmte sich Mariama. »Aber da Windtänzer nicht angebunden ist, wird ihm schon nichts passiert sein. Pferde spüren es, wenn ihnen Gefahr droht.«

Sie schlug einen schnellen Schritt an. Es gefiel ihr, wie er sich um sein Tier sorgte. Und um Mugambo. Wie freundschaftlich er mit ihren Eltern umging. Mariama stieß einen lautlosen Seufzer aus. Sie wollte Robert nicht mögen und sie sollte es auch nicht, es wäre nicht klug, einem Angestellten von Bodmin ihr Herz zu öffnen. Erst recht nicht, wenn er es schon durch einen einzigen Blick oder seine körperliche Nähe schaffte, sie durcheinanderzubringen. Es war unfair. Vier Jahre lang war sie in Deutschland gewesen, ohne einen vernünftigen Mann kennengelernt zu haben, und nun war sie wieder hier, und ausgerechnet so einem Typen von Bodmin gelang es, ihr Herz höherschlagen zu lassen. Sie sollte sich den Kopf untersuchen lassen.

»Wir sind gleich da.« Zum Flusstal hin wurde die Vegetation dichter, aus den Büschen wurden Bäume, die Gräser waren grüner und wuchsen höher. »Vorsicht, Kopf einziehen.« Mariama duckte sich unter einem Webervogelnest hindurch, das aus Pflanzenfasern und Federn gebaut war und sich um die unteren Äste eines Kameldornbaumes wand. Schrille Warnlaute drangen aus den gewebten Nestern, erste Vögel flogen hervor und formierten sich zu einer flatternden weißen Wolke um den Baum. Mariama ergriff Roberts Hand und zog ihn rasch mit sich aus der Gefahrenzone heraus. In diesen Gemeinschaftsnestern lebten bis zu eintausend Tiere, und sie wusste aus Erfahrung, dass es unschön werden konnte, wenn man sie reizte. Webervögel waren nicht besonders groß, hatten aber die unangenehme Angewohnheit, sich im Fell oder Haar eines möglichen Angreifers zu verkrallen, was ziemlich schmerzhaft war.

Mariama lief einige Meter, bis sie sicher war, dass die Vögel sie in Ruhe lassen würden, und verlangsamte wieder ihren Schritt.

»Verdammt, was war das?« Robert war stehen geblieben und sah, die Hände in die Hüften gestützt, zu dem Baum zurück.

»Büffelweber.«

»Wie bitte?«

»Eine Unterart der Webervögel, gut zu erkennen am weißen Kopf- und Brustgefieder und dem Orange an Bauch und Flügelspitzen.«

»Bisher habe ich nur die gelbe Art mit ihren Einzelnestern gesehen. Einige von ihnen haben die Bäume neben meinem Haus besetzt. Sehr laut und nervtötend.«

Mariama grinste. »Damit muss man hier leben. Seien Sie froh, dass es nicht eines von diesen Nestern dort ist.« Sie deutete mit dem Daumen über die Schulter. »Sie würden nie zur Ruhe kommen.«

Kopfschüttelnd setzte Robert sich wieder in Bewegung. »Das bin ich ganz bestimmt. Gut, dass ich vorhin nicht mit Windtänzer hier entlanggeritten bin, er ist zwar nicht schreckhaft, aber das hier wäre dann wohl doch zu viel für ihn gewesen.«

»Haben Sie ihn aus Deutschland mitgebracht?«

»Nein, dort hatte ich kein eigenes Pferd. Und bisher habe ich in einer Mietwohnung in Windhoek gelebt, ich hätte dort gar kein Pferd unterbringen können. Erst als ich hier das Land gekauft habe, habe ich mir eins bei einem Züchter ausgesucht.« Er verzog den Mund. »Vielmehr war es Windtänzer, der mich ausgesucht hat.«

Mariama lächelte. »Es sah gestern so aus, als würde er Ihnen blind vertrauen.«

Robert blieb stehen und betrachtete sie eingehend. Sie konnte seinen Blick nicht deuten. »Überrascht Sie das?«

Nein, aber seine Frage tat es. So brauchte sie einen Moment, bis sie antworten konnte. »Eigentlich nicht. Mugambo hat sich Ihnen auch sofort genähert, während er alle anderen auf Abstand hielt.«

Seine Augenbraue hob sich. »Sie meinen, Tiere und Kinder wissen es noch nicht besser?«

Mariama verzog den Mund. Wie sie es bei Robert immer schaffte, genau das Falsche zu sagen, war ihr ein Rätsel. »Nein, ich wollte eigentlich ausdrücken, dass Tiere und Kinder ihren Instinkten vertrauen, und die scheinen ihnen zu sagen, dass Sie vertrauenswürdig sind.«

»Ihre Eltern vertrauen mir auch.«

Hörte sie Trotz in seiner Stimme? »Und sie mögen Sie. Nachdem sie Sie schon einige Zeit kennen, haben sie sich ihre Meinung gebildet.«

Robert sah sie ernst an. »Werden Sie das auch tun?«

»Was?«

»Sich Ihre Meinung über mich bilden …« Er trat näher und senkte die Stimme. »… und mich mögen.«

Seine Nähe verwirrte sie, rasch trat sie einen Schritt zurück. Sie versuchte, ihre Unsicherheit zu überspielen. »Punkt eins bestimmt, Punkt zwei werden wir abwarten müssen.«

Robert nickte knapp. »Fair genug.« Grinsend fügte er hinzu: »Aber es kann sicher nicht schaden, Sie zu meinen Gunsten zu beeinflussen.«

Mariama musste lachen. »Tun Sie, was Sie nicht lassen können. Aber ich bin unbestechlich.«

»Wir werden sehen.«

Bevor sie auf die Herausforderung reagieren konnte, hatte er sich wieder umgedreht und strebte den Pfad entlang weiter auf das Rivier zu. Ihr Blick lag auf seinem breiten Rücken. Das sandfarbene Hemd zeigte dunkle Flecken, wo sich Feuchtigkeit gesammelt hatte. Sie hatte Mühe, seinen raumgreifenden Schritten zu folgen, doch sie würde sich eher die Zunge abbeißen, als ihn darauf aufmerksam machen. Außerdem war es ihr ganz recht, wenn er sich beeilte: Je eher sie beim Rivier ankamen, desto eher würde sie auch wieder zu Hause sein, wo sie als Erstes ihren Eltern klarmachen würde, dass sie gerne selbst über ihre eigene Zeit verfügte. Überhaupt würde Robert sie wohl kaum brauchen, um sich ein Windrad anzusehen. Als Geologe würde er sich ja wohl mit solchen Dingen auskennen.

Mariama atmete heimlich auf, als sich die Vegetation langsam lichtete und sie das erste Glitzern des Riviers wahrnahm. So kurz nach der Regenzeit war es noch gut gefüllt, doch in der sengenden Hitze würde der Wasserstand rasch abnehmen, bis nichts mehr von dem kostbaren Gut übrig war. Für diese Zeit hatten ihre Eltern eine durch ein Windrad angetriebene Pumpe angelegt, die das Wasser aus den Sedimentspeichern des trockenen Riviers an die Oberfläche holte und in einem Tank speicherte. Aus diesem wurde das Wasser dann mit Lastwagen zu den unterirdischen Speichern am Haus und an den Wirtschaftsgebäuden gebracht. Die Tanks mussten ständig gefüllt sein, denn wenn die Riviere und Wasserlöcher austrockneten, waren die Rinder auf dieses Wasser angewiesen. Bei achtzig

Litern, die eine Kuh pro Tag verbrauchte, wurde für die ganze Herde eine riesige Menge Wasser benötigt, selbst wenn namibische Rinder an die Trockenheit gewöhnt waren. Dauerte die Dürreperiode zu lange, mussten sie sogar Notverkäufe in Erwägung ziehen, die dann wesentlich geringere Preise brachten.

Sie bemerkte Roberts Blick. »Wie wäre es mit einer Tour um den Windmotor?«

Ein Lächeln ließ seine Zähne aufblitzen. »Gerne. Nach Ihnen.«

Mariama spürte, wie sein Blick über ihren Körper glitt, als sie ihm voran auf die Pumpenanlage zustrebte. Ein Schauer lief ihr über den Rücken, ihre Kopfhaut prickelte. Wärme breitete sich in ihr aus, die sie nicht der Sonne oder dem warmen Wind zuschreiben konnte. Um sich ihre Theorie zu beweisen, wirbelte sie unvermittelt herum. Robert riss ertappt den Kopf hoch und blieb dicht vor ihr stehen. Sein Blick hatte eindeutig auf ihrem Hinterteil gelegen. Die leichte Röte, die nun seinen Hals hinaufkroch, verriet ihn. Als er stumm blieb, hob sie nur vielsagend eine Augenbraue und drehte sich dann wieder um.

Robert berührte sanft ihren Arm. »Ich hätte das Angebot Ihrer Eltern nicht annehmen sollen, wir hatten kein Recht, einfach über Ihre Zeit zu verfügen.«

Mariama drehte sich erneut um, diesmal sah er ihr direkt ins Gesicht. »Das stimmt.« Robert verzog den Mund bei ihrer Bestätigung, schwieg aber. »Meine Eltern meinten es gut, und mir macht es nichts aus, Ihnen den Windmotor zu zeigen. Wollen wir weitergehen?«

Er sah sie eine Weile schweigend an. »Natürlich.«

Mariama ging die letzten Meter zur Pumpenanlage voran. Sie begann, Robert die Funktionsweise der Pumpe zu erläutern, hatte jedoch bald den Eindruck, dass er mindestens genauso viel darüber wusste wie sie.

Nachdem Robert auch das Bohrloch inspiziert hatte, richtete er sich langsam wieder auf. »Gut, jetzt weiß ich, worauf ich beim Bau einer eigenen Anlage achten muss.«

»Wo bekommen Sie im Moment das Wasser her?«

Robert rieb sich mit dem Ärmel über die Stirn. »Trinkwasser kaufe ich in großen Containern. Zum Abwaschen, Duschen und so weiter nehme ich Regenwasser. Das sammele ich in einem Auffangbehälter neben dem Haus.«

»Funktioniert aber nur in der Regenzeit.«

Robert nickte. »Eben, deshalb brauche ich eine Pumpe. Solange das Rivier noch Wasser führt, kann ich es zur Not filtern, aber darauf würde ich ungern zurückgreifen.«

»Das verstehe ich. Aber kann eine solche Anlage schnell genug gebaut werden?«

Ein Lächeln hob Roberts Mundwinkel. »Wenn ich meine Beziehungen spielen lasse, sollte es möglich sein. Und wenn es nicht klappt, hat Karl mir angeboten, dass ich hier Wasser holen kann. Gegen Bezahlung natürlich.«

»Natürlich.« Mariama verzog den Mund, als sie merkte, dass sie schon wieder schnippisch klang. Rasch versuchte sie abzulenken. »Wo ist eigentlich Windtänzer?«

Robert sah aus, als wollte er ihre Bemerkung kommentieren, doch schließlich deutete er hinter sich. »Unter der Akazie dort hinten.« Er stieß einen schrillen Pfiff aus, der Mariama zusammenfahren ließ. Als dann Windtänzer auf sie zugaloppiert kam, lächelte sie. »Das Pferd gehorcht erstaunlich gut.«

»Er ist etwas ganz Besonderes.«

Überrascht über den sanften Ton, sah Mariama ihn an. Roberts Gesichtsausdruck versetzte ihr einen Stich direkt ins Herz. In diesem Moment konnte sie sich nicht vorstellen, dass er an Bodmins miesen Geschäftspraktiken beteiligt war. Vielleicht hatte ihr Vater recht, und Robert würde über kurz oder lang merken, wie skrupellos sein Arbeitgeber war, und seine Konsequenzen daraus ziehen. Sie konnte es nur hoffen. Lächelnd beobachtete sie, wie Windtänzer seine Nüstern an Roberts T-Shirt rieb. Mit warmer Stimme redete er auf das Pferd ein, während er ihm über den Hals strich und ihm seine Wange an die Blesse legte. Für einen kurzen Moment standen beide still, dann lachte Robert auf, als Windtänzer an dem T-Shirt zu knabbern begann.

»He, nicht so stürmisch, alter Junge.«

Der Hengst wieherte und stieß Robert an. Erst als Windtänzer rückwärtsdrängte und Robert mit sich zog, bemerkte Mariama, dass etwas das Pferd beunruhigte. Seine Augen waren auf das Gebüsch gerichtet, die Ohren zuckten, die Hufe wirbelten Sand auf, als es nervös zu tänzeln begann. Robert hatte das Zaumzeug gepackt und redete beruhigend auf den Hengst ein. Mariama betrachtete das Gebüsch genauer. Es war nichts Ungewöhnliches zu sehen, aber …

Sie kniff die Augen zusammen. Bewegten sich da nicht einige Zweige? Ohne das Gebüsch aus den Augen zu lassen, griff sie in die Seitentasche ihres Rucksacks und zog die Pistole heraus.

»Robert, gehen Sie mit Windtänzer hinter das Windrad zurück.« Ihr Blick löste sich keine Sekunde von den Büschen, während sie zu erkennen versuchte, was sich darin verbarg. Vielleicht ein Krokodil, das sich in das Rivier verirrt hatte, oder ein Leguan, der sich von ihnen in seiner Ruhe gestört fühlte. Es konnte aber genauso gut eine Raubkatze sein.

Sie spürte Robert immer noch hinter sich und hörte das unruhige Klappern der Hufe. »Verschwinden Sie.«

»Aber …«

»Sofort!«

Das Hufgeklapper entfernte sich. Erleichtert konzentrierte sie sich auf das Gebüsch. Lange Zeit stand sie still da und suchte nach Anzeichen von Gefahr. Schließlich entspannte sie sich und ließ die Waffe sinken. Was immer sie im Busch gesehen und Windtänzer dort gespürt hatte, war entweder schon weg oder hatte nicht die Absicht, sie anzugreifen. Umso besser, denn auch wenn sie ein Tier im Notfall erschießen würde, vermied sie es nach Möglichkeit, in eine solche Situation zu kommen.

»Mariama?« Roberts Stimme erklang hinter ihr.

Irritiert drehte sie sich zu ihm um. »Sie sollten doch zurückbleiben.«

Robert schob das Kinn vor. »Ich werde mich bestimmt nicht verstecken wie ein Kind. Also, was ist los?«

Mariama sah ihn einen Moment lang an und entschied dann, dass er recht hatte. »Irgendetwas ist dort in dem Gebüsch, und ich will herausfinden, was.«

»Und dafür brauchen Sie eine Waffe?« Mit dem Kopf deutete Robert auf die Pistole in ihrer Hand.

»Ich bin lieber vorsichtig.« Sie bedeutete Robert, zurückzubleiben, während sie sich langsam dem Busch näherte. Ein Stück entfernt blieb sie stehen und lauschte, doch es war nichts zu hören. Kein Rascheln, kein Knacken. Die Stille kam ihr unnatürlich vor, als wäre jemand darauf bedacht, bloß keine Aufmerksamkeit zu erregen.

Noch vorsichtiger beugte sie sich hinunter und hob einen langen Stock auf. Sie signalisierte Robert, nachzurücken, während sie auf Stocklänge an das Gebüsch herantrat. Mit der Spitze des Stabes schob sie die Blätter zur Seite, jederzeit bereit, zurückzuspringen. Ihre Finger waren rutschig vor Schweiß, behutsam wischte sie sie an ihrer Jeans ab. Einen Schritt, zwei Schritte … mit der Stockspitze schob sie weitere Zweige zur Seite und versuchte, im Halbdunkel des Gebüsches etwas zu erkennen.

Sie spürte, dass Robert etwas sagen wollte, und schüttelte den Kopf. Schweigend rückte er näher, den Blick fest auf das Gebüsch gerichtet. Mariama holte tief Luft, dann beugte sie sich vor. Irgendetwas bewegte sich am Boden … Ein hohes Kreischen ertönte, dann schnellte etwas auf sie zu. Automatisch zuckte sie zurück und verlor dabei das Gleichgewicht. Sie kippte nach hinten und sah gerade noch, wie sich eine pelzige Tatze zwischen das Blattwerk zurückzog. Die dunklen Rosetten auf dem hellen Fell waren unverkennbar. Aus den Augenwinkeln heraus sah sie Robert auf sich zustürzen. Rasch gab sie ihm ein Zeichen zurückzubleiben, und rappelte sich wieder auf. Dann ging sie zu ihm hinüber. »Wir dürfen es nicht erschrecken.«

»Was dürfen wir nicht erschrecken?« Seine Stimme klang rau. »Ich dachte schon, es geht auf Sie los!«

Ein Lächeln zupfte an ihren Mundwinkeln. »Das hat es auch versucht. Aber keine Angst, es wollte sich nur verteidigen und hat noch nicht die Kraft, jemanden ernsthaft zu verletzen.«

»Und *was* ist es nun?« Roberts Ungeduld war deutlich herauszuhören.

»Ein Leopardenbaby. Zumindest nach seiner Größe und der Fellfärbung zu urteilen.«

Beunruhigt sah Robert sich um. »Und wo ist seine Mutter?«

»Ich weiß es nicht. Sie kann in der Nähe sein, aber das ist unwahrscheinlich, dann hätte sie ihr Junges schon vor uns in Sicherheit gebracht. Es ist auch ungewöhnlich, dass es nur ein Junges ist, normalerweise werfen sie zwei oder drei. Und sie verstecken sie eigentlich nicht in der Nähe des Menschen. Hier am Windmotor kommt ständig jemand vorbei, es ist sehr unruhig hier und zu gefährlich, um seinen Nachwuchs aufzuziehen.«

»Dafür gibt es genug Wasser.«

»Das gibt es auch woanders.«

Robert nickte. »Und was machen wir jetzt?«

»Wir warten in sicherer Entfernung und sehen, ob die Mutter zurückkommt.«

»Wie lange kann das dauern?«

Mariama zuckte mit den Schultern. »Wenn sie irgendwo in der Nähe ist, sollte sie das Schreien des Kleinen gehört haben. Ansonsten kommt es auf das Alter des Jungen an. Solange es noch Milch benötigt, wird sie öfter wiederkommen.«

»Aber was ist, wenn sie riecht, dass Menschen in der Nähe sind?«

»Dann wird sie ihr Junges entweder woanders hinbringen oder im Stich lassen.« Mariama seufzte unglücklich. »Es könnte natürlich auch sein, dass die Mutter schon lange weg ist.« Sie schob sich eine Haarsträhne hinter das Ohr und sah Robert an. »Am besten ziehen wir uns jetzt zurück. Oder haben Sie noch Fragen zu dem Windmotor?«

»Nein, im Moment nicht.«

»Meine Eltern wissen darüber noch mehr als ich, wenn ich nicht da sein sollte …«

»… wende ich mich vertrauensvoll an sie. Natürlich.« Humor schwang in seiner Antwort mit.

Nachdem Robert Windtänzer in einem Schuppen untergebracht hatte, damit er ihre Anwesenheit nicht verriet, ließen sie sich im Schatten des Windmotors nieder und warteten auf die Rückkehr der Leopardenmutter. Robert versuchte, Mariamas Nähe zu ignorieren, doch es fiel ihm schwer, so nah, wie sie neben ihm saß. In den vier Stunden, die sie jetzt schon warteten und das Gebüsch beobachteten, hatte Mariama ihre anfängliche Steifheit nicht beibehalten können, inzwischen lehnte sie sich an ihn, ihre weichen Kurven verlockend nah. Er rieb sich über die feuchte Stirn. In der Mittagszeit wurde es beinahe unerträglich heiß, und die niedrige Steinmauer bot nur wenig Schutz vor der gleißenden Sonne. Er kannte sich nicht mit Leoparden aus, aber brauchten sie in dieser Hitze nicht regelmäßig etwas zu trinken? Auch wenn der Kleine im Schatten lag, musste ihm doch sicher zu warm sein. Andererseits waren die einheimischen Tiere die Temperaturen gewöhnt.

Robert sah Mariama unauffällig aus den Augenwinkeln heraus an. Auch ihr Gesicht war gerötet und glänzte feucht, ihre Lider waren halb geschlossen. Wenn es ihm auch missfiel, ein Tierbaby sich selbst zu überlassen, sie mussten bald aus der Sonne heraus, bevor einer von ihnen einen Hitzschlag erlitt. Natürlich würde Mariama sagen, er könnte ja gehen, wenn er es nicht aushielte. Er würde es aber nicht zulassen, dass sie allein zurückblieb, und wenn er sie dafür gegen ihren Willen wegtragen müsste. Gerade als er sich für die Diskussion wappnete, bewegte sich etwas im Gebüsch. Aufgeregt berührte Robert Mariamas Arm, die sich sofort aufrechter hinsetzte, als sie erkannte, wie nah sie ihm war. Robert unterdrückte einen frustrierten Seufzer und deutete auf die Büsche. »Glaubst du, es ist weg?«

»Ich weiß es nicht. Zwischendurch hat sich immer wieder etwas im Gebüsch bewegt, aber es muss nicht die Mutter gewesen sein. Vielleicht sollte ich noch mal nachschauen.«

Robert hielt sie am Arm fest, als sie aufstehen wollte. »Nein. Wenn die Leopardin zurückgekommen ist, könnte sie immer noch dort sein, und du willst sie sicher nicht stören, wenn sie gerade ihr Junges säugt.«

Mariama sah ihn einen Moment lang unentschlossen an, dann nickte sie. »Du hast recht.« Ihre Stirn legte sich in Falten. »Und seit wann duzen wir uns?«

Robert grinste. »Seit mir das ›Sie‹ in der Aufregung entfallen ist. Wir könnten es natürlich wieder einführen.«

»So war das nicht gemeint, ich wollte damit nur …« Sie brach ab.

»Was wolltest du damit?«

Stumm schüttelte Mariama den Kopf. Robert widerstand dem Drang, sie an den Schultern zu packen und den Rest aus ihr herauszurütteln. Stattdessen setzte er auf ihre Dickköpfigkeit. »Also habe ich mich nicht getäuscht, du hast einen Grund dafür, dass du mich beharrlich siezt. Liegt es an Bodmin?« Er konnte ihrem Gesichtsausdruck ansehen, dass sie mit sich kämpfte, ob sie ihm antworten sollte. Und wie ehrlich sie sein durfte. »Du kannst es mir sagen, ich würde es verstehen.«

Anscheinend fasste sie einen Entschluss, denn sie hob das Kinn und sah ihm direkt in die Augen. »Anfangs lag es an Bodmin, ja. Aber dann …« – sie brach erneut ab und holte tief Luft – »… ich brauchte den Abstand, den das Siezen bietet, weil ich sonst hätte zugeben müssen, dass ich dich eigentlich nett finde.«

Roberts Herz tat einen freudigen Satz. »Nett?« Er schaffte es, seine Stimme milde interessiert klingen zu lassen.

Mariamas Hände ballten sich zu Fäusten, ihre Gesichtsfarbe wurde noch intensiver, diesmal vermutlich vor Wut. »Also gut, sehr nett. Können wir jetzt vielleicht das Thema wechseln?«

Bedächtig beugte Robert sich zu ihr vor, bis ihre Nasen sich beinahe trafen. »Nur sehr ungerne, wenn ich ehrlich sein soll. Wie wäre es …« Er brach erschrocken ab, als Mariamas Augen sich weiteten und sie die Waffe hob.

Mit einer Kraft, die er ihr nicht zugetraut hätte, schob sie ihn beiseite und starrte angespannt über den Steinwall. Robert hockte sich neben sie und versuchte herauszufinden, was ihre Aufmerksamkeit so sehr gefesselt hatte. Sein Herz blieb für einen Moment stehen, als er die schwarz gepunktete Pfote sah, die sich aus den Büschen schob. Es musste sich um das Junge handeln, denn für einen ausgewachsenen Leoparden war die Pfote eindeutig zu klein. Die Anspannung in Mariamas Körper übertrug sich auf den seinen. Mit angehaltenem Atem beobachtete er, wie sich das Jungtier langsam ins Freie vortastete. Sein Fell war struppig, der Gang unsicher. Robert spürte Mariamas Seufzer durch seine Hand, die auf ihrem Rücken ruhte. Wann hatte er sie dorthin gelegt? Wärme drang durch ihr Hemd an seine Handfläche und löste in ihm ein Kribbeln aus. Ihr Zopfende kitzelte seinen Handrücken. Das Verlangen, sie an sich zu ziehen und seine Finger in ihren Haaren zu vergraben, wurde beinahe übermächtig. Nur mit Mühe gelang es ihm, still stehen zu bleiben und sich wieder auf ihr eigentliches Problem zu konzentrieren.

Mariama drehte sich zu ihm um, ihre leise Stimme drang kaum bis an sein Ohr, sodass er sich zu ihr herunterbeugen musste. »Wie es scheint, war die Mutter schon länger nicht mehr da.«

Robert sah wieder zum Leopardenbaby hinüber. »Ja, es sieht ein wenig verwahrlost aus.« Unbehaglich rieb er sich über die feuchte Schläfe. »Können wir etwas tun?«

Mariama hob die Schultern, während sich die Zähne in ihre Unterlippe gruben. Ihr Blick wirkte unentschlossen. »Entweder überlassen wir es sich selbst und damit dem sicheren Tod, oder wir fangen es ein und versuchen, es selber aufzuziehen.«

Etwas in der Art hatte Robert befürchtet. »Und was machen wir mit ihm, wenn er größer ist? Es ist ein Wildtier, das zum Jagen geboren wurde.«

»Danke für die Information. Wir könnten ihn auswildern, wenn es so weit ist.« Sie wischte sich mit den Fingern über den Mund. »Aber warum machen wir uns jetzt schon Gedanken darum? Ich bin mir nicht mal sicher, ob er überhaupt durchkommen wird, er sieht schon sehr schwach aus.«

Roberts Blick glitt hinüber zu dem Leoparden. Inzwischen war er bereits auf halbem Weg zur Wasserfläche. »Was auch immer wir tun, wir sollten uns damit beeilen, bevor er ertrinkt oder verschwindet.«

Mariamas Kopf ruckte herum, ihre Lippen pressten sich zusammen. Sie schien eine Entscheidung getroffen zu haben, denn sie schwang sich ohne ein weiteres Wort über den Steinwall und sprintete zum Wasser hinüber. Da er sie nicht allein lassen wollte, tat Robert es ihr nach und rannte hinter ihr her. Als das Junge sie kommen sah, duckte es sich in den Sand und begann für seine Größe und Geschwächtheit unerwartet laut zu fauchen. Robert sah sich unbehaglich um. Hoffentlich war die Mutter wirklich nicht mehr in der Nähe, er hatte keine Lust, von ihr überrascht zu werden, während sie das Junge einfingen. Mariama gab ihm ein Zeichen, dem Kleinen den Weg abzuschneiden. Robert kam sich vor wie ein Torwart, der auf den Elfmeterschuss wartete, als er sich leicht gebückt aufstellte. Der Leopard bewegte sich vor Mariamas Annäherung langsam rückwärts, mit dem Bauch dicht am Boden, die Beine angewinkelt, während die runden Ohren hin und her zuckten. Falls er Roberts Anwesenheit bemerkt hatte, ließ er es sich nicht anmerken. Die Frage war nur, was er tun sollte, wenn das Tier in seiner Nähe war. Es sich greifen und hoffen, dass es zu schwach war, um groß Gegenwehr zu leisten? Irgendwie kam ihm diese Methode seiner Gesundheit wenig förderlich vor.

Mariama schien seine Gedanken zu spüren. »Versuche es am Nacken zu greifen, Jungtiere halten still, wenn die Mutter sie dort packt. Das ist ein angeborener Reflex.«

Das Leopardenbaby versteifte sich beim Klang ihrer Stimme, einen Moment lang schien es unschlüssig, was es tun sollte, dann sprang es auf und lief zu den Büschen zurück. Als es das Hindernis auf seinem Weg in die Sicherheit sah, zögerte es nur kurz, bevor es einen Haken schlug, um Robert auszuweichen. Eher aus Reflex warf der sich auf das Junge und versuchte, es im Nacken zu packen, wie Mariama es ihm geraten hatte. Das war einfacher gesagt als getan, wenn es sich nicht um eine zahme Hauskatze handelte, sondern um ein Wildtier, das sich in Lebensgefahr wähnte. Er stöhnte auf, als sich überraschend spitze Krallen in seinen Arm bohrten.

»Pass auf die Krallen und Zähne auf!«

Robert fluchte ausgiebig. »Zu spät.« Er verdrängte den Schmerz an seinem Oberarm und konzentrierte sich darauf, das Tier unter Kontrolle zu bringen. Dazu setzte er sich auf und zog das Leopardenbaby auf seine Beine. »Ich kriege es einfach nicht richtig zu fassen.«

»Kleinen Moment.« Mariama beugte sich über ihn. »So, halt ihn kurz still.«

»Das versuche ich die ganze Zeit.« Robert konnte nicht verhindern, dass er grantig klang. Sein Arm pochte, wo die Krallen ihn erwischt hatten. Und gerade bohrten sich spitze Zähne durch sein Hosenbein. »Beeil dich, was auch immer du vorhast.«

Mariama legte ein Stück Stoff um den Leoparden. Für einen Moment erstarrte der kleine Körper, dann wurden seine Befreiungsversuche noch heftiger. Wütendes Fauchen erklang. Mariama kniete sich neben das Bündel und griff zielsicher nach dem Nackenfell. Sofort herrschte Ruhe. Robert blickte auf, um einen Kommentar zu machen, doch ihm blieb das Wort im Hals stecken, als er sah, dass Mariama nur noch ein dünnes Hemd trug. Gierig glitt sein Blick an ihrem Körper hinab, dem schlanken Hals, den sanft hervorstehenden Schlüsselbeinen, den verlockenden Brüsten, die sich gegen den beinahe durchsichtigen Stoff des Hemdes drängten. Sein Mund wurde trocken, als sich ihre Brustwarzen unter seinem Blick aufzurichten begannen. Er hatte bereits öfter versucht sich vorzustellen, wie Mariama nackt aussah, doch die Wirklichkeit war tausendmal verführerischer.

Erst ihr Räuspern riss ihn aus seiner Betrachtung. Er sah auf, und ihre Blicke trafen sich. Verlegene Röte brannte in ihren Wangen, ihre Augen schienen dunkler geworden zu sein. »Wie wäre es, wenn du jetzt das Hemd um ihn wickeln würdest, damit wir ihn hochheben können?«

Robert brauchte einen Moment, bis er begriff, was sie von ihm wollte. Rasch zog er die Enden der Bluse unter dem Jungtier zusammen und verknotete sie. Es war eine gute Idee gewesen, den Leoparden in Stoff einzuwickeln, doch seit Mariama keine Bluse mehr trug, konnte er sich kaum noch konzentrieren.

»Ich schätze, das Hemd wirst du nicht mehr tragen können.«

Mariama zuckte mit ihren nackten Schultern. »Nein, vermutlich nicht. Aber wichtiger ist, dass wir den Kleinen so schnell wie möglich von hier wegschaffen.«

Robert konnte nicht mehr hinsehen. »Halte bitte kurz das Bündel fest, ja?«

»Warum, was …?« Sie erkannte wohl die Dringlichkeit, denn sie nickte kurz und übernahm seine Aufgabe.

Ohne ein weiteres Wort erhob er sich, knöpfte sein Hemd auf und zog es aus.

Mariamas Augen weiteten sich. »Was … tust du da?« Ihre Stimme klang atemlos.

»Wonach sieht es wohl aus? Ich gebe dir mein Hemd, damit du nicht halbnackt durch die Gegend laufen musst. Nicht, dass ich etwas dagegen hätte, aber ich bezweifle, dass die Sonne und die Dornen deiner Haut besonders zuträglich sind.«

»Oh.« Das war alles, was Mariama herausbrachte. Ihr Blick lag immer noch auf seiner Brust.

Obwohl sein Herz schneller schlug, beschloss er, sich nichts anmerken zu lassen. Es war jetzt wichtiger, den Leoparden möglichst schnell irgendwo hinzubringen, wo sie ihn füttern konnten. Wortlos legte er Mariama das Hemd um die Schultern und hockte sich wieder neben das Bündel. »Ich kümmere mich um ihn, zieh du dich an.« Aus den Augenwinkeln heraus beobachtete er, wie sich Mariama rasch das Hemd überstreifte und zuknöpfte. Es war beinahe schade, ihren Körper nun wieder verhüllt zu sehen, er hatte den Anblick genossen.

»Ist das hier etwa Blut?« Mariamas Stimme drang durch seine Gedanken. Sie hielt den Ärmel ein Stück von ihrem Arm fort und deutete auf einen dunklen Fleck in Höhe des Oberarms.

Robert sah an seinem Arm hinunter und entdeckte eine blutende Wunde, wo die Krallen des Leoparden ihn verletzt hatten. »Ja, tut mir leid. Krempel den Ärmel einfach um, dann kommt es nicht an deine Haut.«

Mariama sah ihn fassungslos an. »Eigentlich wollte ich wissen, ob du verletzt bist.«

Robert nahm ihre unerwartete Fürsorge mit einem Nicken zur Kenntnis. »Es ist nur ein Kratzer.« Dann sah er besorgt zum Leoparden. Er hechelte heftig, vermutlich durch die Aufregung, aber auch die Hitze und der Durst machten dem Kleinen sicher zu schaffen. »Wir sollten ihm etwas zu trinken geben.«

Mariama hob eine Augenbraue. »Hast du Muttermilch dabei?«

»Natürlich, die habe ich immer im Rucksack, für den Notfall.« Er rieb sich mit dem Handrücken den Schweiß von der Stirn. »Ich meinte natürlich Wasser. Es kann ihm doch eigentlich nicht schaden.«

Mariama schüttelte den Kopf. »Er wird durchhalten, bis wir zu Hause sind. Und dort versuchen wir es mit Milch.«

»Dann auf nach Hause.« *Nach Hause.* Robert erstarrte. Seit wann sah er Südwestafrika als seine Heimat an? Aber irgendwie fühlte es sich gut an, wieder ein Zuhause zu haben, besonders, wenn Mariama in seiner Nähe war.

6

»Bringen wir den Kleinen besser schnell zur Farm.« Mariama sah zum Schuppen hinüber. »Windtänzer lassen wir hier, bis Leo versorgt ist.«

Roberts Augenbrauen wanderten nach oben. »Leo?«

Mariama zuckte mit den Schultern. »Irgendwie müssen wir ihn ja nennen.«

Robert sah sie verwundert an, dann nickte er. »In Ordnung, Leo also.«

Gemeinsam hoben sie das fest in Stoff gewickelte Leopardenjunge hoch, und Robert übernahm Mariamas Griff im Nacken. Hoffentlich bemerkte sie nicht, wie sehr ihn ihre Nähe aus dem Konzept brachte. Schweiß bildete sich auf seiner Stirn, der wenig mit der mittäglichen Hitze zu tun hatte.

Hintereinander gingen sie den schmalen Pfad entlang, der zu schmal für zwei Erwachsene war. So gern er Mariama auch berührt hätte, es war eindeutig besser so, damit er gar nicht erst in Versuchung kam …

So schnell wie möglich strebten sie auf das Farmhaus zu. Kurze Zeit später traten sie erleichtert ins kühle Innere.

»Mama?«

Mariamas lauter Ruf ließ Robert eine Grimasse schneiden. Auch wenn er Elise immer gerne traf, wollte er doch nicht unbedingt, dass sie ihn in diesem Aufzug sah. Und ihre Tochter in seinem Hemd …

Aber im Haus blieb alles still.

»Nomami? Papa?« Wieder hallte Mariamas Stimme durch

die Räume, und wieder erhielt sie keine Antwort. Laut seufzte sie auf. »Scheinen alle ausgeflogen zu sein. Dann müssen wir wohl allein zurechtkommen.« Sie biss sich auf die Lippe, während sie überlegte. »Am besten bringen wir ihn nach oben, dort steht ein Käfig, den wir für Notfälle bereithalten. Dann werde ich den Doc anrufen und ihn danach fragen, welche Milch man Leopardenbabys geben kann.«

»Gute Idee. Er ist zwar nicht schwer, aber auf Dauer etwas unhandlich.« Er hatte sogar den Verdacht, der Kleine machte sich absichtlich sperrig, als würde er ahnen, was sie mit ihm vorhatten.

Nebeneinander stiegen sie die schmale Holztreppe hoch, an deren Ende mehrere Türen von einem langen Gang abgingen.

»Die letzte Tür rechts.«

Im Zimmer angekommen, schaute Robert sich um. In einer dunklen Ecke stand dort ein großer Käfig, dessen Streben nah genug beieinanderstanden, dass ein Leopardenjunges nicht hindurchschlüpfen konnte. Mariama löste den Riegel und zog die vergitterte Käfigtür auf. Sofort begann Leo sich zu winden.

»Schnell rein mit ihm, bevor er sich noch mehr aufregt und einen von uns verletzt.«

Gemeinsam schoben sie Leo in den Käfig. Im letzten Moment löste Mariama die Knoten der Bluse unter dem Bauch des Leoparden und befreite ihn mit einem Ruck von dem Stoff. Er stieß ein heiseres Fauchen aus und schnellte in Richtung Ausgang. Geistesgegenwärtig zog Mariama ihre Hände zurück, sodass Robert die Käfigtür schließen konnte. Während er den Riegel vorschob, steckte Leo seine Tatze durch die Gitterstäbe und versuchte, ihn zu kratzen. Robert brachte seine Hände in Sicherheit und beobachtete, wie der Leopard wild durch den Käfig sprang. Es gefiel Robert nicht, ihn so eingesperrt zu sehen, aber im Moment war es das Beste für ihn; auf sich allein gestellt, würde er nicht überleben. Als er eine sanfte Berührung an der Hand spürte, drehte er sich zu Mariama um. Ihr Blick lag auf seinem Arm.

»Ich sollte mich besser sofort um deine Wunde kümmern, das sieht nicht gut aus.«

Robert betrachtete seinen Oberarm. »Ist nicht so schlimm, die kann warten. Wir sollten uns lieber darum kümmern, dass Leo seine Milch bekommt.«

Mariama riss sich aus ihrer Betrachtung los und wandte sich eilig zur Tür. »Gut, dann rufe ich jetzt den Tierarzt an.«

Robert nickte und sah Mariama nach, als sie das Zimmer verließ. Es war eigenartig, sie in seinem Hemd zu sehen. Es reichte ihr fast bis zu den Knien, und die Ärmel hatte sie bis zu den Handgelenken umgekrempelt. Obwohl es ihre Figur völlig umhüllte, klopfte sein Herz bei dem Anblick schneller. Um sich abzulenken, drehte er sich wieder zu dem Leoparden um, der nun in der hintersten Ecke des Käfigs hockte und ihn ängstlich anstarrte.

»Alles in Ordnung, wir werden uns um dich kümmern.« Robert hoffte, seine Stimme würde Leo beruhigen, doch als Antwort kam nur ein drohendes Grollen aus dessen Kehle, zum Zeichen, dass er in Ruhe gelassen werden wollte.

Robert fügte sich dem Willen des Kleinen und trat vom Käfig zurück. Aufmerksam sah er sich in dem Zimmer um, das anscheinend eine Art bessere Abstellkammer war. Neben einem alten verschnörkelten Kleiderschrank, wie ihn seine Eltern von ihren Eltern geerbt hatten, stand ein ebenholzfarbener Schreibtisch, der seine besten Tage schon hinter sich hatte. Allerlei seltsame Geräte lagen hier herum, von denen er nur eine Angelausrüstung und das übliche Werkzeug erkannte, das man im Haushalt benötigte. Auf dem Schrank lag ein altes Gewehr, das aussah, als hätte es bereits im Krieg gegen die Hereros gedient. Vermutlich funktionierte es immer noch, war aber wohl irgendwann durch ein neueres Modell ersetzt worden. Ein Lächeln glitt über sein Gesicht, als er die Sammlung von zierlichen Porzellanfiguren in einem Regal entdeckte. Eindeutig nichts, was er auf einer Farm in Südwestafrika erwartet hätte. Behutsam hob er die filigrane Nachbildung eines Rehkitzes an und sah auf deren Boden. Ein dezenter Schriftzug verwies auf die Manufaktur Meißen.

»Der Arzt konnte mir weiterhelfen. Er …«

Mariamas Stimme erschreckte ihn so sehr, dass er die Figur beinahe fallen ließ. Sein Herz hämmerte wild in der Brust, während er sie vorsichtig wieder an ihren Platz stellte und sich umdrehte.

Mariama hatte in ihrer Rede innegehalten und sah ihn fragend an. »Geht es dir nicht gut?«

»Ich habe dich nicht kommen gehört.« Er atmete tief durch und verschränkte die Arme vor der Brust. »Was ist mit dem Arzt?«

Ihr Gesicht verdüsterte sich. »Er meinte, es sei sehr unwahrscheinlich, dass wir ein Leopardenjunges durchbringen würden, das schon einige Zeit von der Mutter getrennt ist, selbst wenn es die Milch von uns annehmen würde. Aber wir könnten es ausprobieren. Wenn es nicht klappt, sei es ja auch nicht so schlimm.«

Der Arzt schien ein unsensibler Typ zu sein, dem ein Tierleben egal war. Robert trat näher an Mariama heran und legte ihr eine Hand auf die Schulter. »Wir werden alles versuchen, um Leo zu helfen.«

Dankbarkeit schimmerte in ihren Augen, als sie nickte. »Ja. Und wenn wir Leo durchbringen, werde ich es dem Kerl mit Vergnügen unter die Nase reiben.«

Robert lachte. »So ist es richtig.« Noch einmal drückte er

ihre Schulter, dann zog er etwas widerwillig die Hand zurück. »Also, was ist nun mit der Milch?«

»Der Arzt meinte, Ziegenmilch sei am nährstoffreichsten. Zum Glück haben die Damara hinter ihren Hütten einen Kral mit Ziegen. Nomami stellt uns immer etwas frische Milch in den Kühlschrank.« Sie schob sich eine Haarsträhne hinter das Ohr. »Wenn nicht, müssen wir sie uns holen.« Als sie Roberts Gesichtsausdruck sah, musste sie lachen. »Ein Stadtkind, was?«

Robert verzog den Mund. »Schuldig. Bei mir hat die Milch aus Flaschen zu kommen.«

Grinsend wandte sich Mariama zur Tür. »Jetzt wünsche ich mir fast, dass keine Milch da ist, damit ich dir beim Melken zusehen kann.«

Kurz darauf kam sie zurück, eine Nuckelflasche in der Hand. »Ich habe die Milch.« Mariama biss sich auf die Unterlippe und betrachtete den Käfig. »Jetzt müssen wir Leo nur noch dazu bringen, sie zu trinken.«

Geschützt mit Arbeitshandschuhen holten sie ihn aus dem Käfig, wickelten ein Handtuch um seinen kleinen Körper und bereiteten ihn auf die Fütterung vor.

Besorgt betrachtete Robert ihn. Die Ohren lagen flach an, die Augen waren halb geschlossen, und die Zungenspitze lugte aus dem Maul. »Er sieht nicht gut aus.«

Mariama nickte unglücklich. »Er ist zerzaust und erschöpft. Wir sollten ihn jetzt schnell abfüttern und dann wieder in den Käfig setzen. In ein paar Tagen, wenn er wieder zu Kräften gekommen ist, bauen wir ihm ein Außengehege, in dem er sich ordentlich bewegen kann.« Sie nahm die Flasche vom Beistelltisch und hielt den Nuckel vor Leos Schnauze.

Robert atmete tief durch und bereitete sich auf den Kampf mit dem kleinen Leoparden vor. »Ich bin bereit.«

Seine Hand umfasste die Vorderbeine, während Mariama

gleichzeitig den Nuckel gegen die Schnauze schob. Zögernd öffnete sich das Maul ein winziges Stück, was Mariama sofort dazu nutzte, das Gummi weiter hineinzuschieben. Mit einem Schnurren stieß Leo seinen Kopf nach vorne, bis der Nuckel komplett in seinem Maul verschwand. In gierigen Zügen begann er zu saugen und schien alles andere um sich herum zu vergessen.

Robert verkniff sich ein Lachen, um den Kleinen nicht zu stören, während er die dringend benötigte Milch hinunterschlang. Sein Blick traf den Mariamas. Ihre Augen waren feucht, und ihre Lippen hoben sich zu einem wunderschönen Lächeln. Sein Herz setzte einen Schlag aus, bevor es in schnellerem Rhythmus weiterschlug. Mit Mühe wandte er den Blick ab. Er wollte nicht, dass ihm Mariama seine Gefühle ansah, sie waren ihm selbst noch zu neu. Stattdessen sah er Leo zu, wie er saugte, als ginge es um sein Leben. Zufrieden beobachtete Robert, wie der Pegel in der Flasche immer weiter sank.

Als die Tränkung beendet war, erhob sich Robert und trug Leo zurück zum Käfig. Wieder spreizte der Leopard die Beine ab, als sie sich der Käfigtür näherten. So schnell wie möglich setzte Robert ihn hinein und zog rasch die Hände zurück. Keine Sekunde zu früh, denn sofort kamen Leos Krallen wieder zum Einsatz und verfehlten ihn nur um wenige Millimeter. Mariama schloss die Tür und legte den Riegel vor. Dann lehnte sie sich erschöpft gegen den Schrank hinter sich.

»Geschafft. Hoffen wir, dass er die Milch gut verträgt und sich heute Abend noch einmal füttern lässt.«

»Noch einmal?« Robert ahnte, dass seine Stimme so entgeistert klang, wie er sich fühlte.

»Genau genommen, alle paar Stunden. Zumindest solange er noch so klein und schwach ist, ich möchte ihm nicht zu viel auf einmal geben.«

Robert nickte abwesend, bevor er sich aufrichtete. »Wie sollen wir das machen? Ich bin ja nicht ständig hier.«

Mariama lächelte. »Wir haben genügend Leute, die mir helfen können.«

Robert verschränkte die Arme vor der Brust, er mochte es nicht, einfach abgeschoben und ersetzt zu werden. Außerdem fühlte er sich Leo gegenüber irgendwie … verpflichtet.

Mariamas kühle Hand legte sich auf seinen Unterarm. »Mach dir keine Sorgen, ich werde mich gut um ihn kümmern.« Mit sanftem Druck schob sie ihn in Richtung Tür. »Und jetzt werden wir uns deinen Arm ansehen.«

Robert ließ Mariama vorangehen und folgte ihr schweigend. Allmählich kam ihm wieder seine Verletzung am Oberarm zu Bewusstsein, die bei jeder Bewegung ziepte und zwackte. In einem geräumigen Bad angekommen, das neben Badewanne, Toilette und Waschbecken auch einen gepolsterten Hocker beherbergte, auf dem er sich niederließ, beobachtete er Mariama dabei, wie sie das Verbandszeug zusammensuchte.

Als sie sich schließlich zu ihm umdrehte, bemerkte er, dass ihre Hände kaum wahrnehmbar zitterten. Es schien ihr etwas auszumachen, seine Wunden zu verbinden, obwohl sie eigentlich nicht der Typ war, der wegen ein wenig Blut zögerte. Vielleicht erinnerte sie der Anblick an das Unglück vor ein paar Tagen. »Ich kann das auch selber zu Hause machen. Wenn du mir mein Hemd gibst, dann gehe ich.« Robert wollte sich erheben, doch Mariama war schneller und drückte ihn auf den Hocker zurück.

»Nichts da, du bleibst schön hier, bis ich mit dir fertig bin.« Ihre Hände lagen leicht auf seinen Schultern.

Robert hoffte, sie würde seine Erregung nicht erkennen, die sich bei der Vorstellung, wie genau sie mit ihm »fertig« werden könnte, unwillkürlich einstellte. Vermutlich war es wirklich keine schlechte Idee, so schnell wie möglich zu verschwinden. Die Wände des Badezimmers schienen immer näher zu kommen, Mariamas Duft benebelte seine Sinne. »Aber ich merke doch, dass du zitterst. Wenn es dir unangenehm ist, verstehe ich das. Lass mich einfach …«

Mariama stemmte die Hände in die Hüften und sah ihn aufgebracht an. »Oh, Herrgott nochmal! Ihr Männer denkt immer, wir wären so zerbrechlich und man könnte uns nichts zumuten. Als hätte ich nicht schon hundertmal Kratzer gesehen. Glaub nicht, dass mich so etwas schocken könnte.«

Robert konnte ihre Hitze spüren, ihre Brüste hoben und senkten sich heftig nur wenige Zentimeter von seinem Gesicht entfernt. Er schob seine Hände unter seine Oberschenkel, um nicht in Versuchung zu geraten, Mariama einfach an sich zu ziehen. Er sah ihr direkt in die Augen und bemühte sich, ruhig zu klingen. »Das hatte ich auch nicht angenommen. Aber du hast in letzter Zeit viel erlebt, ich könnte es verstehen, wenn du im Moment genug von Wunden hättest.«

Mariamas Gesicht entspannte sich etwas, als sie verstand, wovon er sprach. »Oh.« Sie schien kurz in sich hineinzuhorchen. »Nein, das macht mir nichts aus, es sind ja nur oberflächliche Verletzungen. Nicht zu vergleichen mit …« Sie beendete den Satz nicht, doch er wusste auch so, was sie meinte.

»Gut.« Sein Blick ruhte auf ihren immer noch zitternden Fingern. »Wenn du dir sicher bist …«

Mariama versteckte ihre Hände hinter dem Rücken, während Röte in ihre Wangen stieg. »Warum musst du darauf herumreiten? Das hat nichts mit der Sache zu tun.« Sie redete sich in Rage. »Kannst du dir vorstellen, dass ich es vielleicht nicht gewöhnt bin, mit einem halbnackten Mann in einem winzigen Raum gefangen zu sein und ihn dann auch noch berühren zu müssen?«

Robert versuchte die Heiterkeit zu unterdrücken, die ihre Erklärung in ihm auslöste, doch es gelang ihm nicht ganz. Ein Grinsen entschlüpfte ihm.

Erbost stieß Mariama gegen seine Schulter. »Ich wusste doch, dass du über mich lachen würdest!«

Rasch hielt Robert ihre Hand fest, bevor sie noch die Armwunde traf. »Ich lache nicht über dich.« Er drückte sanft ihre Hand. »Ich bin entzückt. Und jetzt fang lieber an, bevor ich meine guten Absichten vergesse.«

Im Augenblick wollte er lieber nicht mit ihr erörtern, was er gerne mit ihr täte. Besser, sie wühlte ein wenig in der Wunde herum, das würde ihn ablenken. Oder wenn das nicht half, konnte er immer noch über Gunter und Heidrun nachdenken. Das würde seine Stimmung in Sekunden umschlagen lassen. Wasserrauschen ließ ihn aufblicken.

»Stützt du den Arm auf das Waschbecken? Dann kann ich die Wunde besser ausspülen.«

Wortlos tat Robert, was Mariama verlangte, und beobachtete, wie sie die Wassertemperatur an den beinahe antiken Hähnen einstellte, bevor sie einen Waschlappen daruntertauchte. Die erste Berührung des Wassers mit der Wunde ließ Robert zusammenzucken. Ja, keine Frage, das lenkte eindeutig ab.

Die Zähne gegen den Schmerz zusammengebissen, sah er zu, wie Mariama mit vorsichtigen Strichen das getrocknete Blut um den Kratzer herum abwusch. Frisches Blut quoll hervor, als die Wunde sich wieder öffnete.

Mariamas Zähne gruben sich in ihre Unterlippe, ihre Augenbrauen schoben sich zusammen. »Entschuldige, ich muss den Dreck herauswaschen, damit sich nichts entzündet.« Unglücklich sah sie auf. »Wenn es sehr wehtut, sag Bescheid, dann höre ich sofort auf.«

Das brachte seinen Humor wieder zum Vorschein. »Ich versuche, es zu überleben.«

Mariama schmunzelte und wandte sich wieder ihrer Aufgabe zu.

Nachdem sie die Wunde gesäubert hatte, untersuchte sie sie noch einmal gründlich. Robert betrachtete ihre Haare, um sich abzulenken. Sie hatten eine ungewöhnliche Farbe, rötlichbraun mit helleren Strähnen, die belegten, wie oft Mariama sich im Freien aufhielt. Der Duft nach Sonne und Gräsern und ein Hauch von Shampooaroma stiegen ihm in die Nase. Robert widerstand der Versuchung, seine Hände in ihrem Haar zu vergraben und die Strähnen an seine Nase zu führen. Beinahe hätte er enttäuscht aufgestöhnt, als Mariama sich aufrichtete und sich von ihm wegbewegte. Wo wollte sie hin? Er war noch lange nicht fertig …

»Vielleicht solltest du damit zum Arzt gehen, an einigen Stellen ist die Wunde recht tief. Ich weiß nicht, ob sie glatt verheilen wird, du könntest eine Narbe zurückbehalten.«

Robert zuckte mit den Schultern. »Bis ich bei einem Arzt wäre, könnte er sowieso nichts mehr tun. Eine kleine Narbe wird kaum etwas ausmachen. Aber wenn du meinst, dass es sich entzünden könnte …«

»Sollte es eigentlich nicht, wenn ich Jod und Salbe darauftue und die Wunde verbinde. Du musst aber aufpassen, dass kein Dreck hineingerät.« Auf sein Nicken hin öffnete sie die Jodflasche. »Das kann jetzt ein wenig brennen.«

Heiliger … *Ein wenig?* Das Zeug brannte wie Feuer, während es tief in die Wunde eindrang. Nur mit Mühe gelang es Robert, seinen Arm ruhig zu halten. Da Mariama sich zu ihm vorbeugte, klaffte der Ausschnitt seines Hemdes auf, und er hatte einen wunderbaren Blick auf ihre kaum verhüllten Brüste. Schweiß brach ihm aus, er vergaß zu atmen. Wie erstarrt saß er da, unfähig, woanders hinzusehen. Am liebsten würde er seine Hand in den Ausschnitt schieben und seine Finger an Mariamas zarter Haut entlanggleiten lassen, bis sie …

Er musste einen Laut von sich gegeben haben, denn sie trat näher an ihn heran und legte die Hände um sein Gesicht. »Ist alles in Ordnung? Ich bin sofort fertig.« Robert wollte antworten, doch er brachte keinen Ton heraus. Als er sah, dass sie erneut die Zähne in die Lippe grub, gab etwas in seinem Innern nach. »Näher.«

Verwirrung zeigte sich auf Mariamas Gesicht. Bevor sie sich zurückziehen konnte, überbrückte Robert die Entfernung zwischen ihnen und berührte ihre Lippen mit den seinen. Seine Hände legten sich um ihre Arme, er zog sie näher an sich. Da sie sich nicht wehrte oder ihn ohrfeigte, wurde er mutiger und ließ seine Zunge über ihre Unterlippe wandern. Ein Beben lief durch ihren Körper und setzte sich in seinem fort. Oh ja, sie reagierte eindeutig auf ihn. Ein zufriedenes Brummen entstieg seiner Kehle. Sachte knabberte er an ihrer Lippe und entlockte ihr damit ein Keuchen. Sofort nutzte er es aus, dass sie ihren Mund öffnete. Seine Zunge berührte die ihre, rieb sich an ihr.

Als immer noch kein Widerstand zu spüren war, wagte er sich weiter vor. Seine Hände glitten an ihren Armen hinauf, während er mit der Zunge ihre Mundhöhle ausgiebig erkundete. Sein Herz hämmerte wild in seiner Brust, als Mariama ihn endlich zu küssen begann. Erst vorsichtig, dann immer sicherer wand sich ihre Zunge um seine und saugte daran. Gierig küsste er sie, seine Hände glitten zu ihrem Ausschnitt.

»Mariama, bist du da? Was ist das für ein Dreck im Haus?« Elises Stimme drang von unten herauf und löschte seine Begierde wie ein Eimer eiskaltes Wasser.

Abrupt setzte er sich auf dem Hocker zurück und brachte so viel Abstand zwischen Mariama und sich, wie es nur möglich war, während er sie an den Armen aufrecht hielt. Ihr Blick war verschleiert, das Grün ihrer Augen dunkler als sonst. Die Leidenschaft in ihren Gesichtszügen wurde von Panik abgelöst. Ihre Zähne gruben sich in ihre Unterlippe und ließen ihn aufstöhnen.

»Ich glaube, du wolltest meinen Arm verbinden.« Er flüsterte es, damit Elise ihn nicht hörte.

Mit einem Ruck richtete Mariama sich auf, ihr Gesicht lief rot an. Mit einem verzweifelten Blick über die Schulter griff sie nach der Mullbinde. Robert legte seine Hand auf die ihre. »Ganz ruhig, wir haben nichts Verbotenes getan.«

Das brachte ihm einen wütenden Blick ein, doch sie schien ruhiger zu werden. Das Zittern war verschwunden, als sie die Bandage aufrollte. Robert hielt eine viereckige Kompresse über die Wunde, während Mariama begann, die Gaze um seinen Arm zu wickeln.

»Mariama? Ist das ein Blutfleck auf der Treppe? Geht es dir …?«

Damit öffnete sich die Tür hinter ihnen und Elise stürmte herein. Ihre Augen weiteten sich, als sie Robert bis zur Taille nackt auf dem Hocker sitzen sah, ihre Tochter, bekleidet mit einem übergroßen Männerhemd, über ihn gebeugt. »Oh.« Wie erstarrt blieb sie in der Tür stehen, während Mariama nur die Augen schloss.

Also übernahm es Robert, die Situation zu erklären. »Hallo, Elise.«

»Robert.« Es war weder Begrüßung noch Frage.

»Wir haben an der Pumpanlage ein verwaistes, halb verhungertes Leopardenjunges gefunden und es hergebracht. Dummerweise hat es mich dabei erwischt.« Er deutete nickend auf seinen Arm. Ein wenig Mitleid konnte jetzt nicht schaden. »Wir haben es gefüttert und in den Käfig gesteckt.«

Elise warf ihrer Tochter einen Blick zu und zog eine Augenbraue hoch. »Ich mache euch etwas zu essen, kommt herunter, wenn ihr fertig seid.« Damit verschwand sie wieder im Flur, ließ die Tür aber hinter sich offen.

Robert strich mit einem Finger über Mariamas Wange. »Du kannst die Augen wieder aufmachen, wir haben es überlebt.«

Mariama verzog den Mund. »Bisher.«

7

Seit dem Tag, an dem sie Leo gefunden hatten, waren sie so oft wie möglich zusammen gewesen, mal bei ihren Eltern auf der Farm, mal in der Stadt oder bei Freunden, jedoch nie allein. Die Verlockung wäre zu groß gewesen, sich das zu nehmen, wonach es sie so sehr verlangte. Es gab zwar öfter unbeobachtete Momente, in denen sie sich küssen oder berühren konnten, doch um in Versuchung zu geraten, mehr zu tun, war nie genug Zeit. Wenn er wie jetzt in Windhoek war, hatte er Schwierigkeiten, sich auf seine Arbeit zu konzentrieren. Eigentlich zählte er nur noch die Tage und Stunden, bis er wieder zur Farm zurückfahren konnte. Dazwischen hatte er nur die Telefonate mit Mariama, die ihn noch hungriger zurückließen. Sie waren ihm nicht mehr genug. Er wollte mehr, als er bisher bekommen hatte, genau genommen sehr viel mehr, und wenn er Mariamas Verhalten richtig deutete, ging es ihr ebenso. Jedes Mal, wenn sie sich wieder trennen mussten, fiel es ihm schwerer, irgendwann würde er nicht an die Konsequenzen denken und Mariama nicht mehr loslassen. Es wurde Zeit, etwas zu unternehmen, und er wusste auch schon genau, was. Am Wochenende würde er einen Ausflug mit Mariama unternehmen, der ihnen beiden hoffentlich unvergesslich bleiben würde.

Unruhig rutschte Robert auf seinem Stuhl hin und her. Die Vorstellung, sich zu binden, war erschreckend. Noch dazu an Mariama, die ihr Land liebte und sich nicht vorstellen konnte, es jemals wieder zu verlassen. Trotzdem musste er bei dem Gedanken daran, Mariama bald ganz für sich zu haben, lächeln.

»Hast du irgendwo Gold entdeckt?«

Robert fuhr zusammen, als die Stimme seines Kollegen von der Tür her erklang. Michael war einer der wenigen Bodmin-Beschäftigten, mit denen er hin und wieder einige persönliche Worte wechselte, deshalb winkte er ihn herein. »Kein Gold, etwas viel Besseres.«

Neugierde funkelte in Michaels Augen, während er sich in den Stuhl gegenüber dem Schreibtisch setzte. »Was dann? Uran? Diamanten?«

Lachend winkte Robert ab. »Noch besser.«

Michaels Augenbrauen schoben sich zusammen. »Einen völlig neuen Rohstoff etwa? Die Chefs werden dich lieben.«

»Ganz falsch. Eine Frau.«

Michael blieb vor Überraschung der Mund offen stehen. »Wie bitte?«

Robert erhob sich und sah aus dem Fenster auf den Parkplatz unter ihm. »Ich werde heiraten.«

»Das ist nicht dein Ernst, oder? Ich kann mir nicht vorstellen, dass dir etwas wichtiger ist, als Rohstoffe zu finden.«

Mit einem schiefen Lächeln drehte Robert sich zu ihm um. »Da irrst du dich. Mariama Fechner ist das, was ich mir immer erträumt habe.«

Michaels Augenbrauen schossen in die Höhe. »Fechner? Irgendwie verwandt mit dem Typen, von dem du das Land gekauft hast?«

»Seine Tochter.«

Ein wissendes Grinsen zog sich über Michaels Gesicht. »Ah, ich verstehe. Eine Landfusion. Sehr geschickt eingefädelt.«

Roberts Miene verdüsterte sich schlagartig. »Was willst du damit sagen?«

Michael hob beschwichtigend die Hände. »Hey, das war nur ein Scherz, kein Grund, sich aufzuregen.«

»Ich finde es nicht besonders witzig, wenn jemand andeutet, ich würde mir durch eine Heirat Land erschleichen.«

Michael stand langsam auf. »Na, wenn du heute keinen Spaß verstehst, dann gehe ich jetzt lieber.«

»Eine gute Idee.« Robert wartete, bis sein Kollege vor der Tür stand. »Und erzähl es nicht herum.«

Michael hob die Schultern. »Warum sollte sich irgendwer für dein Liebesleben interessieren? Es ist ja nicht so, als hättest du dir hier viele Freunde gemacht.« Damit trat er auf den Flur und schloss die Tür leise hinter sich.

Robert ließ sich auf den Stuhl fallen und rieb sich mit den Händen über das Gesicht. Er hätte nicht so scharf auf Michaels Bemerkung reagieren sollen. Vermutlich hatte er sich damit nun endgültig ins Abseits gestellt. Erschöpft lehnte sich Robert im Stuhl zurück. Seit Karl ihm von den Machenschaften bei Bodmin erzählt hatte, waren ihm immer mehr Dinge aufgefallen, die nicht zu dem Erscheinungsbild einer Firma passten, die sich als aufgeschlossen und sozial präsentierte. Sie bezahlten ihre Angestellten gut, keine Frage, doch den Landbesitzern und vor allem der schwarzen Bevölkerung gegenüber verhielten sie sich nicht so großzügig. Auch schienen Angestellte, die sich kritisch über die Firma äußerten, sehr schnell mundtot gemacht zu werden. Es herrschte eine angespannte Atmosphäre im Büro, und niemand traute sich, seine Meinung offen zu sagen. Einige Kollegen wurden richtiggehend eingeschüchtert und sogenannten Partnern zugeteilt, die ihre Arbeit kontrollierten und den Chefs davon berichteten.

Er konnte nicht mehr mit der gleichen Überzeugung wie noch vor wenigen Monaten die Landbesitzer zum Verkauf ihrer Grundstücke überreden und lieferte dadurch schlechtere Ergebnisse ab. Es würde nicht mehr lange dauern, bis er darauf angesprochen wurde. Man würde ihm nicht kündigen, dafür brachte er der Firma immer noch genug ein, und sein geologischer Sachverstand wurde weiterhin gebraucht, aber möglicherweise würde jemand auf die Idee kommen, ihm einen dieser Partner aufzudrücken, der sicherlich weniger Skrupel hätte, den Farmern Land zu einem letzlich zu niedrigen Preis abzukaufen und sie damit ihrer Lebensgrundlage zu berauben.

Denn dass Bodmin tatsächlich in dieser Weise vorging, hatten seine Recherchen ergeben, die er nach dem Gespräch mit Karl angestellt hatte. Die gebotenen Summen wirkten auf den ersten Blick recht hoch, aber wenn man dann genauer nachrechnete, kam heraus, dass die Farmer damit in den Ruin getrieben wurden. Er hatte damit begonnen, sich nach jedem Besuch und jeder geologischen Untersuchung einer Farm alle Informationen über die Besitzer, die zu erwartenden Funde und den seiner Meinung nach reellen Preis zu notieren und in einem Ordner zu Hause abzulegen. Im Büro wollte er ihn nicht aufbewahren, da er befürchten musste, dass irgendjemand die Unterlagen finden und damit zu den Vorgesetzten gehen würde. Noch ein Grund mehr, ihn unter Beobachtung zu stellen.

Robert verzog den Mund. Mit einem dieser Partner arbeiten zu müssen, war keine besonders angenehme Vorstellung. Er war seine Freiheit gewohnt und konnte nicht gut mit anderen zusammenarbeiten. Zumindest nicht, wenn sie sich als Aufpasser gebärdeten.

Sein Blick fiel auf die Karten und Papiere, die auf seinem Schreibtisch ausgebreitet waren. Er sollte besser weiterarbeiten, bevor ihn noch jemand beim Tagträumen erwischte. Mit einem Seufzer vertiefte er sich wieder in die geologischen Daten, anhand deren er die Wahrscheinlichkeit eines Rohstoffvorkommens errechnen wollte. Doch erst vor Ort würde er feststellen können, ob tatsächlich etwas vorhanden war. Die Natur war launisch und unberechenbar, aber genau das war es, was er so spannend fand. Bisher hatte er mit seinen Prognosen Glück gehabt und Bodmin in den von ihm ermittelten Gebieten auch tatsächlich immer Rohstoffe gefunden. Trotzdem hätte er schon längst selbst gekündigt, wenn er nicht auf das Geld angewiesen wäre. Doch solange er keine Bodenschätze auf seinem Land fand, würde er es bei Bodmin aushalten müssen. Denn andere Firmen, die für einen Geologen Verwendung hatten, gab es in der Gegend nicht.

Und da er nicht als südafrikafreundlich galt, würde er auch bei der Regierung keine Stelle bekommen, jedenfalls keine, die vergleichbar bezahlt wurde. Seit im Juli die Klage Liberias und Äthiopiens gegen Südafrika vor dem Internationalen Gerichtshof abgewiesen worden war, war die politische Lage auch im von Südafrika kontrollierten Südwestafrika äußerst angespannt. Denn nun konnte die im Odendaal-Plan festgelegte »getrennte Entwicklung« der verschiedenen Rassen und die Einrichtung von Homelands für die einzelnen Stämme auch hier vorangetrieben werden. Solch eine Politik konnte für den inneren Frieden eines Landes nicht gut sein.

Egal, wie groß die Homelands auch sein mochten, der Staat schränkte damit die freie Wahl des Lebensraumes ein. Frustriert fragte er sich, warum sich der Völkerbund nicht konsequenter einmischte. Denn mit dem Mandat, mit dem die Vereinten Nationen Südafrika die Verwaltung seines Nachbarn im Nordwesten übertragen hatten, wurde das Land in den Abgrund getrieben. Südafrika musste das Mandat wieder entzogen werden, bevor ein Bürgerkrieg entbrannte, der das sowieso schon angespannte Verhältnis zwischen den Bevölkerungsgruppen endgültig zerstören würde. Robert rieb sich über die Stirn. Vermutlich hätte er sich genauer über die Zustände im Land erkundigen sollen, bevor er hierhergekommen war.

Doch damals war ihm wichtiger gewesen, dass es hier Rohstoffe in rauen Mengen gab und er relativ unkompliziert einreisen konnte. Nun musste er mit den Verhältnissen leben, denn er wollte und konnte nicht nach Deutschland zurück.

Er konnte nur froh sein, nicht zur schwarzen Bevölkerung zu gehören, die in ihrem eigenen Land auf ein kleines, meist weniger fruchtbares Gebiet zusammengepfercht wurde, nur weil es die weiße Minderheit eines anderen Landes so wollte. Gut, einige der hier ansässigen Weißen hatten vermutlich auch nichts dagegen einzuwenden, da brauchte er nur an den Ladenbesitzer Kramer zu denken. Robert hatte gelernt, sich als Zugezogener aus der hiesigen Politik herauszuhalten, es wurde von den Alteingesessenen nicht gerne gesehen, wenn ein Gerry, wie die Bundesdeutschen hier genannt wurden, seine Meinung dazu frei äußerte – zumindest wenn er anderer Ansicht war als sie. Den Ratschlag, doch nach »drüben« zurückzukehren, wenn es dort so viel besser war, hatte er bereits mehr als einmal erhalten. Seitdem schwieg er zu dem Thema, außer wenn er auf der Fechnerfarm war, denn sowohl Mariama als auch ihre Eltern teilten seine Befürchtungen über die Entwicklung Südwestafrikas.

Die Fechners waren vor dem Zweiten Weltkrieg in das Land gekommen, um der Verfolgung durch den Nazistaat und den Kriegshandlungen zu entgehen. Damals waren sie trotz der zunehmend national gesinnten deutschstämmigen Bevölkerung gut zurechtgekommen, vor allem, nachdem die größten Sympathisanten des Dritten Reiches inhaftiert worden waren. Mariama war während des Krieges zur Welt gekommen, doch hatte sie hier relativ unbelastet aufwachsen können.

Womit er wieder beim Thema war: Er wollte endlich mit Mariama zusammen sein. Vor ein paar Wochen war sie zwar schon einmal in seinem Haus gewesen, allerdings in Mugambos Begleitung, der immer öfter ihren Aufpasser gespielt hatte. Er wollte sie endlich ganz für sich, ohne ständig Ausreden erfinden zu müssen, um sie treffen zu können, ohne andere Menschen in der Nähe, derentwegen er sich ständig zurückhalten musste, wenn er sie berührte. Glücklicherweise hatte er gleich damit angefangen, sich eine Pumpanlage an das Rivier bauen zu lassen, sonst hätte er nicht genügend kaltes Wasser gehabt für die ausgiebigen Duschen, die er nach ihren Treffen immer wieder hatte nehmen müssen, um sein Verlangen nach ihr abzukühlen. Robert schnitt eine Grimasse, als er sich an die vielen unangenehmen Abende erinnerte, an denen er fröstelnd und allein ins Bett gekrochen war. Noch schlimmer aber war, dass er Mariama sofort vermisste, wenn er sie nur einen Tag lang nicht sah. Nicht nur, weil es ihn körperlich nach ihr verlangte, sondern vor allem, weil er die Gespräche mit ihr genoss, ihren Humor, ihr Selbstbewusstsein und die Tatsache, dass sie genau wusste, wo sie hingehörte. Er brauchte sie, und er würde alles daransetzen, sie zu bekommen – vorausgesetzt, sie wollte ihn auch.

Plötzlich unsicher geworden, strich er sich übers Haar und starrte auf seine Notizen. Sie mochte ihn, dessen war er sich sicher, doch liebte sie ihn auch? Konnte sie sich ein Leben mit ihm vorstellen, oder sah sie ihn nur als eine harmlose Affäre, mit der sie hin und wieder ihre Freizeit verbrachte? Unruhig stand Robert auf. Nein, er hatte die Gefühle in ihren Augen gesehen und die Leidenschaft gespürt, wenn sie sich küssten. Mariama sah in ihm mehr als nur eine Affäre. Und falls doch, konnte sie immer noch »Nein« sagen. Robert spürte einen Druck in seiner Brust, als er diese Möglichkeit in Betracht zog. Wie Heidrun sich wohl gefühlt hatte, nachdem er aus ihrem Leben verschwunden war? Es war ihm bis heute nicht gelungen, sein schlechtes Gewissen loszuwerden. Wie sollte sie mit

Gunter weiter zusammenleben, besonders, nachdem er anscheinend von ihrer Affäre erfahren hatte? Sein ehemaliger Partner würde seine Wut an Heidrun auslassen, weil Robert ihm für seine Rache nicht zur Verfügung stand.

Sein Blick wanderte über die sandige Halbwüste, die direkt hinter dem hoch umzäunten Parkplatz von Bodmin begann. Der Firmensitz lag am Stadtrand von Windhoek, damit der Lieferverkehr direkt von der B1 auf das Gelände fahren konnte. Auch der Flughafen war nahe, doch da er am liebsten mit Phil flog, verschob er die Erkundungsflüge meist auf das Wochenende und startete von Usakos aus. Vielleicht wurde er langsam paranoid, doch er hatte den Eindruck, die Chefs ärgerten sich darüber, womöglich, weil sie so keine Kontrolle darüber hatten, welche Gegenden er sich ansah. Als ob er hinter Bodmins Rücken auf eigene Faust Rohstoffvorkommen aufspüren wollte.

So, wie sie die Arbeiter in ihren Minen und Abraumhalden jedes Mal sorgfältig durchsuchten, wenn sie das Gelände verließen, hielten sie auf andere Weise auch ihre übrigen Angestellten unter Kontrolle. Dabei wusste er gar nicht, was er überhaupt verraten könnte. Meist war ihm nicht einmal bekannt, woran seine Kollegen gerade arbeiteten. Vermutlich war das allgemeine Misstrauen einer der Gründe für die schlechte Stimmung unter den Angestellten. Ein freundschaftliches, vertrauensvolles Miteinander war überhaupt nicht erwünscht. Robert war das im Grunde sehr recht gewesen, er blieb lieber für sich und baute keine persönlichen Beziehungen zu seinen Kollegen auf. Aber mit der Zeit wurde das Arbeitsverhältnis durch diese Art der Firmenpolitik immer angespannter, irgendwann würde es nicht mehr funktionieren.

Er tauchte aus seinen Grübeleien auf, als er durch das geschlossene Fenster laute Stimmen hörte, die vom Parkplatz zu kommen schienen. Neugierig beugte er sich vor, bis seine Nase fast die Fensterscheibe berührte. Leider ließ sich das Fenster nicht öffnen, aus Sicherheitsgründen, wie er vermutete. Offiziell hieß es, es dürfe keine Hitze ins Gebäude gelangen, weil sonst die Klimaanlage nicht dagegen ankommen würde. Das mochte ein Grund sein, aber so oder so, Robert fühlte sich dadurch eingesperrt. Er lehnte sich so weit nach links, wie es ging, um bis zum Tor sehen zu können, das auf der rechten Seite des Gebäudes lag. Wie er vermutet hatte, kam der Lärm von dort. Leider konnte er nicht verstehen, was gesagt wurde, doch es schien, als versuchten die Wachleute einen Mann am Verlassen des Geländes zu hindern. Robert kniff die Augen zusammen, um mehr zu erkennen, doch die Entfernung war zu groß.

Abrupt kehrte er zum Schreibtisch zurück und begann, in den Schubladen zu kramen. Irgendwo hatte er doch noch vom letzten Flug … ah, da war es. Rasch zog er das Fernglas hervor, ging zurück zum Fenster und wandte sich wieder dem Geschehen auf dem Parkplatz zu.

Bodmin machte keine halben Sachen, die Wachleute waren nicht nur schwer bewaffnet, sondern waren auch wahre Muskelprotze. Dagegen sah der kleine Anzugträger aus wie ein schmächtiges Kind. Robert versuchte zu erkennen, wer es war, doch die Person drehte ihm den Rücken zu. Seine Aktentasche lag auf dem Boden, ein Hemdzipfel schaute unter dem Jackett hervor. Es schien, als würden die Wachmänner auch nicht davor zurückschrecken, handgreiflich zu werden. Die Frage war nur, ob sie in diesem Fall die Anweisung dazu hatten oder auf eigene Faust handelten. Wie als Antwort darauf ging unten die Tür auf, und Harm Koller, einer der Chefs, eilte heraus. Ob seine Halbglatze infolge eines Sonnenbrands gerötet war oder aus Ärger, konnte Robert auf diese Entfernung nicht bestimmen, aber er tippte auf Letzteres. Er fuchtelte mit den Armen herum und spielte sich auf, als wollte er damit seine geringe Körpergröße kompensieren. Es war nicht schwer, einen kleinen Angestellten einzuschüchtern, wenn man diese Fleischberge neben sich hatte, die so aussahen, als wollten sie einen gleich auseinandernehmen.

Was auch immer der arme Kerl getan hatte, es schien schlimm genug zu sein, dass Koller seinem Namen wieder einmal alle Ehre machte.

Als Personalchef war er eine Fehlbesetzung, was jeder außer ihm selbst wusste. Nicolas Peltier, der Südwestafrika-Chef von Bodmin, war dagegen ein ganz anderes Kaliber. Aber er kümmerte sich nur um die groben Verstöße gegen die Firmenpolitik. Wenn Koller dies hier regeln durfte, schien der Fall eher minder schwer zu sein.

Robert drehte an dem kleinen Rad, um die Schärfe zu regulieren. Trotzdem konnte er nicht richtig erkennen, wer der Unglücksrabe war, denn er sah ihn nur im Profil. Der Mann kam ihm vage bekannt vor, als hätte er ihn schon einmal auf dem Flur oder während einer Besprechung wahrgenommen, doch es schien niemand aus seinem näheren Arbeitsumfeld zu sein. Robert richtete das Fernglas auf Koller. Ja, es war eindeutig Wut, die sein Gesicht mittlerweile kirschrot färbte. Wild gestikulierend redete er auf den Angestellten ein, der immer mehr in sich zusammenzuschrumpfen schien. Beruhigend hob er die Hände, doch Koller schlug sie einfach zur Seite und schimpfte weiter. Er schien jegliche Vernunft abgelegt zu haben. Vielleicht sollte er hinuntergehen und … Als hätte er diesen Gedanken gehört, sah Koller unvermittelt hoch. Robert erstarrte. Einen langen Moment schien ihn der Personalchef direkt anzusehen, dann wandte er sich wieder dem Mann vor ihm zu.

Robert trat zurück und ließ das Fernglas sinken. Hatte Koller ihn tatsächlich am Fenster gesehen, oder hatte er sich den kurzen Blickwechsel nur eingebildet? Er war sich nicht sicher, die blendende Sonne konnte ihm einen Streich gespielt haben. Die Sonne, natürlich! Über sich selbst verärgert, ließ er sich in den Stuhl sinken. Sicher hatte Koller das Fernglas aufblitzen sehen und deshalb gewusst, dass jemand ihn beobachtete. Nun, er würde merken, ob es so war, denn Koller war jede seiner Gefühlsregungen sofort anzusehen. Bisher hatte trotz der freundlichen Art immer Abneigung in seinen Augen gelegen, wenn sie sich trafen, sie würde noch viel ausgeprägter sein, sollte er ihn am Fenster erkannt haben.

Vorsichtig reckte er den Hals, um erneut auf den Parkplatz zu blicken. Es war niemand mehr zu sehen, die Diskussion schien überraschend schnell beendet worden zu sein. Schulterzuckend wandte er sich wieder seinen Papieren zu. Wenn er noch im Hellen nach Hause kommen wollte, sollte er sich beeilen. Normalerweise wäre er nach der vormittäglichen Besprechung sofort aufgebrochen, doch im letzten Moment hatte er eine dringende Sache auf den Tisch bekommen, die noch vor dem Wochenende erledigt werden musste. Der dafür zuständige Mitarbeiter hatte überraschend gekündigt, und die Frist zur Einreichung der Unterlagen würde am Montag verstreichen. Während Robert also noch hier saß und Überstunden machte, war der Abteilungsleiter längst ins Wochenende entschwunden. Das nannte man vermutlich Arbeitsteilung. Seufzend vertiefte sich Robert erneut in die Papiere und hoffte, dass er nun endlich aus ihnen schlau werden würde.

Sicherlich zum hundertsten Mal schlich Mariama auf den Flur hinaus und horchte, ob das Telefon klingelte. Seit Stunden wartete sie darauf, dass Robert sich meldete, doch heute schien er

Wichtigeres zu tun zu haben. Genervt verdrehte Mariama die Augen. Seit wann war sie von seiner Anwesenheit abhängig? Sie war durchaus in der Lage, ein ausgefülltes Leben zu führen, ohne dass sie dazu einen Mann brauchte. Mariama rieb sich geistesabwesend mit der Hand über die Brust, um das schmerzhafte Ziehen darin zu lindern. Ja, sie war selbstständig und sie konnte alleine leben, aber sie hatte sich in den letzten Monaten daran gewöhnt, Robert um sich zu haben. Mit ihm zu reden und zu lachen – oder sich auch mal zu streiten. Als wäre sie ein Teil von etwas Größerem. Mariama presste eine Hand vor den Mund, um ein aufsprudelndes Lachen zu unterdrücken. Gott, sie hörte sich an wie die Heldin in einem Liebesschmöker! Ernüchtert kehrte sie in ihr Zimmer zurück. Wäre dem so, müsste sie in den Helden verliebt sein. Erneut breitete sich der Druck in ihrer Brust aus, ihr Herz pochte schmerzhaft.

Sie setzte sich aufs Bett und stützte das Kinn auf ihre Handballen. Wie könnte sie das sein, wenn sie doch wusste, dass er bei Bodmin arbeitete? Ärgerlich wischte sie das Argument beiseite. Robert war viel mehr als nur ein Angestellter von Bodmin, er war geradlinig, ehrlich, manchmal humorvoll und immer sanft im Umgang mit ihr. Und wenn er sie küsste oder berührte, zählte für sie nichts anderes mehr. Sie hatte die Leidenschaft in ihm gespürt und den eisernen Willen, mit dem er sich zurückhielt. Mehr als einmal hatte sie sich gewünscht, er würde sich vergessen und sie mit sich in den Strudel der Gefühle reißen, doch das war nie geschehen.

Unruhig sprang Mariama auf und durchquerte das Zimmer. Am Fenster blieb sie stehen und sah in die dunkle Nacht hinaus. Es war nichts zu erkennen außer ihr gespiegeltes Selbst in der Scheibe. Vielleicht hatte sie sich geirrt und Robert fand sie zwar nett, aber nicht anziehend genug, um mehr von ihr zu wollen? Mit großen Augen sah sie ihr Spiegelbild an. Nein, das glaubte sie nicht. Wenn er sie küsste, spürte sie das harte Klopfen seines Herzens. Auch wenn sie nicht so viel Erfahrung mit Liebesbeziehungen hatte, die Zeichen waren nicht zu missdeuten. Körperlich wollte Robert sie, die Frage war nur, ob sie ihm als Person wichtig genug war, um endlich danach zu handeln. Vermutlich schreckte ihn der Gedanke an ihre Eltern ab, deren Freundschaft er nicht riskieren wollte, indem er ihre Tochter … Hitze stieg in Mariama auf, als sie sich vorstellte, wie Robert sie lieben würde. Sie würden sich küssen, erst zärtlich, dann immer drängender. Hände, die ungeduldig Stoffschichten entfernten, bis sie endlich auf nackte Haut trafen. Streichelnd immer näher an die Stellen glitten, die schmerzhaft nach Aufmerksamkeit verlangten. Harte Muskeln unter glatter Haut, ein feiner Streifen Haare, dem die Finger immer tiefer folgten, bis sie schließlich …

Mariama zuckte heftig zusammen, als das Telefon im Flur zu klingeln begann. Das Herz schlug ihr bis zum Hals, während sie eilig zum Apparat stürzte. »Ich gehe schon!« Hoffentlich kamen ihre Eltern nicht aus ihrem Schlafzimmer und sahen sie in diesem Zustand. Mit zitternden Fingern griff sie nach dem Hörer. »Fechnerfarm, Mariama am Apparat.«

»Hier ist Robert.« Rauschen drang durch die Leitung, er war kaum zu verstehen.

Mariamas Mund fühlte sich an wie ausgedörrt, als sie antwortete. »Hallo, Robert.«

»… dir?«

Mariama presste den Hörer dichter ans Ohr. »Ich kann dich schlecht verstehen. Wo bist du?«

»Noch in Windhoek.« Diesmal war seine Stimme lauter. »Ich wurde bei der Arbeit aufgehalten und wollte im Dunkeln nicht mehr zurückfahren. Ich habe ein Hotelzimmer genommen und komme erst morgen zurück.«

»Oh.« Mariama lehnte die Stirn an den Türrahmen. »Das war … vernünftig.«

Einen Moment lang war Stille. »Wie geht es dir?«

»Gut, wir hatten viel zu tun. Leola ist kaum noch zu bändigen, wir müssen sie wohl bald freilassen.« Nachdem Leo zutraulich genug geworden war, um ihn untersuchen zu können, hatten sie festgestellt, dass er ein Weibchen war, und ihn kurzerhand in Leola umbenannt. In den vergangenen Monaten war sie ein gutes Stück gewachsen und nun zu groß geworden für das Freigehege. Sie brauchte ein eigenes Revier, und das schnell. Obwohl sie wusste, dass es das Beste für die Leopardin war, stimmte Mariama der Gedanke daran traurig.

Roberts Seufzen drang durch den Hörer. Sie konnte förmlich vor sich sehen, wie er sich über seine Haare strich, während er nach Worten suchte. »Ja, vermutlich ist es besser für sie. Mach dir keine Sorgen, wir werden einen guten Platz für sie finden.« Er lachte. »Irgendwie habe ich ein Gefühl, als müssten wir unser Kind weggeben.«

Mariama erstarrte. Dass er so genau ihre Gedanken teilte, war fast unheimlich. *Unser Kind.* Tränen schossen ihr in die Augen, ihre Kehle war wie zugeschnürt.

»Mariama? Bist du noch da?«

»J…ja. Entschuldige, es ist nur … ich kann mir gar nicht vorstellen, Leola nie wiederzusehen. Sie …« Mariama brach ab.

»Ich weiß.« Roberts Stimme klang tröstend. »Wir reden darüber, wenn ich wieder da bin, ja?«

»Wann kommst du?« Warum klang sie nur wie eine einsame Ehefrau?

»Morgen Mittag bin ich wieder zurück. Nimm dir nichts vor, ich habe eine Überraschung für dich.«

Überraschung? Sie konnte sich nicht vorstellen, was das sein könnte. Ein Mitbringsel aus Windhoek? In den letzten Monaten hatte Robert ihr öfter etwas mitgebracht, Kleinigkeiten, die sie wie Schätze aufbewahrte.

»Wenn du keine Zeit hast, sag es.« Unsicherheit schwang in seinen Worten mit. »Oder vielleicht möchtest du dich nicht mit mir treffen?«

Mariama wischte sich die Tränen aus den Augen. »Doch, doch natürlich. Ich freue mich schon darauf. Es war … einsam ohne dich.« Herrgott, warum konnte sie nicht einfach sagen, was sie fühlte?

Nach einem Moment Stille kam seine Stimme deutlich rauer durch den Hörer. »Ich habe dich auch vermisst.« Leiser fuhr er fort. »Ich würde dich jetzt zu gern küssen.«

Mariama ließ sich an der Wand entlang zu Boden rutschen. »Ich …« Sie verstummte.

»Es tut mir leid, das hätte ich nicht sagen sollen. Ich bin müde und …«

»Nein! Ich meine, doch, ich fand schön, was du gesagt hast. Ich würde auch gerne von dir geküsst werden. Es fühlt sich so gut an, wenn du bei mir bist.«

Sein Stöhnen entlockte ihr ein Lächeln, während ihr Herz noch höher schlug. »Bevor ich mich ganz vergesse, sollten wir für heute lieber Schluss machen. Ich werde morgen vorbeikommen, sobald ich zurück bin.« Er atmete tief durch. »Versuch, einen ruhigen Flecken zu finden, wo ich dich ausgiebig küssen kann, ohne dass uns jemand stört.«

»Wie wäre es in Leolas Käfig?« Sie hatte keine Ahnung, woher dieser Gedanke kam, er war absurd. Trotzdem schlug ihr Herz höher.

»Du lebst gerne gefährlich, wie? Gute Nacht, Mariama, schlaf schön und träum von mir.« Damit legte er auf.

Noch lange Zeit saß Mariama an die Wand gelehnt da, den Hörer an die Brust gepresst, während sie sich vorstellte, von

Robert zu träumen. Als würde sie das nicht sowieso schon jede Nacht tun …

Zu sagen, dass sie aufgeregt war, wäre untertrieben. Die ganze Nacht hatte sie sich im Bett herumgewälzt, zu aufgewühlt, um länger als ein paar Minuten am Stück zu schlafen. Und wenn sie eingeschlummert war, hatte sie von Robert geträumt, seine Lippen auf den ihren, seine Hände auf ihrem Körper, seine nackte Haut an ihrer … Mit Mühe riss Mariama sich zusammen. Die Hände auf ihre brennenden Wangen gepresst, lief sie im Zimmer auf und ab. Ihre Eltern fanden es sowieso schon seltsam, wie sie sich in letzter Zeit benahm. Sie hatte den Verdacht, ihre Mutter ahnte, was in ihr vorging. Schon mehrmals hatte sie Elise dabei ertappt, wie ein wissendes Lächeln über ihr Gesicht glitt, wenn sie ihre Tochter ansah. Mariama schnitt eine Grimasse. Ihr behagte die Vorstellung überhaupt nicht, ihre Mutter könnte wissen, was oder besser wer ihre Träume beherrschte.

Von sich selbst genervt, entschied sie, dass sie lange genug gewartet hatte. Es wurde Zeit, etwas zu unternehmen, sonst würde sie noch durchdrehen. Doch was? Die normalen Arbeiten hatte sie schon morgens erledigt, und sie wollte nun nichts mehr beginnen, was sie nicht auch vor Roberts Ankunft beenden konnte. Sie könnte Nomami und ihrer Mutter vermutlich in der Küche helfen, aber dann wäre sie wieder deren wissenden Blicken ausgeliefert, und das war mehr, als sie momentan ertragen konnte. Schließlich schlich Mariama die Treppe hinunter und an der Küche vorbei zur Hintertür. Dort schlüpfte sie in ihre Stiefel und verließ das Haus. Befreit atmete sie auf. Hier draußen fühlte sie sich gleich besser, der warme, nach Gräsern und Akazien duftende Wind umhüllte und besänftigte ihre angespannten Nerven. Auch wenn es sich bereits so anfühlte, als wäre sie nie weg gewesen, hatte sie doch gelernt, einige Dinge noch mehr zu schätzen. Den Winter mit seinen angenehmen Temperaturen zum Beispiel oder den weichen, trockenen Wind. Der Schnee in Deutschland war eine interessante Erfahrung gewesen, aber keine, die sie so schnell erneuern musste.

Mariama sah sich um und wandte sich dann in Richtung des Freigeheges. Ihre Lippen verzogen sich zu einem Lächeln, als sie Mugambo davorsitzen sah, die Arme um seine angezogenen Beine geschlungen, das Kinn auf die Knie gestützt.

»!Gâi//goas.«

Mugambo sah auf und grinste, als er sie entdeckte. »Guten Morgen.« Stolz wartete er auf ihre Reaktion.

Beeindruckt nickte sie. »Sehr gut.« In den letzten Monaten hatte sie begonnen, dem Jungen Deutsch und Afrikaans beizubringen, und er übte eifrig bei jeder Gelegenheit. Zu Anfang hatte er sich noch gesträubt, doch nachdem sie ihm gesagt hatte, dass er ihr dafür helfen könne, ihr Khoisan aufzufrischen, war er mit Feuereifer dabei. »Darf ich?« Sie deutete auf den Platz neben ihm.

»Ja.« Er klopfte mit der Handfläche auf den Sand.

Mariama ließ sich neben ihm nieder. »Wo ist Leola?«

Mugambo deutete auf eine Akazie einige Meter entfernt.

Leola lag ausgestreckt auf einer Astgabel, der Schwanz und eine Pfote hingen herunter. Ihr Blick war direkt auf ihre beiden menschlichen Zuschauer gerichtet. Unglaublich, wie viel Leola in den letzten Monaten gelernt hatte. Glücklicherweise hatte sie die Ersatzmilch gut angenommen und war dadurch immer kräftiger geworden. Inzwischen wurde die Milch mit Fleisch gemischt, und in wenigen Wochen schon würde die Leopardin nur noch Fleisch bekommen. Ihre echte Mutter hätte jetzt begonnen, ihr das Jagen beizubringen, wie sie sich anpirschen und verstecken musste, um dann unvermittelt zuzuschlagen. Doch das konnte Mariama ihr nicht zeigen. Wenn sie Leola in die Freiheit entließen, ohne dass sie sich selbst versorgen konnte, würde sie elendig verhungern. Vermutlich sollte sie sich nach einem Gehege umhören, das eine Leopardin aufnehmen würde, doch sie konnte sich nicht dazu entschließen, Leola zu einem Leben hinter Gittern zu verdammen.

Tief in Gedanken versunken merkte sie nicht, wie sich jemand von hinten näherte. Erst als Mugambo mit einem Freudenschrei aufsprang und an ihr vorbeilief, erkannte sie, dass sie nicht mehr alleine waren. Mit wild klopfendem Herzen drehte sie sich um. Robert, endlich! Sie wünschte, sie könnte ebenfalls aufspringen und sich in seine Arme werfen, doch das wäre nicht schicklich gewesen. Ganz davon abgesehen, dass ihre Beine sie vermutlich nicht tragen würden. So blieb sie einfach sitzen und verschlang Robert förmlich mit den Augen, während er Mugambo umarmte und dann ein Stück von sich weghielt.

»Du bist schon wieder größer geworden!« Robert verdeutlichte seine Worte mit einer Handbewegung. Es schien zu wirken, denn der Junge nickte stolz.

Schließlich traf sein Blick den ihren und hielt ihn fest. Mariama vergaß zu atmen, während sie ihn stumm anstarrte. Erst als Mugambo Roberts Hand packte und ihn näher ans Gehege zog, bekam sie wieder Luft. Keuchend atmete sie und versuchte, das sich einstellende Schwindelgefühl zu unterdrücken. Langsam stand sie auf und gesellte sich zu den beiden. Auch Leola schien sich zu freuen, Robert wiederzusehen, denn sie sprang mit einem eleganten Satz von ihrer Astgabel und näherte sich vorsichtig dem Zaun.

Robert kniete sich davor nieder. »Hallo, meine Süße.« Seine raue Stimme floss durch Mariama hindurch und brachte sie zum Beben.

Wie sollte sie auch jemandem widerstehen, der es schaffte, einen wilden Leoparden und einen misstrauischen kleinen Jungen um den Finger zu wickeln? Ein halb fauchendes, halb schnurrendes Geräusch ließ sie zum Gehege zurückblicken. Leola rieb ihren Kopf am Zaun, während Robert sie am Hals kraulte. »Pass auf deine Finger auf. Sie mag Fleisch.«

Robert lachte amüsiert. »Mache ich immer. Inzwischen kenne ich mich ja mit Katzen aus.«

Mariama hatte Mühe, ihre Stimme wiederzufinden. »Dann weißt du auch, dass sie kratzen können.«

»Immerhin fressen sie einen nicht auf.« Sein Grinsen war teuflisch.

Mariama zog eine Augenbraue hoch. »Bist du sicher?«

Robert zog die Finger zurück und richtete sich auf. Nun stand er viel zu dicht neben ihr, sein Mund nur wenige Zentimeter von ihrem Ohr entfernt. »Ich kann es nicht erwarten, das herauszufinden.«

Hitze stieg in ihre Wangen, Belustigung kämpfte mit Verlegenheit. Robert schien in einer sehr gefährlichen Stimmung zu sein, seit er aus Windhoek zurück war. Was immer dort auch vorgefallen war, schien ihn dazu gebracht zu haben, seine Annäherungsbemühungen zu intensivieren. Nicht, dass sie etwas dagegen einzuwenden hatte, es wurde schließlich Zeit, dass sie sich überlegten, wie es mit ihnen weiterging. Noch länger würde sie das ständige, unerfüllte Verlangen jedenfalls nicht aushalten. Sie waren beide erwachsen und wussten, was sie taten. Mariama holte tief Luft und lächelte Robert dann an. »Ich auch nicht.«

Befriedigt sah sie, wie sich seine Augen verdunkelten und er den Mund öffnete, doch bevor er antworten konnte, zupfte Mugambo an seinem Ärmel. Robert atmete scharf aus. »Später.« Damit wandte er sich dem Jungen zu.

Eine Weile beobachtete Mariama die beiden zusammen, und eine ganz andere Art von Wärme erfüllte sie. Zu sehen, wie Mugambo Robert bewunderte und dieser die Zuneigung ganz offensichtlich erwiderte, trieb ihr Tränen in die Augen. Hastig wandte sie sich ab und ging zum Haus zurück. Sie wollte nicht, dass jemand mitbekam, wie sehr sie heute neben sich stand. Bei der Gelegenheit konnte sie sich gleich nützlich machen, anstatt nur herumzustehen und ihre beiden Männer zu beobachten. Einen Fuß schon auf der Stufe, blieb Mariama reglos stehen. *Ihre* Männer? Wie war sie auf diese irrsinnige Idee gekommen? Mugambo gehörte zu seinen Leuten, und Robert … Robert hätte sicher etwas dagegen, von ihr in dieser Weise vereinnahmt zu werden. Erst recht, wenn er immer noch einer Frau aus Deutschland hinterhertrauerte, wie sie manchmal den Eindruck hatte. Mariama wünschte, sie hätte ihn nie danach gefragt, ob in Deutschland eine Frau auf ihn wartete. Er hatte es zwar rundweg abgestritten, aber etwas hatte in seinem Blick gelegen, das ihre Vermutung zu bestätigen schien.

Bisher waren sie nur Freunde – sehr gute Freunde –, und vielleicht würden sie bald noch etwas mehr sein, doch für besitzergreifende Worte war es viel zu früh.

Mariama schüttelte den Kopf und stapfte zurück ins Haus. Auf sich selbst wegen ihrer abwegigen Gedanken wütend, zog sie die Stiefel von ihren Füßen und warf sie auf die Treppe vor dem Haus. Auf Socken betrat sie die Küche und stand unerwartet ihrer Mutter gegenüber.

Elise sah sie fragend an. »Was war das eben für ein Lärm?«

Verlegen hob Mariama ihre Schultern. »Meine Stiefel. Ich wollte nur schnell etwas zu trinken holen für Mugambo und Robert.«

Elises Augen funkelten wissend. »Ah, ist er endlich gekommen? Ich habe ihn gar nicht gehört.«

Wieder einmal röteten sich Mariamas Wangen. Manchmal war ihre helle Haut ein echter Fluch. »Ich war mit Mugambo am Gehege, als er kam.«

»Na, dann wollen wir die beiden mal nicht verdursten lassen. Eistee?«

Mariama nickte stumm. Sie hatte den Eindruck, ihre Mutter amüsierte sich gerade blendend auf ihre Kosten. Nur wusste sie nicht, ob sie sich ärgern oder darüber lachen sollte.

Elise schenkte den Eistee in zwei Gläser und drückte sie Mariama in die Hand. »Hier. Grüß Robert von mir und sag ihm, dass er gerne zum Essen bleiben kann, wenn er möchte.« Dabei zwinkerte sie ihr zu.

Mariama stieß einen tiefen Seufzer aus. »Mutter, du brauchst uns wirklich nicht zu verkuppeln. Wenn wir zusammenkommen wollen, schaffen wir es auch ganz alleine.« Als sie merkte, wie das klang, vertiefte sich die Röte in ihren Wangen. »Ich meinte …«

Lachend schob Elise sie zur Tür. »Ich weiß schon, wie du es meintest, mein Schatz. Mach dir keine Sorgen, ich war auch mal jung. Aber lass mir den Spaß, schließlich bist du meine einzige Tochter, und ich finde das alles furchtbar aufregend.«

»Und ich erst.« Mariama küsste ihre Mutter auf die Wange und ging zur Hintertür. Dort versuchte sie gerade, ihre Stiefel mit den Zehen wieder aufzurichten, damit sie hineinsteigen konnte, als sich unerwartet von hinten ein Arm um ihre Taille schlang. Erschrocken konnte Mariama gerade noch die Gläser festhalten, die ihr aus den Händen zu gleiten drohten. Vorsichtig drehte sie sich um und stand Robert gegenüber. »Du hast mich erschreckt!«

»War nicht meine Absicht. Entschuldige.« Sein Grinsen sagte etwas anderes.

»Lügner. Was tust du hier?«

»Ich wollte sehen, wohin du so plötzlich verschwunden bist.« Seine Nase berührte beinahe die ihre. »Ich habe dich vermisst.«

Obwohl ihr das Herz bis zum Hals schlug, tat sie unbeteiligt. »Sehr unglaubwürdig.« Ihre Augen verengten sich. »Hast du etwa gelauscht?«

»Aber nein, so was tut man doch nicht.« Seine Unschuldsmiene konnte sie nicht täuschen.

»Robert Wolf, schäm dich!«

Er beugte sich über sie und begann, leichte Küsse auf ihr Gesicht regnen zu lassen. Obwohl Mariama sich vornahm, nicht auf seine Zärtlichkeiten zu reagieren, schlossen sich ihre Augen wie von selbst. Ein Schauder lief ihr durch den Körper. Sanfte Lippen glitten über ihre Schläfe, die Wange, das Kinn und schließlich über ihren Hals. Ein Stöhnen entstieg Mariamas Kehle. Erschrocken riss sie die Augen auf. Sie standen hier mitten im Freien, jederzeit könnte jemand vorbeikommen und sie sehen! Unruhig befeuchtete sie ihre trockenen Lippen.

»Robert, wir können …« Sein Mund senkte sich auf den ihren und stahl ihr den Atem. Für einen Moment vergaß sie, was sie eigentlich sagen wollte, dann drehte sie den Kopf zur Seite. »Man könnte uns sehen!«

Robert nahm die Hände von ihrer Taille und trat einen Schritt zurück. Mariama unterdrückte gerade noch einen enttäuschten Seufzer, als er tatsächlich auf sie hörte, doch dann legten sich seine Finger um ihr Gesicht. »Ich wollte dich nur ordentlich begrüßen, nachdem ich dich so lange nicht gesehen hatte.«

Mariama lachte atemlos. »Zwei Tage …«

»Viel zu lange.« Er küsste sie noch einmal leidenschaftlich, dann trat er zurück und nahm ihr ein Glas ab. »Danke, ich bin halb verdurstet.«

»Du bist unmöglich.«

»Das auch.«

Mariama stemmte ihre nun freie Hand in die Hüfte. »Robert Wolf, entweder sagst du mir jetzt sofort, was mit dir los ist, oder …«

Ein schiefes Grinsen verzog seinen Mund. »Oder?«

»… oder du kannst wieder zurück nach Windhoek fahren.«

»Ich bleibe lieber hier bei dir.« Bevor sie darauf reagieren konnte, hatte er bereits ihre Hand gepackt und führte sie an seine Lippen. »Ich wollte dich zu einer kleinen Spritztour einladen.«

»Wohin?«

Er lächelte sie an. »Wenn ich dir das verraten würde, wäre die Überraschung dahin.«

Normalerweise mochte sie es nicht, überrumpelt zu werden, aber bei Robert war es aufregend. »In Ordnung.«

Seine Augen leuchteten. »Schön. Nimm dir am besten noch etwas Wärmeres zum Anziehen mit und Sachen zum Übernachten.«

»Was?« Hatte sie ihn richtig verstanden? Er wollte irgendwo mit ihr übernachten?

»Nun sieh mich nicht so an, selbstverständlich werden wir getrennte Zimmer haben. Anders geht es leider nicht, weil die Strecke zu weit ist, um abends noch zurückzufahren.« Als sie ihn immer noch anstarrte, nahm er ihr auch das zweite Glas aus der Hand und gab ihr einen Schubs in Richtung Haus. »Nun geh schon, ich rede in der Zwischenzeit mit Elise.«

»Mit meiner Mutter? Warum?«

Robert hob eine Augenbraue. »Damit sie sich keine Sorgen macht, wenn du über Nacht wegbleibst.« Unsicherheit zeichnete sich für einen Moment in seinem Gesicht ab. »Oder möchtest du doch nicht mitkommen?«

Mariama horchte in sich hinein, dann schüttelte sie den

Kopf. »Nein. Das heißt, ja, ich möchte mitkommen.« Sie verzog den Mund. »Wo auch immer du hinwillst.«

Wärme leuchtete aus seinen Augen. »Das freut mich. Und jetzt beeil dich, sonst schaffen wir es nicht mehr rechtzeitig.«

Mariama biss sich auf die Lippe, um nicht noch einmal zu fragen, wohin es gehen würde, dann drehte sie sich um, schlüpfte zurück ins Haus und lief die Treppe zu ihrem Zimmer hinauf. Hastig packte sie alles Notwendige in eine kleine Tasche. Die Jacke bereits in der Hand, drehte sie sich noch einmal um und begann erneut im Schrank zu wühlen. In der hintersten Ecke fand sie schließlich, wonach sie suchte, und stopfte es ebenfalls in die Tasche. Nur falls … Bevor sie weiter darüber nachdenken konnte, verließ sie ihr Zimmer und kehrte ins Erdgeschoss zurück.

Ihre Mutter stand mit Robert im Flur, in der Hand ein Geschirrtuch. Als sie Mariamas Schritte auf der Treppe hörte, sah sie zu ihr hoch. Ausnahmsweise war kein Humor in ihrem Gesicht zu erkennen, stattdessen lag ein Ausdruck in ihren Augen, den Mariama nicht deuten konnte. Oh nein, ihre Mutter würde sie nicht fahren lassen! Die Meinung ihrer Eltern war ihr sehr wichtig, und sie wollte nichts tun, was sie verletzen könnte. Elise kam auf sie zu und zog sie wortlos in die Arme. Verwirrt sah sie zu Robert, der ihr beruhigend zulächelte. Er sah nicht besonders enttäuscht aus, vielleicht war es ihm doch nicht so wichtig gewesen, mit ihr wegzufahren. Ihre Mutter löste sich von ihr und strich eine Haarsträhne aus ihrem Gesicht, wie sie es immer getan hatte, als Mariama ein Kind gewesen war. »Viel Spaß, mein Schatz.«

»Was? Wie …?« Verwirrt blickte Mariama von Elise zu Robert und wieder zurück.

Ihre Mutter lachte leise. »Was hattest du erwartet, dass ich dich nicht fahren lasse? Du bist erwachsen, Mariama, und kannst gut selber entscheiden, was du tust. Aber es freut mich, dass dir unsere Meinung noch so wichtig ist. Und nun los mit euch.« Elise schob sie vor sich her, bis sie fast in Roberts Armen landete. »Fahrt endlich, sonst schafft ihr es nie vor Einbruch der Dunkelheit.« Sie beugte sich vor und flüsterte in Mariamas Ohr. »Tu nichts, was ich nicht auch tun würde.«

Elise lachte über den entgeisterten Gesichtsausdruck ihrer Tochter, drückte zum Abschied Roberts Hand und verschwand wieder in der Küche.

»Was hat sie zu dir gesagt?« Sie konnte Roberts Wärme in ihrem Rücken spüren.

Mariama drehte sich rasch zu ihm um. »Nichts.«

Eingehend betrachtete er ihr Gesicht, dann schien er es zu akzeptieren, dass sie es ihm nicht erzählen wollte. »Hast du alles?« Mariama nickte. »Gut.« Er wartete, bis sie ihre Schuhe aus dem Dielenschrank herausgesucht hatte, dann hielt er ihr die Tür auf.

»Danke.« Sie sah sich um. »Hast du deine Sachen schon im Wagen oder müssen wir noch zu dir fahren?«

Robert hielt ihre Tasche, während sie ihre Schuhe anzog. »Alles schon dabei. Oder vielmehr noch, ich komme ja direkt aus Windhoek und war nur kurz bei mir, um Windtänzer zu versorgen.«

Mariama sah auf. »Oh. Kannst du ihn denn allein lassen?« Ihre Augen weiteten sich. »Und an Leola habe ich gar nicht gedacht.«

»Deine Mutter wird sich um alles kümmern, darüber habe ich gerade mit ihr gesprochen.« Sein Mundwinkel bog sich nach unten, als er zum Gehege blickte. »Ich hoffe, Mugambo wird uns verzeihen, dass er hierbleiben muss.«

Der Junge lief mit einem breiten Grinsen auf sie zu und redete aufgeregt drauflos, als er bei ihnen war. Dann sah er ihre ernsten Mienen und entdeckte die Taschen auf dem Treppenabsatz. Sein Lächeln erstarb, und er sah fragend vom einen zum anderen. Robert hockte sich hin und legte seinen Arm um Mugambos Schultern. »Wir fahren gleich weg, aber morgen Mittag sind wir wieder da.« Hilflos sah er Mariama an, als der Junge nicht auf seine Worte reagierte. »Ich glaube, er versteht mich nicht. Kannst du es ihm erklären?«

Mariama beugte sich zu Mugambo hinunter und wiederholte Roberts Worte in Khoisan. Stumm sah er erst sie an, dann Robert und schließlich wieder Mariama. Er war eindeutig verletzt, der Ausdruck in seinen Augen anklagend. Abrupt drehte er sich um und lief davon. Mariamas Herz krampfte sich zusammen. »Vielleicht sollten wir doch nicht …«

»Oh doch, das werdet ihr!« Elises Stimme ließ sie erschrocken herumfahren. »Nun seid nicht dumm, ihr könnt nicht die nächsten Jahre zu Hause bleiben, nur damit ihr niemanden allein lasst. Nomami wird sich gut um Mugambo kümmern, und wir sind ja auch noch da. Wenn ihr morgen zurückkommt, wird er es schon wieder vergessen haben und sich freuen, euch zu sehen.«

Unsicher sah Mariama Robert an. »Ich weiß nicht …«

»Ich aber. Und nun ab mit euch, ich möchte nicht Angst haben müssen, dass ihr im Dunkeln unterwegs seid.«

8

Mariama betrachtete die am Fenster vorbeifliegende Landschaft. Langsam spürte sie ihre Anspannung weichen. Mit einem stummen Seufzer lehnte sie den Kopf an die Nackenstütze und genoss die Fahrt durch die faszinierende Natur. Das hatte sie in Deutschland vermisst. Auch wenn es dort sehr schöne Ecken gab und die grüne Vielfalt sie beeindruckt hatte, war es doch nicht wie zu Hause gewesen. Es fehlten irgendwie die Weite, der beinahe endlose Himmel, die verschiedenen Rottöne von Sand und Felsen, die überraschenden grünen Einsprengsel, wo die Wurzeln der Pflanzen auf Wasser trafen. Weite Ebenen mit Gräsern oder schmale Bänder von Akazien, Kameldorn- und Köcherbäumen an den Rivieren und Flüssen. In Deutschland dagegen war ihr alles so ... eingehegt vorgekommen. Alle paar Kilometer ein Dorf oder eine Stadt, dazwischen Felder oder Wiesen mit Kühen. Die Wälder hatten ihr allerdings sehr gut gefallen, zumindest die größeren, zusammenhängenden Gebiete, die sie bei einem Ausflug in den Harz gesehen hatte.

Es war ein unglaubliches Gefühl gewesen, unter den hohen Laub- und Nadelbäumen entlangzugehen, den federnden Waldboden unter den Füßen zu spüren, die Geräusche zu hören, die es nur in einem Wald gab. Dann waren da noch die Flüsse gewesen. Breit und träge oder schnell durchs schmale Bett fließend – sie hätte sich gewünscht, in Südwestafrika würde es davon einige geben. Das Land könnte die Feuchtigkeit so gut brauchen. Jedes Mal, wenn sich ihre Kommilitonen über das schlechte Wetter beschwerten, hatte sie insgeheim gedacht, wie glücklich sie sich doch schätzen konnten, sich nie darüber Gedanken machen zu müssen, wie man würde überleben können, wenn es nicht bald wieder regnete. Aber sie konnte nicht erwarten, dass Menschen das verstanden, die ihr ganzes Leben in einem Land verbrachten, in dem es Wasser im Überfluss gab. Trotzdem, selbst wenn man ihr angeboten hätte zu tauschen, wäre sie nie auf die Idee gekommen, ihre Heimat aufzugeben. Sie liebte Südwestafrika, auch wenn es nicht einfach war, hier zu leben.

»Bedrückt dich etwas?«

Aus ihren Gedanken gerissen, sah Mariama verwirrt auf. »Was? Nein, natürlich nicht. Wie kommst du darauf?«

Roberts Blick war weiterhin auf die Straße gerichtet. »Du bist so still, als würdest du dir wünschen, woanders zu sein.«

»Nein, überhaupt nicht!« Mariama lächelte ihn an, als er ihr einen zweifelnden Blick zuwarf. »Wirklich. Ich genieße die Fahrt. Seit ich wieder hier bin, hatte ich noch keine Zeit, einfach nur zum Spaß durch die Gegend zu fahren. Für dich ist die Landschaft hier wahrscheinlich zu trocken und langweilig, aber ich liebe sie. Sie ist so … elementar.«

Robert schüttelte den Kopf. »Vergiss nicht, dass ich Geologe bin. Mich fasziniert Natur jeder Art, aber besonders die ungewöhnliche, nichteuropäische. Und Steine natürlich. Die gibt es hier zuhauf, also bin ich glücklich.«

Mariama lachte. »Ich nehme es zurück.« Nachdenklich sah sie ihn an. »Ich bin froh, dass dir die Landschaft gefällt.«

»Warum?«

»Weil …« *ich niemanden lieben könnte, der meine Liebe zu diesem Land nicht teilt.* Mariama wandte den Kopf ab, damit ihr Robert ihre Gefühle nicht ansehen konnte.

»Weil?« Fragend sah er sie an.

Hilflos hob Mariama die Schultern. »Weil ich es schön finde, wenn meine Liebe zu dieser einzigartigen Natur geteilt wird.«

Roberts Lächeln ließ sie alles andere vergessen. Oh ja, egal was und wer Robert Wolf war, sie hatte sich in ihn verliebt und würde lernen müssen, damit zu leben. Doch was war, wenn er irgendwann wieder nach Deutschland zurückkehren wollte? Ein schmerzhafter Stich durchzuckte ihr Herz. Vermutlich wäre es klüger, sich von ihm zurückzuziehen, bevor es zu spät war und noch mehr schmerzen würde, als es jetzt schon der Fall war.

»Was hast du?«

Mariama sah ihm nicht in die Augen. »Nichts.«

»Dein Gesichtsausdruck sagt etwas anderes.« Bevor sie etwas erwidern konnte, fuhr er fort. »Wenn du es mir nicht sagen willst, ist das in Ordnung. Ich möchte nur, dass du weißt, dass ich für dich da bin, wenn du irgendetwas auf dem Herzen hast.«

»Danke.« Wie gerne hätte sie sein Angebot angenommen, doch das war unmöglich, weil er es war, der ihr den Kummer bereitete.

»Wir sind bald da.«

Mariama sah aus dem Fenster, doch es war immer noch kein Ziel zu erkennen. »Das sagst du schon seit einiger Zeit.« Sie lächelte, um ihm zu zeigen, dass sie deswegen nicht böse war. »Schaffen wir es noch vor Einbruch der Dunkelheit?«

»Natürlich, wir sind wirklich gleich da.« Er deutete auf ein Straßenschild, auf dem Sesriem stand. »Siehst du.« Zufrieden lehnte er sich zurück.

Mariama lachte. »Woher soll ich wissen, wohin wir fahren, du hast es mir ja nicht gesagt.«

Robert wirkte verlegen. »Dann wäre es keine Überraschung gewesen.«

»Überraschend wird hier fast alles für mich sein. Ich bin noch nie in dieser Gegend gewesen.«

Jungenhaft grinste er sie an. »Umso besser. Ich bin mir sicher, es wird dir gefallen.«

Sie seufzte lautlos. »Bestimmt.«

Kurze Zeit später bogen sie in den kleinen Ort ein, der fast wie ausgestorben wirkte. Auf den ersten Blick konnte sie nichts entdecken, das es gelohnt hätte, Hunderte von Kilometern dafür zu fahren, aber Robert wusste sicherlich, was er tat. Zumindest hoffte sie das. Am Ortsausgang von Sesriem bog er auf einen Pad ab, der direkt in die Wüste zu führen schien. Eine nahezu glatte Fläche gelblich-weißen Sands lag vor ihnen, die nur von der schmalen Schotterstraße unterbrochen wurde. Hitze flirrte über der Ebene, nirgends regte sich etwas. Wo auch immer sie waren, dies musste der toteste Punkt Südwestafrikas sein.

»Bist du sicher, dass es hier irgendetwas gibt, das wir uns ansehen sollten?«

Robert grinste sie an. »Ja, bin ich. Nur noch ein wenig Geduld.«

Sie lehnte sich im Sitz zurück und beschloss, sich keine Sorgen darüber zu machen, was passieren würde, wenn sie im Dunkeln mitten in der Wüste festsaßen. Stattdessen konzentrierte sie sich auf die Umgebung und entdeckte etwas Merkwürdiges. »Was ist das dort hinten für ein Zaun?« Sie deutete nach links, wo in einiger Entfernung parallel zur Straße ein hoher Maschendrahtzaun verlief.

»Dort fängt das Diamanten-Sperrgebiet an.«

»Oh, kriegen wir eine Minenführung?«

Lachend schüttelte Robert den Kopf. »Nein, es sei denn, du möchtest beim Hinausgehen von Kopf bis Fuß untersucht und durchleuchtet werden. Sie prüfen auch sämtliche Körperöffnungen …«

Mariama erschauderte. »Ich verzichte, vielen Dank.«

»Das dachte ich mir. Es ist viel besser, glaub mir.« Der Pad führte nun eine Anhöhe hinauf, der gelbliche Sand bildete einen unglaublichen Kontrast zu dem tiefblauen Himmel. Mariama hielt automatisch den Atem an. An Roberts gespanntem Gesichtsausdruck konnte sie erkennen, dass sie gleich sehen würde, weshalb sie hierhergekommen waren. Auf dem höchsten Punkt angelangt, breitete sich ein großartiges Panorama vor ihnen aus. Der Weg führte weiter in ein Tal mit weißem Sand hinunter, das abrupt in rote Sanddünen überging, die wie ein riesiges Meer Welle um Welle bildeten. Mariama war so gefangen von dem Anblick, dass sie es kaum merkte, als Robert auf der Kuppe anhielt.

»Gefällt es dir?«

Sie hatte Mühe, ihren Blick von der Landschaft abzuwenden. »Es ist wundervoll! Danke, dass du mich hierhergebracht hast.«

Roberts warme Handfläche umfasste ihre Wange. »Das ist erst der Anfang, die richtige Überraschung kommt noch. Es wird noch besser.«

Skeptisch sah Mariama ihn an. »Das kann ich kaum glauben.«

Robert lachte sie an. »Warte es ab.« Langsam fuhr er den Hügel auf der anderen Seite hinunter. »Die Lehmpfanne dort hinten wird Vlei genannt, in der Regenzeit steht hier Wasser des Tsauchab.«

Die grünen Kameldornbäume, die mithilfe des Grundwassers der Wüste trotzten, sahen vor den apricotfarbenen Dünenbergen unwirklich aus. Rechts von ihnen bewegte sich etwas in der hell schimmernden Wüste. Mariama kniff die Augen zusammen. »Sind das dort hinten etwa Menschen? Was tun die hier?«

Robert verließ den Pad und fuhr querfeldein auf die Leute zu. »Das wirst du gleich sehen.«

Aufgeregt beugte Mariama sich vor. Irgendetwas Großes lag ausgebreitet auf dem Boden, das langsam an Volumen gewann. Schließlich blähte es sich auf, und die bunten Stoffstreifen wurden sichtbar. Ein Ballon! Nun konnte sie auch die Flammen erkennen, die die Hülle mit Heißluft füllten. Der Korb lag auf der Seite davor, nur mit ein paar dünnen Seilen mit dem Ballon verbunden. Helfer hielten weitere Seile fest, während die Hülle sich immer weiter aufrichtete.

Robert hielt einige Meter entfernt und schaltete den Motor aus, bevor er sich ihr zuwandte. »Und, was sagst du dazu?«

Mariama suchte für einen Moment nach Worten, doch dann brachen sie einfach aus ihr heraus. »Das ist toll! Dürfen wir wirklich mitfahren? Wie hast du das arrangieren können? Ist das nicht furchtbar teuer?«

Lachend hielt Robert die Hand hoch, um ihren Wortschwall einzudämmen. »Natürlich fahren wir mit, warum sollten wir sonst hergekommen sein? Sagen wir mal so, ich habe ein paar Beziehungen spielen lassen, um das zu arrangieren.« Sein Lächeln wurde sanfter. »Ich bin froh, dass es dir gefällt. Ich hatte schon befürchtet, du könntest Flugangst haben.«

»Nicht dass ich wüsste. Allerdings war ich noch nie in einem Ballon unterwegs. Schaukelt das sehr?«

»Nein, gar nicht. Es ist ein sanftes Gleiten mit dem Wind, ohne Turbulenzen.«

»Das hört sich gut an. Ich gehe davon aus, dass du es schon mal gemacht hast?«

Robert zog den Schlüssel ab und öffnete seine Tür. »Ja. Manchmal ist es ganz nützlich, sich Gesteinsformationen vom Ballon aus anzusehen. Man hat mehr Zeit und kann dichter heran als mit Flugzeugen. Und vor allem braucht man keine lange Landebahn.«

Bodmin. Mariama war nun klar, welche Beziehungen Robert gemeint hatte, aber sie hatte nicht vor, ihnen beiden den Abend zu verderben, indem sie auf dieses Thema zu sprechen kam. Dazu würden sie auch später noch Zeit haben. Es zählte nur, dass Robert ihr eine Freude bereiten wollte.

Er ging um den Wagen herum und öffnete ihre Tür. »Komm, es wird Zeit, in einer Stunde geht die Sonne unter, das wollen wir nicht verpassen.«

Mariama ergriff seine Hand und ließ sich aus dem Wagen helfen. »Auf keinen Fall.«

Am Ballon angekommen, machte Robert sie mit dem Fahrer bekannt, der den Gasbrenner bediente. »Das ist Joseph Haines. Er wird uns ein wenig die Namib zeigen.«

Joseph nickte ihr zu und antwortete auf Englisch. »Es ist mir ein Vergnügen, Madam.« Die Falten in seinem Gesicht zeigten, wie viel Zeit er in der Natur verbrachte. Eine Schiebermütze bedeckte die grauen Haare, ein wilder Bart spross in seinem Gesicht.

»Ganz meinerseits.«

Mariama zuckte zusammen, als mit einem lauten Fauchen ein weiterer Stoß heißer Luft in den Ballon strömte. Automatisch trat sie einen Schritt zurück und landete direkt an Roberts Brust. Bevor sie sich von ihm lösen konnte, schlang er die Arme um sie. Wärme drang durch sein T-Shirt an ihren Rücken. Mit Mühe hielt sie sich davon ab, sich noch näher an ihn zu drängen oder sich umzudrehen und ihn so lange zu küssen, bis sie beide atemlos waren. So beschränkte sie sich darauf, ihre Hände auf seine Arme zu legen, während sie beobachtete, wie sich der Ballon zu voller Größe aufrichtete, bis der Korb schließlich aufrecht stand.

Helfer hielten ihn fest, einer stellte einen kleinen Schemel davor. Joseph stieg behände in den Korb. »Es kann losgehen. Robert, haben Sie Ihren Autoschlüssel abgegeben?«

Mariama sah ihn fragend an, während Robert einem der Helfer den Schlüssel aushändigte. »Die Wagen folgen dem Ballon, dann können wir gleich zum Ort zurückfahren, wenn wir wieder gelandet sind.«

»Gut, dann steigen Sie jetzt ein. Sie zuerst, Miss.«

Unsicher legte Mariama ihre Hand auf den breiten Rand des Korbs aus Weidengeflecht und kletterte auf den Schemel. Während Robert sie stützte, schob sie ihr Bein über den Rand. Der Korb war zwar nicht besonders groß, aber er war recht hoch, sodass sie plötzlich halb in der Luft hing und den Boden unter den Füßen verlor.

»Darf ich?« Obwohl Robert höflich fragte, konnte sie ein Lachen in seiner Stimme hören.

Mariama biss die Zähne zusammen, musste dann aber einsehen, dass sie sich weder vor- noch zurückbewegen konnte und daher Hilfe benötigte. »Ja, bitte.«

»Tut mir leid, es geht nicht anders.« Robert packte ihre Hüfte und hob sie über den Rand des Korbs.

Wenig elegant landete Mariama auf der anderen Seite und beobachtete, wie Robert ohne Probleme die Hürde überwand. Erneut ertönte ein ausdauerndes Fauchen, und der Ballon stieg langsam in die Höhe. Erst als er ein Stück vom Boden abgehoben hatte, ließen die Helfer die Seile los. Mariama trat vorsichtig einen Schritt vor und atmete erleichtert auf, als der geflochtene Korbboden ihrem Gewicht standhielt. Die Hände in den Rand gekrallt, lehnte sie sich vor und sah nach unten. Unglaublich, wie winzig die Menschen und Autos bereits waren! Der helle Boden des Vlei sah fast pockennarbig aus, die Bäume waren nur noch kleine Punkte. Roberts Hand auf ihrer Schulter ließ sie zusammenzucken.

»Du schaust in die falsche Richtung.«

Mariama schluckte eine spitze Bemerkung hinunter und trat

stattdessen neben Robert. Ein leichtes Lächeln lag um seinen Mund, während er den Anblick der Landschaft in sich aufsog. Sie hätte ihn noch stundenlang beobachten können, doch dafür war sie nicht hier oben.

»Immer noch die falsche Richtung.«

Verlegen lachte Mariama auf. »Erwischt.« Sie wandte den Kopf in die Richtung, in die Robert sah, und atmete tief ein. »Oh mein Gott.« Sie bewunderte die riesigen Dünen, die in sämtlichen Rottönen schimmerten und wie versteinerte Wellen eines Meeres wirkten.

»Der könnte etwas damit zu tun haben, aber als Geologe glaube ich dann doch eher an die wissenschaftliche Erklärung.«

Mariama hob eine Augenbraue. »Ich habe nur meine Begeisterung kundgetan.«

Sanft umfasste Robert ihre Hand mit der seinen und führte sie an seine Lippen. »Ich weiß, ich konnte nicht widerstehen.«

Und sie konnte ihm nicht widerstehen, so viel war sicher. Als er seinen Arm um sie schlang und sie näher an sich zog, schmiegte sie sich zufrieden an ihn. In diesem Moment war ihr Leben perfekt. Alle Sorgen und Probleme waren beiseitegeschoben, nur die Schönheit der Landschaft und die Nähe zu Robert zählten. In kühnen Schwüngen erhoben sich die leuchtend roten Sanddünen aus dem helleren Wüstenboden, einige nur wenige Meter hoch, andere höher als Hochhäuser. Sie flogen über versteckte Vleis, einige waren mit Bäumen und Sträuchern bewachsen, andere bargen nur noch Baumskelette, nachdem das Wasser versiegt war. Allmählich wanderte die Sonne tiefer, die Schatten der Dünen wurden länger, der Sand flammte in allen Orange- und Rottönen auf. Aus der Höhe winzig wirkende Pflanzen bildeten einen merkwürdigen Kontrast zu den fließenden Linien der Dünen. Als der Ballon tiefer ging, konnte sie sogar Tierspuren entdecken.

Der zuvor tiefblaue Himmel färbte sich rötlich, und die Sonne stand als roter Ball über den Dünen. Erneut glitt der Ballon über eine Ebene, aus der eine Dünenformation wie ein Wal aus einem Ozean herausragte. Ein scharfer, sanft geschwungener Grat teilte sie in eine Sonnen- und eine Schattenseite und bildete den Körper des Wals, eine kleinere Düne stellte die Schwanzflosse dar. Sie wünschte, sie könnte aussteigen und durch den weichen Sand laufen, seine Hitze an den Füßen spüren. Aber es gefiel ihr auch, alles aus der Vogelperspektive zu betrachten. Vor allem ohne Motorenlärm und in einer Geschwindigkeit, mit der sie alles genau erkennen konnte. Weil sie sich mit dem Wind bewegten, gab es keinen Luftzug, nur die warme, weiche Luft, die so typisch für Namibia war.

Roberts Wange berührte ihre Schläfe. »Gefällt es dir?«

Mariama drehte sich halb zu ihm um. »Ja, sehr! Danke für die wunderschöne Überraschung.« Sie berührte sanft seinen Mund mit ihren Lippen. »Wie bist du auf die Idee gekommen?«

Robert rieb mit seiner Nase über die ihre. »Ich wollte mal aufsteigen, ohne an die Arbeit zu denken, und ich wollte, dass du das hier siehst.« Sein Mundwinkel hob sich. »Und mit dir allein sein.«

»Ich sage es nur ungern …« – Mariama sah zu Joseph – »… aber wir sind nicht allein.«

Lachend zwinkerte Robert ihr zu. »Nun ja, fast.« Er wurde ernst. »Eigentlich wollte ich dich fragen …« Das Fauchen des Brenners unterbrach ihn.

Ungeduldig wartete Mariama darauf, dass er fortfahren würde. Ihr Herzschlag wurde schneller, als sie die Unsicherheit in seinen Augen sah. Während der Ballon langsam höher stieg, griff Robert nach ihrer Hand und verschränkte seine Finger mit den ihren. Schließlich verstummte der Brenner, und sie sahen sich wortlos an.

»Ich wollte dich fragen, ob du …« Erneut brach er ab. Seine Stimme klang heiser, seine Hand zitterte.

»Ja?«

Robert grinste schief. »War das die Antwort?«

Mariama runzelte verwirrt die Stirn. Wenn sie es nicht besser gewusst hätte, würde sie glauben, dass Robert etwas getrunken hatte. Normalerweise hatte er kein Problem damit, sich verständlich auszudrücken. »Welche Antwort?«

Sofort wurde er wieder ernst. »Auf meine Frage, die ich mich gerade nicht traue zu stellen.«

Mariama musste lächeln. Das klang schon eher nach ihrem Robert. »Frage einfach, ich beiße nicht.«

Er holte tief Luft und straffte die Schultern. »Könntest du dir vorstellen, dein Leben mit mir zu verbringen?« Jeder Muskel in seinem Körper wirkte angespannt, während er auf ihre Antwort wartete.

Mariama stieß ihren angehaltenen Atem aus. »Du meinst, ob ich mit dir in deinem Haus wohnen möchte?« Obwohl sie diese Frage nicht von ihm erwartet hatte, gelang es ihr nicht ganz, ihre Enttäuschung zu unterdrücken.

»Ich frage dich, ob du mit mir zusammenleben möchtest.« Als er merkte, dass sie zögerte, fügte er schnell hinzu. »Ich möchte mit dir zusammen sein. Jeden Tag, jede Minute, wenn das möglich wäre. Es bringt mich um, wenn du abends wieder gehst oder ich dich manchmal tagelang nicht sehe.«

Wärme verströmte sich in Mariamas Körper. Es ging ihr genauso wie ihm, doch sie wusste nicht, ob es klug wäre, es zuzugeben. »Liebst du mich?«

Roberts Augen weiteten sich. »Natürlich! Würde ich dir sonst einen Heiratsantrag machen?«

Ihr Lachen sprudelte über. Das Gefühl von Glück breitete sich in ihr aus, als sie erkannte, dass Robert sie tatsächlich wollte. »Ach, das sollte es sein.« Sie versuchte sich zu beruhigen. »Und ich dachte schon, es würde ein unmoralisches Angebot werden.«

Robert verzog den Mund. »Entschuldige, ich habe es wohl nicht richtig rübergebracht.« Er drückte sanft ihre Finger. »Wäre es möglich, dass du mir jetzt antwortest? Ich glaube nicht, dass ich die Ungewissheit noch länger aushalte.«

Mariama entzog ihm ihre Hand und schlang ihre Arme um seinen Hals. »Ja. Ja. Ja.« Sie genoss seinen besitzergreifenden Kuss, bevor sie sich wieder von ihm löste. »Natürlich möchte ich mit dir zusammenleben, was hast du denn geglaubt?« Sie küsste ihn sanft. »Ich liebe dich übrigens auch.«

Robert lehnte seine Stirn an die ihre. »Gott sei Dank.«

Mariama versuchte, ihn mit ihrer Wärme einzuhüllen, ihre Finger strichen durch seine Haare. »Hattest du wirklich Angst, dass ich ablehnen könnte?«

Seine braunen Augen verdunkelten sich. »Ja. Ich brauche dich. Ich will dich ganz nah bei mir haben, dich berühren können, ohne dass ständig jemand in der Nähe ist.«

Glücklich lächelte Mariama ihn an. »Das geht mir genauso.« Sie erinnerte sich an den Blick ihrer Mutter. »Du hast meiner Mutter erzählt, was du vorhast, oder?«

»Nicht direkt, aber es könnte sein, dass ich mich durch eine Andeutung verraten habe.« Röte kroch seinen Hals hinauf, als er ihren skeptischen Blick sah. »Ich wollte nicht, dass deine Eltern sich Sorgen machen, wenn du mit mir fährst und über Nacht wegbleibst.«

Mariamas Herz schmolz dahin. Es gefiel ihr, dass Robert nicht nur an sich dachte, sondern auch ihre Familie mit einschloss. Sie strich ihm sanft über seine Wange. »Danke.«

Er antwortete mit einem langen Kuss, bevor er sie umdrehte und die Arme von hinten um ihre Taille schlang. »Lass uns die Fahrt genießen, reden können wir noch, wenn wir im Hotel sind.«

Joseph zog an den Leinen, die die Klappe an der oberen Hülle des Ballons öffneten, und leitete so die Landung ein. Immer näher kamen sie dem Boden des Vleis, wo bereits die Männer neben den Autos auf sie warteten, bis sie schließlich mit einem Ruck aufsetzten. Die aufgeblähte Ballonhülle zog den Korb noch ein Stück hinter sich her, dann waren die Helfer zur Stelle. Sie halfen Mariama und Robert aus dem Korb und brachten sie aus der Arbeitszone. Mariama sah zu, wie die Luft langsam aus dem Ballon entwich, und spürte fast so etwas wie Trauer, dass dieses Erlebnis schon vorbei sein sollte. Sehnsüchtig sah sie zu den roten Dünenbergen hinüber, die hinter dem Vlei begannen.

Roberts Arm legte sich um ihre Schulter. »Wenn wir früh aufstehen, können wir morgen noch eine kurze Tour zu Fuß in die Dünen unternehmen, möchtest du?«

Mariama strahlte ihn an. »Ja, sehr gerne.«

»Wir sollten jetzt fahren, die Sonne ist schon fast untergegangen, und ich möchte lieber zur Stadt zurückfahren, solange noch ein wenig Licht da ist. Von hier aus dauert es bestimmt zwanzig Minuten.«

»Das ist eine gute Idee.« Josephs Stimme erklang hinter ihnen. »Hier sind die Schlüssel zu Ihrem Wagen.« Er reichte sie Robert, bevor er Mariama die Hand schüttelte. »Es war nett, Sie kennenzulernen.« Durch seinen Bart schimmerte beinahe so etwas wie ein Lächeln. »Und herzlichen Glückwunsch.«

Mariama errötete, als sie sich daran erinnerte, dass er den Antrag gehört hatte. »Vielen Dank. Auch für die wunderschöne Fahrt, es war unglaublich.«

Diesmal lächelte Joseph wirklich, unzählige Falten gruben

sich in sein Gesicht. »Es war mir ein Vergnügen. Ich kann gar nicht mehr zählen, wie oft ich schon aufgestiegen bin, aber es ist jedes Mal wieder ein Erlebnis.«

Robert verabschiedete sich mit einem kurzen Händedruck und dem Versprechen, sich bald wieder zu melden. Kurze Zeit später waren sie bereits unterwegs, den Wagenspuren nach, die sie zurück in die Zivilisation führen würden. Eine Straße gab es nicht, so holperten sie über den ausgetrockneten Boden des Vleis, bevor sie in ein ebenso trockenes Flussbett wechselten. Die Sonne stand inzwischen so tief am Himmel, dass es mit jeder Minute dunkler wurde. Trotz der Scheinwerfer fragte Mariama sich, wie Robert überhaupt noch sehen konnte, wohin er fuhr. Sein Blick war völlig auf das konzentriert, was vor ihm lag, seine Hände umfassten sicher das Lenkrad, ohne dabei verkrampft zu wirken. Beruhigt, dass er wusste, was er tat, lehnte Mariama sich im Sitz zurück.

Erst jetzt konnte sie richtig verarbeiten, was geschehen war. Oh mein Gott, sie war verlobt! Noch vor wenigen Monaten hätte sie nicht gedacht, dass sie sich verlieben oder sogar heiraten könnte. Und jetzt war sie plötzlich mit einem Mann verbunden, der alles war, was sie sich je erträumt hatte. Gut, er war sicher nicht perfekt, aber sie spürte tief in sich, dass er der Richtige für sie war. Alles andere würde sich mit der Zeit finden.

»Woran denkst du?« Roberts Frage schreckte sie aus ihren Träumereien.

»An uns.« Sie freute sich über sein Lächeln. »Was machen wir mit dem Rest des Abends?«

Roberts Stimme war leise. »Hast du etwas Bestimmtes im Sinn?« Für einen winzigen Moment sah er sie an. »Es ist dein Tag, wir machen alles, was du möchtest.«

Mariama schüttelte den Kopf. »Es ist *unser* Tag, nicht meiner. Ich fühle mich, als sollte ich auch etwas beitragen, nachdem du mich mit der wunderschönen Ballonfahrt überrascht hast. Aber momentan wüsste ich nicht, was.«

Roberts Lächeln wirkte eindeutig gefährlich. »Ich schon.« Er lenkte um einen größeren Stein herum, der mitten im Weg lag. »Aber zuerst könnten wir im Restaurant des Hotels etwas essen, wenn du möchtest.«

Wie als Antwort darauf knurrte Mariamas Magen. »Ich glaube, das hieß ›ja‹.« Sie sah aus dem Fenster auf die immer dunkler werdende Landschaft. »Wenn wir hier je wieder herauskommen.«

»Wir müssten gleich auf einen Pad stoßen, danach geht es schneller. Joseph versucht immer, so nah wie möglich an einer Straße zu landen, damit seine Gäste schnell wieder zur Stadt zurückfinden. Es war auch nicht windig heute, deshalb dürften wir uns nicht so weit vom Startpunkt entfernt haben.«

»Das ist gut.«

Mariama atmete erleichtert auf, als sie kurze Zeit später tatsächlich auf einen Pad stießen, der halbwegs gut befestigt war. Den Kopf gegen die Nackenstütze gelegt, beobachtete sie, wie die letzten roten Strahlen der Sonne verschwanden und der Nacht Platz machten.

»Mariama?« Eine Hand berührte ihre Schulter und schüttelte sie sanft. »Schatz, wir sind da.«

Ihr Kopf ruckte hoch, orientierungslos sah sie sich um. Sie saß noch im Auto, aber anstelle von Dunkelheit gab es nun Lampenschein, der in das Innere drang. Blinzelnd setzte sie sich auf. Robert beugte sich zu ihr in den Wagen und lächelte sie an. Verlegen bemühte Mariama sich, ihre Beine so zu koordinieren, dass sie aus dem Wagen kam. Seine Hand glitt unter ihren Arm, mit der anderen hielt er die Wagentür auf. »Vorsicht, Stufe.«

Mit seiner Hilfe gelang es ihr, halbwegs unbeschadet aus dem Jeep zu kommen. Es musste am fehlenden Essen liegen, dass sie sich so schwach fühlte, oder an der Aufregung des Tages. Mariama straffte die Schultern und richtete sich auf. »Danke.« Neugierig sah sie sich um. »Sind wir da?«

»Ja. Das hier ist das Sesriem Canyon Hotel, wo wir übernachten werden.«

»Und essen.«

Robert lachte. »Auch das.« Er strich ihr über die Wange. »Entschuldige, wir hätten vorher etwas essen sollen, aber meine Befürchtung war, dass wir es dann nicht mehr rechtzeitig zum Ballon schaffen.«

»Und das hätte ich auf keinen Fall verpassen wollen.« Mariama nahm ihre Tasche vom Rücksitz und hakte sich dann bei Robert unter. »Sobald ich etwas zu essen bekomme, bin ich rundum glücklich.«

»Dann wollen wir dich auf keinen Fall warten lassen. Schließlich möchte ich dich nicht schon am ersten Tag unglücklich machen.«

Mariama stellte sich auf die Zehenspitzen und küsste Robert. »Das könntest du gar nicht.«

Sie spürte eine Spannung in seinem Körper, die nicht zu der Sanftheit seines Kusses passte. »Ich hoffe es sehr.« Langsam löste er sich von ihr. »Wollen wir reingehen? Wenn du möchtest, kannst du dich ein wenig frisch machen, ich sage inzwischen im Restaurant Bescheid, dass wir angekommen sind.«

»Eine gute Idee, aber …« Sie brach unsicher ab.

»Aber?« Robert bedeckte ihre Hand, die sich in seinen Arm gegraben hatte, mit der seinen.

Mit Mühe löste Mariama ihren Griff. Sie konnte fühlen, wie ihr Gesicht rot aufflammte. »Vielleicht … könnten wir nicht den Zimmerservice bestellen? Ich möchte nicht so gern unter

Leuten sein, nachdem wir schon bei deinem Antrag nicht allein waren.«

Roberts Nasenflügel weiteten sich, das einzige Zeichen für seine Überraschung. »Natürlich. Ich werde mich gleich darum kümmern. Holen wir erst einmal die Schlüssel, dann kannst du schon auf dein Zimmer gehen, und ich komme nach.«

Unruhig ging Mariama im Hotelzimmer auf und ab. Wie war sie nur auf den irrsinnigen Vorschlag gekommen, im Zimmer zu essen anstatt im Restaurant? Sie wollte mit ihm allein sein, aber sie war sich nicht sicher, ob sie es aushalten würde, zusammen mit Robert in einem mittelgroßen Zimmer eingesperrt zu sein. Sicher würde er sich wie ein Gentleman benehmen, aber wollte sie das überhaupt? Ein Schauer lief ihr durch den Körper. Sie sehnte sich so sehr nach Robert. Angespannt strich sie sich die Haare zurück, die sie ausnahmsweise offen trug, und ging zum wiederholten Mal zur Spiegeltür des Schranks. Glücklicherweise hatte sie sich etwas zum Umziehen mitgenommen. Mit beiden Händen strich sie den wadenlangen grünen Rock glatt, den sie aus Deutschland mitgebracht hatte. Nie hätte sie geglaubt, so bald eine Gelegenheit zu haben, ihn zu tragen. Die dazu passende Bluse wirkte etwas steif, und sie kam sich eingeengt vor, deshalb öffnete sie einen weiteren Knopf. Außer Robert würde sie ja niemand sehen, und der hatte schon mehr von ihr gesehen, als sie damals Leola eingefangen hatten.

Ein Klopfen an der Tür ließ ihr Herz schneller pochen. War sie wirklich bereit? Natürlich war sie das, sie konnte es sogar kaum erwarten! Kopfschüttelnd ging Mariama zur Tür und öffnete sie weit. Doch es war nur ein Kellner, der das Essen brachte. »Stellen Sie es bitte dort auf den Tisch.«

Als alles angerichtet war und Mariama ihm ein Trinkgeld zugesteckt hatte, verabschiedete sich der Hotelangestellte. Sie machte die Tür hinter ihm zu, lehnte sich mit dem Rücken dagegen und schloss die Augen. Vermutlich sollte sie Robert benachrichtigen, dass das Essen da war, aber sie brauchte noch einen Moment für sich allein. Erschrocken zuckte sie zusammen, als es erneut klopfte, direkt in Höhe ihres Ohrs. Nach einem langen, beruhigenden Atemzug öffnete sie die Tür.

»Hallo. Darf ich hereinkommen?« Robert hielt ihr einen Blumenstrauß hin.

»Natürlich.« Mariama trat zur Seite. »Vielen Dank, die Blumen sind wunderschön.«

Roberts Blick glitt anerkennend über ihren Körper. »Genauso wie du.«

Lächelnd wechselte sie das Thema. »Das Essen ist gerade gekommen. Wir sollten anfangen, solange es noch heiß ist.« Sie schloss die Zimmertür und wurde sich bewusst, wie klein der Raum wirkte, wenn sie sich zu zweit darin aufhielten. Robert hatte sich ebenfalls umgezogen und trug nun eine dunkle Hose und ein weißes Hemd, das sich eng an seinen muskulösen Oberkörper schmiegte. Die obersten Knöpfe waren geöffnet und entblößten ein Stück braun gebrannter Brust, die mit schwarzen Haaren gesprenkelt war. Mariama wusste, dass sie nicht starren durfte, aber sie konnte nichts dagegen tun. Wie gerne würde sie ihn berühren, ihre Hand über seine nackte Haut gleiten lassen, in den Ausschnitt eintauchen und …

»Hast du keinen Hunger mehr?«

Sie hob den Kopf. »Sehr großen sogar.« Als ihr bewusst wurde, dass er die Äußerung anders verstehen könnte, redete sie schnell weiter. »Es riecht so lecker, ich war schon versucht, ohne dich anzufangen.«

Roberts warmes Lachen beruhigte ihre angespannten Nerven. »Na, dann komm, ich möchte nicht, dass du verhungerst.«

Mariama nickte dankbar, als er ihr den Stuhl zurückzog, und setzte sich. Sie widerstand dem Drang, sich umzudrehen, als sie spürte, dass er immer noch hinter ihr stand. »Setzt du dich nicht?«

Er rührte sich hinter ihr. »Natürlich, ich war nur … abgelenkt.« Seine Stimme klang angespannt. Robert nahm ihr gegenüber Platz, einen merkwürdigen Ausdruck im Gesicht.

»Was hast du?«

»Nichts.« Sein Blick glitt für einen Sekundenbruchteil zu ihrem Ausschnitt, bevor er sich eingehend mit seinem Besteck beschäftigte.

Es schien, als hätte sie den gleichen Einfluss auf ihn wie er auf sie. Die Vorstellung gefiel ihr.

»Etwas Wein?«

»Ja, danke.« Mariama hielt ihm ihr Glas hin. Normalerweise trank sie so gut wie keinen Alkohol, doch heute würde sie eine Ausnahme machen. Schließlich verlobte man sich nicht jeden Tag.

Robert füllte beide Gläser und hob dann seines zum Toast. »Auf uns.«

Mariama stieß ihr Glas sachte an seines. »Auf ein wunderschönes gemeinsames Leben.«

Robert sah sie forschend an. »Würdest du etwas für mich tun?«

Nervös befeuchtete sie ihre Lippen. »Was?«

Er griff in seine Hosentasche und zog ein Schmucketui heraus. »Würdest du meinen Ring tragen?«

»Oh.« Ausnahmsweise war Mariama sprachlos.

Robert hockte sich vor sie, das Kästchen in der Hand. »Es tut mir leid, dass ich es im Ballon nicht richtig hinbekommen habe. Ich versuche es also einfach noch einmal.« Er öffnete die Schachtel, nahm den Ring heraus und steckte ihn an ihren Finger. »Ich liebe dich, Mariama. Würdest du mir die Ehre geben, meine Frau zu werden?«

Mariama betrachtete den Diamantring an ihrem zitternden Finger, während ihr Tränen in die Augen traten. »Ja, sehr gerne. Der Ring ist wunderschön.« Sie legte die Arme um seinen Nacken. »Ich liebe dich auch, und ich kann es nicht erwarten, deine Frau zu sein.«

Robert atmete tief durch. »Du hast also nichts gegen eine schnelle und einfache Hochzeit?«

Sie lächelte durch ihre Tränen hindurch. »Überhaupt nicht, allerdings wird meine Mutter schon dafür sorgen, dass sie nicht zu schlicht wird.«

Lachend zog Robert sie dichter an sich. »Damit habe ich gerechnet.« Seine Lippen fanden die ihren in einem zärtlichen Kuss, bevor er widerwillig ein Stück von ihr abrückte. »Wir sollten lieber essen, bevor es völlig kalt ist. Außerdem möchte ich nicht, dass du verhungerst.« Er grinste sie an. »Schließlich ist es jetzt meine Aufgabe, für dich zu sorgen.«

»Wohl kaum, Herr Wolf. Ich bin durchaus in der Lage, mich selbst zu versorgen.«

Er wurde ernst. »Das weiß ich, und ich würde es auch gar nicht anders wollen. Das ist einer der Gründe, warum ich dich liebe.«

»Nun, dann ist heute wohl dein Glückstag.« Ihre Lippen zitterten, als sie zu lächeln versuchte.

»Das sehe ich ganz genauso.«

9

Robert lehnte sich im Stuhl zurück und betrachtete Mariama. Sie musste tatsächlich halb verhungert gewesen sein, denn sie hatte in Rekordzeit gegessen und sogar noch den Nachtisch probiert. Während des Essens hatten sie sich über die Ballonfahrt unterhalten, über die Farm, über sein Haus, über Leola und Mugambo, nur nicht darüber, wie sich der Abend weiter gestalten sollte. Mehrfach hatte er Mariama dabei ertappt, wie sie seinen Oberkörper betrachtete. Unter dem Tisch krampften sich seine Finger ineinander. Sie sollte freiwillig zu ihm kommen, mit all der Leidenschaft, die in ihr steckte.

Sosehr er ihre Gegenwart auch genoss, er musste jetzt in sein Zimmer gehen. Er war zu aufgewühlt, um der Versuchung zu widerstehen, Mariama zu berühren. Er brauchte nur einen Knopf an ihrem Oberteil zu lösen, dann würden ihre Brüste zu sehen sein. Seine Hände zuckten bei der Vorstellung, sie unter den Stoff zu schieben und ihre Rundungen zu bedecken. Ganz langsam würde er die Spitze ihres BHs beiseiteschieben und dann ihre Brustwarzen … Als er erkannte, wohin seine Gedanken wanderten, setzte er sich abrupt auf. Er musste hier raus.

»Robert, geht es dir nicht gut?«

Er bemühte sich zu verbergen, dass er jeden Moment explodieren konnte. »Doch, alles in Ordnung. Aber ich denke, ich sollte nun in mein Zimmer gehen.«

»Oh, jetzt schon?« Die Enttäuschung in Mariamas Gesicht war nicht zu übersehen. »Ich dachte, wir könnten noch ein bisschen … reden. Den Abend genießen.«

Noch ein wenig länger allein mit ihr zusammen, und er würde sich auf sie stürzen. Reden war das Letzte, was er jetzt wollte. »Wenn wir morgen noch einmal zu den Dünen fahren wollen, müssen wir früh aufstehen. Ich möchte Windtänzer und auch Mugambo nicht so lange allein lassen.«

Mariama schlug die Augen nieder. »Natürlich, du hast recht. Wir werden ja bald sehr viel Zeit für uns haben.«

Robert erhob sich. »Ich kann es kaum erwarten.«

Mariama folgte ihm zur Tür. »Schlaf gut und träum was Schönes.«

Das würde er ganz sicher, wenn er denn überhaupt schlafen konnte. Vielleicht nach einer kalten Dusche … Er wollte Mariama zum Abschied einen schnellen, harmlosen Kuss geben, doch als er sie einmal berührt hatte, gab es kein Halten mehr. Der ganze aufgestaute Hunger lag in diesem Kuss, in seinen fieberhaften Berührungen, in der Art, wie sich sein Körper an den ihren drängte. Er wollte sie mit einer Macht, die ihn selbst erschreckte und dadurch wieder zur Vernunft kommen ließ. Schwer atmend riss er sich von ihr los und öffnete die Tür. »Ich hole dich morgen früh ab.« Ein letzter Blick in ihre weit aufgerissenen Augen, dann schloss er die Tür hinter sich und rannte fast zu seinem Zimmer.

Mit zitternden Fingern schob er den Schlüssel ins Schloss und zog die Tür hinter sich zu. Er ließ sich gegen die Wand sinken und atmete tief aus. Er war drauf und dran, seinen Kopf zu verlieren. Hoffentlich hatte er Mariama durch seinen ungestümen Abschied nicht erschreckt. Von sich selbst genervt, stieß er sich von der Wand ab und ging ins Badezimmer. Wenn er sich wieder beruhigen wollte, half nur viel kaltes Wasser. Er trat zum Waschbecken und drehte den Wasserhahn auf. Das eiskalte Nass sammelte sich in seinen hohlen Händen, und er tauchte sein Gesicht hinein.

Schon ein wenig ruhiger, drehte er den Wasserhahn zu und nahm sich ein Handtuch. Ein kurzer Blick in den Spiegel zeigte ihm, dass sein Gesicht gerötet war, aber er schob es auf das kalte Wasser. Eine lange Dusche konnte auf jeden Fall nicht schaden. Rasch knöpfte er sich sein Hemd auf und wollte es gerade über die Schultern ziehen, als es an der Tür klopfte.

Er ging hinüber. »Wer ist da?«

»Mariama.«

Überrascht öffnete er die Tür und zog sie einen Spaltbreit auf. »Was tust du hier? Gibt es ein Problem?«

Mariama sah sich auf dem Gang um, bevor sie seinen Blick erwiderte. »Kann ich reinkommen?«

»Natürlich.« Robert schob die Tür weit auf, packte Mariama an der Hand, zog sie hinein und schloss die Tür wieder hinter ihr. »Ist etwas passiert?«

Sie wirkte unruhig, aber nicht verängstigt. »Es ist alles in Ordnung. Ich wollte dir noch etwas zeigen.«

Robert bemühte sich, nicht auf ihren Morgenmantel zu starren, den sie mit beiden Händen am Halsausschnitt umfasste. Er seufzte stumm. »Was möchtest du mir zeigen?«

Ihr Blick wanderte nach unten. Erst jetzt fiel ihm ein, dass er vergessen hatte, sein Hemd wieder zuzuknöpfen. Andererseits hatte Mariama ihn bereits mehrfach mit nacktem Oberkörper gesehen und nie erkennen lassen, dass sie sich daran störte. »Mariama?«

Röte überzog ihre Wangen. »Etwas, das ich aus Deutschland mitgebracht habe. Ich wollte wissen, ob es dir gefällt.«

Verwirrt schob er die Augenbrauen zusammen. »Wo ist es?«

Ihre Hände glitten zum Gürtel des Morgenmantels. Robert erstarrte. Was hatte sie vor? Ihr gesamter Körper schien zu zittern, als sie den Gürtel öffnete und den Morgenmantel von den Schultern gleiten ließ. Zum Vorschein kam ein langes dunkelblaues Seidennachthemd mit spitzenbesetztem Oberteil, das für ihren Körper wie gemacht schien. Ihre Rundungen wurden dezent hervorgehoben, und die rötlichen Haare bildeten einen faszinierenden Kontrast. Obwohl Robert es versuchte, konnte er seinen Blick nicht von ihr abwenden.

»Wie findest du es?« Mariamas Stimme bebte. »Natürlich ist es absolut unpraktisch auf einer Farm, aber als ich es in dem Laden sah, musste ich es einfach besitzen. Bisher habe ich es noch nie angezogen, ich wollte es für einen besonderen Moment aufheben.«

Mit Mühe gelang es Robert, ihr in die Augen zu sehen. Seine Zunge schien am Gaumen zu kleben. »Es …« Er räusperte sich. »Es ist wunderschön, genauso wie du.« Robert schob seine Hände in die Hosentaschen, damit sie nicht merkte, wie erregt er war. Er sollte ihr am besten den Morgenmantel reichen, damit sie ihn überziehen und in ihr Zimmer zurückkehren konnte, aber er brachte es nicht fertig. Stattdessen glitt sein Blick wie von selbst über ihren Körper. Sie war perfekt gebaut.

»Robert …« Ihre gedämpfte Stimme ließ ihn aufblicken. Ungeduld stand in ihren Augen. »Wäre es möglich, dass du irgendetwas *tust*? Ich habe keinerlei Erfahrung mit solchen Situationen und weiß nicht, wie …«

Langsam trat er einen Schritt näher und hob ihr Kinn mit einem Finger an. »Was soll ich tun?«

Mariamas Körper bebte, und der Blick in ihren Augen ließ keinen Zweifel aufkommen, was sie wollte. »Ich möchte bei dir sein. Von dir gehalten werden … und geliebt. Ich will deine Frau sein.«

Roberts Herz begann zu hämmern. »Das wirst du doch bald auch werden.«

»Du weißt genau, was ich meine.«

»Ja. Ich wusste vom ersten Augenblick an, dass ich dich wollte.«

»Warum hast du dann so lange gezögert?«

Robert rahmte ihr Gesicht mit seinen Händen ein. »Ich wollte dich nicht zu etwas drängen.« Er rieb mit seinen Lippen über ihren Mund. »Bist du ganz sicher, Mariama?«

Ein Schauer lief durch ihren Körper. »Oh ja. Garantiert. Hundertprozentig. Ohne Zweifel.«

Robert musste lachen, obwohl sich sein Körper voller Erwartung zusammenzog. »Ich denke, das war eindeutig.«

Mariama schob ihre Hände unter sein Hemd. »Könntest du jetzt bitte aufhören zu reden und das tun, was man normalerweise tut, wenn …« Sie verstummte, als Robert sie erneut küsste.

Ihre Augen verdunkelten sich, Röte überzog ihre Wangen. »Warum bist du auf der Farm nie über Küsse hinausgegangen? Ich hätte dir nicht widerstehen können.«

Er schob ihr eine Locke hinter das Ohr. »Genau deshalb.«

»Aber … das soll doch so sein, oder? Verlangen lässt sich nicht steuern und auch nicht für längere Zeit unterdrücken. Wenn wir doch beide gleich empfinden …«

»Ich glaube nicht, dass deine Eltern es gerne gehabt hätten, wenn ich mit dir …«

Mariama zog die Augenbrauen zusammen. »Sie hätten es ja nicht wissen müssen. Ich bin alt genug, selber zu entscheiden, mit wem ich zusammen sein möchte.«

Er war sich ziemlich sicher, dass ihre Eltern sehr wohl etwas dagegen gehabt hätten, wenn er ihre Tochter verführt hätte. »Sie hätten es gemerkt. Auch wenn ich es ungern sage, aber man sieht dir an, was du fühlst, du hättest es nie im Leben geheim halten können.«

Mariama verzog den Mund, stritt es aber nicht ab. »Wäre es möglich, dass wir uns auf das konzentrieren, was wichtig ist?«

»Und das wäre?« Er spürte ihren schnellen Atem an seinen Lippen. Seine Fingerspitzen fuhren liebkosend über ihre nackten Schultern. Sachte strich er den Träger ihres Nachthemds zur Seite und hauchte Küsse auf ihre Haut. Das Hemd rutschte tiefer, bis es gerade noch ihre Brustwarze verhüllte. Er spürte Mariamas heftiges Einatmen und genoss es, wie sie auf seine Berührungen reagierte.

»Genau das.« Ihre Augen waren geschlossen, ihre Lippen leicht geöffnet.

Erregung durchzuckte seinen Körper, ließ ihn fast vergessen, dass er es langsam angehen wollte. Er fuhr mit der Zunge über ihre zarte Haut, folgte der pochenden Ader an ihrem Hals. Sanft biss er zu. Mariamas Kehle entfuhr ein erstickter Laut, der seine Erregung noch steigerte. Gott, er wünschte, er könnte sich mit einem Stoß in ihr vergraben und sie lieben, bis sein Hunger nach ihr gestillt war. Was vermutlich nicht so schnell passieren würde, zu lange hatte er auf diesen Moment gewartet. Robert bedachte auch ihre andere Schulter mit kleinen Bissen, während er den zweiten Träger zur Seite schob und das Nachthemd ungehindert an ihrem Körper hinabglitt, bis Mariama es mit einem leisen Aufschrei in Höhe ihrer Hüfte festhielt.

Roberts Lippen berührten ihr Ohr. »Lass es fallen.«

»Ich …«

»Weißt du, wie lange ich mich danach sehne, dich endlich nackt zu sehen? Deine weiche Haut zu berühren? Dich zu küssen, wo ich will?«

Mariama stieß ein zittriges Lachen aus. »Ungefähr so lange wie ich?«

Robert knabberte an ihrem Ohrläppchen. »Lass los. Vertrau mir.«

Ein zufriedenes Brummen entfuhr seiner Kehle, als Mariama ihre Finger vom Stoff löste und das Nachthemd zu Boden glitt. Sie war nun völlig nackt. Langsam trat er einen Schritt zurück, um sie betrachten zu können. Ihr Körper war wunderschön, die sanften Rundungen ihrer Brüste und der Hüfte ein Gegensatz zu der schmalen Taille und den langen, schlanken Beinen. Ihre Haut war so hell, dass sie beinahe durchscheinend wirkte. Einen Kontrast dazu bildeten ihre dunklen Brustwarzen und die rötlichen Haare, die ihre Scham bedeckten. Wie gerne würde er sie von Kopf bis Fuß kosten, seine Finger sehnten sich danach, ihre Haut zu berühren, in sie einzutauchen, während er an ihrer Brust saugte. Nur mit Mühe gelang es ihm, seinen Blick nach oben wandern zu lassen, bis er ihr Gesicht erreichte. Röte überzog ihre Wangen, ihre Zähne hatten sich in die Unterlippe gegraben.

»Könntest du dich vielleicht auch ausziehen? Ich komme mir so … schutzlos vor.« Ihre Stimme stockte und machte Robert klar, wie unsicher sie sich fühlen musste.

»Wie wäre es, wenn du mir dabei hilfst?«

Erregung leuchtete aus Mariamas Augen, als sie zögernd näher trat. Robert ließ seine Arme locker hängen, obwohl er am liebsten nach ihr gegriffen hätte. Doch sie sollte die Gelegenheit bekommen, seinen Körper kennenzulernen, ihn erkunden zu können, ohne dass er sie ablenkte. Seine Hände ballten sich zu Fäusten, als ihre Handflächen zögernd seine Brust berührten. Die Gefühle in Mariamas Gesicht zu beobachten war erotischer als alles, was er bisher erlebt hatte. Wie sollte er es ertragen, wenn sie sich Zeit nahm? Er würde langsam, aber sicher verrückt werden. Ihre Hände glitten zu seinen Schultern und schlüpften unter sein Hemd. Robert biss die Zähne zusammen. Er würde schnell die Beherrschung verlieren, wenn sie so weitermachte. Robert schloss die Augen, als sein Hemd zu Boden fiel und er die Hitze von Mariamas Körper an seiner Haut spürte. Ihre harten Brustwarzen streiften seine Rippen, während sie sich vorbeugte, um über seine Brust zu lecken. Ein scharfes Zwicken ließ ihn die Augen aufreißen. Sie hatte ihn gebissen! Sein Kätzchen lernte sehr schnell.

Sein Lächeln verging, als ihre Finger seine Brustwarzen fanden. Langsam begann seine Erektion zu schmerzen, die in der Hose kaum mehr Platz fand. Er wünschte, er könnte den Schmerz lindern, doch es wäre zu gefährlich. Zu überwältigend könnte der Wunsch sein, seine letzten Kleidungsstücke abzuwerfen und über Mariama herzufallen. Sie war zu ihm gekommen, sie sollte bestimmen, was wann in welcher Geschwindigkeit passierte. Ihre Lippen schlossen sich über seinem Nippel und sandten einen weiteren Hitzestoß durch seinen Körper. Er versteifte sich.

Mariama hob ihren Kopf und sah ihn unsicher an. »Mache ich etwas falsch?«

Es dauerte einen Moment, bis er sprechen konnte. Selbst für seine Ohren klang seine Stimme belegt. »Nein, ganz und gar nicht. Warum denkst du das?«

»Du bist so steif, als könntest du es kaum ertragen, was ich tue.«

Ein verzweifeltes Lachen entstieg Roberts Kehle. »Glaub mir, du machst alles richtig, sogar zu richtig. Es fällt mir schwer, mich zurückzuhalten.«

Sie legte den Kopf schräg, während ihr Finger weiter mit seiner Brustwarze spielte. »Warum solltest du?«

Robert biss die Zähne zusammen. »Weil du sonst innerhalb von zwei Sekunden unter mir auf dem Bett liegen würdest.«

»Oh.« Verlangen verdunkelte ihre Augen. »Und das wäre schlecht?«

Er packte ihre Schultern und brachte sein Gesicht nahe an ihres heran. »Ich möchte dir Zeit lassen, dich an mich zu gewöhnen, aber wenn das nicht in deinem Sinne ist …«

Ein kleines Lächeln umspielte ihre Lippen. »Doch, das ist es.« Damit küsste sie ihn mit einem Verlangen, das ihm den Atem raubte. Seine Finger gruben sich in ihre Schultern, während er versuchte, einen Rest Abstand zu wahren. Keine leichte Aufgabe, wo doch Mariama ihre Hände erneut auf Erkundungstour schickte und sie sich langsam der gefährdeten Zone näherten. Mit einem Protestlaut brach sie schließlich ab. »Wie soll ich dich berühren, wenn du mich nicht lässt?«

Eine berechtigte Frage. Robert zwang sich, Mariama loszulassen, und stöhnte auf, als sie sofort die Gelegenheit ergriff, sich an ihm zu reiben. Ihre Hände strichen über seinen Rücken, fuhren sein Rückgrat bis zum Hosenbund nach. Roberts Haut prickelte, wo sie ihn berührte, seine Sinne spielten verrückt. Er vergrub sein Gesicht in ihren Haaren, während er um seine Beherrschung rang. Seine Finger zitterten, als er sie vorsichtig auf ihre Schultern legte. Die seidige Haut verführte ihn dazu, die Hände nach unten gleiten zu lassen, über ihre Schlüsselblätter zu den Rippen. Sein Daumen berührte die Unterseite ihrer Brust. Mariamas tiefer Atemzug ließ seinen Finger höhergleiten, bis er schließlich ihre Brustwarze streifte. Er fühlte, wie sie erstarrte. Sofort zog er seine Hand zurück, doch sie folgte seiner Bewegung und presste ihre Brust in seine Handfläche.

Seine Augen schlossen sich von selbst, während er auch ihre andere Brust umfasste. Ein Beben lief durch ihren Körper, das sich in seinem fortsetzte. Sein Atem stockte, als ihre Finger sich an seinem Hosenbund entlang auf den Knopf zubewegten. Ein kurzer Moment des Zögerns, dann öffnete er sich, dicht gefolgt vom Ratschen des Reißverschlusses. Endlich war er nicht mehr eingeengt, dafür bereitete die Nähe ihrer Hände, ihres Körpers, ihm andere Schmerzen. Er wollte – brauchte – sie mit einer Macht, die er nie erlebt hatte. Mit Mariamas Hilfe glitt die Hose an seinen Beinen hinunter, sodass er hinaussteigen konnte. Nun gab es nur noch eine Barriere zwischen ihnen, der sich Mariama allerdings genauso schnell entledigte. Sie trat einen Schritt zurück und musterte ihn, wie er sie vorher betrachtet hatte. Die Hände an den Seiten zu Fäusten geballt, zwang er sich, ruhig stehen zu bleiben, während alles in ihm danach drängte, Mariama an sich zu ziehen und seinen Schaft in ihr zu vergraben. Noch nicht, es war zu früh dafür.

»Du bist wunderschön.« Mariamas heisere Feststellung ließ ihm den Schweiß ausbrechen. »Kann ich dich anfassen?«

Robert bemühte sich um Leichtigkeit, die er schon lange nicht mehr empfand. »Das hast du doch die ganze Zeit schon.«

»Ich meinte überall.«

Anstelle einer Antwort hob er sie auf seine Arme und trug sie zum Bett. Ihr überraschtes Aufkeuchen erregte ihn über alle Maßen.

Gemeinsam mit ihr ließ er sich auf die Matratze sinken, sodass sie auf ihm zum Liegen kam. Ihr Gesicht war direkt über seinem. Mit der Zunge strich er über ihren Mund. »Du kannst alles tun, was du möchtest.« *Solange du es schnell tust.*

Mariamas begeistertes Lächeln ließ ihn aufstöhnen. Seine Hände wanderten fast wie von selbst an ihr hinauf, um sie an sich zu ziehen und der Qual ein Ende zu bereiten. Kurz vor ihrem Ziel fing Mariama sie ab und führte sie zu den Querstreben des Kopfteils. »Halte dich gut fest.«

Vielleicht war sie doch nicht so unerfahren, wie er gedacht hatte. Robert zuckte innerlich mit den Schultern und umfasste die Stäbe. Ihm war nur wichtig, dass sie ihren Spaß hatte und es hinterher nicht bereute, sich ihm hingegeben zu haben. Und dafür würde er sorgen.

Mariama kauerte über ihm, ihre Finger strichen durch seine Brusthaare und neckten seine Nippel. Ungewollt hob sich seine Hüfte, sein erigiertes Glied rieb sich an ihr. Mariamas

Augen schlossen sich für einen Moment, während sie sich an ihn presste. Einen Moment später begann sie erneut, ihn zu reizen, mit knabbernden Küssen bewegte sie sich an seinem Körper abwärts. Ihre offenen Haare strichen über seine empfindliche Haut. Seine Hände krampften sich um die Streben des Kopfteils, als er versuchte, sich zurückzuhalten. Ihre Zunge spielte mit seiner Brustwarze, während ihre Hände tieferglitten. Ihre Finger strichen über seine Rippen, tiefer, tiefer … tauchten kurz in seinen Bauchnabel ein, bevor sie weiter hinabglitten. Sein Schaft richtete sich weiter auf, bettelte förmlich darum, berührt zu werden. Mariamas Mund verließ seine Brustwarze und wanderte nach unten. Über seine Rippen, ihre Zunge tauchte in seinen Bauchnabel ein, bevor sie tieferglitt. Robert versuchte, seine Hüfte auf der Matratze zu halten, doch es war unmöglich.

Mit einem tiefen Grollen rollte Robert sich herum und zog Mariama mit sich. Zufrieden, dass sie nun unter ihm lag, stützte er sich über ihr auf, damit er sie nicht erdrückte.

»Ich war noch nicht fertig!« Mariamas Protest wurde abgeschwächt, als sie ihre Arme um ihn schlang und ihn zu sich hinunterzog. Ihre Hände glitten über sein Hinterteil.

Robert biss die Zähne zusammen. »Tut mir … leid, mehr halte ich im Moment nicht aus.« Er beugte den Kopf zu ihr hinunter und knabberte an ihrem Hals. »Ich brauche dich.«

Mariama lächelte ihn an. »Du hast mich.«

Robert fuhr mit der Zunge über ihre Brustwarze. »Noch nicht, aber gleich. Halt dich fest.«

Ihre Brüste hoben sich, als sie gehorsam die Streben des Bettes umfasste. Gierig glitt sein Blick über sie, nahm jedes Detail ihres Körpers in sich auf. Er beugte sich über sie und schloss seinen Mund über ihrer Brustwarze. Zufrieden fühlte er, wie ihr Oberkörper ihm entgegenkam. Er hatte immer geahnt, dass Mariama voll Leidenschaft war, doch es zu erleben, zu sehen, wie sie trotz ihrer Nervosität auf ihn reagierte, war unglaublich. Jeder seiner neckenden Bisse ließ sie aufstöhnen, als er sich an ihrem Körper nach unten arbeitete. Sie versteifte sich, als sein Mund sich ihrer Scham näherte, und so gerne er sie dort kosten würde, wusste er, dass sie dazu noch nicht bereit war. Robert lächelte. Nun, dann hatte er später noch etwas zu entdecken. Die Vorstellung, sie sein Leben lang berühren zu können, war unglaublich erregend. Vorsichtig senkte er sich auf Mariama, sein Penis zwischen ihre Schenkel gebettet. Robert schloss die Augen und biss die Zähne aufeinander. Oh Gott, es fühlte sich so gut an! Seine Lider hoben sich, als ihre Hände sich auf seine Schultern legten.

Besorgnis leuchtete aus ihren Augen. »Geht es dir nicht gut?«

Ein raues Lachen entfuhr ihm. »Wie kommst du darauf?«

Ihr Finger zog die Linien um seinen Mund nach. »Du siehst so aus, als ob dir etwas wehtut.«

Robert küsste ihren Finger. »Es könnte mir nicht besser gehen.«

Die Erregung in ihrem Gesicht war sein Untergang. Mit einem tiefen Knurren stürzte er sich auf ihren Mund, während er gleichzeitig seinen Schaft näher an sie drängte. Er konnte ihre Hitze und Feuchtigkeit spüren, das Zucken ihrer Muskeln. Der Kuss war wild und ungestüm, ihre Zungen wanden sich in einem leidenschaftlichen Tanz umeinander. Roberts Arme zitterten, am liebsten hätte er sich vollständig auf Mariama gelegt, doch er hatte Angst, sie zu erdrücken. Stattdessen lehnte er sich auf seine Ellbogen, sodass er die Hände frei hatte, um ihre aufgerichteten Brustwarzen zu stimulieren. Mariama bog den Rücken durch, um ihm noch näher zu sein. Ihre Brüste drängten sich in seine Handflächen, bettelten um mehr.

Robert biss die Zähne zusammen, als er sich langsam von ihr löste und sich neben ihr aufstützte. Ihr protestierender Laut erregte ihn, ließ ihn wünschen, er könnte in sie dringen, jetzt sofort, doch er wollte es noch hinauszögern. Sein Mund schloss sich über ihrer Brustwarze, während er seine Hände über ihren Körper gleiten ließ. Ihre weiche Haut fühlte sich wunderbar an. Er rückte wieder näher an sie, sein Glied an ihrer Hüfte, sein Oberkörper halb auf ihrem, während er an ihrer anderen Brustwarze saugte. Mariamas Stöhnen trieb ihn an, härter zu saugen, während er mit seinem Brustkorb über ihre andere Brust strich. Seine Hand dagegen wanderte tiefer, formte ihre Rippen nach und erreichte endlich ihr Ziel. Erneut zuckte Mariama zusammen, als er ihre Scham berührte, doch anstatt ihn aufzuhalten, schlang sie ihren Arm um seinen Nacken und presste ihn enger an ihre Brust. Unwillkürlich hob sich ihre Hüfte seiner Hand entgegen.

Eine Einladung, die er nicht ausschlagen konnte. Seine Finger glitten tiefer, berührten sachte ihre empfindliche Haut. Mariama zitterte, ein Keuchen drang aus ihrer Kehle.

»Schsch, ganz ruhig.« Robert rieb mit seiner Zunge über ihre Brustwarze, schloss vorsichtig seine Zähne darum. Die Ablenkung funktionierte, Mariama war ganz von den Gefühlen gefangen, die sein Mund auslöste, und entspannte sich wieder. Sanft strich Robert mit den Fingerspitzen über die Innenseite ihrer Schenkel und legte schließlich seine Handfläche über ihre Scham. Wieder hob sich Mariamas Hüfte, doch diesmal wartete er, bis sie sich an seine Berührung gewöhnt hatte, bevor er sie mit den Fingern stimulierte. Sein Schaft sehnte sich schmerzhaft danach, in sie einzutauchen, ihre Enge zu spüren. Schweiß perlte über seinen Rücken, während er versuchte, seine eigene Leidenschaft zu zügeln. Sein Finger glitt zwischen ihre Beine, tauchte in die Feuchtigkeit. Nicht mehr lange …

Er strich über ihre Klitoris und erfreute sich an Mariamas unverstellter Reaktion. Dann schob er sein Knie über sie und drückte ihre Beine auseinander, sodass er leichteren Zugang hatte. Langsam tauchte sein Finger in sie ein und entlockte ihr einen heiseren Schrei. Sein Glied rieb über ihre Hüfte. Während er sie weiter streichelte, schob er einen zweiten Finger in sie, testete ihre Bereitschaft, weitete sie für sein Eindringen.

»Robert, ich …« Mariama verstummte, als er begann, seine Finger herauszuziehen, um sie gleich darauf wieder tief einzutauchen. Ein heftiger Schauer durchfuhr sie.

Seine Zunge strich über ihre Brustwarze. Mariamas Hände krallten sich in seinen Rücken, gruben sich in seine Haare und drückten seinen Mund härter an ihre Brust. Ihr Körper wusste instinktiv, was er brauchte, und übernahm das Kommando. Robert saugte an ihr, während seine Finger in sie stießen. Hinein, hinaus, hinein … Mariama spannte sich an, ihr Rücken hob sich von der Matratze, als sie den Höhepunkt erreichte. Langsam zog er die Finger zurück und streichelte sie, bis die Zuckungen abebbten. Fasziniert beobachtete Robert ihr von Leidenschaft erhitztes Gesicht. Obwohl seine Erektion schmerzte, genoss er diese Augenblicke der Ruhe, die Möglichkeit, Mariama einfach nur ansehen zu können.

Schließlich öffneten sich ihre Augen, tiefschwarze Seen der Leidenschaft. Eine Gänsehaut lief über Roberts Rücken. Behutsam strich er eine Haarsträhne aus ihrem Gesicht.

»Das war … wundervoll.« Ihre Stimme klang tief und samtig.

Robert lächelte sie an. »Ja.«

Unsicher sah sie ihn an. »Aber du hast doch nicht …« Sie brach ab und presste die Lippen zusammen.

»Nein, aber das muss ich auch nicht, um es schön zu finden. Ich liebe es, dich zu berühren.« Er küsste ihre Brustspitze.

Ihre Augenbrauen zogen sich zusammen. »Heißt das, du willst gar nicht … ich meine …«

Robert lachte auf. »Oh doch, ich will. Der Beweis dafür ist wohl nicht zu übersehen.« Sein Herz blieb beinahe stehen, als Mariama den Oberschenkel anhob und an seinem Schaft rieb. Zischend atmete er aus. »Aber ich möchte dich nicht dazu drängen. Wenn du lieber bis zur Hochzeitsnacht warten möchtest …«

Mariama umfasste sein Gesicht mit ihren Händen. »Glaubst du, ich habe es mir nicht gut überlegt, als ich heute Abend zu dir gekommen bin?« Sie deutete auf den Boden. »Reich mir bitte meinen Morgenmantel.«

Mit einem Ruck rollte er sich herum, angelte den Morgenmantel vom Boden und hielt ihn ihr hin. Doch sie schlüpfte nicht hinein, wie er es befürchtet hatte, sondern zog ein flaches Päckchen aus der Manteltasche und hielt es ihm hin. Als er erst das Päckchen und dann sie anstarrte, breitete sich verlegene Röte in ihrem Gesicht aus.

»Ich hoffe, das ist das Richtige. Mir fehlt ein wenig die Erfahrung, was solche Dinge betrifft.«

Robert hatte Mühe, seinen Mund aufzubekommen. »Es ist richtig. Ich hatte nur nicht erwartet …« Er schüttelte verwundert den Kopf. »Wo hast du die Kondome herbekommen? Kramer führt sie sicher nicht.«

Mariama lachte. »Ich hatte eine Packung aus Deutschland mitgebracht, warum, weiß ich selber nicht genau, eher so etwas wie ein hoffnungsvolles Souvenir.«

Robert nahm sie ihr aus der Hand. Das unbändige Verlangen, sie unter sich zu ziehen und zu küssen, bis ihnen beiden die Luft wegblieb, durchzuckte Robert. Warum sollte er diesem Impuls nicht nachgeben? Er ließ die Schachtel auf die Matratze fallen und schob sich über Mariama.

»Robert …« Erstaunt sah sie zu ihm auf.

Sein Mund senkte sich auf ihren, er küsste sie mit all der Leidenschaft, die er für sie empfand. Zärtlich knabberte er an ihren Lippen. »Ich liebe es, wie du meinen Namen sagst.« Als sie zu einer Antwort ansetzte, legte er seine Finger über ihren Mund. »Genug geredet, ich möchte in dir sein, dich lieben.«

»Du bist derjenige, der die … Kondome weggeworfen hat.« Ihr Körper bewegte sich ihm entgegen, als er an ihrer Brust saugte. Sie schob seinen Kopf zur Seite, um ihn daran zu hindern, sie weiter abzulenken. Ernst sah sie ihn an. »Möchtest du Kinder haben?«

Sie fühlte, wie er erstarrte. Mariama biss sich auf die Lippe und sah Robert unsicher an. Vorher hatte sie gar nicht darüber nachgedacht, wie viel ihr an seiner Antwort lag, doch jetzt spürte sie es mit jedem Herzschlag, während er stumm auf ihr lag und sie mit einem undeutbaren Gesichtsausdruck ansah.

»Ja, ich möchte sehr gerne Kinder haben. Später, wenn wir verheiratet sind und wir uns ein gutes Leben aufgebaut haben.« Sein Blick war fragend. »Wie siehst du es?«

Mariama entspannte sich. »Genauso. Ich liebe Kinder, aber noch ist alles zu neu für mich, es wäre zu früh.«

Robert lächelte erleichtert. »Dann ist es gut, dass du an die Kondome gedacht hast, sonst hätte ich jetzt ein kleines Problem.«

Langsam rieb Mariama sich an seiner Erektion. »Eher ein großes.«

Hatte sie vorher schon gedacht, dass Robert leidenschaftlich war, spürte sie erst jetzt die wahre Tiefe seiner Erregung. Er schien überall zugleich zu sein, jede Stelle ihres Körpers mit Händen und Lippen zu berühren und sie dabei immer wieder an den Rand eines Orgasmus zu führen. Sie wusste nun, was sie erwartete, und wollte mehr, wollte wieder über die Klippe springen und sich in ihren Gefühlen verlieren. Dann, endlich, griff er nach dem Päckchen und zog ein Kondom heraus. Mariama konnte den Blick nicht abwenden, als Robert es sich überstreifte. Am liebsten hätte sie selber die dünne Hülle über seine eindrucksvolle Erektion geschoben, doch das traute sie sich nicht. In Zukunft würde sie noch oft Gelegenheit haben, ihn zu berühren, wie und wann sie wollte. Ihr Körper zog sich erwartungsvoll zusammen.

»Mariama?«

Mit Mühe gelang es ihr, den Blick zu Robert zu heben. »Was ist?« War es wirklich ihre Stimme, die so heiser und verlangend klang? Es erregte sie, die Leidenschaft in Roberts Augen zu sehen, zu wissen, dass er es genoss, mit ihr zusammen zu sein. Dass ihr Körper ihm gefiel und ihm Vergnügen bereitete.

Anscheinend fand er die Antwort auf seine nicht gestellte Frage in ihren Augen. Ohne ein weiteres Wort schob er seine Knie zwischen ihre Beine und legte sich über sie. Sein Penis drängte sich an ihre Mitte und entfachte ein unglaubliches Verlangen in ihr, das sie zittern ließ. Sie grub ihre Fingernägel in Roberts Rücken, doch sie merkte es gar nicht, so sehr war sie in diesen für sie unbekannten Gefühlen gefangen. Hitze überschwemmte ihren Körper, Feuchtigkeit bildete sich in ihrem Schoß. Unruhig bewegte sie sich unter Robert. Worauf wartete er noch? Als hätte er ihre stumme Frage gehört, schob er sich ein Stück in sie. Zu wenig, viel zu wenig! Mariama hob ihre Hüfte, um ihn tiefer in sich zu ziehen, doch Robert folgte ihrer Bewegung.

Seine Stirn berührte die ihre. »Langsam, wir haben alle Zeit der Welt. Ich möchte dir nicht wehtun.«

»Das tust du nur, wenn du nicht endlich zu mir kommst.«

Ein Lachen drang aus Roberts Brust, als er ihren Mund mit

seinem gefangen nahm. Seine Zunge schlüpfte hinein und rieb sich an ihrer, während seine Hand zwischen ihre Körper glitt und ihre Hitze umfing. Mariama gab einen gierigen Laut von sich, der kurz darauf in ein Stöhnen überging, als Robert sie geschickt stimulierte. Erneut baute sich die Spannung in ihr auf, ihr Becken löste sich von der Matratze und hob sich ihm instinktiv entgegen. Mehr, sie wollte mehr! Und Robert gab ihr mehr. Langsam, Stoß für Stoß drang er tiefer in sie, bis er an ihre Barriere stieß. Mariama fuhr zusammen, schlang die Arme aber fester um ihn, als er sich zurückziehen wollte. »Komm zu mir.« Als er immer noch zögerte, hob sie ihm ihre Hüfte entgegen. »Bitte.«

Mit einem rauen Laut stieß er in sie, fester diesmal, bis er vollständig in ihr war. Nach einem winzigen Moment des Schmerzes genoss Mariama das Gefühl, mit Robert so intim verbunden zu sein. Er pulsierte in ihr, obwohl der Rest seines Körpers still über ihr verharrte.

Nach einer Weile, die ihr wie eine Ewigkeit erschien, begann er sich in ihr zu bewegen, und jeder Gedanke entfloh Mariama, als die Gefühle in ihr explodierten. Ihre Hüfte kam automatisch jedem Stoß entgegen, schneller, immer schneller, während sich die Spannung in ihr aufbaute. Ihre Fingernägel krallten sich in seinen Rücken, ihre Beine schlangen sich um seine Hüfte. Ein zufriedenes Knurren drang aus Roberts Kehle. Seine Finger trieben sie immer weiter, verstärkten die Gefühle ins Unermessliche. Jeder Atemzug kam wie ein Stöhnen aus ihrer Kehle, ihr Herz hämmerte in ihrer Brust. Höher, immer höher wurde sie hinaufgetragen, bis schließlich in einer gewaltigen Welle der Höhepunkt über sie kam. Sie schrie auf, während ihre Hüfte sich reflexartig hob und Roberts Schaft damit noch tiefer in sie stieß. Instinktiv klammerte sie sich mit aller Kraft an ihn. Robert beugte sich zu ihr hinunter und knabberte an ihrem Hals. Mariama erschauerte, als er begann, sich wieder in ihr zu bewegen. Zuerst langsam, rhythmisch, dann immer schneller. Ein weiterer gewaltiger Stoß, dann erstarrte er über ihr.

Fasziniert betrachtete Mariama seinen Gesichtsausdruck, intensiv, entrückt, fast ein wenig, als litte er an Schmerzen. Sein Schaft zuckte in ihr, löste ein zitterndes Nachbeben in ihr aus. Schließlich entspannte sich seine Miene, und sein Körper sackte auf ihr zusammen. Mariama genoss es, sein Gewicht auf sich zu spüren, seinen rasenden Herzschlag und die Feuchte seiner Haut. Sie schlang ihre Arme um ihn und küsste sein Ohr. Zu Hause, sie war endlich angekommen.

10

Robert schaffte es nicht, das Grinsen zu unterdrücken, als er das Firmengebäude betrat. Die erste Hälfte der Woche war er im Land unterwegs gewesen. Doch seit er die Nacht mit Mariama verbracht hatte, war er geradezu lächerlich gut gelaunt. Es hatte sich unglaublich angefühlt, ihr so nahe zu sein, in sie einzutauchen und zu spüren, wie sie …

»Nach deinem Gesichtsausdruck zu urteilen, hat sie Ja gesagt.« Es war Michael Hermanns Stimme, die hinter ihm erklang.

Seine gute Laune war mit einem Mal verflogen. Die Erinnerung an ihr letztes Zusammentreffen war noch zu frisch, als dass er so tun konnte, als wäre nichts geschehen. Langsam drehte er sich zu ihm um. »Ja, hat sie.«

Michael streckte die Hand aus. »Ich gratuliere und wünsche euch alles Gute.«

Nichts in seinem Gesichtsausdruck deutete darauf hin, dass er die Glückwünsche nicht ernst meinte, also ergriff Robert die Hand. »Danke.« Rasch wechselte er das Thema. »Gibt es etwas Neues bei Bodmin?«

Michael ging neben ihm den Gang zu den Büros entlang. »Das Übliche. Dein Schreibtisch ist übrigens ziemlich vollgepackt, es sieht so aus, als müsstest du erst einmal die Arbeit von Hopkins übernehmen.«

»Hopkins? Wer ist das?«

Michael sah ihn mit hochgezogenen Brauen an. »Der, dessen Arbeit du am Freitag noch erledigen durftest, statt Feierabend zu machen. Das solltest du doch noch wissen, auch wenn dein Wochenende …«

Robert unterbrach ihn. »Den Namen hat mir niemand gesagt.«

»Ach so, verstehe. Wirklich tragisch, was passiert ist.«

Verwirrt sah Robert ihn an. »Tragisch? Ich dachte, er hat gekündigt.«

»Ach ja, du warst ja unterwegs. Er ist am Wochenende bei einem Autounfall ums Leben gekommen. Seine Frau und die beiden Kinder waren mit ihm im Wagen.«

Robert blieb stehen und starrte ihn an. »Alle tot?«

»Ja. Das Auto ist einen Abhang hinuntergestürzt, da war nichts mehr zu machen.«

»Oh mein Gott. Es ist schlimm, wenn eine ganze Familie durch einen Unfall ausgelöscht wird. War die Beerdigung schon?«

»Sie ist heute Nachmittag. Warum, willst du hingehen?« Es war eine normale Frage, aber Michaels Gesichtsausdruck wirkte seltsam, so, als hielte er es für keine gute Idee.

»Ja, vielleicht. Irgendwie habe ich das Gefühl, ich bin es einem Kollegen schuldig.« Michael schien anderer Meinung zu sein, es lag eine deutliche Warnung in seinen Augen, aber Robert ignorierte es. »Weißt du, wann und wo die Beerdigung ist?«

»Nein, aber guck einfach ans Schwarze Brett, da hängt der Zeitungsartikel mit dem Bericht zum Unfall und den Details zur Beisetzung.«

»Danke, mache ich.«

Nachdem Michael in seinem Büro verschwunden war, eilte Robert den Gang zurück zur Pinnwand, an der neben Verhaltensregeln für Mitarbeiter auch aktuelle Nachrichten angeschlagen waren. Meist überflog er nur die geologischen

Fachartikel und dergleichen, Personalien beachtete er fast gar nicht. Doch der Fall Hopkins beschäftigte ihn. Vielleicht lag es an Michaels merkwürdigem Gesichtsausdruck. Er hatte ausgesehen, als wüsste er mehr, dürfte aber nicht darüber sprechen. Unsinn, das war reine Spekulation. Manche Menschen redeten nicht gern über Tod und Beerdigungen, vielleicht gehörte Michael dazu.

Robert ließ den Blick über die vielen Zettel wandern, bis er schließlich den Zeitungsartikel fand. Er war überraschend lang, sogar ein Familienfoto der Verstorbenen war abgebildet. Seine Kehle zog sich zusammen, als er die beiden lachenden Kindergesichter sah. Es schien ihm unbegreiflich, dass sie nun tot sein sollten. Ihre Mutter wirkte etwas schüchtern, aber in ihrem Blick war deutlich die Liebe zu erkennen, die sie ihren Töchtern entgegenbrachte. Ihr Mann hatte seinen Arm um ihre Schultern gelegt und sah ein wenig verlegen drein, als fühlte er sich in der Gegenwart des Fotografen nicht wohl. Robert beugte sich vor. Irgendwoher kannte er das Gesicht … Ja, am vorigen Freitag hatte er ihn das erste Mal gesehen. Er war der Mann, der auf dem Parkplatz von den Muskelmännern aufgehalten und von Harm Koller zusammengestaucht worden war. Etwa weil er gekündigt hatte? Und aus welchem Grund hatte er das getan? Sicher war es keine einfache Entscheidung gewesen, wenn er eine Familie zu ernähren hatte. Aber darüber konnte er nur spekulieren, Hopkins würde es ihm nicht mehr sagen können.

»Eine tragische Geschichte.«

Erschrocken zuckte Robert zusammen. Er hatte niemanden kommen hören, doch nun stand Nicolas Peltier neben ihm, den Blick ebenfalls auf den Artikel gerichtet. Sein Gesichtsausdruck war leer, weder Ärger noch Betroffenheit waren ihm anzusehen, wie man es vielleicht erwarten konnte, wenn ein Angestellter auf derart tragische Weise ums Leben kam.

»Ja.«

Peltiers Blick bohrte sich in den seinen. »Kannten Sie Hopkins?«

Robert hatte den deutlichen Eindruck, dass der Südwestafrika-Chef ihn aushorchen wollte. »Nicht näher, höchstens im Vorbeigehen.«

»Ah.« Peltier nickte. »Er war ein guter Mann, sehr gewissenhaft. Als er hier vor fünf Jahren angefangen hat, war er ähnlich enthusiastisch wie Sie. Ein echter Geologe aus Leidenschaft.«

»Warum hat er dann gekündigt?« Sowie die Worte heraus waren, erkannte er, dass er sie besser für sich behalten hätte.

Peltiers Augenbrauen zogen sich zusammen, und sein ohnehin schon schmaler Mund wurde noch dünner. »Woher wissen Sie das?«

Robert zuckte mit den Schultern. »Ich habe am Freitag seine Arbeit zugewiesen bekommen.«

Peltier entspannte sich sichtlich. »Ah, c'est bien. Das wusste ich nicht. Ich werde Koller bitten, die Arbeitslast aufzuteilen, Sie können schließlich nicht für zwei arbeiten.«

»Für eine Übergangszeit schaffe ich das schon. Geben Sie mir Bescheid, wenn Sie einen Nachfolger gefunden haben, dann leite ich die Akten sofort weiter.« Robert nahm sich vor, die Unterlagen etwas genauer zu studieren, auch wenn er nicht wusste, was er darin finden würde.

Für einen Moment sah es so aus, als wollte Peltier etwas dagegen vorbringen, doch dann nickte er nur. »Wir wissen Ihren Einsatz zu schätzen.«

»Freut mich. Auf Wiedersehen.« Robert wandte sich zum Gehen.

»Herr Wolf, eine Sache noch …«

Mit einem unguten Gefühl blieb Robert stehen und sah Peltier abwartend an.

»Herzlichen Glückwunsch zur Verlobung. Fräulein Fechner ist wirklich eine bezaubernde Frau.«

Robert hatte mit vielem gerechnet, nur nicht damit. Es dauerte einige Augenblicke, bis er antworten konnte. »Woher wissen Sie davon?« Hatte Michael ihn informiert? Aber wie hätte er das so schnell machen können, er wusste es ja selbst erst seit einigen Minuten.

Peltiers Lächeln war mehr als unangenehm. »Wir haben so unsere Quellen. Im Namen der Firma wünsche ich Ihnen beiden alles Gute.«

»Danke.« Robert bemühte sich, langsam zu gehen, um sich keine Blöße zu geben. In seinem Nacken prickelte es, während er den Blick seines Chefs noch auf sich spürte.

Endlich in seinem Büro angekommen, schloss er die Tür hinter sich und atmete tief durch. Er hatte Peltier nie sonderlich gemocht, der Mann war ihm viel zu kalt und glatt vorgekommen, doch bisher hatte Robert es ignorieren können, weil er nur selten mit ihm zu tun hatte. Woher wusste der Firmenchef von seiner Verlobung, und warum interessierte er sich überhaupt dafür? Hatte in Peltiers Worten eine Warnung gelegen, sich nicht gegen das Unternehmen zu stellen? Anscheinend wussten sie mehr über ihn, als er gedacht hatte. Robert schüttelte den Kopf. Nein, was hätte ein großes Unternehmen wie Bodmin davon, seine Angestellten durch versteckte Drohungen einzuschüchtern? Vermutlich hatte er sich das alles nur eingebildet, weil ihn Hopkins' Tod sehr beschäftigte und Peltier im zwischenmenschlichen Umgang einfach etwas steif war. Robert ließ sich auf den Stuhl sinken und starrte auf seinen Schreibtisch. Hopkins' Akten lagen in mehreren Stapeln darauf verteilt. Sie entfachten seine Neugier. Zögernd legte er seine Hand auf die oberste Mappe. Auch wenn es vermutlich vertane Zeit war, würde er sie überprüfen, vielleicht fiel ihm ja irgendetwas auf.

Einige Stunden später setzte er sich im Stuhl zurück und rieb sich über seine schmerzenden Augen. Nichts. Die Unterlagen betrafen ganz normale Vorgänge, Landkäufe, Verhandlungen, geologische Daten – nichts, was einen Hinweis darauf gab, warum Hopkins gekündigt hatte. Vielleicht waren die Akten nicht vollständig. Oder die Kündigung hatte ganz andere Gründe gehabt und es gab hier überhaupt nichts zu entdecken. Robert sah auf die Uhr. Es war Zeit, zum Friedhof zu fahren, wenn er nicht zu spät kommen wollte. Widerwillig holte er das schwarze Jackett aus dem Schrank, das er für offizielle Anlässe dort aufbewahrte, nahm seine Aktentasche und verließ das Büro. Erleichtert atmete er auf, als er den Jeep erreichte, ohne dass ihn jemand angesprochen hatte. Er wollte nicht erklären müssen, warum er die Beerdigung eines Mannes besuchte, den er gar nicht gekannt hatte. Genau genommen hasste er Beerdigungen. Und Friedhöfe. Und Kirchen.

Erneut prickelte es in seinem Nacken. Unbehaglich sah Robert zum Gebäude zurück, doch es war niemand zu sehen. Rasch stieg er in den Wagen und startete den Motor. Der Weg zum Friedhof führte quer durch Windhoek, vorbei am Bahnhof, an malerischen Kolonialzeithäusern und Geschäften. Es waren viele Menschen unterwegs, aber alles lief langsamer ab als in einer deutschen Innenstadt. Er hatte sich bemüht, sich dem hiesigen Tempo anzupassen, doch manchmal konnte er seine Ungeduld nicht unterdrücken. Vielleicht würde der Impuls mit der Zeit vergehen, und dann würde es ihm in Deutschland zu hektisch zugehen, wenn er dorthin zurückkehrte. Robert rieb sich über den Mund, als der Gedanke in ihm nachhallte. *Falls* er zurückkehrte. Mariama gehörte nun zu seinem Leben, und er war sich ziemlich sicher, dass sie ihre Zukunft in Südwestafrika sah. Es wäre nicht richtig, ihr die Heimat zu nehmen, nur damit er selbst in seine zurückkehren konnte.

Ganz davon abgesehen, dass er sich hier trotz der Probleme bei der Arbeit wohlfühlte und die Weite und das Gefühl von Freiheit in dieser Landschaft genoss. Es würde ihm schwerfallen, sein Grundstück zu verlassen, und auch Elise, Karl und vor allem Mugambo würden ihm fehlen. Seine Stimmung verdüsterte sich, als er an Klaus' Bericht über die Ermittlungen wegen des Unglücks in Norwegen dachte. Es wurde sowohl gegen die Betreiberfirma des Kraftwerks ermittelt als auch gegen die Behörde, die den Bau genehmigt hatte, ohne ein zweites Gutachten einzuholen. Es würde nicht lange dauern, bis sie die Untersuchung nach Deutschland ausweiteten.

Vor dem Tor des Friedhofs lenkte Robert den Wagen in eine Parklücke. Er stellte den Motor ab und saß für einen Moment in der willkommenen Stille, während er den Blick über das Gräberfeld schweifen ließ. Nicht weit vom Zaun entfernt waren vier frische Grabstellen ausgehoben, einige Menschen standen in kleinen Grüppchen in der Nähe. Ein Schauder lief ihm über den Körper, und er wünschte sich, einfach weiterfahren zu können. Nach Hause, zu Mariama. Er hatte hier nichts verloren, er kannte die Verstorbenen nicht einmal. Trotzdem öffnete er die Tür, stieg aus, nahm sein Jackett vom Beifahrersitz und zog es über. Der angenehm kühle Wind trug den Geruch von frischer Erde und Blumen mit sich. Robert vergrub die Hände in den Taschen und betrat den Friedhof. Ein Stück entfernt fand er einen Ort, an dem er die Beerdigung verfolgen konnte, ohne die Trauernden zu stören. Aufmerksam beobachtete er die kleine Gruppe, doch es schien niemand von Bodmin darunter zu sein. Hielten sie es nicht für nötig zu erscheinen, weil Hopkins am Freitag gekündigt hatte? Oder steckte mehr dahinter?

Robert fröstelte. Nur weil es einen Streit zwischen Hopkins und dem Personalchef gegeben hatte und Peltier sich merkwürdig benahm, hieß das nicht, dass die Firma etwas mit dem Tod der Familie zu tun hatte. Wahrscheinlich ging seine Fantasie mit ihm durch, und es war tatsächlich nur ein tragischer Unfall gewesen. Aber irgendetwas hielt ihn davon ab, sich umzudrehen und den Friedhof zu verlassen. Mit schweren Gedanken beobachtete er die Trauerzeremonie. Blumen und Erde wurden von den Trauergästen in die ausgehobenen Gräber geworfen, eine ältere Frau brach weinend zusammen. Ein junger Mann, der eine gewisse Ähnlichkeit mit Hopkins hatte, trat zu ihr und stützte sie, sein Gesichtsausdruck eine Mischung aus Trauer und Wut. War er ein Bruder des Verstorbenen? Ein Druck legte sich auf Roberts Brust. Es war ein Fehler gewesen, herzukommen. Vorher war Hopkins für ihn ein Fremder gewesen, den er schnell wieder vergessen hätte, doch jetzt kam es Robert so vor, als hätte er ein Stück von seinem Leben kennengelernt, für das er Verantwortung übernehmen musste.

Robert bemühte sich, unauffällig in eine andere Richtung zu blicken, als die Trauernden an ihm vorbei zu ihren Autos gingen. Schluchzen und leises Murmeln drangen an seine Ohren, während er auf einen Grabstein starrte. Wenn alle weg waren, würde er den Toten die letzte Ehre erweisen und dann so schnell wie möglich zur Farm zurückfahren. Er brauchte jetzt Leben um sich herum, Freude, Glück, alles, was diese dumpfe Leere in ihm auszufüllen vermochte. Mariama. Er würde …

»Wer sind Sie?«

Die harte Stimme riss Robert aus seinen Gedanken. Abrupt fuhr er herum und fand sich dem jungen Mann gegenüber, den er am Grab gesehen hatte. Seine Trauer war nun überlagert von Misstrauen und Wut, die Haut spannte über seinen Gesichtsknochen. Robert antwortete auf Englisch. »Mein Name ist Wolf. Mein Beileid.«

Für einen Moment trat übermächtiger Schmerz in die wasserblauen Augen seines Gegenübers. Dann verhärtete sich sein Gesichtsausdruck wieder. »Woher kennen … kannten Sie meinen Bruder? Oder waren Sie ein Freund von Lydia?«

Lydia war vermutlich die Frau. »Ich kannte Ihren Bruder nicht besonders gut.« Eigentlich gar nicht. »Aber ich fand es wichtig, zu seiner Beerdigung zu kommen. Es tut mir wirklich leid …«

Der Mann ließ ihn nicht ausreden. »Dann gibt es nur zwei Möglichkeiten.« Er trat näher an Robert heran, heiße Wut stand in seinen Augen. »Entweder sind Sie der Fahrer, der meinen Bruder und seine Familie auf dem Gewissen hat, oder Sie sind einer von diesen Bodmin-Bastarden.«

»Ich habe ganz sicher nichts mit dem Tod Ihres Bruders und seiner Familie zu tun.« Robert holte tief Luft. »Ich arbeite bei Bodmin, ja. Mir wurden die Unterlagen Ihres Bruders zugewiesen, nachdem er gekündigt hatte. Heute Morgen habe ich dann erfahren, dass er verstorben ist, und ich hatte das Gefühl …«

»Sollen Sie nachprüfen, ob er auch wirklich tot ist? Da kann ich Sie beruhigen, das ist er, genauso wie seine Frau und seine beiden kleinen Töchter, Phyllis und Chrissie.« Die Stimme des Mannes schwankte, als er die Namen seiner beiden Nichten nannte.

»Gott, nein!« Robert war klar, dass der Mann ihm sowieso nicht glauben würde, am besten zog er sich jetzt zurück. »Ganz sicher wollte ich das nicht.« Er trat einen Schritt zurück. »Ich wollte nur meine Erschütterung zum Ausdruck bringen über diesen schrecklichen Unfall, dem Ihr Bruder und seine Familie zum Opfer gefallen sind, das ist alles.« Robert wandte sich zum Gehen.

»Sie glauben nicht wirklich, dass es ein Unfall war, oder?«

Robert erstarrte. »Was meinen Sie?«

»Bei einem Unfall hätte der andere Fahrer doch wohl angehalten und den Verunglückten geholfen oder zumindest einen Krankenwagen gerufen. Aber das hat er nicht, meine Schwägerin ist gestorben, weil ihre Verletzungen nicht rechtzeitig behandelt wurden.« Hopkins sah sich unruhig um. »Also hat er Fahrerflucht begangen oder es darauf angelegt, dass sie umkommen.«

»Warum sollte jemand so etwas tun?«

Hopkins hob die Schultern. »Rache vielleicht. Oder um meinen Bruder zum Schweigen zu bringen.«

Robert rieb sich über die Stirn, die zu schmerzen begann. »Schweigen worüber?«

»Das sollten Sie eigentlich besser wissen.« Hopkins betrachtete die Gräber, ein Ruck ging durch seinen Körper. »Ich muss jetzt gehen.«

»Warten Sie. Erzählen Sie mir, was Sie wissen.«

Der Mann schüttelte den Kopf. »Ich habe schon zu viel gesagt. Ich möchte nicht noch mehr Mitglieder meiner Familie verlieren.« Damit wandte er sich zum Gehen.

Robert folgte ihm. »Wollen Sie damit sagen, sie sind ermordet worden? Von wem?«

Hopkins blieb stehen. »Sie sollten sich eines fragen: Wie passt es zusammen, dass ein Mann seine Arbeit kündigt, daraufhin massiv von seinem Arbeitgeber bedroht wird und wenige Tage später bei einem merkwürdigen Unfall ums Leben kommt?«

»Ich habe gesehen, wie der Personalchef ihn angeschrien hat …«

»Also wissen Sie, dass ich die Wahrheit sage.«

Robert rieb sich über den Mund. »Es kann ein Zufall gewesen sein.«

Hopkins' Blick bohrte sich in den seinen. »Ja? Dann schlage

ich vor, Sie überprüfen einmal, wie es dem Reporter ergangen ist, der meinen Bruder neulich kontaktiert hat.«

Robert verschlug es den Atem. »Wollen Sie damit sagen, er wurde ebenfalls …«

»Ich sage gar nichts, denn ich habe eine Familie zu verlieren. Machen Sie, was Sie wollen, ich will mit Bodmin nichts zu tun haben. Das Unternehmen hat genug Unglück über uns gebracht.« Hopkins nickte ihm zu. »Viel Glück.«

Robert legte seine Hand auf Hopkins' Arm, um ihn aufzuhalten. »Warten Sie, warum hat Ihr Bruder überhaupt gekündigt?«

Die Lippen des anderen verengten sich zu einem dünnen Strich. »Ich weiß es nicht. Er wollte es mir am Telefon nicht sagen, er meinte nur, er wolle sein Glück woanders versuchen. Es erschien mir wie eine Ausrede, etwas, das er sagte, um die wahren Gründe zu verschleiern. Ich wünschte, ich wäre sofort zu ihm gefahren und hätte mit ihm geredet. Dann wären sie vielleicht heute noch am Leben.« Eine Träne lief über seine Wange. Abrupt wandte Hopkins sich um und strebte dem Ausgang zu.

Aufgewühlt sah Robert ihm nach, bis das Auto verschwunden war. Nur langsam wurde er sich wieder seiner Umgebung bewusst. Er war alleine auf dem Friedhof, bis auf den Mann, der die Gräber schließen würde. Gedanken rasten ihm durch den Kopf, während er sich auf den Weg zum Jeep machte. Was genau hatte er hier erfahren? Entsprachen Hopkins' Vermutungen der Wahrheit, oder wollte er nur einen Schuldigen für den Tod von Menschen finden, die er geliebt hatte? Es war beides möglich, doch Roberts Gefühl sagte ihm, dass an den Vermutungen etwas dran sein könnte, nachdem sich Karls Anschuldigungen gegen Bodmin zu bewahrheiten schienen. Aber wie konnte er die Sache überprüfen? Er bezweifelte, dass in

Hopkins' Unterlagen eine Notiz darüber zu finden war, was er entdeckt hatte.

Robert verzog den Mund. Warum hatte er sich nicht schon viel früher mit den Vorgängen in dem Unternehmen beschäftigt? Karl hatte ihm immer wieder gesagt, dass etwas bei Bodmin nicht stimmte, doch er hatte es lange Zeit nicht wahrhaben wollen. Anfangs war das sicherlich verständlich, denn schließlich war die Firma der einzige Anker gewesen, den er hier in der Fremde hatte, seine Arbeit das Einzige, was seinem Leben Sinn gab. Doch inzwischen hatte er Mariama, ihre Familie, Mugambo und nicht zuletzt sein Land. Deshalb sah er jetzt genauer hin als früher und bemerkte auch Dinge, die ihm vor einiger Zeit noch entgangen waren. Bisher waren ihm zwar einige unschöne Geschäftspraktiken aufgefallen, aber soweit er es beurteilen konnte, war nichts davon eindeutig illegal, und er hatte auch keine Informationen, die so geheim gewesen wären, dass sie unbedingt hätten geschützt werden müssen. Was für ihn bisher noch kein wirklicher Grund zum Kündigen gewesen war, besonders, weil er auf die Arbeit angewiesen war, wenn er in Namibia leben wollte. Doch nun sah es anders aus. Arbeitete er für ein Unternehmen, das ohne Skrupel eine ganze Familie auslöschen würde, um sie zum Schweigen zu bringen? Und wenn es so war, was wollten sie damit schützen? Auch wenn Peltier ein Sicherheitsfanatiker war, das traute er selbst ihm nicht zu.

Auf genau diese Fragen würde er Antworten finden müssen, vorher konnte er nicht mit seiner Arbeit fortfahren. Robert startete den Motor und fuhr zum Firmengelände zurück. Es war noch nicht so spät, dass es jemanden wundern würde, wenn er noch einmal zurückkam. Mit Mühe lächelte er den Wachmann an, der wie immer seinen Ausweis kontrollierte und die Aktentasche untersuchte, bevor er ihn durchwinkte.

Erleichtert schloss Robert seine Bürotür hinter sich, nachdem er im Gang niemandem begegnet war. Es war lächerlich, dass er sich wie ein Verbrecher vorkam, schließlich machte er nichts Verbotenes. Er musste herausfinden, ob an Bodmin etwas faul war. Robert schnitt eine Grimasse. Natürlich war er genau der Richtige dafür, nachdem er aus Deutschland mehr oder weniger geflohen war, um den Erinnerungen an seinen Fehler zu entkommen. Aber wenn Menschen absichtlich getötet wurden, war das etwas anderes.

Robert warf sein Jackett über den Besuchersessel und setzte sich an seinen Schreibtisch. Blicklos starrte er auf die Aktenstapel vor sich. Seine Fingerspitzen tappten unruhig auf einem der Ordner. Schließlich klappte er diesen auf und blätterte ihn von vorne bis hinten durch. Nichts stach heraus, es handelte sich um ganz normale Unterlagen, Berichte über potenzielle Rohstoffvorkommen, Schätzungen von Grundstücken – all das hatte er selber ordnerweise im Regal stehen. Vermutlich war es sowieso nur Zeitverschwendung. Wenn Bodmin etwas zu verbergen hatte, für das sie sogar töteten, würden sie Hopkins' Ordner von oben bis unten überprüft haben, bevor sie sie weitergaben. Außerdem waren nur aktuelle Vorgänge in den Ordnern abgeheftet, sämtliche älteren Unterlagen mussten sich noch in Hopkins' Büro befinden oder bereits aussortiert und vernichtet worden sein, wenn wirklich etwas Belastendes darunter war.

Da er nicht wusste, was er sonst hätte unternehmen sollen, schlug er den nächsten Ordner auf. Auch hier fand er nichts. Zeit verlor ihre Bedeutung, während er die Unterlagen systematisch durchsah. Als er beinahe schon aufgeben wollte, hielt er plötzlich inne. Auf den ersten Blick sah der Zettel vor ihm aus wie ein normales geologisches Gutachten, doch die Zahlen ergaben gar keinen Sinn. Und etliche Wörter waren falsch geschrieben. Nein, nicht einfach nur falsch, eher so, als hätte jemand überall einen Buchstaben zu viel eingefügt. Aufgeregt zog Robert ein leeres Blatt heraus und schrieb die überzähligen Buchstaben hintereinander auf. Schließlich ließ er den Stift sinken und starrte auf den Zettel. »AZGMEYER.« Was sollte das bedeuten? Wenn es überhaupt ein Hinweis war und Hopkins nicht nur einfach einen schlechten Tag gehabt hatte. Es könnte ein Name sein, aber wie sollte er das herausfinden? Robert verdrehte die Augen. In einem Telefonbuch, natürlich.

Rasch holte er es aus der Schublade und schlug es unter M auf. Es gab drei Einträge unter Meyer, aber keinen mit Vornamen A. Auch Z war nicht vertreten, dafür ein Georg. Aber was hieß dann AZ? Robert notierte sich die angegebene Rufnummer, bevor er das Telefonbuch zurücklegte. Nachdenklich ließ er seinen Blick durch den Raum schweifen. A ... Z ... Es brachte irgendetwas in ihm zum Schwingen, aber er kam einfach nicht drauf. Dabei hatte er es gerade erst irgendwo gesehen, dessen war er sich sicher. Doch da er es nicht erzwingen konnte, notierte Robert die Zahlenreihen aus den Berechnungen, die ihm suspekt erschienen, auf dem Zettel. Eine Weile starrte er darauf, doch dann schüttelte er den Kopf. Er würde jetzt noch die restlichen Ordner durchsehen, vielleicht fiel ihm in der Zwischenzeit etwas ein.

Schließlich blätterte er den letzten Ordner durch und stellte ihn dann beiseite. Es war ihm nichts weiter aufgefallen, nur dass Hopkins ein äußerst gewissenhafter Mitarbeiter und ein guter Geologe gewesen war. Warum hatte er gekündigt? Oder war es andersherum gewesen? Hatte ihn das Unternehmen loswerden wollen? Robert schnitt eine Grimasse. Wahrscheinlich stand er selbst auch schon auf der Abschussliste. Wenn Koller oder Peltier erfuhren, was er hier gerade trieb, würde er schneller auf der Straße stehen, als er »Auf Wiedersehen« sagen konnte. Es verwunderte ihn, dass ihn diese Vorstellung nicht sonderlich belastete. Anscheinend hatte er sich innerlich schon damit abgefunden, bald ohne Arbeit dazustehen. Sollte sich jemand seinen Schreibtisch genauer ansehen, wollte er nichts Auffälliges zurücklassen. Himmel, er litt anscheinend schon unter Verfolgungswahn.

Es gab überhaupt keinen Grund, dass irgendjemand vermuten könnte, er würde hier nicht seine Arbeit tun. Außer dass Peltier ihn am Schwarzen Brett vor Hopkins' Todesanzeige angetroffen und Koller ihn vielleicht am Fenster entdeckt hatte. *Die Anzeige!* Natürlich, es war ein Ausschnitt aus der *Allgemeinen Zeitung* gewesen, AZ. Hopkins' Bruder hatte von einem Reporter gesprochen, vielleicht meinte er diesen Meyer. Unruhig strich Robert den Zettel glatt, auf dem er den Namen und die Zahlen notiert hatte. Vielleicht war auch jemand von der Firma beim Friedhof gewesen und hatte ihn mit Hopkins' Bruder reden gesehen. Ärgerlich schüttelte er den Kopf. Warum diese Schwarzseherei, das Unternehmen konnte niemals jeden seiner Angestellten vierundzwanzig Stunden am Tag überwachen. Er faltete das Papier zusammen und schob es in seine Hosentasche. Genug davon. Bevor er sich noch weitere abstruse Verdächtigungen ausdachte, sollte er erst einmal überprüfen, ob an Hopkins' Vermutung überhaupt etwas dran war. Höchstwahrscheinlich würde er feststellen, dass Hopkins' Tod so kurz nach der Kündigung einfach nur ein unglücklicher Zufall gewesen war. Egal, was bei seiner Suche herauskam, es würde nur für ihn selbst einen Unterschied machen.

Robert verließ das Büro und versuchte, sich sein Unbehagen nicht anmerken zu lassen, als der Wachmann erneut die Aktentasche durchsuchte. Der Zettel, der gefaltet in seiner Hosentasche steckte, blieb unentdeckt. Mit einem schroffen Nicken war er entlassen und strebte über den Parkplatz zu seinem Jeep hinüber. Er atmete erst befreit auf, als er das Firmengrundstück verlassen hatte. Als Erstes musste er ein Telefon finden, damit er Mariama Bescheid sagen konnte, dass er heute nicht mehr zurückkommen würde. In weniger als einer Stunde würde die Sonne untergehen, was die lange Reise zu gefährlich machte. Außerdem wollte er die Zeit nutzen und feststellen, ob dieser Georg Meyer tatsächlich verschwunden war, wie Hopkins angedeutet hatte. Robert hielt vor dem Postgebäude und ging hinein. Glücklicherweise war ein Fernsprechapparat frei. Aus dem Kopf wählte er die Nummer der Farm und wartete ungeduldig darauf, dass jemand abnahm.

Schließlich meldete sich Elise, die ihm mitteilte, dass Mariama mit ihrem Vater draußen auf der Weide war.

Enttäuscht lehnte sich Robert an die Wand zurück. Zu gern hätte er nun Mariamas Stimme gehört und sich von ihr beruhigen lassen. Aber vielleicht war es auch besser, wenn sie gar nichts von seinem Verdacht erfuhr. Er bat Elise noch darum, sie möge Mariama ausrichten, dass er die Nacht über in Windhoek bleiben müsse, und beendete dann das Gespräch.

Langsam hängte er den Hörer ein. Er hatte Sehnsucht nach der Farm und nach Windtänzer, den er während der Woche dort untergestellt hatte, weil er zu oft unterwegs war, um ihn regelmäßig versorgen zu können. Aber vor allem sehnte er sich nach den Menschen dort. Nun, vermutlich würde er das Problem bald nicht mehr haben, denn er war sich sicher, dass er nicht mehr für Bodmin arbeiten wollte, wenn sich die Vorwürfe und sein Verdacht tatsächlich als wahr herausstellten.

Er zog den Zettel aus der Hosentasche und wählte Meyers Telefonnummer. Nervös sah er sich um, konnte jedoch niemanden sehen, der ihn beobachtete. Genervt schüttelte er den Kopf. Er wurde langsam wirklich paranoid. Sein Körper spannte sich an, als das Freizeichen ertönte, und sein Herzschlag beschleunigte sich, doch auch nach längerem Warten nahm niemand ab.

Rasch bezahlte er am Schalter das Gespräch und verließ das Gebäude. Zuerst hatte er überlegt, ob er die Telefonnummer der Allgemeinen Zeitung im Fernsprechverzeichnis heraussuchen sollte, sich dann jedoch dagegen entschieden. Vielversprechender erschien es ihm, direkt zur Zeitung zu fahren und dort Erkundigungen einzuziehen.

Robert verließ das Kolonialzeitgebäude, in dem die Zeitungsredaktion untergebracht war, und blinzelte, während sich seine Augen der Dunkelheit anpassten. Er war wie betäubt von seinem Gespräch mit einem Redakteur der Zeitung, das ihm seine schlimmsten Befürchtungen bestätigt hatte. Es gab tatsächlich einen Georg Meyer bei der *Allgemeinen Zeitung*, doch war er nicht zu sprechen gewesen. Es hatte einige Zeit gedauert, bis Robert aus dem Vorgesetzten herausbekommen hatte, dass der Mann seit einer Woche vermisst wurde. Aus Sorge hatten Kollegen in seiner Wohnung nachgesehen, doch die war komplett leer geräumt gewesen. Meyer hatte für eine brisante Story recherchiert, aber worum genau es ging, hatte er niemandem erzählt. Zumindest war dem Redakteur nichts darüber bekannt.

Doch als Robert enttäuscht wieder gehen wollte, hatte ihn unerwartet eine Frau zur Seite gezogen. Sie arbeitete als Sekretärin bei der Zeitung und hatte ein heimliches Verhältnis mit Meyer. Zumindest ging Robert davon aus, als er in ihr von Kummer verzerrtes Gesicht sah. Sie berichtete ihm, dass der Reporter sich nie im Leben einfach so davongemacht hätte, schon gar nicht, wo er gerade an so einem interessanten Fall arbeitete. Meyer hatte den Tipp bekommen, dass Bodmin den Farmern letzlich viel weniger Geld für die Grundstücke zahlte, als in den Verhandlungen abgemacht. Wenn die Farmer protestierten oder sich weigerten, das Land für den verminderten Preis abzugeben, wurden sie massiv eingeschüchtert und mit Drohungen dazu gebracht, die Verträge zu unterzeichnen. Vor allem machte Bodmin den Leuten klar, dass sie viel mächtiger waren und juristische Auseinandersetzungen beliebig lange hinauszögern konnten. Und dass es auch nichts bringen würde, sich an die Behörden zu wenden, denn die steckten ebenfalls in Bodmins Tasche. Meist waren die Farmer am Ende zu verängstigt, um sich noch zu wehren. Meyer hatte diese Fälle gesammelt und schließlich Hopkins kontaktiert, in der Hoffnung, dass dieser ihm Insidermaterial liefern könnte. Doch dann verschwand Meyer. Hopkins bekam es wohl mit der Angst zu tun und kündigte bei Bodmin. Irgendwie musste das Unternehmen dahintergekommen sein, dass er Kontakt zu Meyer hatte, und ihn samt seiner Familie beseitigt haben. Allerdings war das nur Roberts Vermutung, und die würde er kaum beweisen können.

Es war unglaublich, dass nie etwas von den viel zu niedrigen Preisen an die Öffentlichkeit gelangt war. Er selber hatte zwar bemerkt, dass das Unternehmen entgegen den eigenen Behauptungen schlecht bezahlte, vor allem, nachdem Karl ihn darauf aufmerksam gemacht hatte, aber seine Arbeit befasste sich nur mit der Erstellung von Gutachten, der geologischen Untersuchung der Grundstücke und damit, den ersten Kontakt zu den Farmbesitzern aufzunehmen. Die Verkaufsverhandlungen führten andere, und die endgültigen Verträge bekam er nie zu Gesicht. Der Gedanke, dass er für das Leid vieler Farmer und deren Familien mitverantwortlich war, verursachte ihm Übelkeit. Warum hatte er sich vorher nie darum gekümmert, wie viel den Leuten wirklich gezahlt wurde? Weil Bodmin immer den Eindruck vermittelte, sie würden fair zahlen? Wie hatte er so lange darauf reinfallen können, besonders, nachdem ihm auch Karl oft genug gesagt hatte, dass Bodmin krumme Geschäfte machte? Aber immer, wenn er nach Beweisen dafür gesucht hatte, war nichts zu finden gewesen, und niemand konnte ihm Auskunft geben. Also hatte er es vorgezogen, Bodmin für ein Unternehmen zu halten, das zwar mit harten Bandagen kämpfte, aber grundsätzlich vertrauenswürdig war. Wie es aussah, hatte er sich geirrt.

In seine Gedanken versunken, trat er auf die Straße. Als ein Auto hupend dicht an ihm vorbeischoss, sprang er erschrocken zurück. Das Herz hämmerte in seiner Brust, sein Atem ging unregelmäßig. Nur einen Schritt weiter, und der Wagen hätte ihn erwischt. Verärgert über seine Unachtsamkeit, sah er mehrere Male nach beiden Seiten, bevor er es wagte, die Straße zu überqueren. Die Sekretärin hatte ihm gesagt, dass Meyer Papiere in einem Banksafe deponiert habe, die Bodmins Praktiken beweisen würden. Er solle sie anrufen, dann könne er sie sich in den nächsten Tagen ansehen. Und wenn er wieder zu Hause war, würde er noch einmal seine sämtlichen Fälle durchgehen und die Farmer kontaktieren. Doch jetzt wollte er nur noch so schnell wie möglich zu seinem Jeep, ein Hotelzimmer finden und mindestens sechs Stunden schlafen.

Rasch ging er die Nebenstraße hinauf, in der er den Wagen abgestellt hatte. Außer ihm schien kaum noch jemand unterwegs zu sein, selbst das Pub war bereits geschlossen. Die wenigen Straßenlaternen verbreiteten nur einen schwachen Lichtschimmer und ließen die nahen Hauseingänge im Dunkeln. Ein unangenehmes Gefühl beschlich ihn, als würde man ihn beobachten. Unauffällig sah er sich um, doch es war niemand zu sehen. Ein klarer Fall von übersteigertem Vorstellungsvermögen, das war alles. Trotzdem beschleunigte er seine Schritte. Erleichtert atmete er auf, als er den Jeep erreichte. Eilig schloss er die Wagentür auf und wollte sie gerade öffnen, als er hinter sich ein leises Geräusch hörte. Er erstarrte. Vorsichtig sah er sich um, konnte jedoch nichts entdecken. Vielleicht nur ein Tier, das in der Gasse nach Nahrung suchte, oder ein Betrunkener, der den Heimweg nicht gefunden hatte. Oder jemand, der ihm auflauerte, um ihn zu ermorden.

Robert warf seine Aktentasche achtlos auf die Rückbank und wollte sich gerade in den Sitz schwingen, als in seinem Schädel der Schmerz explodierte. Seine Beine knickten ein, und er versuchte, seinen Fall an der Tür abzufangen, doch seine Arme schienen sich nur noch in Zeitlupe zu bewegen, viel zu langsam für die Schwerkraft, die seinen Körper nach unten zog. Hart schlug er auf dem Boden auf und prallte mit der Schläfe auf das Pflaster. Halb besinnungslos lag er da, ohne sich rühren zu können. Der Schmerz pochte in seinem Kopf. Robert versuchte aufzustehen, doch er gab schnell auf, als das Schwindelgefühl sofort stärker wurde. Was war passiert? Irgendetwas war ohne Vorwarnung mit Wucht auf seinen Hinterkopf getroffen. Noch einmal versuchte er sich aufzurichten. Am Trittbrett des Jeeps zog er sich ein wenig hoch. Übelkeit stieg in ihm auf, weiße Punkte tanzten vor seinen Augen, er konnte kaum etwas sehen.

Dann bewegten sich vor ihm Schatten, wurden größer. Nein, er durfte nicht bewusstlos werden, er musste wach bleiben! Seine Hand krallte sich um das Trittbrett, während er damit kämpfte, bei Besinnung zu bleiben.

»Hol die Tasche vom Rücksitz.«

Die Stimme erklang dicht neben ihm. Erschrocken drehte Robert seinen Kopf in die Richtung, aus der sie gekommen war, doch die ruckartige Bewegung verstärkte seine Übelkeit. Ein greller Schmerz schoss ihm durch die Schläfen. Mit einem Stöhnen ließ er sich zurücksinken.

»Na sieh mal an, der ist ja noch unter den Lebenden.« Obwohl der Mann Afrikaans sprach, konnte Robert ihn gut verstehen. Die Bosheit war nicht zu überhören. Es schien ihm Spaß zu machen, anderen Schmerzen zu bereiten.

Robert zwang sich, die Augen zu öffnen, auch wenn sich sofort wieder alles in seinem Kopf drehte. »W… was …« – er brach ab und befeuchtete seine Lippen – »… tun … Sie?«

Der Mann ging neben ihm in die Hocke. »Das ist doch wohl offensichtlich.« Er berührte Roberts Schläfe, was ihn vor Schmerz beinahe aufschreien ließ. »Wir rauben dich aus. Hast du noch irgendetwas Wertvolles bei dir?«

Robert presste die Lippen zusammen.

Lachend richtete sich der Verbrecher wieder auf. »Wir werden schon finden, wonach wir suchen.« Er wandte sich um, offensichtlich zu seinem Kumpan. »Hast du die Tasche?«

»Ja.« Die zweite Stimme war tiefer und rauer.

»Gut. Durchsuch jetzt den Jeep, ich kümmere mich um unseren Freund hier.«

»Nehmen wir den Wagen doch einfach mit.«

Robert versuchte abermals sich aufzurichten, sich irgendwie zu wehren, doch es gelang ihm nicht. Furcht, Wut und Frustration bauten sich in ihm auf.

»Nein.« Der Mann setzte seinen Fuß auf Roberts Brust und drückte ihn gegen den Wagen, sodass er sich nicht mehr rühren konnte.

»Warum nicht?« Der zweite Mann schien mit der Entscheidung seines Kumpans nicht einverstanden zu sein.

»Zu auffällig. Außerdem nicht unser Job.«

Vor sich hin fluchend begann der andere damit, den Wagen zu durchsuchen. Roberts Geologenwerkzeug landete scheppernd auf dem Boden, andere Gegenstände folgten. Manchmal transportierte er Bodenproben zum Firmengebäude, um sie dort eingehender zu untersuchen, doch heute hatte er glücklicherweise nichts Wichtiges dabei.

»Hier ist nichts, nur Schrott.«

Trotz der Schmerzen konnte sich Robert ein zufriedenes Lächeln nicht verkneifen.

»Findest du das lustig?« Eine Stiefelspitze traf seine Rippen und ließ ihn aufstöhnen. »Ich schätze mal, du hast deine Wertsachen bei dir, wie es sich für einen guten Deutschen gehört.«

Ohne Rücksicht auf seinen schmerzenden Schädel drehte ihn der Mann auf den Rücken und begann damit, ihn zu durchsuchen. Es dauerte nicht lange, bis er das Portemonnaie in der Jackentasche fand. »Na also, geht doch.«

Robert versuchte, den brutalen Händen zu entkommen, doch er war zwischen dem Mann und dem Jeep eingeklemmt, und ihm fehlte die Kraft, sich hochzustemmen.

Gründlich tastete der Verbrecher seine restlichen Taschen ab, doch er fand nichts weiter. Schließlich erhob er sich. »Das war's, verschwinden wir.« Er drehte sich zu seinem Kumpan um. »Nimm die Aktentasche und komm.«

»Sicher, dass wir den Jeep nicht …«

»Kannst du nicht ein Mal das tun, was ich dir sage? Verschwinde jetzt!« Damit wandte er sich wieder Robert zu. »War mir nicht wirklich ein Vergnügen, ich mag's lieber, wenn ihr euch wehrt.«

Robert glaubte, so etwas wie Belustigung in der Stimme zu hören. Er kniff die Augen zusammen, um besser sehen zu können, doch mehr als einen vagen Umriss konnte er von seinem Angreifer nicht erkennen. Verdammt, wie sollte er so der Polizei …

Ein Tritt landete in seiner Magengrube, ein weiterer in den Rippen. Die Luft blieb ihm weg, als der Schmerz ihm durch den Körper fuhr. Er versuchte, sich so klein wie möglich zu machen, um seinem Gegener keine Angriffsfläche zu bieten. Dann streifte die Stiefelspitze seine Schläfe. Glühender Schmerz bohrte sich in seinen Schädel, und es wurde schwarz um ihn.

»Ein kleiner Gruß von oben.« Die hämische Bemerkung war das Letzte, was er hörte.

11

Mariamas Herz pochte panisch, während sie auf den Informationstresen des Krankenhauses zustrebte. Als mitten in der Nacht das Telefon geklingelt hatte, hatte sie zuerst geglaubt, es sei Robert, der sie wie versprochen anrief, doch stattdessen war ein Arzt aus Windhoek am Apparat gewesen, der ihr mitteilte, dass ihr Verlobter schwer verletzt in einer Gasse gefunden worden sei. Sie war sofort bei Sonnenaufgang losgefahren, doch es kam ihr wie eine Ewigkeit vor, bis sie endlich am späten Vormittag auf den Parkplatz des Krankenhauses einbog. Der Schock, den die Nachricht bei ihr ausgelöst hatte, war immer noch nicht abgeklungen. Die Vorstellung, dass Robert blutend in einer einsamen Gasse gelegen hatte, während sie friedlich schlief, war fürchterlich. Glücklicherweise hatte er ihre Telefonnummer als Kontaktadresse für Notfälle im Handschuhfach gehabt, sonst hätte man sie nicht einmal verständigen können. Wäre nicht zufällig ein Paar auf dem Nachhauseweg von einer Feier beinahe über den Schwerverletzten gestolpert, würde er womöglich jetzt noch dort liegen. Und wäre vielleicht schon tot. Der Gedanke durchfuhr sie wie ein eisiger Stoß. Sie konnte sich nicht vorstellen, ihn zu verlieren.

Sie lehnte sich über den Tresen und fragte die Krankenschwester nach Roberts Zimmernummer. Ungeduldig wartete sie auf die Antwort, während die Schwester gemächlich einen Karteikasten durchsuchte. Hoffentlich waren die Ärzte hier schneller, wenn sie ihre Patienten behandelten.

»Robert Wolf?«

»Ja, genau. Er wurde gestern Abend oder besser am frühen Morgen hier eingeliefert. Dr. Moore hat mich angerufen.«

»Sind Sie mit Herrn Wolf verwandt?«

Ärger rötete ihre Wangen. »Ich bin seine Verlobte.« Zur Bekräftigung wedelte sie mit ihrer Hand, an deren Ringfinger der Verlobungsring steckte. »Kann ich jetzt endlich zu ihm?«

Die Schwester lächelte, als würde sie Mariamas Erregung und Ungeduld gar nicht bemerken. »Natürlich. Zimmer 107, im ersten Stock.«

»Danke«, sagte Mariama, während sie schon loslief.

Atemlos blieb sie schließlich vor der Zimmertür stehen und presste die Hand auf den Brustkorb, um ihr rasendes Herz zu beruhigen. Nach einigen tiefen Atemzügen drückte sie die Klinke hinunter und schob die Tür auf. Ein uniformierter Polizist stand direkt vor ihr.

»Wollen Sie zu Robert Wolf?«

Mariama nickte stumm. Ihre Kehle war wie zugeschnürt. Oh Gott, er konnte doch nicht tot sein!

Der Polizist sah sie besorgt an. Seine Hand legte sich stützend um ihren Arm. »Kommen Sie, setzen Sie sich hin, bevor Sie mir noch umfallen.«

Gehorsam ließ Mariama sich auf einen Stuhl sinken. Ihr Gehirn war wie leer gefegt, schwarze Punkte flimmerten vor ihren Augen. Schließlich gelang es ihr, den staubtrockenen Mund zu öffnen. »Ist … ist er …?«

Die Augenbrauen des Polizisten schoben sich zusammen. »Was?« Als er verstand, was sie meinte, riss er die Augen auf. »Nein! Nein, natürlich nicht. Er lebt. Allerdings ist er noch nicht wieder bei Bewusstsein. Ich warte darauf, dass er aufwacht, um seine Aussage aufzunehmen, der Arzt sagte, es müsse jeden Moment so weit sein.«

Erleichtert sackte Mariama zusammen. Tränen traten ihr in die Augen, und sie zitterte am ganzen Körper.

Der Polizist legte die Hand auf ihre Schulter. »Ich wollte Sie nicht erschrecken. Gehören Sie zur Verwandtschaft?«

»Robert Wolf ist mein Verlobter.« Selbst ihre Stimme zitterte.

»Gehen Sie zu ihm, vielleicht wacht er schneller auf, wenn er hört, dass Sie bei ihm sind. Ich warte solange draußen.«

Mariama sah ihm nach, bis er die Tür hinter sich geschlossen hatte, dann glitt ihr Blick zum Bett hinüber. Von ihrer Position aus konnte sie nur weiße Laken ausmachen. Rasch lief sie zum Bett und umfasste Roberts Hand. Die sonst gebräunte Haut wirkte nun grau, um seinen Kopf war ein dicker Verband geschlungen, an seiner Schläfe und am Wangenknochen prangte ein beinahe schwarzer Bluterguss, und ein großes Pflaster bedeckte sein Kinn. Seine Brust war nackt, ein Verband war um die Rippen geschlungen. An seinem Arm war die Haut abgeschürft, und überall sah man Prellungen. Auf der anderen Seite des Bettes befand sich ein Ständer mit Tropf, aus dem eine klare Flüssigkeit durch einen Schlauch in Roberts Armvene lief. Mariama beugte sich vor und küsste ihn sanft auf die unverletzte Gesichtshälfte.

»Robert, ich bin's, Mariama. Ich bin jetzt bei dir.« Sie zog sich einen Stuhl heran und setzte sich. »Was machst du nur für Sachen?« Sie würde ihn am liebsten auf der Farm festbinden, damit so etwas nicht wieder geschah, doch ihr war klar, dass Robert so nie würde leben können. Er brauchte die Freiheit und eine Aufgabe, die ihn forderte. Seit ihrer Verlobung hatten sie noch nicht über seine Arbeit bei Bodmin gesprochen. Es war ihr bewusst, dass sie nicht von ihm verlangen konnte, dort zu kündigen. Vermutlich gehörte es zur Liebe dazu, jemanden so zu akzeptieren, wie er war, ohne ihn oder seine Art zu leben ändern zu wollen. Es war ihr Problem, sie musste mit seiner

Arbeit klarkommen, und das würde sie auch. Mit den Fingern strich sie über seine Schulter. Hauptsache, sie waren zusammen, alles andere war zweitrangig. Wäre ihr das nicht vorher schon klar gewesen, hätte sie es spätestens in diesem Moment gewusst.

»Meine Eltern lassen dich schön grüßen, sie sagen, du sollst schnell gesund werden, damit du bei der Hochzeit fit bist.« Mariama wischte sich mit dem Handrücken die Tränen aus dem Gesicht. »Sie scheinen ständig zu vergessen, dass wir erst in zwei Monaten heiraten.« Ein Lachen kratzte in ihrer Kehle. »Elise plant schon das Menü, aber Karl tendiert eher zu einem riesigen Braai.« Und vermutlich würde Robert sich ihm anschließen. Männer!

Mariama lehnte sich vor und legte ihre Wange auf Roberts Brust. Mit geschlossenen Augen lauschte sie dem gleichmäßigen Schlag seines Herzens, genoss das Gefühl, seine warme Haut an der ihren zu spüren. Die Vorstellung, sie hätte ihn beinahe verloren, sandte ihr einen Schauder über den Rücken. Instinktiv drängte sie sich enger an ihn, und ihre Hand krampfte sich um seinen Oberarm. Ein unterdrücktes Stöhnen erklang. Mariama riss den Kopf hoch. Roberts Augen waren offen und auf sie gerichtet.

»Hallo, da bist du ja wieder.« Sie strich ihm über die unverletzte Wange. »Wie geht es dir?«

Er hob seine Hand mühsam zur Schläfe und zuckte zusammen, als er den Verband berührte. »Schon …« – er brach ab und räusperte sich – »… mal besser.«

Mariama nahm das Wasserglas vom Nachttisch und hielt ihm den Strohhalm hin. »Trink einen Schluck.«

Nachdem er seinen Durst gestillt hatte, lehnte er den Kopf zurück ins Kissen. »Was ist passiert?«

Erschrocken sah Mariama ihn an. »Weißt du das nicht mehr?

Der Arzt erzählte mir, dass sie dich in einer Gasse neben deinem Auto gefunden hätten.«

Roberts Augenbrauen zogen sich zusammen, er stöhnte erneut. »Verdammt, tut das weh.« Er rieb sich über die unverletzte Schläfe. »Ich war bei der Arbeit …« Sein ohnehin schon bleiches Gesicht wurde noch eine Spur blasser.

»Was? Hattest du einen Unfall?«

Er zog die Decke beiseite und tastete nach seinem Bein. Besorgt legte Mariama ihre Hand auf die seine. »Der Arzt sagte, du hättest nur eine Kopfwunde und einige Prellungen. Aber es ist alles noch da, wo es sein sollte.«

Robert schnitt eine Grimasse. »Siehst du irgendwo meine Hose?«

Mariama sah sich um und entdeckte einen schmalen Spind in der Ecke des Zimmers. »Ich sehe mal nach.«

Mit der Jeans in der Hand kehrte sie zum Bett zurück. »Hier ist sie.« Neugierig sah sie zu, wie er in die Hosentasche fasste. Für einen Moment schloss er die Augen, bevor er ihr das Kleidungsstück zurückgab. Verdutzt starrte sie darauf.

»Danke, ich wollte nur etwas nachsehen.«

Mariama hängte die Hose in den Schrank zurück. »Weißt du wieder, was passiert ist?«

Robert presste seine Lippen zusammen. »Ja. Gerade als ich in den Jeep steigen wollte, hat mich jemand von hinten niedergeschlagen.« Auf Mariamas erschrockenes Keuchen hin nahm er ihre Hand und drückte sie beruhigend. »Es waren zwei, glaube ich. Sie haben meine Aktentasche und das Portemonnaie geklaut und sind dann verschwunden.«

»Ein Polizist wartet draußen darauf, deine Aussage aufzunehmen.«

Überrascht sah er sie an. »Woher weiß die Polizei davon?«

Mariama hob die Schultern. »Ich nehme an, das Krankenhaus hat sie informiert. Vielleicht war offensichtlich, dass du überfallen wurdest.«

Robert schien das anders zu sehen, doch schließlich nickte er. »Würdest du ihn hereinbitten?«

»Zuerst sage ich der Schwester Bescheid, dass du wach bist, damit der Arzt dich noch einmal untersuchen kann.«

Für einen Moment schloss er die Augen. »In Ordnung.«

Nachdem der Arzt Robert untersucht und sich mit seinem Zustand zufrieden gezeigt hatte, bat Mariama den Polizisten herein und setzte sich dann in die Ecke des Zimmers, um nicht zu stören, während sie dem Gespräch zuhörte. Dabei beobachtete sie ihren Verlobten. Er wirkte ruhig und konzentriert, aber sie hatte das Gefühl, dass er dahinter etwas verbarg. Nachdem er aufgezählt hatte, was sich in seiner Aktentasche und dem Portemonnaie befunden hatte und er versprochen hatte, bei der Polizeiwache vorbeizukommen, um sich einige Fotos von bekannten Verbrechern anzusehen, verabschiedete sich der Polizist.

Robert schloss die Augen und presste den Mund fest zusammen. Sofort beugte Mariama sich über ihn. »Tut dir etwas weh? Soll ich die Schwester holen, damit sie dir etwas gegen die Schmerzen gibt?«

Seine Lider hoben sich, er lächelte sie schwach an. »Es geht schon. Es reicht, wenn du bei mir bist. Ich habe dich vermisst.«

Eindeutig ein Ablenkungsmanöver, aber es funktionierte. »Ich dich auch. Ich habe mir ein Hotelzimmer genommen, falls du noch länger im Krankenhaus bleiben musst.«

»Das musst du doch nicht …«

Sie unterbrach ihn heftig. »Doch, ich muss. Ich muss wissen, dass es dir gut geht, ich muss dich sehen und anfassen und mit dir reden können.« Nach einem tiefen Atemzug fuhr sie ruhiger fort. »Weißt du, es war schrecklich für mich, zu erfahren, dass du so schwer verletzt wurdest, während ich ahnungslos in meinem Bett lag. Zu wissen, dass du hättest sterben können und ich wäre nicht bei dir gewesen.«

Roberts Hand legte sich um ihre Wange, sanft wischte er mit dem Daumen die Tränen fort. »Es tut mir leid, wenn ich dir Kummer bereitet habe.«

Mariama atmete zitternd ein. »Du kannst ja nichts dafür. Aber wenn ich diese Verbrecher finde, dann …«

Überrascht lachte Robert auf, nur um gleich darauf zusammenzuzucken. »Autsch, bring mich bitte nicht zum Lachen. Ich glaube, ein paar Rippen sind angeknackst.«

Augenblicklich beugte Mariama sich vor, bis sie ihn fast mit ihrer Nasenspitze berührte. »Das war kein Witz! Wie kann dir nur jemand so etwas antun? Und vor allem warum? Oder hattest du etwas Wertvolles bei dir?«

»Wie ich dem Polizisten schon sagte, nur ein bisschen Geld, Papiere, sonst nichts. Die Kerle haben sich bestimmt geärgert, dass sich ihre Mühe kaum ausgezahlt hat.«

»Ich habe überhaupt kein Mitleid mit ihnen.«

Robert küsste sie sanft und Mariama erwiderte den Kuss vorsichtig. Schließlich setzte sie sich wieder auf den Stuhl. »Ich bin froh, dass deine Verletzungen nicht noch schwerer sind.«

Er schnitt eine Grimasse. »Mein Kopf fühlt sich an, als hätte jemand damit Fußball gespielt.«

»Der Arzt sagte, du hättest eine schwere Gehirnerschütterung, glücklicherweise keinen Schädelbruch.«

»Dann sollte ich vermutlich dankbar sein. Allerdings habe ich momentan keine Kraft dafür.« Seine Augen schlossen sich. »Bleibst du noch ein bisschen?« Seine Worte klangen bereits schwer.

Mariama drückte seine Hand. »Natürlich. So lange du willst.« Oder bis das Krankenhauspersonal sie hinauswarf. Auf jeden Fall wollte sie hören, was der Arzt zu sagen hatte.

»Das ist … gut.« Mit Mühe gelang es ihm, die Augen noch einmal zu öffnen. »Ich liebe dich.«

»Ich dich auch.« Mariama wartete, bis er eingeschlafen war, bevor sie ihren Tränen freien Lauf ließ. Jetzt, wo sie wusste, dass er wieder gesund werden würde, lösten sich Furcht und Anspannung, und ihre Gefühle überwältigten sie. Sollte ihr vorher nicht bewusst gewesen sein, wie sehr sie ihn liebte und brauchte, jetzt hatte sie keinen Zweifel mehr daran. Robert Wolf war ihr Leben, und sie würde ihn erst wieder verlassen, wenn sie starb.

Der Anblick von Tränenspuren auf Mariamas Wangen rührte Robert tief. Sein Schlaf war von dem Arzt unterbrochen worden, der ihm die Fragen zu seinem Zustand geduldig beantwortet und die Empfehlung gegeben hatte, dass er noch eine Nacht zur Beobachtung im Krankenhaus bleiben solle. Doch er wollte nicht so lange tatenlos herumliegen. Natürlich hämmerte es in seinem Kopf, und ihm wurde schwindelig, wenn er nur versuchte, sich aufzurichten, ganz zu schweigen vom Rest seines Körpers, aber er musste sich um seine Angelegenheiten kümmern. Und er wollte Mariama nicht zumuten, noch länger hier im Krankenhaus herumsitzen zu müssen. Sie wurde auf der Farm gebraucht und konnte es sich nicht leisten, Zeit damit zu verschwenden, seine Hand zu halten. Da es nicht so aussah, als würde er sie davon überzeugen können, ohne ihn zurückzufahren, würde er seinen Krankenhausaufenthalt eben verkürzen. Zuerst brauchte er allerdings ein Telefon, um sich einerseits bei Bodmin krankzumelden und andererseits Meyers Freundin anzurufen und einen Termin für die Übergabe der Papiere zu vereinbaren. Robert rieb sich über die schmerzenden Rippen. Es machte ihn nervös, noch länger damit zu warten, er wollte die Unterlagen beisammenhaben, um damit seine Position zu stärken.

Besonders nach dem Überfall erschien es ihm dringender denn je, sich abzusichern. In Windhoek wurden öfter Personen ausgeraubt, zusammengeschlagen oder sogar ermordet, aber die letzte Bemerkung des Schlägers deutete auf eine Auftragsarbeit hin. »Ein kleiner Gruß von oben.« Es wäre ein seltsamer Zufall, wenn der Überfall auf ihn und der Diebstahl seiner Aktentasche nichts mit den Begebenheiten der letzten Zeit zu tun hätten. Das merkwürdige Zusammentreffen mit Peltier, Hopkins' tragischer Unfalltod und das seltsame Verhalten von dessen Bruder auf der Beerdigung, das Verschwinden des Reporters und Roberts Recherche bei der AZ.

Wenn er sich richtig erinnerte, hatte der Anführer der beiden Gangster sehr viel Wert auf die Aktentasche gelegt. Sie könnten ihm gefolgt sein und die Tasche gesehen haben, trotzdem würde ein Räuber normalerweise doch als Erstes nach der Brieftasche suchen. Den beiden schien diese Idee aber erst später gekommen zu sein, genauso wie den Jeep zu stehlen. Robert verzog den Mund. Er sollte froh sein, dass ihm zumindest der Wagen geblieben war. Das Geld war ihm egal, er hatte nicht viel bei sich gehabt. Allerdings würde er sich nun neue Papiere ausstellen lassen müssen, was einige Probleme verursachen konnte. Immerhin war er schlau genug gewesen, seinen deutschen Pass zu Hause aufzubewahren, denn den würde er nicht ersetzen können, wenn er nicht wollte, dass jeder seinen Aufenthaltsort kannte.

»Tut es sehr weh?«

Mariamas Stimme riss ihn aus den Gedanken. Er drehte den Kopf zu ihr. »Es geht. Warum?«

Sie strich ihm mit den Fingern über die Stirn. »Weil du deine Augenbrauen zusammenziehst, als hättest du Schmerzen.«

Robert versuchte ein beruhigendes Lächeln. »Ich habe nur darüber nachgedacht, dass ich meine Papiere ersetzen muss. Und eigentlich müsste ich dringend mal telefonieren.«

»Hat das nicht Zeit? Der Arzt sagte, es wäre besser, wenn du noch liegen bleibst.«

»Möchtest vielleicht du bei Bodmin anrufen?« Er sah, wie sie eine Grimasse schnitt. »Dachte ich es mir doch.«

Mariama funkelte ihn angriffslustig an. »Gib mir die Nummer und ich rufe an. Bei der Gelegenheit kann ich ihnen auch gleich die Meinung sagen.«

Robert unterdrückte ein Lachen, um seine Rippen nicht zu belasten. »Ich glaube, es ist besser, wenn ich das mache.« Er wurde ernst, als er sich daran erinnerte, was er herausgefunden hatte. »Ich möchte nicht, dass du mit denen irgendetwas zu tun hast.«

Aufmerksam sah Mariama ihn an. »Möchtest du mir etwas sagen?«

So viel zu seiner Offenheit. »Nein.«

Sie sah aus, als wollte sie protestieren, doch dann nickte sie nur. »Ich hoffe, du weißt, dass du mir alles erzählen kannst.«

Robert führte ihre Finger an seine Lippen und küsste sie. »Das weiß ich.« Widerstrebend ließ er ihre Hand los. »Aber wie komme ich jetzt zu einem Telefon?«

Mariama stand auf. »Ich werde sehen, wie ich das arrangieren kann. Vielleicht haben sie einen Rollstuhl oder etwas Ähnliches.«

»Danke.« Erschöpft ließ sich Robert wieder zurücksinken. »Könntest du die Schwester auch fragen, ob ich etwas zu essen bekommen kann?« Er hatte keinen wirklichen Hunger, aber er musste sich kräftigen, wenn er hier schnell wegwollte.

»Natürlich.« Mariama beugte sich vor und hauchte ihm einen Kuss auf die Stirn. »Ich bin sofort wieder da.«

Robert sah ihr nach, als sie den Raum verließ. Es gefiel ihm nicht, ihr die Wahrheit zu verschweigen, doch er wollte nicht, dass sie in die Sache mit Bodmin verwickelt wurde. Er wusste genau, wie sie reagieren würde, wenn sie davon erfuhr. Manchmal war sie zu impulsiv, um sich vorher über die möglichen Konsequenzen ihres Handelns Gedanken zu machen. Besonders wenn es um etwas ging, das ihr am Herzen lag. Roberts Mundwinkel hob sich. Er mochte das an ihr, vor allem, seit sich ihr Zorn nicht mehr gegen ihn richtete. Nur ungern setzte er dieses Vertrauen aufs Spiel, aber ihm blieb keine andere Wahl. Er ballte seine Hand zur Faust. Was immer passieren würde, er konnte nicht einfach zusehen und nichts tun.

Jetzt musste er sich nur noch mit der Sekretärin treffen, um Kopien von Meyers Beweisen anzufertigen. Und dann würde er sie mit den Unterlagen vergleichen, in denen er seine Besuche bei den Farmern dokumentierte. Das war vermutlich kein harter Beweis gegen Bodmin, aber vielleicht ein Anfangspunkt, an dem er ansetzen konnte. Und dann? Die Frage beschäftigte ihn schon, seit er mit Hopkins' Bruder gesprochen hatte. Robert schloss die schmerzenden Augen. Er könnte mit den Unterlagen zur Polizei gehen und versuchen, eine Ermittlung in Gang zu bringen. Aber er war hier in Südwestafrika, nicht in Deutschland. Und selbst da würde vermutlich einem großen Unternehmen, das viel Geld in die Staatskasse brachte, eher geglaubt werden als einem kleinen Angestellten, der kaum ein Jahr im Land war. Konnte er sich überhaupt eine Untersuchung leisten, bei der vermutlich auch er selber ins Visier der Ermittler geraten würde? Nicht, wenn er nicht eine Ausweisung nach Deutschland riskieren wollte. Seine Aufenthaltsgenehmigung konnte jederzeit widerrufen werden. Außerdem hatte er den Verdacht, dass Bodmin, selbst wenn eine Untersuchung gestartet wurde, mächtig genug war, um unbeschadet aus ihr wieder herauszukommen.

Andererseits waren Hopkins und seine Familie tot und Meyer verschwunden. Wenn wirklich Bodmin dahintersteckte, wäre es nicht richtig, die Erkenntnisse seiner Nachforschungen für sich zu behalten. Doch wenn er das Unternehmen verließ, wie sollte er sicher sein, dass er nicht kurz darauf ebenfalls tragisch verunglücken würde? Und vor allem, was war, wenn Mariama bei ihm wäre und seine Mörder auch ihren Tod einfach in Kauf nähmen? Roberts Herz zog sich zusammen. Sie hatten nicht einmal vor Hopkins' Kindern Halt gemacht, die noch ihr ganzes Leben vor sich gehabt hatten. Wenn er Peltiers Gesichtsausdruck und das, was er gesagt hatte, richtig deutete, dann waren sie bereits auf ihn, Robert, aufmerksam geworden und beobachteten jeden seiner Schritte. Also wussten sie, dass er bei der Beerdigung gewesen war und mit Hopkins' Bruder geredet hatte und dass er sich sehr lange in den Räumen der *Allgemeinen Zeitung* aufgehalten hatte. Vielleicht vermuteten sie sogar, dass er dort irgendetwas über Bodmin erzählt hatte.

Robert stockte der Atem. War das der Grund für den Überfall gewesen? Aber warum hatten sie ihn dann nicht gleich umgebracht? Mehr denn je hatte er das Gefühl, dass er die Unterlagen brauchte, um sich Bodmin vom Hals zu halten.

Mariama trat wieder ins Zimmer. »Das Telefon ist auf dem Gang, die Schwester hat versprochen, einen Rollstuhl zu besorgen.« Ein Lächeln blitzte auf. »Und ich habe dir etwas zu essen mitgebracht.« Sie stellte das kleine Tablett auf den Nachttisch und kurbelte das Kopfende seines Bettes ein Stück hoch.

Die Bewegung löste ein leichtes Schwindelgefühl in ihm aus, das sich aber schnell wieder legte. Anscheinend war sein Schädel robuster, als der Arzt befürchtet hatte. Nicht, dass er sich auch nur annähernd gesund genug fühlte, um aufzustehen, aber es war ein Anfang. Er hob seine Arme an, damit Mariama das Metallbrett seines Nachtschränkchens ausklappen konnte, das als Tisch diente. Seine Schulter und Rippen schmerzten bei der Bewegung. Robert hielt ganz still, bis der Schmerz nur noch dumpf in seiner Seite pochte. Erleichtert atmete er flach durch.

»Bist du so weit?« An Mariamas Augen konnte er erkennen, dass sie genau wusste, was in ihm vorging.

»Ja.« Sie stellte eine Schüssel mit Suppe vor ihn hin und drückte ihm einen Löffel in die Hand. Unauffällig versuchte er zu erkennen, was in der Flüssigkeit schwamm.

Sie grinste, als sie seinen forschenden Blick sah. »Keine Angst, es ist reine Gemüsebrühe mit Kartoffelstückchen.«

»Dann ist es gut.« Robert schob sich einen Löffel davon in den Mund. »Ich weiß nicht, ob ich Fleisch im Moment vertragen hätte, mein Magen ist gerade etwas empfindlich.«

»Das dachte ich mir, deshalb gibt es jetzt nur Suppe. Heute Abend kannst du dann etwas Festeres haben, wenn dir danach ist.«

Robert wollte die Augenbraue heben, ließ es aber bleiben, als schon bei der geringsten Bewegung sein Kopf zu schmerzen begann. »Du vergisst, dass ich heute Abend nicht mehr hier bin.«

»Robert, du solltest wirklich …«

»… das tun, was du für richtig hältst. Genau das werde ich.«

Mariama stieß einen tiefen Seufzer aus. »Es hat dir vermutlich das Leben gerettet, dass du so einen harten Schädel hast, aber manchmal treibst du mich mit deiner Dickköpfigkeit in den Wahnsinn.«

Robert grinste sie an. »Gewöhn dich schon mal daran, das wirst du die nächsten sechzig Jahre oder so ertragen müssen.«

Mariama sah ihn mit gespielt schockiertem Gesichtsausdruck an. »Oh Gott, bewahre mich davor!«

Nach dem Essen war die Schwester mit dem Rollstuhl gekommen, und mit vereinten Kräften hatten sie Robert hineingehievt. Er war eindeutig noch wackelig auf den Beinen, und es bereitete Mariama Sorgen, dass er tatsächlich versuchen könnte, das Krankenhaus abends schon zu verlassen. Irgendwie musste sie ihm klarmachen, für wie schlecht sie seine Idee hielt. Sein Gesicht war bleich, als er aufrecht im Rollstuhl saß, seine Hände krampften sich um die Armlehnen, doch es dauerte nicht lange, bis er darum bat, zum Telefon geschoben zu werden. Normalerweise bewunderte sie sein Pflichtbewusstsein, aber im Moment war es einfach nur dumm. Sie hätte bei Bodmin anrufen können, sie würde sicher nicht auf die Idee kommen, das Verwaltungspersonal zu beschimpfen oder eine Sekretärin. Es war nicht nötig, dass er sich persönlich krankmeldete, jeder würde verstehen, dass er mit seinen schweren Verletzungen nicht telefonieren konnte. Aber nein, da saß er nun, den Hörer fest umklammert, sein Gesicht eine Maske des Schmerzes.

Mariama lehnte sich an die Wand und beobachtete ihn. Sie war zu weit weg, um zu hören, was er sagte, doch nah genug, um ihn im Notfall aufzufangen oder einen Arzt zu rufen. Die lange Reise, der unruhige Schlaf und die Sorge um Robert forderten ihren Tribut, sie konnte sich kaum noch auf den Beinen halten. Für einen Moment schloss sie die Augen, eingelullt vom Surren der Deckenbeleuchtung und Roberts leiser Stimme. Immerhin hatte sie das Hotelzimmer bereits reserviert, sodass sie sich nicht noch auf die Suche begeben musste, wenn sie aus dem Krankenhaus kam. Sie konnte das Bett beinahe plastisch vor sich sehen, die Decke einladend zurückgeschlagen, das Kissen weich und flauschig, ganz so, wie sie es gerne mochte.

»Setz dich lieber hin, bevor du noch im Stehen einschläfst.«

Roberts Stimme schreckte sie auf. Verwirrt sah sie sich um. Sie hatte ihn gar nicht kommen hören, doch jetzt saß er plötzlich im Rollstuhl neben ihr. Anscheinend war sie tatsächlich kurz eingenickt. Hastig richtete sie sich wieder auf. »Du sollst dich doch nicht anstrengen!«

Robert lächelte schief. »Glaub mir, es war keine Anstrengung, zu dir zu kommen.«

Mariama schüttelte den Kopf und trat um ihn herum. Langsam schob sie ihn den Gang zu seinem Zimmer zurück. »Sei doch bitte vernünftig, mit so schweren Verletzungen solltest du wirklich noch eine Weile im Bett liegen bleiben.«

»Aber das werde ich doch. In deinem.«

Mariama blieb ruckartig stehen. »Wie bitte?« Sie ging um den Rollstuhl herum, um Robert ins Gesicht sehen zu können.

»Du sagtest doch, du hättest ein Hotelzimmer genommen. Dort kann ich mich genauso gut ausruhen wie hier. Nein, noch besser sogar, weil mir nicht ständig jemand ein Thermometer sonst wohin schieben will.«

Mariama stemmte die Hände in die Hüften. »Das Zimmer war für mich gedacht, nicht für dich. *Du* bleibst hier im Krankenhaus, wo die Ärzte ein Auge auf dich haben können.«

»Ich möchte lieber bei dir sein.« Sein angespannter Gesichtsausdruck passte nicht recht zu seinen sanften Worten.

»Wenn ich hier bei dir bleibe, würdest du dann …«

»Nein. Du musst endlich einmal wieder ordentlich schlafen. Ganz davon abgesehen, würden sie dich nicht bei mir im Krankenhaus übernachten lassen. Ich muss hier weg, und ich werde dich sicher nicht alleine lassen.«

Allmählich verstand sie, worum es ihm ging. »Du befürchtest, ich könnte überfallen werden.« Die Art, wie er seine Lippen zusammenpresste, zeigte ihr, dass sie ins Schwarze getroffen hatte. »Ich bin in meinem Leben schon so oft in Windhoek und Swakopmund gewesen, aber noch nie hat mich jemand beraubt.« Sie sah, dass ihn das nicht im Mindesten beruhigte. »Außerdem hatte ich vor, vom Krankenhaus direkt zum Hotel zu fahren. Ich denke, so ist es sicher genug.«

Robert zog sie am Arm zu sich heran und beugte sich vor, bis sein Gesicht dicht vor dem ihren war. »Ich fahre mit dir.« Keuchend lehnte er sich wieder zurück.

Mariamas Geduld war erschöpft. Sie war erschöpft. »Oh, in Ordnung. Mach doch, was du willst, es ist ja nicht so, als hätte ich in deinem Leben etwas zu sagen. Wenn du dich umbringen willst, nur zu. Aber ich werde nicht dabei zusehen.« Sie erhob sich und wandte sich ab, doch bevor sie mehr als drei Schritte gehen konnte, hielt seine Stimme sie auf.

»Entschuldige. Ich sollte dir nicht noch mehr Sorgen bereiten, als ich es sowieso schon getan habe. Wenn es dir so viel bedeutet, bleibe ich noch eine Nacht hier. Aber morgen früh habe ich einen Termin, den ich nicht verschieben kann.« Mariama drehte sich zu ihm um und sah ihn scharf an. Er zögerte, bevor er weitersprach. »Ich hatte den Eindruck, dass der Überfall auf mich … kein Zufall war. Als hätten sie mir aufgelauert.«

Erschrocken schnappte Mariama nach Luft. »Glaubst du wirklich? Aber warum hast du dem Polizisten dann nichts davon erzählt?«

Robert blickte sich um. »Weil ich mir nicht sicher bin. Außerdem, hast du dich nicht gefragt, warum ein Polizist extra ins Krankenhaus kommt, um meine Aussage aufzunehmen?«

»Weil du überfallen wurdest!«

Robert hob eine Augenbraue und zuckte zusammen. »Ich weiß nicht, was hier üblich ist, aber in Deutschland wird von einem Überfallenen erwartet, dass er sich selber bei der Polizei meldet. Außer er ist dabei gestorben, dann würde wegen Todschlags oder Mordes ermittelt.«

Ein Zittern lief durch Mariamas Körper. »Oh Gott, sag so etwas nicht.«

»Es ist aber so. Soweit ich weiß, wurde ich von jemandem bei meinem Wagen gefunden, es wurde ein Krankenwagen gerufen, man hat mich ins Krankenhaus gebracht und zusammengeflickt.«

»Vielleicht haben sie die Polizei gerufen, weil offensichtlich war, dass du überfallen wurdest.«

»Vielleicht ja, vielleicht auch nicht. Ich möchte mir hinterher jedenfalls nicht vorwerfen müssen, mich geirrt zu haben. Schon gar nicht, wenn du ebenfalls hier bist.« Robert atmete flach durch. »Deshalb habe ich dem Polizisten nichts erzählt. Deshalb habe ich Angst, dass dir etwas auf dem Weg zum Hotel passieren könnte.«

Mariama nickte langsam. »Aber was willst du jetzt machen? Die Verbrecher laufen lassen?«

»Nein. Ich werde versuchen herauszufinden, was passiert ist. Und ich werde morgen zur Polizei gehen und dort die Verbrecherfotos durchsehen, wie ich es versprochen habe. Vermutlich wird nichts dabei herauskommen. Und ich werde neue Papiere beantragen.«

»Aber was ist, wenn sie dir noch einmal auflauern, wenn du das nächste Mal in Windhoek bist?«

Robert sah sie lange an. »Ich glaube nicht, dass das noch einmal passieren wird.«

»Wieso bist du dir da so …?«

»Würdest du mich nun ins Zimmer zurückbringen? Ich muss mich hinlegen.«

Mariama erkannte eine Ablenkung, wenn sie eine hörte.

Aber sie wusste auch, dass Robert zu dem Thema nichts mehr sagen würde. Vermutlich weil er glaubte, sie damit zu schützen. Irgendetwas ging hier vor, was Robert vor ihr verheimlichte. Sie schob ihn zurück und half ihm, sich ins Bett zu legen. Sowie sein Kopf das Kissen berührte, schloss er die Augen. Sein Gesicht war immer noch blass und angespannt, die Prellung sah beinahe noch schlimmer aus als vor einigen Stunden. Robert brauchte Ruhe, das konnte sie sehen, deshalb deckte sie ihn zu, nahm seine Hand und setzte sich neben ihn ans Bett. Wer auch immer ihm schaden wollte, würde erst einmal an ihr vorbeimüssen.

Ungeduldig wartete Robert am nächsten Morgen auf Mariama, die ihn endlich aus dem Krankenhaus herausbringen würde. Er war noch nicht bereit zuzugeben, dass er den Schlaf und die Erholung gebraucht hatte und es seiner Gesundheit nicht zuträglich gewesen wäre, wenn er bereits am Abend zuvor das Krankenhaus verlassen hätte. Heute fühlte er sich etwas stärker, auch wenn sein Kopf immer noch schmerzte, ebenso wie die diversen anderen Verletzungen, die er davongetragen hatte. Jeder tiefere Atemzug sandte einen Stich durch seinen Brustkorb, sein rechter Arm lag in einer Schlinge, um sowohl seine Schulter als auch die Brustmuskulatur stillzulegen.

Der Arzt hatte ihn für zwei Wochen krankgeschrieben, wenn er früher wieder anfangen wollte zu arbeiten, geschähe es auf eigene Verantwortung. Nicht dass er unbedingt Wert darauf legte, wieder zu Bodmin zu fahren. Nun hatte er immerhin einige Tage Zeit, Meyers zusammengetragene Beweise zu sichten und sich genau zu überlegen, wie er weiter vorgehen wollte.

Robert hob den Kopf, als die Tür aufging. Sein Herz begann schneller zu schlagen, als Mariama eintrat. In ihrer Jeans und der Bluse sah sie jugendlich und frisch aus, während er sich alt und verbraucht fühlte. Warum glaubte er eigentlich, dass er ihr ein schönes Leben bieten konnte? Er war niemand, mit dem sie sich abgeben sollte. Aber sie tat es, und er war selbstsüchtig genug, sie an sich zu binden und zu hoffen, dass sie nie herausfand, was er vor ihr verbarg.

Schon oft war er nahe daran gewesen, ihr von dem Unglück in Norwegen zu erzählen, aber im letzten Moment scheute er immer davor zurück. Er könnte nicht damit leben, wenn sie ihn mit Verachtung ansehen würde, weil er vor seinen Schuldgefühlen geflohen war, anstatt sich ihnen zu stellen. Irgendwie würde er versuchen, es wiedergutzumachen, ihr jeden Wunsch erfüllen und sie so glücklich machen, wie sie es verdiente. Ob es reichte, konnte er nicht sagen, aber er war nicht in der Lage, sie gehen zu lassen. Sie gehörte ihm, so, wie er auch ihr gehörte. Er stand langsam auf und trat zu ihr. Auch wenn jeder Schritt schmerzte, musste er jetzt bei ihr sein. Sein gesunder Arm legte sich um ihren Rücken, sein Körper schmiegte sich an den ihren. Mariamas überraschten Laut fing er mit den Lippen auf, als er sie küsste. Sanft zuerst, dann heftiger, fordernder, bis sie ihre Arme um seine Taille schlang und seinen Kuss erwiderte.

Schließlich hob er den Kopf und sah ihr in die Augen. Die Liebe darin war unverkennbar, gepaart mit einem Hauch Leidenschaft, den der Kuss in ihr ausgelöst hatte. Sie war die seine. Fast schmerzhaft klopfte sein Herz gegen seine Rippen, die Gefühle schnürten ihm die Kehle zu. Seine Stimme klang rau, als er endlich die Worte herausbrachte, die ihm auf der Zunge lagen. »Ich liebe dich.«

Mariamas Lächeln nahm ihm den Atem. »Was für eine wunderschöne Begrüßung. Ich liebe dich auch.«

»Gut.« Befriedigung lag in dem Wort.

Mariamas Augen verdunkelten sich. »Ich glaube, wir sollten jetzt fahren. Bist du bereit?«

»Und wie.«

Robert wartete ungeduldig darauf, dass der Wachmann seinen Rucksack durchsucht hatte, den er anstelle seiner Aktentasche benutzte, seit diese ihm vorletzte Woche gestohlen worden war. Heute war sein erster Arbeitstag nach der Krankschreibung – und sein letzter bei Bodmin. Tagelang hatte er die Papiere studiert, die er nach der Entlassung aus dem Krankenhaus von Meyers Freundin erhalten hatte, während Mariama im Auto auf ihn gewartet hatte. Schließlich hatte er die Entscheidung getroffen, die sich in seinem Innern bereits geformt hatte. Er würde Bodmin verlassen, und er würde dafür sorgen, dass Mariama, ihrer Familie und ihm selbst nichts passieren konnte. Robert rieb sich über die Schläfe, die immer noch schmerzend pochte, wenn er sich zu sehr anstrengte oder aufregte. Duplikate der Unterlagen hatte er in einem Banksafe deponiert und einen weiteren Satz Kopien an Klaus geschickt, der sie sicher für ihn aufbewahren würde. Er wünschte nur, er hätte hieb- und stichfeste Beweise, mit denen er vielleicht sogar zur Polizei hätte gehen können, um Bodmin ein für alle Mal das Handwerk zu legen.

Endlich war der Wachmann fertig, und Robert durfte die heiligen Hallen betreten. Es war merkwürdig zu wissen, dass er heute alles zum letzten Mal sehen würde. Aber es war auch befreiend, so, als hätte seit Monaten ein Druck auf ihm gelastet, der immer schwerer geworden war und sich nun endlich gelöst hatte. Oder zumindest fast, er konnte sich etwas Angenehmeres vorstellen, als Harm Koller seine Kündigung zu überreichen. Er hätte sie einfach bei einer Sekretärin hinterlassen oder sogar per Post zustellen können, doch er wollte sichergehen, dass Bodmin genau verstand, dass es keinen Sinn hatte, ihn gewaltsam zum Schweigen zu bringen. Hoffentlich war Koller verständig genug einzusehen, dass es besser war, ihn einfach ziehen zu lassen.

Ein Schauder kroch ihm über den Rücken, sein Nacken prickelte unangenehm. Er würde alles dafür tun, dass Mariama nichts zustieß! Sie sollte in Ruhe leben können, ohne von seiner Vergangenheit eingeholt zu werden, welcher auch immer. Als Robert die Tür zu seinem Büro aufschloss, hatte er das Gefühl, nicht mehr allein zu sein. Er sah über die Schulter zurück und stieß eine lautlose Verwünschung aus. Nicolas Peltier stand nur wenige Meter hinter ihm und starrte ihn aus seinen schwarzen Augen an. Kein Wunder, dass Roberts Herz schneller schlug.

»Ah, Herr Wolf.« Peltier kam mit einem falschen Lächeln auf ihn zu, das seine Augen nicht einschloss. »Wie geht es Ihnen? Ich habe gehört, was Ihnen widerfahren ist. Hoffentlich wurden diese Verbrecher schon gefasst?«

Robert stieß die Tür zum Büro auf, bevor er sich ganz zu seinem Chef umdrehte und sich bemühte, seinen Widerwillen nicht zu zeigen. »Nein, leider nicht. Es scheint, als hätte sie der Erdboden verschluckt.«

»Das ist ärgerlich. Sie müssen sich hier in der Stadt nun wahrscheinlich unwohl fühlen.«

Eine bessere Gelegenheit würde er wahrscheinlich nicht bekommen. »Ehrlich gesagt, ja. Wie Sie wissen, werde ich demnächst heiraten. Ich möchte ungern so lange von meiner Frau getrennt sein.«

»Das kann ich gut verstehen, ein Mann sollte bei seiner Frau sein.« Peltier sagte die richtigen Worte, doch bei dem Gesichtsausdruck, den er dazu machte, klangen sie schief, unehrlich. So, als würde er sich insgeheim über ihn lustig machen und als wäre es ihm egal, dass Robert es wusste.

Mühsam brachte er seine zusammengepressten Zähne auseinander. »Genau. Deshalb kann ich leider nicht weiter für Bodmin arbeiten.«

Mit angehaltenem Atem wartete er auf Peltiers Reaktion.

Seine neutrale Miene bewies, dass er auf Roberts Antwort vorbereitet war. Er hatte eindeutig mit ihm gespielt, alle Trümpfe in der Hand behalten, bis Robert seine Karten aufdecken würde. »Wir würden es bedauern, eine Fachkraft mit Ihren Kenntnissen zu verlieren. Können wir Sie nicht doch dazu überreden, weiter für uns zu arbeiten?« Peltier beugte sich verschwörerisch vor. »Ein Apartment in Windhoek, groß genug für ein junges Ehepaar?«

Vielleicht hätte sich ein anderer Angestellter davon ködern lassen, doch Robert war nicht interessiert. »Das ist ein großzügiges Angebot, und ich danke Ihnen dafür. Aber ich muss leider bei meinem Entschluss bleiben.« Er setzte seinen Rucksack ab und zog den Umschlag mit der Kündigung heraus. »Es war interessant, für Bodmin zu arbeiten, und ich habe es gern getan. Doch nun muss ich andere Prioritäten in meinem Leben setzen.«

Peltiers Augen funkelten, er griff nicht nach dem Umschlag, den Robert ihm hinhielt. Er stand viel zu nah für Roberts Geschmack. »Müssen Sie das?«

»Ja.«

»Sie sollten es sich überlegen, wenn Sie Bodmin einmal verlassen haben, gibt es kein Zurück mehr.«

Robert fühlte erneut das Prickeln in seinem Nacken, seine Haare richteten sich auf. »Wie darf ich das verstehen?«

Peltier zog den Kopf zurück. »Sie verstehen sehr gut, was ich meine. Es ist nicht gut, das Unternehmen zu verlassen.«

»Warum?«

»Es gibt hier kein anderes Unternehmen, das Sie anstellen wird, und niemand würde Ihnen ein so gutes Gehalt zahlen wie wir. Denken Sie an Ihre Karriere.«

»Lassen Sie das nur meine Sorge sein.« Robert kochte vor Wut.

»Aber natürlich.« Peltier lächelte viel zu glatt. »Ich hoffe nur, dass Sie nicht noch einmal an solch brutale Räuber geraten, beim nächsten Mal haben Sie vielleicht weniger Glück.«

Robert erstarrte. Wenn das keine Drohung war. Er richtete sich auf, bis er Peltier um einen Kopf überragte. »Wollen Sie mir damit etwas Bestimmtes sagen?«

Peltiers Lächeln glich eher einem Zähnefletschen. »Ich denke, Sie wissen, was ich sagen will. Halten Sie sich den Rücken frei, Wolf, und sehen Sie sich immer gut um.«

Robert beschloss, dass es an der Zeit war, deutlich zu werden. »Wenn mir, meiner Verlobten oder ihrer Familie irgendetwas zustoßen sollte, würde ein kleines, brisantes Paket seinen Weg an die Öffentlichkeit finden. Ich denke nicht, dass Bodmin oder Ihnen das gefallen würde.«

»Sie haben nichts in der Hand.«

Robert hob eine Augenbraue. »Ach nein? Woher wissen Sie das so genau? Meine Recherchen zu Bodmins … Preispolitik und den mysteriösen Todes- und Vermisstenfällen im Firmenumfeld waren sehr ergiebig. Hatten Sie gedacht, ich wäre so dumm, heikle Unterlagen in der Aktentasche zu transportieren?«

Wut sprühte aus Peltiers Augen, sein Mund war verzerrt. »Wagen Sie es nicht, sich mit Bodmin anzulegen, unsere Möglichkeiten übersteigen die Ihren bei Weitem.«

»Das ist mir bewusst. Und deshalb schlage ich Ihnen einen Handel vor: Ich steige aus und führe in Ruhe mein Leben weiter, und Sie können sicher sein, dass ich keinen Gedanken mehr an Bodmin verschwenden werde.«

Peltier riss ihm die Kündigung aus der Hand. »Verschwinden Sie von hier, sofort!«

Robert brachte ein kühles Lächeln zustande, auch wenn er innerlich zitterte. »Mit dem größten Vergnügen.« Er ging dicht an Peltier vorbei. »Und ich meine es ernst, nur ein einziger Versuch, meiner Familie zu schaden, und die Papiere werden Bodmin in große Schwierigkeiten bringen.«

»Raus!« Sein letztes Wort brüllte Peltier fast.

Robert verzichtete auf eine Antwort und tat stattdessen das, was er von Anfang an hätte tun sollen: Er kehrte Bodmin den Rücken.

Als er einige Stunden später auf dem Pad unterwegs war, entschied er spontan, gar nicht erst zu sich nach Hause zu fahren, und bog kurz entschlossen in den Weg zur Fechnerfarm ein. Er wollte, nein, er musste zu Mariama und sicherstellen, dass es ihr gut ging. Vermutlich würde es einige Zeit dauern, bis er wirklich sicher war, dass Bodmin sie in Ruhe lassen würde. Aber er konnte nicht sein ganzes Leben lang über die Schulter schauen und Peltiers Rache fürchten. Deshalb hatte er beschlossen, Mariama nichts von der Sache zu erzählen, um sie nicht ständiger Ungewissheit auszusetzen. Welchen Sinn hätte es, sie in Angst zu versetzen? Ihr gemeinsames Leben sollte nicht damit beginnen, hinter jedem Strauch einen gedungenen Mörder zu vermuten. In einer Staubwolke kam der Jeep vor dem Haus der Fechners zum Stehen, und Robert sprang hinaus.

Elise erschien in der Hintertür, ein Küchenhandtuch in der Hand. »Robert, was machst du denn schon hier? Ist etwas passiert?« Besorgt sah sie ihn an.

Er ging zu ihr hinüber und küsste ihr die Wange. »Nein, alles in Ordnung.« Sein Grinsen schien sie etwas zu beruhigen. »Ist Mariama im Haus?«

»Nein, sie füttert gerade Leola.« Ein wissendes Lächeln erschien auf ihrem Gesicht, als sie das mit Geschenkpapier verpackte Kästchen in seiner Hand sah. »Junge Liebe …«

Robert lächelte, als sie wieder im Haus verschwand. Seltsam, seit er das Eingangstor zur Farm passiert hatte, war er gut gelaunt. Er fühlte sich jung und ... frei. Als ob eine Last von ihm genommen wäre und er ein ganz neues Leben beginnen würde. Vielleicht war es auch so. Bodmin lag hinter ihm, genauso wie Deutschland und seine Partnerschaft mit Gunter Steinfels. Er würde sich schnell einen neuen Job suchen müssen, aber davon wollte er sich heute nicht die gute Laune verderben lassen. Vor dem Gehege angekommen, hielt er nach Mariama Ausschau.

»Rob!« Mugambos Stimme dicht hinter ihm bescherte ihm beinahe einen Herzinfarkt. Der Junge hatte Schwierigkeiten, seinen Namen auszusprechen, deshalb hatte er begonnen, ihn abzukürzen.

Robert drehte sich um und legte seine Hand auf den Kopf des Jungen, der ihn freudestrahlend ansah. »Hallo, Mugambo. Schule schon vorbei?« Mit Schule meinte er den Privatunterricht, den ihm Nomami und Mariama gaben.

Mugambo verzog den Mund und nickte dann.

»Mariama?« Robert deutete zum Gehege. Da Mugambo noch Probleme hatte, komplexe Sätze auf Deutsch, Englisch oder Afrikaans zu verstehen, hatten sie eine Kommunikationsform entwickelt, die es ihnen ermöglichte, sich trotzdem zu verständigen.

Der Junge nickte erneut und deutete auf den hinteren Teil des Geheges, der dicht mit Büschen, hohen Gräsern und einzelnen Bäumen bewachsen war. Seufzend erkannte Robert, dass es dauern würde, bis er Mariama endlich in die Arme schließen konnte. Leola machte sich manchmal einen Spaß daraus, sich zu verstecken und sie so lange nach ihr suchen zu lassen, bis sie keine Lust mehr hatte. Oder der Hunger zu groß wurde. Inzwischen hatten sie begonnen, Fleisch zu verfüttern, doch wenn sie es einfach nur ins Gehege legten, rührte die Leopardin es nicht an. Nein, Madame wollte gerne per Hand gefüttert werden, und meist auch nur von Mariama. Es wurde Zeit, sie auszuwildern, doch bisher hatten sie es noch nicht über sich gebracht.

Robert drückte Mugambo das Geschenk in die Hand. »Für Mariama. Warte hier.«

Er schob den Riegel zurück, trat in das Gehege und bedeutete Mugambo, die Tür wieder hinter ihm zu schließen. Mit großen Schritten strebte er auf den gebüschbestandenen Bereich zu. Warum war sie allein in das Gehege gegangen? Als Leola so groß geworden war, dass sie sie ernsthaft verletzen konnte, hatten sie abgemacht, die Fütterungen nur zu zweit durchzuführen. Doch kaum war er nicht da, wurde Mariama unvernünftig. Sorge und Ärger bauten sich mit jedem Schritt in ihm auf. Wenn ihr durch ihre Leichtsinnigkeit etwas passiert wäre … Robert presste die Zähne zusammen. Gut, dass er in nächster Zeit zu Hause war und auf sie aufpassen konnte. Er duckte sich gerade unter einem niedrig hängenden Ast hindurch, als ohne Vorwarnung etwas Schweres auf seinem Rücken landete und ihn zu Boden riss. Der Aufprall nahm ihm den Atem, und seine kaum verheilten Rippen schmerzten. Das Gewicht auf seinem Rücken verlagerte sich, etwas Feuchtes schob sich in seinen Nacken, und augenblicklich war ihm klar, mit wem er es hier zu tun hatte.

»Lass das, Leola, geh runter.«

Als er endlich wieder atmen konnte, drehte er sich auf den Rücken. Leola lag neben ihm und zeigte ihre Zähne, als wollte sie ihn angrinsen. Robert sah zur anderen Seite, wo sich Mariama mittlerweile neben ihn gekniet hatte und ihn nun anlächelte. So hatte er sich ihr Wiedersehen nicht vorgestellt, aber vermutlich sollte er dankbar sein, dass Leola ihn nicht für ihr Futter gehalten hatte.

»Sie wollte nur spielen.«

Robert schnitt eine Grimasse. »Ich kann mir nichts Schöneres vorstellen, als das Spielzeug für einen Leoparden zu sein.«

Mariama lachte leise. »Du hättest euch sehen sollen …«

»Danke, verzichte.« Robert versuchte umständlich, sich wieder aufzusetzen.

Mariama legte ihren Arm um ihn und half ihm dabei. »Hast du dich verletzt?« Ihre Finger strichen über seinen Brustkorb, als könnten sie eine Verletzung durch die Kleidung spüren.

»Nein.« Er bemühte sich, gerade zu sitzen, um nicht wie ein Schwächling zu wirken.

»Was machst du überhaupt hier? Ich dachte, du wärest in Windhoek.«

Robert schob Leolas Pfote beiseite, die sie besitzergreifend auf sein Bein gelegt hatte. »Das war ich auch.« Ihre Blicke trafen sich. »Und ich könnte dich das Gleiche fragen: Was machst du hier? Hatten wir nicht abgemacht, dass wir nur noch zu zweit in das Gehege gehen?«

Schuldbewusst sah Mariama ihn an, dann hob sie das Kinn. »Mugambo ist mit mir hier.«

»Draußen vor dem Käfig nutzt er dir nichts.«

»Er ist noch ein Kind, Leola könnte ihn als Beute ansehen.«

Ärger stieg erneut in ihm auf. »Und dich nicht? Du bist nicht sehr viel größer als Mugambo, und Leoparden jagen noch viel größere Beutetiere, falls du das nicht weißt.«

»Nicht Leola.«

»Noch nicht. Aber ich möchte nicht hier drinnen sein, wenn sie doch einmal auf die Idee kommt. Und du, glaube ich, auch nicht.«

Mariama biss sich auf die Unterlippe. »Nein, vermutlich nicht.«

Robert lächelte versöhnlich, dann beugte er sich vor und küsste sie. Er hörte, wie sie nach Luft schnappte, bevor ihre

Lippen weicher wurden und den Kuss erwiderten. Ein dumpfes Grollen neben ihnen kühlte Roberts Verlangen schneller ab, als eine kalte Dusche es vermocht hätte. Missmutig sah er Leola an, die seinen Blick starr erwiderte. »Ich schätze mal, sie ist eifersüchtig auf mich, weil ich dir so nahe bin.«

Mariama schmunzelte ihn an. »Nein, sie mag es nicht, wenn du dich um mich kümmerst anstatt um sie.«

Unbehaglich musterte Robert die Leopardin. »Meinst du?«

Mariama hielt ihm eine Hand hin und half ihm hoch. »Aber ja.«

»Dann lass uns lieber schnell von hier verschwinden.«

Mariamas Lachen beruhigte seine angespannten Nerven. Keine Frage, er war zu Hause angekommen. Während Mariama sich dem Tor näherte, behielt Robert Leola im Blick. Für ihn sah es immer noch so aus, als würde sie überlegen, sie zu ihrem zweiten Frühstück zu machen. Instinktiv beschleunigte er seinen Schritt, bis er zu Mariama aufschloss. Sie lächelte ihn an, als er ihre Hand umfasste.

»Du hast mir immer noch nicht auf meine Frage geantwortet. Warum bist du schon hier?« Ihre Augenbrauen schoben sich zusammen. »Hat der Arzt dich noch länger krankgeschrieben?«

»Nein, es ist alles in Ordnung, mein Kopf ist fast wieder wie neu, und die Rippen werden auch bald geheilt sein.«

»Also, was ist der Grund? Nicht, dass ich mich beschweren möchte, ich finde es schön, wenn du bei mir bist.«

Eine leichte Unsicherheit überkam Robert. Vielleicht hätte er doch erst mit ihr über seine Kündigung reden sollen, anstatt sie nun vor vollendete Tatsachen zu stellen. Robert straffte die Schultern. Nun, es war nicht mehr zu ändern, sie mussten mit seiner Entscheidung leben und das Beste daraus machen. »Das ist gut, denn ich werde in der nächsten Zeit sehr oft hier sein.«

Mariama blieb stehen und sah ihn überrascht an. »Was meinst du damit?«

Robert holte tief Luft. Es war das erste Mal, dass er es laut aussprach. »Ich habe gekündigt.«

»Du hast was?« Mit offenem Mund starrte Mariama ihn an. Gerade als er dachte, das wäre ihre ganze Reaktion, stieß sie einen kleinen Schrei aus und schlang ihre Arme um ihn. Seine Rippen schmerzten höllisch bei der unsanften Behandlung, aber er ignorierte es und umarmte sie ebenfalls. »Oh, Robert, das ist wundervoll! Ich hatte so gehofft, du würdest diesem Laden eines Tages den Rücken kehren!«

Er legte seine Hände um ihr Gesicht. »Warum hast du das nicht gesagt?«

Ernst sah sie ihn an. »Weil es deine Entscheidung war. Wenn ich dich dazu gezwungen hätte, hättest du es mir irgendwann vorgeworfen.«

Robert wollte protestieren, musste sich aber eingestehen, dass sie damit durchaus recht haben konnte. Woher sollte er wissen, was er in einigen Jahren dachte?

Mariama lächelte ihn aufmunternd an. »Es ist gut, dass du diesen Schritt gewagt hast, du wirst sehen.«

Er verzog den Mund. »Abwarten. Erst einmal muss ich einen neuen Job finden. Spätestens wenn ich pleite bin, wirst du deine Meinung vermutlich ändern.«

Mariama küsste ihn sanft. »Nie.«

Seine Kehle zog sich zusammen, sodass er keinen Ton mehr herausbrachte. Mariama zu fragen, ob sie ihn heiraten würde, war die beste Entscheidung, die er jemals getroffen hatte. Selbst wenn etwas schiefging, gemeinsam würden sie es schaffen, alle Hindernisse zu überwinden, die sich ihnen in den Weg stellen mochten.

Am Tor wartete bereits Mugambo auf sie. Er grinste von einem Ohr zum anderen, während er eine Hand hinter dem Rücken versteckt hielt. Robert legte den Arm um ihn und nahm ihm heimlich das Paket ab. Mugambo lachte laut auf und lief zum Haus hinüber.

Verwundert sah Mariama ihm nach. »Was ist nur mit ihm? Vorhin hat er noch Trübsal geblasen und war kaum dazu zu bewegen, mit zum Gehege zu kommen.« Sie lächelte zu Robert auf. »Wahrscheinlich freut er sich, dass du schon wieder da bist.«

»Vielleicht.« Robert unterdrückte ein Grinsen, als er Mugambos Kopf in der Türöffnung auftauchen sah. Es war erstaunlich, wie schnell seine Laune sich besserte, wie rasch er seine Probleme vergaß, wenn er hier auf der Farm war. »Oder er hat genauso wie ich erkannt, dass sein Zuhause nun hier ist.« Er beugte sich hinunter und küsste Mariama sanft auf die Stirn. »Hier bei dir.«

Mariamas Augen schimmerten feucht, ihr Gesicht strahlte. »Und ich kann es kaum erwarten, euch beiden ein Zuhause zu bieten. Wollen wir die große Feier absagen und einfach nur eine kleine Familienfeier daraus machen? Ich möchte nicht mehr länger warten.«

Roberts Herz hämmerte in seiner Brust, die Vorstellung, Mariama bald ganz für sich zu haben, war berauschend. Seine Arme schlossen sich fester um sie. »Was würden deine Eltern dazu sagen?«

Mariama hob die Schultern. »Mein Vater ist zufrieden, solange es ein Braai gibt. Und meine Mutter würde vielleicht enttäuscht sein, dass sie nichts Großes zu planen hat, aber letztendlich ist sie glücklich, wenn ich glücklich bin.«

»Und das wärst du? Wünscht sich nicht jede Braut ihren großen Tag?«

»Nicht jede.« Mariama lehnte sich zurück und sah ihm direkt in die Augen. »Diese hier braucht kein großes Tamtam, keine Feier mit hundert Gästen und einem riesigen Büfett. Es reicht, wenn die Menschen da sind, die mir wirklich etwas bedeuten.«

Robert berührte ihre Lippen mit den seinen. »Ich bin ein Glückskerl.«

Lachend zwickte Mariama ihn in den Po. »Bist du. Aber vergiss das nicht.«

Ernst blickte Robert in ihre leuchtenden Augen. »Niemals.«

Mariamas Lächeln war das Schönste, was er je gesehen hatte. Er freute sich darauf, sein Leben mit ihr zu verbringen, jeden Morgen an ihrer Seite aufzuwachen, nach der Arbeit schnell nach Hause zu kommen, um nicht eine Sekunde mit ihr zu verpassen und auf die Nächte mit ihr … Robert fühlte Röte in sein Gesicht steigen, während sich sein Körper regte.

»Was drückt denn da?«

Mariamas Frage ließ Hitze durch seinen Körper rasen. »Also wenn du das nicht weißt …«

Sie lachte. »Ich rede von dem, was in meinen Rücken sticht.«

Schade. Robert konnte die Antwort gerade noch unterdrücken. Stattdessen trat er von ihr zurück und hielt ihr das Paket hin.

»Nanu, wo kommt das denn her? Das hattest du doch eben noch nicht, als du …« Sie drehte sich zum Haus um. »Ah, jetzt verstehe ich. Ihr Verschwörer.« Sie sah auf das Päckchen und strich mit den Fingern über das Papier.

»Willst du es nicht aufmachen?«

»Nein, ich möchte es genießen. Es kommt nicht so häufig vor, dass ich etwas geschenkt bekomme.«

»Nimm dir so viel Zeit, wie du möchtest.« Lächelnd sah er zu, wie Mariama das Paket noch ein paarmal drehte und schließlich schüttelte, bevor sie rasch das Papier zerriss. Es hätte ihn auch gewundert, wenn sie länger durchgehalten hätte.

Sie steckte so voller Energie und Lebensfreude, dass es für sie keinen Stillstand gab. Wie ein Motor, der alles um sich herum antrieb und in Bewegung hielt.

Mit Spannung beobachtete er, wie sie die Schachtel langsam öffnete und das Seidenpapier darin vorsichtig auffaltete. Sein Blick wanderte zu ihrem Gesicht. Ihre Wangen waren gerötet, ihre grünen Augen glitzerten. Er musste ihr öfter Geschenke machen, so sehr genoss er es, ihre Freude zu sehen.

»Oh.« Beinahe ehrfürchtig nahm sie den aus dunklem Holz geschnitzten Leoparden aus der Schachtel und betrachtete ihn von allen Seiten. Mit den Fingerspitzen strich sie über das glatte Holz, auf dem die typischen dunklen Rosetten im Fell des Leoparden mit winzigen eingebrannten Stellen angedeutet waren. Schließlich sah sie zu ihm auf. »Er ist wunderschön.«

»Ich habe ihn in Windhoek in einem Schaufenster gesehen, als ich vom Arzt kam. Ich konnte nicht daran vorbeigehen.«

»Zum Glück.« Mariama war immer noch dabei, jedes Detail in sich aufzunehmen. »Unglaublich, wie der Künstler es geschafft hat, mit wenigen Einzelheiten die Kraft und den Charakter des Tieres einzufangen.« Sie schloss ihre Hand um die Skulptur. »So haben wir Leola immer bei uns, selbst wenn wir sie bald gehen lassen müssen.«

Robert legte seinen unverletzten Arm um ihre Schulter. »Ich werde Leola sicher niemals vergessen, denn sie war es, die uns zusammengebracht hat.«

Mariama hob eine Augenbraue. »Wir kannten uns doch schon vorher.«

»Ja, aber Leola hat dich mir gegenüber gnädiger gestimmt. Und der Kuss …« Robert schloss die Augen, als er sich daran erinnerte. Die erste Berührung ihrer Lippen, ihr Geschmack, ihr rauer Atem auf seiner Haut.

Mariamas Arm schlang sich um seine Taille, sie legte ihren Kopf an seine Schulter. »Ich fühlte mich auch vorher schon zu dir hingezogen, ich wollte es nur nicht zulassen.«

»Wegen Bodmin?«

Mariama verzog den Mund. »Das habe ich zumindest als Ausrede benutzt, um mich von dir fernzuhalten, aber vermutlich hatte es mehr damit zu tun, dass ich Angst hatte, ich würde mich in dich verlieben und du würdest mich nur als nettes Zwischenspiel betrachten.«

Robert drehte sie zu sich um und sah ihr forschend in die Augen. »Wie kommst du darauf? Warum hätte ich mich nicht in dich verlieben sollen?«

Röte überzog Mariamas Wangen, aber sie hielt seinem Blick stand. »Ich weiß es nicht, es kam nur so plötzlich und …«

»Was?«

»Ich hatte den Eindruck, du wärst vielleicht lieber mit der Frau in Deutschland zusammen.«

Roberts Körper versteifte sich unwillkürlich, als er an Heidrun dachte. Mariama wollte sich von ihm lösen, doch er hielt sie fest. »Nein, das ist lange vorbei, es gibt nur eine einzige Frau, mit der ich zusammen alt werden möchte, und das bist du.« Seine Worte bekräftigte er mit einem langen, sanften Kuss, der sie beide atemlos zurückließ. Schließlich löste er sich bedauernd von ihr. »Glaubst du mir?«

Mariamas Augen glitzerten. »Ja, ich denke schon.« Ihre Hand grub sich in sein Hemd, sie zog ihn dichter an sich. »Und selbst wenn du noch hinter einer anderen Frau hertrauern würdest, würde ich einen Weg finden, dich von ihr abzulenken.«

Robert lachte. »Das glaube ich dir unbesehen.«

Elise tauchte an der Hintertür auf, in ihrer Hand hielt sie einen Umschlag. »Das hatte ich vorhin ganz vergessen, der Postbeamte hat Karl heute Morgen einen Eilbrief für dich mitgegeben. Er dachte, es wäre besser, wenn du ihn sofort erhältst und nicht erst, wenn du das nächste Mal in dein Postfach schaust.«

Robert nahm den Brief dankend entgegen und versuchte, das unbehagliche Gefühl zu verbergen, das plötzlich in ihm aufstieg.

»Wenn du möchtest, können wir deine Post regelmäßig mit abholen lassen, irgendwer von der Farm ist immer in der Stadt.«

Er zwang sich zu einem Lächeln. »Das wird nicht nötig sein, ich kriege nur selten private Post, und von Bodmin wird nichts mehr kommen.«

Verwirrt sah Elise ihn an, dann weiteten sich ihre Augen. »Oh, sag nicht, du hast …«

»Genau, ab heute werde ich genügend Zeit haben, meine Post selber abzuholen.«

Sie legte ihre Hand auf seinen Arm. »Ich weiß, ich sollte das nicht sagen, aber ich bin froh, dass du nicht mehr für dieses Unternehmen arbeitest.«

»Das hat Mariama auch schon gesagt, und mir geht es ebenso.«

»Dann bin ich beruhigt.« Elise lächelte ihn an. »Was wirst du jetzt tun?«

Robert hob die Schultern. »Versuchen, einen anderen Job zu finden. Falls ihr Hilfe auf der Farm benötigt, gehe ich euch gerne zur Hand, bis ich etwas gefunden habe.«

»Karl wird sich freuen. Er kann immer Unterstützung gebrauchen. Außerdem hat er die Hoffnung noch nicht aufgegeben, dass du doch noch Farmer wirst.«

»Eher nicht, meine Talente liegen eindeutig woanders.«

Elise zuckte mit den Schultern. »Das kannst du nicht wissen, wenn du es noch nicht ausprobiert hast.«

Mariama grinste ihn an. »Ich würde dir dann auch zeigen, wie man melkt.«

Er verzog das Gesicht. »Das kann ich kaum erwarten.«

Lachend tätschelte Elise seinen Arm. »Ich lasse euch dann mal allein, damit ihr das in Ruhe ausdiskutieren könnt. Du isst mit uns?«

Robert wusste, dass Elise eine Absage nicht dulden würde. »Gerne.«

»Gut.« Zufrieden kehrte sie ins Haus zurück.

Mariama hängte sich bei ihm ein. »Lass dich von ihr zu nichts drängen, ich würde es verstehen, wenn du nicht auf der Farm arbeiten möchtest.«

Robert küsste ihr die Schläfe. »Ich helfe gerne, wenn ich Zeit habe. Allerdings werde ich bestimmt nie ein Farmer werden.«

»Kein Problem, das ist dann meine Aufgabe, ich habe genug Erfahrung für uns beide.« Mariama lächelte ihn an.

Er legte beide Arme um sie und zog sie zu sich heran. »Was habe ich mir nur für eine tolle Frau geangelt.«

Mariama lachte auf, und Robert sah ihr nach, als sie ihrer Mutter ins Haus folgte. Dann hob er zögernd den Brief und sah auf den Absender. Er war von Klaus. Sein Freund würde ihm keinen Eilbrief schicken, wenn es nicht um etwas Wichtiges ginge. Hoffentlich war ihm oder Evelyn nichts passiert. Mit zitternden Fingern riss er den Umschlag auf und entfaltete das Papier. Etwas fiel heraus und segelte zu Boden. Robert bückte sich danach, es war ein Zeitungsausschnitt. Rasch las er Klaus' wenige Zeilen.

Lieber Robert,
ich dachte, Du solltest es wissen: Falls Du vorhattest, in nächster Zeit nach Deutschland zurückzukommen – lass es bleiben.

Evelyn und ich wünschen Dir alles Gute für die Hochzeit, wir hoffen, Deine Braut irgendwann kennenzulernen. Lyn liegt mir ständig in den Ohren, dass wir unbedingt einmal nach Süd-

westafrika kommen müssen, um uns die Frau anzuschauen, die Dich so verzaubert hat.

Danke auch noch einmal für das Hochzeitsgeschenk, Lyn war ganz begeistert von dem Wandbehang und hat mich genötigt, ihn gleich aufzuhängen.

Bis zum nächsten Brief – ich hoffe, dann wieder mit guten Nachrichten.

Viele Grüße,
Klaus

Robert sah auf und atmete tief durch, bevor er den Zeitungsartikel überflog.

Köln. Die Staatsanwaltschaft Köln hat bestätigt, dass die norwegischen Strafverfolgungsbehörden Ermittlungen gegen das Kölner Unternehmen Steinfels & Wolf eingeleitet haben, das geologische Gutachten erstellt. Die Eigentümer der Firma, Gunter Steinfels und Robert Wolf, stehen in Verdacht, den Bruch eines Staudamms bei Fossedalen, Norwegen, durch ein fehlerhaftes Gutachten mitverschuldet zu haben. Bei der Katastrophe kamen mindestens vierzig Menschen ums Leben. Gunter Steinfels gibt zu den Anschuldigungen keinen Kommentar ab, Robert Wolf ist unauffindbar, es wird vermutet, dass er sich ins Ausland abgesetzt hat.

Langsam ließ Robert seine Hand sinken und starrte in die Wildnis. Klaus hatte recht, er würde nicht nach Deutschland zurückkehren können – vielleicht nie wieder. Seine Heimat war jetzt unwiderruflich hier.

12

Namibia, Januar 1982

Mariama tippte die Zahlen noch einmal in den Taschenrechner und verzog den Mund, als erneut eine viel zu niedrige Summe herauskam. Wenn es so weiterging, würden sie einen weiteren Teil ihrer Herde verkaufen müssen, um Nahrung und die notwendigsten Dinge bezahlen zu können. Die vergangenen Jahre hatte der Niederschlag bei deutlich unter zweihundert Millimeter pro Jahr gelegen, das Meiste davon war sofort wieder verdunstet. Selbst mit den Pumpen hatten sie Probleme, genug Wasser aus dem Rivier zu ziehen. Ein Drittel der Herde hatten sie schon zu viel zu niedrigen Preisen verkaufen müssen, denn jetzt in der Trockenzeit war der Markt für Rinderfleisch überschwemmt. Und diese Notverkäufe würden sich noch über Jahre hinweg bei ihren Einnahmen bemerkbar machen, denn selbst wenn es im nächsten Jahr wieder normale Niederschläge geben würde, wäre ihre Herde so dezimiert, dass sie deutlich weniger Fleisch verkaufen konnten und damit auch weniger einnahmen. Mariama stützte den Kopf in beide Hände. Sie hasste es, nicht alles unter Kontrolle zu haben, erst recht, wenn es sich auf die gesamte Farm auswirkte.

Robert war zusammen mit Mugambo und einigen Arbeitern am Rivier und versuchte, durch eine weitere Bohrung die Wasserförderung zu erhöhen. Doch selbst wenn sie Erfolg hätten, würden auch diese Vorräte irgendwann versiegen, wenn kein Nachschub von oben kam. Und darauf hatten sie dummerweise keinen Einfluss. Mariama rieb sich über die Stirn. Egal, was kam, sie mussten auch weiterhin die Kosten für die Fahrzeuge und die Pumpanlagen, das Schulgeld für Marc, die Futtermittel sowie die Löhne für die Angestellten aufbringen. Auch wenn sie einen Teil von deren Gehalt in Naturalien leisteten, irgendwo mussten auch diese herkommen. Und der fehlende Regen war nicht alles. Auch die immer häufiger werdenden Übergriffe von Wilderern bereiteten ihr Sorgen. Meist waren es arme Einheimische, die wegen der Dürre aus Not ein Rind töteten, um damit ihre Familien zu ernähren. Doch immer öfter gab es auch gezielte Angriffe von Aufständischen, die gegen die weißen »Eindringlinge« vorgingen, die ihnen ihr Land weggenommen hatten und die schwarze Bevölkerung unterdrückten. Mariama konnte ihren Zorn durchaus nachvollziehen, aber ihre Sympathie mit den Rebellen endete, wo sie begannen, ihr Vieh zu töten, ihr Land zu verwüsten und das Leben ihrer Familie und der Angestellten zu bedrohen.

Mariama zuckte erschrocken zusammen, als sich eine Hand auf ihre Schulter legte. Sie drehte sich im Stuhl um und sah zu ihrer Mutter auf. Elise war in den letzten Jahren erschreckend alt geworden, ihr Haar beinahe völlig grau. Tiefe Falten durchzogen ihre Haut, die von der Sonne beinahe wie gegerbt wirkte.

»Entschuldige, ich wollte dich nicht erschrecken. Worüber grübelst du nach?«

Mariama verzog das Gesicht. »Das Übliche. Kein Regen, kein Vieh, kein Geld, dafür aber jede Menge Rechnungen.«

Elise stieß einen tiefen Seufzer aus und setzte sich ihr gegenüber auf einen Stuhl. »Solche Phasen gibt es immer mal wieder, wenn man eine Farm betreibt. Wir hatten einige davon, seit wir hier angefangen haben, und sind jedes Mal wieder auf die Beine gekommen.«

»Ja, aber ich möchte nicht nur auf die Beine kommen, ich wollte mehr aus der Farm machen, den Viehbestand vergrößern, vielleicht noch andere Tiere dazunehmen.«

Ihre Mutter lächelte sie an. »Große Pläne … Du weißt, wie stolz wir darauf sind, dass du dich so sehr für die Farm engagierst und schon so viel erreicht hast.«

Ein Gefühl von Wärme kam in ihr auf und vertrieb für einen kurzen Moment ihre Sorgen. »Ja, und es bedeutet mir sehr viel. Trotzdem habe ich Angst, euch zu enttäuschen und nicht das Richtige für die Farm zu tun.«

Elise legte ihre Hand über die von Mariama. »Das wirst du nicht. Karl und ich hätten auch nichts anderes gemacht. Manche Dinge liegen einfach nicht in unserer Macht, da können wir nur abwarten, bis die schlechten Zeiten vorübergehen.«

»Aber viel länger warten können wir nicht, denn …«

»Wir werden es überstehen, Mariama, so wie all die anderen Male auch.«

Mariama biss sich auf die Lippe. »Damals gab es aber die Probleme mit den Aufständischen nicht. Wie können wir sie von unserem Land fernhalten? Wachleute können wir uns nicht leisten, und das Gebiet ist zu groß, um das Vieh effektiv zu schützen.«

»Vielleicht hat Robert dazu eine Idee.«

»Er …« Kummer schnürte ihr die Kehle zu. Sie spürte, dass Robert nicht glücklich war, auch wenn er nie etwas sagte. Er liebte sie und ihre beiden Söhne Marc und Kai, aber er schien mit seinem Leben nicht sonderlich zufrieden zu sein. Irgendetwas nagte an ihm, ließ ihn nie lange zur Ruhe kommen. Auch wenn er es nie erwähnte, hatte sie das Gefühl, dass er seine Heimat vermisste. Und auch seine Arbeit als Geologe. Zuerst hatten sie noch geglaubt, er würde nach seiner Kündigung bei Bodmin schnell wieder eine gute Stelle finden, doch nach einigen Monaten musste er sich damit abfinden, als Farmer zu arbeiten. Anfangs hatte sie sich darüber gefreut, ihn immer in der Nähe zu haben, mit ihm zusammenarbeiten zu können, doch schon bald hatte sie gemerkt, dass ihn die Arbeit nicht glücklich machte. Aber immer, wenn sie ihn darauf angesprochen hatte, war er ausgewichen, hatte sie mit etwas anderem abgelenkt. Meistens mit zärtlichen Berührungen und mit Leidenschaft. Mariama verzog das Gesicht.

»Bedrückt dich noch etwas anderes?«

Die Stimme ihrer Mutter riss sie aus ihren trüben Gedanken. Tief atmete sie durch. »Nein. Nein, sonst ist alles in Ordnung. Ich denke, ich werde nach Marc und Kai sehen, sie können mich sicher ablenken.«

»Ich glaube, sie sind noch nicht zurück.«

Erschrocken sah Mariama auf die Uhr. »Immer noch nicht? Ich hatte Amali gesagt, dass sie bis Mittag zurück sein sollen.« Am liebsten hätte sie ihre Kinder in dieser unruhigen Zeit immer nahe am Haus gehalten, doch das durfte sie nicht. Ihre Söhne sollten das Land so erkunden können, wie sie es früher getan hatte. Als Zugeständnis hatte sie das Kindermädchen mitgeschickt, das auf den vierjährigen Kai aufpasste und darauf achtete, dass sich die Kinder nicht zu weit vom Haus entfernten. Mit seinen zehn Jahren war Marc nicht sehr erfreut, noch in Gesellschaft eines Kindermädchens gesehen zu werden. Überhaupt erinnerte er sie sehr an seinen Vater, sowohl äußerlich als auch vom Charakter her.

Elise stand auf und strich ihr liebevoll mit der Hand über den Kopf. »Mach dir keine Gedanken, vielleicht habe ich sie nur nicht gesehen, oder sie sind bei den Hütten der Arbeiter. Mugambo weiß sicher, wo seine Frau ist.«

Trotz ihrer Sorgen musste Mariama lächeln. Sie konnte immer noch nicht richtig fassen, dass der einst so kleine, magere

Junge inzwischen längst erwachsen und verheiratet war. Die Zeit verging so schnell, fast wie im Flug. Mariama schüttelte den Kopf. »Ich gehe sie suchen und wenn ich sie erwische, ziehe ich ihnen die Ohren lang.«

Das Lachen ihrer Mutter folgte ihr auf den Flur. »Ich kann mich noch gut an einige Momente erinnern, in denen du deinem Vater und mir graue Haare beschert hast. Es sind Jungs, und Amali ist bei ihnen, ich kann mir nicht vorstellen, dass sie die beiden aus den Augen lässt oder sich mit ihnen weit vom Haus entfernt.«

»Ja, vermutlich nicht. Trotzdem wäre mir wohler, wenn ich sie in meiner Nähe wüsste.«

»Ich helfe dir suchen.«

Während Elise im Haus nach den beiden Jungen suchte, lief Mariama zu den Hütten der Damara, um dort nach ihnen zu fahnden. Die meisten der Hütten waren leer, da die Arbeiter auf der Farm unterwegs waren. Nirgends eine Spur von Marc und Kai. Dafür fand sie ihr früheres Kindermädchen in einer der Hütten. Nomami stemmte sich mühsam vom Boden hoch. Sie war in den letzten Jahren stark gealtert, ihr Körper hatte ihr die jahrzehntelange harte Arbeit nicht verziehen, doch ihr Geist war wach wie eh und je. Mariama legte ihr abwehrend eine Hand auf den Arm. »Bleib ruhig sitzen, wir werden sie finden. Wenn sie hier vorbeikommen, sag ihnen bitte, dass sie unverzüglich ins Haus gehen und dort bleiben sollen.«

»Frag Mugambo, er ist im Stall bei den Pferden, sicher weiß er, wo seine Frau ist.« Nomami sah mit wässrigen Augen zu ihr auf. »Mach dir keine Sorgen, ihr werdet sie bald finden.«

»Ja, bestimmt.« Mariama warf der alten Frau noch ein flüchtiges Lächeln zu, bevor sie die Hütte verließ und zum Stall hinüberrannte. Nach kurzem Suchen fand sie Mugambo in Windtänzers Box. Ihr Herz zog sich bei dem Anblick zusammen. Von

Anfang an war Mugambo von den Pferden fasziniert gewesen, und so hatte er in den folgenden Jahren jedes bisschen Wissen aufgesogen, das er über Pferde und Pferdehaltung erhaschen konnte. Sie besaßen auch andere Pferde, aber Windtänzer war immer sein Liebling gewesen, genauso wie Robert. Nachdem er jetzt eine eigene Familie gründen würde, war er nicht mehr ganz so oft mit seinem Mentor und Ersatzvater zusammen, doch sie waren sich immer noch genauso nah wie vor sechzehn Jahren, als Mugambo zu ihnen gekommen war. So wie Robert damals ihn unter seine Fittiche genommen hatte, war er nun für Marc zu einem großen Bruder geworden, der immer für ihn da war, ihm zuhörte und ihm Dinge zeigte, für die seine Eltern keine Zeit hatten. Sie hatte das Gefühl, Marc wusste inzwischen mehr über die Damara und ihr Leben, als sie selbst je gelernt hatte. Wie ein Schwamm sog er alles in sich auf, was er hörte und sah, und erinnerte sich an jede Kleinigkeit. Auch seine zurückhaltende Art musste er von Robert geerbt haben, während Kai eher nach ihr kam. Er war ein aufgewecktes, fröhliches Kind, das jeden sofort mochte und in allem nur das Positive sah.

Entschlossen schob Mariama schließlich die Tür auf und trat hindurch. Mugambo hob den Kopf, als er sie hörte. Sein Begrüßungslächeln erstarb, als er ihren Gesichtsausdruck bemerkte.

Er ließ den Striegel sinken und trat um Windtänzer herum. »Was ist passiert?«

»Nichts, vermutlich. Hast du Amali und die beiden Jungs gesehen? Eigentlich dachte ich, sie wären schon zurück, aber …« Sie sprach nicht zu Ende.

Mugambo runzelte die Stirn. »Nein, hier waren sie nicht.«

»Weißt du vielleicht, wo sie hinwollten? Dann schicke ich jemanden los, der sie …« Irritiert sah sie ihm zu, als er sich von ihr wegdrehte und an etwas herumbastelte. »Was tust du da?«

»Ich sattele Windtänzer für dich, und dann holen wir sie.«

Normalerweise mochte sie es nicht, wenn man für sie Entscheidungen traf, aber diesmal war sie froh darüber, jemanden zu haben, der kühl denken konnte und etwas unternahm. »Danke.«

Mugambo nickte nur knapp, während er dem Pferd in Rekordzeit Sattel und Zaumzeug anlegte. Kurze Zeit später schwangen sie sich auf die Pferde und verließen den Stall. Ohne zu zögern, wandte Mugambo sich in eine Richtung, er schien also tatsächlich zu wissen, wo er die Vermissten finden konnte. Mariama folgte ihm auf den Trampelpfad, der quer durch die Wildnis zur westlichen Weide führte, die dem Haus am nächsten lag. Erleichtert atmete sie auf, immerhin schienen Amali und die Kinder keinen besonders langen Ausflug geplant zu haben. Andererseits hätten sie dann längst wieder zu Hause sein sollen. Wahrscheinlich hatten sie unterwegs Robert und ihren Großvater getroffen und völlig die Zeit vergessen, während sie ihnen bei der Arbeit zuschauten. Ein Schauder lief ihr über den Rücken, als sie sich ausmalte, was ihnen alles passiert sein könnte.

»Keine Angst, Amali wird nicht zulassen, dass ihnen etwas geschieht.«

Mariama verkniff es sich zu sagen, dass es Dinge gab, die auch eine zuverlässige junge Frau wie Amali nicht verhindern konnte. Wilde Tiere, vor allem aber die Menschen waren unberechenbar, nicht auszudenken, was passieren konnte, wenn sie auf jemanden trafen, der böse Absichten hatte. Ihr Herz hämmerte im Takt zu den Pferdehufen, während sie den unguten Gedanken schnell beiseiteschob.

Sie waren fast am anderen Ende des Pfads angekommen, als sie von Weitem eine Gruppe von Arbeitern sah, die sich um etwas scharten. *Oh Gott, nein!* Mugambo, der sie im selben Moment entdeckt hatte, trieb sein Pferd an und schoss vorwärts.

Mariama tat es ihm gleich und ließ die Zügel locker, während sie sich tiefer über Windtänzers Hals beugte. Den Blick unverwandt auf die Gruppe gerichtet, hörte alles andere um sie herum auf zu existieren. *Kai. Marc.* Sie betete, dass den beiden nichts passiert war. Bei der Gruppe angekommen, war sie bereits aus dem Sattel gerutscht, bevor das Pferd überhaupt stand. Mugambos Hand schloss sich um ihren Arm, während sie sich gemeinsam einen Weg durch die Gruppe der Arbeiter bahnten.

»Mama!«

Kais Ruf ließ sie herumwirbeln, sie sank zu Boden und öffnete ihre Arme. Als sich sein kleiner Körper dicht an sie schmiegte, schloss sie die Augen und versuchte, ihre Tränen zurückzudrängen. Dann riss sie sie wieder auf. »Marc?«

»Ich bin hier.« Er trat neben sie, das Gesicht kreidebleich. »Amali ist auch da, sie hilft gerade einem der verletzten Männer.«

Mariama sandte ein Stoßgebet gen Himmel, während sie Marc an sich heranzog und auch ihn so fest hielt, wie sie nur konnte. Ausnahmsweise ließ er sich diesmal in aller Öffentlichkeit von seiner Mutter umarmen und legte seine Wange an ihre. Erneut schossen ihr die Tränen in die Augen, ihre Kehle war wie zugeschnürt. Nach einer Weile schaffte sie es, wieder zu sprechen. »Was ist passiert?«

Marc presste die Lippen zusammen und löste sich von ihr. »Wilderer. Sie wollten Rinder stehlen und haben zwei der Arbeiter verletzt, als sie von ihnen überrascht wurden. Wir sind erst später dazugekommen.« Er schob das Kinn vor. »Ich wünschte, ich wäre früher da gewesen und hätte sie aufhalten können.«

Mariama richtete sich ruckartig auf und griff nach seinem Arm. »Nein, sag das nicht! Du hättest sie nicht aufhalten können, sondern dich nur in Gefahr begeben. Weißt du, dein Vater und ich, wir könnten es nicht ertragen, wenn dir oder deinem Bruder etwas zustößt. Versprich mir, dass du dich nie in so etwas einmischen wirst!«

»Aber Mama …«

Ihre Finger gruben sich in seinen Arm. »Versprich es mir!«

»Au, du tust mir weh.« Er sah ihren Gesichtsausdruck und nickte schließlich widerwillig. »Ja, ist gut, ich versprech's.« Seine Miene erinnerte sie an seinen Vater, als er hinzufügte: »Aber wenn ich alt genug bin, werde ich unser Land schützen. So wie Papa und Opa es tun.«

Mariama löste ihren Griff und strich über seine zerwühlten schwarzen Haare. »Ja, das wirst du, und das sollst du auch, aber erst in einigen Jahren.« Sie konnte nur hoffen, dass Namibia bis dahin zur Ruhe gekommen war und die Überfälle wieder aufgehört hatten. Es war schlimm genug, Rinder zu verlieren, aber wenn dabei sogar Menschen zu Schaden kamen, war das ein deutliches Zeichen für eine Verschärfung des Konflikts. Sie wünschte sich für ihre Kinder, dass sie in einer ruhigen, friedlichen Welt aufwuchsen, in der sie nichts zu befürchten hatten. Aber auch wenn sie weit genug von den Brennpunkten entfernt lebten und ihre eigenen Arbeiter loyal zu ihnen standen, sahen die Damara in ihnen nur weiße Siedler, die für sie der Kern allen Übels waren. Zusammengepfercht in dem ihnen zugewiesenen Homeland, konnte es durchaus sein, dass sie irgendwann ihrem Hass gegen die weißen Farmer in der Nachbarschaft nachgaben.

Mariama blickte auf, als Mugambo zurückkehrte. Sein Gesicht war verhärtet, ein Muskel zuckte an seiner Wange. »Wie geht es den Männern?«

»Sie müssen dringend zu einem Arzt. Es sind zwar nur Fleischwunden, aber sie könnten sich entzünden.«

»Wie lange ist der Überfall her?«

»Etwa eine halbe Stunde.«

Mariama zog Kai näher zu sich. »Sind die Wilderer noch in der Nähe?«

Mugambo schüttelte den Kopf. »Unwahrscheinlich, sie werden wissen, dass es hier vorerst zu gefährlich für sie ist. Ich schätze, sie haben sich in die Außenbezirke zurückgezogen.«

»Aber du glaubst, dass sie wiederkommen werden?«

»Heute Nacht oder morgen oder in den nächsten Tagen, ja, vermutlich. Sie wissen jetzt, dass es hier etwas zu holen gibt, und wenn sie verzweifelt oder kaltblütig genug sind, werden sie es wieder probieren.«

Ein Zittern lief durch Mariamas Körper. »Jungs, eure Ausflüge sind für die nächste Zeit gestrichen. Ich möchte, dass ihr euch ab sofort immer in der Nähe der Häuser aufhaltet.«

»Aber Mama …«

»Das kannst du nicht …!«

Mariama stoppte die Proteste ihrer Söhne mit einer Handbewegung. »Das ist mein letztes Wort. Ich möchte nicht, dass euch etwas geschieht, und wie wir heute gesehen haben, kann das hier draußen sehr leicht passieren. Ihr dürft natürlich noch raus, aber eben nur in Begleitung von eurem Vater oder Mugambo. Versprecht ihr mir das?«

Marc sah aus, als wollte er noch weiter protestieren, nickte dann aber, nachdem er sie prüfend angesehen hatte. Kai folgte dem Beispiel seines großen Bruders.

Mariama gelang ein Lächeln. »Schön.« Sie sah zu Mugambo auf. »Würdest du bitte Robert und meinen Vater informieren und einen Wagen holen, damit wir die Verletzten abtransportieren können?«

Er sah zu dem Pulk hinüber, in dem Amali die Verletzten versorgte, und Mariama konnte deutlich erkennen, wie ungern er seine Frau alleine lassen wollte.

»Keine Angst, ich passe auf sie auf, ich habe meine Waffe dabei.«

Mugambo nickte abrupt und wandte sich zu seinem Pferd um. »Ich beeile mich.«

»Danke.«

Sie sah ihm nach, bis er nicht mehr zu sehen war, dann schob sie Kai sanft von sich und stand auf. Am liebsten hätte sie ihre Kinder einfach nur festgehalten, doch es waren ihre Männer, die verletzt worden waren, als sie ihr Vieh beschützen wollten, und damit war sie auch dafür verantwortlich, dass sie gut versorgt wurden. Marc schien zu verstehen, was sie vorhatte, denn er zog Kai zu sich heran und schlang seine Arme um ihn. »Wir warten hier auf dich.«

Mariama beugte sich zu ihm hinunter und küsste ihn auf den Kopf. »Danke, mein Schatz. Ich bin sofort wieder da.«

Rasch ging sie hinüber zu den Männern, die ihr bereitwillig Platz machten und die Sicht auf Amali freigaben. Die junge Damarafrau kniete neben den Verletzten und bemühte sich, die Blutungen mit Kleidungsfetzen zu stillen. Für einen Augenblick fühlte Mariama sich an den Tag zurückversetzt, als sie Robert bei dem Grubeneinsturz auf Damaraland zum ersten Mal gesehen hatte. Damals war auch sie nur ungenügend ausgerüstet gewesen und hatte nicht viel ausrichten können, doch sie hatte versucht, was in ihrer Macht stand. Sie hockte sich neben einen der Männer und berührte seinen Arm. »Es wird alles gut, Kolian.« Schnitte zogen sich quer über seine Brust bis über die Arme. Die Wilderer mussten mit Messern auf sie losgegangen sein. Sie konnten noch von Glück sagen, dass sie keine Schusswaffen benutzt hatten.

»Sie haben keins der Rinder bekommen.«

Ein Druck legte sich auf ihre Brust, das Sprechen fiel ihr schwer. »Ich weiß. Nächstes Mal gebt sie ihnen lieber, ich möchte nicht, dass euch etwas passiert.« Kolian versuchte ein Lächeln, das jedoch eher einer Grimasse glich. »Sprich nicht mehr, es ist gleich Hilfe da.«

In dem zweiten Verletzten erkannte sie Amalis Bruder Tano. Auch er schien mehrere Schnittwunden abbekommen zu haben, doch saß er bereits wieder. Eine Prellung zeichnete sich an seinem Wangenknochen ab, eines seiner Augen war bereits zugeschwollen. Kein Wunder, dass das Kindermädchen alles andere um sich herum vergessen hatte. Tano war vor einigen Jahren mit ihr zusammen auf die Farm gekommen, nachdem ihre Familie bei einer Cholera-Epidemie ums Leben gekommen war.

»Wie geht es dir?«

Tano sah sie mit seinen dunklen Augen an, in seinem Gesicht war keine Regung zu erkennen. »/Gâi-a.« *Gut.*

Das nahm sie ihm nicht so ganz ab, doch sie wollte auch nicht weiter in ihn dringen. Tano hielt sich von den anderen fern, von den Weißen, aber auch von den Damara. Während die anderen Angestellten alle Deutsch oder zumindest Englisch leidlich beherrschten, sprach Tano nur Khoisan, auch wenn er sicher vieles von dem verstand, was zu ihm gesagt wurde. Mariama fühlte sich in seiner Nähe unbehaglich, sie konnte nicht einmal genau sagen, warum. Amali war ganz anders als ihr Bruder, stets offen und freundlich, zeigte sie ihre Gefühle immer deutlich. Wie sich zwei Geschwister derart unterschiedlich hatten entwickeln können, war ihr ein Rätsel. Aber Tano leistete gute Arbeit und hatte sich nie jemandem gegenüber unkorrekt verhalten, deshalb war er auf der Farm willkommen, solange er bleiben wollte. Mariama legte ihre Hand auf Amalis Arm. Die junge Damara sah auf. Ihre Haut wirkte grau, ihre Zähne hatten sich in ihre Unterlippe gegraben. Deutlich konnte Mariama Amalis Angst erkennen, auch noch ihren Bruder zu verlieren.

»Warum ruhst du dich nicht ein wenig aus, während ich hier weitermache?«

»Nein, ich …« Fahrig riss sie an einem Stück Stoff, ihre Hände zitterten sichtbar.

Freiwillig würde sie ihren Bruder nicht verlassen. Mariama warf ihm einen kurzen Blick zu, scheinbar unbeteiligt beobachtete er das Geschehen. »Amali, ich verstehe, dass du hier helfen willst, und du hast schon sehr gute Arbeit geleistet.«

Die Damara sah sie unsicher an. »Sie brauchten mich.«

»Ja. Aber nun sind andere da, die sich um sie kümmern können.« Mariama versuchte eine andere Taktik. »Hast du Kai und Marc gesehen?«

Erschrocken riss Amali die Augen auf. »Oh, sie …« Suchend blickte sie sich um. Als sie sie nicht entdeckte, stand sie hastig auf, schwankte und wäre umgefallen, wenn nicht einer der Arbeiter sie geistesgegenwärtig aufgefangen hätte.

Mariama erhob sich rasch und legte den Arm um das Kindermädchen. »Es ist alles in Ordnung, sie sind dort drüben. Wie wäre es, wenn du nach ihnen siehst, während ich hier weitermache?«

Amalis Pflichtgefühl siegte über ihren Wunsch, bei ihrem Bruder zu sein. »Natürlich.« Ein letzter Blick zu Tano, dann drehte sie sich um und ging zu den Jungen hinüber.

»Aio.«

Mariama sah überrascht auf, als Tano sich bei ihr bedankte. »Es musste sein.«

Der junge Mann nickte, dann wandte er sich wieder ab.

Froh, seinem Blick nicht mehr ausgesetzt zu sein, kümmerte Mariama sich um den anderen Verletzten. Ihr war gar nicht bewusst, wie lange sie dort saß, bis in der Ferne ein Motorengeräusch zu hören war. Mariama hob den Kopf und strich sich mit dem Handrücken eine Strähne aus dem Gesicht. Endlich.

Robert hatte Mühe, die Wut zu unterdrücken, die in ihm brannte, seit er von Mugambo erfahren hatte, was passiert war. Diese verdammten Wilderer! Als wäre es nicht schon schlimm genug, dass sie das Vieh stahlen, jetzt verletzten sie auch noch die Arbeiter und gefährdeten seine Söhne. Das war nicht hinnehmbar. Er hatte bereits Wachen eingeteilt, aber sie konnten einen so großen Besitz nicht flächendeckend schützen, und vor allem fehlte ihre Arbeitskraft nun an anderer Stelle. Was konnte er also tun? Die Wilderer kamen unangemeldet, niemand konnte voraussehen, wann und wo sie erneut zuschlagen würden. Roberts Hand umklammerte das Lenkrad des Geländewagens, während er über die tiefen Furchen holperte. Diese Hilflosigkeit war das Schlimmste, er ertrug es nicht länger, zusehen zu müssen, wie ihn die Wilderer zum Narren hielten. Auch wenn die Farm Mariama und ihren Eltern gehörte, er musste in der Lage sein, sie zu schützen. Sein Mund verzog sich zu einem bitteren Lächeln. Es war ja nicht so, als wäre er für irgendeine andere Aufgabe unverzichtbar. Robert richtete sich im Sitz des Wagens auf, als er die Menschenansammlung am Rand der Weidefläche sah. Sein Herz klopfte schneller, als er Marc und Kai zusammen mit Amali etwas abseits der Gruppe erkannte. Erst jetzt merkte er, wie viel Angst er um sie gehabt hatte, obwohl Mugambo ihm versichert hatte, dass es ihnen gut ging. Wenngleich er nichts davon hielt, Kinder einzusperren, aus Angst, ihnen könnte etwas geschehen, war sein erster Impuls, sie nicht mehr aus den Augen zu lassen, bis sie alt genug waren, um auf sich selbst aufpassen zu können. Rasch stoppte er den Wagen und sprang hinaus, als er sah, dass seine Söhne bereits auf ihn zurannten. Er fing Kai auf, der sich ihm in die Arme warf, und zog Marc ebenfalls an sich. Über Kais Kopf hinweg sah er seinen Ältesten an. »Alles in Ordnung?«

»Ja. Die Verletzten sind dort hinten, Mama kümmert sich um sie.« Es passte zu Mariama, das Kindermädchen mit den Jungen wegzuschicken und selbst Hand anzulegen. Robert lächelte steif. »Gut. Habe ich euch schon die Geschichte erzählt, wie Mama und ich uns kennengelernt haben?«

Marc stöhnte laut auf. »Mehrmals.« Kai schlang seine Arme um Roberts Hals. »Erzähl!« Robert küsste ihn auf die Wange und setzte ihn wieder auf dem Boden ab. »Heute Abend im Bett, jetzt muss ich mich erst mal um etwas anderes kümmern.« Er strich über die blonden Haare seines jüngsten Sohnes. »Setzt euch schon mal in den Wagen, wir fahren los, sobald wir die Verletzten aufgeladen haben.«

»Was ist mit Amali?«

Auf Marcs Frage hin drehte sich Robert zu der Kinderfrau um und sah, dass Mugambo sie in den Armen hielt. »Ich denke, um sie brauchen wir uns keine Sorgen zu machen.« Er gab Kai einen Klaps. »Geht jetzt zum Wagen, ich bin gleich wieder da.«

Erst als er sah, wie sie in die Fahrerkabine stiegen, drehte er sich um und schritt auf die Männer zu. Die Menge teilte sich vor ihm, und in ihrer Mitte sah er Mariama neben den Verletzten sitzen. Als sie zu ihm aufsah, fühlte er sich unversehens in den Moment zurückversetzt, an dem er sie das erste Mal gesehen hatte. Auch wenn ihre Züge alles Mädchenhafte verloren hatten, sah sie beinahe genauso aus wie damals. Sie war wunderschön und bedeutete ihm mehr als alles andere. Selbst wenn er vorher gewusst hätte, dass er keinen anderen Job als Geologe finden würde und sich damit abfinden musste, als Farmer zu arbeiten, er hätte sich wieder genauso entschieden – er wollte nirgendwo anders sein als in ihrer Nähe. Ihr wachsamer Blick machte ihm klar, dass er ihr das in letzter Zeit nicht deutlich genug gezeigt hatte. Die meiste Zeit war er unwirsch und schlecht gelaunt gewesen. Wenn er ihr Vertrauen und ihre Liebe nicht verlieren wollte, sollte er ihr öfter sagen, was sie und die Kinder ihm bedeuteten.

Rasch ging er zu ihr hinüber und hockte sich neben sie. Eine Hand auf ihre Schulter gelegt, beugte er sich zu dem Verletzten hinunter. Die Wunden sahen schlimm aus, aber nicht lebensbedrohlich. Erleichtert atmete er auf, er hatte Schlimmeres befürchtet. Auch Amalis Bruder sah aus, als würde er keine bleibenden Schäden davontragen. »Wir bringen euch jetzt zum Arzt.« Er half Mariama hoch und legte seinen Arm um ihre Taille, während sie den Weg frei machten.

Mehrere Männer traten vor und hoben Kolian behutsam hoch, der dennoch stöhnte, als die Bewegung an seinen Wunden zerrte. Tano lehnte es ab, getragen zu werden, und ging stattdessen von einem der Arbeiter gestützt zum Wagen. Robert sah ihnen einen Augenblick nach, dann wandte er sich zu Mariama um. Der Schrecken und die Sorge standen ihr noch immer deutlich ins Gesicht geschrieben. Er zog sie an sich und lehnte seine Stirn gegen die ihre. »Ich bin froh, dass es dir und den Jungs gut geht.«

Er spürte Mariamas heftiges Ausatmen. »Ja, ich auch. Ich hätte schon früher nach ihnen suchen sollen, aber ich saß über den Zahlen und habe völlig die Zeit vergessen.« Sie sah auf. »Was bin ich für eine Mutter, wenn ich nicht merke, dass meine Kinder in Gefahr geraten?«

Robert legte seine Finger über ihre Lippen. »Du hast Kai und Marc nicht sich selbst überlassen, sondern in die Obhut ihres Kindermädchens gegeben. Weder wir noch Amali konnten wissen, dass die Wilderer mitten am Tag so nah am Haus zuschlagen würden. Aber jetzt sind wir schlauer und werden uns darauf einstellen.«

Mariama gelang ein zittriges Lächeln. »Wir haben Glück, dass die Sache nicht schlimmer ausgegangen ist.«

Robert führte sie zum Wagen. »Ich weiß.« Vor der Beifahrertür blieb er stehen, rahmte Mariamas Gesicht mit den Händen ein und küsste sie sanft auf den Mund. »Ich liebe dich.«

Erstaunt sah sie ihn an, Röte überzog ihre Wangen. »Robert, die Leute …«

»Die sind mir im Moment egal. Mir ist heute wieder bewusst geworden, wie viel Glück ich hatte, dich zu finden und für mich zu gewinnen.« Er strich ihr mit dem Daumen über die Wange. »Ich weiß nicht, was aus mir geworden wäre, wenn es dich nicht gäbe.«

Mariamas Augen glitzerten feucht. »Ich bin sicher, dass du auch ohne mich deinen Weg gefunden hättest, aber ich bin froh, dass du hier bist. Und wir zusammen zwei wunderbare Söhne in die Welt gesetzt haben.«

Robert küsste sie noch einmal, dann sah er auf und lächelte. »Die übrigens gerade fasziniert verfolgen, was wir hier so treiben.«

Mariama drehte sich zu Marc und Kai um und begann zu lachen, als sie ihre Mienen sah. »In einigen Jahren werden sie verstehen, was es damit auf sich hat.«

Robert verzog den Mund. »Erinnere mich nicht daran, ich finde, sie wachsen auch so schon viel zu schnell.«

»Das tun sie.«

Robert sah, dass die Männer mit dem Einladen der Verletzten fertig waren, dann öffnete er Mariama die Tür und half ihr beim Einsteigen, bevor er sich selbst in den Fahrersitz schwang. Mugambo erschien am Fenster. »Bringst du die Pferde zum Haus zurück?«

»Ja. Amali ist hinten bei den Verletzten.«

»Gut.« Robert startete den Motor. »Sag den Arbeitern, sie sollen ebenfalls zurückkommen, ich möchte nicht, dass noch etwas passiert, falls die Wilderer noch in der Gegend sind.«

Mugambo nickte. »Die Wachtposten sind in Stellung, die Kerle werden sich heute wohl nicht noch einmal zurücktrauen.«

»Hoffen wir es.«

So vorsichtig wie möglich fuhr er los, bemüht, den Verletzten hinten auf der Ladefläche nicht noch mehr Schmerzen zu bereiten. Ein Arzt, der auch Damara behandelte, war bereits angefordert, doch es konnte einige Zeit dauern, bis er auf der Farm eintraf. Elise und Nomami bereiteten alles vor, um die Notversorgung vornehmen zu können. Auch wenn Robert bereits seit siebzehn Jahren in Namibia lebte, hatte er sich immer noch nicht damit abgefunden, dass es in dem Land keine flächendeckende ärztliche Versorgung gab. Er hatte Menschen sterben sehen, weil sie nicht schnell genug behandelt worden waren, und es machte ihn immer noch wütend, nur hilflos dastehen und zusehen zu müssen. Aber das war jetzt sein Leben, er hatte es sich so ausgesucht. Er presste die Zähne aufeinander. Nun, ganz freiwillig war er nicht hierhergekommen, aber die Alternative in Deutschland wäre wesentlich schlimmer gewesen. Hier hatte er Mariama, seine beiden Jungs und die Schwiegereltern, die ihm so viel gaben. Seine Unfähigkeit, einfach nur dankbar für die Möglichkeit zu sein, die ihm hier geboten wurde, für das Leben, das er hier führen konnte, frustrierte ihn nur noch mehr.

Erschrocken zuckte er zusammen, als sich Mariamas Hand auf seine Schulter legte. Er war derart in seine Gedanken vertieft gewesen, dass er nur noch den Fahrweg wahrgenommen hatte. »Geht es dir gut?« Besorgt sah sie ihn an.

»Ja. Ja, natürlich.« Er rang sich ein Lächeln ab. Kai und Marc hatten heute Schlimmes erlebt. Auch Mariama war die Angst noch deutlich anzusehen, es wäre unfair, sie nun auch noch mit seinen Problemen zu belasten. »Wie wäre es, wenn wir zu uns nach Hause fahren und uns einen ruhigen Abend machen, sobald Kolian und Tano versorgt sind?« Sie wohnten noch immer in dem Haus, das er damals auf dem Stück Land hatte bauen lassen, das er Karl und Elise abgekauft hatte. Bevor Marc geboren wurde, hatte er einen Flügel angebaut, um der wachsenden Familie mehr Platz zu schaffen. Die Erinnerung an diese Zeit war bittersüß, er wusste noch genau, wie aufgeregt und glücklich er gewesen war, welche Hoffnungen er für die Zukunft gehabt hatte. Jetzt sah er zu Mariama hinüber, die auf ihrer Lippe kaute.

»Und wenn die Wilderer wiederkommen?«

»Ich glaube nicht, dass sie das tun werden, sie können sich denken, dass wir in den nächsten Tagen nach ihnen Ausschau halten. Außerdem werden die Wachen noch einmal verstärkt.« Er warf ihr einen schnellen Blick zu. »Ich möchte, dass ihr drei zu Hause bleibt, wo euch nichts passieren kann.«

Mariama sah auf die Köpfe ihrer Kinder hinunter, die sich an sie geschmiegt hatten. »In Ordnung.« Ihre Lippen zitterten leicht, als sie lächelte. »Das wird sicher schön, endlich mal wieder einen Abend zusammen zu sein.«

Seit Monaten waren sie kaum mehr dazu gekommen, miteinander zu reden. Mariama war mit der Farm beschäftigt gewesen und er selber mit dem Versuch, Wasser und Futter für die Tiere zu organisieren, sodass sie abends meist todmüde ins Bett gefallen waren. Es wurde Zeit, das zu ändern, ein wenig Freiraum für sich und die Familie zu schaffen, um ihr den Zusammenhalt zurückzugeben, den sie brauchte. Karl und Elise würden das verstehen und sogar begrüßen, dessen war er sich sicher. Er nahm Mariamas Hand und küsste sie. So viele Jahre auch vergangen waren, er spürte immer noch die gleiche Anziehung, den Wunsch, jede Minute des Tages mit ihr zusammen zu verbringen.

Beim Farmhaus seiner Schwiegereltern angekommen, brachte er den Wagen sanft vor den Hütten zum Stehen und stieg aus. Mugambo erwartete sie bereits, mit den Pferden war er deutlich schneller vorwärtsgekommen. Gemeinsam luden sie Kolian aus und trugen ihn in die vorbereitete Hütte, während Mariama die Kinder ins Haus brachte. Tano bestand erneut darauf, selbst zu gehen, diesmal gestützt auf seine Schwester. Robert wusste nicht, was den jungen Mann dazu veranlasste, aber er hatte genug mit dem anderen Verletzten zu tun, um noch weiter darüber nachzudenken. Er war gerne bereit, Amalis Bruder zu helfen, aber wenn der die Hilfe ablehnte, musste er sehen, wie er zurechtkam. Einige Minuten später verließ er die Hütte wieder, nachdem Elise und Nomami das Kommando übernommen hatten. Draußen lehnte er sich für einen Moment an die Lehmwand der Hütte und schloss die Augen.

»Wie sieht es aus?«

Robert schlug die Augen auf, als er Karls Stimme hörte. »Die Wunden scheinen eher oberflächlich zu sein und sollten leicht behandelt werden können. Aber ich warte lieber auf die Diagnose des Arztes.«

Falten hatten sich in Karls Stirn gegraben, er fuhr sich mit der Hand durch das graue Haar. »Es ist hier noch nie passiert, dass Wilderer Arbeiter angegriffen haben, warum geschieht es nun?«

»Vielleicht sind sie überrascht worden.«

Karl sah ihn mit seinen grünen Augen, die ihn so an Mariama erinnerten, prüfend an. »Glaubst du das wirklich?«

Robert hob die Schultern. »Ich weiß es nicht. Alles andere ergibt keinen Sinn. Was hätten sie davon, unsere Arbeiter zu verletzen? Vor allem, weil sie anscheinend noch nicht einmal ein Rind mitgenommen haben. Das erscheint mir wenig planvoll.«

»Da magst du recht haben.« Karl schien noch mehr sagen zu wollen, winkte dann aber ab. »Hauptsache, es ist niemand getötet worden.«

»Ja. Ich hatte überlegt, ob ich Männer hinter den Wilderern herschicken soll, aber sicher sind sie schon wieder verschwunden, außerdem möchte ich es ungern auf eine bewaffnete Konfrontation ankommen lassen. Die Wachtposten werden aber verstärkt patrouillieren. Hoffen wir, dass es die Halunken in Zukunft abhalten wird.«

Karl verzog den Mund. »Es wird immer schlimmer. Seit dem Ministerrat die Regierung übertragen wurde, funktioniert in diesem Land gar nichts mehr. Die SWAPO rekrutiert immer neue Kämpfer für die Befreiungsbewegung und wiegelt die schwarze Bevölkerung gegen die Weißen auf. Es gibt immer wieder Angriffe auf die Zivilbevölkerung, wir stehen genau zwischen den weißen Soldaten der South African Defence Force, die die Grenzen Südafrikas sichern, und der Counter-Insurgency-Truppe, die versucht, den Aufstand niederzuschlagen. Ganz zu schweigen von den PLAN-Soldaten. Hast du gehört, dass die Soldaten in Otjimbingwe angeblich eine Farm überfallen haben? Sie sollen die Besitzer umgebracht haben.«

Robert rieb sich über die Schläfe. Die People's Liberation Army of Namibia war der militärische Flügel der SWAPO, der seit 1966 den bewaffneten Unabhängigkeitskampf gegen Südafrika führte, und dabei war es ihnen egal, ob sie auch Menschen töteten, die mit der ganzen Sache nichts zu tun hatten und vielleicht sogar aufseiten der schwarzen Bevölkerung standen. »Ja. Wenn die SWAPO an die Macht kommt, könnte es passieren, dass viele ihre Farmen verlieren und aus dem Land vertrieben werden. Aber gut, vermutlich könnte man hier dann sowieso nicht mehr leben, weil die Wirtschaft zusammenbricht und die politische Situation untragbar wird.«

»Und das Frustrierende ist – wir können nichts dagegen tun. Selbst die Vereinten Nationen und die sonst so mächtigen USA sind machtlos. Südafrika hat schon vor Jahren versprochen, die Apartheid abzuschaffen und Namibia in die Freiheit zu entlassen, doch waren das bisher immer nur leere Worte. Wir können nur abwarten und hoffen, dass es nicht ganz so schlimm wird, wie wir vermuten.«

Karl wirkte mit einem Mal furchtbar alt und verletzlich. »Wir haben hier jahrzehntelang geschuftet, uns eine Existenz aufgebaut, und nun können wir alles verlieren. Wo sollen wir hin, wenn sie uns das Land wegnehmen?«

Robert legte Karl die Hand auf die Schulter. »Ich glaube nicht, dass es so weit kommen wird. Habt ihr noch eure deutschen Pässe?«

»Ja, Mariama hat auch einen. Aber wir wollen hier nicht weg, wir fühlen uns wohl in Namibia.« Karl machte eine ausladende Handbewegung. »Hier ist unsere Heimat. Wir wollen hier sterben, nicht irgendwo, wo es kalt ist und das gesamte Land asphaltiert wurde.«

Robert sah seinem Schwiegervater nach, als der die Hütte betrat. Zu gern hätte er ihm versichert, dass alles gut werden würde, aber die Zukunft war in diesen Zeiten mehr als unsicher. Er würde alles dafür tun, dass sie die Farm behalten konnten, aber wenn es hart auf hart kam, wäre er machtlos. Und vor allem würde er auch nicht nach Deutschland zurückkehren können, denn im Prozess um das Unglück in Norwegen war ein Urteil erwirkt worden, sodass er verhaftet werden würde, sobald er wieder nach Europa einreiste, damit ihm ein gesonderter Prozess gemacht werden konnte. Klaus hatte ihm berichtet, dass die ganze Verantwortung auf ihn, Robert, abgewälzt worden war – kein Wunder, schließlich war er nicht vor Ort gewesen und konnte sich daher nicht verteidigen. Was hätte er auch vorbringen sollen, er hatte das Gutachten schließlich erstellt, das zu dem Unglück geführt hatte. Dass Gunter ihm die ganze Schuld zugeschoben hatte, war dennoch ein Schlag für ihn gewesen. Er hätte nicht gedacht, dass sein ehemaliger Partner ihm derart in den Rücken fallen würde, nur um seine eigene Haut zu retten. Obwohl, spätestens nach seinem letzten Besuch bei ihm gemeinsam mit Heidrun hätte es ihm klar sein müssen. Robert hätte sich damals stellen sollen, bevor er hier eine Familie gründete, dann hätte er vielleicht irgendwann seinen Frieden gefunden.

Allerdings hätte er dann auf das Beste in seinem Leben verzichtet – Mariama, Marc und Kai. Die Vorstellung, dass er sie vielleicht nie kennengelernt, seine Söhne nie im Arm gehalten hätte, war furchtbar. Allerdings würden sie viel Geld benötigen, wenn sie die Farm retten wollten. Robert presste die Lippen zusammen. Er sollte seine Anstrengungen, auf seinem Land Rohstoffe zu finden, wieder verstärken, um ihnen so ein sicheres Einkommen zu ermöglichen. Ursprünglich hatte er mit der Suche angefangen, um vielleicht irgendwann, wenn er fündig würde, einen Fonds für die Familien der Opfer des Unglücks in Norwegen einzurichten. Doch wegen der schwierigen finanziellen Lage hatte er die Suche in den letzten Jahren stark eingeschränkt, auch fehlten ihm die Zeit und die Ruhe dazu. Wenn es hier etwas gab, würde er es früher oder später finden.

Robert riss sich aus seinen Gedanken. Anstatt über etwas nachzudenken, das er im Moment sowieso nicht ändern konnte, sollte er sich lieber um seine Familie kümmern. Seine beiden Söhne hatten heute viel Aufregung erlebt, und sie alle würden sich in ihrem eigenen Zuhause sicher schneller beruhigen können. Mit langen Schritten ging er auf das Farmhaus seiner Schwiegereltern zu. Auf der Hintertreppe zog er die Stiefel aus und ging auf Socken ins Haus. Ein Lächeln zog sich über sein

Gesicht, als er die Stimmen aus der Küche hörte. Immer wenn es irgendein Problem gab, versammelten sich die Fechners in der Küche, die schon zu Mariamas Kindheitstagen als Familienraum gedient hatte. Es war schön, einen solchen Raum zu haben, und auch wenn er die Diskussionen, die hier geführt wurden, nicht immer genoss, beruhigte ihn stets die heimelige und vertraute Atmosphäre. Er trat in die Küche und fand Mariama mit Kai auf ihrem Schoß, während Marc auf dem Stuhl daneben saß, einen ernsten Ausdruck im Gesicht. Es gab Momente, in denen er sich daran erinnern musste, dass sein älterer Sohn erst zehn war und nicht bereits erwachsen. Vor Marc etwas geheim zu halten, war so gut wie unmöglich, er sah und hörte alles, und vor allem verstand er Dinge, die ein Junge in seinem Alter noch gar nicht wissen sollte. Aber solange Marc zufrieden und ausgeglichen blieb, würden sie an seiner Erziehung nichts ändern, darin stimmten Mariama und er überein.

Mariama hob den Kopf und sah ihn besorgt an. »Sind Kolian und Tano versorgt?«

»Ja, Nomami und Elise kümmern sich um sie, bis der Arzt kommt. Ich denke nicht, dass sie bleibende Schäden davontragen werden.«

Erleichtert atmete Mariama durch. »Gut.« Sie strich über Kais Haare. »Wer kann nur so etwas tun? Selbst wenn es Wilderer waren, Kolian und Tano gehören doch zu ihren Leuten.«

»Für die sind unsere Arbeiter Verräter und haben es nicht besser verdient.« Marc ballte die Hände zu Fäusten, sein Gesichtsausdruck war düster.

»Marc!« Robert fuhr mit ruhiger Stimme fort. »Das ist nichts, was wir jetzt diskutieren sollten. Wo hast du das überhaupt gehört?«

Marc hob die Schultern. »In den Gesprächen, wenn sie arbeiten. Sie haben Angst, dass sie zwischen die Fronten geraten, wenn …«

»Das reicht.« Mariama unterbrach ihn hastig. »Dein Bruder ist noch zu jung für solche Dinge.«

Marc schien widersprechen zu wollen, doch dann nickte er nur.

Sein Vater legte ihm die Hand auf die Schulter. »Wir können später darüber sprechen, wenn du möchtest.« Auf Marcs Nicken hin ging Robert zum Kühlschrank. »Möchtet ihr etwas essen, bevor wir fahren? Ich will noch auf den Arzt warten, und es könnte dauern, bis er eintrifft.«

An Mariamas Lächeln sah er, dass sie seine Entscheidung unterstützte, vermutlich hätte sie sich auch geweigert zu fahren, bevor sie nicht wusste, dass die beiden Männer wirklich wieder gesund werden würden. Es wäre auch nicht richtig, ihre Eltern mit dem Ärger allein zu lassen. Robert würde alles tun, um ihnen zu helfen, und ihnen unangenehme Aufgaben abnehmen, aber seine Frau und seine Söhne gingen vor. Wahrscheinlich war es ein uralter Instinkt des Mannes, seine Familie bei Gefahr zurück in seine Höhle zu bringen, wo er sie besser beschützen konnte und sie in Sicherheit wusste. Trotzdem würde er nicht ruhig schlafen können, solange die Möglichkeit bestand, dass sich jemand auf seinem Land herumtrieb, der nichts Gutes im Schilde führte. Obwohl er etwas viel Besseres als einen Wachhund hatte: Leola strich oft in der Nähe des Hauses herum. Auch wenn sie bereits hochbetagt war, konnte ihr Schrei immer noch Tote aufwecken.

Robert lächelte, als er sich daran erinnerte, wie sie die Leopardin damals auswildern wollten, es aber nicht übers Herz gebracht hatten, sie allein zurückzulassen. Also hatten sie die Zäune zwischen den beiden Grundstücken verstärkt und Leola erlaubt, ihr Revier auf seinem Land zu erobern. In der Trockenzeit konnte sie es über das Khanrivier verlassen, doch das hatte sie nur selten getan. Stattdessen war sie in der Nähe des Hauses geblieben, und selbst als sie Junge bekommen hatte, war sie nur ein wenig auf Abstand gegangen und sofort zurückgekommen, als ihr Nachwuchs groß genug gewesen war, um allein zurechtzukommen. In absehbarer Zeit würde die Leopardin von ihnen gehen, sie hatte bereits länger gelebt, als es für Artgenossen in freier Wildbahn üblich war, ein Gedanke, der ihn traurig stimmte. Aber so war der Lauf der Welt, irgendwann musste jeder sterben, und Leola hatte wenigstens ein gutes Leben gehabt. Er war froh, sie damals zusammen mit Mariama gerettet und aufgezogen zu haben, auch wenn es ihn schmerzen würde, sie zu verlieren.

Während Robert den Kindern belegte Brote zubereitete, bestand Mariama darauf, bei den Verletzten nach dem Rechten zu sehen.

Nach einer Dreiviertelstunde kam sie zurück, die Erschöpfung stand ihr deutlich ins Gesicht geschrieben.

»Der Arzt ist jetzt da. Es ist wohl tatsächlich nicht so schlimm, wie es aussieht, wenn ihre Wunden genäht und ordentlich verbunden sind, sollten sie bald wieder auf die Füße kommen.« Sie verzog den Mund. »Meine Eltern haben gesagt, dass sie alleine zurechtkommen und wir nach Hause fahren sollen.«

Robert erhob sich. »Ich instruiere noch die Wachtposten über Funk, und danach können wir losfahren.«

Mariama stieß einen erleichterten Seufzer aus, als sie vor ihrem Haus hielten und die Kinder aus dem Jeep sprangen. Erst jetzt löste sich die Anspannung ein wenig, die sie die ganze Zeit über fest im Griff gehabt hatte. Roberts warme Hand legte sich auf ihren Nacken. Fragend blickte sie zu ihm auf.

»Wie wäre es mit einer Massage, wenn die Kinder im Bett sind?« Seine raue Stimme sandte ihr einen Schauer über den Rücken.

»Das klingt gut.« Sie legte ihre Wange in seine Handfläche und rieb darüber. »Glaubst du, so etwas passiert noch einmal?«

»Ausschließen kann man es nicht, aber ich hoffe, die Wachtposten und der missglückte Versuch von heute werden die Wilderer fürs Erste abschrecken.« Er strich ihr mit dem Finger über die Wange. »Ich werde mir überlegen, wie wir so etwas in Zukunft verhindern können.«

Mariama nickte befriedigt. Manche Dinge überließ sie gerne Robert, besonders in Zeiten wie diesen, wenn sie ganz andere Probleme lösen musste, um den Farmbetrieb am Laufen zu halten. Langsam stieg sie aus dem Wagen und lehnte sich einen Moment an das warme Metall. Nicht nur ihr Nacken war verspannt, sondern ihr ganzer Körper, Robert würde einiges zu tun haben, wenn er ihr die Verspannung wegmassieren wollte. Andererseits wäre das auch eine gute Möglichkeit, sich endlich wieder etwas näherzukommen. Ein Gefühl von Wärme breitete sich in ihr aus. Heute waren sie früh genug zu Hause, und sie hatten beide erkannt, wie kostbar jede Minute ihres Lebens war und dass sie keine einzige davon verschwenden durften. Doch zuerst mussten sie mit den Kindern über das reden, was passiert war, und sie dann zu Bett bringen, bevor sie es sich selbst gemütlich machen konnten. Entschlossen folgte sie Marc und Kai ins Haus.

Nach einem erschöpfenden Gespräch und einer langen Gutenachtgeschichte für Kai zog Mariama erleichtert die Zimmertür hinter sich zu. Sie sah noch kurz bei Marc vorbei und lächelte. Die Nachttischlampe beleuchtete das Buch, in dem er gerade las. Vorsichtig setzte sie sich auf die Bettkante und strich ihm über das schwarze Haar. Marc ließ das Buch sinken und blickte zu ihr auf. »Glaubst du, sie werden wiederkommen?«

»Ich weiß es nicht, mein Schatz, ich hoffe nicht.«

Es lag keine Angst in Marcs Augen, nur Wut und Entschlossenheit. »Es ist nicht richtig, dass sie uns das Vieh wegnehmen wollen. Sie haben kein Recht dazu.«

Mariamas Herz zog sich zusammen. »Nein, das haben sie nicht.«

»Auch wenn sie Hunger haben, wir müssen auch von etwas leben. Sie müssten zumindest fragen, bevor sie etwas nehmen.«

»Ja, aber sie wissen, dass die meisten Farmbesitzer dann ablehnen würden. Und wir müssten es auch tun, denn wir haben nicht genug für all die hungernden Menschen da draußen. Wir müssen auch an diejenigen denken, die von uns abhängig sind.«

»Wann wird es wieder besser?«

Mariama legte ihre Hand an seine Wange. »Selbst wenn es wieder regnet, werden wir noch einige Zeit brauchen, uns von den Verlusten zu erholen.«

»Ich meinte die Wilderer und Soldaten.«

Ihr Sohn bekam eindeutig zu viel mit. »Das kann ich dir nicht sagen, ich hoffe, dass wir bald eine vernünftige Regierung bekommen, die für alle das Beste will und im Land wieder Frieden einkehren lässt.«

»Und wenn das nicht passiert?«

»Dann werden wir eine andere Lösung finden.« Liebevoll zog sie die Bettdecke bis unter sein Kinn. »Schlaf jetzt, morgen wird wieder ein anstrengender Tag.«

»Aber Mama, ich bin doch kein Baby mehr!«

Das brachte sie zum Lächeln. »Du bist aber auch noch nicht erwachsen, und solange du das nicht bist, bestimme ich, wann du schlafen gehst.«

Marc verzog das Gesicht, beschloss aber offensichtlich, sein Glück nicht weiter zu versuchen. Vermutlich dachte er auch, sie wüsste nicht, dass er unter der Bettdecke eine Taschenlampe versteckt hielt, die er herausholen würde, sobald sie die Tür hinter sich geschlossen hatte. Mariama beugte sich vor und küsste ihn auf die Stirn. »Wir sehen uns morgen früh.«

Leise schloss sie die Tür hinter sich, um Kai im Nebenzimmer nicht wieder aufzuwecken. Erschrocken zuckte sie zusammen, als ein Hauch über ihren Nacken strich. Starke Arme schlangen sich um sie, Wärme umgab sie. Robert presste seine Lippen auf die empfindliche Haut unter ihrem Ohr. »Na, schlafen unsere Racker endlich?«

Mariama lehnte sich an ihn und genoss seine Nähe. »Kai ja, Marc wird sich erst seine Unabhängigkeit beweisen, bevor er dann über dem Buch einnickt.«

Roberts Atem strich über ihre Haut, als er lachte. Seine Hände legten sich auf ihre Schultern. »Wie wäre es jetzt mit der versprochenen Massage?«

Mariama drehte sich zu ihm um und schlang ihre Arme um seine Taille. »Bist du dafür nicht zu müde?«

Er hob die Augenbrauen. »Im Gegenteil, die Vorstellung, dich nackt unter mir zu haben, vertreibt jeden Gedanken an Schlaf.« Seine Lippen strichen über die ihren.

Mariama schob ihre Hände unter sein Hemd und ließ ihre Finger über seine nackte Haut gleiten. »Hmmm, das klingt interessant. Wie wäre es, wenn wir deine Theorie testen?« Als Robert sie unvermittelt hochhob, keuchte sie auf.

»Psst, die Kinder …« Ihr Lachen ging in einem Kuss unter.

13

»Papa, wach auf!«

Jemand rüttelte an seiner Schulter und weckte Robert aus einem traumlosen Schlummer. Mariama rührte sich neben ihm, ein Seufzer drang zu ihm herüber und entlockte ihm ein Lächeln. Erschöpft von ihrem ausgiebigen Liebesspiel, hatten sie alle Sorgen in den Hintergrund gedrängt und waren eng aneinandergeschmiegt eingeschlafen.

»Papa!«

Marc! Robert setzte sich ruckartig auf und knipste die Nachttischlampe an. Marcs weit aufgerissene Augen leuchteten aus seinem bleichen Gesicht, seine Zähne hatten sich in seine Unterlippe gegraben. »Was ist passiert, hattest du einen schlechten Traum?« Er streckte seine Hand aus, um ihm beruhigend über den Arm zu streichen, aber Marc packte sie und zog daran.

»Komm mit, schnell!«

Alarmiert schob Robert seine Beine aus dem Bett. »Ist etwas mit Kai?«

Mariama setzte sich nun ebenfalls auf, die Bettdecke hochgezogen bis zum Kinn. »Was ist?«

»Ich weiß es nicht.« Robert ließ sich von Marc zum Fenster ziehen und sah hinaus. »Was hast du gesehen, Marc?« Doch dann entdeckte er es selbst. Sein Körper versteifte sich. Vor dem tiefschwarzen Nachthimmel hob sich in einiger Entfernung ein rötlicher Schimmer ab.

Marc sah besorgt zu ihm auf. »Siehst du es? Was ist das?«

Seine Finger bohrten sich in Roberts Arm. »Es sieht aus, als wäre es bei Oma und Opa.«

»Das können wir nicht wissen, aber ich werde es herausfinden.« Robert schnappte sich seine Jeans vom Stuhl und stieg rasch hinein.

»Robert?«

Mariamas Stimme ließ ihn innehalten. Er wollte sie nicht beunruhigen, aber sein Gefühl sagte ihm, dass gerade etwas Furchtbares passierte und jede Sekunde zählte. »Es sieht aus, als würde es auf der Farm brennen.«

»Oh mein Gott!« Sie kämpfte mit der Bettdecke, die sich um ihren Körper gewickelt hatte, und versuchte aufzustehen. »Wir müssen sofort …«

Robert drehte sich zu ihr um. *»Ich* werde fahren und nachsehen, was los ist, *du* bleibst mit den Kindern hier.«

»Aber …«

Mit den Händen umfasste er ihr Gesicht und senkte die Stimme. »Mariama, ich muss wissen, dass ihr drei hier in Sicherheit seid. Ich nehme ein Funkgerät mit und sage dir Bescheid, sobald ich weiß, was los ist.«

Mariamas Augen weiteten sich. »Ich rufe meine Eltern an, sie müssen informiert werden, wenn da irgendetwas vorgeht.«

»Gut.« Er riss sein T-Shirt vom Stuhl und zog es über den Kopf, während Mariama aus dem Bett sprang. Robert legte Marc einen Arm um die Schulter und führte ihn aus dem Zimmer. Auf dem Flur kniete er sich hin, um mit Marc auf Augenhöhe zu sein. »Kannst du auf deinen Bruder und deine Mutter achtgeben, während ich weg bin?«

Marc nickte, die Lippen zusammengepresst. »Ja.«

Robert widerstand dem Drang, ihm durch die zerzausten Haare zu streichen, und umarmte ihn stattdessen kurz. »Danke. Ich weiß, dass ich mich auf dich verlassen kann.«

Ernst sah Marc ihn an. »Glaubst du, es ist etwas mit Oma und Opa?«

Robert schaffte es nicht, seinen Sohn anzulügen. »Ich hoffe nicht.« Aber wenn wirklich in der Nähe des Farmhauses ein Feuer ausgebrochen war, hätte es irgendjemand bemerken und sie informieren müssen. Die Stille machte ihn nervös. Er spürte Mariamas Anwesenheit hinter sich und stand schnell wieder auf.

Gemeinsam liefen sie die Treppe hinunter. Unten angekommen, zog sich Robert eine Jacke an, während Mariama nach dem Telefonhörer griff und mit zitternden Fingern die Nummer ihrer Eltern wählte. Es schmerzte Robert, die verzweifelte Hoffnung in ihrem Gesicht zu sehen, dass sich jemand melden und sagen würde, dass alles in Ordnung sei. Doch dem war nicht so. Bereits nach wenigen Sekunden hielt sie den Hörer vom Ohr weg. »Ich bekomme keine Verbindung.«

Der Druck auf Roberts Brust wurde größer, als er die Verzweiflung in ihrer Stimme hörte. »Versuch es mit dem Funkgerät, vielleicht hat das Feuer die Leitung zerstört.«

Mariama stürzte sich auf diese Erklärung und lief zum Funkgerät. »Fechnerfarm, hier ist Mariama, bitte melden.«

Nur statisches Rauschen antwortete ihr. Sie wechselte den Kanal und versuchte es erneut, doch wieder blieb eine Antwort aus. Tränen standen ihr in den Augen, als sie sich zu ihm umwandte. »Nichts.«

Rasch nahm Robert sich ein mobiles Funkgerät und stellte es an. »Du erreichst mich auf Kanal 3. Ich fahre jetzt los.« Er zögerte. »Ruf die Feuerwehr, ich weiß nicht, ob wir genug Wasser zum Löschen haben. Bis sie hier sind …« Als er Mariamas Nicken sah, beugte er sich noch einmal zu ihr hinab und küsste sie auf den Mund. »Ich werde alles tun, was in meiner Macht steht.«

»Ich weiß.« Sie strich ihm über die Wange. »Beeil dich. Und sei vorsichtig.«

»Natürlich.« Robert zerzauste Marc die Haare, bevor er zur Tür lief, wo er hastig seine Stiefel anzog. »Versuch weiter, sie zu erreichen, vielleicht ist es wirklich nur eine Störung.« Die Wahrscheinlichkeit war äußerst gering, aber immerhin würde Mariama dadurch beschäftigt sein und sich nicht so viele Sorgen machen. »Ich melde mich, sobald ich weiß, was los ist.«

Mariama nickte nur, sie war bereits wieder am Funkgerät und versuchte, jemanden zu erreichen. Ihr angespanntes Gesicht, gespenstisch weiß im Licht der Lampe, stand ihm noch vor Augen, als er schon im Jeep saß und über die unbeleuchtete Fahrspur in Richtung des Feuers fuhr. Schon jetzt konnte er den Rauch riechen, Ascheteilchen landeten auf der Windschutzscheibe. Buschfeuer waren immer gefährlich in einem Land, in dem es etliche Meilen bis zur nächsten einsatzbereiten Feuerwehr waren, aber nach einer so langen Trockenheit liefen sie Gefahr, nicht nur die gesamte Vegetation und ihr Vieh zu verlieren, sondern auch die Behausungen, und eventuell würden sogar Menschenleben zu beklagen sein. Das Khanrivier führte kein Oberflächenwasser mehr, und ihre Wasserreserven würden nicht reichen, um ein Feuer dieser Größe zu bekämpfen. Auch die Wasserpumpen konnten nicht schnell genug neues Wasser fördern. Robert schlug mit der flachen Hand auf das Lenkrad. Sie würden nur zusehen können, wie sie alles, was sie aufgebaut, wofür sie gearbeitet und gelebt hatten, verlieren würden. Noch mehr Sorgen machte er sich allerdings um Elise und Karl und die Arbeiter, deren Hütten beim Farmhaus lagen. Dass die Telefonverbindung gestört und auch niemand per Funk erreichbar war, weckte Ängste in ihm, die er nicht zu benennen wagte.

Je näher er dem Feuer kam, desto wärmer wurde die Luft, Rauch brachte ihn zum Husten. Mit tränenden Augen versuchte er, die Fahrspuren zu erkennen, an denen entlang er zur Farm finden würde. Vermutlich konnte er noch von Glück sagen, dass der Wind einen Großteil des Rauchs in die andere Richtung trug und er überhaupt so dicht an die Feuerwand heranfahren konnte. Bald war er so nah am Feuer, dass er das Prasseln der Flammen hören konnte und der Wind fast unerträgliche Hitze mit sich führte. Robert brachte den Wagen langsam zum Stehen. Er würde dem Weg nicht länger folgen können, sondern musste einen weiten Bogen um den Brandherd herum einschlagen. Das unwirkliche Licht, die in den Nachthimmel züngelnden Flammen und die grauen Rauchwolken machten es fast unmöglich, abzuschätzen, wo genau er sich befand. Mit zitternden Fingern nahm er das Funkgerät aus der Halterung. »Mariama, hier ist Robert. Hörst du mich?«

Ein Knistern ertönte. »Ja. Wo bist du?«

»Ich stehe direkt vor der Feuerwand, sie versperrt mir den Weg. Ich werde gleich versuchen, sie zu umfahren.« Er rieb sich über die feuchte Stirn. »Hast du jemanden erreicht?«

»Niemanden. Es ist, als wären sie alle … verschwunden.« Mariamas Besorgnis war deutlich in ihrer Stimme zu hören. Zu gerne hätte er sie fest in den Arm genommen und ihr gesagt, dass alles gut werden würde.

»Versuch es weiter. Ich melde mich, wenn ich auf der anderen Seite bin.«

»Oh Gott, Robert, sei bitte vorsichtig.« Ihre Stimme wurde noch leiser. »Ich will nicht, dass dir etwas geschieht.«

»Mir wird nichts passieren. Wo ist Marc?«

»Oben bei Kai, er passt auf, dass der Kleine nichts mitbekommt.«

»Gut.« Robert holte tief Luft. »Wir sprechen uns gleich wieder.« Entschlossen hängte er das Funkgerät in die Halterung zurück und startete den Motor. Vorsichtig fuhr er durch den tieferen Sand am Rand der Fahrspur und die kleine Mulde, in der bei Regen das Wasser ablief. Der Jeep schaukelte wild hin und her, als er über den unebenen Boden fuhr. Sträucher knackten und raschelten unter den Rädern, Dornen kratzten quietschend über das Metall. Robert biss die Zähne zusammen und versuchte, die Bewegungen auszubalancieren, indem er die Beine spreizte und den Rücken an die Lehne presste. Er konnte nur hoffen, dass er nicht im Dunkeln in irgendeinen Graben oder gegen ein festes Hindernis fuhr, zu Fuß würde er nicht schnell genug sein, um dem Feuer zu entkommen. Schweiß lief über sein Gesicht und durchtränkte seine Kleidung. Er wischte seine Hände an der Hose ab, damit ihm das Lenkrad nicht durch die Finger rutschte.

Das Knistern der Flammen steigerte sich fast zu einem Brüllen, durchbrochen vom lauten Knacken brennender Bäume und Büsche. Seine Augen brannten vom Rauch und von der Hitze, er leckte über seine trockenen Lippen und schmeckte Asche. Obwohl er mit geschlossenen Fenstern fuhr, kam der beißende Geruch des Feuers durch die Lüftung. Dichter durfte er auf keinen Fall an die Flammen herankommen, sonst könnte er ersticken. Wenn er hier nicht weiterkam, würde er umkehren müssen und versuchen, außen auf dem Pad zur Farm durchzukommen. Das würde viel Zeit kosten, Zeit, die sie nicht hatten, so weit, wie sich die Flammenwalze schon ausgebreitet hatte. Die Hände um das Lenkrad gekrampft, fuhr Robert weiter durch den Busch, während er versuchte, die Orientierung nicht zu verlieren. Bei dem flackernden roten Licht und den Rauchschwaden sah die Gegend ganz anders aus als sonst, selbst die normalerweise unübersehbaren Orientierungspunkte waren verschwunden.

Robert wusste nicht, wie lange er durch die Wildnis gefahren war, als er schließlich aus dem Rauch einen Zaun auftauchen sah. Erleichtert atmete er auf. Es war die äußere Einhegung der Gebäude und Ställe, sie würde ihn direkt zum Haus führen, wenn er an ihr entlangfuhr. Langsam bog er auf die Fahrspur ein, die neben dem Zaun verlief, und fuhr in Richtung der Häuser. Der Rauch wurde immer dichter, je näher er den Behausungen kam. Furcht und Entsetzen schnürten ihm die Kehle zu, sein Körper spannte sich an. Schließlich konnte er nicht mehr weiterfahren, das Feuer versperrte ihm den Weg. Für einen Moment saß er da und starrte auf die Flammen, bevor er sich das Tuch, das ihn sonst vor der Sonne schützte, um Mund und Nase band und die Tür aufstieß. Sofort musste er husten. Er beugte sich noch einmal ins Auto, nahm das Funkgerät aus der Halterung und steckte es an seinen Hosenbund. Dann nahm er den Handfeuerlöscher aus dem Kofferraum. Auch wenn er damit nicht viel ausrichten konnte, würde er ihn vielleicht brauchen. Rasch kletterte Robert über den Zaun und lief los.

Schon bald blieb er keuchend stehen, sein Herz hämmerte in seiner Brust, während er mühsam nach Luft rang. Nach einer kurzen Weile richtete er sich auf und lauschte. Waren das Stimmen, die er über dem Rasseln seines Atems und dem Fauchen der Flammen hörte? Jeden Muskel angespannt, starrte er in den dichten Rauch. Der Wind drehte sich, und jetzt hörte er es deutlich: Aufgeregte Rufe waren über den Geräuschen des Feuers zu hören. Ein Pferd wieherte in Todesangst. Irgendetwas knackte und fiel polternd zu Boden. So schnell er konnte, bewegte er sich im dichten Rauch auf die Quelle des Lärms zu, ein paarmal stolperte er, konnte sich aber gerade noch abfangen. Schließlich kam er zwischen den Hütten heraus und griff einen der Arbeiter, der gerade an ihm vorbeilief, am Arm.

»Mithala, was ist passiert?«

Mit schreckgeweiteten Augen sah ihn der junge Mann an. »Das Farmhaus … es brennt.« Seine dunkle Haut war mit Asche und Ruß bedeckt. Kratzer zogen sich über seine Arme.

»Wo sind die Fechners? Sind sie in Sicherheit?«

Unglücklich hob der Mann die Schultern. »Ich weiß es nicht. Es ging alles so schnell. Als ich aufwachte, stand schon alles in Flammen.« Er sah über seine Schulter. »Ich muss weiter, Wasser besorgen.«

Robert ließ ihn gehen. Er kämpfte sich eilig durch den dichter werdenden Rauch und die fast unerträgliche Hitze zum Haus vor.

Sein Herz krampfte sich zusammen, als er die lodernden Flammen sah, die das Gebäude umhüllten. Oh Gott, hoffentlich waren Karl und Elise dieser Hölle entkommen! Rauch drang aus den Fenstern, deren Scheiben geborsten waren, schwarzer Ruß bedeckte die ehemals weiße Hauswand. Da das Haus zum größten Teil aus Holz bestand, fand das Feuer unablässig Nahrung. Die Männer, die sich nahe genug herantrauten, versuchten, mit Wasser aus Eimern die Flammen einzudämmen. Wenn die Feuerwehr nicht bald kam, würde ihnen das nicht gelingen. Robert zog das Funkgerät hervor. »Mariama, hörst du mich?«

»Ganz schwach. Was siehst du?«

Ihre Stimme trieb ihm Tränen in die Augen, bei dem Kloß im Hals hatte er Mühe zu sprechen. »Das Haus deiner Eltern brennt. Ruf noch einmal die Feuerwehr an, sie sollen sich beeilen und viel Wasser mitbringen.« Es war utopisch zu glauben, dass sie früh genug eintreffen würden, um hier noch etwas zu retten. Aber vielleicht könnten sie wenigstens die Flammen daran hindern, auf die anderen Behausungen und noch größere Teile des Lands überzugreifen. »Ein Löschflugzeug, wenn sie haben, damit sich das Feuer nicht weiter ausbreitet. Schon jetzt sind die Flammen bis zur Grundstücksgrenze vorgedrungen.«

»Oh Gott! Was ist mit meinen Eltern?«

»Ich habe sie noch nicht gesehen, ich versuche jetzt, sie zu finden. Ich melde mich gleich wieder.«

»Sei vorsichtig.« Ihre Stimme brach. »Finde sie, bitte.«

Robert schob das Funkgerät zurück und sah erneut zum Haus. Etliche Menschen kämpften gegen die Flammen, aber durch den Rauch und seine tränenden Augen waren sie nur schwer zu erkennen.

»Robert.«

Er fuhr herum, es war Nomami. Sie stand gebeugt und wirkte noch älter als sonst; ihre ledrige Haut spannte sich wie altes Pergament über ihre Gesichtsknochen. Das Weiße ihrer Augen war von roten Äderchen durchzogen, als sie ihn anblickte.

»Was ...?«

Nomami unterbrach ihn. »Sie sind noch drin. Als wir das Feuer bemerkten, stand das ganze Haus bereits in Flammen, wir konnten nicht mehr hinein.« Tränen standen ihr in den Augen. »Mugambo hat es versucht, aber es war zu heiß, zu gefährlich. Das Holz hält nicht mehr.«

Roberts Denken setzte aus, als der Schmerz ihn übermannte. Er konnte sich nicht vorstellen, dass Karl und Elise nicht mehr da sein sollten, dass er nie wieder ihr Lachen, ihre gut gemeinten Ratschläge hören würde. Nein, Nomami musste sich irren, bestimmt waren sie irgendwo in Sicherheit! »Wo ist Mugambo?«

Die alte Frau sah ihn wissend an. »Er kümmert sich um den Wassernachschub.« Sie legte ihre Hand auf seinen Arm. »Die Fechners waren auch für ihn wie Eltern, er nimmt es sehr schwer, dass er ihnen nicht helfen konnte oder das Feuer früher bemerkt hat.«

Genauso wie er selbst. »Ich weiß. Wenn die Flammen näher an eure Behausungen kommen, fahrt zu meinem Haus, Mariama wird sich dort um euch kümmern.«

Er wandte sich um und machte sich auf die Suche nach Mugambo. Schließlich fand er ihn ein Stück vom Haus entfernt, wo er gerade mit einem Arbeiter redete. Als Mugambo sich umdrehte, hielt Robert den Atem an. Seine Hände und Arme waren mit Brandwunden übersät, das T-Shirt war an einigen Stellen verkohlt und gab den Blick auf weitere Verbrennungen frei. Sie hätten dringend behandelt werden müssen, doch Robert wies seinen Freund nicht darauf hin. In seinen Augen konnte er das gleiche Entsetzen erkennen, das er selber fühlte.

»Ich konnte nicht zu ihnen, ich habe es versucht, aber …« Mugambos Stimme klang rau.

»Bist du sicher, dass sie noch im Haus waren? Vielleicht …«

»Wir haben die Gegend um das Haus herum abgesucht. Sie sind nirgends zu finden. Und was sollten sie auch mitten in der Nacht draußen machen?«

Robert fuhr sich durch die Haare und starrte auf das Haus. Irgendetwas mussten sie doch tun können! »Ich muss es versuchen.«

Mugambo griff nach seinem Arm. »Du wirst sterben, wenn du in das Haus gehst. Denk an Mariama und die Kinder. Wie sollen sie damit leben, wenn sie nicht nur ihre Großeltern, sondern auch noch ihren Vater verlieren?«

Das war Robert alles klar, aber dennoch … Er hob den Handfeuerlöscher. »Es ist zwar nicht viel, aber vielleicht schaffe ich es damit.«

Skeptisch betrachtete Mugambo die kleine Flasche. »Damit wirst du nicht weit kommen, das Feuer ist zu heiß, zu mächtig.«

»Ich könnte Mariama und auch mir selbst nicht mehr in die Augen sehen, wenn ich es nicht versuchen würde.«

»Wenn du tot bist, kannst du niemandem mehr in die Augen sehen!«

Robert wandte sich ab und ging auf das Haus zu. Hinter sich hörte er einen unterdrückten Fluch. Mugambo erteilte in Khoisan Befehle. Es war gut gewesen, ihn zum Vorarbeiter der Farm zu machen, er besaß das Engagement und das Herz, die dafür nötig waren. Beruhigt, die Löscharbeiten in guten Händen zu wissen, konzentrierte sich Robert nur noch darauf, einen Weg ins Haus zu finden, ohne von den Flammen verschlungen zu werden. Die rechte Haushälfte schien weniger stark betroffen zu sein. Wenn er dort irgendwie hineinkommen könnte …

Mugambo tauchte wieder neben ihm auf, in der Hand hielt er einen Schlauch. »Wir haben die Pumpe an den Trinkwassertank angeschlossen, viel wird es nicht sein, aber vielleicht verschafft es dir ein wenig Zeit.«

Robert nickte grimmig. »Danke.«

»Ich muss verrückt sein, eine solche Dummheit zu unterstützen, Mariama wird es mir nie verzeihen, wenn dir etwas passieren sollte.«

Wortlos drückte Robert ihm sein Funkgerät in die Hand.

»Hier.«

Einer der Arbeiter hielt ihm eine wassergetränkte Decke hin, die Robert dankbar entgegennahm. Er streifte Handschuhe über, atmete noch einmal tief durch und schlang sich die Decke über Kopf und Oberkörper.

Mugambo schlug eine Fensterscheibe ein, griff durch das Loch und öffnete das Fenster. Rauch quoll heraus. Robert kletterte durch die Öffnung ins Innere des Hauses, während Mugambo die Flammen mit dem Wasserschlauch zurückzudrängen versuchte. In der Dunkelheit des Zimmers nahm Robert nur das Knacken des brennenden Holzes und den Rauch wahr. Ein rötlicher Schimmer leuchtete unter der geschlossenen Tür hindurch und zeigte ihm, dass es im Flur bereits brannte.

Rauch drang in seine Lungen und ließ ihn husten. Hitze sammelte sich unter der Decke, die bereits zu trocknen begann. Der Geruch nach verbranntem Holz und Plastik schnürte ihm die Kehle zu, mühsam rang er um Atem. Er konnte die Glut des Türgriffs durch den Handschuh spüren, als er ihn langsam herunterdrückte. Den Feuerlöscher bereithaltend, zog er die Tür auf und sprang zur Seite. Eine Stichflamme schlug ihm entgegen und wurde von dem Wasserstrahl erstickt, den Mugambo durch das offene Fenster sandte. Mühsam bewegte sich Robert vorwärts, tastete sich durch den raucherfüllten, nachtschwarzen Flur, bis er das Treppengeländer berührte.

Aus dem Obergeschoss drang lautes Röhren, wo sich die Flammen ihren Weg fraßen, Glas zersprang in der Hitze und fiel klirrend zu Boden. Ein ominöses Ächzen ertönte, als Robert zögernd seinen Fuß auf die hölzerne Treppe setzte. Warum auch immer sie noch nicht brannte – er war dankbar dafür. So schnell er konnte, bewegte er sich nach oben, tief unter die Decke geduckt, um ein wenig bessere Luft einzuatmen. Doch je näher er dem Obergeschoss kam, desto näher kamen die Flammen und leckten an der Decke und an seiner Kleidung. Dankbar für die Handschuhe und die dicken Stiefel, gelangte er schließlich zum Zwischenabsatz, wo er kurz innehielt und nach Luft schnappte. Seine Lungen brannten, der Rauch und die Dämpfe erschwerten ihm das Denken. Die Angst um Elise und Karl, die in dieser Hölle gefangen waren, setzte ihn wieder in Bewegung.

Ein brennender Balken brach krachend aus dem oberen Treppengeländer und stürzte direkt auf ihn zu. Im letzten Moment konnte sich Robert zur Seite werfen, sodass ihn das Geschoss nur streifte. Schmerz zuckte ihm durch Schulter und Hüfte, mit denen er auf die Treppenstufen geprallt war. Er blieb einen Moment schwer atmend liegen, dann rappelte er sich wieder hoch. Er musste weiter, bevor das ganze Haus über ihm zusammenbrach. Mariamas Gesicht tauchte vor ihm auf, die Vorstellung, ihr sagen zu müssen, dass er ihre Eltern nicht hatte retten können, trieb ihn vorwärts. Vorsichtig nahm er die letzten Treppenstufen und trat in den oberen Flur. Flammen züngelten an den Wänden empor und fraßen sich in alles, was ihnen in den Weg kam. Er konnte kaum noch etwas sehen, der Rauch wurde immer dichter, je weiter er sich vortastete. Die Hitze wurde unerträglich, bei jedem Atemzug schien sie sich in seine Lunge zu fressen. Robert hustete unterdrückt, was den Druck noch steigerte. Sauerstoff, er brauchte Sauerstoff!

Eine Tür tauchte vor ihm auf. Mit der Hand fuhr er am Holz entlang, bis er die Klinke fand. Vorsichtig drückte er die Tür auf und fuhr zurück, als ihm eine Flammenwand entgegenschlug. Lautes Tosen erfüllte seine Ohren, die Hitze schien sich trotz der Decke direkt in seine Haut zu brennen. Schweiß lief ihm über das Gesicht und brannte in seinen Augen. Robert versuchte etwas im Raum zu erkennen, doch es war unmöglich. Alles war von dem Feuer verschluckt worden, hier gab es nichts zu retten. Rasch zog er die Tür wieder zu und tastete sich weiter an der Wand entlang zum nächsten Zimmer. Seine Finger krampften sich um den Feuerlöscher, obwohl er wusste, wie lächerlich gering dieser Schutz war. Etwas zersprang mit einem lauten Knall, Splitter prasselten auf ihn nieder. Das Röhren des Feuers wurde immer lauter, wie ein hungriges Höllenbiest fraß es sich Zentimeter für Zentimeter durch das alte Gebäude und machte vor nichts Halt.

Robert kämpfte sich vorwärts, taumelte gegen die Wand. Seine Lungen brannten, er brauchte dringend Sauerstoff, andernfalls würde er in wenigen Minuten das Bewusstsein verlieren und im Haus gefangen sein. Nur noch ein Zimmer würde er sich ansehen können, also ging er an der nächsten Tür vorbei und arbeitete sich stattdessen zum Schlafzimmer von Elise und Karl vor. Wenn sie durch das Feuer aufgewacht wären, hätten sie sicher einen Weg nach draußen gefunden, oder er wäre ihnen inzwischen begegnet. Robert zögerte. Er hatte Angst vor dem, was er entdecken würde, Übelkeit stieg in ihm auf. Schmerzhaft schlug sein Herz gegen seine Rippen, als er den Griff hinunterdrückte und die Tür aufschwang. Flammen leckten hinter ihm vom Flur in das Zimmer, schienen ihn in das Inferno hineinziehen zu wollen. Robert spürte, wie die Decke an seinem Rücken zu glimmen anfing, doch er konnte nichts dagegen tun. Unbeirrt tastete er sich in Richtung des Bettes vor, ein Hustenanfall schüttelte ihn.

»Karl? Elise?« Sein Ruf kam nur als heiseres Krächzen heraus und wurde sofort von den Geräuschen des Feuers verschluckt, das sich langsam in den Raum vorfraß. Robert sprühte Löschschaum auf die Flammen hinter sich, bevor er sich langsam in dem dunklen Raum vortastete, der nur von den flackernden Flammen erhellt wurde. Robert spürte etwas Weiches unter den Händen: das Bett. Der Atem stockte ihm in der Kehle, ein Schauer lief ihm über den gesamten Körper. Erstickt keuchte Robert auf, als seine Finger die menschliche Form unter der Bettdecke ertasteten. Oh Gott, nein!

»Elise? Wach auf!« Er beugte sich noch weiter hinunter, damit er sie besser sehen konnte. Ihre Augen waren geschlossen, sie sah aus, als würde sie schlafen. Das Flackern der Flammen und der ins Zimmer drängende Rauch ließen ihn nicht erkennen, ob sie noch atmete. Sie musste noch leben! Sie musste! Robert schob seine Arme unter ihren Körper, um sie aus dem Bett zu heben. Ein keuchender Husten schüttelte ihn, seine Muskeln waren plötzlich ohne Kraft, er konnte gerade noch verhindern, dass er hinterherkippte, als Elises Körper auf das Bett zurückfiel. Mühsam sammelte er seine Kräfte und beugte sich erneut vor. Entsetzt zuckte er zurück, als er die dunklen Flecken auf ihrem Nachthemd sah, die sich auf Brusthöhe ausgebreitet hatten. Konnte das Blut sein? Aber wie war das möglich, die Bettdecke hatte unberührt ausgesehen. Der Druck in seiner Lunge steigerte sich, Tränen liefen über seine Wangen. So schnell wie möglich zog er die Handschuhe von den Händen und öffnete mit zitternden Fingern die Knopfreihe ihres Nachthemds. Der Anblick der tiefen Stichwunde ließ ihn mit einem erstickten Laut zurücktaumeln.

Eilig beugte er sich wieder vor. Robert bemerkte nicht die Hitze hinter sich, als er seine Finger gegen Elises Halsschlagader drückte, um einen Puls zu erfühlen. Nichts. Auch wenn er es erwartet hatte, traf es ihn wie ein Fausthieb: Elise war tot. Wie betäubt stand er einen Moment da, bevor er schwerfällig zu Karls Seite des Bettes wechselte. Auch sein Schwiegervater lag still da, die Augen geöffnet und starr. Einem Impuls folgend, zog Robert die Bettdecke hinunter. Auch bei ihm tränkte Blut das Oberteil seines Pyjamas, ein gezackter Riss zog sich durch den Stoff. Es war offensichtlich, dass die Verletzungen nicht durch das Feuer verursacht worden waren. Irgendetwas musste vorgefallen sein, das mit dem Feuer verdeckt werden sollte. Sie waren ermordet worden! Trauer und unbändige Wut schnürten Robert die Kehle zu, legten sich wie ein eisernes Band um seinen Brustkorb. Es musste ihm gelingen, seine Schwiegereltern aus dem Haus zu schaffen, bevor die Flammen es verschlangen. Rasch zog er die Handschuhe wieder über und ging zu Elise zurück.

Er wickelte sie in die Bettdecke, schob erneut seine Arme unter ihren Körper und hob sie hoch. Ihr Gewicht ließ ihn taumeln, doch er biss die Zähne zusammen und machte einen Schritt auf die Tür zu. Die Decke verrutschte und ließ noch mehr Rauch in seine Lungen dringen. Immer näher kamen die

Flammen, das Prasseln und Zischen wurde lauter, bis es sogar seine Atemzüge übertönte. Aus den Augenwinkeln heraus sah er, wie der Teppich endgültig Feuer fing. Karl! Doch er konnte nichts tun, seine Kraft reichte kaum, sich selbst und Elise hinauszubringen. Ein raues Schluchzen stieg in seiner Kehle auf. Verbissen kämpfte er sich vor bis zur Tür und trat auf den Flur hinaus, der inzwischen fast vollständig in Flammen stand. Ein winziger Streifen war noch frei, vielleicht gerade genug, um bis zur Treppe zu gelangen. Beinahe wie in Zeitlupe bewegte Robert sich darauf zu, obwohl er rennen wollte, nur raus aus dieser Hölle. Erleichtert atmete er auf, als er die Treppe erreichte. Er hatte erst wenige Treppenstufen genommen, als etwas explodierte und er ohne Vorwarnung vorwärtsgeschleudert wurde, mitten hinein in das Inferno.

Mariamas Hände klammerten sich um das Lenkrad, während sie angestrengt in die nur von den Scheinwerfern erhellte Dunkelheit starrte. Eigentlich hätte sie zu Hause bleiben und dort die Kinder von allem fernhalten sollen. Aber sie hatte es nicht mehr ausgehalten, sie musste irgendetwas tun! Es waren ihre Eltern und ihr Land, sie musste erfahren, was dort passierte. Sie blickte kurz in den Rückspiegel, um sich zu vergewissern, dass es Marc und Kai gut ging. Ihr jüngerer Sohn schlief in seinem Kindersitz, doch Marc sah sie hellwach an. Die Sorge in seinem Blick schnürte ihr die Kehle zu.

»Versuch noch einmal, eine Verbindung zu deinem Vater zu bekommen.« Sie hatte Robert genug Zeit gegeben, sich wieder zu melden, aber das Funkgerät blieb still. Sosehr sie sich auch das Gegenteil einzureden versuchte, sie ahnte, dass es kein gutes Zeichen war. Warum musste das passieren? War die lange Trockenheit nicht Unglück genug? Mariama schüttelte den Kopf. Wie konnte sie jetzt an so etwas denken? Die Menschenleben waren wichtig, alles andere konnte wieder aufgebaut werden. Hoffentlich war keiner der Arbeiter verletzt, die Hütten würden brennen wie Zunder, wenn das Feuer sie erreichte. Sie tauchte aus den Gedanken auf, als sie Marcs Stimme wahrnahm.

»Papa, hier ist Marc, kannst du mich hören?« Wieder und wieder sprach er in das Funkgerät, doch niemand antwortete. Unglücklich blickte er schließlich auf. »Es meldet sich niemand.«

»Versuch es noch mal auf der Frequenz der Farm.«

Statisches Rauschen erfüllte das Innere des Wagens. »Nichts.« Marc legte das Funkgerät neben sich. »Wo sind sie nur alle?«

Mariama räusperte sich, um den Kloß in ihrer Kehle zu lösen. »Sie haben sicher mit der Feuerbekämpfung so viel zu tun, dass keiner Zeit hat zu antworten.«

Marc sah sie skeptisch an, nickte aber nur. Es war offensichtlich, dass sie ihm nichts vormachen konnte. Tränen stiegen ihr in die Augen, doch sie zwinkerte sie hastig fort, bevor Marc sie bemerkte. Sie wollte ihn nicht noch mehr beunruhigen, als er es sowieso schon war. Wenn sie selbst schon vor Furcht beinahe erstarrt war, wie musste es dann erst dem Kind ergehen? Es war nur gut, dass Kai die Aufregung verschlief. Ein weiteres Loch in der Straße ließ den Wagen schaukeln. Die Scheinwerfer beleuchteten nur einen kleinen Ausschnitt des Pads, drumherum herrschte tiefste Finsternis. Kein anderer Mensch schien auf der Welt zu existieren, nur sie in ihrem kleinen schützenden Kokon, der viel zu zerbrechlich war. *Reiß dich zusammen, Mariama!* Sie hatte sich entschieden, außen herum zu fahren, nachdem Robert von seinen Problemen auf dem Weg berichtet hatte, der zwischen den beiden Häusern verlief. Das Umfahren dauerte zwar länger, aber sie würde nicht in die

Nähe des Feuers kommen und auch nicht Gefahr laufen, irgendwo mit dem Wagen steckenzubleiben. Die Sicherheit der Kinder kam an erster Stelle.

Sie kniff die Augen zusammen, um die dunklen Schatten neben der Straße durchdringen zu können. Irgendwo musste die Einfahrt zur Farm kommen, doch in der Dunkelheit war es schwer abzuschätzen, wo auf dem Pad sie sich gerade befand. Schließlich sah sie im Vorbeifahren am Straßenrand etwas kurz aufblinken. Mariama hielt an und fuhr dann vorsichtig ein Stück zurück. An den Außenpfosten des Eingangstors waren Reflektoren angebracht, die das Licht der Scheinwerfer zurückwarfen. Eine Lampe war extra nicht installiert worden, um keine Viehdiebe anzulocken. Mariama verzog den Mund. Nicht dass die Wilderer jemals über die Straße kamen, meist näherten sie sich dem Land über die hintere Grundstücksgrenze. Nachdem sie das Tor geöffnet hatte, fuhr sie langsam hindurch, stoppte aber noch einmal, um die reflektierende Warnweste aus dem Handschuhfach über einen der Pfosten zu hängen, damit die Feuerwehr die Einfahrt besser erkennen konnte.

Zurück im Wagen zitterten ihre Hände so stark, dass sie kaum noch lenken konnte. Ruhig, ganz ruhig. Sicher war alles in Ordnung, Robert war nur noch nicht dazu gekommen, sich bei ihr zu melden. Als sie draußen gewesen war, hatte sie den Rauch in der Luft gerochen. Sie schloss die Lüftung, damit er sich nicht allzu sehr im Wagen verteilen konnte, wenn sie dem Feuer näher kamen. Hoffentlich war der Fahrweg bis zum Haus frei, sonst würde sie umkehren müssen. Auf keinen Fall würde sie ihre Kinder gefährden, auch wenn es sie noch so sehr zur Farm zog. Ihr Atem stockte, als sie in der Ferne den rot gefärbten Himmel sah. Dunkle Rauchschwaden zogen darüber hinweg und verschwanden in der Schwärze der Nacht. Unwillkürlich nahm sie den Fuß vom Gas, und der Wagen kam zum Stehen. Oh Gott, es war wirklich wahr, die Farm brannte! Insgeheim hatte sie gehofft, dass sich alles als Irrtum herausstellen würde. Doch dem war nicht so.

»Mama?«

Hastig drehte sie sich zu Marc um. »Ja?«

»Fahren wir nicht weiter?«

»Doch, sofort.« Nach einem letzten Blick auf den blutrot gefärbten Himmel biss sie die Zähne zusammen und gab entschlossen Gas.

Glücklicherweise blies der Wind Rauch und Flammen in die andere Richtung, sodass sie nahezu ohne Probleme in die Nähe der Farmgebäude kam. Das Feuer war jetzt direkt zu sehen, ein roter Schlund in der Dunkelheit, der alles verschlang, was ihm in den Weg kam. Mariamas Herz hämmerte in ihrer Brust, ihre feuchten Finger glitten immer wieder vom Lenkrad. Scharf bremste sie ab. Nun konnte sie selber sehen, was Robert schon bestätigt hatte: Das Haus ihrer Eltern stand lichterloh in Flammen, und es sah aus, als könnte es jederzeit einstürzen. Die Hand vor den Mund gepresst, starrte sie ins Feuer und beobachtete, wie es das Haus verschlang, in dem sie aufgewachsen war, in dem sie Robert kennengelernt, ihn geheiratet hatte. Ihre Eltern mussten entkommen sein, etwas anderes war gar nicht möglich! Marc gab einen unterdrückten Laut von sich, der ihr ins Herz schnitt. Sie brachte es nicht über sich, in den Rückspiegel zu gucken, sondern hielt die Augen auf das Inferno vor sich gerichtet. Erschrocken zuckte sie zusammen, als ihre Tür aufgerissen wurde.

Franklin, einer der Arbeiter, lehnte sich in den Wagen. »Was tun Sie hier? Es ist viel zu gefährlich …«

Mariama schüttelte unwillig den Kopf. »Sind meine Eltern gefunden worden? Wo ist mein Mann? Ich muss ihn sprechen.«

Ein seltsamer Ausdruck lag auf seinem Gesicht. »Ah … Wir haben Ihre Eltern noch nicht gefunden. Ihr Mann … sprechen Sie mit Mugambo, er ist dort beim Haus.«

Angst kroch ihr über den Rücken. »Was ist mit Robert?«

Der Arbeiter warf einen bedeutsamen Blick auf den Rücksitz, wo Marc jedem ihrer Worte mit weit aufgerissenen Augen lauschte. Ein schlechtes Gewissen machte sich in Mariama breit. In ihrer Angst um Robert hatte sie tatsächlich ihre Söhne vergessen.

»Ich hole Amali, damit sie sich um die Jungs kümmert.«

»Danke, Franklin.« Mariama stieg aus dem Wagen, ging auf wackeligen Beinen zur hinteren Wagentür und öffnete sie. Mit ernstem Blick sah sie Marc an. »Ich möchte, dass ihr beiden hier mit Amali im Auto bleibt, bis ich wieder zurück bin, versprichst du mir das?«

»Aber, ich will …«

Mariama unterbrach ihn. »Marc, du bleibst mit Kai hier. Ich möchte mir nicht auch noch um euch Sorgen machen.« Sie beugte sich zu ihm hinüber, bis ihre Stirn an seiner lag. »Versprich es mir.«

Nach kurzem Zögern stimmte Marc schließlich zu. »Aber du sagst mir, was mit Oma und Opa und Papa ist.«

»Sobald ich etwas herausgefunden habe.« Sie küsste ihn auf den Scheitel.

»Versprochen?«

»Natürlich.« Mariama richtete sich auf und schloss sanft die Wagentür. Wo blieb Amali nur? Mühsam atmete sie durch. Franklin hatte es sicher nicht einfach, das Kindermädchen in dem Chaos und der Dunkelheit zu finden, doch es fiel ihr schwer, hier untätig herumzustehen und zu warten, während ihre Eltern und ihr Mann in Gefahr waren. Ihre Augen brannten, als sie zum Haus hinüberstarrte. Nun sah sie auch Mugambo, der dicht vor dem Gebäude stand und einen Wasserschlauch in der Hand hielt, mit dem er ab und zu einen Wasserstrahl durch ein Fenster sandte. Was um Himmels willen tat er da? Es schien fast, als würde er auf etwas warten. Ihr Herz begann zu rasen. Oder auf jemanden. Oh nein, Robert! Als sie Amali sah, die rasch auf sie zukam, lief sie ihr entgegen.

»Oh, Mariama …«

»Amali, kümmere dich bitte gut um Marc und Kai, ich muss zu Robert.«

Das Kindermädchen nickte nur. »Ich passe auf sie auf.«

»Danke.« Mariama drückte kurz ihren Arm, dann rannte sie los, auf das brennende Haus und auf Mugambo zu. Schwer atmend kam sie bei ihm an. Der Rauch kratzte in ihrer Kehle und stach in ihren Augen, die Hitze des Feuers brannte auf ihrer Haut.

Mugambo sah sie überrascht an. »Mariama, was machst du denn hier? Wo sind die Jungen?«

»Bei Amali. Wo ist Robert?«

Sein Blick wanderte unwillkürlich zum Haus. »Mariama …«

»Nein! Sag mir, dass er nicht in dem Haus ist.« Erst jetzt bemerkte sie die Verbrennungen an Mugambos Händen und Armen. »Was ist passiert?« Ihre Stimme war nur noch ein Flüstern, doch er schien sie zu verstehen.

»Wir können deine Eltern nirgends finden. Ich wollte im Haus nach ihnen suchen, aber das Feuer war schon zu mächtig.« Im flackernden Licht der Flammen verzog sich sein Gesicht zu einer schmerzerfüllten Maske. »Als Robert kam, ließ er sich nicht davon abhalten hineinzugehen. Er meinte, er müsste es versuchen, wenn Karl und Elise noch im Haus seien …«

Mariama taumelte. »Oh nein, bitte Gott, nein!«

Mugambo stützte sie mit einem Arm. »Ich habe ihm gesagt,

dass er an dich und die Kinder denken soll, aber er hat nicht auf mich gehört. Er wollte deine Eltern für dich retten.«

Tränen liefen über ihre Wangen, ihre Kehle war wie zugeschnürt. »Es sind auch seine Eltern, er liebt sie.«

»Wie wir alle. Ich würde alles tun, um ihnen zu helfen, aber das Dach kann jederzeit einstürzen, es ist zu gefährlich. Vielleicht, wenn die Feuerwehr kommt …«

Sie beide wussten, dass es dann bereits zu spät wäre. »Wie lange ist er schon drin?«

Mugambo sah sie unbehaglich an. »Zu lange. Es sind nicht nur die Flammen, sondern auch der Rauch und die Gase von den verbrennenden Kunststoffen. Er hat kein Atemschutzgerät, nur eine Decke und einen Handfeuerlöscher.« Sein Blick glitt wieder zu dem Fenster. »Wenn er nicht in den nächsten Minuten herauskommt …« Er brach ab.

Mariama starrte in die Flammen. *Wag es nicht, die Kinder und mich alleinzulassen, Robert! Komm endlich heraus!* Doch er kam nicht. Stattdessen drang immer dichterer Rauch durch die mittlerweile zerplatzten Fenster, und die Hitze wurde immer stärker, bis sie ein Stück zurückweichen mussten. Die Tiere, die Farm, alles würde sie opfern, wenn sie dafür ihre Lieben retten konnte. Ihre Eltern waren immer für sie da gewesen, hatten viele Entbehrungen auf sich genommen, um ihr alles zu ermöglichen, was sie sich wünschte; sie konnte sich nicht vorstellen, wie ein Leben ohne sie aussehen würde. Und Robert … Robert war ihr Leben. Ihn nie mehr wiederzusehen, nie mehr von seinen starken Armen gehalten zu werden, war für sie unvorstellbar. Nein, sie würde nicht aufgeben, würde hier nicht einfach nur stehen und darauf warten, dass ihr Leben vernichtet wurde.

Abrupt wandte sie sich zu Mugambo um. »Was kann ich tun, um ihm zu helfen?«

Er schüttelte schon den Kopf. »Gar nichts.«

»Aber ich kann nicht einfach tatenlos zusehen, wie der Mann, den ich liebe, umkommt!«

»Er würde sicher nicht wollen, dass du dich selber in Gefahr bringst.«

Mariama wischte sich die Tränen von den Wangen. »Trotzdem …«

»Nein. Wenn du nicht vernünftig bist, werde ich dich niederschlagen.«

»Das würdest du nicht wagen!«

Mugambo verzog grimmig den Mund. »Doch, das würde ich. Um dein Leben zu retten. Und ich werde mir ewig Vorwürfe machen, dass ich das bei Robert nicht auch getan habe.«

Mariama verstummte, als sie den Kummer und die Selbstvorwürfe in seiner Stimme hörte. Mugambo litt genauso sehr wie sie. Wie alle hier. Es war selbstsüchtig von ihr, es ihm noch schwerer zu machen. Sie wartete, bis ihr Freund abgelenkt war, dann bewegte sie sich langsam am Haus entlang, so dicht es die Hitze und der Rauch zuließen. Ihre Verzweiflung wuchs, als sie erkannte, dass das Feuer bereits das ganze Haus erfasst hatte und sich mit jeder Sekunde weiter ausbreitete. Sie wollte Robert und ihren Eltern helfen, aber sie musste auch an ihre Söhne denken. Was würde ohne sie aus ihnen werden? Ein heftiger Schmerz tobte in ihr, drohte sie zu zerreißen. Gerade als sie wieder zu Mugambo zurückkehren wollte, gab es eine laute Explosion, gefolgt von Poltern und Grummeln. Eine Stichflamme schoss durch das Dach und ließ Ziegel- und Holzsplitter auf sie niederregnen. Mariama stolperte zurück und fiel in sicherer Entfernung auf die Knie. *Nein, Robert!*

Wie betäubt starrte sie auf die Flammenhölle vor sich, in der gerade drei geliebte Menschen starben. Tränen liefen über ihre Wangen, ihr Mund war zu einem lautlosen Schrei geöffnet. Die Arme um ihren Oberkörper geschlungen, wiegte sie sich vor und zurück, doch der reißende Schmerz in ihrem Innern blieb. Warum hatte sie nicht darauf bestanden, mit ihm mitzufahren, vielleicht hätte sie ihn davon abhalten können, ins Haus zu gehen. Jetzt würde sie ihn nie wiedersehen, sein Lächeln, den warmen Blick aus seinen braunen Augen, sein kantiges Gesicht und die schwer zu bändigenden schwarzen Haare, die Marc von ihm geerbt hatte. Ein lauter Schluchzer brach sich Bahn, ging aber im Prasseln des Feuers unter. Weitere Fensterscheiben zerbarsten und sogen noch mehr Sauerstoff ins Haus, der das Feuer nährte. Das Herz hämmerte in ihrer Brust, ein dumpfes Rauschen lag über ihren Ohren, sie nahm nichts mehr um sich herum wahr. Versunken in ihrer eigenen Welt aus Schmerz und Kummer, zuckte sie erschrocken zusammen, als sich eine Hand auf ihre Schulter legte.

Mariama wirbelte herum. Kolian stand hinter ihr, seine Verbände schmutzig und mit neuen Blutflecken durchtränkt. Ein merkwürdiger Ausdruck lag auf seinem Gesicht, aber vielleicht war das auch nur der furchtbaren Beleuchtung durch die Flammen geschuldet. »Mugambo sagt, ich soll Sie dringend holen.«

»Ist jemand verletzt?« Mariama versuchte sich aufzurichten, doch ihre Beine knickten wieder ein. Auf Kolians Arm gestützt, gelang es ihr schließlich.

»Das weiß ich nicht, mir wurde nur gesagt, ich soll Sie holen.«

Mariama rieb sich über ihre feuchten Wangen und bemühte sich um Fassung. »Ich komme.« Sie trug nun die Verantwortung für all diese Menschen hier; auch wenn sie trauerte, musste sie doch dafür sorgen, dass alles zusammenhielt. Aber im Moment hatte sie kaum die Kraft, einen Fuß vor den anderen zu setzen und Kolian zu folgen. Den Blick hielt sie gesenkt, um nicht weiter das brennende Haus und die nutzlosen Löschversuche mitansehen zu müssen. Selbst wenn die Feuerwehr jetzt noch käme, würde nichts mehr zu retten sein, alles war verloren. Verbissen drängte Mariama die Tränen zurück, die ihr bei diesem Gedanken wieder in die Augen stiegen. Ihre Zähne gruben sich in ihre Unterlippe. Mehr als einmal stolperte sie über herumliegende, im flackernden Licht nur schwer zu erkennende Gegenstände. Schließlich blieb Kolian stehen, und sie zwang sich, den Kopf zu heben. Eine Gruppe von Arbeitern stand um etwas herum, alle redeten aufgeregt durcheinander. Mugambo blickte sie über die Köpfe hinweg an und winkte sie zu sich.

»Macht Platz, Leute! Lasst Mariama durch.«

Eine schmale Gasse bildete sich, durch die sie in das Innere des Kreises blicken konnte. Dort am Boden lag eine Gestalt, Nomami kniete daneben. Mariama trat einen Schritt vor und blieb dann abrupt stehen. »Robert?« Sie konnte ihre Worte selbst kaum verstehen, so sehr rauschte es in ihren Ohren. Das Blut verließ ihren Kopf und ihr war schwindelig. Schwankend stand sie da und streckte ihre Hand nach dem aus, was sie für ein Trugbild hielt. Es konnte nicht Robert sein, er war doch im Haus gewesen, als sich die Explosion ereignete … Mit wackeligen Beinen lief sie auf ihn zu. »Robert!«

Sie fiel neben ihm auf die Knie und beugte sich über ihn. Sein Gesicht war schwarz von Ruß, seine Kleidung zerrissen und mit Brandlöchern übersät. Mariama streckte ihre Hand aus, zögerte dann aber, bevor sie ihn berührte. Lebte er noch? Als hätte er ihre Frage gehört, öffnete er in diesem Augenblick die Augen und hatte sichtbar Mühe, sie offen zu halten. Mit zitternden Fingern strich ihm Mariama über die Wange.

Sein Blick glitt zu ihr. Er schien etwas sagen zu wollen, wurde dann aber von einem furchtbaren Hustenanfall geschüttelt.

Sie legte ihre Hand auf seine Schulter. »Ganz ruhig, es ist alles in Ordnung, du bist in Sicherheit.« Wie um eine Bestätigung dafür zu erhalten, sah sie ihr früheres Kindermädchen an.

Nomami neigte den Kopf, was Mariama als Zustimmung interpretierte. Es musste Robert gut gehen! Noch einmal könnte sie die Gewissheit, ihn verloren zu haben, nicht verkraften.

»E…lise.«

»Was ist mit meiner Mutter?«

»Konnte … nichts tun, beide … schon …« Wieder hustete Robert, Tränen standen in seinen Augen, als er sie ansah. »Tut mir … leid.«

Mariama beugte sich vor und küsste ihn, während ihre Tränen sich mit den seinen mischten. Sie hatte befürchtet, dass ihre Eltern tot waren, aber es nun von ihm bestätigt zu bekommen, traf sie mitten ins Herz. Nie wieder würde sie mit ihnen sprechen, ihnen zusehen können, wie sie sich gegenseitig neckten und einander ihre Liebe zeigten. Sie waren fort. Einfach so, von einem Moment auf den anderen. Unwiederbringlich. Wie sollte sie ihren Söhnen sagen, dass ihre Großeltern nicht mehr da waren? Es würde auch sie tief treffen. Sie konnte es in den Gesichtern der Arbeiter sehen, die schweigend um sie herumstanden, und in Roberts Augen las sie, wie sehr es ihn erschüttert hatte, sie so zu finden. Sie waren auch zu seinen Eltern geworden, und er hatte sein Leben riskiert, um sie zu retten.

Mühsam riss Mariama sich zusammen. Zuerst musste sie herausfinden, ob Robert etwas fehlte, dann konnte sie sich darum kümmern, dass das Feuer eingedämmt wurde, bevor es auf die anderen Gebäude übergriff. »Mugambo, würdest du …?«

Er nickte schon, bevor sie die Frage ausgesprochen hatte. »Natürlich. Franklin, Tulam, besorgt mehr Wasser. Kolian …«

Seine Stimme verklang, als er mit den Männern davonging. Mariama blieb mit Nomami und Robert zurück. Vorsichtig tastete sie seinen Körper ab. »Tut dir irgendwas weh?«

»A… alles.«

So kam sie anscheinend nicht weiter. »Hast du dich verletzt? Ist etwas gebrochen?«

Nomami mischte sich ein. »Er kam aus dem Haus gekrochen.«

»Irgendetwas ist … explodiert. Die Druckwelle hat mich die Treppe hinuntergeschleudert, sonst …«

Mariama mochte sich nicht vorstellen, was sonst passiert wäre. Gott sei Dank war er herausgekommen und war nun hier bei ihr.

»Mama!«

Mariama wirbelte herum, als sie Kais Stimme hörte. Er lief hinter Marc her, der schon fast bei ihr angekommen war, während Amali verzweifelt versuchte, die beiden aufzuhalten. Mariama sprang auf die Beine, machte ein paar Schritte auf die beiden zu und fing sie auf. Für einen Moment hielt sie ihre Söhne eng an sich gepresst, dann schob sie sie ein Stück von sich und sah sie ernst an. »Was macht ihr denn hier? Hattet ihr mir nicht versprochen, im Wagen zu bleiben?«

Marc streckte sein Kinn trotzig heraus. »Kai ist durch den lauten Knall aufgewacht und wollte unbedingt zu dir. Und ich auch. Also sind wir losgelaufen, aber ich habe immer darauf geachtet, dass wir weit genug vom Feuer weg sind.«

»Es tut mir leid, ich konnte sie nicht aufhalten, sie sind so … wendig, wenn sie es wollen.«

Mariama rang sich ein Lächeln ab. »Mach dir keine Gedanken, Amali, es ist ja nichts passiert.« Sie warf einen kurzen Blick hinter sich. »Könntest du bitte einen feuchten Lappen und ein wenig Verbandszeug holen?«

Amali riss erschrocken die Augen auf, als sie Robert sah. »Natürlich, sofort.« Damit drehte sie sich um und lief davon.

Marc blickte ihr hinterher, bevor er sich zu seiner Mutter umwandte und sie fragend ansah. »Wo ist Papa?«

Mariama unterdrückte einen tiefen Seufzer. »Es geht ihm gut, er muss sich nur ein wenig erholen.« Jedenfalls hoffte sie das.

»Wirklich?«

Kai sah aus, als würde er jeden Moment anfangen zu weinen, deshalb schlang sie ihren Arm um ihn. Er schmiegte sich an sie und presste sein Gesicht an ihre Hüfte.

»Natürlich geht es mir gut.« Roberts Stimme erklang hinter ihr.

Überrascht drehte sie sich um. Von Nomami gestützt, hatte er sich aufgerichtet und nun sichtbar Mühe, nicht wieder umzufallen. Rasch eilte sie zu ihm zurück und legte sich seinen Arm über die Schultern. »Du solltest doch liegen bleiben!« Sie sagte es so leise, dass die beiden Jungen sie nicht verstehen konnten.

»Ich kann hier nicht herumliegen, während … alle anderen etwas tun.« Ein weiterer Hustenanfall schüttelte ihn.

»Papa!« Kai stürzte sich auf ihn und umklammerte seine Beine, was Robert schwanken ließ. »Warum bist du denn so schwarz im Gesicht?«

Ein Lachen drang aus Roberts Kehle, er ließ sich auf die Knie sinken und umarmte Kai. Das musste schmerzhaft sein, aber dennoch lag ein liebevoller Ausdruck auf seinem Gesicht. Marc ging etwas langsamer auf seinen Vater zu, drängte sich dann aber auch an ihn. Eine Mischung aus Trauer und Erleichterung erfüllte Mariama und machte es ihr unmöglich, etwas zu sagen. Sie umarmte ihre drei Männer und schloss die Augen.

Nach einem langen Moment öffnete sie sie wieder. »Nun kommt, Jungs, lasst eurem Vater ein wenig Luft, damit er sich ausruhen kann.«

14

Müde rieb sich Robert mit den Händen über das Gesicht und zuckte zusammen, als die Bewegung an der Brandwunde an seinem Oberarm zerrte. Von den Schmerzen, den schlaflosen Nächten, dem Kummer und der anstrengenden Arbeit gereizt, hob er den Kopf und starrte den Polizisten grimmig an. »Es kann doch nicht sein, dass es keinerlei Spuren gibt! Meine Schwiegereltern wurden im Schlaf ermordet, und Sie sagen, dass Sie die Ermittlungen einstellen wollen?«

Er hatte aufgehört zu zählen, wie oft er in den letzten zwei Wochen in der kleinen Polizeistation in Usakos gewesen war. Nachdem die Feuerwehr nach Sonnenaufgang endlich eingetroffen war und in stundenlanger Arbeit zumindest die Nebengebäude und einen Teil des Landes hatte retten können, war endlich auch die Polizei eingetroffen, die das Farmgebäude untersuchte. Robert schluckte schwer, als er sich daran erinnerte, welche Mühe es den Ermittlern bereitet hatte, in den verkohlten Trümmern des Gebäudes die sterblichen Überreste von Elise und Karl zu finden und zu bergen.

Der leitende Ermittler Harry Krohn beugte sich vor und faltete die fetten Finger auf der zerkratzten Schreibtischplatte. »Wie ich Ihnen schon mehrfach sagte, Herr Wolf, wir wissen nicht, was in dem Haus passiert ist, und können daher auch nicht sagen, ob die Fechners ermordet wurden oder einem Unglück zum Opfer gefallen sind.« Seine leicht vorstehenden Augen sahen Robert teilnahmslos an. Die roten Äderchen darin deuteten auf ein Alkoholproblem, das sich inzwischen anscheinend auch schon auf die Arbeitsmoral des Mannes auswirkte.

»Der Brandermittler aus Windhoek hat festgestellt, dass das Feuer im Haus an mehreren Stellen gleichzeitig ausbrach, ein klares Zeichen für Brandstiftung.«

Krohn rieb sich das Doppelkinn. »Aber wir wissen nicht, wer das Feuer gelegt hat, es können auch die Bewohner selbst gewesen sein. Vielleicht weil sie finanzielle Probleme hatten, wegen der Dürre und so …«

Roberts Finger krampften sich um die Armlehnen des Holzstuhls. »Karl und Elise hätten so etwas nie getan! Sie liebten ihre Farm und hätten sie nie zerstört. Es gab zwar durch die Dürre einen finanziellen Engpass, aber der war sicher nicht so gravierend, dass man sich deswegen das Leben nehmen müsste. Vor allem aber hätten sie sich kaum selber erstechen können.«

»Dass sie erstochen wurden, ist nicht erwiesen. Die Leichen sind zu sehr verbrannt. Sie können sich auch geirrt haben; wie Sie ja selber sagten, war es dunkel und verraucht im Zimmer.«

»Sie glauben, ich erkenne eine Stichwunde nicht? Und auf jeden Fall waren Karl und Elise bereits tot, als ich versuchte, sie zu retten.«

»Das könnte genauso gut durch den Rauch geschehen sein.« Er hob seine Hand, als Robert etwas erwidern wollte. »Wie dem auch sei, Tatsache ist, dass wir keine Hinweise darauf haben, wer das Feuer gelegt hat. Es können durchaus Wilderer gewesen sein, die sich für den Vorfall am selben Tag rächen wollten, doch es gibt keine Möglichkeit, das herauszufinden. Durch die Löscharbeiten und die vielen Menschen am Brandort sind sämtliche Spuren zerstört. Wenn es denn welche gegeben hat.« Krohn erhob sich. »Ich werde Sie informieren, wenn wir noch etwas herausfinden sollten, aber ich kann Ihnen keine großen Hoffnungen machen. Gehen Sie heim zu Ihrer Frau und Ihren Kindern, dort werden Sie gebraucht.«

Da Robert seiner Selbstbeherrschung nicht traute, nickte er nur knapp und ging rasch aus dem Büro. Was bildete sich dieser unfähige, bierbäuchige Idiot ein? Er sollte keine klugen Ratschläge erteilen, sondern seine Arbeit tun und endlich herausfinden, wer Karl und Elise auf dem Gewissen hatte! Wie konnte es sein, dass der Mord an zwei Menschen, die seit Jahrzehnten hier gelebt hatten, einfach so beiseitegewischt wurde? War in diesen Zeiten ein Leben überhaupt nichts mehr wert? Robert verließ die Polizeistation, blieb vor dem Gebäude stehen und atmete tief durch. Irgendwie musste er Beweise dafür finden, dass jemand die Fechners getötet hatte und aus welchem Grund. Wenn es Wilderer oder Widerstandskämpfer waren, könnten sie jederzeit wieder einen Angriff starten und diesmal Mariama oder die Kinder verletzen oder sogar töten. Ein Schauder lief ihm durch den Körper, als er über diese Möglichkeit nachdachte. Nein, das würde er nicht zulassen! Wenn die Polizei nicht vernünftig ermittelte, würde er es selbst in die Hand nehmen müssen.

In Gedanken versunken ging er zu seinem Wagen zurück. Er würde in Kramers Laden noch schnell ein paar Dinge besorgen, die er Mariama mitbringen sollte, und dann Phil anrufen und ihn bitten, einen Rundflug über sein Land zu machen. Die Polizei hatte zwar bereits die Gegend um die Farm abgesucht, aber es konnte nicht schaden, es noch einmal selber zu tun. Vielleicht würde Phil ein Rebellenlager entdecken oder irgendetwas, das ihnen einen Anhaltspunkt lieferte, wer für die Morde verantwortlich war. Immer wieder hatte er an sein letztes Gespräch mit Karl zurückdenken müssen. Er hatte das Gefühl gehabt, dass sein Schwiegervater noch mit ihm hatte reden wollen, war dann aber abgelenkt worden. Woher hätten sie auch wissen sollen, dass er Karl und Elise nicht mehr lebend wiedersehen würden? Aber auch wenn ihm klar war, dass er rein gar nichts hätte tun können, um seine Schwiegereltern zu retten, lastete doch eine andere Schuld auf ihm, die er nicht abschütteln konnte. Noch öfter als zuvor dachte er an das Unglück in Norwegen und seine Flucht vor der Verantwortung. Der Druck auf seinen Brustkorb verstärkte sich, bis er kaum noch Luft bekam. Wütend schüttelte er den Kopf. Noch einmal würde er sich nicht verstecken und den Dingen ihren Lauf lassen. Mariama sollte erfahren, wer für den Tod ihrer Eltern verantwortlich war, und sich nicht den Rest ihres Lebens fragen müssen, was geschehen war.

Sein schlechtes Gewissen meldete sich, denn er hatte ihr nichts von den Stichwunden gesagt, sondern sie in dem Glauben gelassen, ihre Eltern wären an einer Rauchvergiftung gestorben. Zuerst hatte er nur auf den richtigen Moment gewartet, um mit ihr darüber zu sprechen, doch der war nicht gekommen. Auch wenn die Ermittlungen nie zu einem Ergebnis führen würden, musste er ihr die Wahrheit sagen und in Kauf nehmen, dass es sie sehr schmerzen würde, davon zu erfahren. Mit mehr Gewalt als nötig schob Robert die Ladentür auf, was die Glocke über dem Eingang heftig zum Klingeln brachte. Er zuckte zusammen, als er das Geräusch hörte. Der alte Kramer würde ihn sicher wieder anmeckern, weil er einen solchen Lärm verursachte. Erleichtert atmete er auf, als er stattdessen Kramers Schwester Lydia hinter dem Tresen entdeckte. Ihr Bruder war in den letzten Jahren stark gealtert und überließ ihr immer häufiger das Kommando über den Laden. Was die meisten Kunden sehr glücklich machte, denn Richard Kramer war heute noch viel ungenießbarer als vor siebzehn Jahren, als er ihn zum ersten Mal gesehen hatte.

Lydia eilte um den Tresen herum, als sie ihn erkannte, und

umfasste seine Hände. »Oh, Robert, es tut mir ja so leid! Ich bin von einem Besuch bei meiner Kusine in Lüderitz zurückgekehrt und habe es gerade erst erfahren.« Tränen standen ihr in den Augen, und sie tupfte sie mit dem Zipfel ihrer Schürze ab. »Elise und Karl waren so wunderbare Menschen, ich kann mir gar nicht vorstellen, wie so etwas geschehen konnte.« Sie presste den Stoff vor ihren Mund. »Und Mariama und die Kinder … es muss so schwer für sie sein. Für euch alle.«

Robert räusperte sich, um den Kloß in seinem Hals zu lösen. »Ja, das ist es. Wir vermissen sie sehr. Danke für dein Mitgefühl, Lydia.« Um die unangenehme Situation zu beenden, sprach er rasch weiter. »Ich wollte noch einige Dinge besorgen, bevor ich zur Farm zurückkehre.«

Lydia löste sich von ihm und eilte zurück hinter den Tresen. »Natürlich, was braucht ihr? Und macht euch wegen der Bezahlung keine Sorgen, das erledigen wir, wenn alles bei euch geklärt ist und die Versicherung gezahlt hat.«

Robert rang sich ein Lächeln ab. »Danke, das wissen wir sehr zu schätzen.« Die Frage war nur, ob die Versicherung überhaupt zahlen würde, wenn es sich um Brandstiftung handelte. Normalerweise müsste der Verursacher für den Schaden aufkommen, aber es sah nicht so aus, als würde der jemals gefasst werden. Und da die Ermittlungsbehörden auch Brandstiftung durch Elise und Karl nicht ausschlossen, weigerte sich die Versicherung, den Schadenfall anzuerkennen. Also würden sie sämtliche Kosten wohl selber tragen müssen. Und das konnten sie sich einfach nicht leisten.

Lydia lächelte ihm zu. »Vielleicht geht es auch wieder aufwärts, wenn du Rohstoffe oder Diamanten auf der Farm findest.«

Robert richtete sich abrupt auf. »Wie kommst du darauf?« Seine Stimme klang plötzlich schroff.

Verunsichert sah Lydia ihn an. »Nun … ich weiß auch nicht, ich glaube, ich habe von irgendjemandem gehört, dass du kurz vor einem großen Fund stehst.«

Robert bemühte sich um einen freundlicheren Gesichtsausdruck, auch wenn sich seine Gesichtsmuskeln steif anfühlten. »Weißt du noch, von wem?«

Sie überlegte einen Moment und schüttelte dann bedauernd den Kopf. »Nein, tut mir leid, ich kann mich beim besten Willen nicht erinnern. Es könnte auch sein, dass Richard es von jemandem gehört und es mir erzählt hat.« Sie nickte eifrig. »Ja, ich glaube, so war es. Stimmt es denn nicht?«

»Leider nicht. Ich weiß gar nicht, wie jemand darauf kommen sollte, wir haben genug damit zu tun, unsere Rinder durch die Dürre zu bringen und sie gegen Wilderer und Rebellen zu schützen.«

»Das kann ich mir vorstellen, und jetzt auch noch der Brand …« Lydia wiegte betrübt den Kopf.

»Es wäre mir sehr lieb, wenn du irgendwie verbreiten könntest, dass an dem Gerücht nichts dran ist. Wir können momentan keine Glücksjäger oder Diamantengräber auf unserem Land brauchen.«

»Natürlich. Ich werde es auch Richard sagen.«

Robert nickte dankend und fuhr mit seinem Einkauf fort, während er überlegte, wer diese Gerüchte in Umlauf gebracht haben könnte. Niemand wusste, dass er auf seinem Land nach Rohstoffen suchte, außer Phil, aber es war unwahrscheinlich, dass der etwas ausgeplaudert hatte. Es sei denn, er war betrunken gewesen und hatte nicht gewusst, was er sagte. Er würde seinen Freund auf jeden Fall darauf ansprechen, wenn er ihn wegen des Rundflugs anrief. Robert ließ sich von Lydia die benötigten Lebensmittel einpacken und ging rasch zu seinem Wagen zurück. Seit dem Brand mochte er seine Familie nicht länger als irgend nötig allein lassen. Zwar waren immer einige Männer als Wachtposten um das Haus und die Unterkünfte der Arbeiter verteilt, doch das war auch in der Brandnacht der Fall gewesen, wo sie keine Eindringlinge bemerkt hatten.

Einige Arbeiter waren wegen ihrer Brandwunden behandelt worden, von denen Mugambos am schlimmsten waren, alle anderen hatten das Unglück einigermaßen gut überstanden. Robert rieb sich über das Gesicht. Nur Amalis Bruder war seitdem verschwunden. Es war nicht klar, ob er in das Haus gelaufen war, um Elise und Karl zu retten, und dabei umkam, oder ob er vor dem Feuer geflüchtet war. Auf jeden Fall war er unauffindbar. Amali nahm das äußerst schwer, denn Tano war ihr einziges verbliebenes Familienmitglied, und sie hing sehr an ihm. Robert hielt es für unwahrscheinlich, dass der junge Mann sein Leben für die Fechners riskiert hatte, vermutlich hatte er sich während des Feuers abgesetzt und sich den Rebellen angeschlossen. Eine leise Stimme flüsterte ihm eine weitere Möglichkeit zu. Wie hatten die Brandstifter unbemerkt an den Wachtposten vorbeikommen können? Hatte ein Arbeiter von der Farm sie geführt? Robert schüttelte den Kopf. Nein, das konnte er sich nicht vorstellen. Tanos Schwester wohnte in der Nähe des Hauses, sie hätte bei dem Brand verletzt oder sogar getötet werden können.

Erleichtert atmete er auf, als er eine Stunde später Mariama mit Kai und Marc auf der Veranda erblickte, während er den Jeep vor ihrem Haus parkte. Eilig stieg er aus und ging auf sie zu. Er fing Kai auf, der ihm entgegenlief, und drückte ihn fest an sich, während er für einen Moment die Augen schloss. Wer sagte, dass nicht jemand versuchen würde, auch ihr Haus niederzubrennen? Seit dem Brand hatte er keine Nacht mehr durchgeschlafen, und Mariama ging es genauso; mehr als einmal war er davon aufgewacht, dass sie sich ruhelos im Bett herumwarf, von Albträumen gequält. Die Trauer hing wie eine dunkle Wolke über ihr, über ihnen allen. Tiefe Ringe unter den Augen zeichneten Mariamas Gesicht, und ihr Begrüßungslächeln wirkte matt. Nachdem Robert auch Marc begrüßt hatte, nahm er Mariama in die Arme. Er fühlte das Zittern, das durch ihren Körper lief. Was würde er dafür geben, die Zeit zurückdrehen und ihr all das wiedergeben zu können, was sie verloren hatte!

Sanft löste er sich von ihr, umfasste ihr Gesicht mit den Händen und sah ihr tief in die Augen. »Wie geht es dir?«

Ihr Blick glitt zu Kai und Marc, die andächtig lauschten, dann zurück zu ihm. »Gut.« Es war klar, dass sie log. »Komm rein, das Essen ist schon fertig.«

Robert ließ sich von ihr ins Haus führen und entschied, das Gespräch auf später zu verschieben. Mariama wollte diese Dinge ganz offensichtlich nicht vor den Kindern bereden, denen sie einen halbwegs normalen Alltag zu bieten bemüht war. »Marc, Kai, wascht euch die Hände.«

Nachdem die Jungen außer Sicht waren, legte Robert seinen Zeigefinger unter Mariamas Kinn und hob es an. »Wie geht es dir wirklich?«

»Die Männer haben die Trümmer nach Brauchbarem durchsucht.« Sie wandte sich um, ging ins Wohnzimmer, öffnete die oberste Schublade des Highboards und griff hinein. »Sie haben mir dies hier gebracht.« Sie streckte ihm ihre Handfläche mit einem Gegenstand darauf entgegen.

Robert erinnerte sich noch gut an den Tag, als sie die verwahrloste Leola in das ungenutzte Zimmer des Farmhauses gebracht hatten und er dort zum ersten Mal die zierlichen Figuren aus Meißner Porzellan sah, die Elise gesammelt hatte. Die Figur, die Mariama ihm nun hinhielt, war an einigen Stellen schwarz angelaufen, und ein Bein war abgebrochen, trotzdem konnte er noch die feine Verarbeitung und die detailgetreue Modellierung eines Rehs erkennen. »Es tut mir leid.« Seine Worte waren furchtbar unbeholfen, doch er wusste nicht, was er sonst hätte sagen sollen. Nichts würde Mariama den Verlust ihrer Eltern erträglicher machen können.

Sie legte die Figur vorsichtig in die Schublade zurück. »Hat die Polizei etwas herausgefunden?« Sein Gesichtsausdruck musste ihr die Antwort bereits geliefert haben, denn ihre Schultern sackten herunter.

»Nein, sie haben noch keine weiteren Hinweise. Und der Ermittlungsleiter hat mir auch keine Hoffnung gemacht, dass sie je herausfinden werden, was genau passiert ist.« Robert schlang seine Arme um Mariama und zog sie an sich. Er spürte ihre raschen Atemzüge an seinem Hals. Ihre Hände krallten sich in sein T-Shirt, sie versteckte ihr Gesicht an seiner Brust. Sanft strich er über ihren Rücken und versuchte, ihr zumindest etwas Geborgenheit zu geben. »Ich werde nicht lockerlassen, bis diese inkompetenten Idioten etwas gefunden haben.«

Mariama stieß einen rauen Laut aus, der fast wie ein Lachen klang. »Ich kann mir vorstellen, dass sie von deiner diplomatischen Art sehr angetan sind und sich immer freuen, dich zu sehen.«

Robert hob die Schultern. »Wenn sie vernünftig ermitteln würden, müsste ich das nicht. Ich habe Besseres zu tun, als ständig in die Stadt zu fahren, nur um mir anzuhören, dass noch immer *gar nichts* passiert ist.«

Mariama hob den Kopf. »Ich weiß, mein Schatz. Und mir geht es genauso. Aber ich frage mich, ob es da vielleicht wirklich nichts zu finden gibt. Es könnte doch sein, dass das Feuer versehentlich ausgelöst wurde.«

Langsam trat Robert von ihr zurück. »Der Brandermittler sagte uns, dass an mehreren Stellen im Haus Spuren von

Brandbeschleunigern gefunden wurden, ein Unfall ist also sehr unwahrscheinlich. Auch wenn es mir anders lieber wäre, das Haus deiner Eltern wurde absichtlich angezündet.«

Mariamas Lippen zitterten. »Ich weiß. Ich kann mir nur nicht vorstellen, wer so etwas getan haben könnte, meine Eltern haben nie jemandem etwas zuleide getan. Jeder mochte sie.«

Robert strich ihr über die Wange. »Wilderern oder Rebellen ist das leider egal.« Der Anblick von Tränen in Mariamas Augen ließ seine Kehle eng werden. Er musste ihr jetzt endlich die Wahrheit sagen, auch wenn es ihr wehtun würde. »Mariama …«

In diesem Augenblick kamen Marc und Kai die Treppe heruntergepoltert und beendeten so ihr Gespräch. Kai weinte häufiger als sonst und suchte ihre Nähe, aber es gab auch schon wieder Phasen, in denen er so wild und fröhlich war wie vor dem Brand. Ganz anders als Marc. Robert sah sorgenvoll zu seinem älteren Sohn. Er war noch ruhiger und in sich gekehrter als früher. Kein Lächeln kam über seine Lippen, und Robert hatte ihn schon mehr als einmal aus einem nächtlichen Albtraum wecken müssen. Marc fraß seine ganzen Gefühle in sich hinein. Anstatt zu weinen oder zu toben, saß er stundenlang stumm auf dem Geländer der Veranda und starrte hinaus in die Wildnis. Mit seinen Großeltern hatte ihn ein besonders festes Band verbunden, das nun abrupt und grausam zerschnitten worden war, ein Verlust, der sich nicht wiedergutmachen ließ. Kai würde sich mit seinen vier Jahren an die veränderte Situation anpassen und bald darüber hinweg sein, doch Marc, befürchtete Robert, würde sich noch lange damit quälen. An Mariamas besorgtem Blick erkannte er, dass sie dieselbe Befürchtung hegte.

Roberts Herz zog sich zusammen, als Marc seiner Hand auswich, mit der er ihm die Haare verwuscheln wollte. Irgendwie mussten sie ihn wieder aus seinem Schneckenhaus herauslocken und ihn ablenken. »Marc, möchtest du mitkommen, wenn ich demnächst mit Phil wieder über unser Land fliege?« Robert vermied es, Mariama anzusehen. Die Frage war ihm herausgerutscht, bevor er genauer darüber nachdenken konnte. Ihr war immer unwohl, wenn er mit Phil flog, und bei ihrer bisher einzigen Diskussion zu dem Thema hatte sie unmissverständlich gesagt, dass ihre Söhne erst mitfliegen durften, wenn sie alt genug dafür wären. Doch seine Bedenken waren wie weggewischt, als er ein Leuchten in Marcs Augen sah, das er schon lange nicht mehr darin gesehen hatte.

»Ja! Natürlich will ich! Es …« Marc brach ab, unsicher blickte er zu seiner Mutter. »Darf ich, Mama?« Als Mariama eine Sekunde zögerte, breitete sich bereits Enttäuschung auf seinem Gesicht aus, und er senkte den Blick. »Schon gut, ist nicht so wichtig.«

»Warum gibst du so schnell auf?« Mariamas Stimme klang sanft, aber es schwang ein unüberhörbarer Tadel darin mit. Marcs Kopf schoss hoch, überrascht und zugleich hoffnungsvoll sah er sie an.

»Wenn du immer zurücksteckst, wirst du nie bekommen, was du möchtest.«

»Du … du klingst wie Opa.« Er schlug die Hand vor den Mund. »Tut mir leid, das hätte ich nicht sagen sollen.«

Ein schmerzliches Lächeln hob Mariamas Mundwinkel. »Ihr könnt über eure Großeltern reden, wann immer ihr möchtet, sie sind … sie waren ein wichtiger Bestandteil eures Lebens.« Sie atmete tief durch. »Und da ich die Tochter eures Opas bin, ist es nur natürlich, dass ich manchmal klinge wie er.«

Marc nickte ernsthaft. Seine Augen waren lebendiger als jemals seit dem Brand. »Ich möchte gerne mitfliegen, wenn ich darf.«

Robert versuchte, den Stolz auf seinen Sohn nicht zu sehr zu zeigen, als er einen Blick mit Mariama tauschte. An ihrem Lächeln erkannte er, dass es ihm nicht besonders gut gelungen war.

»Ich bin immer noch der Meinung, dass du in deinem Alter noch nicht mitfliegen solltest und es überhaupt viel zu gefährlich ist …« – sie hob die Hand, als Marc protestieren wollte – »… aber ich denke, wir können dieses eine Mal eine Ausnahme machen. Dein Vater wird gut auf dich aufpassen.« Das war eindeutig an Robert gerichtet, und er nickte zeitgleich mit Marc. »Also gut, du darfst mitfliegen.«

Ein seltenes Lächeln erhellte Marcs Gesicht. »Super! Danke, Mama.«

Zum ersten Mal seit dem Brand war die Stimmung beinahe ausgelassen, wofür Robert sehr dankbar war. Es kehrte wieder ein wenig Normalität ein, die besonders die Kinder sehr nötig hatten. Niemand von ihnen hatte die schrecklichen Ereignisse vergessen, und vermutlich würden sie es auch niemals tun, doch das Leben musste weitergehen. Irgendwie. Tag für Tag würde es leichter werden, bis sie irgendwann wieder freier atmen, wieder lachen oder sich freuen konnten, ohne ein schlechtes Gewissen zu haben. Sie alle würden Zeit dafür brauchen, doch gemeinsam würden sie es schaffen. Auch wenn sie sie nicht mehr sehen oder mit ihnen reden konnten, waren Karl und Elise immer noch ein Teil ihres Lebens – und würden es auch immer bleiben. Ihre Weisheit, ihre Güte und Lebensfreude würden sie immer begleiten. Wenn die Trauer etwas erträglicher geworden war, würden sie sich daran erinnern, wie viel die beiden ihnen gegeben hatten. Sie waren auch für ihn wie Eltern gewesen, und es stimmte Robert traurig, zu wissen, dass er um seine leiblichen Eltern nie so trauern würde wie um die Fechners. Klaus hielt ihn, so gut es ging, über seine Familie auf dem Laufenden, und dennoch blieben sie ihm fremd, so wenig hatten sie mit ihm zu tun, so wenig verstand er ihre Beweggründe. Eine Berührung an seiner Hand ließ ihn aus seinen Gedanken auftauchen. Mariamas Finger schlossen sich um seine Hand. Robert konnte sich vorstellen, was für einen Gesichtsausdruck er gerade gehabt hatte, deshalb bemühte er sich um ein Lächeln, während er den Druck ihrer Hand erwiderte. Mariama und die Jungen waren sein Leben, irgendwie musste es ihm gelingen, sie vor allem Bösen zu beschützen. Er hatte keine Ahnung, wie er das tun konnte, doch er würde eine Möglichkeit finden.

Robert war es endlich gelungen, Kai zum Einschlafen zu bringen, als das Telefon klingelte. »Wolf.«

»Ich bin gerade in Usakos. Möchtest du immer noch, dass ich dein Land abfliege und nach Wilderern und Rebellen Ausschau halte?« Phils Stimme drang undeutlich durch den Hörer.

»Ja, unbedingt. Ich muss einfach wissen, wer sich auf unserem Land aufhält.« Und Brandanschläge verübte. Und seine Schwiegereltern kaltblütig ermordete.

»Das kann ich gut verstehen. Willst du mitkommen?«

»Ich glaube, es ist besser, wenn ich hierbleibe. Dann können wir gleich nachsehen, falls du etwas entdeckst. Aber wenn du nichts dagegen hast, würde ich gern in ein paar Wochen noch eine Tour mit dir machen und dann Marc mitnehmen. Er würde sich sehr darüber freuen.«

Phil schwieg einen Moment, dann schien er zu einer Entscheidung gekommen zu sein. »Okay, ich fliege gleich eine Runde über euer Land und schaue, ob ich irgendetwas entdecken kann. Und dann machen wir demnächst einen Termin aus, damit dein Sohn eure Farm auch mal aus der Luft sehen kann.«

»Das hört sich blendend an, Marc wird sich freuen. Und Phil … danke, du bist ein guter Freund.«

Am anderen Ende war ein Räuspern zu hören, dann lachte Phil auf. »Ich versuche, es mir nicht zu Kopf steigen zu lassen.« Ernster fuhr er fort. »Passt auf euch auf, ja?«

»Wir bemühen uns. Guten Flug!«

»Jeder Flug ist ein guter Flug. Ich melde mich, wenn ich etwas entdecke.«

Langsam legte Robert den Hörer auf.

»Was hat er gesagt?«

Rasch drehte er sich zu Marc um, der unbemerkt aus seinem Zimmer gekommen war. »Wir können in ein paar Wochen mit ihm fliegen.«

Ein Grinsen zog sich über Marcs Gesicht. »Klasse!«

Robert strich ihm über den Kopf. »Wenn du seine Maschine noch mal von unten sehen willst, komm mit nach draußen, er will gleich über unser Land fliegen. Aber vorher holen wir uns noch was zu trinken, in Ordnung? Ich habe nämlich Durst.«

Mariama drehte sich zu ihnen um, als sie die Küche betraten. »Habe ich eben das Telefon gehört?«

»Ja, das war Phil, er fliegt gleich über unser Land.«

»Oh, das hatte ich ganz vergessen.« Ungefragt goss sie zwei Gläser selbst gemachten Saft ein und reichte sie ihnen.

»Er hat versprochen, dass er Marc und mich bald auf einer Tour mitnimmt.«

»Das ist wirklich nett von ihm.« Mariama lehnte sich an die Spüle. »Ist Kai eingeschlafen?«

»Ja, er hat mich ziemlich lange lesen lassen.«

Mariama lächelte. »Das macht er immer.« Liebevoll zupfte sie an Marcs Ohr. »Ob er wohl auch so eine Leseratte wird wie sein großer Bruder?«

Marc entzog sich ihrer Hand und stellte sein leeres Glas auf den Tisch zurück. »Ich schaue mal nach, ob Phil schon zu sehen ist.«

»Mach das. Aber entfern dich nicht zu weit vom Haus.«

»Natürlich, ich bin doch kein Baby mehr!« Damit war er schon aus der Tür.

Robert sah Mariama an. »Dein Sohn.«

Mariama verschränkte die Arme über der Brust. »Unsinn, er kommt eindeutig nach dir.« Sie trat zu ihm, nahm ihm das Glas aus der Hand und legte ihre Handflächen an seine Brust. »Aber das ist okay, schließlich mag ich dich ja auch.«

Robert spürte die Wonne in seinem Innern, wie immer, wenn er Mariama nah war. »Das beruhigt mich.« Er berührte ihre Lippen mit den seinen. »Ich liebe dich.«

Ihre Antwort bestand aus einem langen, sanften Kuss. Ihr Körper schmiegte sich an ihn und erinnerte ihn wieder daran, wie sehr er ihre körperliche Nähe in den letzten arbeitsreichen Monaten vermisst hatte.

»Was hältst du davon, wenn wir ...«

Die Haustür schlug auf und knallte gegen die Wand. »Papa, kommst du? Phil ist sicher gleich da!«

Robert sah Mariama an und seufzte. »Manchmal ist er eben doch noch ein Kind.«

Sie lächelte ihm zu. »Und das ist gut so. Ich habe manchmal Angst, dass er durch die Situation zu schnell erwachsen wird. Ich möchte, dass meine Kinder ihre Kindheit genießen.«

»Wir werden alles dafür tun.« Er drückte noch einmal ihre Hand, dann verließ er das Haus, um Phils Flug zu beobachten.

Marc hatte sich auf die Verandastufen gesetzt und blickte gespannt zum Himmel hinauf. »Er müsste von dort hinten kommen, oder?« Mit der Hand deutete er in Richtung Usakos.

»Ja, zumindest wenn er direkt hierher fliegt.« Robert ließ sich neben seinem Sohn nieder und legte seinen Arm um ihn.

Marc sah seinen Vater an. »Wie ist es so da oben?«

»Eng und laut, und bei Wind schüttelt es einen ganz schön durch.«

Marc verzog den Mund. »Warum fliegst du dann so oft mit?«

Robert lachte. »Weil es gleichzeitig ein tolles Gefühl ist, durch die Luft zu schweben und sich alles von oben ansehen zu können. Die Welt erscheint einem plötzlich viel größer, und man erkennt, wie unwichtig man selber eigentlich ist.«

Marc sah ihn seltsam an. »Noch unwichtiger?«

»Du findest dich doch wohl nicht unwichtig, oder? Für deine Mutter und mich bist du einer der wichtigsten Menschen überhaupt.«

Mit der Spitze seines Stiefels malte Marc Striche in den Sand. »Ich weiß nicht, ich kann mir nicht vorstellen, dass es einmal einen Unterschied machen wird, ob ich gelebt habe oder nicht.«

»Für irgendjemanden ganz sicher. Wenn erst eine junge Frau deinen Weg kreuzt und du dich in sie verliebst …«

»Igitt!«

»Wetten, dass du das in ein paar Jahren anders siehst?«

Marcs Gesichtsausdruck war deutlich zweifelnd. Dann setzte er sich auf. »Ich höre ein Motorengeräusch!« Er sprang auf und beschirmte mit der Hand seine Augen. »Siehst du es?«

Robert kniff die Augen gegen die Sonne zusammen und suchte den Horizont ab. »Bisher nicht. Obwohl, doch, ich glaube, es ist dort hinten. Er müsste jetzt ungefähr über den südlichen Weiden sein.«

»Ich … ich sehe ihn.« Aufgeregt hüpfte Marc auf und ab.

Robert musste lächeln, als er die unbeschwerte Freude seines Sohnes sah. Hätte er gewusst, dass er ihn damit so glücklich machen konnte, hätte er ihn schon viel eher eingeladen, mit ihm und Phil mitzufliegen.

»Sieh doch, er kommt näher!«

Das Flugzeug wurde immer größer. Vor dem Haus drehte es ab und wackelte mit den Flügeln, was Marc einen Begeisterungsschrei entlockte.

»Hast du das gesehen? Wie macht er das?« Marc zupfte an Roberts Ärmel. »Meinst du, er kann das auch machen, wenn wir mit ihm fliegen?«

»Ich hoffe nicht.« Er vertraute Phil, aber nicht seinem Magen, der es vorzog, ruhig und gerade zu fliegen.

Marc verzog den Mund. »Spielverderber.«

»Glaub mir, du ...« Roberts Kopf ruckte herum, als ein lauter Knall ertönte. Das Flugzeug wurde in der Mitte auseinandergerissen, brennende Trümmer stürzten zu Boden. Für einen Moment glaubte er einen Fallschirm aufblitzen zu sehen, aber er war sich nicht sicher.

15

Marc schrie entsetzt auf, während Robert für einen Moment fassungslos dastand, sein Gehirn war nicht in der Lage, das soeben Gesehene zu verarbeiten. Die Tür hinter ihnen schwang quietschend auf, und Mariama kam aus dem Haus gelaufen.

»Was war das für ein Lärm?«

Robert war wie erstarrt. Erst als Mariamas Hand seinen Arm berührte, konnte er die Betäubung abschütteln. »Das Flugzeug … Phil …« Er räusperte sich, um seine Stimme zu festigen. »Er ist abgestürzt.« Langsam begann sein Verstand wieder zu arbeiten. Hastig blickte er sich um. »Bring Marc ins Haus und ruf die Feuerwehr und einen Notarzt. Vielleicht …«

»Was willst du machen?«

»Das Flugzeug finden und Phil helfen.« Er brauchte nicht zu sagen, wie unwahrscheinlich es war, dass sein Freund noch lebte. Nicht nachdem die Maschine mitten in der Luft explodiert war. Wie konnte so etwas überhaupt geschehen?

Marc sah ihn mit großen Augen an, das Gesicht kreidebleich. »Ich komme mit.«

»Nein, du wirst hier bei deiner Mutter und deinem Bruder bleiben.«

»Aber …«

Robert unterbrach ihn. »Nein, Marc, es ist einfach zu gefährlich.«

»Ich würde mich auch sicherer fühlen, wenn du bei uns bleibst. Dein Vater muss sich um seinen Freund kümmern, das verstehst du doch?«

Marc sah ihn bittend an. »Ich möchte dir helfen.«

Robert strich ihm über seinen Schopf. »Ich weiß.« Er sah Mariama über Marcs Kopf hinweg an. »Ist der Erste-Hilfe-Koffer noch im Auto?«

»Ja. Ich hole dir noch ein paar Flaschen Wasser.«

Robert nickte, lief zum Wagenunterstand und schwang sich in den Jeep. Er konnte nur hoffen, dass es Phil wirklich gelungen war, mit dem Fallschirm abzuspringen und damit der Explosion zu entkommen. Aber selbst wenn, war er inmitten all der Wrackteile gewesen und könnte verletzt oder sogar getötet worden sein. *Gott, Phil!* Wie hatte so etwas nur passieren können? Der Motor konnte ausfallen oder ein Rotor, das Benzin ausgehen oder das Höhenruder klemmen. Aber wie war es möglich, dass ein stets gewartetes Flugzeug mitten in der Luft explodierte? Die Vorstellung, dass an einem anderen Tag auch er oder sogar Marc hätte darin sitzen können, ließ ihm das Blut in den Adern gefrieren.

Robert startete den Motor und fuhr vor das Haus, wo Mariama einen großen Beutel mit Wasserflaschen auf dem Beifahrersitz deponierte. »Willst du nicht Mugambo oder einen der anderen Männer mitnehmen?«

»Ich kann nicht so lange warten, bis sie hier sind.« Die Männer waren über das ganze Land verstreut, um einerseits nach Eindringlingen Ausschau zu halten und das restliche Vieh zu versorgen und zu beschützen und andererseits den Wiederaufbau der Farm voranzubringen, etliche Zäune und auch ein Stall waren verbrannt. Das Farmhaus würde vorerst nicht wieder aufgebaut werden, ihnen fehlten schlicht die Mittel dazu. Normalerweise wäre Robert nun bei den Männern, um sie zu unterstützen, doch Kai hatte ihn gebeten, bei ihm zu bleiben, bis er einschlief. »Funk sie an und sag ihnen, wer frei ist, soll sich bei mir melden.«

»Mache ich.« Mariamas Hand krampfte sich um die heruntergelassene Scheibe. »Pass bitte auf dich auf!«

Robert küsste ihre Finger. »Ich verspreche es. Versuch, Marc ein wenig abzulenken, der Absturz hat ihm einen ziemlichen Schock versetzt.« Er probierte ein beruhigendes Lächeln, aber es misslang kläglich. »Bis später.«

Eine dichte Staubwolke hinter sich herziehend, fuhr Robert, so schnell er konnte, über den holperigen Pfad, der in die Wildnis führte. Nach seiner Schätzung musste das Flugzeug in der Nähe der Steinklippen heruntergekommen sein, die an der Grundstücksgrenze zur Fechnerfarm lagen. Auf einer Anhöhe hielt Robert den Wagen an und suchte nach einem Anhaltspunkt, in welche Richtung er weiterfahren musste. Die schwarze Rauchsäule wies einen deutlichen Weg und machte Robert klar, wie wenig Zeit ihm blieb, um Phils Leben vielleicht noch retten zu können. Wenn er Glück hatte, waren einige der Arbeiter in der Nähe und kamen rechtzeitig zu Hilfe.

Der Geruch nach verbrannter Vegetation und der Gestank von schmorendem Kunststoff wurden immer stärker, je näher er der Absturzstelle kam. Erinnerungen an den Brand des Hauses wurden wach, und sein Herz raste. Noch immer wachte er nachts schweißgebadet auf, mit dem übermächtigen Gefühl zu ersticken. Die kaum verheilten Brandwunden begannen zu jucken, Schweiß lief ihm über den Rücken. Mit zusammengebissenen Zähnen kämpfte er gegen den Drang an, umzudrehen und nach Hause zu seiner Familie zurückzukehren. Phil war sein Freund, er musste alles versuchen, ihn zu retten. Und selbst wenn es jemand völlig Fremdes gewesen wäre, hätte er ihn nicht sich selbst und den Flammen überlassen können. Er war einmal im Leben geflohen, noch einmal würde er es nicht tun können, wenn er sich jemals wieder in die Augen sehen wollte.

Wenige Minuten später ließ er den Wagen stehen, weil die Vegetation zu dicht wurde, und lief zu Fuß weiter. Das Tuch um Mund und Nase gebunden, bahnte er sich einen Pfad durch die Büsche.

Der Rauch wurde immer dichter und zeigte ihm den Weg zum Wrack. Wenn Phil nicht in der Nähe des Flugzeugs war, würde es schwer werden, ihn in der Wildnis zu finden. Robert schob den Gedanken zur Seite und konzentrierte sich darauf, möglichst nicht zu viel Rauch einzuatmen. Glücklicherweise verteilten sich die Schwaden im Freien wesentlich besser als damals im Haus, sodass es diesmal kein Problem sein sollte, bei Bewusstsein zu bleiben. Er hoffte nur, dass nicht das gesamte Dickicht Feuer fing oder er es zumindest früh genug merkte, um noch den Rückzug antreten zu können. Robert wischte sich mit dem Ärmel über die Stirn und sah sich um. Einige Schritte rechts von ihm begannen die Felsen, links ging es tiefer hinein in die übermannshohen Dornenbüsche. Er konnte nicht erkennen, was sich dahinter befand, doch er hatte den Eindruck, dass der Rauch in dieser Richtung dichter war als über den Klippen.

Er wandte sich nach links. Sein Arm schmerzte vom Gebrauch der Machete, seine Augen brannten vom Rauch. Verbissen kämpfte er sich weiter vor, bis er schließlich glaubte, etwas Weißes durch die Büsche aufblitzen zu sehen. Er zwinkerte und wischte sich mit dem Handrücken über die Augen, doch die hellen Flecken blieben. Mit neuer Energie schlug er auf die Zweige ein, bis sie sich vor ihm teilten und die Sicht auf seinen Fund freigaben. Mit einem unterdrückten Laut trat Robert einen Schritt vor. Es war ein Flügel des Flugzeugs, der sich senkrecht in den sandigen Boden gebohrt hatte. Dunkle Spuren zeigten ihm, wo Flammen mit dem lackierten Metall in Berührung gekommen waren. Robert ließ die Machete fallen und hockte sich neben die Tragfläche. Sie sah aus, als wäre sie von einer Riesenhand aus dem Rumpf der Maschine herausgerissen und zerbeult worden, vermutlich eine Folge der Explosion. Also mussten auch die anderen Wrackteile hier in der Nähe sein, denn ohne Flügel konnte das Flugzeug keinesfalls mehr als ein paar Meter weit geflogen sein, bevor es ebenfalls abgestürzt war. Robert suchte die unmittelbare Umgebung ab, konnte aber außer einigen kleineren Teilen nichts mehr finden. Schließlich hob er die Machete auf und arbeitete sich langsam weiter vor.

Längst hatte er jegliches Zeitgefühl verloren, es konnten Minuten, aber auch Stunden vergangen sein, seit er aus dem Jeep gestiegen war.

»Phil!« Irgendwann hatte er angefangen, den Namen seines Freundes zu rufen, in der Hoffnung, dass dieser ihn hören würde und antwortete.

Die Möglichkeit, ihn zufällig zu finden, war gering. Das Gebiet war einfach zu groß, Phil konnte überall sein. Er hätte sogar direkt an ihm vorbeilaufen können, ohne ihn zu bemerken. Bald würde die Dunkelheit Einzug halten, und er müsste die Suche abbrechen. Die Vorstellung, seinen Freund vielleicht schwer verletzt hier zurücklassen zu müssen, war unerträglich. So trieb er sich voran, durchsuchte weitere Wrackteile, fand aber nirgends eine Spur von Phil.

Ein seltsames Geräusch ließ ihn aufhorchen. Es hörte sich an wie ein … Vogelschwarm, ein rauschendes Flattern, das nicht in die übliche Geräuschkulisse dieser Landschaft passte. Robert folgte dem Ton, bis er schließlich den Ursprung erkannte: Der Stoff eines Fallschirms hatte sich im Dornendickicht verfangen und flatterte im heißen Wind.

»Phil!« Diesmal war es ein Flüstern, beinahe ein Stoßgebet. So schnell er konnte, kämpfte sich Robert zu dem Fallschirm vor. Er riss an dem Stoff, doch es war nicht möglich, ihn von den fingerlangen Dornen zu lösen. Stattdessen ließ er sich auf die Knie fallen und kroch unter den Büschen hindurch. Mühsam hackte er sich einen schmalen Weg mit der Machete zu der Stelle, die fast bis zum Boden niedergedrückt war. Seine Vermutung, dass Phil hier gelandet war, bestätigte sich, als er den Stoff vorsichtig zur Seite schob. Sein Herz hämmerte in seiner Brust, als er den Körper seines Freundes von dem Fallschirm befreite. An einigen Stellen war seine Kleidung zerrissen, an anderen fleckig und blutig, anscheinend hatte er schon nicht mehr im Flugzeug gesessen, als es explodiert war, sondern war wie vermutet vorher mit dem Fallschirm abgesprungen. Hoffnung keimte in Robert auf, die jedoch sofort in Entsetzen und Trauer umschlug, als er erkannte, dass Phil tot war. Sein Genick war gebrochen, wie er feststellte, als er vorsichtig Phils Wange berührte.

Robert hockte sich neben ihn und stützte den Kopf in seine Hände. In die Trauer mischte sich Wut. Wie hatte so etwas passieren können? Phil war der umsichtigste Pilot, den er je kennengelernt hatte. Er hütete seine Maschine wie seinen eigenen Augapfel und ließ sie ständig von einem Mechaniker überprüfen. Nach einem letzten Blick auf Phil stand er auf, zog sein Funkgerät aus dem Hosenbund und wählte Mugambos Kanal.

»Mugambo, hier ist Robert.«

Die Antwort kam sofort. »Hast du die Maschine gefunden?«

Robert biss die Zähne zusammen. »Teile davon, ja. Und Phil. Er ist …« Mühsam schluckte er. »Phils Genick ist gebrochen. Er ist tot.«

Ein gedämpfter Fluch ertönte, dann wurde Mugambos Stimme wieder deutlicher. »Das tut mir leid, Robert. Sag mir, wo du bist, ich schicke dann das Rettungsteam und die Polizei dorthin.«

»Bis kurz vor die Klippen können sie mit dem Auto fahren,

danach müssen sie zu Fuß weitergehen. Sie sollen dem Pfad folgen, den ich in die Dornenbüsche geschlagen habe, dann können sie uns gar nicht verfehlen.« Robert räusperte sich. »Sag Mariama …«

»Sie steht direkt neben mir und hat alles gehört. Ich gebe sie dir und mache mich auf den Weg.«

»Robert?« Tränen erstickten ihre Stimme. »Es tut mir so leid, ich hatte so gehofft, dass Phil irgendwie entkommen wäre.«

»Er ist mit dem Fallschirm abgesprungen, er hätte es fast geschafft.«

Mariama atmete heftig aus. »Ich stelle mir immer wieder vor, wie oft du mit ihm mitgeflogen bist, stell dir vor, du wärest heute in dem Flugzeug gewesen!«

Robert verzog den Mund. »Daran musste ich auch denken. Aber ich lebe, es geht mir gut.«

Es raschelte im Hintergrund. »Sag mir, was ich tun kann. Soll ich zu dir kommen und …«

»Nein!« Ruhiger fuhr er fort. »Nein. Ich möchte, dass du bei den Kindern bleibst. Wenn die Männer hier sind, werden wir Phil herausholen, und ich muss dann wohl noch an der Absturzstelle bleiben, bis Polizei und Feuerwehr fertig sind.«

»Ich werde auf dich warten.« Damit beendete sie das Gespräch.

Zögernd wandte sich Robert wieder der vor ihm liegenden Aufgabe zu. Sie würden Phil aus den Dornenbüschen herausschneiden müssen. Robert wechselte zur Funkfrequenz der Arbeiter und wies sie an, aus dem Auto die großen Drahtkneifer mitzubringen, die sie sonst zum Bau der Zäune verwendeten. Ohne großen Erfolg versuchte er sich davon abzulenken, dass nur wenige Schritte von ihm entfernt die Leiche seines Freundes lag. Die Vorstellung, dass er nie wieder mit ihm reden und scherzen, über das Land fliegen oder ein Lager trinken würde, war schmerzhaft. In den siebzehn Jahren, die er nun hier war, hatte er nicht viele Freundschaften geschlossen – genau genommen nur mit den Fechners und mit Phil –, und nun waren bis auf Mariama sämtliche Menschen, die er gemocht und denen er vertraut hatte, ums Leben gekommen. Und das innerhalb von wenigen Wochen und unter mysteriösen Umständen.

Sein Kiefer spannte sich an. Er würde auch diesmal die Polizei einschalten, und vermutlich würden sie wieder nichts unternehmen. Niemand würde sich die Mühe machen, den Absturz eines privaten Kleinflugzeugs besonders gründlich zu untersuchen, selbst wenn es Augenzeugen dafür gab, dass die Maschine bereits in der Luft explodiert war. Besonders wenn Robert Wolf einer dieser Zeugen war, der sie schon wegen der Brandermittlungen auf der Fechnerfarm ständig nervte.

Erschöpft brachen sie die Bergungsarbeiten ab, als die Dunkelheit einsetzte. Phils Leiche war bereits vor Stunden abtransportiert worden und würde nach einer oberflächlichen Untersuchung durch einen Arzt bald zur Beisetzung freigegeben werden. Da er nie Verwandte erwähnt hatte, wusste Robert nicht, wen er über Phils Tod informieren konnte. Vielleicht gab es jemanden am Flughafen in Windhoek, dort, wo er sein Flugzeug abgestellt hatte, der ihn besser kannte und ihm weiterhelfen würde. Robert fuhr sich mit den Händen über das Gesicht. Er war so müde, dass er kaum wusste, wie er zurück zum Haus kommen, geschweige denn einen klaren Gedanken fassen sollte. Sein Magen knurrte vernehmlich und erinnerte ihn daran, dass er seit dem Frühstück nichts mehr gegessen hatte. Grimmig ließ er den Motor an und fuhr vorsichtig den im Dämmerlicht kaum mehr sichtbaren Pfad entlang. Zuerst essen und dann ins Bett, wo er an Mariama geschmiegt einschlafen würde. Die Aussicht brachte ihm tatsächlich ein wenig Energie zurück, und er legte den Rückweg so schnell zurück, wie die Verhältnisse es erlaubten.

Wärme streifte sein Gesicht und ließ ihn langsam aus einem traumlosen Schlaf erwachen. Robert öffnete die Augen und blinzelte in die hellen Sonnenstrahlen, die durch die geöffneten Vorhänge auf das Bett trafen. Wohlig begann er sich zu strecken, zuckte aber zusammen, als sich seine schmerzenden Muskeln bemerkbar machten. Fast gleichzeitig kam die Erinnerung an das Geschehene zurück. Als der Schmerz über den Verlust seines Freundes über ihn hereinbrach, keuchte er laut. Ruckartig setzte er sich auf. Wie konnte er die Zeit im Bett vertrödeln, wenn er so vieles erledigen musste?

»Oh, du bist schon wach, ich hoffe, wir haben dich nicht gestört.«

Mariamas Stimme ließ ihn aufblicken. An ihrem Gesichtsausdruck erkannte er, dass sie genau wusste, was er gerade gedacht hatte. »Du hättest mich wecken sollen. Ich muss …«

Energisch stellte Mariama das Tablett auf dem Nachttisch ab und setzte sich auf die Bettkante. »Zuerst einmal musst du ausschlafen, etwas essen und wieder zu Kräften kommen. Niemandem ist damit geholfen, wenn du zusammenbrichst. Du weißt doch noch, was der Arzt gesagt hat, als du so früh nach deinen Brandverletzungen schon wieder arbeiten wolltest?«

Robert verzog den Mund. Er erinnerte sich gut daran, wusste aber auch, dass er keine Zeit und vor allem nicht die Ruhe hatte, sich zu schonen. »Es geht mir gut.«

»Dann tu mir den Gefallen und iss wenigstens etwas, bevor du fährst.«

»Das hatte ich eigentlich vor.« Als er ihre skeptisch hochgezogene Augenbraue sah, musste er lächeln. »Wirklich. Ich weiß, dass ich Kraft brauche, wenn ich die Arbeitstage durchstehen will.« Um ihr zu beweisen, dass er es ernst meinte, nahm er sich den Teller vom Tablett und biss in den Toast. »Wie geht es Kai und Marc?«

Es war Mariama anzusehen, dass sie sein Ablenkungsmanöver durchschaute. »Kai hat glücklicherweise nichts von dem Absturz mitbekommen.« Ihre Miene verdüsterte sich. »Aber um Marc mache ich mir Sorgen. Er spricht noch weniger als sonst und hat diesen Ausdruck in seinen Augen … als wäre er an einem Tag um Jahre gealtert.«

»Dabei war er schon vorher zu still und zu grüblerisch für sein Alter.« Er sah Mariama an. »Was machen wir jetzt? Ich möchte nicht, dass er sich noch mehr einigelt.«

Seufzend lehnte sie sich zu ihm hinüber und strich ihm die Haare aus der Stirn. »Ich weiß es nicht. Vielleicht ist es auch Veranlagung, und er wird so wie du. Ich nehme an, dass du als Kind ähnlich verschlossen warst wie Marc, oder?«

Robert konnte es nicht abstreiten. »Ja. Allerdings bin ich mitten im Krieg aufgewachsen und hatte zudem eine mehr als kalte Familie. Ich konnte mich gar nicht anders entwickeln, während Marc hier viele Menschen hat, mit denen er sprechen kann. Er hatte liebevolle Großeltern und hat einen kleinen Bruder, mit dem er spielen kann und mit dem er sich wunderbar versteht.« Sein Herz zog sich zusammen. »Meinst du, dass ich irgendetwas hätte anders machen müssen? War ich nicht oft genug für ihn da?«

Mariama küsste ihn sanft auf die Lippen. »Du bist ein wunderbarer Vater und hast alles richtig gemacht.« Sie zog sich wieder zurück, und ihre Augen verdunkelten sich. »Meine Mutter hat immer gesagt, Marc ist glücklich so, wie er ist, wir sollten nicht versuchen, ihn krampfhaft zu verändern, das würde nur mehr Schaden anrichten. Wir sollten ihn so akzeptieren, wie er ist, und ihn bei dem unterstützen, was er machen möchte.«

Robert gelang ein trauriges Lächeln. »Elise war eine sehr intelligente Frau.«

»Ja, das war sie.« Tränen sammelten sich in Mariamas Augen. »Und so warmherzig, jeder konnte zu ihr kommen und ihr von seinem Kummer erzählen, und sie hatte immer einen klugen Rat für ihn. Ich werde nie so sein können wie sie.«

Robert wischte ihr mit dem Daumen eine Träne von der Wange. »Das sollst du auch gar nicht. Elise war einzigartig, und du bist es auch. Es wäre falsch, wenn du versuchen würdest, so zu werden wie sie. Ich liebe dich genau so, wie du bist.«

Ein zittriges Lächeln umspielte Mariamas Mundwinkel. »Schön, das zu hören.«

»Es ist die reine Wahrheit.« Er beugte sich vor und küsste sie, bis sie beide keine Luft mehr bekamen. »Leg dich noch ein wenig zu mir, ich möchte dich festhalten, dich an mir spüren.«

»Aber die Kinder …«

»Amali ist doch bei ihnen.«

Mariama stand auf und schloss die Tür, bevor sie zu ihm unter die Decke schlüpfte. Ein Schauder fuhr ihm durch den Körper, als er sie dicht an sich zog und Mariama ihre Arme um ihn schlang. Er wusste nicht warum, aber auf einmal hatte er das Gefühl, dass er sie verlieren würde, wenn er sie jetzt nicht ganz festhielt. So eng, wie er sie an sich presste, war es ein Wunder, dass sie nicht protestierte. Stattdessen versuchte sie, sich noch näher an ihn zu schmiegen, sie selbst hielt ihn mit einer Kraft, die er ihr nicht zugetraut hätte. »Ich brauche dich so sehr.« War es wirklich seine Stimme, die so rau und verzweifelt klang?

»Ich bin bei dir und werde es immer bleiben.«

Auch ihre Versicherung ließ ihn nicht leichter atmen, ein Druck lastete auf seiner Brust. »Das ist … gut.« Er konnte selbst nicht sagen, woher diese plötzliche Verlustangst kam. Es kam ihm vor, als wäre seinem Unterbewusstsein etwas klar, das er selber noch nicht wusste. Aber es gab doch keinen Grund, anzunehmen, dass sie sich irgendwann trennen würden, sie waren glücklich miteinander, trotz einiger Probleme und trotz des Verlustes von Karl und Elise. Wenn überhaupt, waren sie dadurch noch enger zusammengerückt. Niemand würde sie trennen können, sie waren eins.

Lange Zeit später löste sich Robert widerwillig von Mariama und stand auf. So gern er es auch getan hätte, er konnte nicht den ganzen Tag im Bett liegen bleiben, es gab unzählige Dinge, um die er sich kümmern musste. Angefangen bei der Bergung des Flugzeugwracks, bei der er dabei sein wollte, einem weiteren, vermutlich wieder mal vergeblichen Besuch bei der Polizei und dem Versuch, Angehörige von Phil zu finden, die er von dessen Tod benachrichtigen konnte. Irgendjemand musste sich auch um Phils Angelegenheiten kümmern, und solange sich niemand anderer meldete, würde er das tun. Zur Not würde er Phils persönliche Dinge erst einmal aufbewahren. Robert atmete tief durch. Noch immer erschien es ihm unwirklich, dass sein Freund tot war. Gerade hatten sie noch miteinander telefoniert, und keine halbe Stunde später war das Flugzeug explodiert. Würde Phil jetzt noch am Leben sein, wenn er ihn nicht gebeten hätte, noch einmal über sein Land zu fliegen? Wäre das Unglück dadurch verhindert worden? Es war müßig, darüber nachzudenken, das Geschehene war nicht mehr rückgängig zu machen, und Robert würde damit leben müssen.

Mariama strich ihm mit den Fingern über den Rücken. »Iss erst einmal dein Frühstück auf, danach kannst du tun, was getan werden muss.«

Obwohl er jeglichen Appetit verloren hatte, brachte er es nicht über sich, Mariamas Bitte auszuschlagen. »In Ordnung.« Er drehte sich zu ihr um und umarmte sie. »Danke.«

Forschend sah sie ihm in die Augen. »Es ist nicht deine Schuld, Robert. Manchmal geschehen schreckliche Dinge, auf die man keinen Einfluss hat. Du kannst nichts dafür, dass die Maschine explodiert ist. Ich bin nur froh, dass du nicht darin gesessen hast.«

»Das bin ich auch. Und ich denke, dass Phil genauso gedacht hätte.«

»Ganz bestimmt, er war schließlich dein Freund.«

Robert schluckte hart. »Ja, das war er.« Hoffentlich hatte Phil gewusst, wie wichtig ihm diese Freundschaft gewesen war, auch wenn er es ihm nie gesagt hatte.

Nachdem er wieder einmal nicht weitergekommen war, verließ Robert frustriert und wütend die Polizeistation. Wie konnte es sein, dass die Polizei keinerlei Interesse daran hatte, die Todesfälle aufzuklären? Zugegeben, im Fall von Phil war nicht ganz klar, ob es nicht doch ein Unfall gewesen war, aber es musste doch zumindest eine Untersuchung geben, um die genauen Ursachen zu klären! Die Wrackteile und Phils Leiche waren zwar als Beweise gesichert und in die Stadt gebracht worden, aber wie ihm der zuständige Ermittlungsleiter erklärt hatte, wurden andere Fälle, die eine höhere Priorität hatten, vorrangig bearbeitet, und es konnte Wochen oder Monate dauern, bis Phil an der Reihe war. Für die Polizisten war er nur ein Durchreisender, obwohl er nachweislich sehr viel Zeit hier verbracht hatte. Vermutlich würden sie die Verantwortung auf die Polizei in Windhoek abschieben. Robert lehnte sich einen Moment an die Hauswand und atmete tief durch. Vielleicht war das sogar besser, und die Windhoeker Ermittler würden sich mehr Mühe geben. Nun, er würde es sehen.

Doch zunächst würde er sein Postfach kontrollieren und dann versuchen, in Kramers Laden irgendetwas Schönes zu finden, das er Mariama und den Kindern mitbringen konnte. Ein wenig Ablenkung würde ihnen sicher guttun. Entschlossen, sich zu beeilen, um dann den Rest des Tages mit seiner Familie verbringen zu können, öffnete Robert die Tür der Postfiliale. Er nickte dem Mann hinter der Theke zu, der in all den Jahren nicht gewechselt hatte, und ging hinüber zu seinem Fach. Da er erst vor einigen Tagen in der Stadt gewesen war, erwartete er nicht, viel Post vorzufinden. So war es dann auch, nur zwei kleine Umschläge warteten auf ihn. Neugierig sah er auf die Absender. Ein trauriges Lächeln hob seine Mundwinkel, als er Klaus' Namen sah. Nach dem Brand, bei dem seine Schwiegereltern umgekommen waren, hatte er ihm sofort geschrieben und ihm als Einzigem die volle Wahrheit erzählt. Er hätte Klaus auch anrufen können, aber er war zu dem Zeitpunkt nicht in der Lage gewesen, darüber zu sprechen, und wie es schien, hatte Klaus das erkannt und ihm ebenfalls schriftlich geantwortet.

Ohne hinzusehen, schloss er die Klappe des Postfachs und ging in Richtung Tür. Sein Herz setzte einen Schlag aus, als er den Absender des zweiten Briefes las. *Philip Raynes, Windhoek.* Wie war das möglich? Und warum sollte Phil ihm einen Brief schreiben, wo sie doch ständig miteinander telefoniert hatten? Robert drehte abrupt um und ging zum Ausgabeschalter. Der Beamte sah ihm unbehaglich entgegen.

»Goeiedag, Meneer Wolf.«

Robert antwortete ebenfalls auf Afrikaans, das ihm inzwischen fast wie seine Muttersprache über die Lippen ging. »Guten Tag.« Er zog den Brief von Phil hervor und legte ihn auf den Tresen. »Können Sie mir sagen, wann dieser Brief angekommen ist?«

»Philip Raynes hatte ihn hier persönlich hinterlegt, für den Fall dass ...« – der Postler wurde blasser – »... dass ihm etwas zustoßen würde.«

»Wann war das?«

Er zuckte mit den Schultern. »Vor einigen Monaten. Er hat noch darüber gescherzt, dass der Brief wahrscheinlich antiquarischen Wert haben würde, wenn man ihn in fünfzig Jahren fände.«

Das klang ganz nach Phil. »Und warum haben Sie ihn jetzt in mein Postfach gelegt?«

»Das waren seine Instruktionen. Ich sollte Ihnen diesen Brief erst geben, wenn Mister Raynes etwas passierte. Wären Sie heute nicht gekommen, hätte ich Sie angerufen.« Er zögerte einen Moment. »Sein Tod hat mich sehr erschüttert, Philip Raynes war ein netter Mensch.«

»Ja, das war er. Und ein guter Freund.« Robert sah dem Mann an, dass er gerne gewusst hätte, was in dem Brief stand, aber er wollte ihn nicht hier öffnen. Er brauchte einen ruhigen Ort dafür und wollte nicht, dass der Inhalt publik wurde. »Danke.« Nachdem er die Briefe in seine Jackentasche gesteckt hatte, verließ er das Postamt und kehrte zu seinem Wagen zurück.

Fast wie von selbst fuhr er zum Parkplatz des Flugfeldes, dessen Startbahn inzwischen sogar asphaltiert war. Robert stieg aus und lehnte sich an den Türrahmen, während er auf die Startbahn starrte. Hier war Phil zum letzten Mal in seine geliebte Maschine gestiegen, war das letzte Mal gestartet und hatte das Gefühl genossen, den Boden verlassen zu können. Ein Windstoß fuhr durch Roberts Haare und weckte ihn aus seinen Gedanken. Er sollte sich lieber beeilen, bevor Mariama anfing, sich Sorgen zu machen. Zögernd nahm er den Brief aus seiner Jackentasche, riss ihn auf und begann zu lesen.

Hallo Robert,
ich hatte gehofft, dass Du diesen Brief niemals bekommen würdest, denn das heißt, dass ich tot bin. Verdammt, ich hatte mir

vorgenommen, älter zu werden als Du! Aber da sich das vermutlich nicht mehr ändern lässt, möchte ich Dir ein paar letzte Worte sagen, bevor ich für immer verschwinde.

Zuerst einmal: Ich werde die Flüge mit Dir vermissen und auch unsere Gespräche. Danke für Deine Freundschaft, die ich sicher nicht verdient, dafür aber sehr genossen habe.

Nun habe ich noch einige Bitten an Dich:

Es wäre schön, wenn meine Asche in der Luft verstreut werden könnte, die Vorstellung, irgendwo in der Erde eingebuddelt zu sein, jagt mir einen Schauder über den Rücken. Aber vermutlich wird es mir egal sein, wenn ich tot bin.

Fahr so schnell wie möglich nach Windhoek und räum meine Wohnung aus, bevor es jemand anders tut. Behalt, was Du möchtest, den Rest kannst Du verkaufen, verschenken oder wegwerfen. Informationen zu meinem Konto findest Du ebenfallls dort. Einen Ersatzschlüssel habe ich dem Brief beigelegt.

Falls ich bei meinem Ableben gerade eine Freundin hatte, wäre es nett, wenn Du sie benachrichtigen könntest, es würde mir leidtun, wenn sie denken müsste, dass ich ein Arschloch bin, das sich einfach nicht mehr meldet.

Die Maschine (sofern ich nicht mit ihr abgestürzt bin) kannst Du verkaufen, es findet sich in Windhoek sicher jemand, der sie Dir mit Freuden abnehmen wird. Vielleicht einer der Kumpels am Flughafen. Sag ihnen bitte auch, was passiert ist, wir hatten immer viel Spaß miteinander. Sonst brauchst Du niemanden zu informieren, es würde eh keinen interessieren.

Das war eigentlich alles, was ich sagen wollte. Außer vielleicht, verzeih mir.

Pass gut auf Dich und Deine Familie auf.

Phil

Langsam ließ Robert den Brief sinken, ein hohles Gefühl in seiner Brust. Er konnte nicht glauben, dass ein so lebensfroher Mensch einfach fort war. Robert rieb sich über das Gesicht, bevor er noch einmal den Brief durchlas. Irgendwie war es sehr bedrückend, dass es niemanden geben sollte, der um Phil trauern würde, keine Familie, keine Freunde. Hoffentlich würde er in Phils Wohnung Informationen zu dessen letzter Freundin finden, Robert wusste nicht, ob er auf dem neuesten Stand war, so schnell, wie sein Freund die Frauen gewechselt hatte. Erneut blieb er an den letzten beiden Sätzen hängen. Was genau sollte er Phil verzeihen? Dass er abgestürzt war? Nein, das alles passte irgendwie nicht, besonders wenn er den letzten Satz berücksichtigte. Eigentlich würde er ihn als normalen Abschiedsgruß sehen und sich nichts dabei denken, aber bei dem, was in den letzten Wochen geschehen, und bei der Art und Weise, wie Phil gestorben war, schien ihm mehr dahinterzustecken. Aber sein Freund hatte den Brief vor Monaten geschrieben, da hatte er noch gar nicht wissen können, was passieren würde. Oder doch? Entschieden schüttelte Robert den Kopf. Nein, Phil konnte nichts mit dem Brand zu tun haben, er war nicht einmal in der Nähe gewesen, außerdem hatte er keinen Grund gehabt, den Fechners etwas anzutun.

Robert schüttelte den Schlüssel aus dem Umschlag auf seine Handfläche. Entschlossen steckte er ihn in seine Hosentasche und stieg in den Wagen. Ein Blick auf die Uhr zeigte ihm, dass er keine Zeit zu verlieren hatte. So schnell er konnte, fuhr er in den Ort zurück und hielt erneut vor der Poststation. Er ging zu einem der öffentlichen Telefone im Vorraum, nahm den Hörer ab und wählte seine Telefonnummer. Da an einen Wiederaufbau des Fechnerhauses in nächster Zeit nicht zu denken war, hatten sie die Leitung der Geschäfte in ihr Wohnhaus verlegt. Die meisten Wirtschaftsgebäude und ein Teil der Weiden waren dagegen nicht zerstört worden und konnten weiter genutzt werden. Glücklicherweise, sonst hätten sie den Betrieb der Farm aufgeben müssen, ein Schlag, den Mariama nach dem Tod ihrer Eltern sicher nicht verwunden hätte.

»Wolf, Fechnerfarm.« Mariama meldete sich bereits nach dem dritten Klingeln, als hätte sie seinen Anruf erwartet.

»Hier ist Robert. Ich bin noch in Usakos und werde es heute wohl nicht nach Hause schaffen.«

»Was ist passiert? Macht dir die Polizei wieder Ärger?«

»Nein, nein, es ist alles in Ordnung. Phil hat mir einen Brief hinterlegt, in dem er mich bittet, nach seinem Tod so schnell wie möglich nach Windhoek zu fahren und seine Wohnung aufzulösen.«

»Einen Brief? Wie kann das denn sein? Meinst du, er hat sich selbst …?«

»Der Postbeamte sagt, Phil habe ihm den Brief vor Monaten gegeben, er habe ihn mir aushändigen sollen, falls ihm etwas zustieße. Etwas seltsam ist es schon, aber ich glaube nicht, dass Phil sich etwas angetan hat, so klang der Brief auch nicht.« Robert holte tief Luft. »Er hat mich auch gebeten, seinen Freunden auf dem Flugplatz Bescheid zu sagen und auch seiner Freundin, und das würde ich gerne tun.«

»Natürlich. Fährst du gleich los?«

»Ja, wenn ich es noch im Hellen dorthin schaffen will, muss ich das. Aber ich kann auch nach Hause kommen, wenn du mich brauchst.«

Mariama seufzte. »Ich brauche dich immer, aber für eine Nacht werde ich wohl zurechtkommen.«

»Ich möchte, dass Mugambo und Amali bei euch schlafen und die Wachtposten um das Haus herum verstärkt werden, damit ihr nicht ohne Schutz seid.«

»Was hast du erfahren, Robert? Warum denkst du, dass wir

in Gefahr sein könnten?« Ein leises Stocken war in Mariamas gedämpfter Stimme zu hören. Vermutlich war Marc irgendwo im Hintergrund, und sie wollte nicht, dass er mitbekam, welche Sorgen sie sich machte.

»Nichts Konkretes, nur ein Gefühl. Solange wir nicht herausgefunden haben, was hier vor sich geht, sollten wir sehr vorsichtig sein. Ich möchte euch in Sicherheit wissen, während ich fort bin.«

»Ich werde Mugambo bitten, heute Nacht bei uns zu bleiben.« Mariama zögerte. »Sei du bitte auch vorsichtig, ja?« Ihre Stimme wurde noch leiser. »Ich habe ein ganz schlechtes Gefühl bei dieser ganzen Sache. Erst die Wilderer, dann der ... Brand und jetzt Phils Absturz. Entweder haben wir gerade eine ganz furchtbare Pechsträhne, oder es steckt etwas dahinter.«

»Ich werde vorsichtig sein. Morgen gegen Mittag bin ich wieder bei euch.«

»Gut. Ich liebe dich.« Damit legte Mariama auf, noch bevor er ihr antworten konnte.

Langsam hängte Robert den Hörer auf die Gabel und starrte für einen Moment auf das Telefon. Mariama hatte genau seine Befürchtungen ausgesprochen und sie damit bestätigt. Anscheinend litt er doch nicht an Verfolgungswahn, und die Häufung der »Unfälle« fiel auch anderen auf. Nur die Polizei gab sich ahnungslos. Roberts Mund verzog sich bitter. Fast wünschte er sich, die Beamten hier würden sich genauso in einen Fall verbeißen können, wie es ihre Kollegen in Europa taten, die ihn immer noch wegen des Unglücks in Norwegen suchten. Abrupt richtete er sich auf und verließ das Postamt. Es war dringender, sich um die Gegenwart zu kümmern, als alte Erinnerungen aufzuwühlen. Vermutlich würde ihn seine Schuld irgendwann einmal einholen und er würde für das büßen, was er getan hatte – aber im Moment war das Wohl seiner

Familie das Einzige, was zählte. Er würde sich noch etwas zu essen und zu trinken besorgen und dann nach Windhoek aufbrechen. Wenn er Glück hatte, würde er gut durchkommen und wäre vor Einbruch der Dunkelheit in der Stadt.

Glücklicherweise war Robert während seiner Zeit bei Bodmin schon einmal bei Phil gewesen, sodass er die Straße relativ leicht wiederfand. Er hatte kurz überlegt, in der Wohnung zu übernachten, um Geld zu sparen, da sie nach der Dürre und dem Brand keine großen Rücklagen mehr hatten, konnte sich aber nicht dazu durchringen und hatte sich schließlich doch in der Stadt ein Zimmer in einem Motel genommen. Eigentlich wusste er gar nicht, was er hier tun sollte, ihm fehlte die Zeit, um die Wohnung zu räumen. Aber zumindest die wichtigsten Erinnerungsstücke und Wertsachen konnte er bergen und an die Hinterbliebenen verteilen. Trotzdem behagte es ihm nicht, in die Wohnung zu gehen, die Phil gestern Morgen sicher in der Erwartung verlassen hatte, abends wieder dorthin zurückzukehren. Es kam ihm wie ein Eingriff in die Privatsphäre seines Freundes vor. Aber da Phil ihn darum gebeten hatte, würde er diese Aufgabe übernehmen.

Robert ging über die Straße zu dem Apartmentblock hinüber, in dem Phil seine Wohnung hatte. Die Eingangstür stand einen Spalt weit offen, er schob sie auf und lief die Treppen hoch. Oben zog er den Schlüssel aus der Hosentasche und atmete noch einmal tief durch, bevor er die Wohnungstür öffnete. Ein leicht muffiger Geruch schlug ihm entgegen, der ihn einen Moment innehalten ließ. Entschlossen trat er schließlich über die Schwelle und zog die Tür hinter sich zu. Wegen der heruntergezogenen Jalousien herrschte schummeriges Halbdunkel im Raum. Mit den Fingern tastete er nach dem Lichtschalter und knipste ihn an. Ein Deckenventilator nahm ächzend seinen Dienst auf, in dessen Mitte eine Lampe das kreative Chaos beleuchtete, das Phil hinterlassen hatte. Das Apartment hatte sich nicht wesentlich verändert, seit Robert das letzte Mal hier gewesen war, dieselben bequemen, aber abgewohnten Sessel waren um den Fernseher gruppiert, die eingebaute Küchenzeile war unter den vielen benutzten Töpfen und dem schmutzigen Geschirr kaum zu erkennen. Vermutlich war es am besten, einen großen Container zu bestellen und alles, was nicht mehr verwendet werden konnte, zu entsorgen.

Sofort meldete sich das schlechte Gewissen. Phil war noch nicht einmal beigesetzt, und er überlegte schon, die Sachen seines Freundes wegzuwerfen. Auch wenn ihn dieser selbst in seinem Brief gebeten hatte, so zu verfahren, war er wahrscheinlich nicht davon ausgegangen, dass es so bald dazu kommen würde. Robert trat weiter in den Raum und sah sich nach einem Behältnis um, in dem er die Dinge transportieren konnte, die er mitnehmen wollte. In einer Ecke stand eine Kiste, die stabil genug aussah, deshalb kippte Robert deren Inhalt auf den Boden und stellte sie auf den kleinen Tisch neben dem Sessel. Wo sollte er anfangen? Zögernd trat er an den Schreibtisch und berührte mit den Fingerspitzen die ausgerollte Flugkarte, die auf beiden Seiten mit Steinen beschwert war. Der Geologe in ihm wollte die Steine am liebsten untersuchen, doch er zwang sich, sie zur Seite zu schieben und die Karte zusammenzurollen. Darunter waren noch weitere Mappen, Karten und Atlanten zu finden, die Robert ebenfalls nach einem kurzen Blick weglegte.

Er zwang sich, die Schreibtischplatte systematisch von links nach rechts abzusuchen, weil er genau wusste, dass er sonst den Überblick verlieren würde. Alles, was auch nur ansatzweise wichtig oder interessant aussah, ließ er in die Kiste fallen. Fotos, Adressbücher, etwas, das wie ein Notizbuch aussah, Rechnungen, Kontoauszüge … Sortieren würde er die Dinge dann in Ruhe, er wollte keinen Fehler machen und etwas Wichtiges übersehen. Später könnte er dann auch noch einmal wiederkommen, aber im Moment wollte er Mariama und seine Söhne nur ungern lange allein lassen. Robert zögerte, als er ein Foto in die Hand nahm, das seinen Freund neben einer jungen Frau zeigte. Vermutlich war das Phils letzte Freundin, er war immer sehr darauf bedacht gewesen, die Frauen nie mit ihren Vorgängerinnen zu konfrontieren. Hoffentlich fand er in den Unterlagen irgendwo ihren Namen, damit er sie benachrichtigen konnte. Er konnte sich Schöneres vorstellen, als jemandem mitzuteilen, dass ein geliebter Mensch gestorben war, aber noch schlimmer fände er es, die Person im Ungewissen zu lassen.

Nachdem er die Schreibtischplatte gründlich abgesucht hatte, nahm er sich die Schubladen vor. Auch hier herrschte die schon erwartete Unordnung, wie Robert seufzend feststellte. Ein Blick zum Fenster zeigte ihm, dass es draußen bereits dunkel wurde, es stand ihm ein langer Abend bevor. Unbehaglich wandte er sich wieder seiner Aufgabe zu.

Einige Zeit später stand Robert mit einem Ächzen auf und streckte seinen Rücken. Seine dreiundvierzig Jahre machten sich langsam bemerkbar, die Zeiten, in denen sein Körper noch jede Anstrengung ohne Beschwerden mitgemacht hatte, waren vorbei. Robert schnitt eine Grimasse. Lieber ein paar Zipperlein, als tot sein. In den letzten zwei Wochen war er zweimal dem Tod sehr nahe gewesen. Die Erfahrung hatte ihm deutlich gemacht, was im Leben wichtig war und was nicht.

Glücklicherweise war das Apartment nicht besonders groß, es bestand lediglich aus einer Wohnküche, einem kleinen Schlafzimmer und einem noch winzigeren Badezimmer. In Letzterem fand er einen kleinen Vorrat Marihuana, den er sofort in der Toilette herunterspülte. Im Schlafzimmer war außer einem Riesenvorratspack Kondome und diversen Sexspielzeugen nichts Interessantes zu finden. Phils Kleidung könnte er vielleicht einem Hilfswerk überlassen, das sie an Hilfsbedürftige verteilen würde.

Robert war gerade dabei, im Wohnzimmer eine Anrichte zu öffnen, als das Telefon klingelte. Vor Schreck klemmte er sich die Finger ein, als er sich ruckartig zum Apparat umdrehte. Fluchend zog er seine Hand heraus und starrte auf das Telefon, während er überlegte, ob er drangehen sollte oder nicht. Nach dem zehnten Klingeln schaltete sich der Anrufbeantworter ein und enthob ihn einer Entscheidung.

»Phil, bist du da?« Eine Frauenstimme, die verärgert klang. »Also schön. Ich weiß nicht, was los ist, aber ich finde es nicht in Ordnung, dass du mich einfach so sitzen lässt. Oder hast du schon vergessen, dass wir gestern Abend verabredet waren?« Wieder eine Pause. »Wie auch immer, ruf mich an oder gib mir meinen Wohnungsschlüssel zurück.«

Mit einem flauen Gefühl im Magen griff Robert nach dem Hörer. »Hallo? Legen Sie nicht auf!«

Stille am anderen Ende. »Wer ist da? Phil, wenn das ein Scherz sein soll …«

Robert räusperte sich. »Nein, das ist kein Scherz. Entschuldigen Sie, ich sollte mich vorstellen.« Er holte tief Luft. »Mein Name ist Robert Wolf. Ich bin ein Freund von Phil. Darf ich fragen, wer Sie sind?«

»Tanya Kingston. Ich bin Phils Freundin.«

»Richtig, Tanya! Entschuldigen Sie, in all dem Durcheinander in letzter Zeit war mir Ihr Name entfallen, dabei hat Phil oft von Ihnen erzählt.«

Tanya räusperte sich. »Was machen Sie in seiner Wohnung, und warum geht er nicht selbst ans Telefon?«

Robert versuchte zu sprechen, aber er brachte keinen Ton hervor.

»Hören Sie, ich weiß nicht, was das soll, aber ich will jetzt sofort mit Phil sprechen, oder ich lege auf.«

»Das geht leider nicht.« Robert presste die Worte hervor. »Es fällt mir furchtbar schwer, aber ich muss Ihnen eine schlechte Nachricht überbringen.«

»Oh Gott, ihm ist doch nichts passiert? In welchem Krankenhaus liegt er? Ich fahre sofort …«

»Ich wünschte, ich könnte Ihnen das schonender beibringen: Phil ist mit dem Flugzeug abgestürzt. Er ist tot.«

Stille am anderen Ende, dann ein unterdrücktes Schluchzen. »Nein!«

Der Druck in seiner Brust wurde unerträglich, Trauer und Wut übermannten ihn.

»Das muss ein Irrtum sein, Phil …«

»Ich habe gesehen, wie das Flugzeug abstürzte, und ich habe seine … Leiche gefunden. Ich würde Ihnen gerne etwas anderes sagen, aber Phil ist tot.« Diesmal war das Schluchzen lauter und ließ ihm einen Schauder über den Rücken rieseln. Er konnte sich gut vorstellen, wie die Frau sich jetzt fühlte, er selbst wäre völlig am Boden zerstört, wenn Mariama irgendetwas zustoßen würde.

»Hören Sie, ich bin gerade in Phils Wohnung, er hatte für den Fall seines Todes verfügt, dass ich seine Habe ordnen soll. Ich weiß, es ist im Moment schwer für Sie, aber vielleicht möchten Sie einige Dinge als Andenken behalten?«

»I… ich wüsste nicht …« Sie brach ab und atmete heftig aus. »Ich kann im Moment … keinen klaren Gedanken fassen. Sind Sie in den nächsten Tagen noch da? Dann komme ich irgendwann vorbei.«

»Nein, leider nicht, ich muss zurück auf die Farm. Machen wir es einfach so: Kommen Sie vorbei, wann Sie können, und nehmen Sie sich, was Sie haben wollen. Ich werde mit dem

Vermieter regeln, dass er die Wohnung nicht gleich neu vermietet. Sagen Sie mir Bescheid, wenn Sie fertig sind, dann veranlasse ich alles Weitere.«

»Gut. Robert, sagten Sie? Phil … hat oft von Ihnen erzählt.«

Tränen schossen in Roberts Augen. »Es war schön, ihn zum Freund zu haben.« Er räusperte sich. »Ich nehme die wichtigen Papiere mit und alles, was mit dem Fliegen zu tun hat und seine Freunde am Flughafen interessieren könnte. Wenn Sie mir noch Ihre Adresse nennen, setze ich mich mit Ihnen in Verbindung, falls noch etwas auftauchen sollte.«

»In Ordnung, danke.«

Robert versuchte, die passenden Worte zu finden, doch es war hoffnungslos. »Mein Beileid zu Ihrem Verlust. Sie haben Phil sehr viel bedeutet.«

»Er hatte Schwierigkeiten, es zu zeigen. Ich glaube, er hatte das Gefühl, sich zu fest zu binden, wenn er sich öffentlich zu einer einzigen Freundin bekannt hätte.« Sie stieß ein schnaubendes Geräusch aus, halb Lachen, halb Schluchzen. »Ich hatte vor, ihm diese Marotte auszutreiben. Ich fürchte, es ist mir nicht gelungen.«

Es sah fast so aus, als wäre Tanya dem wahren Phil nähergekommen als jede andere Frau zuvor. Oder zumindest war es ihr gelungen, herauszufinden, wie er tickte. Ob sie ihn hätte ändern können? »Ich bin mir sicher, Sie hätten mit der Zeit Erfolg gehabt. Phil ist … er war kein leichter Mensch, aber ein sehr guter Freund. Er schloss meist nur oberflächliche Bekanntschaften, vielleicht weil er Angst hatte, verletzt zu werden, vielleicht weil er es gar nicht anders konnte. Ich wünschte …« Robert brach ab und rieb sich den Nacken.

»Ja, das geht mir auch so.« Tanyas Stimme schwankte.

Nachdem sie die Telefonnummern ausgetauscht hatten, beendeten sie das Gespräch. Robert legte den Hörer langsam auf.

Lange Zeit stand er einfach nur da und starrte vor sich hin. Nur mit Mühe gelang es ihm, sich aus seinen Gedanken zu lösen und weiter seiner Aufgabe nachzugehen. Nach einem letzten Rundgang war er sich schließlich sicher, nichts Wichtiges übersehen zu haben. Als Letztes leerte er noch den Mülleimer und steckte das schmutzige Geschirr in eine verschließbare Kiste, damit sich der Geruch nicht weiter in der Wohnung ausbreitete. Nach einem letzten Blick zog er die Wohnungstür entschieden hinter sich zu. Phil hatte hier zwar gewohnt, aber sein »Geist« war nicht hier, das, was ihn ausmachte, war mit ihm gestorben und nur noch in der Erinnerung derer, die ihn mochten, lebendig. Und so hatte er es vermutlich auch gewollt.

Er stellte die Kiste auf die Rückbank und schwang sich auf den Fahrersitz. Glücklicherweise hatte er sich bereits auf dem Weg etwas zu Essen besorgt, ihm hätte momentan die Kraft dazu gefehlt. Er wollte nur noch ins Motel und mit Mariama telefonieren, wollte hören, dass es ihr gut ging und sie ihn ebenso vermisste wie er sie. Phils Tod hatte ihm noch einmal deutlich gemacht, wie kostbar das Leben war. Nur ein einziger Augenblick, und alles konnte vorbei sein. Wenn dies sein letzter Moment auf Erden wäre, würde er nichts lieber tun, als mit seiner Frau zu sprechen.

Endlich traf er vor dem Motel ein und suchte sich einen Parkplatz in der Nähe seines Zimmers. Besonders luxuriös war sein Quartier nicht, aber er legte auch mehr Wert darauf, dass es sauber und ordentlich und zudem bezahlbar war. Er hatte auf Exkursionen schon viel schlimmer gehaust und war dankbar, dass wenigstens das Bett groß genug für ihn war. Ein weiterer Vorteil war das Telefon auf seinem Zimmer, mit dem er Mariama anrief, nachdem er sich etwas frisch gemacht hatte. Die Erleichterung, dass es ihm gut ging, war ihr anzumerken. Er berichtete ihr von seinen weiteren Plänen für den Abend.

Marc und Kai waren bereits im Bett, sodass sie ein wenig Zeit für das Gespräch hatten.

Obwohl er müde war, fehlte ihm die Ruhe zum Schlafen. Deshalb nahm er sich nach kurzem Zögern die Kiste mit Phils Sachen vor. Robert ließ sich auf dem Bett nieder und betrachtete das Durcheinander an Papieren. Es würde einige Zeit dauern, bis alles sortiert war. Da er auf der Farm genug andere Dinge zu tun hatte, konnte er genauso gut schon einmal anfangen. Bald hatte er um sich herum mehrere Stapel liegen, die in Geschäftliches, Privates und Andenken und dann untereinander noch einmal nach Wichtigkeit sortiert waren. Zögernd nahm er die Mappe mit Kontoauszügen in die Hand und schlug sie auf. Seine Augen weiteten sich, als er erkannte, wie viel Geld Phil auf dem Konto hatte. Anscheinend hatte er als Pilot nicht schlecht verdient und nur wenig für seine Wohnung ausgegeben. Trotz diverser Feiern und seiner vielen Freundinnen schien er sein Geld immer zusammengehalten zu haben. Seine Erben – wer auch immer sie sein mochten – würden sich freuen.

Robert zog den verschlossenen Briefumschlag hervor, auf dem in großen Druckbuchstaben *Testament* stand. Er würde ihn ungeöffnet einem Anwalt übergeben, der dann alles Weitere veranlassen sollte. Vielleicht fand er auch in Phils Unterlagen einen Hinweis, ob es bereits einen Testamentsvollstrecker gab. Obwohl Robert keinerlei Lust hatte, schon wieder an einer Testamentsöffnung teilzunehmen, wüsste er nicht, wem er die Aufgabe sonst überlassen könnte. Phil hatte nie von engeren Freunden gesprochen, und auch Tanya hatte er erst seit einigen Monaten gekannt. Diesen Dienst konnte er seinem langjährigen Freund noch erweisen, der ihn schließlich auch oft genug umsonst auf seinen Flügen mitgenommen hatte. Robert beugte sich vor, um das Adressbuch zu suchen, das er irgendwo auf den Haufen mit den persönlichen Dingen gelegt hatte.

Seine Fingerspitzen ertasteten den ledernen Einband, und er zog das Büchlein hervor. Erst als er es aufschlug, bemerkte er, dass es sich nicht um das Adressbuch handelte.

Neugierig blätterte Robert durch die Seiten und verzog den Mund, als er auf Zahlenreihen, Datumsangaben und einzelne kurze Notizen stieß. Anscheinend war es Phils Flugbuch, in dem er sämtliche Flüge notiert hatte. Bei den Zahlen handelte es sich anscheinend um Koordinaten, doch warum Phil nicht einfach die Namen der Orte aufgeschrieben hatte, war ihm ein Rätsel. Auch die Namen und Adressen der Fluggäste waren nirgends genannt. Natürlich konnte es sein, dass es sich um Flüge für Jäger handelte, die anonym bleiben wollten, und die Koordinaten irgendwo mitten in der Wildnis lagen. Es waren etliche Jahre verzeichnet, doch manchmal gab es auch Phasen, in denen es monatelang keinen einzigen Flug gab. Sein reguläres Flugbuch konnte es auf keinen Fall sein, Phil war fast jede Woche irgendwohin geflogen, seine Auftragslage war immer sehr gut gewesen. Robert blätterte zum Anfang zurück. Der erste Eintrag war von April 1967. Er runzelte die Stirn, als er versuchte, sich an die Zeit zurückzuerinnern. Mariama und er hatten damals gerade geheiratet, kurz zuvor hatte er bei Bodmin gekündigt und auf der Farm zu arbeiten begonnen. Die damaligen Ereignisse ließen ihm jetzt noch einen Schauder über den Rücken laufen, aber glücklicherweise hatte er seit seiner Kündigung nie wieder etwas von Bodmin gehört. Anscheinend hatten sie seine Drohung ernst genommen.

Mit Mühe kehrte er in die Gegenwart zurück. Diese Zeit lag lange hinter ihm, es lohnte sich nicht, noch einen Gedanken an das Unternehmen zu verschwenden, es war Geschichte für ihn. Robert blätterte ein paar Seiten weiter und las die wenigen Wörter, die aus den Zahlenreihen herausstachen. Meist waren es sogar nur Abkürzungen. »Ero.«, dahinter einige Koordinaten, dann »Ameib«, wieder Zahlen. »Phil-Höhle«, »BuPa.«, »Kim.«, »Elef.«, »Top«. Immer weiter las Robert die Notizen, während sein Magen anfing zu rumoren. Ameib war eine Farm in der Nähe des Erongogebirges, damals hatten sie die Formationen Bulls Party, Elefantenkopf und Philips Cave überflogen, und er hatte sich mit Phil über Kimberlithröhren und Topase unterhalten. Die Daten würde er noch überprüfen müssen, aber er hatte den Verdacht, dass Phil jeden ihrer gemeinsamen Flüge genauestens dokumentiert hatte. Bisher war er immer davon ausgegangen, dass sein Freund sich überhaupt nicht für Geologie und Rohstoffe interessierte, doch wie es jetzt schien, hatte er sich alles notiert, was Robert auf ihren gemeinsamen Flügen dazu gesagt hatte. Aber warum sollte er das getan haben? Schließlich hatten sie nie irgendetwas Besonderes entdeckt.

Robert blätterte zum letzten Eintrag, der seinen Verdacht bestätigte. Vor etwa einem Monat waren sie über den südlichen Teil seines Grundstücks geflogen, um noch einmal nach Hinweisen auf Rohstoffvorkommen zu suchen. Es stand alles da. Wütend und traurig über diesen Vertrauensbruch seines Freundes klappte er das Notizbuch zu und warf es zur Seite. Wie hatte Phil so handeln und gleichzeitig ihm gegenüber so tun können, als wäre er sein Freund? Warum hatte er ihm nie etwas angemerkt? Es schien so, als hätte er Philip Raynes nie wirklich gekannt. Am liebsten hätte er ihn geschüttelt und eine Erklärung von ihm verlangt, aber sein Freund war tot und würde sein Geheimnis mit in sein Grab nehmen. Mit der Faust hieb Robert auf die Matratze, wodurch die Stapel ins Rutschen kamen und das Notizbuch zu Boden fiel. Mit einem Schnauben hob Robert das Buch wieder auf. Es fehlte noch, dass es unters Bett rutschte und er es im Hotelzimmer vergaß. Auf jeden Fall würde er es erst einmal mit nach Hause nehmen und dann entscheiden, ob er es vernichtete oder aufhob, um es mit seinen Unterlagen über mögliche Fundorte zu vergleichen.

Robert wollte den bei dem Sturz geöffneten Deckel des Notizbuchs gerade wieder zuklappen, als er die Ziffernfolge auf der ansonsten unbeschriebenen ersten Seite bemerkte. Sie sah nicht aus wie eine Koordinatenangabe, eher wie eine Telefonnummer. Es stand keine Vorwahl dabei, aber sie begann mit einer zwei – wie in Windhoek üblich. Phils eigene Nummer war es nicht, die kannte Robert auswendig. Vielleicht Tanyas? Rasch schlug er in Phils Telefonbuch nach. Nein, sie hatte eine andere. Da er keine Lust hatte, sämtliche Seiten zu überprüfen, zog Robert das Hoteltelefon zu sich heran und wählte kurz entschlossen die Nummer. Sein Herz schlug schneller, als ein Freizeichen ertönte. Robert ging zum Fenster hinüber und sah durch einen Spalt zwischen den Vorhängen hindurch auf den Parkplatz. Doch eigentlich nahm er nichts wahr, denn seine ganze Konzentration war auf das Telefon gerichtet.

Nach einigen Freizeichen ertönte schließlich ein Knacken, und ein Anrufbeantworter meldete sich. »Sie sind verbunden mit Bodmin International Ltd., Vorstandssekretariat Nicolas Peltier. Leider rufen Sie außerhalb der Bürozeiten an, Sie können uns montags bis donnerstags …«

Mit zitternden Händen legte Robert den Hörer auf die Gabel und trat ein paar Schritte vom Telefon zurück, als könnte er dadurch dem entkommen, was er gehört hatte. Bodmin, Peltier! Oh Gott, was hatte Phil mit denen zu tun gehabt? Sicher, er war einige Male für sie geflogen, so hatten sie beide sich schließlich kennengelernt, aber Robert hatte nicht gewusst, dass sein Freund immer noch Kontakte zu der Firma unterhielt, und zwar direkt zur Vorstandsetage. Dass die Telefonnummer in einem Notizbuch stand, das mit Informationen über Roberts Flüge gefüllt war, konnte nur einen Grund haben: Phil hatte diese Daten an Bodmin weitergeleitet. Übelkeit stieg in Robert auf, als ihm die Tragweite dieser Erkenntnis bewusst wurde. Peltier war nur zum Schein auf den Deal eingegangen, Robert gehen zu lassen, und hatte sich die ganzen sechzehn Jahre lang durch Phil über seine Aktivitäten auf dem Laufenden gehalten. Heftig rieb sich Robert über das Gesicht, als er sich vorstellte, wie nah ihm Bodmin die ganze Zeit über im Nacken saß, während er sich und seine Familie in Sicherheit gewähnt hatte. Es war alles nur eine Illusion gewesen. Phils Freundschaft, das Stillhalten vonseiten Bodmins, das unabhängige Leben auf der Farm.

Robert erbleichte, als ihm ein anderer Gedanke kam. Sämtliche Vorfälle in letzter Zeit waren nach diesem letzten Rundflug geschehen, bei dem er Phil von seinem Vorhaben erzählt hatte, wieder verstärkt nach Rohstoffen suchen zu wollen. Dumm, wie er war, hatte er auf Phils Frage hin bestätigt, bereits ein Gebiet im Auge zu haben, in dem er hoffe, fündig werden zu können. Die gestohlenen Kühe, der Angriff der Wilderer auf Tano und Kolian, die Ermordung von Karl und Elise und am Ende die Explosion von Phils Flugzeug. Er hatte nie an bloßen Zufall, eine Kette unglücklicher, aber nicht zusammenhängender Ereignisse geglaubt, aber er hatte gehofft, dass es dafür eine weniger beunruhigende Erklärung geben würde. Hatten sie Phil aus dem Weg räumen wollen, weil er ihnen unbequem geworden war? Vielleicht hatte sein Freund sogar etwas geahnt und ihm deshalb den Brief geschrieben. Ob Phil beseitigt worden war, weil er Robert hatte warnen wollen?

Er ließ sich aufs Bett sinken und vergrub das Gesicht in den Händen. Warum hatte Phil ihm nie etwas gesagt? Wie hatte er sich all die Jahre als sein Freund bezeichnen können, während er gleichzeitig mit Bodmin zusammengearbeitet hatte? Anscheinend war er ein besserer Schauspieler gewesen, als Robert es für möglich gehalten hätte. Verbitterung machte sich in ihm breit. Nach seinen Andeutungen über Bodmin hätte Phil wissen müssen, mit wem er es zu tun hatte. Trotzdem sah es so aus, als hätte er mit ihnen ein Geschäft geschlossen – auf Roberts Kosten. Nun wunderten ihn auch die hohen Beträge auf Phils Konto nicht mehr, offenbar war er für seine Dienste fürstlich belohnt worden. Robert erhob sich und ging ins Bad. Es gab vieles zu bedenken, doch im Moment wollte er nur noch ins Bett und schlafen. Der ereignisreiche Tag und die lange Fahrt nach Windhoek hatten ihn ebenso erschöpft wie die Trauer und Wut. Hoffentlich würde er am nächsten Tag wieder klar denken können und eine Lösung für die Misere finden.

Gerade als er die Zahnbürste zum Mund führen wollte, klingelte das Telefon. Rasch legte er die Bürste auf die Ablage und ging ins Zimmer zurück. Das Herz hämmerte in seiner Brust, als er sich ausmalte, was geschehen sein könnte. Nur Mariama hatte die Nummer – und das Hotelpersonal, aber es war unwahrscheinlich, dass man ihn so spät noch stören würde. Robert nahm den Hörer ab und hielt ihn ans Ohr.

»Ja?«

»Robert? Ich bin's.«

»Mariama, was ist passiert? Geht es dir und den Kindern gut?« Robert merkte selbst, dass seine Stimme panisch klang, aber er konnte nichts dagegen tun.

»Ganz ruhig, es ist alles in Ordnung hier.« Erleichtert atmete er auf. »Hier hat gerade eine Tanya Kingston angerufen. Sie klang sehr aufgeregt und wollte mit dir sprechen. Sie meinte, ihr hättet miteinander telefoniert. Da sie nur deine Telefonnummer von der Farm hat, bat sie mich, dir auszurichten, du mögest dich sofort bei ihr melden, es sei sehr dringend.«

Verwirrt rieb sich Robert über das Kinn. »Das verstehe ich nicht.«

Mariama lachte kurz auf. »Ich auch nicht. Ich hatte gehofft, dass du mich aufklären könntest. Wer ist diese Tanya, und was will sie von dir?«

Lag da ein Hauch von Eifersucht in ihrer Stimme? »Tanya Kingston ist … sie war Phils letzte Freundin.«

»Oh, das ist traurig. Hätte ich das gewusst, wäre ich etwas netter zu ihr gewesen. Aber sie hat mich aus dem Schlaf gerissen und …«

»Das ist in Ordnung, sie hat es sicher gar nicht bemerkt. Jedenfalls war ich vorhin in Phils Wohnung, als sie angerufen hat. Ich habe ihr erzählt, was … passiert ist. Sie war sehr aufgeregt, aber ich wüsste nicht, was jetzt so Dringendes zu besprechen wäre.«

»Das kannst du nur herausfinden, wenn du sie anrufst. Sie klang wirklich nicht gut, lass sie nicht warten. Hast du Ihre Nummer?«

»Ja.« Er wechselte den Hörer zum anderen Ohr. »Sind Mugambo und Amali im Haus?«

»Ja, wie du es angeordnet hast.«

»Mariama, bitte …«

Sie seufzte auf. »Ich weiß, es ist zu unserer eigenen Sicherheit. Und ich bin auch froh darüber, dass sie hier sind, ganz alleine hätte ich mich unwohl gefühlt. Irgendwie habe ich das Gefühl, als würde eine unsichtbare Bedrohung über uns schweben. Es ist lächerlich, ich weiß.«

Nein, das war es ganz und gar nicht. »Versuch zu schlafen, morgen bin ich wieder da, und wir reden über alles.«

»Gut.« Es lag so viel Gefühl in diesem einen Wort, dass es Robert ein Lächeln entlockte.

Nachdem sie aufgelegt hatte, hielt Robert noch eine Weile den Hörer fest, als könnte er dadurch die Verbindung zu seiner Frau aufrechterhalten. Schließlich drückte er auf die Gabel und wählte die Nummer von Tanya. Sie meldete sich bereits nach dem ersten Klingeln.

»Robert Wolf hier. Sie wollten mich sprechen?«

»Ja. Ich habe es mir anders überlegt und bin doch schon heute Abend zur Wohnung gefahren, weil ...« Sie schluckte heftig. »Ich hatte die Hoffnung, dass ich Phil dann ... näher wäre. Dass er noch nicht völlig ... verschwunden ist.« Tränen drohten ihre Stimme zu ersticken. »Die Wohnung war verwüstet.«

Robert hatte Mühe, das Gesagte zu erfassen. »Phil war nie besonders ordentlich, ich hatte keine Zeit, noch aufzuräumen, bevor ich gegangen bin.«

»Nein, nein, ich kenne seine Wohnung, sie war immer unordentlich. Aber das hier war anders. Alles war durcheinandergeworfen, Schubladen waren aufgezogen, zerschlitzte Sofakissen auf dem Boden verteilt, die Matratze lag schief auf dem Bett. Und seine Kleidung war im ganzen Zimmer verstreut.« Sie machte eine Pause. »Sah es schon so aus, als Sie da waren?«

In Roberts Nacken prickelte es warnend. »Nein.« Er sah auf seine Uhr. »Ich war gegen 17 Uhr da und Sie etwa um 23 Uhr, stimmt das?«

»J... ja, in etwa.« Ihre Stimme zitterte. »Was, glauben Sie, ist passiert?«

»Es scheint so, als wäre jemand nach mir da gewesen, der irgendetwas gesucht hat.«

»Geld?«

»Vermutlich.« Oder auch ein kleines, ledergebundenes Notizbuch, das eine Verbindung zwischen Phil und Bodmin bewies. »Haben Sie die Polizei gerufen?«

»Nein, noch nicht, ich wollte erst hören, was Sie sagen. Was sollen wir jetzt tun?«

»Ehrlich gesagt, weiß ich es nicht. Haben Sie gesehen, ob etwas gestohlen wurde?«

»Ich glaube nicht. Die Papiere haben ja Sie mitgenommen, und etwas Wertvolles hatte Phil nie in der Wohnung.«

Robert betrachtete den Haufen Unterlagen auf seinem Bett. »Eigentlich wollte ich morgen früh gleich zur Farm zurückfahren, aber was halten Sie davon, wenn wir zu einem Notar gehen und das Testament eröffnen lassen? Vielleicht findet sich dort ein Hinweis darauf, was geschehen sein könnte.«

»Meinen Sie etwa, es war kein Unfall?«

»Ich weiß es nicht. Aber die Möglichkeit sollte zumindest überprüft werden.« Robert zögerte. »Und Tanya, es wäre vielleicht gut, wenn Sie für die nächsten Tage bei Verwandten oder Freunden unterkommen könnten, denn wenn der Einbrecher bei Phil nicht das gefunden hat, was er suchte, und nun glaubt, es könnte vielleicht bei Ihnen sein …« Er brauchte nicht weiterzureden, Tanya verstand ihn auch so.

»Oh mein Gott! Darüber habe ich gar nicht nachgedacht. Ich werde sofort meinen Bruder anrufen, damit er mich abholt.«

»Das ist gut. Wo wollen wir uns morgen treffen?«

»Kennen Sie Phyllis' Café auf der Hogenboom?«

»Ja, ich wusste gar nicht, dass es das noch gibt.«

Sie verabredeten sich für acht Uhr am nächsten Morgen. Nachdem Robert eine kurze Beschreibung seines Äußeren gegeben hatte, verabschiedeten sie sich voneinander und legten auf.

Wie betäubt sank Robert auf das Bett. Wer auch immer die Wohnung durchsucht hatte, musste gewusst haben, was mit Phil passiert war. Nur ein paar Stunden früher, und sie hätten ihm alle wichtigen Unterlagen vor der Nase weggeschnappt. Er hätte nur eine verwüstete Wohnung vorgefunden und nie erfahren, dass Phil mit Bodmin unter einer Decke gesteckt hatte.

Robert zuckte zusammen, als der Lärm von zuschlagenden

Autotüren ertönte. Aus einem Impuls heraus löschte er das Licht und tastete sich in dem dunklen Raum zum Fenster hinüber. Obwohl er sich dabei lächerlich vorkam, schob er den schweren Vorhang ein Stück zur Seite und schaute hinaus. Erleichtert atmete er auf, als er sah, dass es nur ein Nachbar war. Robert schüttelte den Kopf, er bekam ja schon Wahnvorstellungen. Phils Tod hatte ihn völlig aus der Bahn geworfen. Aber wenn tatsächlich Bodmin seinen Freund aus dem Weg geräumt hatte, warum sollten sie dann nun nicht auch versuchen, ihn zum Schweigen zu bringen? Nach den Geschehnissen auf der Farm und der Erkenntnis, dass Phil ihn die ganze Zeit über im Auftrag Peltiers ausspioniert hatte, wurde der Verdacht jedenfalls immer stärker, dass sie es auf ihn abgesehen hatten. Nur warum? Und warum jetzt? Es waren inzwischen über fünfzehn Jahre seit seiner Kündigung vergangen, er konnte sich nicht vorstellen, dass sie sich nun noch darum scherten. Er hatte seinen Teil der Abmachung eingehalten und nie Behörden oder Presse eingeschaltet, das sollte Bodmin doch wohl davon überzeugt haben, dass er wirklich nur ein ruhiges Leben führen wollte.

Oder hatte Bodmin einen ganz anderen Grund? Phil hatte ihre sämtlichen geologischen Exkursionen an Peltier gemeldet. Konnte es sein, dass sie immer noch so brennend an Rohstoffvorkommen auf seinem Grundstück interessiert waren, dass sie dafür unschuldige Menschen töteten? Aber das ergab keinen Sinn, sie hatten fähige Geologen und auch genug Fundstätten, die sie ausbeuten konnten. Als Robert merkte, dass seine Gedanken sich im Kreis drehten, entschied er, ins Bett zu gehen, um für den kommenden Tag ausgeruht zu sein. Doch trotz seines guten Vorsatzes wälzte er sich den Rest der Nacht ruhelos im Bett, bei jedem Geräusch war er hellwach, sodass er sich am nächsten Morgen wie gerädert fühlte.

16

Pünktlich traf er wie verabredet vor Phyllis' Café ein, auch wenn er sich von den ganzen Geschehnissen und besonders Phils Verrat wie betäubt fühlte und kaum zu einem klaren Gedanken fähig war. Robert stellte sich in die Nähe des Eingangs und sah sich aufmerksam um. Menschen gingen auf dem Weg zur Arbeit vorbei, andere tranken noch ihren Morgenkaffee an den Außentischen des Cafés. Autos fuhren vorbei und füllten die Luft mit Lärm und Abgasen. Es war erstaunlich, wie sehr er sich an das Leben auf dem Land gewöhnt hatte, an die Ruhe und Abgeschiedenheit. Er war nun ein Teil dieses Lebens, ein Teil dieses Landes. Namibia war seine Heimat geworden. Bei dem Gedanken musste er unwillkürlich lächeln. Er konnte es kaum erwarten, Mariama davon zu erzählen.

»Robert Wolf?«

Erschreckt zuckte er zusammen, als eine Frauenstimme hinter ihm erklang. Rasch drehte er sich um und stand einer großen, molligen Frau gegenüber. Die dunklen Haare trug sie in einem Pferdeschwanz zusammengefasst, eine dunkle Brille verdeckte ihre Augen. »Ja. Tanya, nehme ich an?«

Sie nahm die Sonnenbrille ab und reichte ihm die Hand. »Ich freue mich, Sie kennenzulernen. Allerdings wäre es mir unter anderen Umständen lieber gewesen.«

»Mir auch.« Robert drückte sanft ihre Hand. »Mein aufrichtiges Beileid.«

Tanyas Augen wurden feucht. »Danke.« Für einen Moment sah es aus, als wollte sie noch etwas anderes sagen, aber schließlich schüttelte sie nur den Kopf. »Möchten Sie einen Kaffee oder ein Frühstück?«

»Wenn es Ihnen nichts ausmacht, würde ich die Angelegenheit gerne hinter mich bringen, vorher kann ich sowieso nichts essen.«

Sie wirkte erleichtert. »So geht es mir auch. Ich habe bei einem Freund meines Bruders angerufen, der Notar ist. Er ist bereit, uns jederzeit zu empfangen. Natürlich nur, wenn Ihnen das recht ist.«

Robert nickte. »Ich habe nichts dagegen.« Er deutete auf seinen Jeep, den er am Straßenrand geparkt hatte. »Wollen Sie bei mir mitfahren?«

Tanya brachte ein kleines Lächeln zustande. »Ich nehme lieber meinen eigenen Wagen, ich muss danach gleich zur Arbeit.«

»Verstehe.« Wenn er ehrlich war, musste er zugeben, dass es ihm so lieber war. Er wusste nicht, worüber er mit ihr hätte reden sollen. Über Phil vermutlich, aber im Moment fiel es ihm schwer, seinem Freund zu verzeihen, und das würde sie ihm sicher anmerken. Wenn irgend möglich, wollte er sie über Phils wahren Charakter im Dunklen lassen. »Ich folge Ihnen.«

Mit einem flüchtigen Nicken setzte Tanya ihre Sonnenbrille wieder auf, drehte sich um und ging zu ihrem Wagen. Sie war nicht unattraktiv, aber eindeutig nicht der Typ Frau, den Phil sonst bevorzugte. Normalerweise waren sie eher jung und naiv gewesen, mit Modelmaßen und nichts im Hirn. Die Frau vor ihm war das genaue Gegenteil, und deshalb mochte er sie. Zu schade, dass Phil sie nicht schon eher kennengelernt hatte. Vielleicht war er aber vorher noch nicht für jemanden wie Tanya bereit gewesen und hatte erst mit einundfünfzig Jahren bemerkt, dass es Zeit wurde, ein wenig sesshafter zu werden, und dass es erfüllender war, jemanden an seiner Seite zu haben, der nicht nur schön anzuschauen war. Jetzt war es zu spät und Verpasstes nicht mehr nachzuholen. Robert war wütend auf Phil und maßlos enttäuscht, doch er schaffte es nicht, die Jahre ihrer Freundschaft zu verdammen. Selbst wo er nun wusste, dass Phil ihn an Bodmin verraten hatte.

Am Jeep angekommen, stieg Robert ein und folgte Tanyas Kleinwagen zu dem Haus des Notars. Es war eines der alten Gebäude aus der deutschen Kolonialzeit, das immer noch seinen früheren Charme ausstrahlte.

Tanya wartete auf dem Gehsteig auf ihn, ihre Hand nestelte nervös am Kragen ihrer Bluse. »Es ist zwar noch ein wenig früh, aber da Rick im Obergeschoss wohnt, wird er nichts dagegen haben, uns zu empfangen.«

»Das ist gut.« Robert bedeutete ihr voranzugehen und folgte ihr dann den schmalen Plattenweg bis zur Haustür. Ein dezentes Schild hing daran: *Rick Stanton – Notar.* Bisher machte alles einen guten Eindruck, und er hatte das Gefühl, dass Tanya die richtige Wahl getroffen hatte.

Sie drückte auf den antik veredelten Klingelknopf und vergrub ihre Hand dann im Stoff ihres Rocks. Als die Tür vor ihr aufschwang, zuckte sie zusammen, bevor sie sich zu einem Lächeln zwang. »Hallo, Rick.«

Stanton war einige Jahre jünger als Tanya und sah in seinen Jeans und dem verwaschenen T-Shirt kaum aus wie ein Notar. Seine blonden Haare waren zerzaust, im Gesicht waren noch Schlaffalten zu erkennen. »Tanya.« Er zögerte einen Moment, bevor er sie sanft in seine Arme schloss. »Es tut mir leid.« Ein Zittern lief sichtbar durch Tanyas Körper. Für einen kurzen Augenblick schloss Rick die Augen, bevor er Robert direkt anblickte und ihm schließlich die Hand hinhielt. »Hallo, Sie müssen Robert sein. Mein Beileid zu Ihrem Verlust.«

Robert schüttelte ihm die Hand. »Danke. Es ist nett, dass Sie so kurzfristig Zeit für uns haben.«

»Kein Problem. Für Jasons Schwester tue ich alles.« Mit einer Handbewegung forderte er sie auf, ins Haus zu treten. »Kommt herein. Kann ich euch einen Kaffee anbieten?«

Dankbar stimmte Robert zu, und auch Tanya nickte. Rick geleitete sie in ein sparsam, aber edel eingerichtetes Büro und ließ sie dann allein, um den Kaffee zu holen. Während Tanya sich setzte, sah Robert sich im Raum um. An den Wänden hingen zwei großformatige Landschaftsaufnahmen, die den Kolonialstil der Möbel unterstrichen. Es waren keine Fotos von einer Frau oder Kindern zu sehen; entweder mochte Rick keine solche Zurschaustellung seines Privatlebens, oder er war noch ledig. Robert tippte auf Letzteres, denn der Blick, den Rick Tanya an der Eingangstür zugeworfen hatte, war ihm gefühlvoller vorgekommen, als man es von einem entfernten Bekannten erwartet hätte. Kopfschüttelnd setzte er sich in den zweiten Stuhl, der vor dem großen Schreibtisch stand, und sah Tanya vorsichtig von der Seite an. Ihre geröteten Augen hatten sich erneut mit Tränen gefüllt, ihre Hände waren im Schoß zusammengekrallt. Einem Impuls folgend, legte er seine Hand darüber und drückte sie tröstend.

Erstaunt blickte Tanya auf und brachte schließlich ein wässriges Lächeln zustande. »Es ist komisch, dass man immer erst hinterher bemerkt, wie viel einem jemand wirklich bedeutet hat, oder?«

»Ja. Phil war zwar ein sehr guter Kumpel, aber er hat selten jemanden wirklich an sich herangelassen.«

»Es beruhigt mich, dass es nicht nur mir so ging.« Tanya seufzte. »Ich wünschte nur …«

Als sie nicht weitersprach, hakte er nach. »Was?«

»Unser letztes Gespräch verlief nicht gerade erfreulich, wir … wir hatten uns gestritten. Ich weiß nicht einmal mehr, worum es genau ging. Vermutlich darum, dass er abends zu oft mit seinen Kumpels herumhing und dabei zu viel trank. Ich wünschte, ich hätte ihm stattdessen gesagt …« Wieder brach sie ab, eine Träne lief ihr über die Wange.

»Er wusste es, da bin ich mir sicher.«

Tanya holte ein zerknittertes Taschentuch heraus und wischte sich damit über die Augen. »Ja, vermutlich. Es bringt auch nichts, darüber nachzugrübeln, es ist leider nicht mehr zu ändern. Ich werde damit leben müssen.«

»So, wie ich damit leben muss, dass Phil nur meinetwegen geflogen ist.«

»Unsinn, Phil hätte nicht gewollt, dass Sie sich deshalb grämen. Ich denke eher, er wird auf irgendeiner Wolke sitzen und darüber lachen, dass wir uns überhaupt solche Gedanken machen.«

Robert lächelte. »Die Vorstellung gefällt mir.«

Das Klappern von Tassen ließ ihn sich umblicken. Rick stand in der Tür, ein Tablett in der Hand und einen merkwürdigen Ausdruck im Gesicht.

Jetzt erst bemerkte Robert, dass seine Hand noch auf Tanyas lag. Rasch zog er sie weg und setzte sich im Stuhl zurück.

Rick verteilte die Tassen, stellte Milch und Zucker daneben und ließ sich ihnen gegenüber nieder. Er beugte sich vor und verschränkte seine Finger vor sich auf der polierten Tischplatte. »Gut, dann bringen wir es hinter uns. Habt ihr das Testament dabei?«

Wortlos reichte Robert es ihm.

Rick drehte den Umschlag mehrmals in seinen Händen, bevor er aufblickte. »Natürlich muss ich noch die Echtheit des Testaments überprüfen, bevor es in Kraft treten kann.« Robert und Tanya nickten. »Gut. Dann sehen wir mal, was wir da haben.« Er nahm einen Brieföffner, schlitzte den Umschlag auf und nahm den Inhalt heraus. Ein weiterer Umschlag kam zum Vorschein und ein einzelner Briefbogen.

Robert bemerkte, wie er nervös auf dem Stuhl hin und her rutschte, und bemühte sich, still zu sitzen. Wieder einmal wurde deutlich, wie ungern er solche Termine mochte. Dinge zu hören, die ein nun Toter verfasst hatte, war ihm irgendwie unheimlich.

Rick faltete den Bogen auseinander und vertiefte sich in den Text. Seine neutrale Miene wich einem Stirnrunzeln und wandelte sich dann zu ungläubigem Staunen. Schließlich sah er auf und räusperte sich. »Nun, wie es aussieht, wusste der Verstorbene ganz genau, was er wollte.«

Aus den Augenwinkeln heraus sah Robert, wie Tanya bei dem Wort »Verstorbener« zusammenzuckte, dann aber ein Lächeln zustande brachte. »Ja, das wusste Phil immer.«

Robert nickte bestätigend. »Allerdings.«

»Anscheinend sitzen auch die beiden Menschen hier, die ihm am nächsten standen.«

»Er ist … er war unser Freund.«

Rick neigte den Kopf. Dann glättete er den Briefbogen mit seinen Händen und beugte sich vor. »Am besten lese ich euch den letzten Willen von Philip Raynes vor. Seid ihr bereit?« Als sie nickten, räusperte er sich und begann. »›Windhoek, den 12. Dezember 1981.‹« Rick blickte auf. »Hat er gewusst, dass er sterben würde?«

»Zumindest scheint er die Möglichkeit in Betracht gezogen zu haben. Erst vor ein paar Monaten hat er einen Brief an mich hinterlegt, der im Fall seines Todes an mich zugestellt werden sollte.«

Tanya nickte bestätigend. »Er war in letzter Zeit irgendwie … anders. Nachdenklicher. Als würde ihn etwas belasten, aber ich habe mir gedacht, es würde daran liegen, dass er langsam älter wurde und sein Selbstbild nicht mehr ganz passte.« Tränen klangen in ihrer Stimme durch. »Ich verstehe nicht, warum er nicht mit mir geredet hat, wenn ihn irgendetwas bedrückte. Oder mit Robert. Vielleicht hätten wir ihm irgendwie helfen können.«

Rick sah sie mitfühlend an. »Wenn es ein Unfall war, hättet ihr sowieso nichts tun können. Soll ich weiterlesen?«

»Ja, bitte.«

»›Ich, Philip Raynes, geboren am 14.03.1931 in Bath, Großbritannien, verfüge hiermit, dass mein gesamtes Vermögen je zur Hälfte an folgende zwei Personen geht: Tanya Kingston‹ – hier folgen die Adressdaten – ›und Robert Wolf‹ – auch hier die Anschrift.« Rick sah auf und beobachtete ihre Reaktionen.

Wie erstarrt saß Robert einen Moment lang da, bevor er seinen Kopf langsam zu Tanya drehte. Sie wirkte erschüttert und verwirrt.

»Warum sollte er mir etwas vererben? Wir kannten uns noch nicht so lange, ein kleines Andenken an ihn würde mir vollauf reichen.«

Rick hob die Augenbrauen. »Warte doch erst mal ab, was er zu vererben hat.«

Er hob wieder den Brief. »›Meine Vermögenswerte belaufen sich derzeit auf etwa 70 000 Rand, deponiert auf meinem Konto‹ – hier folgen die Bankdaten – ›und eine Risikolebensversicherung in Höhe von 100 000 Rand.‹«

Tanya gab ein ersticktes Keuchen von sich, sie war totenbleich. Robert war weniger überrascht, schließlich hatte er die Kontoauszüge gefunden. Die Lebensversicherung war allerdings eine Überraschung, Phil hatte auf ihn nie wie jemand gewirkt, der sein Geld für so etwas ausgab, und da er keine Familie hatte, die er ernähren musste, war so eine Versicherung auch nicht wirklich sinnvoll.

»Wann hat er sie abgeschlossen?«

Rick sah auf. »Ich weiß es nicht, dazu müsste ich die Unterlagen haben. Geht es dir gut, Tanya? Sollen wir eine Pause machen?« Die Besorgnis in Ricks Gesicht war unverkennbar.

»Nein … nein danke, es geht schon. Das war nur ein Schock, ich hätte nicht damit gerechnet, dass er so viel …« Sie wedelte mit der Hand.

»Gut, dann lese ich weiter. Phil wendet sich jetzt an euch: ›Tanya, ich weiß, dass du dir gewünscht hast, eine Zufluchtsstätte für Waisenkinder zu eröffnen, jetzt hast du die Möglichkeit dazu. Du warst das Beste, was mir passiert ist. Danke, dass du bei mir warst, obwohl du einen besseren Mann verdient hast.‹«

Tanya hatte die Hand vor ihren Mund gepresst, Tränen quollen aus ihren Augen. »Ich habe immer gedacht, er würde mir gar nicht zuhören, wenn ich ihm davon erzählte. Ich dachte, er würde die Idee albern finden und es für Geldverschwendung halten.«

Rick schob ihr eine Box mit Taschentüchern über den Tisch. »Anscheinend wusste er, wie viel es dir bedeutet. Ich weiß es auch und jeder andere, der dich … mag.«

»Liebt«, hatte er sagen wollen, da war sich Robert sicher. Es schien zu wirken, Tanya tupfte sich die Tränen ab und lächelte Rick an. »Danke.«

Rick nickte, hob den Brief an und las weiter. »›Robert, vielleicht hilft euch das Geld, die Dürre zu überwinden und die Farm wieder in Schwung zu bringen. Ich lege noch einen Brief für dich bei, der dir deine Fragen hoffentlich beantwortet. Danke für deine Freundschaft, sie hat mir viel bedeutet.‹«

Robert schluckte. Wenn Phil ihre Freundschaft so sehr geachtet hatte, wieso hatte er ihn dann für Bodmin ausspioniert? Und wie könnte er, Robert, das Geld annehmen, das Phil vermutlich damit verdient hatte? Sein Blick fiel auf den Briefumschlag, der auf dem Schreibtisch lag.

Rick schob ihn zu ihm hinüber. »Der ist für Sie.«

Robert steckte ihn ungeöffnet in seine Jackentasche und ignorierte den neugierigen Blick des Notars. »Danke, ich lese ihn später.«

Rick hob die Schultern. »Wie Sie wollen. Das Testament endet mit Philip Raynes Unterschrift. Wie ich schon sagte, muss ich die Echtheit des Dokuments noch von einem Fachmann bestätigen lassen, bevor der letzte Wille des Verstorbenen ausgeführt wird, aber das ist reine Formsache.«

»Ich war gestern in Phils Wohnung, wo ich auch das Testament entdeckt habe. Ich habe von dort einige Papiere mitgenommen, die mir wichtig erschienen. Kann ich sie Ihnen zur Verwahrung geben?«

»Worum handelt es sich?«

Robert hob die Aktentasche, die er aus dem Wagen mitgenommen hatte, und zog eine Mappe hervor. »Kontoauszüge, Papiere für das Flugzeug und seinen Wagen, Mietvertrag für die Wohnung und so weiter. Ich hatte nicht die Zeit, alles genau durchzusehen.« Er warf Tanya einen Blick zu. »Glücklicherweise habe ich die Unterlagen mitgenommen, denn nur Stunden später wurde die Wohnung offensichtlich durchwühlt, wie Tanya mir erzählt hat.«

Rick runzelte die Stirn. »Durchwühlt? Was meinen Sie damit?«

Tanya sprang ein. »Ich bin gestern Abend noch in die Wohnung gefahren, um … mich von Phil zu verabschieden, nehme ich an. Als ich hereinkam, habe ich gleich gesehen, dass alles durchsucht worden war, Gegenstände lagen auf dem Fußboden, die Kissen des Sofas waren aufgeschlitzt, die Matratze lag nicht mehr auf dem Bett.«

»Als ich ein paar Stunden vorher da war, war alles noch an seinem Platz. Jemand muss in der Zwischenzeit in der Wohnung gewesen sein und irgendetwas gesucht haben.«

»Habt ihr das der Polizei gemeldet?«

»Noch nicht. Anscheinend wurde nichts gestohlen. Die Papiere hatte ich bereits mitgenommen, und Tanya ist nichts aufgefallen, was fehlt.«

»Trotzdem ist es zusammen mit dem erst kürzlich aufgesetzten Testament, dem Flugzeugabsturz und dem Einbruch etwas zu viel Zufall für meinen Geschmack. War Phil in Schwierigkeiten?«

»Nein!«

Robert antwortete etwas langsamer. »Nicht dass ich wüsste. Vielleicht hat er auf einem seiner Flüge etwas gehört oder gesehen, das für jemand anderen wertvoll war. Aber wenn es so war, ist es nach seinem Tod verloren, warum sollte also jemand Interesse daran haben, seine Wohnung zu durchsuchen?« Außer, Bodmin wollte sicherstellen, dass Phil keinerlei Hinweise auf ihre Zusammenarbeit hinterlassen hatte. Der Gedanke verursachte ihm Übelkeit. Warum zum Teufel hatte Phil sich überhaupt mit solchen Leuten eingelassen? Dass er für sie als Pilot arbeitete, war noch zu verstehen, nicht aber, dass er auch noch den Spion spielte und seinen besten Freund verriet.

»Trotzdem sollten wir die Polizei verständigen. Tanya, glaubst du, dass du in Gefahr schwebst, weil du mit Phil zusammen warst?«

»N… nein, ich glaube nicht. Zur Sicherheit bin ich aber bei Jason untergetaucht.«

»Gut. Dann werde ich die Polizei informieren, falls ihr nichts dagegen habt. Mir gefällt die Sache nicht.«

Robert gefiel sie ebenso wenig, und er nickte.

Rick beugte sich vor. »Wenn du Hilfe brauchst, Tanya, komm zu mir, ja? Ich helfe gerne.«

»Ich weiß, danke, Rick.«

»Gut. Ich werde alles Nötige veranlassen und dafür sorgen, dass der letzte Wille ausgeführt wird und euch euer Erbe möglichst schnell zukommt. Ich bin sicher, das wäre auch im Sinne des Verstorbenen. Habt ihr noch Fragen?« Als sie beide verneinten, erhob er sich. »Dann werde ich mich gleich an die Arbeit machen. Ich melde mich bei Ihnen, Robert, sobald ich etwas höre.«

Robert verabschiedete sich von den beiden und verließ das Haus. Eigentlich sollte er sich freuen, da nun ihre finanziellen Sorgen auf einen Schlag gelöst sein würden, aber es gelang ihm nicht. Wenn es nicht um Mariama und seine Söhne ginge, würde er keinen Augenblick zögern, die Erbschaft abzulehnen. Aber wenn sie die Farm behalten wollten, konnten sie das Geld brauchen. Robert stieg in den Jeep, zog die Tür zu und fuhr los. Er wollte nur noch nach Hause und alles andere hinter sich lassen. Phil, das Erbe, vor allem aber Windhoek, wo er jederzeit auf jemanden von Bodmin treffen könnte. Erst eine Stunde später hielt er in einem kleinen Ort an, um Phils Brief zu lesen.

Lieber Robert,
wenn Du diesen Brief liest, bin ich tot, Du hast den Schlüssel bekommen und das Testament in meiner Wohnung gefunden. Da ich weiß, wie sorgfältig Du bist, gehe ich davon aus, dass Du auch herausgefunden hast, dass ich Kontakt zu Bodmin hatte. Ich würde gern sagen, dass es nicht so war, wie Du denkst, aber das würde nicht stimmen. Ich habe Dich für Bodmin ausspioniert, Deine Flugrouten gemeldet und mitgeteilt, was Du dabei entdeckt hast. Sie haben mich gut dafür bezahlt, aber deswegen habe ich es nicht getan. Oder zumindest nur zu einem geringen

Teil. Hauptsächlich habe ich mitgespielt, weil ich wusste, sie würden einen anderen Weg finden, Dich beschatten zu lassen. Oder sie hätten Dich und Deine Familie gleich beseitigt und sich Dein Land unter den Nagel gerissen. Ich weiß nicht, warum Du damals bei Bodmin gekündigt hast, Du hast es mir nie erzählt. Aber ich gehe davon aus, dass es nicht gerade einvernehmlich war. Hattest Du etwas gegen sie in der Hand, sodass sie anders nicht an Dich herankamen? Egal was es war, es muss sie ziemlich verärgert haben.

Aber das spielt jetzt keine Rolle, ich werde sowieso keine Antworten mehr erhalten. Ich möchte aber, dass Du weißt, dass ich ihnen immer nur die allgemeinsten Angaben geliefert habe, nie solche, mit denen sie wirklich etwas hätten anfangen können. Ich schätze mal, das haben sie gemerkt, und deshalb bin ich jetzt tot. Seit Monaten habe ich darauf gewartet, dass sie mir die Pistole auf die Brust setzen und Informationen erzwingen, aber das haben sie nie getan. Im Gegenteil, sie verhielten sich eher so, als hätten sie kein Interesse mehr an Dir. Und das hat mich verdammt nervös gemacht, denn ich wusste, dass das nicht stimmte. Bodmin vergisst nie, wenn jemand nicht nach ihrer Pfeife tanzt.

Wie man jetzt an mir sieht. Robert, nimm das Geld und bau die Farm wieder auf, oder noch besser, verlasst das Land und sucht euch irgendwo einen Platz, wo Bodmins Arm nicht hinreicht. Aber ich schätze, Mariama wird die Farm ihrer Eltern nicht aufgeben wollen, deshalb mein Rat: Sieh Dich immer genau um. Überprüfe alles zweimal. Lass Dich nie allein erwischen. Und pass auf deine Familie auf! Ich glaube, mit Tanya hatte ich endlich eine Frau gefunden, mit der es sich gelohnt hätte, ein Leben aufzubauen. Aber ich konnte es nicht, weil ich Bodmin am Hals hatte und ich sie nicht mit hineinziehen wollte. Jetzt, nach meinem Tod, kann sie sich vielleicht wenigstens ihren Traum erfüllen.

Weshalb ich nun aber diesen langen Brief geschrieben habe: Ich wollte unsere Freundschaft nie verraten. Ich war immer gern Dein Freund und hoffe, Du kannst mir irgendwann verzeihen.

Mach's gut,
Phil

Robert ließ den Brief sinken und starrte blicklos durch die Scheibe. Phil hatte seine schlimmsten Vermutungen bestätigt. Ein Druck lastete auf seiner Brust, der durch den Brief noch stärker geworden war. Irgendetwas musste er tun – nur was?

Zum wahrscheinlich hundertsten Mal an diesem Abend sah Mariama zu Robert hin, doch der schien sie gar nicht zu bemerken. Seit Stunden saß er in dem Sessel und starrte vor sich hin, blind für alles, was um ihn herum geschah. Er hatte sich verändert, seit er vor vierzehn Tagen aus Windhoek zurückgekehrt war. Als hätten ihn die tragischen Ereignisse der letzten Monate schließlich überwältigt und als wäre es ihm nicht möglich, sich von seinen düsteren Gedanken zu befreien. Sie alle waren davon betroffen, und es fiel ihnen schwer, wieder in den Alltag zurückzufinden und sich an den Dingen zu erfreuen, doch Robert schien es gar nicht erst zu versuchen. Nein, das war unfair. Er erledigte seine Arbeit und bemühte sich, Marc und Kai zu beschäftigen und abzulenken. Genau genommen ließ er sie kaum jemals aus den Augen, so als befürchtete er, dass ihnen etwas geschehen könnte. Und letzte Nacht hatte er Mariama mit einer solchen Verzweiflung geliebt, als wäre es das letzte Mal. Ihre Augen füllten sich mit Tränen, ein unbestimmter Schmerz füllte ihre Brust und verstärkte ihre

Angst. Was sollte sie nur tun? Ihre Mutter hätte jetzt sicher einen guten Rat für sie gehabt, doch nun musste sie irgendwie alleine mit der Situation zurechtkommen. Mariama setzte sich auf und schob ihr Kinn vor. Ihr fehlte die Geduld, hier herumzusitzen und sich selbst zu bemitleiden, sie musste etwas *tun* und Robert endlich zum Reden bringen. Wenn sie eine Lösung finden würden, dann nur gemeinsam, und das war nur möglich, wenn er ihr ehrlich sagte, was ihn bedrückte. Diesmal würde sie keine ausweichende Antwort zulassen.

»Robert …« Sie stockte, als sein Kopf hochruckte und sein Blick sich in den ihren bohrte. Er sah so unnahbar aus, so fremd. Unwillig schüttelte sie den Kopf. Robert war ihr Mann, und sie liebte ihn. Noch nie hatte er sie schlecht behandelt, und damit würde er auch jetzt nicht anfangen.

»Ja?« Seine Antwort war rau und abgehackt.

Mariama erhob sich und hockte sich neben seinen Sessel. »Was ist los mit dir? Seit du in Windhoek warst, bist du mit deinen Gedanken ganz woanders. Du bist zwar körperlich noch anwesend, aber es ist, als hättest du dich von uns entfernt.« Als er nichts sagte, legte sie ihre Hand auf die seine. »Ich weiß, wie schwer das alles für dich ist, der Tod meiner Eltern und auch Phils Unfall, aber wir können so nicht weitermachen.«

»Es war kein Unfall.«

»Wie bitte?« Verwirrt sah sie ihn an.

»Phils Absturz war kein Unfall. Die Polizei ist endlich dazu gekommen, die Überreste des Wracks genauer zu untersuchen. Sie haben Spuren eines explosiven Materials gefunden. Irgendjemand hat eine Bombe an Bord geschmuggelt und sie im Flug explodieren lassen.«

»Oh mein Gott!« Mariama presste ihre Hand vor ihren Mund. »Aber wer würde so etwas tun? Wer hätte etwas davon, Phil zu töten?«

Polternde Schritte auf der Veranda enthoben Robert einer Antwort. Mariama sprang auf und sah ängstlich zur Tür. Auch Robert war aufgestanden und legte ihr nun eine Hand auf die Schulter. Halt suchend lehnte sie sich gegen ihn, während sie der nächsten Katastrophe entgegenblickte. Es war nie ein gutes Zeichen, wenn jemand um diese Uhrzeit zum Haus kam, noch dazu, ohne Rücksicht auf die schlafenden Kinder zu nehmen.

Die Anspannung wich nur teilweise von ihnen, als es an der Tür klopfte und Mugambos Stimme ertönte. »Mariama, Robert? Kann ich euch einen Moment sprechen?«

Robert ging hinüber und öffnete ihm. Mugambo stand schwer atmend in der Türfüllung, einen undeutbaren Ausdruck im Gesicht.

»Was ist passiert?«

»Es geht um Leola, ihr müsst mitkommen.«

Sorge um die Leopardin stieg in ihr auf. Sie hatte sie seit ein paar Wochen nicht mehr gesehen, war aber davon ausgegangen, dass sie von dem Brand und dem anschließenden Durcheinander verschreckt worden war und wartete, bis wieder Ruhe einkehrte. »Was ist mit ihr?«

»Sie stirbt.« Jetzt erkannte sie Trauer in Mugambos Gesicht, gemischt mit etwas anderem, das sie nicht entziffern konnte.

»Nicht auch noch das!« Leola hatte für eine frei lebende Leopardin bereits ein hohes Alter erreicht, und es war durchaus damit zu rechnen, dass sie irgendwann sterben würde. Aber musste es gerade jetzt sein … Der Druck auf ihrer Brust verstärkte sich. »Wo ist sie? Ich möchte zu ihr.«

»Vielleicht solltest du doch lieber hier bleiben …«

»Auf gar keinen Fall! Leola ist mein Baby, ich habe sie damals aufgepäppelt, und ich will bei ihr sein, wenn sie stirbt.« Tränen traten ihr in die Augen.

Mugambo sah zu Robert hin, zuckte dann mit den Schultern und wandte sich zum Gehen.

Robert nahm ihre Hand und ließ sie nicht wieder los, bis sie an der Stelle waren, wo Leola am Rand eines Dickichts, das die Wildnis von dem gepflegten Teil des Grundstücks rund um das Haus trennte, auf dem Boden lag. Einer der Arbeiter stand mit einer starken Taschenlampe ausgerüstet in sicherer Entfernung.

»Der Wachtposten hat sie auf seinem Rundgang entdeckt, sie hat … Laute von sich gegeben.« Für Mugambo musste es genauso schlimm sein wie für sie, er war mit Leola aufgewachsen. Als Mariama näher herangehen wollte, hielt Mugambo sie am Arm zurück. »Vorsicht, sie könnte beißen.«

Mariama riss sich los. »Sie wird mir nichts tun.« Sie trat näher und ließ sich neben der Leopardin ins trockene Gras sinken. Leola lag auf der Seite, das Maul ein Stück geöffnet, sodass ihre Reißzähne herausragten. Ihre Augen waren offen, sie blickte Mariama direkt an. Vorsichtig hob Mariama die Hand und legte sie auf Leolas Flanke. Sie spürte, wie die Leopardin bei der Berührung tief ausatmete.

Robert setzte sich neben seine Frau und legte seinen Arm um sie. »Hallo, Leola, es ist nett, dass du zu uns zurückkommst.«

Der Kloß in Mariamas Hals drohte sie zu ersticken. »Können wir nicht irgendetwas tun …?« Sie unterdrückte gerade noch einen entsetzten Aufschrei, als sie den Pfeil entdeckte, der tief in Leolas Seite steckte. »Oh mein Gott, wer hat das getan?«

Mugambo klang, als würde er jedes Wort aus sich herauspressen. »Von uns war es jedenfalls niemand. Und jemand anders sollte sich gar nicht auf dem Land aufhalten. Ich werde morgen, wenn es hell ist, versuchen, den Spuren zu folgen, aber der Täter ist sicher längst weg.«

Mariama sah Robert an, der verdächtig still war. Ein Muskel zuckte in seiner Wange, wie sie selbst im Schein der Taschenlampe sehen konnte. Mit langsamen Bewegungen strich er über Leolas weiches Fell. Die Leopardin stieß erneut einen Seufzer aus und schloss die Augen. Ihre Brust hob und senkte sich noch ein paarmal, dann lag sie still. Mariama beugte sich vor und vergrub ihr Gesicht im Fell. Sie konnte nicht glauben, dass Leola tot sein sollte, mit einem Pfeil erlegt. Tränen liefen ihr über die Wangen und versickerten im Fell. Nur langsam nahm sie Roberts Hand wahr, die sanft über ihren Rücken strich. Schließlich richtete sie sich auf und wischte sich mit ihren Handballen über die Augen.

»Ich will, dass ihr diesen Mistkerl findet und zur Strecke bringt! Niemand hat das Recht, auf unserem Land Tiere zu töten.«

Mugambos Stimme war leise, als er antwortete. »Wir werden unser Bestes versuchen, Mariama, ich verspreche es.«

Die Wut verließ sie, und sie sackte in sich zusammen. »Danke. Ich weiß, wie viel dir Leola bedeutet hat.«

»Uns allen.« Roberts leise Stimme erklang neben ihr. Er stand auf und hielt ihr die Hand hin. »Komm, wir gehen ins Haus.«

Mariama ließ sich aufhelfen, schüttelte aber den Kopf. »Nein, ich möchte, dass Leola begraben wird.«

Mit brennenden Augen betrachtete Mariama die ausgehobene Grube, während die Männer Leola daneben auf die Decke ablegten, auf der die Leopardin immer so gerne gedöst hatte, wenn sie auf ihren Streifzügen bei ihnen vorbeischaute. Mugambo war extra zum Haus hinübergelaufen und hatte sie geholt.

Er und Robert schlugen nun die Enden der Decke übereinander und machten Mariama Platz, die ein letztes Mal über das weiche Fell der Schnauze strich, bevor sie sich aufrichtete und zurücktrat. Sie versuchte, sich zu sagen, dass es nur ein Tier war, das noch dazu ein hohes Alter erreicht hatte, doch es half nicht. Ihr war, als würde ihr langsam, aber sicher der Boden unter den Füßen weggezogen, und sie wusste nicht mehr, wohin sie sich noch wenden konnte. Dabei sollte sie froh sein, sie hatte Robert und ihre Söhne und Mugambo und all die anderen Farmarbeiter. Anstatt zu trauern, musste sie wieder nach vorne blicken, wie sie es bisher immer getan hatte. Ihre Eltern hätten es so gewollt, dessen war sie sich sicher.

Vorsichtig hoben die Männer die Decke an, senkten sie in das Loch hinab und traten dann vom Rand des Grabes zurück.

Robert nahm Mariamas Hand und räusperte sich. »Danke, Leola, dass du all die Jahre bei uns warst. Es war schön, dich aufzuziehen und heranwachsen zu sehen.«

Mariama hörte stumm zu, der Kloß in ihrer Kehle hinderte sie am Sprechen. Aber Robert hatte gesagt, was auch sie empfand.

Nachdem sie alle sich von der Leopardin verabschiedet hatten, schaufelten die Männer das Grab zu und klopften die Erde fest, damit nicht Tiere den Kadaver wieder ausgruben. Mariama nahm sich vor, etwas darauf zu pflanzen, damit sie immer wussten, wo es sich befand. Aber im Moment wollte sie eigentlich nur noch nach den Kindern sehen und dann selber ins Bett gehen. Sie fühlte die Erschöpfung der vergangenen Wochen und Monate tief in ihren Knochen, am liebsten hätte sie einfach für ein paar Tage alles hinter sich gelassen und irgendwo Urlaub gemacht. Doch das ging nicht. Zusammen mit Robert war sie für die Farm verantwortlich, und in der derzeitigen Situation konnten sie sich eine Reise sowieso nicht leisten. Unwillig schüttelte Mariama den Kopf. Es war müßig, über so etwas nachzudenken.

Während Robert die Haustür zuschloss, ging Mariama die Treppe hinauf und sah in das Zimmer der Jungen. Beide schienen tief zu schlafen. Leise trat Mariama in den Raum und ging zu Kais Bett hinüber. Sie setzte sich auf die Kante und strich über seine Haare. Kai gab einen Laut von sich und drehte ihr den Rücken zu. Lächelnd zog Mariama die Decke höher und stand dann auf. Als sie zu Marc hinübersah, erkannte sie, dass seine Augen geöffnet waren. Rasch ging sie zu ihm und beugte sich zu ihm hinunter. »Kannst du nicht schlafen, mein Schatz?« Sie hielt ihre Stimme leise, um Kai nicht aufzuwecken.

»Was war draußen los?«

»Nichts. Schlaf ruhig weiter.«

Es war offensichtlich, dass Marc ihr nicht glaubte, aber nach einem Moment nickte er nur und schloss die Augen. Morgen früh würde er wieder fragen, und wenn sie ihm keine befriedigende Antwort gab, würde er selbst auf die Suche gehen. Sie konnte sich nichts Schlimmeres vorstellen, als dass Marc die Grube wieder aushob und nachschaute, was sie dort verborgen hatten. Ein Schauder lief ihr durch den Körper. Irgendwie musste sie das verhindern, aber wahrscheinlich konnte sie ihn nur davon abhalten, indem sie ihm die Wahrheit erzählte. Leise zog sie die Kinderzimmertür hinter sich zu. Einen Moment lang stand sie mit geschlossenen Augen an die Wand gelehnt im Flur.

»Schlafen sie?«

Roberts Frage schreckte sie aus ihren Gedanken auf, ihre Lider hoben sich. »Kai ja, Marc nicht.«

»Etwas anderes hätte mich auch gewundert. Er scheint immer zu wissen, wenn etwas vorgeht.«

»Ja.« Mariama hakte sich bei ihm unter und zog ihn sanft zum Schlafzimmer. »Ich fürchte, wir müssen ihm erklären, was passiert ist.« Sie trat ein und drehte sich zu ihm um, als er nicht antwortete. Sein Gesichtsausdruck war ernst, in seinem Blick las sie etwas, das ihr Angst machte. »Robert? Was ist los?«

Er schloss die Tür hinter ihnen und lehnte sich dann dagegen, die Arme über der Brust verschränkt. Seine Stimme war leise, als er sprach. »Setz dich bitte.« Etwas in ihr wollte aufbegehren, aber schließlich ließ sie sich auf die Matratze sinken. »Wir müssen unsere Unterhaltung von vorhin fortsetzen.«

Mariama runzelte die Stirn. »Du hattest angefangen, über Phil zu sprechen, nicht wahr?«

»Es geht nicht nur um Phil. Sein Tod war, wie gesagt, kein Unfall, sondern Mord. Irgendjemand wollte, dass er stirbt.«

»Ich kann mir das nicht vorstellen, wer sollte ihn töten wollen? Phil hatte Kontakte zu Wilderern und windigen Geschäftsleuten, vielleicht hat er etwas gehört, das …«

»Ja, für sich gesehen ergibt es keinen Sinn, aber wenn ich all die Dinge zusammenzähle, die in den letzten Wochen passiert sind, dann ergibt sich für mich ein bedrohliches Bild. Zuerst die verschwundenen Rinder, dann der Überfall auf Tano und Kolian. Deine Eltern. Phils Absturz über unserem Land. Und jetzt auch noch Leola. Irgendjemand hat es auf uns abgesehen.«

Mariama setzte sich auf, ihr Herz hämmerte. »Aber … wer um Himmels willen?« Roberts Zögern schnitt ihr ins Herz. »Was verheimlichst du mir?«

Er trat einen Schritt vor, als wollte er sich auf sie zubewegen, doch dann lehnte er sich wieder an die Tür. »Mariama …« Er senkte den Kopf und atmete heftig aus. »Karl und Elise wurden ermordet. Ich weiß nicht, von wem oder warum, aber es ist so.«

»Das kannst du nicht wissen!«

»Doch!« Robert biss so fest die Zähne zusammen, dass seine Wangenmuskeln zuckten.

»Dann gib mir einen Beweis.«

»Das kann ich nicht, es ist alles verbrannt.«

Mariama konnte sehen, dass er immer noch etwas vor ihr zurückhielt. Entschlossen stand sie auf und ging zu ihm hinüber. Dicht vor ihm blieb sie stehen. »Ich dachte, wir würden einander vertrauen und uns alles erzählen. Warum sagst du mir nicht die Wahrheit über ihren Tod?«

»Ich möchte dir nicht wehtun.«

Mariama umrahmte sein Gesicht mit ihren Händen. »Das tust du aber, wenn du mir etwas vorenthältst und mir nicht vertraust, so wie früher.« An dem Flackern in seinen Augen konnte sie erkennen, dass ihre Worte ihn erreichten. »Sag mir bitte, was du weißt, Robert.«

Seine Augen verdunkelten sich. »Deine Eltern … waren schon tot, als ich sie fand.«

Auch wenn sie sich dagegen gewappnet hatte, durchzuckte sie der Schmerz, als sie Roberts Worte hörte. »Ja, ich weiß. Die Rauchentwicklung …«

»Nein.« Robert nahm ihre Hände in die seinen und drückte sie. »Sie lagen in ihren Betten. Wahrscheinlich haben sie das Feuer gar nicht mehr mitbekommen.«

»Aber wie …?«

»Ich wollte sie hinaustragen. Doch als ich die Decke wegnahm …« Er schloss kurz die Augen. »Sie hatten jeder eine Wunde in der Brust, ich glaube, sie wurden erstochen.«

Der Schock raubte ihr jede Kraft. Ihre Beine gaben nach, und sie sank zu Boden. Wie aus großer Ferne hörte sie Roberts Stimme, verstand aber nicht mehr, was er sagte. Es rauschte in ihren Ohren, schwarze Punkte tanzten vor ihren Augen. Etwas berührte ihre Wange, ihre Haare, ihre Lippen. Nach einer Zeit, die ihr wie eine Ewigkeit vorkam, nahm sie wieder etwas von ihrer Umgebung wahr.

»Mariama! Komm schon, Liebes, sag etwas. Bitte.«

»Robert?« Sie spürte, wie sich eine riesige Wut in ihr aufbaute. »Warum hast du mir nichts davon gesagt? In all den Wochen dachte ich … Wie konntest du das tun?«

»Ich wollte dich nicht damit belasten …«

Mariama setzte sich auf und starrte ihn an. »Belasten? Der Tod meiner Eltern ist nicht bloß eine Belastung, er ist ein riesengroßer Schmerz, ein Loch in meinem Innern, das nichts zu füllen vermag. Ich habe ein Recht darauf, zu erfahren, was mit ihnen passiert ist, und weder du noch diese Polizisten dürfen selbstherrlich über meinen Kopf hinweg bestimmen, was mir mitgeteilt wird und was nicht!«

»Natürlich nicht. Ich wollte nur warten, bis die Ermittlungen …«

Sie ließ ihn wieder nicht ausreden und schlug seine Hände zur Seite, als er sie berühren wollte. »Du hast Informationen zurückgehalten, wie sollten die Ermittler da zu einem Ergebnis kommen? Oder hast du ihnen gesagt, was du mir verschwiegen hast?« Der schuldbewusste Ausdruck in seinen Augen sagte alles.

»Ja.«

»Wenigstens bist du jetzt ehrlich, auch wenn es eindeutig zu spät ist. Warum sollte ich es nicht erfahren?«

Robert fuhr sich mit der Hand durch die Haare. »Ich wollte dir nicht noch mehr Schmerz und Sorgen bereiten. Dir und den Kindern. Der Brand war schon schlimm genug, aber zu wissen …« Er verstummte. Etwas löste sich in ihrem Innern, aber noch konnte sie ihm nicht verzeihen. »Ich habe versucht, Elise herauszuholen, aber es ist mir nicht gelungen.« Er sah sie mit schmerzerfüllten Augen an. »Bitte verzeih mir.«

»Du hast dein Bestes versucht, dafür bin ich dir dankbar. Aber ich kann nicht damit leben, dass du mir solche wichtigen Dinge verheimlicht hast. Was hast du mir sonst alles nicht erzählt? Ich dachte, wir wären Freunde, gleichberechtigte Partner, die alle Sorgen und Ängste miteinander teilen. Jetzt stelle ich fest, dass du mir Dinge vorenthalten hast, die ich unbedingt hätte wissen müssen. Es sind meine Eltern, über die wir reden. Wenn es stimmt, was du sagst, dann wurden sie kaltblütig ermordet, und der Mörder läuft frei herum. Wer sagt, dass er nicht noch in der Nähe ist und ganz andere Taten plant?«

»Genau deshalb wollte ich heute mit dir reden. Ich habe den Eindruck, dass alle Ereignisse, die in letzter Zeit geschehen sind, miteinander zusammenhängen. Und wenn dem so ist, dann seid ihr in großer Gefahr.«

»Wir, meinst du.«

»Ja.« Robert rückte näher und zog sie an sich, sie war zu betäubt, um sich zu wehren. »Ich möchte, dass du mit den Kindern wegfährst, bis die Täter gefasst wurden.«

»Wohin sollten wir denn fahren?«

»Nach Deutschland.«

Mariama sah ihn mit offenem Mund an. »Deutschland? Bist du verrückt geworden?«

»Nein, es ist mir völlig ernst. Ihr seid hier in Gefahr, nicht nur wegen derjenigen, die es auf uns abgesehen haben, sondern auch aufgrund der politischen Situation. Die Wilderer kommen immer näher und werden immer gefährlicher. Beim nächsten Mal könnte einer von euch dreien verletzt werden. Damit würde ich nicht leben können.«

»Aber ohne uns leben könntest du?«

»Nein, aber ich würde es hinnehmen, wenn es bedeutet, dass ihr in Sicherheit seid.«

Mariama schwieg einen Moment und betrachtete ihn aufmerksam. »Warum kommst du dann nicht einfach mit?«

Er verzog den Mund. »Irgendjemand muss sich um die

Farm kümmern. Und dafür sorgen, dass die Polizisten endlich etwas unternehmen.«

»Mal angenommen, ich würde zustimmen – was ich nicht tue –, wo wolltest du das Geld hernehmen, das wir brauchten, um nach Deutschland zu fliegen und dort zu leben?«

»Phil … hat uns etwas hinterlassen.«

Erneut war sie sprachlos. Und maßlos enttäuscht. »Noch etwas, das du mir verschwiegen hast.«

Robert senkte den Blick. »Ja. Die Ermittlungen waren noch nicht abgeschlossen, und ich wollte keine Hoffnungen wecken, solange noch nicht klar war, ob seine Versicherung überhaupt zahlen würde.«

Wütend rappelte Mariama sich auf. Der Schweiß brach ihr aus, aber sie schaffte es, aufrecht zu stehen, während sie Robert ansah. »Ich bin kein Kind mehr, sondern deine Frau! Und du solltest wissen, dass mir Geld völlig egal ist, also beleidige mich nicht, indem du so etwas als Begründung für dein Verhalten angibst.« Sie holte tief Luft. »Es war unakzeptabel, und das weißt du genau.« Abrupt drehte sie sich um, damit er die Tränen in ihren Augen nicht sah. Sein Vertrauensbruch schmerzte sie so sehr, es war, als würde ihre Brust auseinandergerissen und ihr Herz zerdrückt werden.

»Mariama …«

Sie schüttelte seine Hand ab, mit der er ihren Arm berührte. »Ich glaube, du hast für heute genug gesagt. Ich werde die Kinder nicht aus ihrer gewohnten Umgebung herausreißen und vor einer unsichtbaren Bedrohung flüchten, von der du mir bislang nicht einmal etwas erzählt hast. Es geht hier um die Farm meiner Eltern, *meine* Farm, mein Leben. Ich werde nicht einfach weggehen und sie im Stich lassen.«

»Ich sagte doch, dass ich mich um die Farm kümmern werde, solange ihr weg seid.«

»Und darauf soll ich vertrauen? Nein danke, das ist meine Aufgabe, und ich werde sie erfüllen.« Mariama drehte sich um und ging zur Tür.

Robert trat ihr in den Weg, seine Hände legten sich auf ihre Schultern und hielten sie fest, als sie sich an ihm vorbeidrängen wollte. Sein Blick bohrte sich in ihren. »Bitte, Mariama, wenn du es schon nicht für dich tun willst, denk an Marc und Kai. Könntest du damit leben, wenn ihnen etwas zustoßen würde? Sie sind hier in höchster Gefahr, solange die Mörder deiner Eltern und von Phil nicht gefunden sind und die politische Situation immer explosiver wird.«

Mariama sah ihn lange an, Tränen liefen ihr über die Wangen. »Ich will nicht von hier weg. Erst recht nicht, da ich weiß, dass du genauso in Gefahr schwebst wie die Kinder oder ich.«

Robert strich ihre Tränen mit den Daumen fort. »Ich weiß, ich möchte auch nicht von euch getrennt sein, aber ich sehe derzeit keine andere Möglichkeit. Ich habe Klaus und Evelyn in Deutschland Bescheid gesagt, sie werden euch empfangen und sich um euch kümmern.«

Wütend und verletzt trat sie einen Schritt zurück, sodass seine Arme den Halt verloren und zu seinen Seiten fielen. »Du warst dir wohl sehr sicher, was? Wie konntest du das alles nur planen, ohne vorher mit mir darüber gesprochen zu haben? Seit wann sind wir keine gleichberechtigten Partner mehr?« Sie hob die Hand, als er etwas sagen wollte. »Du bekommst deinen Willen, wir werden gehen. Ich glaube auch nicht, dass ich im Moment noch mit dir zusammenleben will. Eine Trennung für einige Zeit ist vermutlich das Beste.«

»Ich …«

»Nein, du hast alles gesagt, Robert. Ich hoffe, du überlegst dir, während wir weg sind, wie es mit uns weitergehen soll. Ich bin nicht bereit, mit jemandem mein Leben zu teilen, der solch bedeutende Dinge vor mir verheimlicht.«

Für einen Moment glaubte Mariama, Schmerz in Roberts Augen zu sehen, dann blickte er zu Boden. »Ich bringe euch morgen nach Windhoek zum Flughafen.«

»Nein, ich werde Mugambo bitten, uns zu fahren. Die Kinder können sich hier von dir verabschieden. Ich möchte es ihnen nicht noch schwerer machen, als es sowieso schon ist.« Sie presste die Worte heraus. Ihr Körper schmerzte von den Zehenspitzen bis zur Kopfhaut. Bevor er noch mehr sagen konnte, nahm sie ihre Bettdecke und das Kissen vom Bett und ging damit zur Tür.

»Wo willst du hin?«

»Ich schlafe unten auf dem Sofa.«

»Das kann ich …«

»Nein, mach dir keine Mühe. Ich möchte nicht mehr in diesem Bett schlafen.« In der Tür blieb sie stehen. »Heute Nacht kannst du schon mal ausprobieren, wie es sein wird, wenn ich nicht mehr da bin.« Sie floh, damit er nicht die Tränen sah, die nun über ihre Wangen strömten.

»Bist du traurig, Mami?« Kais Stimme holte sie aus ihren Gedanken.

Sie hatte versucht, die Tränenspuren zu verstecken, doch selbst mit Make-up wirkte ihr Gesicht aufgequollen und gerötet, ihre Augen sahen aus, als hätte sie zu viel getrunken. Zumindest war das der Zustand gewesen, den sie heute Morgen nach einer durchwachten und durchweinten Nacht im Spiegel entdeckt hatte. Als sie zögernd ins Schlafzimmer zurückgegangen war, um ihre Koffer zu packen, war Robert nicht mehr da gewesen, und auf dem Bett hatten die Tickets gelegen. Der Flug würde am späten Nachmittag gehen, sie würden sich mit dem Packen beeilen müssen, wenn sie ihn pünktlich erreichen wollten. Nach dem Frühstück war Mugambo gekommen, der anbot, sie zum Flughafen zu bringen. Die Traurigkeit in seinen Augen hatte sie beinahe zusammenbrechen lassen, aber in Gegenwart der Kinder hatte sie sich zusammengerissen.

Auch wenn sie Marc und Kai gegenüber so getan hatte, als würden sie nur eine spannende und vor allem nicht allzu lange Reise unternehmen, hatten die Kinder gemerkt, dass etwas nicht stimmte. Kai gab sich noch mit ihren Antworten zufrieden, doch Marc hatte sie nur mit seinem viel zu erwachsenen Blick angesehen und ihre Lüge sofort durchschaut. Auch jetzt sah er sie skeptisch an.

»Natürlich bin ich traurig, Kai, schließlich liebe ich unsere Farm, und wir werden sie nun für einige Zeit verlassen. Aber euer Vater und Mugambo und all die anderen werden gut darauf achtgeben.«

»Wirst du Papa auch vermissen?«

»Natürlich.« Sie erstickte fast an dem Wort. Gestern Abend war sie wütend auf ihn gewesen und sehr enttäuscht, und das war sie auch heute noch, aber der Schmerz, ihn für eine längere Zeit nicht mehr zu sehen, wog schwerer. Sie waren in den letzten sechzehn Jahren nie länger als ein paar Stunden oder vielleicht mal einen Tag voneinander getrennt gewesen. Er gehörte zu ihr wie Kai und Marc, und sie wollte nicht von ihm getrennt sein.

»Papa sah auch traurig aus, als wir uns von ihm verabschiedet haben.« Kais Stimme klang undeutlich, er hatte seinen Daumen in den Mund geschoben, was er schon seit einiger Zeit nicht mehr getan hatte. Er saß gemeinsam mit Marc auf der untersten Stufe der Treppe neben den gepackten Koffern. Sein Lieblingskuscheltier hatte er unter den Arm geklemmt, als fürchtete er, dass es ihm jemand entreißen könnte. Ihre Söhne wussten überhaupt nicht, was los war, und konnten nicht verstehen, warum sie sich von ihrem Vater und ihren Freunden trennen sollten, die ihr ganzes Leben lang da gewesen waren.

»Natürlich ist er sehr traurig, dass ihr nicht mehr bei ihm sein werdet, er liebt euch sehr.« Zumindest dessen war sie sich hundertprozentig sicher. Niemand konnte übersehen, wie viel seine Söhne ihm bedeuteten. Erst jetzt ging ihr auf, wie schwer es Robert fallen musste, sie fortzuschicken. Wie hatte sie nur einen Moment lang denken können, dass er sie loswerden wollte? Er musste sich schreckliche Sorgen machen, wenn er bereit war, seine Familie gehen zu lassen, damit sie in Sicherheit waren. Was wusste er, das er ihr nicht gesagt hatte? Ahnte er, wer hinter den Morden steckte? Nein, das konnte nicht sein, dann würde er mit der Information zur Polizei gehen und die Verbrecher verhaften lassen. Außer er hatte keine Beweise, oder der Gegner war so mächtig, dass er nichts gegen ihn ausrichten konnte.

Ihr Herz begann zu hämmern. Sie ließ ihre Tasche zu Boden fallen. »Wartet hier auf mich, ich komme gleich zurück.« Sie wandte sich an Amali, die neben den Jungen stand. »Pass bitte auf sie auf, ich muss noch etwas erledigen.«

Amali nickte ihr zu. »Mugambo sagte, er habe komische Geräusche im Stall gehört.«

Für einen Moment sah Mariama sie irritiert an, dann verstand sie. »Danke.«

So schnell sie konnte, lief sie zu den Ställen hinüber. Außer Atem trat sie in das große hölzerne Gebäude und sah sich blinzelnd im Halbdunkel um. Es war niemand zu sehen. Sie versuchte, sich vorzustellen, wohin Robert gehen würde, wenn er allein sein wollte, und ihr fiel nur ein Platz ein: Windtänzers Box. Der Hengst war inzwischen in die Jahre gekommen, aber immer noch gesund und munter. Mariama ging den Gang entlang, während ihr Herz in einer Mischung aus Hoffnung und Furcht heftig klopfte. Zögernd blieb sie vor der Box stehen und lauschte. Unregelmäßiges Atmen war zu hören. Robert war tatsächlich hier und versteckte sich vor der Welt, um niemandem seinen Kummer zu zeigen. Sie betrat die Box und wurde von Windtänzer mit einem Schnauben begrüßt. Das Pferd stand im hinteren Teil der Box und hatte seinen Kopf zu Robert hinuntergebeugt, der auf dem Boden unter dem kleinen Fenster saß, das Gesicht in den Armen vergraben, die auf seine Knie gestützt waren.

»Robert.«

Als er ihre Stimme hörte, schnellte sein Kopf hoch. Selbst im Halbdunkel konnte sie erkennen, dass seine Augen gerötet waren. Hastig wischte er sich über das Gesicht. »Was machst du hier?«

Vor wenigen Minuten hätte sie noch gedacht, er wollte sie nicht sehen, doch jetzt hörte sie den Schmerz in seiner Stimme, sah die verzerrten Gesichtszüge. Deshalb trat sie näher und antwortete wahrheitsgemäß. »Ich konnte nicht fahren, ohne mich von dir zu verabschieden.«

Robert sah aus, als hätte sie ihm einen Schlag versetzt. Hastig erhob er sich und zog sie in seine Arme. Er hielt sie so fest, dass ihre Rippen schmerzten, aber das störte sie nicht, sie klammerte sich ebenso verzweifelt an ihn. Seine Lippen streiften die ihren, dann küsste er sie so gierig, als wollte er sich ihren Geschmack einprägen oder sie gleich ganz verschlingen. Mariama schloss die Augen und gab sich dem Kuss hin.

Schließlich hob Robert zögernd den Kopf und sah sie mit schmerzerfüllten Augen an. »Ich liebe dich, Mariama. Das tue ich, seit ich dich vor sechzehn Jahren gefunden habe, und ich werde es bis an mein Lebensende tun. Glaub bitte nicht, dass ich dich und die Kinder loswerden will, denn so ist es nicht. Im Gegenteil, es zerreißt mich, euch gehen zu lassen.«

»Dann lass uns bleiben! Wir wollen nicht fort von hier. Können wir nicht einfach ganz vorsichtig sein und die Kinder nie aus den Augen lassen, bis die Mörder gefasst sind?« Hoffnungsvoll sah sie ihn an.

Robert schloss die Augen, Trauer huschte über sein Gesicht. Dann hoben sich seine Lider langsam, und ein entschlossener Ausdruck lag in seinen Augen. »Du weißt nicht, was ich dafür geben würde, wenn ich euch hierbehalten könnte, aber ich bin nicht bereit, euer Leben zu riskieren.«

»Sag mir bitte die Wahrheit, Robert. Weißt du, wer hinter den Taten steckt, und willst du uns deshalb wegschicken?«

Sie konnte deutlich sehen, wie Robert mit sich rang. Doch schließlich schüttelte er den Kopf. »Nein, ich weiß nicht, wer dahintersteckt.« Seine Augen sagten etwas anderes.

»Glaubst du nicht, ich sollte wissen, wer es auf uns abgesehen hat, damit ich Marc und Kai davor beschützen kann?«

Eine Weile schwieg er, bevor er nickte. »Ja, vermutlich.« Er holte tief Luft. »Ich habe den Verdacht, dass es Bodmin ist, aber ich kann es nicht beweisen.«

»Bodmin?« Verwirrt sah Mariama ihn an. »Warum sollten sie so etwas tun? Du hast seit über fünfzehn Jahren nichts mehr mit ihnen zu tun gehabt.«

»Nein, ich hatte nichts mehr mit ihnen zu tun, seit ich gekündigt habe. Allerdings waren sie … unzufrieden über meinen Weggang.«

»Haben sie dich bedroht?«

»Ja, wenn auch versteckt. Also habe ich einige belastende Fakten zusammengesucht und damit sichergestellt, dass sie uns nichts antun konnten. Zumindest nicht offen. Es könnte sein, dass sie jetzt dazu übergegangen sind, mich durch andere Maßnahmen zu treffen.«

»Aber wieso? Du hast ihnen doch nie etwas getan!«

Robert legte seine Hand an ihre Wange. »Ich weiß es nicht.

Ich weiß nur, dass alles, was uns in letzter Zeit zugestoßen ist, kein Zufall war, sondern Berechnung. Seit Phils Tod bin ich mir ziemlich sicher, dass Bodmin die Finger im Spiel hat.«

»Willst du damit sagen, dass sie Phil umgebracht haben? Warum?«

»Ich habe in Phils Apartment ein Notizbuch gefunden, in dem er die Koordinaten meiner gesamten Flüge aufgeschrieben hat. Auf der ersten Seite stand eine Telefonnummer, die ihn direkt mit der Vorstandsetage von Bodmin verband.«

»Oh Gott.« Mariama berührte seinen Arm. »Kannst du damit nicht zur Polizei gehen?«

Robert stieß ein hartes Lachen aus. »Mal ganz davon abgesehen, dass es rein gar nichts beweist, würde die Polizei nie etwas gegen Bodmin unternehmen. Sie haben die Behörden in der Tasche, niemand würde etwas gegen einen der größten und einflussreichsten Arbeitgeber Namibias unternehmen, schon gar nicht, wenn der Stammsitz in Südafrika ist.« Seine Stimme wurde leiser. »Glaubst du nicht, ich hätte nicht schon alles Menschenmögliche unternommen, wenn ich auch nur die geringste Chance sehen würde, dadurch unser Problem zu lösen? Das Einzige, was ich tun kann, ist, die Menschen, die ich liebe, in Sicherheit zu bringen.«

Mariama sackte zusammen, ihre Hoffnung schwand und machte der Resignation Platz. Sie hatte gewusst, dass Robert die Entscheidung nicht zurücknehmen würde, dazu liebte er sie zu sehr. »Dann komm mit uns, bitte. Wer sagt, dass sie dir nicht auch etwas tun wollen?«

»Wenn ich unser Land verlasse, wird Bodmin einen Weg finden, es uns wegzunehmen. Das kann ich nicht zulassen. Und ich glaube nicht, dass sie mir etwas tun werden, denn dann würden die Beweise automatisch an die Behörden geleitet werden. Das würde für sie nur Scherereien bringen.«

Mariama konnte sehen, dass Robert selbst nicht so recht daran glauben mochte. Furcht breitete sich in ihr aus. »Aber du bist mir viel wichtiger als das Land! Bitte, komm mit uns.« Tränen standen ihr in den Augen.

Seine Arme lösten sich von ihr, und er trat einen Schritt zurück. »Ich kann nicht. Es tut mir leid, Mariama.«

Sie glaubte fast, ihr Herz brechen zu hören. »Mir tut es auch leid.« Sanft strich sie mit den Fingern über seine Wange. »Ich liebe dich, Robert. Lass uns nicht zu lange warten.«

Robert fing ihre Hand ein und küsste ihre Fingerspitzen. »Ich verspreche dir, euch zu holen, sobald es sicher ist.«

17

Köln, Deutschland, Februar 2002

Mariama schreckte aus ihren Gedanken auf, als dicht neben ihr eine Autohupe ertönte. Sie hatte angehalten, um noch einmal auf den Zettel zu sehen, auf dem sie sich die Adresse von Heidrun Steinfels' Stadthaus notiert hatte. Der Anruf war völlig überraschend gekommen, sie hatte nie persönlich mit der Frau von Roberts ehemaligem Partner gesprochen, sondern nur von Evelyn und Klaus etwas über sie gehört. Warum hatte Heidrun sie nach über zwanzig Jahren in Deutschland angerufen und zu sich bestellt? Zuerst hatte sie absagen wollen, aber die Aussicht, etwas über Roberts Vergangenheit erfahren zu können, hatte sie dazu bewogen, die kurze Fahrt von der Universität, wo sie im Geografischen Institut arbeitete, nach Ehrenfeld auf sich zu nehmen.

Es verging kaum ein Tag, an dem sie nicht an Namibia und Robert dachte, doch mit der Zeit hatte sie sich hier ein Leben aufgebaut, das sie durchaus befriedigte. Der Anruf hatte alte Wunden wieder aufgerissen, die nie ganz verheilt waren. Darum hatte sie Kai und vor allem auch Marc nichts davon erzählt. Sie wusste genau, wie ihr älterer Sohn reagiert hätte. Immer wenn das Thema auf seinen Vater kam, verließ er den Raum. Er weigerte sich, mit irgendjemandem über ihn zu sprechen, und es war klar, dass er Robert nie verziehen hatte, sie weggeschickt zu haben. Wie immer gab ihr dieser Gedanke einen Stich. Wenn ihr jemand an jenem Tag gesagt hätte, dass sie ihre Heimat die nächsten zwanzig Jahre nicht betreten würde, hätte sie ihn für verrückt erklärt – oder wäre gar nicht erst abgereist. Aber sie hatte geglaubt, nach ein paar Wochen oder Monaten wieder zurückzukommen und ihr Leben wieder aufnehmen zu können, und war deshalb Roberts Bitte nachgekommen. Doch die Mörder ihrer Eltern und von Phil waren nie gefasst worden, und die Polizei hatte die Ermittlungen bereits nach kurzer Zeit eingestellt.

Sie hatte damals zurückkehren wollen, doch Robert hatte sie gebeten, mit den Kindern in Sicherheit zu bleiben. Die politische Situation war immer weiter eskaliert, einige Weiße waren von aufgebrachten Schwarzen sogar ermordet worden. Und auch viele Schwarze waren umgekommen. Diese Zeiten waren nun lange vorbei, Namibia hatte seine Unabhängigkeit erlangt, Südafrika sich zurückgezogen, und die Apartheid war offiziell abgeschafft. Trotzdem wurde sie in Teilen der Gesellschaft noch immer gelebt. Mariama stieß einen tiefen Seufzer aus. Wie oft hatte sie bereits darüber nachgedacht, zurückzugehen? Besonders, nachdem in all den Jahren nie wieder etwas Gefährliches passiert war, das mit Bodmin in Zusammenhang stand. Dennoch war es ihr immer sinnvoller erschienen, in Deutschland zu bleiben. Größtenteils wegen der Kinder, die zuerst ihre Ausbildung beenden und nicht noch einmal aus ihrem Lebensumfeld herausgerissen werden sollten, aber auch weil sie Angst hatte, wie sich ihre Beziehung zu Robert verändert haben mochte. Anfangs hatten sie jeden Tag miteinander telefoniert und lange Briefe geschrieben, doch mit der Zeit war es weniger geworden und irgendwie … unpersönlicher.

In all den Jahren hatte sie Robert zweimal gesehen, während Urlauben in Kanada, aber es war zu schmerzhaft gewesen, sich nach viel zu kurzen Tagen wieder zu trennen. Deshalb hatte sie ihm schweren Herzens gesagt, dass sie ihn nicht mehr treffen konnte. Den Ausdruck in seinen Augen würde sie nie vergessen, die Verzweiflung, aber auch Verständnis hatte sie darin erkannt, und ein Echo ihres Schmerzes. Sie hatte sich bemüht, Kontakte zu anderen Leuten aufzubauen und auch wieder mit Männern auszugehen. Das hatte sogar erfreulich gut funktioniert, zumindest bis ihre Bekanntschaften mehr von ihr wollten, als sie zu geben bereit war. Sie konnte nur mit jemandem zusammen sein, den sie von ganzem Herzen liebte – und Robert nahm noch immer den größten Teil davon ein. Es wäre nicht fair gegenüber einem anderen Mann gewesen, so zu tun, als würde sie ihn lieben, und ihn dann, wenn es ernst wurde, von sich zu stoßen. Sie hatte sich damit arrangiert, alleine zu leben.

Und jetzt wartete eine Frau auf sie, die vor so langer Zeit mit Robert in Kontakt gestanden hatte. Ein Blick auf die Uhr zeigte ihr, dass sie sich beeilen musste, wenn sie halbwegs pünktlich kommen wollte. Mit einer Grimasse wischte sie sich die feuchten Handflächen an ihrer Hose ab, bevor sie weiterfuhr. Man sollte meinen, dass sie sich mit ihren sechzig Jahren besser im Griff hätte, doch sie war schon den ganzen Tag ein Nervenbündel. Über sich selbst verärgert, setzte sie den Blinker und zog wieder auf die Fahrbahn zurück. Sie wollte es schnell hinter sich bringen und sich dann zu Hause ein langes Bad gönnen. Vielleicht könnte sie sich und Kai, der als Student noch bei ihr wohnte, etwas Gutes zu Essen machen und den Tag ruhig ausklingen lassen.

Einige Minuten später hielt sie vor dem in einer ruhigen Seitenstraße liegenden Haus und schaltete den Motor aus. Einen Moment lang blieb sie sitzen und betrachtete das elegante, weiß verputzte Gebäude mit den schmiedeeisernen Balkonen. Es war offensichtlich, dass die Familie Steinfels über eine Menge Geld verfugte, wenn sie sich solch ein Haus mitten in Köln leisten konnte. Mariama war aufs Land gezogen, weil sie sich die

Immobilienpreise in der Stadt nicht einmal im Traum hatte leisten können. Selbst die Preise auf dem Land waren ungeheuerlich, aber irgendwo musste sie schließlich leben, außerdem hatte sie irgendwann keine Lust mehr gehabt, den Vermietern das Geld in den Rachen zu stopfen. Ihre kleine Doppelhaushälfte in Wahlscheid passte vermutlich ins Wohnzimmer des Steinfels-Hauses. Kopfschüttelnd stieg Mariama aus und warf die Wagentür zu. Sie mochte ihr Haus, es war klein, aber gemütlich, und es gehörte ihr ganz allein. Und ihren Söhnen natürlich, aber Marc war schon vor Jahren ausgezogen und Kai inzwischen auch häufig mit Freunden unterwegs. Einerseits war es schön, wieder mehr Zeit für sich alleine zu haben, andererseits kam es immer öfter vor, dass sie sich einsam fühlte. In diesen Momenten sehnte sie sich so sehr nach Robert, dass sie meinte, er müsste es selbst über die Entfernung hinweg spüren können.

Um nicht weiter darüber nachdenken zu müssen, ging Mariama den schmalen Plattenweg entlang zur Haustür. Ein melodischer Gong ertönte, als sie auf den Klingelknopf drückte. Noch einmal wischte sie sich die feuchten Handflächen am Stoff ihrer Hose ab und lauschte auf Geräusche im Innern des Hauses. Erschrocken trat sie zurück, als die Tür ohne Vorwarnung geöffnet wurde. Die Frau war schön und elegant in ihrer engen Hose und dem Cashmere-Pullover und wirkte viel zu jung, um Robert bereits während seiner Zeit in Deutschland gekannt zu haben. Oder sie hatte sich sehr gut gehalten. Ohne ein Lächeln blickte sie Mariama an. »Ja?«

Mariama bemühte sich um Höflichkeit. »Mein Name ist Mariama Wolf. Sind Sie Heidrun Steinfels?«

Der Gesichtsausdruck wurde noch verschlossener, wenn das überhaupt möglich war. »Nein, das ist meine Mutter. Was wollen Sie von ihr?«

Wenn Mariama eines nicht vertragen konnte, war es Unhöflichkeit. Besonders, wenn sie keinerlei Anlass dazu gegeben hatte. »Ihre Mutter hat mich angerufen und um ein Treffen gebeten. Ich kann aber auch wieder gehen, wenn es ihr nicht mehr passen sollte.« Sie wandte sich um.

»Nein, nein, warten Sie!« Die Frau legte ihre Hand auf Mariamas Arm. »Wenn Mutter Sie sehen wollte, kommen Sie bitte herein. Legen Sie ab.« Sie nahm Mariamas Mantel entgegen, führte sie in den Flur und deutete in einen angrenzenden Raum. »Bitte warten Sie einen Moment hier, ich werde meine Mutter auf Sie vorbereiten.« Damit ließ sie Mariama stehen und lief die Treppe hinauf.

Irritiert trat Mariama in das Zimmer und erkannte, dass es sich um ein Vorzimmer zum Wohnraum handelte. Zwei Sessel standen über Eck, ein kleiner Tisch dazwischen. Ein gewaltiges Highboard nahm eine ganze Wand ein, die andere war mit einem ebenso massiven Bücherregal bestückt. Seidentapete und ein orientalischer Teppich auf dem Parkett gaben dem Raum ein elegantes Aussehen. Es war eindeutig genug Geld vorhanden. Da sie zu nervös war, um sich hinzusetzen, trat Mariama zum Regal und betrachtete die Buchauswahl. Neben Klassikereditionen fanden sich Bücher moderner Literaten, aber auch Reiseführer, Krimis und andere Unterhaltungsromane. Die Bewohner des Hauses wurden ihr etwas sympathischer. Ihre Finger strichen wie von selbst über einen Namibia-Reiseführer. Gerade als sie ihn herausnehmen und ein wenig darin blättern wollte, erklang hinter ihr ein Räuspern. Mariama drehte sich schuldbwusst zu der jungen Frau um, die in der Türöffnung stand.

»Meine Mutter kann Sie jetzt empfangen.« Sie zögerte, ein undeutbarer Ausdruck huschte über ihr Gesicht. »Ich muss Sie bitten, mit nach oben zu kommen, sie kann nicht mehr aufstehen.«

»Oh, natürlich.«

Mariama folgte ihr die Treppe nach oben und dann in ein Zimmer am Ende des Ganges. Die Vorhänge waren halb zugezogen, es herrschte ein düsteres Halbdunkel. In der Luft lag ein Geruch von Krankheit und Medikamenten. Eine Standlampe gab ein sanftes Licht, das aber nicht die Schatten des Bettes durchdrang, welches in der Mitte des Raumes stand und diesen beherrschte. Die hellen Farben wirkten in der Dunkelheit grau. Das Kopfteil des Bettes war leicht erhöht, sodass die Frau, die darin lag, alles überblicken konnte.

»Danke, Clarissa, lass uns bitte allein.« Die leise Stimme klang brüchig.

Die junge Frau zögerte. »Ruf mich, wenn du etwas brauchst.« Damit verließ sie das Zimmer und zog die Tür hinter sich zu.

»Kommen Sie näher, bitte.«

Mariama trat vor, bis sie neben dem Bett stand. Heidrun Steinfels mochte in jungen Jahren einmal ihrer Tochter geähnelt haben, doch nun wirkte ihr Gesicht eingefallen, dunkle Schatten lagen unter ihren Augen, und ihre Wangenknochen traten spitz hervor. Um den Kopf hatte sie ein Tuch geschlungen. Ihre Hand auf der Bettdecke war ausgemergelt und von unzähligen Flecken übersät, die wohl von Einstichen herrührten. Ein Tropf stand neben dem Bett, dessen Schlauch zu ihrer anderen Hand führte, in der eine Nadel steckte. »Setzen Sie sich, die Krankheit ist nicht ansteckend.« Mariama nahm Platz, unsicher, was sie sagen sollte. Heidrun kam ihr zuvor. »Ich freue mich, dass Sie … gekommen sind. Ich wollte mit Ihnen sprechen, bevor …« Sie hob die Hand auf der Bettdecke leicht an und senkte sie wieder.

Mariama beugte sich vor. »Worüber wollten Sie mit mir sprechen? Und woher wissen Sie, wer ich bin und wo Sie mich finden können?«

Ein geisterhaftes Lächeln huschte über Heidruns Gesicht. »Mein Mann hat es sich zur Aufgabe gemacht, solche Informationen zu sammeln. Und ich … habe gelernt, sie mir von ihm zu besorgen.«

»Aber wieso …?«

»Hat Robert Ihnen je von seinem Leben in Deutschland erzählt?«

Unbehagen breitete sich in Mariama aus. Sie hatte das Gefühl, sich verteidigen zu müssen, und das gefiel ihr gar nicht. »Nicht viel. Ein wenig von seinen Eltern, etwas von seiner Arbeit mit Ihrem Mann.«

»Ich habe Sie hergebeten, weil ich Sie kennenlernen wollte, bevor ich sterbe.« Sie hob die Hand, als Mariama etwas sagen wollte. »Krebs im Endstadium. Es ist nur noch eine Frage von Wochen, ich habe das akzeptiert. Aber ich habe das Gefühl, noch etwas erledigen zu müssen, bevor ich gehe.« Sie lag eine Weile schwer atmend da.

Mariama wusste nicht, was sie sagen sollte. Schließlich entschied sie sich für ein einfaches: »Es tut mir leid.«

Heidrun nickte ihr fast unmerklich zu. »Unsere Männer waren die Inhaber einer kleinen Firma, die geologische Gutachten erstellte. Die Geschäfte liefen gut in den Sechzigerjahren, überall wurde gebaut, neue Technologien wurden erschlossen. Gunter war aber schnell … unzufrieden. Er wollte mehr und ließ sich deshalb auch auf zweifelhafte Geschäfte ein, was ich allerdings erst viel später erfahren habe. Auch Robert wusste nichts davon, er hätte sich nie daran beteiligt. Er hat sich mehr um die fachliche Seite gekümmert, während mein Mann für die geschäftliche zuständig war.« Wieder machte sie eine Pause und sah zum Fenster hin.

»Robert sagte mir, sie hätten sich gut ergänzt.«

In Heidruns wässrig blauen Augen lag ein trauriger Ausdruck. »Ja, das haben sie. Robert und ich haben einen Fehler begangen, der uns viel gekostet hat. Trotzdem bereue ich nichts.«

»Was meinen Sie?« Mariamas Herz schlug gegen ihre Rippen. Sie ahnte, was nun kommen würde.

»Gunter hat sich damals immer weiter von mir entfernt, er war kaum noch zu Hause. Ich habe bei Robert Halt gesucht, und er war … für mich da.«

Obwohl Mariama wusste, dass Robert ein Verhältnis gehabt hatte, bevor er nach Namibia kam, traf es sie dennoch, es von Heidrun zu hören.

»Ich erzähle das nicht, um Sie zu verletzen, sondern um Ihnen zu erklären, was damals passierte. Gunter hat irgendwann gemerkt, was zwischen uns vorging, und seitdem hasst er Robert – und mich.«

»Und Sie sind trotzdem noch mit ihm verheiratet?«

Heidrun lachte erstickt auf. »Ja. Clarissa war damals noch ein kleines Kind, ich wollte ihr den Vater nicht nehmen. Und wenn es Sie beruhigt, Robert wollte mich sowieso nicht mehr haben, nachdem er in Namibia war. Er hatte mit allem in Deutschland abgeschlossen.« Sie schwieg kurz. »Vielleicht war das die richtige Entscheidung.«

Der Schmerz durchzuckte Mariama erneut. Hatte Robert sie ebenfalls hinter sich gelassen und mit seiner Familie abgeschlossen? Aber dann hätte er sicher nicht über all die Jahre Kontakt mit ihr gehalten und sie immer wieder gebeten, mit Marc und Kai zurückzukommen. Allerdings waren ihre Telefonate in den letzten Jahren immer seltener geworden, vielleicht hatte er sie inzwischen aufgegeben. »Er hat nie darüber geredet.«

»Das denke ich mir, es gab auch keinen Grund dafür. Er hatte neue Freunde, eine Familie, ein neues Leben.« Heidrun schloss die Augen. Sie sah noch schlechter aus als vorher.

Besorgt stand Mariama auf und beugte sich über sie. »Geht es Ihnen nicht gut? Soll ich Ihre Tochter holen?«

Mühsam schlug Heidrun die Augen wieder auf. »Nein … nein. Ich muss Ihnen unbedingt noch sagen, weswegen ich Sie hergebeten habe.« Ihre Atemzüge klangen unnatürlich laut in der Stille des Zimmers. »Hat er Ihnen von … Norwegen erzählt?«

Verwirrt setzte Mariama sich wieder. »Norwegen? Nein, ich wüsste nicht.«

»Gunter und er hatten ein Gutachten für ein Wasserkraftwerk in Norwegen erstellt. Es fiel positiv aus, und das Kraftwerk wurde gebaut. Doch ein paar Monate später kam es zum Unglück, die Staumauer brach und eine Flutwelle überschwemmte ein Gebirgsdorf. Alle Einwohner starben.«

»Oh mein Gott!« Mariama presste ihre Hand vor den Mund. »Das muss furchtbar gewesen sein. Aber was genau hatte das mit Robert zu tun?«

»Das Gutachten hat den Bau für unbedenklich erklärt, wie sich später aber herausstellte, war die Gesteinsschicht, durch die das Wasser geleitet wurde, dem Druck der Wassermassen nicht gewachsen. Genau das aber hatte das Gutachten untersucht. Robert fühlte sich schuldig und ging nach Namibia.«

»Sollte er zur Rechenschaft gezogen werden?«

»Damals noch nicht.«

Mariamas Herz klopfte schneller. »Aber später schon?«

»Ja. Die Staatsanwaltschaft in Norwegen sah es als erwiesen an, dass das Gutachten manipuliert war und dadurch das Unglück verursacht wurde. Dem Betreiber des Kraftwerks konnte nachgewiesen werden, dass er eine beträchtliche Summe dafür ausgegeben hatte, ein gefälschtes positives Gutachten zu erhalten. Und Steinfels & Wolf wurde beschuldigt, dieses Gutachten erstellt zu haben und damit den Tod von siebenundvierzig Menschen verursacht zu haben.«

»Oh Gott!« Übelkeit wühlte in Mariamas Magen. Jetzt wurde ihr alles klar, Roberts ausweichende Antworten, wenn sie ihn nach seiner Vergangenheit fragte, die Momente, in denen er ins Leere starrte, als wäre er ganz woanders, die Traurigkeit in seinen Augen, die strikte Weigerung, nach Deutschland zu kommen. »Wurden sie verurteilt?«

Heidrun lachte bitter auf. »Gunter war so geschickt, alles auf Robert zu schieben. Schließlich war er für die fachliche Seite zuständig und hatte das Gutachten erstellt. Und es wirkte wie ein Geständnis, dass Robert einfach verschwunden war. Also bekam Gunter einen Klaps auf die Finger, weil er das Gutachten, wie er angab, nicht noch einmal kontrolliert hatte, und das Verfahren gegen Robert wurde ausgesetzt, bis er wieder europäischen Boden betritt. In dem Fall würde er sofort verhaftet werden.«

Mariama krallte ihre eisigen Finger zusammen. »Er müsste ins Gefängnis?«

»Vielleicht, zumindest so lange, bis das Verfahren gegen ihn wieder aufgenommen und ein Urteil gefällt wurde.« Heidrun verzog den Mund. »Natürlich war Steinfels & Wolf nach den ganzen negativen Schlagzeilen aus dem Geschäft, und die Firma musste Konkurs anmelden. Gunter hat das sehr schwer getroffen, er wurde noch …«

»Was ist mit Robert, warum hat ihn nie jemand in Namibia aufgesucht?«

»Es wusste niemand, wo er war.«

»Sie wussten es.« Wut brandete in Mariama auf.

»Ja, aber ich habe es niemandem erzählt. Und Gunter auch nicht, denn wenn Robert nach Deutschland zurückgekommen und das Verfahren weitergeführt worden wäre, hätte man vielleicht herausgefunden, dass sein Gutachten doch korrekt war.«

»Was? Aber wieso wurde er dann überhaupt verurteilt?«

»Weil Gunter vertuschen konnte, dass er die Ergebnisse der Messungen verändert hat, auf deren Grundlage Robert das Gutachten erstellte. Deshalb fiel es positiv aus, obwohl es negativ hätte sein müssen. Der Staudamm hätte an der Stelle nie gebaut werden dürfen. Aber das war Gunter egal, schließlich hatte er Geld dafür bekommen, den Bau des Stauwerks zu befürworten.«

Mariama ballte die Hände zu Fäusten. »Und Sie wussten davon und haben nichts gesagt? Sie haben Robert einfach die ganzen Jahre unter seinem Schuldgefühl leiden lassen, obwohl Sie wussten, dass er unschuldig war?« Hastig stand sie auf. »Ich glaube, ich gehe jetzt besser. Leben Sie …«

»Nein, warten Sie!« Heidrun versuchte sich aufzusetzen, sank aber sofort wieder ins Kissen zurück. Husten schüttelte sie, und sie rang nach Atem.

Mariama blieb stehen und schloss die Augen. Diese Frau war schwer krank, sie konnte nicht einfach weggehen und sie in ihrem Elend zurücklassen. Sie atmete einmal tief durch und öffnete die Augen wieder, bevor sie das Wasserglas vom Nachttisch nahm und Heidrun den darin steckenden Strohhalm vor die Lippen hielt. Die Kranke trank ein paar Schlucke und sank dann matt wieder ins Kissen zurück. Erneut stieg Mitleid in Mariama auf. Sie konnte sich nicht vorstellen, wie es sein musste, zu wissen, dass das eigene Leben schon bald zu Ende ging. Und Heidrun war noch recht jung, höchstens ein paar Jahre älter als sie selbst. Unweigerlich strebten ihre Gedanken zu Robert zurück. Würde er um seine frühere Geliebte trauern? Angewidert von der Eifersucht, die sie in sich aufkommen spürte, stellte Mariama das Glas auf den Nachttisch zurück und setzte sich wieder.

»Danke.« Heidrun presste das Wort heraus.

»Warum haben Sie mich hergebeten? Doch sicher nicht nur, um mir zu erzählen, dass mein Mann per Haftbefehl gesucht wird.« Oder vielleicht doch, denn Heidrun war eindeutig von Robert verletzt worden, als er nach Namibia gegangen war und sie hier zurückgelassen hatte.

»Ich wollte Ihnen sagen, dass Robert nichts Falsches getan hat. Außer vielleicht, Gunter zu vertrauen.« Heidrun deutete auf den Nachttisch. »In der obersten Schublade liegt das Dokument mit den richtigen Messergebnissen. Ich habe es vor einiger Zeit in Gunters Unterlagen gefunden und an mich genommen. Geben Sie es Robert, er kann damit machen, was er möchte.«

»Aber das würde Ihren Mann belasten ...«

Heidruns Mund verzog sich zu einem Halblächeln, das eher einer Grimasse ähnelte. »Die Sache ist verjährt, Gunter kann nicht mehr dafür belangt werden.«

»Warum haben Sie ihn beschützt?« Ärger ließ ihre Frage scharf klingen.

»Er ist mein Mann und vor allem der Vater meiner Tochter. Ich wollte nicht, dass sie ohne ihn aufwächst. Ich hatte Robert gebeten, bei ihm bleiben zu dürfen, doch er hat abgelehnt. Gunter hat mich immer gut versorgt, und mehr konnte ich wohl nicht von ihm verlangen, nachdem ich ihn betrogen hatte.«

Doch, sie hätte ihn zwingen können, die Wahrheit zu sagen, um Roberts Namen reinzuwaschen, aber dafür war es zu spät. Jetzt wusste sie endlich, warum Robert damals nicht mit nach Deutschland gekommen war. Ihr war seine Begründung mit der Farm von Anfang an wie ein Vorwand vorgekommen, aber nun wünschte sie, er hätte ihr eine so wichtige Sache nicht vorenthalten. Ein anderer Gedanke kam ihr.

»Wussten Klaus und Evelyn Wagner auch Bescheid?«

»Roberts Freunde? Über den Haftbefehl, ja. Von dem entlastenden Dokument weiß nur ich. Und nun auch Sie.«

Enttäuschung wallte in Mariama auf. Klaus und Lyn hatten sie damals herzlich aufgenommen, nachdem sie mit Marc und Kai in Deutschland gelandet und ihr alles kalt und fremd erschienen war. Sie hatten versucht, Roberts Familie den Verlust der Heimat erträglich zu machen und ihnen ein neues Zuhause zu geben. Die Kinder hatten zusammen gespielt und sich damit schneller an die neue Situation gewöhnt. Kai hatte seine namibische Heimat bald vergessen, und auch sein Vater war nur noch eine vage Erinnerung für ihn. Wie Marc damit zurechtgekommen war, konnte sie nicht genau sagen, er war heute noch genauso still und zurückgezogen wie als Kind. Er schien sich angepasst zu haben, aber ob er wirklich glücklich war? Hätte Mariama den wahren Grund gewusst, warum Robert sie nie in Deutschland besucht hatte, wäre sie spätestens nach dem Ende der Unruhen nach Namibia zurückgekehrt. Doch diese Chance war vertan, sie musste mit Roberts und auch ihren eigenen Entscheidungen leben.

Kopfschüttelnd wandte sie sich wieder Heidrun zu. »Warum geben Sie es mir jetzt?«

Heidruns Augen verdunkelten sich. »Weil ich nicht mehr lange zu leben habe und nicht mit dieser Sache auf dem Gewissen gehen möchte. Robert hat nicht verdient, was ihm angetan wurde. Ich möchte das, was Gunter angerichtet hat, wiedergutmachen.«

Mariama nickte. »Würden Sie auch vor Gericht als Zeugin aussagen?«

»Das wird kaum mehr möglich sein. Aber ich habe eine vereidigte Aussage beigelegt, die denselben Zweck erfüllen wird.«

Langsam erhob Mariama sich. »Danke für Ihre Offenheit. Ich wünschte nur …« Sie brach ab.

»Ich auch.« Heidrun hob schwach die Hand, bis Mariama sie ergriff. »Bitte sagen Sie Robert, dass es mir leidtut. Ich hätte auf mein Herz hören sollen und nicht auf meinen Verstand. Ich habe unsere Freundschaft zugunsten meiner Sicherheit verraten, das werde ich mir nie verzeihen.«

Mariama auch nicht, aber sie schwieg. Es brachte nichts, dieser todkranken Frau Vorwürfe zu machen, sie würde sich nur noch schlechter fühlen. »Ich werde es ihm sagen – wenn er es hören will.«

Heidrun nickte. »Mehr kann ich nicht verlangen. Ich wünsche Ihnen, dass Sie bald wieder mit Robert vereint sind. Er ist ein guter Mann.«

»Ich weiß.« Mariama verabschiedete sich, trat aus dem Zimmer und zog die Tür hinter sich zu. Für einen Moment lehnte sie sich an die Wand und schloss die Augen. All das Leid und Elend, wofür? Als sie Schritte auf der Treppe hörte, stieß sie sich von der Wand ab und ging rasch den Gang entlang in Richtung Eingangshalle. Wut und Trauer wichen zuversichtlicher Entschlossenheit. Ihre Söhne waren erwachsen und hatten sich ihr eigenes Leben aufgebaut. Nun konnte sie endlich tun, was sie wollte. In wenigen Monaten würde Kai sein Studium beendet haben, und danach war sie frei.

Am Ende des Ganges begegnete sie Clarissa, die sie wortlos zur Haustür führte und ihr den Mantel gab. Während Mariama zu ihrem Wagen hastete, sah ihr Clarissa mit einem merkwürdigen Gesichtsausdruck hinterher.

Marc Wolf betrachtete die weiß überzuckerte Hügellandschaft entlang der Landstraße und versuchte, die Sorge um seine Mutter zu unterdrücken. In den letzten Wochen war sie geistesabwesend gewesen, irgendetwas bedrückte sie. Sie hatte auf seine Nachfragen hin so getan, als wäre nichts, aber davon ließ er sich nicht täuschen. Irgendetwas war geschehen, und er wollte wissen, was. Hoffentlich war sie nicht krank und versuchte, ihm das zu verheimlichen, damit er sich keine Sorgen machte. Marc nahm die Kurve etwas zu eng und steuerte rasch gegen. Die Straße erforderte schon bei guter Witterung seine ganze Aufmerksamkeit, und im Winter, bei leichtem Schneefall und einsetzender Dunkelheit, sollte er noch vorsichtiger sein, wenn er heil ankommen wollte. Er konnte selbst nicht recht sagen, warum er überhaupt die Straße über die Hügel genommen hatte anstelle der ausgebauten Bundesstraße. Gewohnheit vermutlich und ständige Eile. Eigentlich mochte er den Schnee, der in Köln eher eine Seltenheit war, aber hier, im Bergischen Land, das ein paar Hundert Meter höher lag, wesentlich öfter liegen blieb.

Marc fuhr das letzte Stück der Straße wegen der tiefen Schlaglöcher im Schritttempo und fühlte sich wie immer zerrissen. Einerseits freute er sich, seine Mutter zu sehen, wozu er viel zu selten kam, obwohl sie beide in Köln arbeiteten; andererseits wurde er dadurch jedes Mal an seinen Vater erinnert. Marc biss die Zähne zusammen. Man sollte denken, dass er es nach zwanzig Jahren akzeptiert hätte, inzwischen war er schon dreißig Jahre alt. Für ihn war Robert Wolf gestorben, nachdem er sie weggeschickt und nicht wieder hatte zurückkommen lassen. Sollte Robert doch alleine damit alt werden. Früher einmal hatte er sich gewünscht, so zu werden wie Robert, doch der Wunsch war schon lange versiegt. Sie hatten sich hier ihr eigenes Leben aufgebaut, und er konnte mit dem, was er in seinem Beruf als Kriminalkommissar erreicht hatte, zufrieden sein. Er war nach dem Studium rasch als Kommissar in den Dienst übernommen worden und würde in absehbarer Zeit weiter aufsteigen. Doch das war nichts gegen die Zufriedenheit, die ihn jedes Mal erfüllte, wenn er einen Fall gelöst hatte. Glücklicherweise war Kai zu jung gewesen, um Namibia lange hinterherzutrauern; er hatte sich der neuen Situation schnell angepasst. Wie oft hatte Marc sich gewünscht, das auch tun zu können, doch es war ihm nicht möglich gewesen.

Er zuckte mit den Schultern, als er über die alte Holzbrücke fuhr. Es war eindeutig Zeit, die alten Gespenster abzuschütteln und sich nur auf das Hier und Jetzt zu konzentrieren. Das Leben war auch so schon kompliziert genug, und die Fälle, die er gerade bearbeitete, beanspruchten seine volle Aufmerksamkeit. Marc fuhr über die Bundesstraße in den Ort hinein. Wann immer er aus Köln hierherkam, hatte er das Gefühl, sich in einer Zeitblase zu befinden. Das Leben in Wahlscheid war wesentlich beschaulicher als in der nur dreißig Kilometer entfernt liegenden Stadt. Trotzdem hatte er sich entschlossen, nach Köln zu ziehen, um näher an seiner Arbeitsstelle zu sein. Nun lebte er ziemlich beengt in einem Einzimmer-Apartment, inmitten des Straßenlärms und umgeben von Nachbarn, die glaubten, sie könnten E-Gitarre spielen. Er konnte sich nicht mehr erinnern, wie oft er schon mit dem Gedanken gespielt hatte, eines Tages bei dem Möchtegernmusiker zu klopfen und ihm seine Dienstwaffe unter die Nase zu halten. Bisher hatte er sich noch beherrschen können, aber vermutlich nur, weil er so selten zu Hause war.

Von der Hauptstraße aus zog sich der Ort den Hügel hinauf. Die Doppelhaushälfte seiner Mutter stand in einer kleinen Seitenstraße, in der es keinen Durchgangsverkehr gab und auch nur wenige Nachbarn. Vom Schnee bestäubt, wirkte alles neu und frisch, aus den Fenstern im Erdgeschoss leuchtete es einladend. Marc parkte vor der Garage und schaltete den Motor aus. Als er die Wagentür öffnete, fiel ihm wieder einmal auf, wie still es hier war. Immer wenn ihm in Köln die Decke auf den Kopf fiel, kam er hierher und genoss für kurze Zeit die Ruhe und die Geborgenheit, die seine Mutter ihm vermittelte. Doch diesmal zögerte er, das Haus zu betreten. Stattdessen beschäftigte er sich ausgiebig damit, das Geschenk, das er ihr besorgt hatte, vom Rücksitz zu nehmen. Seine Mutter freute sich immer über kleine Aufmerksamkeiten, und da es keinen Mann in ihrem Leben gab, hatte Marc ihr häufig etwas mitgebracht, seit er sich sein Taschengeld als Aushilfe in einem Fahrradladen verdient hatte. Marc verzog den Mund. Jedenfalls hatte er nie einen Mann in der Nähe seiner Mutter gesehen, aber es war wohl unwahrscheinlich, dass eine so gut aussehende und warmherzige Frau lange alleine blieb.

Eine vertraute Wut stieg in ihm auf, und mit mehr Gewalt als nötig schlug er die Wagentür zu. Wie konnte seine Mutter mit jemandem verheiratet bleiben, der sie zusammen mit ihren Kindern abgeschoben hatte? Der nicht ein einziges Mal in all den Jahren zu ihnen nach Deutschland gekommen war, um sie zu sehen? Marc hatte sich schließlich geweigert, mit ihm zu telefonieren, und seitdem nie wieder etwas von ihm gehört. Was vermutlich daran lag, dass er jedes Mal das Zimmer verlassen hatte, wenn seine Mutter auf das Thema Robert Wolf zu sprechen kam. Irgendwann hatte sie es aufgegeben. Kopfschüttelnd stapfte er zur Haustür. Wie kam es, dass er immer wieder so viel Zeit darauf verschwendete, an seinen Vater zu denken, wenn er doch eigentlich nichts mehr mit ihm zu tun haben wollte? Robert war es nicht wert.

Bevor er klingeln konnte, wurde die Tür aufgezogen. »Ich dachte schon, du wolltest da draußen zum Schneemann werden.« Mariamas Lachen wärmte ihn und ließ ihn alle trüben Gedanken vergessen.

Er umarmte sie fest und folgte ihr dann ins Haus. »Lass mich doch auch mal die Stille genießen, in Köln bekomme ich viel zu wenig davon. Und weißen Schnee habe ich schon seit Ewigkeiten nicht mehr gesehen.«

»Du tust ja fast so, als wärest du nicht alle paar Wochen hier. Ich bin mir fast sicher, dass wir diesen Winter schon Schnee hatten.«

Marc hob die Schultern. »Vermutlich.« Er betrachtete sie genauer. »Gut siehst du aus.«

Mariama lachte erneut. »Danke, mein Schatz. Aber du wirkst so, als würde dich das überraschen.« Sich um eine Antwort drückend, beschäftigte er sich damit, seine Jacke an die Garderobe zu hängen. Sanft drehte seine Mutter ihn zu sich herum. Sie legte ihre Hände um sein Gesicht. »Marc, was ist los?«

»Nichts.«

»Macht dir ein Fall Sorgen?«

Er schnitt eine Grimasse. »Wann ist es mal nicht so? Aber nein, eigentlich nicht.« Mariama verschränkte die Arme über der Brust und sah ihn abwartend an. Er wusste, dass sie nicht lockerlassen würde, bis er ihr gesagt hatte, was ihm auf der Seele brannte. So war es immer schon gewesen. »Also gut, es geht um dich.«

»Um mich?« Echte Verwunderung lag in ihren grünen Augen, die den seinen so ähnlich waren. Ihr Lachen klang nicht ganz echt. »Habe ich mir etwas zuschulden kommen lassen, Herr Kommissar?«

Marc legte seinen Arm um ihre Schultern und führte sie ins Wohnzimmer. »Nicht, dass ich wüsste. Hast du?«

»Lass mich überlegen. Ich glaube, ich habe diese Woche falsch geparkt.«

»Wer tut das in Köln nicht?«

»Stimmt. Ansonsten – keine Morde, keine anderen Verbrechen, an die ich mich erinnern kann.« Sie wurde ernst. »Sagst du mir jetzt, was dich bedrückt?«

Marc stellte sich ans Fenster und sah ins verschneite Tal hinab. »Genau das wollte ich eigentlich dich fragen. Du hast am Telefon in letzter Zeit so … traurig geklungen. Und so abwesend, als wärest du mit deinen Gedanken ganz woanders. Als würde dich etwas sehr beschäftigen.« Als keine Antwort kam, drehte er sich zu ihr um.

Seine Mutter sah aus wie jemand, der auf frischer Tat ertappt worden war und nun nicht wusste, wie er sich herausreden sollte. Sein Polizeiinstinkt erwachte, als sie seinem Blick auswich. »Ich sehe mal, was der Kaffee macht.«

Seine Finger schlossen sich um ihren Arm, und er hielt sie sanft fest. »Denkst du nicht, dass ich wissen sollte, was dich so beschäftigt? Du weißt, dass du mir alles erzählen kannst.«

Langsam drehte sie sich zu ihm um und sah ihn forschend an. »Auch, wenn es um deinen Vater geht?«

Marc hatte das Gefühl, einen Schlag in die Magengrube zu bekommen. Abrupt ließ er sie los. Seine Mutter hatte Robert seit Jahren nicht mehr in seiner Gegenwart erwähnt. Wenn sie es jetzt tat, dann musste es sich um etwas Wichtiges handeln. Er hatte keine Ahnung, wie er sich fühlen würde, wenn er hörte, dass seinem Vater etwas passiert wäre. »Was ist mit ihm?«

»Setzen wir uns.« Mariama deutete auf das Sofa und ließ sich neben ihm nieder, als er Platz nahm. »Vor ein paar Wochen bekam ich einen Anruf von einer Heidrun Steinfels. Sie war die Frau von Gunter Steinfels, Roberts Partner in dem Gutachterbüro, das er hier in Köln hatte, bevor er nach Namibia ging.«

»War?«

»Sie ist letzte Woche gestorben. Krebs.«

Marc nickte. »Was wollte sie von dir?«

Mariama verzog den Mund. »Sie wollte wohl ihr Gewissen erleichtern, bevor …« Sie wedelte mit der Hand. »Nun, jedenfalls hat sie mir erzählt, warum Robert damals überhaupt nach Namibia gekommen ist, etwas, das ich bis dahin noch gar nicht wusste.«

Marc wunderte es nicht, dass sein Vater sie angelogen hatte, sprach es aber nicht laut aus. »Und das war?«

»Ich habe die Sache auch noch einmal in einem Archiv überprüft und mich nicht nur auf Heidruns Wort verlassen.« Seine Mutter zögerte einen Moment, dann atmete sie tief durch. »Die Firma hatte für ein Staudammprojekt in Norwegen ein Gutachten erstellt. Einige Monate später gab der Fels nach, der Staudamm brach, und ein ganzes Dorf wurde weggespült. Viele Menschen starben damals.« Mariamas Stimme zitterte. »Robert ging nach Namibia und fing ein neues Leben an. Doch dann wurden in Norwegen Untersuchungen eingeleitet und es wurde ermittelt, dass das Unglück mit einem korrekten Gutachten hätte verhindert werden können, denn dann wäre das Wasserkraftwerk wohl nie dort gebaut worden.« Sie zögerte. »Robert war für die geologische Seite zuständig, es war sein Gutachten, deshalb wurde er als der Schuldige angesehen.«

Marc spürte Übelkeit in sich aufsteigen. Dass sein Vater ein Schwein war, das einfach seine Familie wegschickte, wusste er, aber er hätte nie gedacht, dass er das Leben unschuldiger Menschen auf dem Gewissen haben könnte. Und wie ein Feigling war er nach Namibia geflohen, ohne sich seiner Verantwortung zu stellen. Marc stemmte sich hoch. »Ich glaube, ich habe genug gehört.«

Mariama zog ihn an seiner Hand wieder nach unten. »Nein, das glaube ich nicht.«

»Warum? Mein Vater ist ein *Verbrecher*, was gibt es da noch zu hören?«

Seine Mutter sah ihn wütend an. »Manchmal könnte ich dich wirklich ...« Sie atmete tief durch und fuhr mit ruhigerer Stimme fort. »Dein Vater mag einen Fehler gemacht haben, aber er war nicht für das Unglück verantwortlich. Heidrun hat mir ein Dokument mitgegeben, das beweist, dass Gunter damals die von Robert ermittelten Messergebnisse durch andere Werte ersetzt hat. Dadurch waren Roberts Berechnungen natürlich falsch, und der Staudamm wurde gebaut. Anscheinend hat ihr Mann von dem Unternehmen Geld dafür bekommen. Robert hat also im guten Glauben gehandelt, dass seine Berechnungen korrekt waren. Als er nach Namibia ging, waren noch gar keine Ermittlungen aufgenommen worden.«

»Trotzdem hätte er zurückkommen und sich der Justiz stellen müssen.«

Mariamas Lächeln war traurig. »Vielleicht. Aber damals kannten wir uns schon und haben uns verliebt. Robert entschied sich, in Namibia zu bleiben und eine Familie zu gründen.« Sie seufzte. »Es gibt einen Haftbefehl gegen ihn. Wenn er jemals wieder irgendwo in Europa einreist, wird er festgenommen und in Norwegen vor Gericht gestellt.«

Der Schock lähmte Marc für einen Moment. »Deshalb ist er also nicht mitgekommen, als er uns hierher geschickt hat. Und deshalb hat er uns nie besucht.«

»Ja. Ich wünschte, er hätte mir das damals erzählt, dann …«

»Was dann? Hättest du dein Leben auf ihn ausgerichtet? Er hat einen Fehler begangen, dem er sich hätte stellen müssen. Stattdessen verkroch er sich und täuschte sogar seine Familie. Wie konnte er dir – uns – das antun?«

Tränen sammelten sich in Mariamas Augen. »Ich weiß es nicht. Aber ich weiß, dass er erfahren muss, wer für die Sache verantwortlich ist, damit er seinen Namen reinwaschen kann. Dann ist er frei.«

»Um was zu tun? Er war doch nie eingesperrt, hat keinerlei Konsequenzen spüren müssen. Nein, er hat bequem in Namibia gesessen, während wir uns hier in einem fremden Land zurechtfinden mussten.« Marc stand auf und ging aufgebracht hin und her. »Wir waren es, die darunter gelitten haben, nicht er.«

»Marc, dein Vater hat uns hierher geschickt, um uns zu schützen. Er wollte mit uns zusammen sein und hat genauso gelitten wie wir.«

»Ach ja? Und warum habe ich davon nie etwas gemerkt? Er hat sich ja nicht einmal mehr gemeldet!«

Mariama stand nun ebenfalls auf. »Weil du ihm damals gesagt hast, du wollest nichts mehr mit ihm zu tun haben. Du hast dich geweigert, jemals wieder mit ihm zu sprechen. Er wollte das nicht hinnehmen, aber ich habe ihn schließlich überzeugt, dass es nur immer wieder alte Wunden aufreißen würde, wenn er darauf besteht.« Sie wischte sich eine Träne von der Wange. »Dein Vater hat dich immer geliebt.«

Marcs Brustkorb zog sich zusammen. Der zwanzig Jahre alte Groll war hervorgebrochen und ließ sich nicht mehr zurückdrängen. »Dann hätte er einen Weg gefunden, zu uns zu kommen oder uns zurückzuholen. Warum konnten wir damals nicht zurück, als sich die Lage im Land stabilisierte? Er wollte uns nicht mehr haben, das ist der Grund.«

Mariama wurde blass. »Nein, das stimmt nicht. Robert wollte, dass wir zurückkommen.«

»Davon habe ich nichts gemerkt.«

»Weil ich es euch nicht gesagt habe. 1990 warst du kurz vor dem Abitur, Kai war gerade aufs Gymnasium gekommen. Ich wollte, dass ihr eine gute Ausbildung erhaltet und Chancen bekommt, die ihr in Namibia nach der Machtübernahme der schwarzen Parteien so nicht erhalten hättet. Ihr wart beide so integriert und zufrieden mit eurem Leben hier, dass ich euch nicht herausreißen wollte. Du solltest die Möglichkeit bekommen, Polizist zu werden, wie es dein Wunsch war, und Kai sollte sich frei entscheiden können, was er später einmal macht. Es war allein meine Entscheidung, hierzubleiben, nicht Roberts.«

Marc sah sie eine Weile stumm an, während die unterschiedlichsten Gefühle in seinem Innern wüteten. Unglaube und Ärger, aber auch Verständnis kämpften gegeneinander. »Du hättest es mir sagen müssen, ich war alt genug, um selber eine Entscheidung zu treffen.«

Mariama sank auf das Sofa zurück. »Vermutlich. Aber ich wollte nicht, dass du dich zwischen deinem Vater und deinem Leben hier entscheiden musst. Das hätte dich die ganze Zeit belastet.«

Marcs Stimme war leise, als er wieder sprach. »Glaubst du wirklich, die Situation würde mich jetzt nicht belasten? Seit zwanzig Jahren trage ich das mit mir herum. Es vergeht kaum ein Tag, an dem ich nicht darüber nachgrübele.« Mit zugeschnürter Kehle wandte er sich ab und kehrte zum Fenster zurück. Er zuckte zusammen, als sich eine Hand auf seinen Rücken legte.

»Ich weiß, dass es ein Fehler war, nicht mit euch darüber zu sprechen und einfach über euren Kopf hinweg zu entscheiden. Damit habe ich das Gleiche getan wie Robert, als er uns wegschickte. Aber damals glaubte ich, das Richtige zu tun und euch damit zu schützen. Inzwischen verstehe ich, wie Robert so handeln konnte.« Sie atmete zitternd ein. »Ich hatte gehofft, ihr würdet mit der Zeit vergessen können, was geschehen ist, oder euch zumindest damit abfinden und euer Leben hier genießen.«

Marc drehte sich zu seiner Mutter um. »Es ist nicht so, als würde mir mein Leben hier nicht gefallen oder als wäre ich nicht dankbar für die Möglichkeiten, die ich bekommen habe. Es ist nur …« Er brach ab und rieb sich über die Brust. »Manchmal habe ich das Gefühl, ich wäre am falschen Ort, als wäre ein Teil von mir in Namibia geblieben. Ich sehne mich nach der Weite der Landschaft dort.«

»Oh, das kann ich gut verstehen! Nichts wird je den Platz meiner Heimat einnehmen können, wo ich aufgewachsen bin, wo meine Eltern begraben sind …« Sie sah mit feuchten Augen zu ihm auf. »Wo mein Mann ist.«

Marc wurde klar, wie viel seine Mutter in den letzten zwanzig Jahren zurückgehalten hatte, wie sehr sie ihre Gefühle in seiner Gegenwart unterdrückt hatte. Schuldbewusst erkannte er, dass er all die Jahre nur daran gedacht hatte, wie sehr ihn der Verlust schmerzte, aber nie bemerkt hatte, was es Mariama kostete. Er hätte für sie da sein müssen, ihr zuhören müssen, anstatt jedes Gespräch zu dem Thema zu verweigern. Sie hatte sonst niemanden gehabt, er war der Älteste gewesen und der Einzige, der außer ihr verstand, was sie verloren hatten. »Bitte verzeih mir, dass ich dir nur noch mehr Kummer bereitet habe, anstatt dich zu unterstützen. Ich hätte …«

Mariama legte ihre Finger über seine Lippen. »Du warst noch ein Kind. Ich verstehe, warum du nicht darüber sprechen konntest.«

Sanft löste er sich von seiner Mutter und räusperte sich. »Was willst du jetzt mit dem Beweis machen?«

»Meinst du, ich könnte ihn der Staatsanwaltschaft überreichen und damit Robert entlasten?«

»Das könntest du tun, aber das Gericht wird vermutlich seine Rückkehr nach Europa fordern, bevor der Fall neu aufgerollt werden kann.«

Mariamas Stirn hatte sich sorgenvoll gerunzelt. »Das hatte ich befürchtet. Aber ich möchte nicht, dass er ins Gefängnis muss.«

Marc wollte das auch nicht, aber weniger, weil er seinem Vater die Haft nicht zumuten wollte, sondern weil es vor den Kollegen und seinen Vorgesetzten sicher nicht gut aussah, wenn sein Vater in Untersuchungshaft saß. Allerdings fiel ihm auch keine andere Möglichkeit ein, wie sie seinen Namen sonst reinwaschen konnten. »Was sagt … Robert denn dazu?«

Sie strich sich eine Haarsträhne hinter das Ohr. »Er weiß noch nichts davon. Ich habe versucht, ihn telefonisch zu erreichen, aber er scheint unterwegs zu sein.«

»Unterwegs? Während der Regenzeit? Und wer kümmert sich so lange um die Farm?«

»Mugambo. Es ist wirklich merkwürdig, ich habe es noch nie erlebt, dass Robert über längere Zeit nicht zu Hause war.«

»Wie lange ist das jetzt her?«

Mariama sah ihn besorgt an. »Drei Wochen. Und ich bekomme aus Mugambo nichts heraus, was mir noch mehr Sorgen macht. Eigentlich würde er mir sagen, wenn etwas nicht in Ordnung wäre, aber …« Sie hob die Schultern. »Er klang so … anders. Ich rufe seitdem jeden Abend an, aber er sagt immer das Gleiche.«

»Warum hast du mir nichts davon erzählt?«

»Weil ich weiß, dass du nicht über deinen Vater reden magst. Dass es dir wehtut.«

Ärger ließ Marcs Worte scharf klingen. »Stattdessen behältst du lieber alles für dich und machst dir Sorgen.«

»Kai habe ich davon erzählt. Er ist auch besorgt.«

Marc schüttelte verärgert den Kopf. »Und du dachtest, ein Student könnte dir bei so etwas eher helfen als ein Polizist?«

»Was hat das damit zu tun?« Als sie seinen Gesichtsausdruck sah, biss sie sich auf die Lippe. »Glaubst du, es ist etwas passiert?«

»Es wäre immerhin möglich. Auch wenn sich die Lage in

den letzten Jahren entspannt hat, gibt es immer noch Reibereien. Besonders die weißen Grundbesitzer haben einen schweren Stand.« Marc sah auf die Uhr. »Hat Kai noch Vorlesung?«

»Nein, es sind Semesterferien.« Mariamas schuldbewusster Blick ließ Marc das Schlimmste ahnen.

»Wo ist er dann? Ich habe ihn die letzten Tage nie erreicht.«

»Er ist vor ein paar Tagen nach Namibia geflogen.«

»Ohne mir etwas zu sagen.« Es war keine Frage. Zu der Wut gesellte sich Verletztheit. Eigentlich hatte er gedacht, Kai und er stünden sich näher als viele andere Geschwister. Anscheinend war dem nicht so. Mariama legte ihre Hand auf seinen Arm, doch er schüttelte sie ab.

»Marc, bitte versuch, uns zu verstehen. Wir wollten das nicht hinter deinem Rücken machen, aber Kai hat befürchtet, du würdest es ihm ausreden wollen.«

»Natürlich hätte ich es ihm ausgeredet! So eine Schnapsidee!«

Mariama sah ihn ruhig an. »Vielleicht kannst du das nicht verstehen, aber er war noch so jung, als er hierhergekommen ist, dass er sich kaum mehr an Namibia und euren Vater erinnern kann. Er wollte die Gelegenheit nutzen, ihn besser kennenzulernen, sobald er ihn gefunden hat.«

»Und? Hat er ihn gefunden?«

»Nein, bisher noch nicht.« Mariama konnte ihre Unruhe nicht verbergen. »Es ist, als wäre er vom Erdboden verschluckt.« Ihre Finger strichen ruhelos über das Sofakissen. »Ich rufe Kai jeden Abend an, vielleicht hat er heute etwas herausgefunden.«

Die Wahrscheinlichkeit war wohl eher gering, aber Marc sagte nichts dazu. Er wollte die Hoffnung nicht zerstören, die Mariama in seinen Bruder setzte. Nicht dass er Kai für unfähig hielt, er neigte nur dazu, alles in einem positiven Licht zu sehen und an das Gute zu glauben. Und sein Studium der Betriebswirtschaft mit Schwerpunkt Tourismus bereitete ihn vermutlich auch nicht wirklich auf solch eine Aufgabe vor. Marc rieb sich über die schmerzende Stirn. Es war geschehen und ließ sich nicht mehr ändern. Er konnte nur noch versuchen, Kai von hier aus zu unterstützen, und hoffen, dass er Robert so schnell wie möglich fand. Ungeduldig sah er auf die Uhr. »Wann rufst du ihn immer an?«

»Gegen 19 Uhr.« Mariama erhob sich. »Genug Zeit, um etwas zu essen. Ich habe dein Lieblingsgericht gemacht.«

Marc sah sie ungläubig an. »Wolltest du mich damit besänftigen?«

Ein leichtes Lächeln hob ihre Mundwinkel. »Zumindest dachte ich mir, es könnte nicht schaden.«

Marc schüttelte den Kopf. »Vermutlich nicht. Also gut. Mir ist der Appetit zwar vergangen, aber ein wenig bekomme ich sicher hinunter.«

Bereits auf dem Weg zur Küche drehte Mariama sich noch einmal um. »Du solltest mehr essen, du bist nur ein Strich in der Landschaft.«

Wider Willen musste Marc grinsen. Das sagte seine Mutter schon seit Jahren, dabei stimmte es überhaupt nicht. Er war zwar schlank, aber durch das Polizeitraining hatte er einiges an Muskeln angesetzt, die er durch seine lockere Kleidung verdeckte. Kai dagegen hatte schon immer einen kräftigeren Körperbau gehabt, und durch seine geringere Größe wirkte er kompakter als Marc. Das Lächeln erlosch, als er sich wieder an Kais derzeitige Lage erinnerte. Was hatte seinen Bruder dazu gebracht, sich in so eine ungewisse Situation zu begeben? Ohne Rückendeckung und ohne eine Ahnung, was ihn vor Ort erwarten würde. Er hätte vernünftig genug sein müssen, ihn um Hilfe zu bitten oder zumindest um Rat zu fragen.

Marc wünschte, er würde jemanden dort kennen, der Kai bei der Suche nach ihrem Vater unterstützen könnte, doch er hatte damals mit Absicht jeden Kontakt nach Namibia abgebrochen, nachdem klar war, dass Robert sie nicht zurückwollte.

Unruhig ging Marc auf und ab, während er versuchte, eine Lösung zu finden. Er könnte die Polizei in Usakos informieren und sie bitten, jemanden auf die Farm zu schicken. Aber er wusste nicht, wie die Verhältnisse dort waren, ob sich überhaupt jemand die Mühe machen würde, etwas zu unternehmen. So oder so würde er versuchen, Kai dazu zu überreden, wieder nach Hause zurückzukehren. Allerdings war die Wahrscheinlichkeit eher gering, dass er damit Erfolg haben würde. Sein Bruder hatte den in der Familie dominanten Dickkopf geerbt, er würde erst zurückkommen, wenn er Robert gefunden hatte – oder etwas passierte, das ihn zwang aufzugeben. Sein Magen zog sich bei dieser Vorstellung zusammen. Seit Kais Geburt hatte Marc auf ihn aufgepasst, ihn beschützt und ihm beigebracht, was er wusste. Und sein kleiner Bruder war hinter ihm hergelaufen und hatte ihm alles nachgemacht. Später hatte er dann seinen eigenen Willen entwickelt und die meisten Dinge alleine gemacht, doch meist hatte er mit seinem großen Bruder darüber gesprochen und mehr als einmal auf seinen Rat gehört. Diesmal jedoch hatte Kai ihn nicht einmal über seine Pläne informiert, und das schmerzte mehr, als er zugeben wollte.

Das Essen verlief angespannt, auch wenn Mariama versuchte, mit Anekdoten aus ihrem Institut die Stimmung zu heben. Immer wieder sah Marc auf die Uhr und verfluchte die Zeit, die stillzustehen schien. Erleichtert atmete er auf, als seine Mutter endlich zum Telefon griff und die Schnellwahltaste zur Farm drückte. Er konnte das Freizeichen hören und griff die Serviette fester. Die Linien in Mariamas Gesicht wirkten plötzlich tiefer, während sie darauf wartete, dass Kai sich meldete, ein Zeichen, wie sehr sie sich um ihn und Robert sorgte. Ein Ruck ging durch ihren Körper, als am anderen Ende abgenommen wurde.

»Hallo, Mugambo, hier ist Mariama. Ich wollte Kai sprechen, ist er in der Nähe?«

Marc konnte die Antwort nicht hören, sah aber, wie seine Mutter noch bleicher wurde. Abrupt stand er auf und trat neben sie.

»Er ist noch nicht wieder da? Aber es ist doch schon dunkel bei euch! Weißt du, was er vorhatte?« Sie lauschte einen Moment. »Aber wenn er auf dem Land unterwegs war, müsste er doch erst recht wieder zu Hause sein. Und warum hat er niemanden zur Begleitung mitgenommen?« Sie schüttelte heftig den Kopf. »Ich verstehe das nicht, Mugambo. Ist Robert denn inzwischen wieder da?« Bei der Antwort senkte sie den Kopf und schloss die Augen. »Ich verstehe.«

Marc hielt es nicht mehr aus. Er tippte ihr auf die Schulter und gab ihr ein Zeichen, dass er mit Mugambo sprechen wollte. Die Erleichterung auf ihrem Gesicht, als er das Gespräch übernahm, war offensichtlich. »Mugambo, hier ist Marc Wolf.«

Eine Weile herrschte Schweigen am anderen Ende. »Hallo, Marc, wir haben lange nicht miteinander gesprochen.« Das war eine gewaltige Untertreibung, aber Marc reagierte nicht darauf.

»Ich wünschte, der Anlass wäre freudiger. Kannst du mir sagen, was bei euch los ist? Wo ist Robert und vor allem, wo ist Kai?«

»Wie ich eben schon deiner Mutter sagte: Ich weiß es nicht. Kai glaubte eine Spur entdeckt zu haben und ist aufs Land rausgefahren. Er wollte heute Abend wieder zurück sein, aber bisher ist er nicht aufgetaucht.«

»Hast du Leute losgeschickt, die ihn suchen?«

»Natürlich, aber du musst verstehen, wir haben hier nicht mehr so viele Arbeiter wie früher. Und das Grundstück ist so groß, dass es schwierig sein wird, ihn zu finden. Erst recht im Dunkeln.«

Ein Knoten bildete sich in Marcs Kehle. Was hatte sich Kai dabei gedacht, alleine loszufahren? Er war durch und durch ein Stadtkind. »Glaubst du, ihr werdet ihn finden?«

Eine erneute Pause. »Wir versuchen es.«

In Mugambos Stimme klang ein Unterton mit, den Marc nicht recht zu deuten wusste. Sein Instinkt sagte ihm jedoch, dass der Vorarbeiter etwas vor ihnen verheimlichte. »Weißt du, was Kai dazu gebracht hat, aufs Land zu fahren?«

»Nein, ich habe keine Ahnung.«

»Und warum Robert abgetaucht ist, weißt du auch nicht?«

Eine etwas zu lange Pause. »Nein. Er ist einfach eines Abends nicht wiedergekommen. Ich habe mir nichts dabei gedacht, weil er Proviant und Kleidung für mehrere Tage dabeihatte.«

»Du hast gesehen, wie er den Kram gepackt hat, ihn aber nicht gefragt, wo er hinwollte?« Marc konnte den Ärger in seiner Stimme nicht unterdrücken.

»Doch, natürlich habe ich das. Aber Robert hat nur gesagt, dass er auf Tour geht.«

»Auf Tour?«

»So nennt er es, wenn er in die entlegensten Winkel des Grundstücks wandert, um nach Rohstoffen und Mineralien zu suchen. Das macht er öfter, wenn mit den Rindern gerade nichts ansteht und ihm das Dach auf den Kopf zu fallen droht. Er hat ja keine Familie, die ihn ablenkt und beschäftigt.«

Der leichte Vorwurf in Mugambos Stimme erboste Marc. »Es ist allein seine Schuld. Er hätte uns nicht wegschicken sollen, dann hätte er nun noch eine Familie!«

»Das mag sein.« Ein Geräusch ertönte im Hintergrund. »Entschuldige, Marc, ich muss gehen. Ich werde euch sofort anrufen, wenn wir Kai finden. Er hat sich sicher nur verirrt.« Damit legte Mugambo auf.

Marc ließ den Hörer sinken und starrte auf seine Hand. Deren Knöchel traten weiß hervor, so fest hielt er das Telefon umklammert. Mit Mühe löste er seine Finger und legte es auf den Tisch.

»Was sagt er?«

Marc sah seine Mutter an. »Die Frage ist eher: Was verschweigt er uns? Irgendwas stimmt da draußen überhaupt nicht, und ich möchte wissen, was.« Er wandte sich zur Tür. »Ich muss mal kurz ins Internet.«

Mariama folgte ihm in ihr Büro. »Was glaubst du da zu finden?«

»Einen Flug nach Windhoek.«

Sprachlos starrte Mariama ihn an. »Aber … du hast Flugangst!«

18

Nein, er hatte keine Flugangst, er hatte panische Flugangst, seit er damals auf der Farm Phils Absturz mit angesehen hatte. Was es nicht gerade leicht machte, dreizehn Stunden mit diversen Zwischenstopps im Flugzeug zu sitzen. Wenn er so aussah, wie er sich fühlte, war es kein Wunder, dass die Frau am Mietwagenschalter ihn so merkwürdig angesehen hatte. Hoffentlich wusste Kai zu würdigen, was er alles für ihn auf sich nahm, aber wahrscheinlicher war, dass sein Bruder beleidigt sein würde. Dabei wollte er ihn nicht bevormunden oder ihm sagen, was er bei der Suche alles falsch gemacht hatte. Er wollte nur dafür sorgen, dass Kai nichts passierte. Marc ließ das Fenster des Allradjeeps herunterfahren und hielt seine Hand hinaus in den Fahrtwind. Es war seltsam, er erinnerte sich noch daran, wie die namibische Luft sich anfühlte. Weich und heiß schlug sie gegen seine Handfläche und brachte den Geruch nach Regenzeit und Straße mit sich. Der Asphalt spiegelte sich in der Hitze, es wirkte, als würde die Straße nach einigen Metern direkt in den Himmel übergehen.

Marc beschloss, irgendwo unterwegs anzuhalten und sich etwas zu essen zu besorgen, da er während des Fluges nichts heruntergebracht hatte und nun beinahe verhungert war. Auf dem Flughafen hatte er sich Namibische Dollar an einem Automaten besorgt und konnte nun zumindest sicher sein, etwas kaufen zu können. Bestimmt gab es inzwischen auch in vielen Geschäften Kartenzahlung, aber er wollte es nicht unbedingt darauf ankommen lassen. Ebenfalls vom Flughafen aus hatte er bei seiner Mutter angerufen, die immer noch nichts von Kai gehört hatte. Laut Mugambo wurde die Suche fortgesetzt, und sie waren zuversichtlich, ihn bald zu finden. Ach ja? Wie kam es dann, dass er nun schon beinahe zwei Tage verschollen war? Die Farm war zwar groß, aber normalerweise schaffte man es selbst im Falle eines Autodefekts zu Fuß innerhalb eines Tages zum Haus zurück. Außer man war verletzt … Marc rieb sich über seinen schmerzenden Magen. Es durfte Kai einfach nichts passiert sein!

Ein Hupen riss ihn aus den Gedanken. Rasch konzentrierte er sich wieder auf die Fahrbahn. Die Nationalstraße war zwar dank der Touristen gut ausgebaut, aber es könnte trotzdem jederzeit ein liegen gebliebener Wagen oder ein Tier vor ihm auftauchen. Seine Hände krampften sich um das Lenkrad. So dringend er seinen Bruder auch finden wollte, erst einmal musste er selbst heil bei der Farm ankommen. Er lag gut in der Zeit, der Flug war pünktlich morgens gelandet, und er sollte auf jeden Fall gegen Mittag auf der Farm eintreffen. Dann hätte er noch genug Zeit, um mit der Suche nach Kai zu beginnen. Wenn er dabei auch noch seinen Vater fand, umso besser. Er wollte nicht, dass Mariama sich weiterhin Sorgen um ihn machte, und die beste Möglichkeit, seinen Bruder von weiteren Idiotien abzuhalten, war, Robert Wolf zum Haus zurückzubringen. Hoffentlich gelang ihm das schnell, denn sein Vorgesetzter war nicht sehr begeistert davon gewesen, dass er sich so kurzfristig Urlaub genommen hatte. Er hatte Fälle zu bearbeiten und konnte sich eine längere Auszeit nicht leisten.

Beim Ortsschild Okahandja fuhr er von der B2 ab. Seine Erinnerung war zwar etwas vage, aber er glaubte, dass die Stadt etwas größer war und damit auch ein Supermarkt zu finden sein müsste. Als er das Schild eines Spar-Marktes entdeckte, fuhr er auf den Parkplatz und stieg aus. Hitzewellen schlugen ihm entgegen und raubten ihm für einen Moment den Atem. Schließlich atmete er tief durch und ging zum Eingang des Ladens. Es war merkwürdig, hier eine europäische Supermarktkette zu sehen. Vor zwanzig Jahren hatte es so etwas noch nicht gegeben, jedenfalls konnte er sich daran nicht erinnern. Außerdem hatten sie ihre Vorräte meist bei Kramers in Usakos besorgt. Ob der alte Kramer noch lebte? Nein, sicher nicht, er war schon damals uralt gewesen. Seltsam, wie viele Erinnerungen plötzlich auf ihn einstürmten, als hätten sie nur darauf gewartet, dass er endlich wieder in Namibia war. Aber für sie hatte er später noch Zeit, erst musste er einkaufen. Eine Gänsehaut bildete sich auf seinen nackten Armen, als ihm die klimaanlagengekühlte Luft entgegenschlug. Die Regale waren nur durch die Bezeichnungen in Englisch und Afrikaans von denen in deutschen Supermärkten zu unterscheiden. Allein der Anblick der vielen Nahrungsmittel ließ ihm das Wasser im Mund zusammenlaufen.

So schnell wie möglich füllte er einen Einkaufskorb mit den Dingen, die er in den nächsten Tagen brauchen würde, und ging zur Kasse. Als die schwarze Kassiererin ihn auf Afrikaans ansprach, antwortete er automatisch in derselben Sprache, obwohl er vorher gar nicht hätte sagen können, ob er sie überhaupt noch verstand, geschweige denn, sich darin verständigen konnte. Mit drei prall gefüllten Tüten trat er wieder nach draußen und wurde von der Hitze empfangen. Langsam setzte er einen Fuß vor den anderen, bis er beim Jeep ankam. Das Metall war ebenso glühend heiß wie die Sitzpolster. Marc schob die Tüten in den Fußraum, wo sie wenigstens etwas vor der Sonne geschützt waren. Bei diesen Temperaturen würde die Klimaanlage nicht viel nützen, deshalb verzichtete er auf sie und öffnete stattdessen das Fenster, während er sich auf die Suche nach einem schattigen Plätzchen machte, wo er in Ruhe essen konnte. Etwas außerhalb fand er einen kleinen Rastplatz, der mit seinen frischen, grünen Rasenflächen und den Schatten spendenden Bäumen wie eine kleine Oase inmitten der rötlich braunen Wüste wirkte.

Marc parkte in der Nähe einer schattigen Bank, holte das Essen heraus und schlang es gierig hinunter, während er das Treiben auf dem Rastplatz beobachtete. Sämtliche Bewegung schien auf ein Minimum reduziert zu sein, die Menschen bewegten sich wie in Zeitlupe durch die Hitze. Bis auf eine Horde Touristen, die sich um die zwei aufgebauten Stände mit einheimischem Kunsthandwerk drängelten. Glücklicherweise war der dazugehörige Bus weit genug entfernt, sodass er nur ein fernes Brummen hörte, als Zeichen, dass der Fahrer versuchte, das Innere kühl zu halten. Ein fast aussichtsloses Unterfangen, da der Bus in der prallen Sonne stand. Marc grinste, als die Touristen einer nach dem anderen beinahe im Laufschritt den Parkplatz überquerten und zurück in den Reisebus kletterten. In der Hand hielten die meisten mehr oder weniger große Tüten mit Souvenirs. Und so würde es vermutlich weitergehen, bis die Rundreise beendet war und sie wieder nach Hause flogen.

Kopfschüttelnd warf Marc die Essensreste in den bereitstehenden Mülleimer und wollte schon zum Wagen zurückkehren, als ihm der Gedanke kam, dass dies die einzige Gelegenheit sein könnte, um etwas für seine Mutter zu kaufen. Sie liebte afrikanische Schnitzereien, eine ihrer beiden Sammelleidenschaften. Die andere waren Meißner Figuren in allen Variationen. Sie hatte es nie gesagt, aber er nahm an, dass sie sich dadurch an ihre Mutter erinnert fühlte, deren eigene Meißner Figuren damals in dem Feuer zerstört worden waren. Ein hohles Gefühl erfüllte seine Brust, als er an seine Großeltern dachte. Sie waren immer für ihn da gewesen, und er hatte sich eine Welt ohne sie nicht vorstellen können. Inzwischen wusste er, dass sein Leben auch ohne sie weiterging, aber auch wenn über zwanzig Jahre seit ihrem Tod vergangen waren, vermisste er sie immer noch. An manchen Tagen sah er sie ganz deutlich vor sich und meinte sogar ihre Stimmen hören zu können. Karl und Elise fehlten ihm, er konnte sich nur zu gut vorstellen, wie sich seine Mutter ohne sie fühlen musste.

Hier, in Namibia, fühlte er sich ihnen näher; als wären sie in seinem Gedächtnis mit der Landschaft und dem Klima verbunden. Um nicht weiter darüber nachgrübeln zu müssen, was er verloren hatte, trat er zu den Ständen und lächelte den dahinterstehenden Frauen zu. Nach ihrem Aussehen und der Tracht mit den seltsam geformten Kopfbedeckungen zu urteilen, gehörten sie dem Stamm der Herero an. Marc betrachtete die angebotenen Waren, die größtenteils in die Kategorie Touristennepp fielen, der jederzeit und überall zu bekommen war. Gerade als er aufgeben wollte, entdeckte er in einer Ecke ein geschnitztes Flusspferd mit aufgerissenem Maul, das perfekt in Mariamas Sammlung passte.

Die Frauen waren überrascht, dass er sowohl Afrikaans als auch Englisch sprach, viele der deutschen Touristen redeten sie einfach in der Muttersprache an, was bei den Nachfahren der Opfer des von Deutschen verübten Völkermords weniger gut ankam. Nachdem der Aufstand der Nama und Herero im Jahr 1904 von den Truppen der deutschen Kolonialmacht niedergeschlagen worden war, hatten diese die überlebenden Herero in die Omaheke-Wüste getrieben, wo sie qualvoll verdursteten. Ganze Familien mit ihren Kindern und Rinderherden waren auf Befehl des Generalleutnants von Trotha vernichtet worden. Marc schämte sich fast für seine deutschen Wurzeln, wenn er nur daran dachte. Er sah auf und blickte in das lächelnde Gesicht einer der Frauen, die gerade in die Tüte mit dem gekauften Flusspferd noch einen kleinen hölzernen Pavian steckte, der fast lebensecht wirkte. Da er schon zu viel Zeit vertrödelt hatte, verabschiedete Marc sich rasch und kehrte zum Jeep zurück.

Der Rest der Fahrt verlief ereignislos, bis er zum Pad kam, der die asphaltierte Straße ablöste und zur Farm führte. Als Junge war ihm die Strecke wie ein großes Abenteuer vorgekommen, der unebene Bodenbelag, die Wildnis zu beiden Seiten, die Aussicht, gefährlichen Tieren zu begegnen. Erst jetzt als Erwachsener konnte er nachempfinden, warum seine Eltern so oft geflucht hatten, wenn sie auf dem Pad unterwegs waren. Der Regen hatte an manchen Stellen die halbe Straße weggespült, an anderen musste Marc riesige Pfützen oder schlammige Wegstrecken durchfahren. Mehr als einmal fuhr sich der Jeep beinahe fest und konnte nur durch wilde Manöver wieder hinausbugsiert werden. Marc atmete tief durch, als er schließlich unbeschadet an der Einfahrt zur Farm ankam. Erleichtert und zugleich nervös nahm er die letzte Wegstrecke in Angriff. Was würde ihn dort erwarten? Ob sie Kai inzwischen gefunden hatten? Seit dem kurzen Telefonat vom Flughafen aus hatte er nichts mehr gehört, es könnte also durchaus sein. Seltsamerweise löste der Gedanke, die Reise umsonst unternommen zu haben, keine Wut in ihm aus. Im Gegenteil, er war froh, hier zu sein und das Land seiner Kindheit noch einmal neu entdecken zu können. All die Farben, Gerüche und Geräusche, die für Namibia so typisch waren und die er seit zwanzig Jahren nur noch in seinen Träumen erlebt hatte, gaben ihm das Gefühl, zu Hause zu sein.

Während der Jeep langsam über den Sandweg holperte, sah Marc sich um. Er konnte keine großen Veränderungen entdecken, es wirkte, als wäre er nie von der Farm fort gewesen. Die Gräser, die Dornenbüsche, die wenigen Akazien und Affenbrotbäume. Der Geruch nach Regenzeit drang durch das offene Wagenfenster, während die Sonne die Erde bereits wieder austrocknete. Hier draußen war es durch die offene Fläche etwas kühler als in den Städten, aber nach den Minustemperaturen, die gerade in Deutschland herrschten, machte ihm die Hitze zu schaffen. Glücklicherweise hatte er noch daran gedacht, sich Sonnencreme zu besorgen, damit seine Haut nicht sofort verbrannte, wenn er aus dem Auto stieg. Marc wischte sich den Schweiß von der Stirn, damit er ihm nicht in die Augen tropfte. Der Impuls, den Jeep einfach stehen zu lassen und zu Fuß weiterzugehen, durchzuckte ihn. Anscheinend bedeutete ihm das Land seiner Familie doch mehr, als er es sich die ganzen Jahre in Deutschland eingeredet hatte. Er wollte es nicht nur sehen, sondern auch riechen und fühlen. Kopfschüttelnd gab er Gas. Vermutlich würde er in den nächsten Tagen mehr davon bekommen, als ihm lieb war.

Als Marc vor dem Haus ankam, blieb er für einen Moment still sitzen und nahm den Anblick in sich auf. Es sah ein wenig älter aus als damals, aber das war in diesem Klima vermutlich normal. Ein Rosenbusch blühte an der Vorderseite des Hauses, der erst nach ihrem Wegzug gepflanzt worden war. Sonst sah alles so aus wie früher. Fast erwartete er, Kai jeden Moment durch die Tür kommen zu sehen oder Amali, die ihre beiden Schützlinge suchte. Die Erinnerung an sein Kindermädchen war bittersüß. Er hätte sich in all den Jahren bei ihr melden sollen, es war nicht fair gewesen, die Wut auf seinen Vater auch auf alle anderen zu übertragen. Auch wenn er ein Kind gewesen war, hätte er wissen müssen, dass er nicht der Einzige war, der litt. Das konnte er jetzt nicht wiedergutmachen, aber vielleicht könnte er ihr und auch Mugambo zumindest erklären, warum er nicht in der Lage gewesen war, mit ihnen in Kontakt zu bleiben. Zögernd stieg Marc aus und atmete tief die heiße Luft ein. Fast glaubte er, einen schwachen Rosenduft riechen zu können, als er sich dem Haus näherte. Selbst der kleine Gemüsegarten seiner Mutter war in gutem Zustand, irgendjemand schien sich darum zu kümmern. Sein Herz zog sich schmerzhaft zusammen. Wie anders hätte ihrer aller Leben verlaufen können, wenn sie damals hiergeblieben wären.

»Suchen Sie jemanden?«

Die tiefe Stimme hinter ihm ließ Marc zusammenzucken. Er hatte überhaupt nicht bemerkt, dass er nicht mehr alleine war, so sehr war er in seine Betrachtungen versunken gewesen. Rasch drehte er sich um. »Ich suche Robert Wolf, können …?« Er brach ab und starrte den Mann an.

Das Gesicht des Schwarzen war ernst, die Stirn in tiefe Falten gezogen. »Du siehst deinem Vater unheimlich ähnlich. Von hinten dachte ich beinahe, Robert wäre zurück, aber du bist etwas größer, und deine Hautfarbe ist deutlich heller.«

»Winter in Deutschland.« Marc ging auf den Mann zu und hielt ihm die Hand hin. »Mugambo?«

Mugambo ergriff seine Hand. »Mich wundert, dass du mich noch erkennst. Als wir uns das letzte Mal sahen, gingst du mir nur bis zur Taille – und ich war noch ein junger Mann, jünger als du jetzt.«

»Die Zeit vergeht.« Marc sah sich um. »Aber irgendwie scheint es mir, als hätte sich hier in den letzten zwanzig Jahren nicht allzu viel verändert.«

»Äußerlich nicht.« Er machte eine Handbewegung. »Aber komm herein, du bist sicher durstig nach der langen Reise.«

Marc holte sein Gepäck und die Lebensmittel aus dem Wagen und trat hinter Mugambo ins Haus. »Ist Kai inzwischen wieder aufgetaucht?«

Mugambo warf ihm einen kurzen Seitenblick zu. »Nein, und wir haben auch noch keine Spur von ihm entdeckt.«

»Verdammt!« Marc fuhr sich mit der Hand durch die Haare. »Was hat er sich nur dabei gedacht, einfach so loszufahren und zu verschwinden?«

»Er hat eben alles getan, um euren Vater zu finden.«

Obwohl Mugambos Miene neutral blieb, glaubte Marc einen Vorwurf in seinen Worten zu hören. Mehr brauchte es nicht, um seinen Ärger zu entzünden. »Unser *Vater* hat sich seit Jahrzehnten nicht mehr um uns gekümmert. Es war eine Schnapsidee von Kai, hierherzukommen und zu glauben, dass er ihn finden könnte. Wenn ich früher davon erfahren hätte, hätte ich ihn aufgehalten.«

»Ich schätze mal, deshalb hat Kai dir nichts gesagt.«

Mugambo hatte natürlich recht, aber das erbitterte ihn noch mehr. »Vielleicht will Robert ja gar nicht gefunden werden. Und schon gar nicht von seinen Söhnen, die er abgeschoben hat, als es ihm gerade so passte.«

Diesmal zeigte sich Zorn in Mugambos Gesicht. »Robert hat euch immer geliebt und mehr unter eurem Verlust gelitten, als du es dir je vorstellen kannst. Als du nicht mehr mit ihm telefonieren wolltest, hat es ihm das Herz gebrochen. Nicht mehr bei seiner Frau und seinen Kindern sein zu können, hat ihn verändert.«

»Es war seine Entscheidung, uns wegzuschicken.« Marc presste die Worte hervor.

Sein Gegenüber nickte. »Ja, das war es. Er glaubte, das Richtige zu tun und euch zu schützen. Ich habe aufgehört zu zählen, wie oft er es mir gegenüber bereut hat. Aber letztendlich war seine Entscheidung richtig: Ihr lebt und hattet ein gutes, gesichertes Leben in Deutschland.«

»Aber keinen Vater.«

»Ihr hattet euch. Robert hatte niemanden.«

So hatte Marc es noch nie gesehen. Er war immer davon ausgegangen, dass sein Vater froh gewesen war, sie loszuwerden und sich hier ein neues Leben aufzubauen. Wenn er wirklich all die Jahre allein gewesen war … Hitze stieg in ihm auf und ließ ihn hastig blinzeln. »Er hatte nie eine Freundin?«

»Darüber solltest du mit ihm selber reden. Nur so viel: Er hat hier alles am Laufen und in Schuss gehalten für den Fall, dass deine Mutter mit euch zu ihm zurückkommt. Ohne diese Hoffnung hätte er schon längst aufgegeben.«

Marc erkannte, dass er sich zu seinem eigenen Schutz ein Bild von seinem Vater aufgebaut hatte, das nur einen Teil der Wirklichkeit zeigte. Zu der Wut, die er all die Jahre mit sich herumgetragen hatte, gesellte sich Schmerz. Was hatten sie alles verpasst, als sie damals von der Farm geflohen waren? Bevor er sich den Schutzschild aus Zorn aufgebaut hatte, war sein größter Wunsch gewesen, wieder bei seinem Vater zu sein. Stattdessen hatte er seine Energien in seine Ausbildung gesteckt und sich ein Leben in Deutschland aufgebaut. Aber er war nie so angepasst gewesen wie Kai, der sich mit Elan in das neue Abenteuer geworfen hatte, das Leben in Köln genoss und ständig neue Freunde und Freundinnen gewann. Marc dagegen hatte sich nur auf sich selbst verlassen und sich zu einem Einsiedler entwickelt, der nur seine Mutter und seinen Bruder wirklich an sich heranließ. Das abschreckende Beispiel seiner Eltern vor Augen, hatte er sich nicht einmal auf längerfristige Beziehungen eingelassen.

Marc richtete sich auf. »Okay, wenn ich das mit ihm klären möchte, werde ich ihn wohl finden müssen. Aber zuerst Kai. Weißt du, wo er hinwollte?«

»Nicht genau. Er hat mir nur gesagt, dass er glaubt, eine Spur zu haben, und aufs Grundstück rausfährt.«

»Wohin genau?«

Mugambo hob die Schultern. »Das hat er nicht gesagt.«

Marc rieb sich über den Nacken. »Und welche Spur hatte er?«

»Auch das hat er für sich behalten. Ich weiß nur, dass er sich vorher die Papiere in Roberts Büro angesehen hat.«

»Dann sollte ich vermutlich da anfangen. Ist es noch derselbe Raum?«

»Ja.« Mugambo wandte sich zur Tür um. »Ich hole meine Tochter Elise, damit sie dir etwas zu essen macht.«

Marcs Kopf ruckte bei dem Namen herum. »Ihr habt eure Tochter Elise genannt?«

Mugambo nickte.

»Das finde ich schön. Aber sie kann doch unmöglich schon so alt sein? Ich kann mir auch selbst etwas zu essen machen, wenn ich hungrig werde.«

»Sie ist fünfzehn, und ihre Mutter hat ihr alles beigebracht, was sie können muss. Elise hat auch für Kai gekocht.«

»Habt ihr noch andere Kinder? Und wie geht es Amali? Ich würde mich freuen, sie wiederzusehen.«

Ein Schatten glitt über Mugambos Gesicht. »Sechs Kinder insgesamt, du wirst sie bestimmt noch kennenlernen. Amali …« – er zögerte kaum merkbar – »… ist gerade bei Verwandten.«

»Oh, schade. Aber vielleicht kommt sie ja wieder, bevor ich nach Hause fahre.«

»Vielleicht.« Mugambos Bewegungen waren eckig, als er sich umwandte und zur Tür ging. »Wir sehen uns später, ich muss mich wieder um die Farm kümmern.«

»Natürlich.« Marc sah ihm mit dem deutlichen Gefühl nach, dass Mugambo ihm etwas verheimlichte. Irgendetwas stimmte hier ganz und gar nicht. Warum hatte Mugambo gezögert, als er auf seine Frau zu sprechen kam? Er konnte sich zwar nicht mehr genau erinnern, meinte aber, dass Amali außer ihrem Bruder, der nach dem Brand des Farmhauses verschwunden war, keinerlei Verwandte mehr hatte. Und irgendwie hatte er den Eindruck, Mugambo akzeptiere ein wenig zu sorglos, dass erst Robert und nun auch Kai verschwunden waren. Wusste er womöglich, wo Robert war, und wollte es nur nicht sagen? Aber warum? Und würde er dann Kai nach ihm suchen lassen?

Kopfschüttelnd ging Marc in das Büro, das eigentlich eher ein kleiner Abstellraum mit einem Schreibtisch war. Es war seltsam, einen Computer darauf zu entdecken, als er das letzte Mal hier gewesen war, wurde noch alles handschriftlich erledigt. Marc öffnete das winzige Fenster, um die stickige Luft herauszulassen, und setzte sich auf den Schreibtischstuhl. Für einen kurzen Moment hatte er das Gefühl, er wäre wieder ein kleiner Junge und säße auf dem Knie seines Vaters, während dieser ihm etwas über das Aufspüren von Rohstoffen erzählte. Marc drängte die Erinnerung zurück und konzentrierte sich darauf, nach Spuren davon zu suchen, was geschehen sein könnte. Wenn jemand Robert entführt hätte oder sonst eine Gewalttat begangen worden wäre, hätte Mugambo längst die Polizei gerufen, dessen war er sich sicher. Das hieß also, Robert musste aus eigenem Anlass verschwunden sein. Hatte er das Grundstück verlassen, oder war er noch hier? Kai schien die Vermutung gehabt zu haben, er sei noch auf dem Land, sonst hätte er ihn nicht hier gesucht. Verflucht noch mal, warum hatte sein Bruder ihn nicht um Hilfe gebeten? Oder ihm zumindest gesagt, was er vorhatte?

Da ihm nichts anderes übrig blieb, begann Marc in den Zetteln zu wühlen, die auf dem Schreibtisch lagen. Größtenteils waren es Rechnungen für Tierfutter, Strom, Gas, Telefon. Dazu ausgedruckte Zettel mit der Buchführung für das vergangene Jahr. Kurze Notizen, die wahrscheinlich nur Robert selbst verstehen würde. Eine Karte, auf der das Grundstück eingezeichnet war, legte Marc zur Seite, um sie später auf der Suche nach Kai mitzunehmen. Auch in den Schubladen war nichts zu finden, das auf den ersten Blick etwas mit dem Verschwinden seines Vaters zu tun hatte. Zum Schluss wühlte er im Papierkorb. Es schien sich größtenteils um Werbesendungen und kurze Notizen zu handeln. Ganz unten fand er einen zusammengeknüllten Zettel. Er fischte ihn heraus und strich ihn glatt. Es handelte sich um einen Brief der Regionalbehörde für Landmanagement, der auf den 14. Januar 2002 datiert war. Marc lehnte sich zurück und begann zu lesen.

Sehr geehrter Herr Wolf,
da Sie auf unser letztes Schreiben nicht reagiert und auch unsere Angebote zum Kauf Ihres Landes ignoriert haben, sehen wir uns gezwungen, das auf den Namen Mariama Wolf, geb. Fechner, eingetragene Grundstück ebenso wie das auf Ihren Namen eingetragene Grundstück (genauere Spezifikation siehe Karte im Anhang) zwangszuenteignen. Das Land wird von Herrn Mugambo Akawi verwaltet werden, bis ein Käufer gefunden ist. Diese Regelung tritt am 14. Februar 2002 in Kraft. Wir bitten Sie, bis dahin das Grundstück geräumt zu haben.

Die Regionalverwaltung

Ungläubig ließ Marc den Brief sinken. Robert war enteignet worden? Mugambo musste es wissen, schließlich war er als Verwalter eingesetzt worden. Warum hatte er nichts davon gesagt? So, wie es aussah, war Robert verschwunden, kurz nachdem er diesen Brief bekommen hatte. Oh Gott, hoffentlich hatte er sich nichts angetan! Nein, das konnte er sich nicht vorstellen, Robert Wolf war ein Kämpfer. Aber die Frage war, warum er Mariama nichts davon gesagt hatte, schließlich gehörte das Land auch ihr. Oder wusste sie es und hatte ihm, Marc, nur nichts davon erzählt? Das würde er sie fragen, wenn er das nächste Mal mit ihr telefonierte, zuerst musste er aber irgendwie herausfinden, wohin Kai gefahren sein könnte. Vielleicht hatte sein Bruder in einem der anderen Zimmer etwas hinterlassen, das ihm verraten würde, wo er war. Marc stand auf und trat auf den Flur hinaus, wo ihn ein leckerer Geruch in Richtung der Küche lockte. Ein schlankes schwarzes Mädchen hantierte am Herd, als hätte es das schon öfter getan. Das musste Elise sein, Mugambos Tochter. Der Name weckte Erinnerungen an seine Großmutter, deren liebster Aufenthaltsort die Küche gewesen war. Marc klopfte an den Türrahmen, um das Mädchen nicht zu erschrecken. Sie drehte sich rasch zu ihm um und musterte ihn mit großen Augen.

Er versuchte ein Lächeln. »Hallo, du musst Elise sein. Ich bin Marc, Roberts Sohn.«

Anscheinend verstand sie deutsch, denn sie nickte. »Mein Vater sagte, dass du halb verhungert bist.« Ihr Blick glitt an ihm hinauf und hinab, dann drehte sie sich wieder zum Herd um.

Marc trat näher. »Ich kann mir selbst etwas zu essen machen, du brauchst nicht …«

Sie tauchte den Kochlöffel in den großen Topf, in dem etwas wie Gulasch blubberte. »Es ist meine Aufgabe, wenn meine Mutter nicht da ist.« Sie sah ihn ernst an. »Ich kann kochen.«

Marc hob die Hände. »Das bezweifle ich nicht. Es riecht köstlich.«

Weiße Zähne blitzten kurz auf. »Rezept meiner Mutter. Sie hat es von Elise. Willkommen zurück.«

Marc blinzelte, als unerwartet Tränen in seine Augen traten. »Danke.« Rasch drehte er sich zur Seite. »Ich bin kurz oben.«

»In Ordnung. Ich rufe, wenn das Essen fertig ist.«

Marc gelang ein Nicken, bevor er aus der Küche floh. Rasch stieg er die Treppe hinauf und sah sich auf dem kleinen Flur um. Vier Türen gingen davon ab, eine führte in das Schlafzimmer seiner Eltern, eine zu seinem, eine weitere zu Kais altem Zimmer und die vierte zu einem Bad. Nach kurzem Zögern betrat Marc sein altes Kinderzimmer. Es sah noch genauso aus wie vor zwanzig Jahren, nur dass es auf ihn jetzt viel kleiner wirkte, geradezu winzig sogar, gemessen an dem Zimmer, das er in Köln bewohnte. Als Kind hatte ihn die Enge überhaupt nicht gestört, der Platz war ausreichend gewesen. Mit den Fingern strich er über die Spielzeuge, die noch genauso auf dem Wandregal standen, wie er sie hinterlassen hatte. Bei ihrem überstürzten Aufbruch hatte er nur die wichtigsten Dinge mitnehmen können, viele seiner heiß geliebten Autos und Flugzeuge waren zurückgeblieben. Erstaunlich, dass sein Vater sie nie weggeräumt hatte. Er hätte sie verschenken oder wegwerfen können, aber Robert hatte sie aufbewahrt, als würden sie jeden Augenblick zurückkommen und wieder mit ihnen spielen wollen. Seine Kehle zog sich zusammen.

Sein Bett sah aus, als hätte jemand darin geschlafen, er nahm an, dass Kai es benutzt hatte, da dessen eigenes Bett viel zu klein für einen Erwachsenen war. Marc setzte sich auf die Bettkante und strich über das Laken, als könne er so herausfinden, wo sein Bruder abgeblieben war. Auf dem Schreibtisch mit dem kleinen Stuhl davor lagen einige Bücher und ein aufgeschlagener Block. Marc beugte sich vor und warf einen Blick auf die Titel. Ein Reiseführer für Namibia, ein Sachbuch über Geologie und eines über die Stämme Namibias zeigten, wie Kai sich auf die Reise und seine Suche vorbereitet hatte. Zwei aktuelle Thriller hatten wohl als Lektüre für den Flug gedient. Marc nahm den Schreibblock an sich und blätterte durch die beschriebenen Seiten. Anscheinend hatte Kai so etwas wie ein

Tagebuch geführt und seine Eindrücke über das Land und die Leute aufgeschrieben. Über die Suche nach Robert stand wenig darin, jedenfalls entdeckte Marc beim schnellen Durchsehen kaum etwas Relevantes. Auf der letzten Seite stand nur, dass Kai am nächsten Tag rausfahren wollte, nicht aber, wo genau er hinwollte. Mit einem tiefen Seufzer warf Marc den Block wieder auf den Tisch und lehnte sich auf die Ellbogen zurück. Es wäre auch zu einfach gewesen, wenn sein Bruder aufgeschrieben hätte, was genau er vorhatte, möglichst samt GPS-Koordinaten und Karte.

Elise steckte den Kopf durch die Türöffnung. »Das Essen ist fertig.«

Rasch richtete Marc sich auf. »Danke, ich komme. Sag mal, wohnt ihr immer noch in den Unterkünften beim ehemaligen Haupthaus? Nur damit ich weiß, wo ich euch finden kann.«

»Ja. Beim Telefon liegt auch ein Zettel mit der Telefonnummer, es ist eigentlich immer jemand erreichbar.«

»Danke für den Tipp.«

Sie neigte den Kopf. »Du bist ihm sehr ähnlich.«

»Wem? Kai?«

»Nein, Robert. Kai ist ganz anders.«

Marc fragte lieber nicht, ob das gut oder schlecht war. Ihr Tonfall war bei Kais Erwähnung weicher geworden, er hatte anscheinend wieder einen neuen Fan gewonnen. Es war schwer, seinen immer offenen und freundlichen Bruder nicht zu mögen. Elise schien keine Antwort zu erwarten, denn sie lief schon die Treppe hinunter und entschwand seinen Blicken. Langsamer folgte Marc ihr, angezogen von dem Essensduft. Obwohl er unterwegs etwas gegessen hatte, merkte er jetzt erst, wie hungrig er wirklich war. Elise hatte den Esstisch gedeckt, der ebenfalls noch derselbe war wie vor zwanzig Jahren und in dessen Holz Marc noch die Kerben sehen konnte, die er selber als Kind hineingedrückt hatte. Die Erinnerung an den Ärger, den er deshalb mit seiner Mutter bekommen hatte, ließ ihn traurig lächeln. So viele besondere Momente, die durch den Wegzug unter einer Ascheschicht begraben worden waren und jetzt langsam wieder ans Licht kamen. Er wünschte, seine Mutter und sein Bruder wären hier, um dieses Gefühl mit ihm zu teilen. Doch er war allein, und wenn er heute noch irgendetwas tun wollte, um Kai zu finden, sollte er sich langsam beeilen.

Nachdem er aufgegessen hatte, stellte Marc das benutzte Geschirr in die Küche, um es später abzuwaschen, und trat vor das Haus. Mit der Hand beschattete er seine Augen und sah über das Land. Während es dicht beim Haus noch recht gepflegt wirkte, herrschte weiter draußen pure Wildnis. Auf dieser Seite des Grundstücks gab es keine Zäune und keine Weiden für die Rinder. Hier waren die Wildtiere damals bis fast vor das Haus gekommen, oft hatten sie sie abends im Dämmerlicht beobachtet. Auf dem anderen Teil des Grundstücks war rund um die Unterkünfte ein Zaun aufgestellt, der die wilden Tiere fernhielt und die Menschen schützte. Ihre Eltern hatten sie meist dorthin mitgenommen, wenn sie arbeiten mussten, doch sie waren auch oft in den freien Gebieten unterwegs gewesen, und er hatte sich nie bedroht gefühlt. Vermutlich aus kindlicher Unbedarftheit, aber er hatte geglaubt, wenn er die Tiere in Ruhe ließ, würden sie auch ihm nichts tun. Die einzige Gefahr, in die sie jemals geraten waren, hatten Menschen verursacht. Inzwischen hielten sich keine Rebellen mehr in der Gegend auf, die Unruhen hatten sich gelegt. Trotzdem wäre es vermutlich sinnvoll, eine Waffe mitzunehmen.

Kurz entschlossen kehrte Marc ins Haus zurück. Im Schlafzimmer seiner Eltern stand immer noch der alte Waffenschrank, der auch jetzt noch abgeschlossen war. Es schien, als wäre sein Vater in der Beziehung immer noch so verantwortungsvoll wie früher. Marc stieg auf einen Stuhl und tastete auf dem Schrank nach dem Schlüssel. Das war schon früher das Versteck gewesen, nur waren Kai und er damals noch zu klein gewesen, um heranzureichen, und Robert hatte die Waffen für den Notfall schnell zugänglich halten wollen. Seine Finger ertasteten einen harten Gegenstand. Ah ja, da war er. Marc sprang vom Stuhl und steckte den Schlüssel ins Schlüsselloch. Befriedigt öffnete er die Schranktür und hielt den Atem an. Auf einer Seite waren die Waffen und Munition gelagert, doch auf den Regalbrettern auf der anderen Seite standen unzählige gerahmte Fotos. Hauptsächlich Aufnahmen von Mariama in allen Lebenslagen. Auf einigen war sie noch jünger, als er jetzt war, auf anderen deutlich älter. Auch von Kai und ihm waren Bilder dabei, sowohl aus ihrer Zeit in Namibia als auch aus Deutschland. Selbst ein Foto von seinem Abschluss an der Polizeiakademie gab es. Seine Mutter musste ihm diese Aufnahmen geschickt haben, aber warum? Und wieso bewahrte Robert sie im Waffenschrank auf?

Marc schüttelte das beklemmende Gefühl, das ihn erfasst hatte, von sich ab und griff stattdessen nach einem der Gewehre. Er nahm es heraus, überprüfte es und suchte sich die passende Munition aus. Auch eine Pistole lud er gleich durch und schob sie gesichert in seinen Hosenbund. Im Koffer hatte er sein Schulterholster, das er unter einem offenen Hemd tragen konnte, sodass die Waffe nicht weiter auffallen würde.

So vorbereitet, trat er einige Minuten später wieder aus dem Haus. In einem Rucksack hatte er mehrere Wasserflaschen, einen Verbandskasten und etwas zu essen dabei. Am Telefon hatte er von Mugambo erfahren, dass immer noch keine Spuren von Kai oder Robert gefunden worden waren. Die Regenzeit mit ihren immer wieder einsetzenden Niederschlägen hatte selbst die Jeepspuren verwischt, sodass es keinen Hinweis mehr auf Kais Aufenthaltsort gab. Trotzdem konnte Marc sich nicht vorstellen, dass sie bisher rein gar nichts entdeckt hatten. Außer es hätte niemand richtig gesucht. Aber was sollte sie davon abhalten? Der Sohn ihres Arbeitgebers war ebenso wie ihr Arbeitgeber verschwunden, ohne ihn würde es keine Bezahlung geben. Oder zählte das alles nicht mehr, nachdem sie zwangsenteignet worden waren und Mugambo vorübergehender Verwalter war? Das konnte er sich nicht vorstellen, dazu waren sie zu lange hier. Und es war ja nicht gesagt, dass der zukünftige Besitzer sie weiterhin beschäftigen würde.

Also musste er selber Kai suchen, egal wie unwahrscheinlich es auch war, dass er ihn fand. Schon nach der kurzen Strecke zum Jeep klebte das Hemd an seinem Rücken. Marc legte die Karte ausgebreitet auf den Beifahrersitz und startete den Motor. Zuerst würde er alle befahrbaren Wege überprüfen, einen davon musste Kai benutzt haben. Auch wenn es in der Zwischenzeit geregnet hatte, konnte er eventuell Fahrspuren oder etwas anderes entdecken, das ihm einen ersten Hinweis gab. Wenn er keinen Erfolg hatte, würde er zu Fuß suchen oder sich eine andere Strategie ausdenken müssen.

Marcs Hoffnung schrumpfte mit jeder Minute, die er ohne eine Spur von Kai oder seinem Wagen zu entdecken über das Land fuhr. Mit dem Ärmel wischte er sich den Schweiß von der Stirn und starrte auf das Dickicht aus Dornenbüschen und Felsen vor sich. Wäre sein Bruder hier gewesen, musste sein Wagen irgendwo stehen oder es zumindest erkennbare Spuren geben. Doch hier war nichts. Wahrscheinlich hatte seit Jahren niemand mehr diesen Teil des Grundstücks betreten. Ein Blick auf die Uhr zeigte ihm, dass er jetzt umkehren musste, wenn er nicht im Dunkeln in der Wildnis stranden wollte. Auf dem Rückweg fuhr er zu den Arbeiterunterkünften, um noch einmal mit Mugambo zu sprechen. Wenn er wirklich etwas ausrichten wollte, brauchte er mehr Männer, alleine könnte er wochenlang über das Grundstück fahren, ohne etwas zu finden. Marc trat scharf auf die Bremse, als er die Kuppe eines Hügels erreichte, von dem aus man auf das Gelände herunterblicken konnte. Von der schon tief stehenden Sonne angeleuchtet, stand dort einige Hundert Meter von den Unterkünften entfernt ein großes Haus. Genau dort, wo sich früher das alte Farmhaus seiner Großeltern befunden hatte.

Mit einem Kloß im Hals fuhr Marc weiter, den Blick die ganze Zeit auf das Gebäude gerichtet, als könnte es verschwinden, wenn er nur eine Sekunde wegsah. Doch es blieb dort, und als er näher kam, konnte er erkennen, dass das Haus noch nicht sehr alt war, auch wenn es dem früheren in Bauart und Anstrich glich. Mit wild klopfendem Herzen stieg Marc aus und starrte hinüber. Er war so in den Anblick vertieft, dass er Mugambo nicht bemerkte, bis er von ihm angesprochen wurde.

»Robert dachte, dass euer Haus zu klein werden würde, wenn ihr größer werdet, und er wollte auch Mariama ihr Elternhaus zurückgeben.«

Langsam drehte Marc sich zu ihm um. »Es ist unglaublich, wenn ich nicht selbst gesehen hätte, wie es damals abgebrannt ist, hätte ich gedacht …«

Mugambo stellte sich neben ihn. »Er hat die ursprünglichen Pläne verwendet und nur ein paar Zugeständnisse an die Zeit gemacht. Es ist mit allem ausgestattet, was eine moderne Farm braucht.«

Marc warf ihm einen Seitenblick zu. »Weiß meine Mutter davon?«

»Nein, es sollte eine Überraschung werden, wenn sie zurückkommt. Aber das ist nie passiert.« Die Enttäuschung in seiner Stimme war nicht zu überhören.

»Sie ist unsertwegen in Deutschland geblieben, sie wollte, dass wir eine ordentliche Ausbildung bekommen.«

Mugambo nickte. »Das war eine vernünftige Entscheidung.«

»Vermutlich.« Marc schluckte schwer. »Aber ich wünschte, sie hätte mit uns darüber gesprochen.«

»Willst du dich drinnen mal umsehen?«

»Gerne, aber zuerst muss ich noch mit dir über Kai sprechen.« Er wandte sich Mugambo zu. »Es ist nahezu unmöglich, das gesamte Gelände alleine zu durchkämmen, es gleicht der Suche nach einer Nadel im Heuhaufen. Ich brauche mehr Männer dafür.«

»Wie ich schon sagte, wir können leider niemanden entbehren.« An Mugambos Gesichtsausdruck war nicht abzulesen, was er dachte.

»Das kann doch nicht sein! Hier waren früher mindestens zwanzig Männer, sie können doch nicht alle ständig gebraucht werden.«

»Früher war das so. Doch nach dem politischen Umsturz und dem Ende der Apartheid sind viele der jüngeren Männer in die Städte gegangen, um dort ihr Glück zu versuchen. Heute leben hier nur noch einige Alte und meine Familie. Und alle werden gebraucht, um uns um die Rinder und den Betrieb der Farm zu kümmern, besonders nachdem Robert verschwunden ist.«

»Aber … warum habt ihr keine neuen Arbeiter eingestellt?«

»Kaum jemand will heute noch für die weißen Farmer arbeiten. Außerdem können wir es uns nicht leisten.«

»Steht es um die Farm so schlecht?« Marc hielt den Atem an.

»Sogar noch schlechter. Das Geld ist aufgebraucht, und um ehrlich zu sein, hat Robert viel zu oft über euch nachgegrübelt, statt seine ganze Energie in die Farm zu stecken. Er war nicht mit dem Herzen dabei. Schon immer war Mariama diejenige von ihnen, die mit ihrem Wissen und ihrer Freude, eine Farm zu führen, für einen reibungslosen Ablauf gesorgt hat. Sie hatte die Kontakte zu den Züchtern und den Abnehmern der Rinder und war gut im Verhandeln. Robert ist und bleibt Geologe. Er hat die Farm für den Zeitpunkt verwaltet, an dem ihr wiederkommt.« Mugambo verzog den Mund. »In den letzten Jahren hat er die Hoffnung verloren und das meiste auf mich übertragen.«

»Ich bin sicher, du hast dich gut um die Farm gekümmert.« Marc zog den Brief aus dem Rucksack, den er im Papierkorb gefunden hatte, und hielt ihn Mugambo hin. »Weißt du etwas hierüber?«

Mugambo warf nur einen kurzen Blick darauf. »Ja.«

Als er nichts weiter sagte, wurde Marc ungeduldig. »Ist das alles? Wir wurden zwangsenteignet! Ist das nicht etwas, das wir hätten erfahren sollen? Ist Robert deshalb verschwunden?«

Nachdem er sich nach allen Seiten umgesehen hatte, ging Mugambo auf das Haus zu. »Komm mit, wir reden besser drinnen weiter.«

Marc folgte ihm, auch wenn er am liebsten aus ihm herausgeschüttelt hätte, was hier eigentlich vor sich ging. In der Diele blieb er stehen und sah sich ungläubig um. Sogar die Inneneinrichtung samt der Möbelstücke war dem früheren Haus nachempfunden. Wenn er mehr Zeit hatte, musste er sich unbedingt alles genau ansehen. Schließlich wandte er sich wieder zu Mugambo. »Du hättest mir nichts von der Enteignung gesagt, wenn ich nicht zufällig den Brief gefunden hätte, oder?«

»Nein.« Mugambo hob die Hand, als Marc antworten wollte. »Robert wollte es so. Und ihr hättet von Deutschland aus ohnehin nichts dagegen unternehmen können. Wenn die Regionalregierung einmal entscheidet, dass eine Farm zwangsenteignet wird, kann der Besitzer nicht mehr viel dagegen tun. Robert hat alles versucht, aber sie haben ihn nicht mal angehört.«

Marc ließ sich in einen der Sessel sinken. »Aber man muss doch irgendetwas dagegen tun können! Meine Großeltern haben ihr Leben lang auf der Farm geschuftet und sie aufgebaut, es ist ihr Land.«

»Genau genommen ist es das Land der Ureinwohner, das wenige europäische Einwanderer unter sich aufgeteilt haben. Aber du hast natürlich recht, nach der Besitzurkunde gehört das Land deinen Eltern. Nur ist die Regierung jetzt auf die Idee gekommen, Unrecht mit neuem Unrecht zu vergelten, was natürlich nicht funktioniert. Das enteignete Land wird meist an die ursprünglich hier angesiedelten Volksstämme zurückgegeben, die aber nicht die geringste Ahnung vom Führen einer Farm haben. Die Betriebe verkommen, und es geht allen schlechter als vorher. Allerdings wird nicht jede angedrohte Zwangsenteignung auch durchgeführt. Warum sie es auf diese Farm abgesehen haben, die vergleichsweise klein ist, weiß ich nicht. Robert hatte den Verdacht …«

Als er nicht weitersprach, richtete Marc sich gerader auf. »Welchen?«

Mugambo hob eine Schulter. »Er hatte den Verdacht, dass etwas anderes dahintersteckt. Was genau, hat er nicht gesagt, aber ich vermute, dass es mit Bodenschätzen zusammenhängt. Es war schon seltsam, wie schnell die Enteignung durchgesetzt wurde, normalerweise würde der Prozess viel länger dauern. Irgendjemand muss der Behörde gewaltigen Druck gemacht haben. Und warum wurde ein Verwalter eingesetzt? Eigentlich wäre das Land an den Nächstbesten mit der richtigen Hautfarbe weitergegeben worden. Aber soweit ich weiß, soll das Grundstück verkauft werden. Damara könnten sich so viel Land nicht leisten, nicht mal einen Bruchteil davon.«

»Du meinst, jemand aus der Regierung könnte es für sich selbst wollen?«

»Oder ein sehr gut zahlender Kunde.«

Marc rieb sich über die Stirn, um die beginnenden Kopfschmerzen zu vertreiben. »Hast du das auch Kai erzählt?«

»Nein, dein Bruder hat den Brief nie gesehen. Er ist einfach losgestürmt, um nach Robert zu suchen.«

Marc verzog den Mund. Das klang ganz nach Kai. »Ist mein Vater wegen der Enteignung verschwunden?«

»Ich kann es dir nicht sagen. Er war eines Morgens einfach weg. Er hat mir nur einen Zettel hinterlassen, auf dem stand, dass ich mich gut um die Farm kümmern solle. Und dass ich euch nichts von all dem erzählen solle, um euch nicht zu beunruhigen.«

Marc sprach aus, wovor er sich insgeheim fürchtete. »Meinst du, er hat sich etwas angetan?«

Mugambo neigte den Kopf. »Ich kann es mir nicht vorstellen. Robert ist ein Kämpfertyp. Er würde sein Grundstück nicht so einfach jemand anderem überlassen und schon gar nicht Mariamas Land. Ich denke eher, dass er irgendwie versucht, es für eure Familie zu retten.«

Marc stieß einen tiefen Seufzer aus. »Also muss ich nicht nur Kai suchen, sondern auch dafür sorgen, dass Robert wieder auftaucht.«

»Du hättest ihn doch sowieso nicht seinem Schicksal überlassen, oder?«

Schweigend sah er Mugambo einen Moment lang an. »Ich hatte es vor, aber ich bringe es nicht fertig.«

»Gut.« Marc erhob sich. »Dann werde ich mal nach Hause … ich meine, zu unserem Haus rüberfahren. Ich bin zu müde, um heute noch etwas zu unternehmen. Morgen früh werde ich dann sehen, ob ich in der Stadt irgendwie weiterkomme.«

Mugambo runzelte die Stirn. »Was hast du vor?«

»Ich weiß es noch nicht genau, aber irgendetwas muss ich tun, um Kai zu finden. Wenn hier niemand ist, der mir helfen kann, dann muss ich mir woanders Unterstützung holen.«

»Marc, ich …« Mugambo brach ab.

»Was?«

Ein kurzes Zögern. »Ach, nichts.« In der Tür drehte er sich noch einmal um. »Ich hoffe, du findest deinen Bruder.«

Marc nickte und sah ihm nach, als Mugambo hinausging. Die Schultern waren gebeugt, mit der Hand rieb er sich über den Nacken. Irgendetwas belastete ihn – und es war nicht Roberts Verschwinden, oder nicht nur. Hier stimmte etwas nicht, aber er würde herausfinden, was. Nun allerdings brauchte er seine ganze Energie für die Suche nach seinem Bruder. Erst wenn Kai in Sicherheit war, blieb Zeit für alles andere. Durch das Fenster konnte er sehen, dass die Sonne bereits unterging. Er würde sich beeilen müssen. Eilig durchsuchte er das Haus nach weiteren Spuren, die ihn zu Kais oder Roberts Aufenthaltsort führen könnten, aber er fand nichts. Frustriert verließ er das Haus und schwang sich in den Jeep.

Der Fahrweg war tückisch, mehr als einmal übersah er in den langen Schatten ein Loch und rollte mit Schwung hindurch. Die Zähne zusammengepresst, fuhr er so schnell wie möglich zurück. Vor Müdigkeit konnte er kaum die Augen offenhalten, doch das Bett musste noch eine Weile warten, zuerst würde er seine Mutter anrufen. Es graute ihm davor, ihr berichten zu müssen, dass er weder Kai gefunden hatte noch wusste, was mit ihrem Mann geschehen war. Warum hatte er gedacht, er brauche nur hierherzukommen, und schon wären alle Probleme gelöst? Ja, er war Polizist, aber hier war er wenig mehr als ein Tourist, der in einem fremden Land herumstolperte. Gleich morgen früh würde er nach Usakos fahren und die dortige Polizei um Hilfe bei der Suche bitten. Sicher hatten die Behörden Interesse daran, dass keine Menschen in ihrer Region verloren gingen. Jedenfalls hoffte er das. Zur Not würde er auch alleine weitersuchen, aber die Wahrscheinlichkeit, Kai zu finden, wäre so wesentlich geringer.

Gerade als die Sonne in einem feuerroten Ball am Horizont verschwand, traf Marc beim Haus ein. Irgendjemand hatte eine Lampe angemacht, sodass ihn nun ein warmer Schimmer willkommen hieß. Für einen Moment hoffte er, dass Kai von alleine zurückgefunden hätte, aber dem war nicht so. Mit einem Gefühl tiefen Unbehagens ging Marc zum Telefon und wählte die Nummer seiner Mutter. Es schmerzte ihn, ihr keine positiven Nachrichten berichten zu können, und so legte er nach einigen Minuten erschöpft auf. Mariama hatte tatsächlich nichts von der Enteignung gewusst und war völlig fassungslos. Doch ihre Angst um ihren Mann und ihren Sohn war größer, und sie hatte ihn inständig gebeten, alles zu tun, um sie zu finden. Als brauchte er dafür noch einen Ansporn. Marc schleppte sich mit letzter Kraft die Treppe hinauf und fiel so, wie er war, aufs Bett.

19

Das Schrillen des Weckers riss Marc aus einem totenähnlichen Schlaf. Für eine winzige Sekunde glaubte er, in Deutschland zu sein und alles nur geträumt zu haben, doch dann spürte er die Hitze, die sich in dem kleinen Zimmer gesammelt hatte. Mit einem Stöhnen setzte er sich auf und vergrub das Gesicht in den Händen. Minuten später taumelte er schlaftrunken ins Bad, riss sich die verschmutzten und zerknitterten Kleider vom Leib und stieg in die Dusche. Erschrocken schrie er auf, als ihn ein eiskalter Strahl traf. Mit einem Schlag hellwach, schrubbte er sich ab, so schnell es ging, und wickelte sich bibbernd in ein Handtuch. Mit einem zweiten rubbelte er die Haare trocken, warf es zur Seite und schnitt eine Grimasse, als er sein Spiegelbild sah. Seine Augen waren gerötet, dunkle Stoppeln bedeckten Kinn und Wangen. Die Lippen waren von der Kälte bläulich angelaufen. Aber das war jetzt alles egal, wenn er heute noch etwas erreichen wollte, musste er sich beeilen. Er suchte saubere Kleidung aus seinem Koffer und zog sich schnell an.

Obwohl er jetzt schon wusste, dass die Jeans in wenigen Minuten an seinem Körper kleben würde, konnte er sich nicht dazu entschließen, Shorts anzuziehen. Sein Auftritt musste professionell sein, wenn er etwas erreichen wollte. Verzweifelte Verwandte wurden meist nur mitleidig betrachtet, aber nicht wirklich ernst genommen. Aber er würde sich nicht abspeisen lassen, denn das könnte Kais Todesurteil bedeuten. Die Zähne zusammengebissen, machte er sich rasch fertig, schnappte sich den Rucksack und lief die Treppe hinunter. Vor der Haustür blieb er stehen und atmete tief die frische Luft ein. Noch war sie relativ kühl, aber sobald die Sonne etwas höher stand, würde es ein weiterer heißer Tag werden. Die Wolken hatten sich verzogen, konnten aber jederzeit wieder heranstürmen und einen gewaltigen Regenguss niedergehen lassen. Es war lange her, aber er konnte sich noch erinnern, wie es sich anfühlte, wenn die Natur entfesselt war. Doch vielleicht hatte er Glück und es würde in den nächsten Tagen trocken bleiben, sodass nicht noch weitere Spuren verwischt wurden.

Der Zustand des Pads schien über Nacht noch schlechter geworden zu sein – oder seine Muskeln hatten sich noch nicht von der gestrigen Fahrt erholt. Jedenfalls war er froh, als er endlich auf die B2 kam und auf der Asphaltstraße in die Stadt fuhr. Zuerst versuchte er es bei der Stadtverwaltung, wo er von einer Rezeptionistin empfangen wurde, die ihm einen zuständigen Beamten nannte. Doch dieser war nicht aufzufinden, und einen Vertreter schien es nicht zu geben. Ein anderer Mitarbeiter hielt sich für nicht zuständig und schickte ihn zu dem nächsthöheren Bearbeiter. Es war unglaublich, dass ihm trotz der vielen Menschen, die hier arbeiteten, niemand helfen konnte. Dabei war er noch nicht mal dazu gekommen, überhaupt eine Frage zu stellen. Frustriert und mehr als ungeduldig verlangte er schließlich, den für Zwangsenteignungen zuständigen Referenten zu sprechen. Dass er sich die Mühe hätte sparen können, wurde ihm klar, als er in das Büro des Mannes geführt wurde. Es sah aus, als würde hier mehr Geld für Möbel ausgegeben als für die Belange der Menschen in Usakos und Umgebung.

Der Referent lehnte sich in seinem Chefsessel zurück und faltete seine Hände über dem nicht zu übersehenden Bauch. »Ich bedaure zutiefst, Herr … wie war noch der Name?«

»Wolf.«

»Ah ja. Wolf. Ich kann Ihnen nicht weiterhelfen. Die Farm wurde rechtskräftig enteignet, nachdem Robert Wolf nie auf unsere Aufforderungen zu einer Stellungnahme geantwortet hat.« Er hob die Hände in einer Geste der Unschuld. »Wir müssen an alle Mitbürger denken und können nicht auf die Belange eines Einzelnen eingehen, wenn der keinerlei Versuch macht, uns entgegenzukommen. Die ehemals als Fechnerfarm bezeichnete Fläche ist in den Besitz des Ministeriums für Regionale und Lokale Verwaltung, Wohnungswesen und Ländliche Entwicklung übergegangen und wird an berechtigte Familien verkauft.«

Marc ballte die Hände zu Fäusten, um sich davon abzuhalten, diesen fetten Sack aus seinem Stuhl zu ziehen und ihm zu sagen, wo er sich seine rechtmäßige Enteignung hinschieben konnte. »Das Land befindet sich rechtmäßig seit über sechzig Jahren im Besitz der Familie Fechner. Wir haben uns nie etwas zuschulden kommen lassen und immer pünktlich die Steuern bezahlt, oder?«

»Nun ja …«

Marc stand auf und stemmte die Handflächen auf die Tischplatte. »Also, warum wollen Sie das Land wirklich haben?«

Der Referent plusterte sich auf. »Ich habe doch eben gesagt …«

»Und ich habe gesagt, ich möchte den wirklichen Grund erfahren. Meine Großeltern waren hart arbeitende Leute, die sich immer gut um das Land und ihre Arbeiter gekümmert haben. Genauso wie meine Eltern.«

»Ihr Vater …«

»Ja?«

Der Referent stieß einen gequälten Seufzer aus. »Robert Wolf hat sich geweigert, mit den Behörden zusammenzuarbeiten. Das alles hätte verhindert werden können, wenn er nicht so dickköpfig gewesen wäre.«

»Inwiefern hätte er mit Ihnen zusammenarbeiten sollen? Es ist sein Privatland, er kann darauf machen, was er will, solange er nichts Verbotenes tut und die Umwelt schont. Und ich bin sicher, das hat er getan.«

»Das schon, aber ...«

Marc richtete sich auf und sah abschätzig auf den Referenten hinunter. »Ich verstehe. Es handelt sich also um reine Behördenwillkür. Ich kann Ihnen versichern, dass wir rechtlich gegen die Verfügung angehen werden. Und wir werden an die Öffentlichkeit gehen. Sie wissen, was passieren wird, wenn es neue Unruhen gibt. Keine Investoren, keine Touristen, keine Devisen. Ist Ihnen ein kleines Stück Land so viel Ärger wert?«

So etwas wie Furcht war für einen kurzen Moment in den Augen des Referenten zu erkennen, doch er überspielte sie rasch mit Hochmut. »Es liegt nicht in meiner Hand, die Entscheidung wurde von jemand anderem getroffen.«

Marc tippte mit dem Finger das messingfarbene Namensschild an, das auf dem Tisch des Referenten stand. »Ich dachte, Sie hätten hier das Sagen. Aber wenn dem nicht so ist, sagen Sie mir, an wen ich mich wenden muss, um die Sache zu klären.«

»Ich werde Ihre Beschwerde an die zuständige Stelle weiterleiten.«

»Gut, ich frage in ein paar Tagen erneut bei Ihnen nach, ob die Entscheidung rückgängig gemacht wurde. Wurde sie das nicht, werde ich andere Maßnahmen einleiten.« Marc drehte sich um und ging zur Tür.

»Wenn Sie das tun, werden Sie die Konsequenzen tragen müssen.«

Langsam wandte Marc sich zu dem Referenten um. »Sollte das eine Drohung sein?«

»Eine Feststellung.«

»Dann ist es ja gut, denn ich bin mir sicher, dass Sie sich keinesfalls mit einem deutschen Polizisten anlegen wollen, der auf so etwas sehr allergisch reagiert.« Damit verließ er das Büro, bevor er seinem Drang nachgeben würde, dem Referenten sein Namensschild in den Mund zu stopfen. Er ballte die Hände zu Fäusten, damit niemand sah, wie sehr sie zitterten. Die Rezeptionistin blickte auf, als er an ihr vorbeistürmte, aber der Abschiedsgruß verstummte auf ihren Lippen, als sie seinen Gesichtsausdruck sah.

Sowie er außer Sichtweite des Gebäudes war, lehnte Marc sich an eine Hauswand, schloss die Augen und atmete tief durch. Es war vermutlich nicht klug gewesen, den Referenten gegen sich aufzubringen, aber er hatte sich das leere Geschwätz nicht länger anhören können. War es vorher nur eine Vermutung gewesen, hatte er jetzt keinerlei Zweifel mehr daran, dass es für die Enteigung einen ganz anderen Grund als den genannten gab. Sowie er Kai gefunden hatte, würde er sich darum kümmern müssen, denn er würde nicht zulassen, dass man seiner Mutter ihr Eigentum wegnehmen würde. Ein Blick auf die Uhr zeigte ihm, dass er besser gleich die Polizeistation aufsuchen sollte, wenn er wollte, dass heute noch etwas passierte. Da das Gebäude nur wenige Meter von der Stadtverwaltung entfernt lag, ging er zu Fuß dorthin. Vielleicht würde ihm die frische Luft helfen, sich zu beruhigen. Doch als er vor dem Polizeigebäude ankam und die Eingangstür etwas zu kraftvoll aufschob, erkannte er, dass seine Stimmung immer noch gereizt war. Es half auch nicht, die Menschenschlange vor dem Tresen zu sehen, an deren Ende er sich anstellen musste, wenn er irgendwann einem der gelangweilt aussehenden Polizisten sein Anliegen vortragen wollte.

Es dauerte eine halbe Stunde, bis er endlich an der Reihe war. Sein Nacken schmerzte vor Anspannung, sein Magen grummelte wegen des ausgelassenen Frühstücks. »Mein Name ist Marc Wolf. Mein Bruder Kai wird seit einigen Tagen vermisst, und ich brauchte Hilfe bei der Suche.«

Die Augenbrauen des Diensthabenden hoben sich, als wollte er seine Verwunderung kundtun, dass er mit diesem Anliegen überhaupt zur Polizei kam. »Sind Sie Touristen?«

»Was hat das damit zu tun?«

»Touristen verfahren sich öfter mal. Meist tauchen sie dann irgendwo wieder auf.«

Marc biss die Zähne zusammen, um seine Wut zu unterdrücken. »Mein Bruder ist kein Tourist, und er hat sich auch nicht verfahren. Er war auf unserem Grundstück unterwegs und ist abends nicht wiedergekommen. Ich befürchte, dass ihm etwas passiert ist.«

Der Polizist malte Kringel auf den Block vor sich. »Warum suchen Sie ihn nicht einfach selbst, wenn Sie wissen, wo er ist?«

»Weil das Grundstück zu groß dafür ist! Ich habe nicht genug Leute, um ihn selber suchen zu können. Deshalb bin ich hierhergekommen. Könnten Sie also bitte die Vermisstenanzeige aufnehmen und dann eine Suchmannschaft hinschicken?«

Mit zusammengezogenen Augenbrauen sah ihn der Polizist an. »Wollen Sie mir sagen, wie ich meine Arbeit zu machen habe?«

Da er es anscheinend selber nicht wusste, ja, aber das sagte Marc besser nicht. »Ich möchte nur, dass alles getan wird, um meinen Bruder zu finden.« Er zog seinen Dienstausweis aus dem Portemonnaie und legte ihn auf den Tresen.

»Was ist das?«

»Ich bin in Deutschland Kriminalkommissar. Ich würde es sehr begrüßen, wenn Sie mir helfen könnten.«

»Wenn Sie glauben, dass Sie hier anders behandelt werden, nur weil Sie weiß und wohlhabend sind, muss ich Sie enttäuschen. Wir haben nicht genug Leute, um eine großangelegte Suchaktion zu starten. Ich kann Ihre Vermisstenanzeige aufnehmen, wenn Sie das unbedingt möchten …«

Marc unterdrückte den Drang, den Polizisten am Kragen über den Tresen zu ziehen, stattdessen antwortete er so ruhig wie möglich. »Vergessen Sie's, ich habe hier schon zu viel Zeit vergeudet.« Abrupt drehte er sich um und stapfte wütend zur Tür. Warum hatte er geglaubt, dass ihm jemand helfen würde? Er hatte überlegt, eine Vermisstenanzeige aufzugeben, aber was hätte das schon gebracht? Es würde sowieso niemand nach Kai suchen, und außerdem wollte er nicht unbedingt darauf aufmerksam machen, dass sie sich auf dem zwangsenteigneten Land aufhielten. Die Verzweiflung in ihm wuchs, bis er glaubte, daran ersticken zu müssen. Wie sollte er Kai alleine finden? Mit Schwung stieß er die Tür auf, trat hinaus und blinzelte gegen die Sonne. Die Hitze legte sich wie eine Decke um ihn und verstärkte das bedrückende Gefühl noch.

»Au, verdammt!«

Marc fuhr herum, als er den englischen Ausruf hörte. Eine Frau stand dicht hinter ihm und rieb ihren Ellbogen. Als sie ihren Blick hob, vergaß Marc zu atmen. Eisblaue Augen bildeten einen starken Kontrast zu einem ebenmäßig gebräunten Gesicht und dunkelbraunen Haaren, denen die Naturkrause anzusehen war, obwohl sie in einem Zopf gebändigt waren. Schließlich fand er seine Sprache wieder. »Entschuldigung, ich habe Ihnen hoffentlich nicht wehgetan?«

»Geht schon. Es war meine Schuld, so dicht hinter Ihnen herzugehen und nicht auf die Tür zu achten.« Die vollen Lippen verzogen sich zu einem schiefen Lächeln. »Ich hatte es mal wieder zu eilig.«

Marc nickte. »Dann wünsche ich Ihnen noch einen schönen Tag.« In Gedanken schon wieder bei seinem Bruder, ging er zu seinem Wagen zurück.

»Warten Sie!«

Erneut blieb er stehen, Ungeduld machte sich in ihm breit. »Ja?«

»Ich habe eben durch Zufall Ihre Unterhaltung mit dem Polizisten mitbekommen und wollte Ihnen meine Hilfe bei der Suche nach Ihrem Bruder anbieten.«

Marc sah sie von oben bis unten an. »Danke für das Angebot, aber das ist nicht nötig.«

»Ich dachte, Sie hätten gesagt, dass er vermisst würde und Sie Angst hätten, dass ihm etwas passiert wäre. Und dass Sie nicht genügend Männer haben, um ihn zu suchen.«

»Genau, *Männer*. Danke für Ihr Angebot, Miss, aber ich glaube nicht, dass Sie mir helfen können.« Mit einem, wie er hoffte, bedauernden Lächeln wandte er sich ab.

Die Frau ging kurz entschlossen um ihn herum und verstellte ihm den Weg. »Sie wissen, dass die Polizei Ihnen nicht helfen wird, und trotzdem lehnen Sie meine Hilfe ab. Wollen Sie Ihren Bruder nicht wiedersehen?«

Marc spürte, wie die angestaute Wut aus ihm herausbrach, aber es gelang ihm nicht mehr, sie zu zügeln. Er schob sein Gesicht dicht an das ihre heran. »Ich *muss* ihn finden, verstehen Sie? Ohne meinen Bruder werde ich nicht nach Hause zurückkehren. Und ich habe Sie nicht gebeten, sich einzumischen, also lassen Sie mich gefälligst in Ruhe!« Ein Zittern lief durch seinen Körper.

Die Frau hörte sich seinen Ausbruch an, ohne mit der Wimper zu zucken, und rührte sich erst wieder, als er fertig war. »Es ist normalerweise nicht meine Angewohnheit, mich in anderer Leute Angelegenheiten einzumischen – zumindest nicht, wenn sie mich nicht darum gebeten haben –, aber ich hatte das Gefühl, dass Sie verzweifelt sind und ich Ihnen helfen könnte.« Sie hielt ihm ihre Hand hin. »Mein Name ist Ivory Callaghan, ich bin Privatdetektivin.«

Zögernd ergriff Marc ihre Hand, ließ sie dann aber schnell wieder los. »Marc Wolf.«

»Wenn Sie kein Tourist sind, was sind Sie dann?«

»Namibier.«

Erstaunt sah sie ihn an, dann schüttelte sie den Kopf. »So sehen Sie aber nicht aus. Sie sind weißer als eine Kalklatte. Ein Ding der Unmöglichkeit, wenn man hier lebt.«

»Ich sagte nicht, dass ich hier lebe. Ich komme gerade aus Deutschland, wo ich seit zwanzig Jahren lebe.«

»Ah, ich verstehe. Winter in Europa.« Sie hob eine Augenbraue. »Und was tun Sie jetzt hier?«

Marc stieß einen tiefen Seufzer aus. »Das wissen Sie ja bereits, ich suche meinen Bruder.«

»Der hier was gemacht hat?«

»Kai ...« Marc rieb sich über die feuchte Stirn. »Kai hat meinen Vater gesucht, der ebenfalls vermisst wird.«

Ivorys Augenbrauen schoben sich zusammen. »Und was hat der gemacht?«

»Unser Vater lebt hier auf unserer Farm.« Er kam ihrer nächsten Frage zuvor. »Robert Wolf. Die alte Fechnerfarm.«

Ein undeutbarer Ausdruck zog über ihr Gesicht. »Ja, ich habe davon gehört. Und Ihr Vater ist ebenfalls verschwunden?«

»Ja, auch auf der Farm, soweit ich weiß. Seit über drei Wochen ist er nicht wieder aufgetaucht.« Marc rieb sich automatisch über die Brust, um das hohle Gefühl zu vertreiben, das sich darin breitmachte.

Ivory sah sich um, bevor sie wieder sprach. »Okay, ich glaube, das ist eine längere Geschichte. Wenn Sie möchten, können wir in mein Büro gehen, es gibt dort einen Ventilator und eisgekühlte Getränke.«

»Ich habe wirklich keine Zeit für so etwas, Miss Callaghan. Trotzdem danke für das Angebot.«

Ivorys Hand legte sich auf seinen Arm und löste ein Prickeln in ihm aus. »Haben Sie sich überlegt, was Sie jetzt tun? Falls nicht, kann ich Ihnen sagen, was ich tun würde.«

»Und das wäre?« War es wirklich seine Stimme, die so belegt klang?

»Ich würde einen Bekannten bitten, mit seinem Flugzeug über Ihr Land zu fliegen und dort mit einem Wärmebildgerät nach den Vermissten zu suchen. Was bei den hohen Umgebungstemperaturen zugegebenermaßen schwierig ist, aber er könnte auch nach einem Fahrzeug oder anderen Anhaltspunkten Ausschau halten.« Sie zuckte mit den Schultern. »Aber da Sie meine Hilfe nicht wollen, wünsche ich Ihnen viel Glück bei der Suche.« Diesmal war sie es, die sich umdrehte und ihn stehen ließ.

Marc sah ihr verwirrt hinterher. Natürlich, ein Flugzeug, warum war er nicht gleich darauf gekommen? Er verzog den Mund. Vermutlich weil er Flugzeuge hasste und sich nicht vorstellen konnte, jemals in eines zu steigen, das kleiner war als ein Jumbojet. Und selbst das würde er sich noch einmal überlegen, wenn es so weit war. Er wollte nicht von dieser seltsamen Frau abhängig sein, aber hatte er eine andere Wahl? Ihm fehlten die Kontakte, es würde Tage dauern, bis er einen passenden Piloten gefunden hätte, der auch noch mit einer Wärmebildkamera ausgestattet war. Nicht wirklich glücklich mit seiner Entscheidung, lief er hinter Ivory her. »Warten Sie bitte.«

Ivory drehte sich zu ihm um und verschränkte die Arme vor der Brust.

Marc versuchte, sich nicht von der Art ablenken zu lassen,

wie sich ihr T-Shirt über ihren Brüsten spannte, und räusperte sich. »Nach einiger Überlegung möchte ich mir Ihr Angebot doch gerne anhören.«

Ivorys eisblaue Augen musterten ihn ernst. »In Ordnung, versuchen wir es. Mein Büro ist gleich um die Ecke.«

Marc folgte ihr mit einem unguten Gefühl. Was war, wenn er dadurch nur wichtige Zeit verlor? Vielleicht war Kai verletzt und brauchte dringend ärztliche Hilfe. Wäre er gesund, hätte er längst einen Weg aus der Wildnis gefunden. Etliche Wege durchzogen das Grundstück, irgendwann hätte er auf einen treffen müssen und wäre so zum Haus zurückgelangt. Außer er hatte beschlossen, so lange nach Robert zu suchen, bis er ihn gefunden hatte. Aber hätte er Mugambo dann nicht über Funk Bescheid gesagt? Oder hatte er das getan, und Mugambo hatte es aus irgendeinem Grund verschwiegen? Je mehr er darüber nachdachte, desto verwickelter wurden die möglichen Szenarien. Egal, was genau passiert war, er musste Kai finden, alles andere zählte nicht.

»Mein Freund ist sehr gut in solchen Dingen, er war Aufklärer beim Militär. Wenn es irgendetwas zu finden gibt, wird er es finden.« Ivorys warme Stimme riss ihn aus seinen Gedanken.

»Ich hoffe es. Mein Bruder war noch zu klein, als wir Namibia verließen, ich glaube nicht, dass er lange in der Wildnis überleben kann, wenn sein Proviant ausgeht oder er verletzt ist.«

Sie blieb vor einem alten Haus im Kolonialstil stehen und schloss die Haustür auf. Auf einer dezenten Steinplatte an der Hauswand stand *Ivory Callaghan – Privatdetektivin* in mehreren Sprachen. Im Innern war die Luft überraschend kühl. Ivory führte ihn durch eine großzügige Diele, in der Stühle für wartende Klienten an der Wand standen. In einem Regal standen Bücher, auf einem kleinen Tisch lagen Zeitschriften. Auf der gegenüberliegenden Seite war eine Tür, hinter der ein weiterer kurzer Gang mit mehreren Türen lag. Ivory öffnete eine davon und steckte den Kopf durch den Spalt.

»Ich bin wieder da, Kyle. Die nächste Zeit werde ich mit einem neuen Klienten beschäftigt sein, könntest du die ankommenden Gespräche annehmen?«

Über ihren Kopf hinweg konnte Marc einen Blick in den Raum werfen. Ein Schwarzer saß an einem Schreibtisch und tippte irgendetwas in den Computer, während er gleichzeitig zur Tür blickte. »Natürlich.«

»Danke.« Ivory schloss die Tür leise wieder und sah Marc an. »Das ist mein Mitarbeiter Kyle Gabando.« Sie öffnete die nächste Tür. »Und das ist mein Büro. Kommen Sie herein und nehmen Sie Platz.« Sie deutete auf den Besucherstuhl vor ihrem gewaltigen Schreibtisch. »Ich werde gleich meinen Freund anrufen, damit wir wissen, ob er heute frei ist. Wenn Sie eine Erfrischung möchten, bedienen Sie sich ruhig.« Mit dem Kopf machte sie eine Bewegung in Richtung des Kühlschranks, der in einer Ecke des Zimmers vor sich hin brummte, und wählte bereits eine Telefonnummer.

Langsam ging Marc zum Kühlschrank und öffnete ihn. Kalte Luft strömte ihm entgegen und verursachte ihm eine Gänsehaut. Er nahm eine Cola heraus und drehte sich zu Ivory um. »Möchten Sie auch etwas?«

»Wasser, bitte. Ja, Pete, hier ist Ivory. Bist du heute frei? Ich hätte einen dringenden Auftrag.« Sie lauschte eine Weile. »Ah, okay, gut. Ich möchte, dass du über ein Grundstück fliegst und nach Wärmespuren suchst. Ja, ich weiß, aber einen Versuch ist es wert. Gut, bis gleich.« Sie legte den Hörer zurück und nahm Marc die Wasserflasche aus der Hand. »Danke.« Sie nahm einen tiefen Schluck, während Marc wie gebannt auf ihre Halskuhle starrte, wo ein Schweißtropfen über ihre glatte braune Haut lief und im Ausschnitt ihres T-Shirts verschwand. »Pete kommt gleich vorbei, um uns abzuholen und alles Weitere zu besprechen.«

Mit Mühe riss Marc seinen Blick hoch. »Abholen?«

»Ja, wir fahren zusammen zum Flugplatz.«

Er trat einen Schritt zurück, seine Faszination war augenblicklich vergessen. »Ich kann nicht mitfliegen.«

Ivory zog die Augenbrauen hoch. »Warum nicht?«

Allein der Gedanke daran, in so eine Maschine zu steigen, ließ einen Schauder über seinen Rücken laufen. Gänsehaut überzog seine Arme, sein Atem ging schneller. »Ich … kann nicht.«

»Ja, das sagten Sie schon.«

Marc drehte sich um und versuchte, die Panik zu unterdrücken, die in ihm aufkam. Seine Hände zu Fäusten geballt, schloss er die Augen.

Ivory betrachtete den steifen Rücken ihres neuen Klienten und runzelte die Stirn. Irgendetwas stimmte nicht mit diesem Marc Wolf. In der Polizeistation hatte sie Mitleid mit ihm gehabt, weil er so verzweifelt schien und ihm niemand helfen wollte. Inzwischen fragte sie sich, ob es ein Fehler gewesen war, ihn anzusprechen und ihm ihre Hilfe anzubieten. Sie hätte einfach weggehen sollen, als er ihr gesagt hatte, dass er einen *Mann* brauche. Diese Einstellung gab es hier viel zu oft, und sie ging ihr mit jedem Mal mehr auf den Geist. Aber sie musste auch dafür sorgen, dass ihr Geschäft lief, und deshalb hatte sie ihren Ärger mal wieder hinuntergeschluckt. Zögernd legte sie ihm die Hand auf die Schulter. Als sie spürte, wie er zusammenzuckte, zog sie sie rasch wieder zurück.

»Warum wollen Sie nicht mitfliegen?« Sie ging um ihn herum, um ihm ins Gesicht sehen zu können. Es war gerötet, Schweiß stand ihm auf der Stirn. »Ich kann Ihnen nicht helfen, wenn Sie nicht mit mir reden.«

Sein Blick traf den ihren nur für wenige Sekunden, bevor er wieder zur Seite irrte. »Ich habe … Flugangst.«

Ah, das erklärte einiges. Der arme Kerl sah aus, als würde er gleich im Boden versinken, dabei war das nun wirklich nichts, wofür man sich schämen müsste. »Ich verstehe. Okay, wir machen es anders: Kyle wird mit Pete fliegen und uns über Funk die Koordinaten eventueller Wärmesignaturen durchgeben, die wir auf der Farm überprüfen können. Wie klingt das?«

Marc sah sie erleichtert an. »Viel besser.« Ein großer Teil seiner Unsicherheit schien von ihm abzufallen, er richtete sich gerader auf. »Damit können wir auch Zeit sparen.«

»Ja, es kostet Sie aber auch mehr.« Aufmerksam beobachtete sie seine Reaktion.

Er zuckte mit keiner Wimper. »Das ist kein Problem, ich habe genug gespart. Es ist nur wichtig, dass ich Kai gesund zurückbringe.«

Ivory unterdrückte ein zufriedenes Lächeln. Solche Klienten waren ihr am liebsten. »Pete verlangt vorab eine Anzahlung von 5000 Namibischen Dollar, das wird dann mit den tatsächlichen Kosten verrechnet. Er nimmt 3000 Dollar pro Stunde.«

Marc atmete tief aus. »Das sind rund 300 Euro pro Stunde, ich hatte mit mehr gerechnet.«

»Auch 300 Euro sind viel Geld.«

»Ja, aber noch bezahlbar.« Damit schien für ihn das Thema erledigt zu sein. »Was meinen Sie, wann der Pilot ungefähr eintrifft?«

Ivory sah auf die Uhr. »Ich schätze mal, in einer Viertelstunde. Wir haben also nicht viel Zeit, seine Flugroute festzulegen. Machen wir uns lieber an die Arbeit.«

Marc nickte und setzte sich auf den Besucherstuhl. »Ich habe eine Karte des Grundstücks.« Er öffnete seinen Rucksack und zog ein zusammengefaltetes Blatt hervor. Nachdem er es auf dem Tisch ausgebreitet hatte, deutete er mit dem Finger auf eine rote Linie. »Alles innerhalb der Linie gehört zur Farm.«

Ivory beugte sich über den Tisch und studierte die Karte. »Genügend Land, um verloren zu gehen.«

»Ja, das ist mein Problem.« Er tippte auf das Blatt. »Der größere Teil des Grundstücks gehört zur Fechnerfarm, dort sind die umzäunten Rinderweiden. Dann hier das Rivier und dahinter noch ein Stück Wildnis.« Sein Finger deutete auf einen anderen Teil. »Auf dieser Seite gibt es keine Zäune und außer dem Haus und dem Stall nur Wildnis. Dieses Land gehört meinem Vater, in dem Haus sind Kai und ich aufgewachsen. Hier hat Kai übernachtet, bevor er verschwand.«

»Wissen Sie, wo er hinwollte?«

Marcs Blick traf den ihren, Ärger ließ seine grünen Augen funkeln. »Nein. Ich wusste nicht einmal, dass er in Namibia ist. Ich habe es erst erfahren, als er bereits vermisst wurde. Unserer Mutter in Deutschland hat er nicht erzählt, was genau er vorhatte. Und der Vorarbeiter auf der Farm weiß angeblich auch nichts.«

Ivory setzte sich auf. »Warum angeblich? Könnte er etwas damit zu tun haben?«

Marc rieb sich über die Stirn. »Nein, ich glaube nicht. Aber irgendetwas stimmt nicht mit ihm, das spüre ich. Als würde er etwas verheimlichen.« Er hob die Schultern. »Es könnte aber auch sein, dass er sich unwohl fühlt, weil er jetzt Verwalter der Farm ist, bis sich ein Käufer gefunden hat.«

Ivory sah ihn fragend an. Die Geschichte wurde immer interessanter. »Sie wollen die Farm verkaufen?«

Marc lachte bitter auf. »Nein, sie wurde gerade zwangsenteignet. Nicht, dass wir diese Information von meinem Vater bekommen hätten. Ich habe einen Brief im Mülleimer gefunden, in dem ihm mitgeteilt wird, dass das Land nun nicht mehr uns gehört.« Er schwieg einen Moment. »Einfach so.«

Ivory lehnte sich zurück und klopfte gedankenverloren mit einem Stift auf die Tischplatte. »Das ist seltsam. Man hört zwar immer wieder von den Zwangsenteignungen, aber meines Wissens wurden bisher kaum welche vollstreckt. Es ist wie ein Gespenst, alle reden darüber und fürchten sich davor, aber eigentlich war bislang niemand davon betroffen. Wusste ihr Vater schon länger davon?«

»Das kann ich Ihnen nicht sagen. Ich habe seit zwanzig Jahren nicht mit ihm gesprochen, und meine Mutter wusste bis gestern gar nicht, dass sie zwangsenteignet wurde.« Er sah ihre Verwirrung. »Meiner Mutter gehört das größere Stück Land, das sie von ihren Eltern geerbt hat, nachdem diese einem Brand zum Opfer gefallen sind. Der Rest des Landes gehört meinem Vater. Er hatte es damals von meinen Großeltern gekauft – noch bevor er meine Mutter kennenlernte. Natürlich gehört es seit der Hochzeit ihnen beiden.«

»Dann müsste das Land Ihrer Großeltern aber auch beiden gehören.«

Marc hob die Schultern. »Es könnte sein, aber ich glaube, mein Vater hat sich nie als Besitzer in die Urkunden eintragen lassen.«

»Warum nicht?«

»Ich weiß es nicht, vielleicht hielt er es nicht für nötig. Oder er dachte, er hätte kein Anrecht darauf, nachdem er meine Mutter, meinen Bruder und mich fortgeschickt hatte. Ich weiß nur, dass in dem Schreiben der Regionalbehörde meine Mutter als Eigentümerin des Grundstücks genannt wird.«

Zu gerne hätte Ivory gewusst, was hinter der ganzen Geschichte steckte, aber im Moment mussten sie sich auf das Wesentliche konzentrieren, damit Pete und Kyle wussten, wo sie am besten mit der Suche anfingen. »Ihr Bruder hat also Ihren Vater gesucht, habe ich das richtig verstanden?«

»Ja.«

»Und wo Ihr Vater hinwollte, weiß auch niemand?«

»Zumindest sagt es niemand. Ich könnte mir vorstellen, dass er noch einmal sein Grundstück sehen wollte, nachdem er den Brief mit der Enteignung bekommen hat. Aber ehrlich gesagt, kenne ich ihn überhaupt nicht mehr und habe keinerlei Ahnung, was in seinem Kopf vor sich geht.« Er schwieg einen Moment. »Robert war Geologe. Er hat früher immer mal wieder auf dem Grundstück nach Bodenschätzen gesucht. Als Kind hat er mich einige Male mitgenommen.«

»Wissen Sie noch, wo genau Sie waren?«

»Nein.« Ruckartig richtete er sich auf. »Aber mein Vater hat so eine Art Tagebuch geführt, wenn ich mich recht erinnere. Ich könnte noch einmal das Haus danach durchsuchen.« Mit einem Seufzer sank er wieder zurück. »Allerdings wüsste ich nicht, was es uns bringen würde, selbst wenn ich es finden sollte. Er könnte überall sein, und es würde Wochen, wenn nicht gar Monate dauern, die Plätze abzusuchen, die er in all den Jahren untersucht hat.«

Das »uns« klang schon mal sehr gut, es schien, als hätte Marc ihre Hilfe angenommen. Mit der Suche hatte er allerdings leider recht, zumindest, wenn man das gesamte Gebiet zu Fuß durchkämmte. Das Flugzeug könnte dabei aber noch einmal hilfreich sein. »Also gut, konzentrieren wir uns zuerst auf Ihren Bruder. Hatte er ein Funkgerät dabei?«

»Im Auto müsste eines sein. Mugambo sagte aber, Kai hätte sich nicht gemeldet, als er ihn angefunkt hat.«

»Mugambo?«

»Der Verwalter.«

Ivory machte sich eine Notiz, bevor sie ihn wieder anblickte.

»Mugambo hat also sowohl Ihren Vater als auch Ihren Bruder als Letzter gesehen?«

»Es scheint so.«

»Ich werde ihn überprüfen lassen.« Als sie seinen unbehaglichen Blick sah, hob sie beruhigend die Hand. »Ganz diskret natürlich. Welcher Volksgruppe gehört er an?«

»Den Damara. Er lebt schon auf der Farm, seit er ein Junge war. Meine Mutter und ihre Eltern haben ihn damals aufgenommen, als sein Vater bei einem Grubenunglück ums Leben kam. Eigentlich würde ich meine Hand für ihn ins Feuer legen, aber ich weiß nicht, was in den letzten zwanzig Jahren geschehen ist. Er hat damals unser Kindermädchen geheiratet, inzwischen haben sie sechs Kinder.« Nachdenklich strich Marc sich durch die Haare. »Amali – seine Frau – ist übrigens auch weg. Er sagte zwar, sie wäre bei Verwandten zu Besuch, aber soweit ich weiß, hat sie keine Verwandten, außer einem Bruder, der früher auf der Farm gearbeitet hat, aber seit dem Brand des Farmhauses 1982 verschwunden ist.«

»Ist er damals gestorben?«

»Seine Leiche wurde nicht in der Ruine gefunden.«

»War es Brandstiftung?«

»Ja. Meine Mutter hat nie viel darüber geredet, aber ich habe ein Gespräch zwischen den beiden belauscht. Mein Vater hat versucht, die Ermittlungen der Polizei voranzutreiben, aber schon damals hatte anscheinend niemand Lust, sich um solche lästigen Kleinigkeiten wie Mord und Brandstiftung zu kümmern.«

»Mord?«

»Wenn der Brand absichtlich gelegt wurde, hat der Täter zumindest in Kauf genommen, dass meine Großeltern sterben. Totschlag wäre in dem Fall wohl der richtige Begriff. Aber Phils Absturz war eindeutig Mord.«

Verwirrt sah Ivory ihn an. »Jetzt haben Sie mich verloren. Wer ist Phil, und was für ein Absturz?«

Marcs Ohren färbten sich rot. »Entschuldigung. Philip Raynes war Pilot. Kurz nach dem Brand wollte er über das Grundstück fliegen, um nach Wilderern oder Rebellen zu suchen, die etwas mit dem Brand zu tun haben könnten. Das Flugzeug ist in der Luft über unserem Land explodiert, was ein Unglück zumindest unwahrscheinlich machte. Meine Mutter sagte mir später, dass man Sprengstoffspuren in dem Wrack gefunden habe.«

Das erklärte die Flugangst. Unter den Umständen hätte sie die sicher auch. »Hat man den Täter gefunden?«

Marc presste die Lippen zusammen. »Nein.«

»Irgendwelche Ideen, wer dahinterstecken könnte?«

»Vielleicht wusste mein Vater etwas, aber er hat es mir nicht erzählt. Wann hätte er das auch tun sollen, er hatte ja nichts Eiligeres zu tun, als uns nach Deutschland zu verfrachten.« Bitterkeit schwang in seiner Stimme mit. Verlegen wandte er sich ab. »Entschuldigung, das hat nichts mit dem vorliegenden Fall zu tun.«

»Kein Problem. Wenn ich richtig verstanden habe, sind Sie Polizist. Was sagt Ihnen Ihr Instinkt, könnte das Verschwinden Ihres Vaters und Ihres Bruders etwas mit den Ereignissen von damals zu tun haben?«

Marc schien einen Moment in sich hineinzuhorchen und schüttelte schließlich den Kopf. »Ich wüsste nicht, wie. Das alles ist über zwanzig Jahre her, wenn irgendetwas passiert wäre, dann damals, nicht heute. Ich halte die Enteignung für den wahrscheinlicheren Grund des Verschwindens meines Vaters. Vielleicht ist mein Bruder mit dem Auto liegen geblieben, und er hat sich dann verirrt, oder es gibt eine andere einfache Erklärung. Allerdings würde das nicht Mugambos merkwürdiges

Verhalten erklären.« Er sah ihr direkt in die Augen. »Kurz und schlicht: Ich weiß es einfach nicht.«

»Gut, dann konzentrieren wir uns erst einmal darauf, die beiden wiederzufinden, warum sie verschwunden sind, können sie uns anschließend ja selbst erklären.«

»Das hoffe ich.« Marcs Stimme klang rau. Sein Gesicht wirkte kantig, die schwarzen Haare waren zerwühlt, als wäre er ständig mit der Hand durch sie hindurchgefahren. Das Weiße seiner Augen war gerötet, was darauf hindeutete, dass er nicht genug geschlafen hatte.

Überrascht stellte Ivory fest, dass sie das Bedürfnis verspürte, ihn zu trösten. Um nicht die Hand auszustrecken und sie auf seine Faust zu legen, umklammerte sie den Stift fester und schrieb noch etwas in ihren Block. »Haben Sie den Brief über die Zwangsenteignung dabei?«

Wortlos zog Marc das Schriftstück aus dem Rucksack und schob es über den Tisch. »Er ist nicht besonders ausführlich. Ich hatte auch noch keine Zeit, nach den darin erwähnten Verkaufsaufforderungen zu suchen. Vielleicht hat Robert sie abgeheftet, aber wahrscheinlicher ist, dass er sie ebenfalls weggeworfen hat.«

Ivory nahm den Brief an sich und überflog ihn. Ihre Augenbrauen zogen sich zusammen. Das Schreiben war tatsächlich mehr als knapp, sehr ungewöhnlich. »Ich werde mich bei der zuständigen Behörde umhören, die Enteignung erscheint mir doch sehr willkürlich.«

Ein Schnauben entfuhr Marc. »Da war ich vorhin schon. Das Gespräch war ähnlich erfolgreich wie das bei der Polizei.«

Ivory fühlte, wie sich ihre Lippen zu einem kleinen Lächeln verzogen. »Etwas anderes hätte ich auch nicht erwartet. Ich hatte auch eher vor, verdeckt zu recherchieren. Ich kenne jemanden, der mir bestimmt sagen kann, was hier gespielt wird.«

Marc beugte sich interessiert vor. »Ein Informant?«

»Etwas Ähnliches. Es ist immer gut, jemanden zu kennen, der an der Quelle sitzt.«

»Das glaube ich gern.« Etwas wie Erleichterung huschte über Marcs Züge. »Es war tatsächlich ein glücklicher Zufall, dass Sie bei der Polizei gelauscht haben. Danke, dass Sie so beharrlich waren und sich nicht von mir haben verjagen lassen.«

Ivory lachte auf. »Ich hätte den falschen Beruf, wenn ich so schnell aufgeben würde. Davon abgesehen glaube ich nicht an Zufälle, ich denke eher, es sollte so sein.«

Marc sah sie seltsam an, seine Miene ernst und nicht zu deuten. »Ja, vielleicht sollte es so kommen.«

Hitze stieg in Ivory auf, die nur wenig mit den sommerlichen Temperaturen zu tun hatte, eher schon mit dem interessanten, attraktiven Mann, der da vor ihr saß. Dass er zudem noch schwer durchschaubar war und sie nicht wusste, was er dachte, verlieh der Sache einen zusätzlichen Reiz. Mühsam riss sie sich zusammen. Es war selten gut, in einem Klienten etwas anderes als einen Auftraggeber zu sehen, so viel hatte sie in ihren fünf Jahren als Privatdetektivin gelernt. Gerade als es ihr gelungen war, wieder ein wenig Abstand zu gewinnen, fiel Marcs Blick auf ihren Mund. Er verharrte dort für einige Sekunden, bevor er abrupt wieder zu ihren Augen glitt. Der Ausdruck in diesen sagte eindeutig, dass auch er die Schwingungen zwischen ihnen spürte und sich dabei nicht weniger unwohl fühlte als sie. Es war eindeutig Zeit, wieder zum Geschäftlichen zurückzukommen.

»Wie …?«

Sie wurde von einem Klopfen an der Tür unterbrochen und unterdrückte gerade noch ein erleichtertes Aufatmen. »Ja?«

Kyle steckte den Kopf zur Tür herein. »Pete ist da, soll er hereinkommen?«

»Ja, schick ihn rein und bleib du auch gleich hier.« Ivory erhob sich und ging auf Pete zu, der in den Raum geschlendert kam, als hätte er alle Zeit der Welt. »Pete, danke dass du so kurzfristig Zeit hast.«

Das Lächeln erzeugte unzählige Falten im Gesicht des älteren Mannes. »Du weißt doch, ich bin im Ruhestand und habe sonst nichts Besseres zu tun.«

»Lügner, du bist stärker beschäftigt als die meisten, die nur halb so alt sind wie du.«

Petes Lachen klang rostig. »Wenn du mir weiter so schmeichelst, mache ich dir vielleicht einen Sonderpreis.«

Marcs Räuspern erinnerte sie daran, dass sie ihre üblichen Tändeleien mit Pete heute etwas abkürzen sollte. »Pete, darf ich dir Marc Wolf vorstellen? Er ist mein neuer Klient und sucht seinen Bruder.«

Die Männer gaben sich die Hand, dann ließ sich Pete in den freien Stuhl neben Marc fallen, während Kyle hinter ihnen stehen blieb.

Ivory verschränkte die Finger auf der Tischplatte und sah die Männer der Reihe nach an. »Kennst du die Fechnerfarm, Pete?«

»Ja, natürlich.« Er sah Marc scharf an. »Wolf, wie Robert Wolf?«

»Mein Vater.« Ein angespannter Ausdruck lag auf Marcs Gesicht.

Ivory fuhr fort. »Ich möchte, dass du mit Kyle über das Farmgebiet fliegst und ihr mit dem Wärmebildgerät versucht, Kai Wolf zu finden. Er ist seit drei Tagen verschwunden und könnte überall sein. Er hatte seinen Wagen dabei, vermutlich ist er in der Hitze leichter zu entdecken als eine Person.«

»Ganz bestimmt sogar. Wenn wir ihn nicht schon mit bloßem Auge finden.« Er wandte sich erklärend an Marc. »In der

Sonne blitzen die Scheiben und das Metall so schön. Solange es nicht anfängt zu regnen oder jemand das Auto getarnt hat, sollte es zu finden sein.«

Ivory nickte. »Leider haben wir keine Idee, wo er hinwollte oder von wo aus er losgefahren ist. Wir vermuten vom Wohnhaus aus, aber sicher ist es nicht.« Sie deutete auf die Karte.

»Was treibt er überhaupt dort auf dem Land? Wollte er Rinder suchen oder Wild jagen?«

»Er sucht unseren Vater, der vor einigen Wochen ebenfalls auf dem Grundstück verschollen ist.«

Pete sah ihn erstaunt an. »Das ist ja ein Ding. Also suchen wir eigentlich nach zwei Personen?«

»Im Grunde schon. Am besten gebt ihr uns per Funk die Koordinaten durch, sobald ihr etwas entdeckt, das von Interesse sein könnte.«

»Du fliegst also nicht mit, Ivory? Das ist verdammt schade.«

Ivory lächelte. »Ein anderes Mal, diesmal dürfen wir keine Zeit verlieren. Marc kennt das Grundstück noch aus seiner Kindheit, sodass wir schnell die Stellen finden dürften, die ihr uns durchgebt.« Marc nickte schweigend. »Gut, dann lasst uns keine weitere Zeit verschwenden. Wenn wir Glück haben, finden wir den Vermissten noch vor Einbruch der Dunkelheit.« Die Wahrscheinlichkeit war zwar ziemlich gering, aber der kleine Schimmer Hoffnung in Marcs Augen war die Lüge wert. »Hast du deine Karte, Pete?«

»Natürlich.« Er zog sie aus seiner Brusttasche und faltete sie auf. Dann reichte er Ivory einen Edding.

Sie zog Marcs Karte zu sich heran, legte Petes daneben und zeichnete das Suchgebiet ein. »Hier.« Sie gab ihm Stift und Karte zurück und stand auf. »Alles bereit?« Alle nickten. »Gut, dann nichts wie los. Marc, wie lange brauchen wir mit dem Auto zur Farm?«

»Etwa eine Stunde, sofern es zwischendurch nicht regnet und die Straße weggeschwemmt wird.«

Ivory sah auf ihre Uhr. »Kyle, schnapp dir ein Funkgerät, die übliche Frequenz. Ich sage dir Bescheid, wenn wir da sind. Ihr könnt aber schon vorher mit der Suche anfangen, notier dir einfach die Koordinaten, falls ihr etwas entdeckt.«

»Alles klar.«

Während Pete und Kyle hinausgingen, blieb Marc unschlüssig stehen. Ivory warf ihm einen unauffälligen Seitenblick zu. Ein Muskel zuckte in seiner Wange, seine Hände öffneten und schlossen sich. Schließlich drehte er sich zu ihr um und beobachtete, wie sie in ihrer Schublade kramte. »Wollen wir nicht fahren?«

»Doch, ich muss nur vorher noch ein paar Dinge zusammensuchen.« Endlich fand sie ihre Pistole und warf sie in den Rucksack, der geöffnet zu ihren Füßen stand.

»Glauben Sie, wir brauchen so etwas?«

»Wahrscheinlich nicht, aber ich lasse mich ungern überraschen.« Sie hob eine Augenbraue. »Sie haben auf der Farm doch sicher auch eine Waffe, oder?«

»Ja.«

»Na also.« Sie suchte ein Erste-Hilfe-Set heraus, das GPS-Gerät und alles, was sie sonst noch brauchen könnte. Zuletzt steckte sie noch ein Funkgerät in die Seitentasche.

Marc trat näher zum Tisch und faltete die Karte wieder zusammen. Als er auch den Enteignungsbrief wieder an sich nehmen wollte, legte sie die Hand darauf.

»Kann ich den noch behalten?« Als er zögerte, nahm sie ihn hoch. »Wie wäre es, wenn ich ihn kopiere?«

Marc nickte. »Besser.«

Sie erkannte langsam, dass Polizisten wohl die schlimmsten Klienten waren. Von Berufs wegen misstrauisch, rückten sie selten freiwillig mit einer Information heraus. Und mit Beweismitteln noch viel weniger. Oder vielleicht war auch nur Marc Wolf so, bisher hatte noch nie ein Polizist ihre Dienste in Anspruch genommen.

Dafür hatte sie mehr als einmal gegen korrupte Beamte ermittelt. Eine sehr unangenehme Aufgabe, die ihr immer wieder Kopfschmerzen bereitet hatte. Rasch legte sie den Brief auf den Kopierer und wartete, bis das Gerät die Kopie ausspuckte. Dann gab sie Marc das Original zurück.

»Danke.« Er schob den Brief in seine Hemdtasche. »Fahren Sie bei mir mit?«

»Nein, ich muss ja abends wieder in die Stadt zurück, und dafür brauche ich meinen Wagen. Außerdem … was haben Sie für ein Auto?«

»Einen Allrad-Jeep, Mietwagen.«

»Nicht schlecht, aber meiner ist besser, wenn wir durchs Gelände fahren.« Sie schnappte sich ihr Schlüsselbund und schulterte den Rucksack. »Wollen wir?«

Marc folgte ihr dicht auf den Fersen. »Was meinen Sie damit, Ihrer ist besser?«

Ivory sah zu ihm zurück und grinste ihn an. »Das werden Sie gleich sehen.« Sie klimperte mit den Schlüsseln. »Wo stehen Sie?«

Er verzog den Mund. »Vor der Stadtverwaltung.«

»Gut, dann komme ich gleich dorthin, ich muss den Wagen erst aus der Garage holen.« Sie hatte sich gerade umgewandt, als sich eine Hand auf ihren Arm legte. Fragend sah sie Marc an.

»Ich wollte mich noch bedanken.«

»Wofür?«

Marc druckste einen Moment herum. »Dass Sie mir helfen, meinen Bruder zu suchen.« Er wandte den Blick ab. »Und eben nichts von meiner Flugangst gesagt haben.«

Ivory spürte, wie etwas in ihrem Innern nachgab. »Gern geschehen.« Einen Moment lang sah sie Marc nach, wie er die Straße entlangging. Verdammt, sie konnte wirklich keine Komplikationen brauchen, schon gar keine, die durch einen Mann verursacht wurden, der genug Probleme für fünf Leute hatte. Aber vermutlich war es so, wie ihre Mutter immer gesagt hatte: Sei stets auf das Unvorhersehbare vorbereitet, sonst erwischt es dich eiskalt. Ivory rieb sich über den immer noch prickelnden Arm und setzte sich wieder in Bewegung.

20

Als ein tiefes Brummen hinter ihm ertönte, warf Marc einen Blick in den Rückspiegel. Ruckartig beugte er sich vor und sah aus dem heruntergerollten Seitenfenster. Ein riesiger Hummer, komplett mit Schnorchel für Flussdurchquerungen, rollte die Straße entlang. Sein eigener Jeep nahm sich dagegen wie ein Spielzeugauto aus. Marc stellte den Blinker wieder aus, den er gesetzt hatte, um auf die Straße auszuscheren. Besser er wartete, bis das Ungetüm an ihm vorbei war, er hatte keine Lust, es die ganze Zeit hinter sich zu haben. Ein wenig neidisch beobachtete er, wie der Hummer näher kam. Welcher Mann träumte nicht davon, einmal so ein Auto zu fahren? Marc winkte ungeduldig mit der Hand, damit der Fahrer vorbeifuhr, doch der Wagen blieb mitten auf der Straße stehen und blinkte nur auf. Was wollte dieser Kerl? Als nichts weiter passierte, steckte er seinen Kopf aus dem Fenster, um dem Fahrer etwas zuzurufen, verharrte dann aber mitten in der Bewegung, als er Ivory hinter der Frontscheibe des riesigen Wagens erkannte.

Sie grinste ihn an und gab ihm ein Zeichen, vorzufahren. Automatisch startete er seinen Jeep und fuhr aus der Parklücke auf die Fahrbahn. In seinem Rückspiegel sah er nur den Hummer, der dicht hinter ihm fuhr. Marc schüttelte den Kopf und konzentrierte sich darauf, ohne Unfall aus der Stadt herauszukommen. Was normalerweise kein Problem war, aber irgendwie hatte er sich noch immer nicht an den Linksverkehr gewöhnt. Als er aus dem Ort heraus war, atmete er auf. Obwohl er es besser wusste, ließ er sich von Ivorys Anwesenheit hinter ihm dazu verleiten, schneller über den Pad zu fahren, als er es normalerweise getan hätte. Mehr als einmal geriet er deshalb in eine Bodenwelle oder eine Pfütze, die noch vom letzten Regen herrührte, und konnte den Jeep nur mit Mühe auf der Fahrbahn halten. Sein Herz schlug viel zu schnell, aber er fühlte sich gut dabei, seltsam frei und ungebunden. Ein Lachen stieg in seiner Kehle auf und brach aus ihm heraus.

Früher als erwartet trafen sie auf der Farm ein. Marc bog in die Einfahrt ein, die ihm fast zu schmal für den Hummer schien. Wenige Minuten später hielt er vor dem Haus an und stieg aus.

Ivory folgte seinem Beispiel und lehnte sich mit beiden Armen auf den Türrahmen. »Holen Sie am besten Ihre Sachen, während ich Kyle funke, dass wir da sind und er die ersten Koordinaten senden kann – falls sie schon etwas entdeckt haben.«

Sofort machte die Euphorie während der Fahrt wieder der Sorge um seinen Bruder Platz. Wie hatte er auch nur für einen Moment vergessen können, weshalb er hier war? Marc nickte abrupt und ging ins Haus. Dort packte er alles zusammen, was er brauchte, legte sein Schulterholster um und steckte seine Pistole hinein, nachdem er sich vergewissert hatte, dass sie gesichert war. Danach zog er sein Hemd wieder über, schnappte sich den Rucksack und die Wasserkanister und trat wieder vor die Tür. Ivory hatte sich ins Innere des Hummers gebeugt, was ihr rundes Hinterteil entsprechend gut zur Geltung brachte. Um sich von der plötzlichen Trockenheit in seinem Mund abzulenken, blickte Marc in die sie umgebende Wildnis. Irgendwo dort wartete Kai auf Hilfe. Er konnte, er *durfte* ihn nicht enttäuschen.

»Haben sie schon etwas gefunden?«

Ivory drehte den Kopf zu ihm herum und schob ihren dicken Zopf wieder in den Nacken. »Nein, noch nicht. Aber sie haben gerade erst mit der Suche angefangen. Keine Angst, irgendetwas werden sie entdecken. Ein Wagen müsste schon sehr gut getarnt sein, um ihn nicht zu finden – und ich bezweifle, dass Ihr Bruder das getan hat. Was hätte er davon gehabt?«

Nichts, vermutlich. Aber da in dieser Angelegenheit bisher nichts einen Sinn ergeben hatte, konnte er nach der Logik nicht mehr gehen, sondern musste mit allem rechnen. »Was machen wir jetzt?«

Ivory richtete sich auf und deutete zum Hummer. »Wir fahren los. Werfen Sie Ihr Gepäck hinten rein.« Sie schwang sich auf den Fahrersitz und wartete, bis er neben ihr Platz genommen hatte, dann drückte sie ihm das Funkgerät in die Hand. »Nehmen Sie sich den Block, der vorne im Handschuhfach liegt, und notieren Sie die Koordinaten, die Kyle durchgibt.«

Marc tat, was sie sagte. »Und wie finden wir sie dann?«

Ivory deutete auf eine Anzeige im Cockpit des Hummers. »Das ist ein eingebautes GPS-Gerät.«

»Warum haben Sie dann noch ein tragbares Gerät mitgenommen?«

Ivorys Mundwinkel hob sich. »Ich bin immer gerne auf alle Eventualitäten vorbereitet. Es ist ein Ersatz für das eingebaute Gerät, und gleichzeitig können wir es benutzen, falls wir irgendwo nur zu Fuß weiterkommen.«

Marcs Augenbrauen schossen nach oben. »Wollen Sie damit sagen, dass Ihr Wunderauto nicht überall hinkommt?«

»Bestimmt nicht. Aber manchmal ist es besser, wenn man nicht so viel Lärm macht.«

»In dieser Stille hört man den Motor eines Hummers sowieso kilometerweit, Anschleichen fällt da wohl aus.«

Ivory grinste ihn an. »Nicht, wenn wir früh genug aussteigen.« Sie drehte den Schlüssel und erweckte den Motor zum Leben. »Alles bereit? Sind Sie angeschnallt?«

Marc nickte nur, denn seine Antwort wäre sowieso im Lärm des Motors untergegangen. Der Sitz unter ihm vibrierte, als der Wagen sich langsam in Bewegung setzte. Er beugte sich dichter zu Ivory, bis er in ihr Ohr brüllen konnte. »Wo fahren wir hin, wenn wir noch keine Koordinatenangabe haben?«

Ivory drehte den Kopf zu ihm und war ihm plötzlich so nah, dass sich ihre Lippen fast berührten. Es schien ihm wie eine Ewigkeit, während der sie sich in die Augen blickten und sich nicht bewegten, aber wahrscheinlich waren es nur einige Sekunden. Schließlich rückte Ivory ein Stück ab. »Wohin führt dieser Weg?« Ivory deutete auf die Fahrspuren, die sich in die Wildnis schlängelten.

»Zur hinteren Weide, wenn ich mich recht erinnere.« Marc zog die Karte aus der Hemdtasche und faltete sie auseinander. »Ja. Er führt an der Grenze zwischen der Fechnerfarm und dem Grundstück meines Vaters entlang. Ich bin gestern schon ein Stück darauf gefahren, er ist in relativ gutem Zustand.«

Ivory sah ihn aus den Augenwinkeln heraus an. »Aber Sie haben weder den Jeep Ihres Bruders noch irgendwelche Spuren gefunden.«

»Nein, habe ich nicht.« Marc atmete tief durch. »Zumindest nicht bis dort, wohin ich gefahren bin. Und es ist nach dem Regen schwer, Spuren zu finden, vor allem, wenn hier auch ständig die Arbeiter entlangfahren, die zur Weide wollen.«

»Ja, vermutlich. Aber wir können es trotzdem versuchen.« Sie legte den Gang ein, der große Wagen setzte sich in Bewegung. »Wurden alle Wege auf dem Grundstück nach dem Jeep abgesucht?«

»Nach Mugambos Angaben wohl schon, aber ich weiß nicht, inwieweit ich ihm glauben kann. Denn irgendwo muss das Auto schließlich sein, es kann nicht spurlos verschwinden.« Marc sah aus dem Fenster. »Abseits der Wege ist das Land zu rau, um mit einem Wagen weit zu kommen. Außer vielleicht mit einem Hummer.«

Ivory legte ihre Hand auf seinen Unterarm. »Wir werden ihn finden, keine Angst. Bisher haben wir noch jeden Vermissten aufgespürt, sofern wir einen ungefähren Anhaltspunkt hatten.«

»Lebendig?«

Sie schnitt eine Grimasse und schloss ihre Finger wieder um das Lenkrad. »Leider nicht immer. Es gibt zu viele Unwägbarkeiten in diesem Landstrich. Aber wir sind hier auf einem begrenzten Grundstück, das zumindest zum Teil bewirtschaftet wird. Und es gibt keine Raubtiere, das ist schon ein großer Vorteil.«

Marc wurde blass. »Auf dieser Seite des Grundstücks ist alles offen, Wildtiere können jederzeit hereinkommen. Früher hatten wir auch eine Leopardin, die meine Eltern mit der Flasche aufgezogen haben. Sie lief frei herum.« Er verstummte. Die Erinnerung an Leola war schmerzhaft. Sie war damals in größeren Abständen immer wieder zu Besuch gekommen, und er hatte es genossen, so ein wunderschönes Tier ganz aus der Nähe beobachten zu können. Doch sie stand auch für den Abend, nach dem alles anders wurde. Seine Eltern hatten gedacht, dass er schlief, doch er hatte den Lärm gehört und aus dem Fenster gesehen. Heimlich war er die Treppe hinuntergeschlichen und hatte beobachtet, wie Mugambo und Robert ein Loch ausgehoben hatten. Er hatte die Hände gegen den Mund gepresst, um keinen Laut von sich zu geben, als sie Leola hineinlegten.

Tief in Gedanken rieb er sich über den schmerzenden Brustkorb. Langsam richtete er sich auf, als ihm etwas klar wurde: Der Rosenbusch vor dem Haus wuchs an der Stelle, an der sich Leolas Grab befand. Seine Mutter hatte ihn nicht gepflanzt, da sie gleich am nächsten Morgen aufgebrochen waren. Es musste sein Vater gewesen sein. Tränen traten ihm in die Augen, und er blinzelte sie hastig fort.

»Gut, es könnten also Raubtiere hier sein, aber ich bezweifle, dass es viele sind, dazu ist das Gelände nicht groß genug und der Zugang zu beschwerlich.«

Ivorys Blick war fest auf den Weg gerichtet, hoffentlich hatte sie seinen Moment der Schwäche nicht bemerkt. Er wusste nicht, was mit ihm los war, normalerweise war er weniger sentimental und behielt immer seine Ruhe. Doch die Rückkehr in das Land seiner Kindheit und die ungewisse Situation von Kai und auch seinem Vater machten ihm zu schaffen und wirbelten alles durcheinander. Wenn er irgendwann wieder eine Minute Zeit hatte, musste er dringend seine Gedanken sortieren und sich über einiges klar werden. Bevor er weiter darüber nachgrübeln konnte, knackte das Funkgerät, und Kyles Stimme ertönte.

»Kyle an Ivory, bitte kommen.«

Marc hob das Funkgerät an den Mund. »Hier ist Marc Wolf. Haben Sie etwas entdeckt?«

»Kann ich nicht genau sagen, überprüft mal folgende Koordinaten.« Er diktierte die Zahlen. »Wir suchen inzwischen weiter.«

»Okay, danke.« Marc ließ das Funkgerät sinken und hielt den Block so, dass Ivory, die inzwischen den Hummer angehalten hatte, einen Blick darauf werfen konnte.

Ivory sah auf das Navigationsgerät und nickte dann. »Gut, versuchen wir es.« Sie legte einen Schalter um und blickte Marc an. »Bereit?«

»Wofür?«

»Ein wenig querfeldein zu fahren.« Ihr begeisterter Gesichtsausdruck war nicht zu missdeuten.

Marc legte eine Hand um den Haltegriff, mit der anderen hielt er Karte, Funkgerät und Block auf seinem Schoß fest. »Ja.«

Ohne weitere Vorwarnung trat Ivory aufs Gaspedal und lenkte den Hummer in die Wildnis. Nach den ersten paar Kuhlen atmete Marc erleichtert auf. Sie wurden weit weniger hin und her geworfen, als er befürchtet hatte, die Stoßdämpfer fingen das meiste ab. Ungemütlich würde es wahrscheinlich erst bei richtigen Barrieren werden. Er verglich die Koordinaten auf dem Zettel mit den Angaben des GPS-Geräts und wies Ivory den Kurs, damit sie sich völlig auf das Fahren konzentrieren konnte. Je näher sie den Koordinaten kamen, desto unruhiger wurde er. Sosehr er auch hoffte, Kai schnell zu finden, konnte er sich nicht vorstellen, dass die Suche so schnell zu Ende sein sollte. Wenn sein Bruder tatsächlich hier wäre, musste ihm etwas passiert sein, denn sie waren nah genug an den Wegen und am Haus, um zu Fuß zurückzufinden. Die Vorstellung, dass sein kleiner Bruder, der immer so voller Leben war, verletzt oder gar tot sein könnte, nahm ihm den Atem. Das konnte nicht sein, das *durfte* nicht sein!

»Sagen Sie mir, wo ich langfahren soll.«

Ivorys Stimme riss ihn aus seinen Gedanken. Er fühlte, dass sie ihn besorgt ansah, und versuchte, so ruhig wie möglich zu atmen. Das Blut rauschte noch in seinen Ohren, aber er schaffte es, sich auf seine Aufgabe zu konzentrieren. Schließlich sah er auf. »Irgendwo hier müsste es sein.«

Der Hummer kam zum Stehen. Als Ivory den Motor ausschaltete, herrschte zum ersten Mal wieder die Stille der Natur. Fast erschien sie ihm unnatürlich, was aber vermutlich nur daran lag, dass sich seine Ohren erst wieder daran gewöhnen mussten. Marc öffnete die Tür und stieg aus. Für einen Moment lehnte er sich an das heiße Metall des Wagens und atmete tief ein. Die Feuchtigkeit vom vergangenen Regen lag noch immer schwer in der Luft und machte die Hitze dadurch noch unerträglicher. Früher hatte ihm das Klima nichts ausgemacht, aber es schien, als hätte sich sein Körper in den letzten zwanzig Jahren umgestellt. Ein kurzer Blick in Ivorys Richtung zeigte ihm, dass sie nichts davon zu spüren schien. Sie hatte ihr tragbares GPS-Gerät aus dem Rucksack geholt und kontrollierte nun ihren Standort anhand des Zettels. Marc nahm das Funkgerät, schloss die Autotür möglichst leise und setzte seine Kappe auf. Er nickte Ivory zu und folgte ihr in die Wildnis.

Nach einer Weile blieb sie stehen und sah sich um. Marc konnte nichts entdecken, was auf Kais Anwesenheit an diesem Ort hindeuten würde. Nach einem weiteren Blick auf das GPS-Gerät hielt sie ihm ihre Hand hin. »Geben Sie mir bitte das Funkgerät.« Wortlos reichte Marc es ihr. »Kyle, hier ist Ivory. Kannst du die Koordinaten bitte noch einmal mit einem Überflug bestätigen?«

Ein kurzes Rauschen war zu hören, dann Kyles Stimme, durch das Motorengeräusch gedämpft. »Wir drehen gerade um und sind gleich da.«

»Okay, danke.«

Marc sah sie unsicher an. »Hier ist nichts, oder?«

»Das werden wir gleich sehen. Vielleicht war es nur ein Tier.« Sie legte ihre Hand auf seinen Arm. »Wir werden ihn finden. Manchmal braucht es etwas Zeit, aber wir finden ihn.«

Obwohl er da nicht ganz so sicher war, nickte er. »Es tut mir übrigens leid, wie ich Sie vorhin behandelt habe.«

Ivory lächelte schief. »Schon vergessen. Außerdem bin ich es bereits gewöhnt.«

»Was …?«

Das Motorengeräusch des Flugzeugs kam näher und verhinderte jede weitere Unterhaltung. Es zog eine Schleife über ihnen und flog dann wieder in die Richtung, aus der es gekommen war. Gleichzeitig knackte es im Funkgerät, das Ivory sofort an ihr Ohr hielt. Marc trat dicht an sie heran, um mithören zu können, was Kyle durchsagte. Dabei stieg ihm der Geruch ihres Parfüms in die Nase, und für einen Moment fühlte er sich versucht, an ihrem Hals zu schnuppern, doch er konnte sich gerade noch beherrschen. Es war ein erdiger Duft mit einer exotischen Note, der trotzdem nicht zu intensiv war. Genau richtig. Marc unterdrückte den Gedanken sofort. Ivory half ihm, Kai zu finden, und er bezahlte sie dafür. Es war eine rein geschäftliche Beziehung, eine andere war weder geplant noch gewollt. Auch wenn er sich schon seit einiger Zeit fragte, ob ihre Haut wirklich so weich war, wie sie aussah … Kopfschüttelnd rückte er ein Stück von ihr ab, um nicht in Versuchung zu geraten, es zu testen.

»Ivory, etwa hundert Meter rechts von euch, in dem Dickicht. Das Wärmebild sagt nichts Genaueres aus, es könnte alles Mögliche sein. Seid also vorsichtig.«

»Verstanden. Ende.« Sie steckte das Funkgerät an ihren Hosenbund und sah Marc an. »Wollen wir?«

»Ja.« Er zog seine Pistole aus dem Holster und folgte Ivory in die von Kyle angegebene Richtung. Was auch immer sie dort finden würden, er wollte nicht überrascht werden.

Nach wenigen Metern ging das Grasland in höher wachsende Gehölze über. Der Boden wurde unebener, Felsbrocken machten das Gehen beschwerlicher. Dabei bemühten sie sich, sich dem Objekt möglichst leise anzunähern. Die Dornenbüsche standen immer dichter, sodass sie mehr als einmal an den fingerlangen Dornen hängen blieben. Marc war gerade dabei, seinen Ärmel aus einem Busch zu befreien, als er es roch. Stocksteif blieb er stehen und atmete tief ein. Ja, es roch eindeutig nach Tod. In Ivorys Blick konnte er den gleichen Gedanken lesen, als sie sich zu ihm umdrehte. Ohne sich absprechen zu müssen, liefen sie schneller, direkt auf die Quelle des Geruchs zu. Marcs Herz hämmerte in seiner Brust, sein Atem kam stoßweise. Schweiß ließ seine Haut feucht werden, und er umfasste die Pistole fester, damit sie ihm nicht aus der Hand rutschte. Schließlich wurde Ivory langsamer und gab ihm ein Zeichen, das Dorngebüsch vor ihnen von der anderen Seite zu umrunden. Marc hielt den Atem an, um den Gestank nicht riechen zu müssen. Jetzt hörte er, was Ivory vor ihm wahrgenommen hatte: Ein merkwürdiges Summen lag in der Luft. Einen Moment lang war sein Gehirn wie leer, bis es die Erklärung dafür fand: Insekten.

Ohne sich weiter um die Dornen zu kümmern, drängte er durch das Gebüsch, um zu sehen, wer oder was hier gestorben war. Von der anderen Seite, wo sich Ivory durch das Dickicht schob, waren ebenfalls knackende Geräusche zu vernehmen. Beinahe gleichzeitig kamen sie dort an, wo ein Fliegenschwarm gut sichtbar über etwas am Boden Liegendem schwirrte.

»Es ist ein Impala.« Ivorys Worte drangen kaum zu ihm durch.

»Was?« Das Rauschen in seinen Ohren wurde lauter.

»Ein Impala, eine kleine Antilope. Es ist kein Mensch, aber atmen Sie nicht zu tief durch, sonst kippen Sie noch um.« Die Erleichterung war Ivory anzuhören, als sie ihn nun am Arm packte und hinter sich herzog, weg von dem Kadaver.

Nach einigen Metern hielt Marc an, beugte sich vor, stützte die Hände auf seine Knie und sog tief die Luft ein. Nur langsam beruhigte sich sein Herzschlag, drang wieder etwas anderes in sein Bewusstsein und ließ die Übelkeit nach. Es war wohl doch etwas anderes, wenn er Mordfälle an Personen untersuchte, die er nicht kannte. Auch die gingen ihm nahe und auch bei ihnen musste er oft genug gegen Entsetzen und Übelkeit kämpfen, aber das hier ging viel tiefer. Wenn es die Leiche seines Bruders oder seines Vaters gewesen wäre, die dort gelegen hätte …

»Ganz ruhig, es ist alles in Ordnung.« Erst jetzt bemerkte er, dass Ivory neben ihm stand und ihm mit kreisenden Bewegungen über den Rücken strich.

Marc verzog den Mund. Vermutlich dachte sie zu Recht, dass er ein Weichei war und die Suche nicht durchhalten würde. Die Zähne zusammengebissen, richtete er sich wieder auf und atmete erneut tief durch. Schließlich hatte er sich so weit im Griff, dass er wieder sprechen konnte. »Danke, es geht schon.«

Ivory blickte ihm forschend ins Gesicht und trat dann einen Schritt zurück. Er spürte ein leises Bedauern, als sie sich von ihm entfernte. »Wenn Sie laufen können, sollten wir zum Wagen zurückkehren und die Suche fortsetzen.« Sie löste das Funkgerät von ihrem Hosenbund und hob es an den Mund. »Kyle, bitte kommen.«

»Hier ist Kyle. War da etwas?«

»Ein totes Impala.«

Ein gedämpfter Fluch ertönte. »Ich hatte so etwas befürchtet. Seid ihr schon wieder am Hummer?«

»Noch nicht ganz. Hast du noch etwas gesehen?«

»Leider nicht. Wir gehen noch einmal tiefer und versuchen es auf Sicht.«

»Gut. Melde dich, wenn ihr etwas habt. Wir fahren erst mal den Weg weiter entlang.«

»Okay. Ende.«

Ivory senkte die Hand und sah ihn entschuldigend an. »Ich bin sicher, sie finden etwas. Wärmebilder sind immer tückisch, wenn man es tagsüber im Sommer versucht. Der Boden heizt sich auf, und es ist schwierig, einen Menschen von oben gut zu erkennen. Sollte es jetzt nicht klappen, werde ich Pete bitten, es nachts noch einmal zu versuchen. Wenn es kühler ist, sind die Wärmepunkte leichter zu erkennen.«

Marc wischte sich mit dem Ärmel den Schweiß von der Stirn. »Und wenn sie dann immer noch nichts finden?«

»Dann können wir es mit Spürhunden probieren. Wenn Sie etwas dahaben, das nach Ihrem Bruder riecht, könnten sie seine Spur verfolgen. Allerdings ist nicht sicher, ob sie etwas finden würden, weil er mit dem Wagen unterwegs war. Besser wäre es, wir würden mithilfe des Flugzeugs wenigstens seinen Jeep entdecken.«

»Ich verstehe.«

Ivory nahm seine Hand und drückte sie aufmunternd. »Gehen wir erst mal zum Hummer zurück, dann sehen wir weiter.«

Um nicht weiter über die Möglichkeit nachgrübeln zu müssen, dass sie Kai nicht finden würden, konzentrierte er sich auf das Gefühl, das ihre leicht raue Handfläche an der seinen bei ihm auslöste. Ihr Druck war kräftig, aber gleichzeitig auch sanft, und ihre Hand schien in seiner größeren fast zu verschwinden. Dass sie es für nötig hielt, ihm Trost zu spenden und ihre Kraft mit ihm zu teilen, sollte ihn eigentlich verlegen machen, stattdessen fühlte er nur angenehme Wärme. Als Ivory ihre Hand zurückziehen wollte, hielt er sie fest, bis sie den Kopf hob. Im Sonnenlicht wirkte ihre braune Haut samtig, mit ihren eisblauen Augen sah sie ihn abwartend an. Für einen winzigen Moment streifte Marcs Blick ihre Lippen. Doch jetzt war weder die Zeit noch der Ort dafür, und er wusste es. Stattdessen hob er ihre Hand und strich sanft mit seinem Mund darüber. Ihre Augen weiteten sich, ihre Zunge befeuchtete unbewusst ihre Lippen.

Mit einem bedauernden Lächeln gab Marc ihre Hand wieder frei. »Danke.«

Ivory fragte nicht wofür, sie schien es zu wissen, denn sie nickte nur, drehte sich um und marschierte los. Marc musste grinsen, als er sah, dass ihre Bewegungen eckiger waren als vorher. Als wäre sie mit den Gedanken ganz woanders … Sein Lächeln erlosch so schnell, wie es gekommen war. Wahrscheinlich war es nur seine Arroganz, dass er dachte, sie würde etwas Ähnliches fühlen wie er. Marc unterdrückte einen Fluch und strich sich über die feuchte Stirn. Wie konnte er jetzt überhaupt an so etwas denken? Seine ganze Aufmerksamkeit sollte der Suche nach seinem Bruder gelten und nicht solchen Nebensächlichkeiten wie Anziehung und Begehren. Er hatte zu lange keine Freundin mehr gehabt, das war alles. Wenn er nach Deutschland zurückkam – und zwar mit Kai –, sollte er das schleunigst ändern. Es konnte nicht sein, dass ihn schon die harmlose Berührung einer ihm fast völlig unbekannten Frau so aus der Fassung brachte. Andererseits war Ivory Callaghan nicht nur schön, sondern auch humorvoll und intelligent. Und sie konnte sowohl mit einem Hummer als auch mit einer Pistole umgehen. Es war also doch nicht so verwunderlich, dass sie sein Herz höherschlagen ließ. Die Frauen, die er in Köln kennengelernt hatte, waren gegen sie eher … farblos.

»Ivory, hier Kyle.« Die Stimme ihres Mitarbeiters klang aufgeregt.

»Ich höre.« Ivory dagegen hörte sich so an, als säße sie gerade beim Fünf-Uhr-Tee. Machte ihr denn die Hitze und die Anstrengung des Marsches überhaupt nichts aus?

»Ich sehe ein Auto.«

Ivory blieb stehen, ihr Körper angespannt. »Bist du sicher?«

»Ja, ziemlich. Das Wärmebild zeigt einen großen, heißen Fleck an, und ich habe durch die Bäume hindurch ein Glitzern gesehen. Es bewegt sich nicht, und vor allem steht es mitten in der Wildnis.«

»Okay, gib mir die Koordinaten durch.« Sie zog die Kappe mit den Zähnen vom Stift und begann, die Zahlen zu notieren, die Kyle ihr diktierte. »Gut, ich habe sie, wir machen uns gleich auf den Weg. Fliegt noch mal über die Umgebung und schaut, ob irgendwo ein Mensch auszumachen ist.«

»Wird gemacht. Ende.«

Ivory drehte sich zu Marc um, ein Glitzern in den Augen. »Wir haben ein neues Ziel. Diesmal haben wir mehr Glück, das spüre ich.«

»Weil Impalas selten Auto fahren?«

Überrascht lachte sie auf. »Unglaublich, Sie haben ja sogar Humor!«

»Gelegentlich.«

Ivory zwinkerte ihm zu. »Ich mag Männer mit Humor.« Sie rannte los. »Kommen Sie, wir wollen Ihren Bruder finden, bevor es dunkel wird.«

Während Marc hinter ihr herlief, kreiste ihm ihre Bemerkung durch den Kopf. Was meinte sie damit, dass sie humorvolle Männer mochte? Sollte das heißen, sie mochte ihn, oder war es allgemeiner gemeint? Und musste er jetzt anfangen, seinen eher schwarzen Humor öfter herauszulassen und ihn nicht wie gewöhnlich für sich zu behalten, um ihr zu gefallen? Verdammt, es sollte ihn nicht interessieren, wen Ivory Callaghan mochte und wen nicht. Aber er konnte nichts dagegen tun, seine Gedanken verselbstständigten sich und ließen ihm keine andere Wahl. Vor allem nicht, während seine Blicke bewundernd über ihren wohlgeformten Körper strichen.

Beim Hummer angekommen, ließ Marc sich in den Beifahrersitz fallen, schnallte sich an und nahm Ivory Funkgerät und Notizblock ab. Sie startete den Motor und verglich Kyles Koordinaten mit den ihren. Schließlich nickte sie. »Ich denke, es ist am besten, wenn wir zurück zum Fahrweg fahren, dort so lange bleiben, wie es geht, und dann querfeldein bis zu den Koordinaten. Alles andere würde viel zu lange dauern.«

»Okay.« Der Monitor des GPS-Geräts zeigte einen möglichen Weg an, der einmal quer durch die Wildnis führte. Selbst wenn der Hummer alle Hindernisse überwinden könnte, würde es viel Zeit kosten, und die hatten sie nicht. In wenigen Stunden würde es dunkel werden, und dann wäre die Chance, Kai zu finden, nur noch sehr gering.

Die nächsten Minuten fuhren sie schweigend, jeder für sich in Gedanken versunken. Marc hatte keine Ahnung, worüber Ivory nachdachte; ihre hellen Augen und ihre neutrale Miene gaben nichts preis. Er konnte sich gut vorstellen, dass sie eine gute Privatdetektivin war, sie brachte alles mit, was dafür benötigt wurde. »Wie sind Sie zu Ihrem Beruf gekommen?« Eigentlich wollte er es gar nicht wissen, aber jetzt, wo die Frage schon einmal draußen war, gewann seine Neugier überhand.

Ivory sah ihn erstaunt an. »Warum wollen Sie das wissen?«

Marc hob die Schultern. »Reines Interesse.«

Während sie ihre Aufmerksamkeit wieder auf den Fahrweg richtete, schob sie eine Haarlocke hinter ihr Ohr zurück. »Meine Familie hatte nicht viel Geld, sie konnte es sich nicht leisten, mich auf eine Universität zu schicken. In dem kleinen Geschäft meines Onkels wollte ich nicht arbeiten und irgendwo als Farmarbeiterin erst recht nicht. Ich hätte eine kaufmännische Ausbildung absolvieren können oder eine zur Sekretärin, aber ich wusste schon früh, dass mir so etwas nicht wirklich liegt. Ich kam auf die Idee, zur Polizei zu gehen.« Ihr Mundwinkel zuckte, als sie Marcs Überraschung sah. »Unglaublich, oder? Jedenfalls wurde ich bei der Polizei in Karibib angenommen und habe die Grundausbildung absolviert. Ich stellte fest, dass es mir lag, Dinge herauszufinden, Spuren zu suchen, Geheimnisse zu lösen.« Sie verzog den Mund. »Das sahen meine Vorgesetzten allerdings anders. Sie wollten mich für den Innendienst, also für Büroarbeit und Ähnliches einsetzen. Wenn ich das nicht wollte, könnte ich gehen, wurde mir gesagt. Das habe ich dann getan.«

Verwirrt sah Marc sie an. »Warum sollten Sie Ihre Talente nicht einsetzen? Gute Polizisten werden doch immer gebraucht, besonders, wenn das ganze Land im Aufbruch ist.«

»Ich war eben nicht schwarz.« Sie blickte ihn nicht an. »Und nicht weiß.«

»Und?«

Ivory bremste ab, bis der Hummer stand, und drehte sich dann im Sitz zu ihm um, so weit es der Gurt zuließ. Ein echtes Lächeln erhellte ihr Gesicht. »Das war das Netteste, was Sie bisher zu mir gesagt haben.« Ihre Züge wurden wieder ernst. »Vor 1990 hat man hier gut gelebt, wenn man weiß war. Die Schwarzen hatten das Nachsehen. Das hat sich anschließend um hundertachtzig Grad gedreht, heute sind die Schwarzen an der Macht, und die Weißen müssen sehen, wie sie sich einen Platz erobern. Eines hat sich aber nie geändert: Beziehungen zwischen den beiden Ethnien werden nicht gutgeheißen. ›Mischlinge‹ gehören weder zu der einen noch zu der anderen Gruppe, sie sind mehr oder weniger Ausgestoßene. Offiziell gibt es zwar keinen Rassismus mehr, aber das ist ein reines Lippenbekenntnis, das sich nur an der Oberfläche bewegt. Und unter der gärt es. Meine Eltern wurden wegen ihrer Liebe zueinander von ihren beiden Volksgruppen geächtet, und meine Geschwister und ich mussten sehen, wie wir durch die Schulzeit kamen und einen halbwegs angemessenen Job fanden.« Ein schiefes Lächeln zeigte sich. »Und behielten.«

Marc wusste nicht, was er sagen sollte. Ein »Das tut mir leid« erschien ihm nicht angemessen, und etwas anderes fiel ihm nicht ein. »Mir ist das damals als Kind gar nicht aufgefallen. Ich habe meistens mit den Kindern der Damara gespielt und konnte keinen Unterschied zwischen ihnen und mir feststellen.« Er strich sich über das Kinn. »Natürlich hatte ich kaum Kontakt zu weißen Kindern. Ich wusste damals zwar von den Problemen und der explosiven Situation, aber die Konsequenzen, die das haben würde, habe ich als Kind gar nicht begriffen. Später durften wir nur noch in der Nähe der Häuser spielen, weil meine Eltern Angst wegen der Wilderer und Rebellen hatten.« Die Bilder von dem Brand, bei dem seine Großeltern ums Leben gekommen waren, standen ihm noch immer so deutlich vor Augen, als wäre es gestern geschehen. Waren Karl und Elise tot, weil sie nach Meinung der Rebellen die falsche Hautfarbe gehabt hatten und allein deshalb für das Elend im Land verantwortlich gewesen waren? Möglich wäre es.

Der Wagen setzte sich langsam wieder in Bewegung. »Wurde Ihre Familie damals bedroht?«

»Nicht mit Worten, aber es gab immer öfter Übergriffe von Wilderern, die unser Vieh stahlen und einmal sogar unsere Arbeiter mit Messern angriffen. Ich glaube, meine Eltern hatten den Verdacht, dass sich ein Rebellenlager in der Nähe oder sogar auf unserem Land befand, aber ich weiß nicht, ob man es je gefunden hat.«

»Und dann sind Sie nach Deutschland gezogen.«

Marc verzog den Mund. »Gezogen worden, mich hat niemand gefragt.«

»Sie wollten hierbleiben?«

»Ja.« Marc zuckte zusammen, als er hörte, wie bitter er geklungen hatte.

»Das war sicher schwer. Namibia ist ein sehr schönes Land. Trotz aller Probleme bin ich froh, hier aufgewachsen zu sein. Ich weiß nicht, wie ich reagiert hätte, wenn ich aus dieser wilden Landschaft in ein zivilisiertes Europa verpflanzt worden wäre.«

»Sie hätten sich für Wochen in Ihrem Zimmer eingeschlossen, Rückkehrpläne geschmiedet und es Ihren Eltern sehr,

sehr übel genommen, die Entscheidung ohne Sie getroffen zu haben.«

»Vermutlich.« Sie sah ihn von der Seite her an. »Sind Sie deshalb immer noch wütend auf Ihren Vater?«

»Das ...« Marc merkte, dass er lauter geworden war, und schwieg, bis er seine Wut wieder im Griff hatte und gemäßigter fortfahren konnte. »Ja. Mein Vater hat das einfach selbstherrlich beschlossen, ohne uns zu fragen. Meine Mutter wollte eigentlich nicht gehen, aber er hat Kai und mich als Argument benutzt, um sie zu überreden.«

»Er hat Sie weggeschickt, weil er Angst hatte, dass Ihnen etwas passieren könnte?«

»Zumindest hat er das gesagt.«

»Glauben Sie, er hat gelogen?«

Marc zögerte, antwortete dann aber ehrlich. »Nein, eigentlich nicht. Nachdem so viel Schlimmes passiert war, gab es sicher eine reale Bedrohung für uns.«

»Was ist passiert?«

»Zuerst die immer gefährlicher werdenden Übergriffe der Wilderer – es gab ja auch Berichte von Überfällen auf andere Farmen. Dann der Brand des Farmhauses, bei dem meine Großeltern ums Leben kamen.« Er brach ab und schluckte schwer.

»Standen Sie sich sehr nah?«

»Ich war ständig bei ihnen, ich konnte stundenlang mit meinem Großvater reden oder meiner Großmutter in ihrem Gemüsegarten helfen. Wenn ich Sorgen hatte, waren sie immer für mich da.« Marc drehte den Kopf zum Seitenfenster um. »Ich habe nie verstanden, warum jemand so etwas tun sollte, sie waren ganz besondere Menschen, denen die Hautfarbe völlig egal war.«

»Hört sich nach Personen an, die ich sehr gemocht hätte.«

Nun wandte sich Marc doch zu ihr um. »Garantiert. Und ich bin sicher, dass sie Sie auch ins Herz geschlossen hätten.«

Ivory sah ihm für einen langen Moment in die Augen, bevor sie nickte. Als sie durch ein Schlagloch fuhren, konzentrierte sie sich wieder auf den Weg. »Was ist noch passiert?«

»Zwei Wochen später sollte Phil über das Grundstück fliegen, um nach Hinweisen auf Wilderer oder Rebellen zu suchen. Die Maschine explodierte in der Luft, und Phil starb.« Marc räusperte sich. »Danach war mein Vater irgendwie anders, immer in Gedanken versunken und kaum noch für uns da.«

»Wahrscheinlich hat er sich Sorgen gemacht.«

»Ja. Am Abend vor unserer Abreise hat dann Mugambo – unser Vorarbeiter – unsere Leopardin dicht bei unserem Haus gefunden. Ein Pfeil steckte in ihrer Seite.« Noch jetzt meinte er das Entsetzen von damals spüren zu können. »Eigentlich hätte ich schon schlafen sollen, aber ich bin durch die Stimmen aufgewacht und habe heimlich beobachtet, wie meine Eltern und Mugambo sie vor dem Haus begraben haben.« Er schwieg einen Moment. »Ich glaube, das war der Augenblick, in dem mein Vater sich entschieden hat, uns wegzuschicken.«

»Es scheint mir, als hätte er guten Grund dazu gehabt.« Auf seinen wütenden Blick hin hob sie eine Hand vom Lenkrad. »Rein objektiv betrachtet.« Ihre Stimme wurde sanfter. »Natürlich war das furchtbar für Sie und Ihren Bruder.«

»Meine Mutter hatte auch keine leichte Zeit. Ich glaube, sie wartet immer noch auf ihn.«

»Wie nimmt sie es auf, dass er verschollen ist?«

»Nicht gut. Sie macht sich Sorgen um ihn, deshalb hat sie vermutlich auch Kai erlaubt, hierherzukommen und nach ihm zu suchen.«

»Wie alt ist eigentlich Ihr Bruder?«

»Vierundzwanzig.«

Ivory hob eine Augenbraue. »Merkwürdig, nach Ihren Erzählungen hätte ich gedacht, er wäre noch ein Kind.«

Verlegen sah Marc auf den Block in seinem Schoß. »Es könnte sein, dass ich ihn hin und wieder noch so sehe und ihn entsprechend behandle.«

»Das scheint mir auch fast so.« Ivory grinste ihn an. »Was sagt Kai dazu?«

Marc stieß einen tiefen Seufzer aus. »Er ignoriert mich und macht, was er will.«

»Gut so.« Ivory sah auf das Navigationsgerät. »Festhalten, ab hier geht's querfeldein.«

Marc konnte sich gerade noch am Türgriff festhalten, als sie auch schon vom Weg abbogen und über einen Felsbrocken rumpelten. Sand spritzte vom Vorderrad gegen sein Fenster, das glücklicherweise geschlossen war. An jedem anderen Tag hätte er die Fahrt durch den Busch vielleicht genossen, aber jetzt konnte er nur daran denken, dass sie mit höchster Wahrscheinlichkeit Kai ein großes Stück näher kamen, ihn vielleicht sogar im Auto finden würden. Er mochte sich gar nicht vorstellen, in welchem Zustand sein kleiner Bruder war. Ivory hatte recht, für ihn war Kai immer noch der fröhliche blonde Steppke, der immer hinter ihm herlief. Rein verstandesmäßig wusste er natürlich, dass Kai inzwischen erwachsen war und mehr oder weniger sein eigenes Leben führte, aber das änderte nichts an Marcs Gefühl, ihn beschützen zu müssen. Und wenn er ihn wohlauf wiederfand, würde er ihm als Erstes die Ohren lang ziehen, weil er so ein Risiko eingegangen war, und das auch noch, ohne ihm etwas davon zu sagen, und erst danach würde er versuchen, Kai als Erwachsenen zu sehen, der seine eigenen Entscheidungen treffen musste und konnte.

Ein lang gezogenes Quietschen verursachte ihm eine Gänsehaut. Ein dornenbesetzter Zweig glitt am Fenster vorbei. »Autsch, das war nicht gut für den Lack.«

»Das muss er abkönnen. Außerdem wäre es ziemlich müßig, bei jedem Kratzer und jeder Beule zu jammern, der Hummer ist ein Gebrauchsgegenstand, kein Prestigeobjekt.«

»Das würden die meisten Deutschen anders sehen.«

Ivory grinste ihn an. »Die müssen vermutlich auch seltener als wir mit ihren Autos über solche Straßen fahren. Ganz zu schweigen von Ausflügen in die Wildnis.«

»Ja, eher seltener.« Marc sah auf das GPS-Gerät. »Ich glaube, wir müssen weiter in diese Richtung.« Er deutete aus seinem Fenster.

»Stimmt.« Ivory korrigierte die Fahrtrichtung und schaltete einen Gang tiefer. »Gut festhalten, es wird hügelig.«

Marc riss die Augen auf und hielt den Atem an. Vor ihnen lag eine etwa drei Meter breite Senke, die mit felsigem Gestein gefüllt war. Mit seinem Jeep wäre er auf keinen Fall dort hindurchgekommen, er konnte nur hoffen, dass der Hummer einen Weg finden würde.

»Keine Angst, ich weiß, was ich tue.« Ivorys ruhiger Stimme war ein Hauch Aufregung anzumerken. Als hätte sie Spaß an der Sache.

Marc versuchte, seine blutleer um den Griff gekrallten Finger zu lockern, doch es gelang ihm nicht. Sollte Ivory doch merken, dass er sich unwohl fühlte, es war besser, als durch das Wageninnere geschleudert zu werden, weil er sich nicht vernünftig festhielt. Der Hummer schaukelte sich über die Steine, glücklicherweise ohne irgendwo stecken zu bleiben oder etwas unter dem Wagen abzureißen. Er kam sich vor wie der Insasse eines Spielzeugautos, das von einem Kind geschüttelt wurde. Erleichtert atmete er auf, als Ivory den Wagen auf der anderen Seite der Senke das sandige Ufer hinaufsteuerte. Mühsam lockerte er seinen Griff und bewegte die Finger, um das Blut wieder hineinfließen zu lassen.

»Alles noch dran?« Eine Freude lag in Ivorys Stimme, die ihn einlud, mit ihr zu lachen.

»Ich denke schon.« Marc wischte sich die feuchten Handflächen an den Beinen ab. »Machen Sie so etwas oft?«

»Leider nicht oft genug. Meist habe ich keine Zeit, einfach so rauszufahren, um ein wenig Spaß zu haben. Und während ich arbeite, muss ich mich auf andere Dinge konzentrieren und kann es nicht richtig genießen.« Ivory drückte auf einen Knopf am Navigationsgerät.

»Das kann ich mir vorstellen. Was machen Sie da?«

»Ich setze eine Markierung, damit wir nachher zurück zum Fahrweg finden.«

Eine gute Idee, warum hatte er nicht selber daran gedacht? Wie konnte es sein, dass er es hier nicht schaffte, wie ein Polizist zu denken? Weil er zum ersten Mal selbst betroffen war und nicht als Unbeteiligter in einem Fall ermittelte? Weil es hier um seinen Bruder ging, der in jeder weiteren Sekunde, die ihn Marc nicht fand, sterben konnte? Oder vielleicht war er auch schon tot. Die Vorstellung weckte in ihm das wilde Verlangen, einfach loszustürmen und seinen Bruder zu finden. Er zwang sich, seinen Körper zu entspannen, der völlig verkrampft war. »Gut, dass Sie mich gefunden haben.«

Überrascht sah sie zu ihm herüber, dann lächelte sie. »Das denke ich auch.«

Wenn sie ihn weiterhin so anblickte, würde es ihm noch schwererfallen, sie nicht zu berühren. Um sich abzulenken, wandte er sich der sie umgebenden Wildnis zu. »Kai muss einen anderen Weg gefunden haben, ich glaube nicht, dass er mit seinem Jeep durch die Senke eben gekommen wäre.«

»Vermutlich. Ich habe den direktesten Weg genommen.«

Auf dem Navigationsgerät konnte Marc verfolgen, wie sie dem blinkenden Punkt immer näher kamen, der höchstwahrscheinlich Kais Wagen darstellte. Sein Herz begann im gleichen Rhythmus zu pochen wie das GPS-Signal, während er wie gebannt auf das Display starrte.

Ivory warf Marc einen besorgten Blick zu. Sie hatte versucht, ihn ein wenig abzulenken, und das war ihr auch für kurze Zeit gelungen, doch jetzt lag wieder dieser gehetzte Ausdruck auf seinem Gesicht, der langsam in Furcht umzuschlagen schien. Glücklicherweise würden sie in wenigen Minuten die von Kyle übermittelten Koordinaten erreichen und dann den Vermissten hoffentlich wohlauf vorfinden. Allerdings sagte ihr das Gefühl, dass es nicht so einfach sein würde. Marc hatte recht, wenn Kai hier mit dem Wagen liegen geblieben wäre, hätte er ohne Probleme zu Fuß zur Farm zurückgehen können. Gut, er war ein Stadtmensch, aber ein wenig gesunden Menschenverstand traute sie ihm durchaus zu.

Als sie noch etwa einen Kilometer von dem Punkt entfernt waren, stoppte sie den Wagen und schaltete den Motor aus. Marc sah sie verwundert an. »Wir sind doch noch nicht da, oder?«

Ivory nahm das mobile GPS-Gerät und programmierte die Koordinaten ein, bevor sie antwortete. »Nein. Aber ich möchte mit dem Wagen nicht zu nah heranfahren, wir wissen nicht, was uns erwartet. Es ist besser, wenn wir uns zu Fuß herantasten, die Lage auskundschaften und je nachdem, was wir vorfinden, reagieren.« Sie hielt das Funkgerät an den Mund. »Kyle, wir gehen jetzt zu Fuß weiter.« Ruhig diktierte sie ihm ihre derzeitigen Koordinaten.

»Alles klar, wir suchen solange weiter.«

»Okay. Ende.«

Marcs Gesicht verzerrte sich vor Sorge. »Sie glauben also auch, dass etwas nicht stimmt.«

»Ich weiß es nicht, aber ich bin lieber auf der sicheren Seite.« Sie griff sich ihren Rucksack. »Nehmen Sie alles mit, was Sie brauchen können.« Das Navigationsgerät behielt sie diesmal in der Hand, um besser kontrollieren zu können, wohin sie gingen.

Ivory beobachtete, wie Marc sein Gepäck schulterte und dann die Autotür leise zudrückte. Der Griff seiner Pistole lugte griffbereit aus seinem offenen Hemd. Die Schirmmütze verdeckte seine Augen, aber der zuckende Muskel in seiner Wange zeigte deutlich seinen Gefühlsaufruhr. Prüfend blickte sie zum Himmel, noch stand die Sonne direkt über ihnen, aber es waren nur noch wenige Stunden, bis sie unterging. Sie würden sich beeilen müssen. Immerhin waren die Wolken weitergezogen, und es würde zumindest in den nächsten Stunden nicht mehr regnen. Impulsiv legte sie ihre Hand auf die von Marc und drückte sie. »Fertig?«

Er nickte nur, die Augen immer noch hinter dem Schirm verborgen.

Da es nichts gab, was sie gegen seine Furcht unternehmen konnte, außer ihm seinen Bruder unversehrt zurückzubringen, rückte sie ihren Rucksack zurecht und startete in die Richtung, die ihr das Navigationsgerät anzeigte. Das Geräusch leiser Schritte hinter ihr verriet, dass Marc ihr folgte. Sämtliche Sinne auf ihre Umgebung gerichtet, suchte Ivory einen Weg durch die Wildnis, der sie möglichst schnell zu den Koordinaten bringen würde, ohne dass sie früher als nötig zu sehen waren. Sie wusste nicht genau, warum sie das tat, sie folgte einfach ihrem Gefühl. Die ganze Geschichte mit der Zwangsenteignung und dem Verschwinden erst Robert Wolfs und dann seines Sohnes gefiel ihr nicht, hier ging noch irgendetwas anderes vor. Und das war für sie immer ein Grund, besondere Vorsicht walten zu lassen. Vielleicht würde Kai Wolf erklären können, was geschehen war, doch dafür mussten sie ihn erst einmal finden. Ivory zwang sich dazu, alle ablenkenden Gedanken zur Seite zu schieben und sich nur auf den Weg zu konzentrieren. Alles andere würde sich finden, wenn es so weit war. Ihre Atmung passte sich ihren Schritten an, bis sie ganz in sich ruhte.

Als sie noch etwa zweihundert Meter entfernt waren, trafen sie auf Reifenspuren. Ivory hörte Marc hinter sich scharf einatmen und drehte sich zu ihm um. »Gehen wir vorsichtig parallel zu den Spuren weiter.« Sie berührte seinen Arm. »Ich weiß, Sie möchten jetzt am liebsten losstürmen, aber das wäre nicht sehr klug.«

Marc schob die Kappe auf seinem Kopf zurück, sodass sie ihm in die Augen sehen konnte. »Sie spüren es also auch.«

Ivory nickte nur stumm. Dunkle Schatten lagen in seinen grünen Augen, die in ihr den Wunsch auslösten, ihn in die Arme zu nehmen. Um diesem verrückten Impuls nicht nachzugeben, trat sie rasch einen Schritt zurück. Sie zog die Pistole und sah, wie Marc das Gleiche tat. Dass sie beide die Notwendigkeit dazu verspürten, zeigte deutlich, dass dies kein normaler Vermisstenfall war, sondern womöglich etwas viel Gefährlicheres dahintersteckte. Das Funkgerät an ihrer Hüfte knackte und versetzte ihr fast einen Herzinfarkt. Kyles Stimme ertönte. »Ivory, habt ihr etwas gefunden?«

Rasch hielt sie es an den Mund. »Reifenspuren. Wir werden ihnen jetzt folgen. Bleibt der Gegend hier fern, bis ich euch rufe, ich möchte mir die Sache erst in Ruhe ansehen.«

»Brauchst du Hilfe?«

Sie sah Marc an. »Habe ich doch schon. Ich sage Bescheid, okay?«

Einen Augenblick herrschte Schweigen, dann gab Kyle brummend seine Zustimmung.

Ivory schob das Funkgerät zurück an den Hosenbund und sah Marc an. »Bereit?«

»Ja.« Entschlossenheit sprach aus seiner Miene. Trotzdem drängte er sich nicht vor, wie sie es von einem Mann erwartet hatte, der noch dazu Polizist war, sondern wartete, bis sie wieder die Führung übernahm, und folgte ihr dann. Ivory verbannte das warme Gefühl, das ihr seine Anerkennung ihrer Fähigkeiten bereitete, in die hinterste Ecke ihres Bewusstseins. Jetzt musste sie sich ganz auf die Aufgabe konzentrieren, Kai Wolf zu finden, ohne dabei Marc und sich selbst in Gefahr zu bringen. Sie ging ein paar Schritte und blieb dann lauschend stehen. Es war nichts zu hören. Und genau das machte ihr Sorgen. Normalerweise war es in der Wildnis nicht still, irgendein Tier raschelte immer im Gras, ein Vogel sang sein Lied oder sandte einen Warnruf aus. Aber hier war … nichts. Es prickelte in ihrem Nacken – gar kein gutes Zeichen. Sie bemühte sich, noch leiser aufzutreten und möglichst keine Zweige zu berühren. Auch von Marc war nichts mehr zu hören bis auf sein ruhiges Atmen dicht hinter ihr. Es musste noch etwas von einem Namibier in ihm sein, wenn er sich selbst nach zwanzig Jahren in der Zivilisation noch derart leise fortbewegen konnte.

An einigen Stellen war die Spur durch den Regen der vergangenen Tage verwischt, doch dort, wo der Jeep tiefer in den Sand eingesunken war, hatte Ivory keine Schwierigkeiten, sie zu erkennen. Wäre Kai unverletzt, hätte er seinen eigenen Spuren leicht folgen können, bis er wieder beim Haus angekommen war. Doch entweder konnte er das nicht – oder er wollte es nicht. Ivory sah noch einmal auf die Anzeige des GPS-Geräts. Wenn Kyles Angaben stimmten, mussten sie ganz in der Nähe des Fahrzeugs sein.

Sie blieb stehen und gab Marc ein Zeichen, zu ihr zu kommen. Als er neben ihr stand, beugte sie sich zu ihm hinüber und sprach direkt in sein Ohr. »Wir sind gleich da. Am besten trennen wir uns und gehen von zwei verschiedenen Seiten auf den Jeep zu.«

Marc nickte knapp. »Wir sollten erst überprüfen, ob jemand in der Nähe ist.« Damit verschwand er hinter einem Dickicht.

Für einen Moment fühlte sich Ivory seltsam allein. Als hätte sie sich in den wenigen Stunden, die sie Marc kannte, an seine Anwesenheit gewöhnt. Kopfschüttelnd setzte sie sich ebenfalls in Bewegung. Sie überquerte rasch die Fahrspuren und schlich parallel zu ihnen weiter. Hin und wieder konnte sie Marc erahnen, doch für jemanden, der nicht wusste, wo er war und dass er überhaupt kommen würde, war er unsichtbar. Noch immer hatte sie das Gefühl, dass etwas nicht stimmte. Normalerweise konnte sie sich auf ihren Instinkt verlassen, daher tat sie es auch jetzt. Sie wischte sich den Schweiß von der Stirn, damit er nicht in ihre Augen geriet, und ging weiter. Schließlich sah sie etwas zwischen den Blättern aufblitzen. Sofort blieb sie stehen und lauschte. Nichts. Auch von Marc war nichts zu sehen oder zu hören, deshalb setzte sie sich wieder in Bewegung. Langsam umrundete sie den Jeep in sicherer Entfernung. Erst als sie sicher war, dass ihnen niemand auflauerte, trat sie aus dem umgebenden Gebüsch heraus. Als hätte er nur darauf gewartet, bewegten sich auf der anderen Seite die Zweige der Büsche, und Marc tauchte auf. Zögernd näherte er sich dem Jeep.

Ivory sah hinein, das Innere des Wagens war leer. »Nichts.«

»Nein.« Enttäuschung klang in seiner Stimme mit. Er öffnete die Tür und begann, den Jeep zu durchsuchen. Schließlich richtete er sich wieder auf. »Er hat offensichtlich alles mitgenommen.«

»Immerhin würde das bedeuten, dass er zu Fuß weitergegangen ist.«

»Ja, vermutlich.« Marcs Augenbrauen schoben sich zusammen. »Nur wohin? Zurück zum Haus oder weiter in die Wildnis?«

»Suchen wir nach Spuren. Irgendetwas werden wir schon entdecken.« Hoffte sie zumindest, denn Marc brauchte dringend eine Bestätigung, dass es seinem Bruder gut ging.

Sie trat um den Wagen herum. In den Fahrspuren hatte sie keine Fußabdrücke entdeckt, er musste also entweder in die andere Richtung oder wie sie selbst querfeldein gegangen sein. An der Vorderseite entdeckte sie, warum Kai nicht weitergefahren war: Die Räder hatten sich dort tief in ein Sandloch gegraben, der Wagen stand bis zur Kühlerhaube drin. Ivory hockte sich daneben und sah unter den Jeep. Stirnrunzelnd stand sie wieder auf. Normalerweise hätte sich der Fahrer mit ein wenig Anstrengung wieder aus der Lage befreien können. Zu Fuß weiterzugehen war ihrer Meinung nach eine viel zu drastische Maßnahme in dieser Situation. Andererseits war Kai Wolf nicht an solche Verhältnisse gewöhnt und hatte vielleicht nicht gewusst, wie er herauskommen sollte. Aber warum hatte er dann nicht per Funk Hilfe gerufen?

»Ivory.« Marcs Stimme klang eindringlich.

Rasch stand sie auf und ging zu ihm hinüber. Er stand hinter dem Wagen, den Blick auf den Boden gerichtet. »Haben Sie etwas gefunden?«

Er deutete auf die Fahrspur. »Es sieht aus, als wäre er hier irgendetwas ausgewichen, oder?«

Ivory betrachtete die Spuren genauer. Einiges war bereits weggewaschen, aber kurz vor dem Standort des Jeeps war tatsächlich eindeutig ein Schlenker in der Fahrlinie zu sehen. »Ja, es scheint so.«

»Vielleicht ein Tier, das er nicht überfahren wollte und das danach weggelaufen ist?«

»Vielleicht.« Ivory ging in die Hocke und betrachtete den Boden genauer. Ihr Magen verkrampfte sich. »Allerdings müsste es eines gewesen sein, das Schuhe trägt.«

»Was?«

Ivory fuhr den Abdruck mit dem Finger nach. »Er könnte natürlich auch von Ihrem Bruder stammen.«

Marc stellte seinen Fuß daneben. Sein Schuh war eindeutig größer. »Nein, Kai hat die gleiche Größe wie ich.«

»Kann er jemanden mitgenommen haben?«

»Mugambo sagte, er sei alleine losgefahren. Er könnte natürlich unterwegs jemanden mitgenommen haben, aber wo sollte der hier herkommen? Von den Arbeitern fehlt niemand.«

»Also war jemand hier, und Ihr Bruder hat den Jeep in den Sand gesetzt. Die Frage ist, warum hat er ihn nicht wieder herausmanövriert und ist weitergefahren? Und wenn das nicht möglich war, warum gibt es dann keine Fußspur, die wieder in Richtung Haus führt?« Ivory ging zur Fahrertür und betrachtete sie genauer. Es war nichts Auffälliges zu entdecken.

»Oh verdammt!«

Sie fuhr zu Marc herum, der mit dem Rücken zu ihr stand und auf etwas starrte. »Was ist?« Sie trat neben ihn.

Mit einem zitternden Finger deutete er auf einen Felsen, der etwa einen Meter vom Jeep entfernt war. »Sagen Sie mir, dass das dort kein Blut ist.«

21

Marc kannte ihre Antwort schon, bevor sie sich den Fleck richtig angesehen hatte. Es war eindeutig getrocknetes Blut, und nicht gerade wenig. Das Herz hämmerte in seiner Brust, er rang um Atem. Gott, er hatte so gehofft, Kai unverletzt hier vorzufinden, auch wenn die Chance nur gering gewesen war. Aber nun war klar, dass irgendetwas passiert sein musste. Mit einem flauen Gefühl im Magen beobachtete er, wie Ivory sich wieder aufrichtete.

Zögernd sah sie ihn an. »Es scheint Blut zu sein. Aber das muss nichts bedeuten …«

»Ach nein? Kai ist verletzt, wahrscheinlich sogar schwer, nach der Blutmenge zu urteilen.«

»Vielleicht hat er sich gestoßen, als er den Jeep festgefahren hat. Kopfwunden bluten oft stark, ohne allzu schlimm sein zu müssen.«

Marc deutete zum Wagen. »Dann wäre auch im Innern des Wagens Blut, ich habe aber keines entdeckt.«

Ivory öffnete die Fahrertür und prüfte alles sorgfältig. Schließlich drehte sie sich zu ihm um. »Sie haben recht, da ist nichts.« Sie zog die Augenbrauen zusammen. »Nehmen wir also an, er hätte sich festgefahren, weil er einer anderen Person ausgewichen ist. Dann hat er seine Sachen genommen und ist ausgestiegen. Die Frage ist, was passierte dann?« Zurück beim Felsen, hockte sie sich hin und untersuchte den Boden.

»Vielleicht hat derjenige, der ihn zum Ausweichen gezwungen hat, ihn irgendwie verletzt. Mit einem Messer oder einer Pistole …« Ihm wurde übel bei dem Gedanken.

»Oder anders herum.«

Verwirrt sah er Ivory an. »Was?«

»Vielleicht hat Ihr Bruder die Person verletzt.«

Allein die Vorstellung war absurd. Kai konnte keiner Fliege etwas zuleide tun. Und Blut konnte er auch nicht sehen. »Auf keinen Fall! Kai würde nie jemanden …«

Ivory hob eine Hand. »In Notwehr oder aus Versehen mit dem Wagen, weil er nicht mehr bremsen konnte.«

Schweigend betrachtete Marc den Blutfleck. Es könnte sein, dass Kai die Person angefahren oder, um sich zu verteidigen, verletzt hatte. Aber womit sollte er das getan haben, er konnte nicht einmal mit einer Pistole umgehen. Und auf einen anderen Menschen mit einem Messer loszugehen passte nicht zu Kai. Schließlich schüttelte er den Kopf. »Nein. Wenn Kai unverletzt wäre, hätte er mit dem Funkgerät Hilfe gerufen. Da er das nicht getan hat, müssen wir davon ausgehen, dass er es nicht mehr konnte.«

»Dann suchen wir jetzt nach Spuren, die darauf hindeuten, was mit dem Verwundeten geschehen sein könnte. Hier waren mindestens zwei Personen, und sie können sich nicht einfach in Luft aufgelöst haben. Auch wenn es zwischenzeitlich geregnet hat, sollten wir zumindest noch die eine oder andere Spur entdecken können.« Ivory hielt sich nicht mit weiteren Erklärungen auf, sondern begann gleich mit der Suche.

Marc folgte ihrem Beispiel und untersuchte den Fußabdruck, der darauf hindeutete, dass Kai von dieser Person gezwungen worden war, von seiner Fahrspur abzuweichen. Doch sosehr er auch suchte, es war nur dieser eine Abdruck erhalten. Wahrscheinlich war die Person danach auf die Gräser getreten, die neben den Fahrrinnen wuchsen, und hatte sich so dem Auto genähert, ohne weitere Spuren zu hinterlassen. Wer immer der Kerl war, er wollte ihn zu fassen kriegen und schütteln, bis er …

»Hier ist etwas!« Ivorys Ausruf unterbrach seine Gedanken.

Marc sprang auf und lief zu Ivory hinüber, die gerade die nähere Umgebung des Felsens untersuchte. »Was hast du gefunden?« Er merkte erst, dass er automatisch in die vertraulichere Anrede gewechselt war, als ein schwaches Lächeln auf ihrem Gesicht erschien.

»Einen weiteren Fußabdruck, der von den Büschen verdeckt war.« Sie schob die Zweige beiseite.

Marc hockte sich daneben. »Wieder nicht von Kai.«

»Nein. Es scheint derselbe Schuh zu sein wie beim ersten Abdruck. Ich denke, das beweist eindeutig, dass dein Bruder ab hier mit jemand anderem unterwegs war, sei es freiwillig oder gezwungenermaßen.«

»Was ist, wenn … wenn sie ihn hier irgendwo hilflos haben liegen lassen? Die Raubtiere …«

Ivory legte ihm zwei Finger auf die Lippen. »Denk nicht darüber nach, wir suchen hier erst einmal weiter. Wenn wir Glück haben, können wir der Fährte folgen, und finden deinen Bruder wohlbehalten.« Sie zog das Funkgerät von ihrem Hosenbund. »Kyle, hier ist Ivory.«

Seine Antwort kam prompt. »Ich höre.«

»Wir haben den Jeep gefunden, aber es ist niemand drin. Wir werden jetzt einigen Spuren folgen, und ihr bleibt weiterhin auf Abstand. Ich möchte niemanden aufscheuchen.«

»Sollten wir nicht besser …?« Besorgnis war in Kyles Stimme zu hören.

Ivory verdrehte die Augen. »Nein. Tu bitte, was ich dir sage. Wenn wir euch brauchen, melde ich mich. Sucht lieber weiter in den entlegeneren Ecken des Farmgeländes, ob ihr noch eine Wärmesignatur findet.«

»Verstanden. Ende.«

»Warum sollen sie woanders suchen, wenn Kai hier irgendwo ist?« Marc wischte sich mit dem Ärmel über das Gesicht.

Ivory sah ihn merkwürdig an. »Willst du deinen Vater etwa nicht finden?«

Wollte er das? »Nun ... ich gehe davon aus, dass er freiwillig verschwunden ist und weiß, was er tut. Natürlich möchte ich gerne wissen, was er treibt, aber Kai ist mir im Moment wichtiger.« Er hatte Mühe, Ivory in die Augen zu sehen.

»Ich verstehe.« Sie blickte ihn ernst an. »Aber solange Pete und Kyle darauf warten, dass wir Kai gefunden haben, können sie sich ja nützlich machen. Wenn du die Koordinaten hast, kannst du entscheiden, was du damit anfangen willst.«

Marc schüttelte ungläubig den Kopf. »Es ist unglaublich, ich bin Polizist, ich weiß eigentlich, was zu tun ist, und führe es dann auch aus. Aber im Moment komme ich mir vor, als würde ich irgendwo bis zum Hals im Sand stecken und mit jeder Bewegung, mit der ich mich befreien will, nur noch tiefer sinken.«

Ivory grinste ihn an. »Das nennt man Treibsand.« Sie wurde ernst. »Ich verstehe dich sehr gut und kann mir vorstellen, was im Moment in dir vorgeht. Keine Angst, du hältst dich gut, und für alles andere bin ich ja da.«

Marc unterdrückte den Impuls, sie zu umarmen, und beschränkte sich auf ein dankbares Lächeln. »Glücklicherweise.«

Ivory kontrollierte noch ein letztes Mal den Inhalt ihres Rucksacks, dann erhob sie sich. »Gehen wir.«

Sie kamen nur langsam voran, denn sie mussten die Umgebung gründlich absuchen, um weitere Spuren zu entdecken. Manchmal war es nur ein Teil eines Schuhabdrucks, dann wieder ein dünner Strich, als wäre irgendetwas über den Sand gestrichen, oder eine breitere Spur, als wäre etwas Großes,

Schweres hinterhergeschleift worden. An einer Stelle trafen sie auf eine ganze Ansammlung von Abdrücken, die nahelegten, dass sich hier mehrere Personen getroffen hatten. Aber nicht alle hatten sich von diesem Punkt aus in dieselbe Richtung wegbewegt, sodass sie suchen mussten, bis sie die ursprüngliche Spur wiederfanden. Marc hoffte, dass sie noch in die richtige Richtung liefen, doch Ivory wirkte sehr sicher. Es war ungewohnt für ihn, sich jemandem unterzuordnen. Sicher, bei der Polizei hatte er auch Vorgesetzte, aber das war etwas anderes. Erstaunlicherweise störte es ihn kaum, dass Ivory die Führung übernahm. Immerhin hatte er so mehr Ruhe, die Umgebung zu beobachten.

Ivory bückte sich gerade, um die Blätter eines Buschs zur Seite zu schieben, als er plötzlich das Gefühl hatte, dass eine andere Person in der Nähe war. Rasch sah er sich um, konnte aber niemanden entdecken. Trotzdem, irgendwo hier war jemand. Ein leises Knacken ertönte. Kurz entschlossen packte er Ivory um die Taille und zog sie mit sich in Deckung. Für einen flüchtigen Moment wurde sie vor Überraschung steif, dann entspannte sich ihr Körper wieder, und sie ließ sich neben Marc auf den Boden fallen. Er hatte schon befürchtet, dass sie nun nach einer Erklärung verlangen würde, doch sie drehte nur ihren Kopf zu ihm und sah ihn fragend an. Bemerkenswert. Marc deutete auf seine Ohren und dann in die Richtung, aus der er das Geräusch gehört zu haben glaubte. Ivory nickte kaum merklich, ihr Atem streifte seine Wange. Auch wenn er sich gewünscht hatte, ihr so nahe zu kommen, hatte er sich die Umstände, unter denen das geschah, doch etwas anders vorgestellt. Jedenfalls hatte er nicht an dornige Sträucher gedacht, wo irgendwelche Krabbelviecher in seine Hosenbeine krochen, während er sich nicht bewegen durfte. Die Vorstellung brachte ihn sehr schnell in die Realität zurück.

Angespannt lauschte er, hörte aber nur das Rascheln der Blätter im aufkommenden Wind. Oder wurden sie durch jemanden bewegt, der an ihnen entlangstrich? Vorsichtig hob Marc den Kopf, um über die Zweige schauen zu können.

Erschrocken ging er wieder in Deckung, als er keine drei Meter von ihnen entfernt einen mit einem Gewehr bewaffneten Mann in die Richtung gehen sah, aus der sie gekommen waren. Marc landete auf Ivory, doch jetzt war keine Gelegenheit, abzurücken. Die Büsche waren nicht so dicht, dass sie vollständig verborgen waren, und jede Bewegung konnte dazu führen, dass der Schwarze sie bemerkte. So presste Marc sich dicht auf den Boden und wartete ab, was passierte. Den Atem angehalten, zog er die Pistole aus dem Holster. Er würde schießen, wenn es sein musste, aber er würde gerne darauf verzichten, denn er wusste nicht, was es für Kai bedeuten würde, wenn man den Schuss hörte. Vermutlich würden sie ihn töten, wenn sie einen Befreiungsversuch erwarteten. Marcs Brustkorb zog sich zusammen, sein Atem wurde unregelmäßig. Trotzdem blieb er liegen, bis er sicher war, dass der Mann sie nicht bemerkt hatte, und setzte sich erst dann schwer atmend auf. Ivory schien auch etwas atemlos, kein Wunder, schließlich hatte er mit seinem ganzen Gewicht auf ihr gelegen und sie zu Boden gedrückt.

»Alles in Ordnung?« Seine Stimme klang rau.

»Ja.« Sie sah zu der Stelle, wo der Mann verschwunden war. »Das war knapp.« Halbherzig wischte sie sich den feuchten Sand von der Kleidung. »Aber immerhin ist jetzt ein Mann weniger bei deinem Bruder.«

»Das mag sein, aber gleichzeitig kann er uns auch jederzeit von hinten überraschen oder zurückkommen, wenn wir auf dem Rückweg sind.« Stirnrunzelnd blickte er ihren Spuren nach. »Und was ist, wenn er sieht, dass hier jemand entlanggegangen ist?«

»Das kann alles passieren, aber wenn wir noch länger rumstehen und darüber diskutieren, wird unsere Chance, Kai zu finden und zu befreien, noch kleiner.« Ivorys Stimme war sanft, aber bestimmt. »Ich schlage vor, wir gehen weiter und sind noch vorsichtiger als bisher.«

»Etwas anderes hatte ich auch nicht vor.«

Ivorys Mundwinkel zuckte amüsiert. »Dann ist es ja gut.« Sie zog ihre Pistole und überprüfte sie. »Ich gehe vor, und du sicherst uns nach hinten ab.«

Marc wollte erst protestieren, schwieg dann aber. Es schien ein automatischer Reflex zu sein, dass er in ungewissen Situationen die Frau immer hinter sich haben wollte, um sie notfalls schützen zu können. In diesem Fall war es aber im Prinzip egal, wer führte und wer nach hinten sicherte. Gefahr konnte auf beiden Seiten lauern.

Ivory schien der gleichen Meinung zu sein, denn sie zog das Funkgerät vom Hosenbund. »Kyle, hier ist Ivory.«

Ein knackendes Geräusch ertönte. »Habt ihr was gefunden?«

»Jede Menge Spuren, und eben ist uns ein Mann mit Gewehr entgegengekommen. Wir werden jetzt weitersuchen. Falls wir uns in einer halben Stunde nicht gemeldet haben, schick die Kavallerie.«

»Solltet ihr nicht besser warten, bis Hilfe …?«

»Das dauert zu lange. Ich gebe dir unsere Koordinaten durch. Ihr braucht dann nur noch den Spuren nach Süden zu folgen. Aber wie gesagt nur, wenn ich mich nicht wieder melden sollte. Wir wollen hier niemanden aufscheuchen und zu Kurzschlusshandlungen animieren.«

»In Ordnung. Und wehe, du meldest dich nicht, dann kündige ich.«

Ivory lachte. »Das glaube ich dir nicht.« Sie diktierte ihm

die Koordinaten, die sie vom Navigationsgerät ablas. »Alles verstanden?«

»Ja. Melde dich! Ende.«

Langsam hängte sie das Funkgerät zurück an ihren Hosenbund und schaltete es aus.

»Danke, Ivory.«

Verwirrt sah sie zu ihm auf. »Wofür?«

»Dass du weitermachst, obwohl es gefährlich ist.«

Sie hob eine Schulter. »Das ist mein Job.«

»Nein, ist es nicht. Du wolltest mir helfen, meinen vermissten Bruder zu finden, es war nie die Rede davon, ihn aus der Hand von Verbrechern zu befreien. Wenn wir auf weitere Bewaffnete treffen, könnte es lebensgefährlich werden.«

»Das weiß ich.« Sie umfasste seine Hände. »Aber ich werde dich trotzdem nicht alleine gehen lassen. Du hast ja selber gesagt, dass auch jemand von hinten kommen könnte. Also brauchst du noch ein zweites Paar Augen.«

»Was ich gar nicht abstreiten will. Ich wollte nur klarstellen, dass ich es verstehen würde, wenn du lieber wieder zurückkehren möchtest. Und dass ich dir sehr dankbar bin, wenn du weitermachst.«

In Ivorys Augenwinkeln bildeten sich Fältchen. »Okay, verstanden.« Sie drückte noch einmal seine Hände und trat dann einen Schritt zurück. »Und gern geschehen.«

Marc verspürte einen leisen Stich des Bedauerns, als sie zurücktrat. Es hatte sich gut angefühlt, ihr so nahe zu sein …

Er schob den Riemen seines Rucksacks zurecht, dann sah er Ivory wieder an. »Bereit?«

Sie nickte und trat aus den Büschen heraus.

Da sie nun der frischen Spur des Mannes folgen konnten, kamen sie schneller voran. Schon bald hob Ivory die Hand und blieb stehen. Marc sah sich um, konnte aber nichts Ungewöhnliches entdecken. Sein Herz schlug schneller. Schließlich ging sie weiter, verließ aber die Fährte und schlug sich seitlich in die Sträucher. Ohne Fragen zu stellen, folgte Marc ihr. Sie würde ihre Gründe dafür haben, und solange sie ihn zu seinem Bruder führte, würde er ihr folgen.

Hinter dem Stamm einer Akazie hielt sie an und winkte ihn zu sich her. »Die Spuren werden immer dichter, für mich ein Zeichen, dass irgendwo hier ihr Unterschlupf ist. Wenn wir den Spuren direkt folgen, werden sie uns vermutlich bemerken. Wir müssen also versuchen, uns von der Seite anzuschleichen.«

»Einverstanden. Aber woher wissen wir, wo genau der Unterschlupf ist?«

»Wir suchen so lange, bis wir ihn finden.« Marc verzog den Mund. Das war ein ziemlich schwacher Plan, aber ihm fiel kein besserer ein. »Wenn wir leise sind, müssten wir irgendwann Stimmen hören – sofern überhaupt noch jemand dort ist. Vielleicht riechen wir auch ihr Aftershave, wer weiß.«

Am Ende war es das Gegenteil, nämlich die Toilette, die ihnen den Weg wies. Der unangenehme Geruch wurde immer stärker, bis sie zu einer kleinen Lichtung kamen, auf der an vielen Stellen der Boden umgegraben worden war. Entweder hielten sich viele Menschen hier auf, oder sie waren schon längere Zeit da. Die zweite Möglichkeit gefiel ihm eindeutig besser, denn das hieße, sie würden nicht zu zweit und unzureichend bewaffnet einer ganzen Armee gegenüberstehen. Spuren führten von den einzelnen Grabestellen zu einem Durchlass zwischen zwei Büschen, der aussah, als wäre er mit einer Machete geschlagen worden. Marc berührte Ivory am Arm und deutete auf die Stelle. Sie nickte und tauchte wieder in das Unterholz ein. Mühsam arbeiteten sie sich vorwärts, bis sie kurz vor der Lücke waren und sehen konnten, wohin die Fußspuren von dort aus führten.

Doch bevor sie entscheiden konnten, ob sie den Spuren weiter folgen sollten, tauchte ein Mann wie aus dem Nichts auf und hielt direkt auf sie zu. Marc und Ivory duckten sich rasch tiefer in die Büsche, damit er sie nicht bemerkte. Mit angehaltenem Atem beobachtete Marc, wie der Schwarze mit großen Schritten näher kam. Hatte er sie bemerkt? Aber dann hielte er sicher eine Waffe in der Hand und nicht … Toilettenpapier. Erleichtert atmete Marc aus und überlegte sich, wie er den Mann am besten ausschalten konnte. Er wollte ihn nicht töten oder durch Schüsse seine Kumpane anlocken, aber das hieß, dass er sehr nah an ihn herankommen musste, ohne von ihm bemerkt zu werden. Keine leichte Aufgabe, denn die Deckung war spärlich und er nicht gerade klein. Er gab Ivory ein Zeichen und wartete angespannt darauf, dass der Mann an ihm vorbeikam. Kaum mehr einen Meter von ihm entfernt, hatte der Schwarze nur Blick für die Toilettenwiese und bemerkte überhaupt nicht, dass Personen in der Nähe waren. Marc hob seine Waffe und schlug den Griff kräftig auf den ungeschützten Hinterkopf. Ohne einen Laut von sich zu geben, sank der Mann zu Boden.

Gemeinsam mit Ivory zog Marc ihn rasch ins Gebüsch, damit er nicht entdeckt wurde. Besorgt fühlte Marc den Puls und stellte erleichtert fest, dass der Mann nur bewusstlos war. Er setzte sich auf seine Hacken und blickte Ivory an. Sie sah aus, als wäre die Situation ganz alltäglich für sie. Seelenruhig öffnete sie ihren Rucksack und kramte darin herum.

»Suchst du etwas?« Marc hielt seine Stimme leise.

»Etwas, womit wir den Kerl fesseln und knebeln können. Oder willst du, dass er plötzlich wieder hinter dir auftaucht?«

Ungern. Aber es wurmte ihn, dass Ivory daran gedacht hatte und er nicht. Allerdings hätte er auch nichts Geeignetes bei sich gehabt. Wie hätte er auch mit so etwas rechnen können? Eigentlich hatte er nur Kai finden wollen … Marc richtete sich auf. Und das würde er auch, sie waren ganz nah dran, das spürte er. Ivory hatte inzwischen einige Kabelbinder aus ihrem Rucksack gefischt und schlang sie dem Bewusstlosen um die Handgelenke, die sie hinter seinem Rücken übereinandergelegt hatte.

Sie fing seinen Blick auf. »Sehr praktisch diese Dinger.«

»Ich weiß, in Deutschland werden sie mitunter auch verwendet.«

Mit einem Ruck zog sie die Binder fest und prüfte, ob der Gefangene sich selbst befreien konnte. Zufrieden richtete sie sich wieder auf. »Jetzt fehlt nur noch ein Knebel.« Sie zog ein Messer heraus und schnitt einen Streifen vom T-Shirt des Mannes ab, den sie ihm dann um den Mund band. »Okay, fertig.« Sie schloss ihren Rucksack und setzte ihn wieder auf.

Marc nickte, dann ging er weiter in die Richtung, aus der der Mann gekommen war. Nach einigen Metern drehte er sich noch einmal um und vergewisserte sich, dass man den Gefangenen nicht auf Anhieb sehen würde. Trotzdem hatten sie keine Zeit zu verlieren. Die Augen wieder auf die Spuren gerichtet, lief er beinahe in eine Wand aus Zweigen. Ivorys Hand schlang sich um seinen Arm, mit ihrem Körper presste sie ihn an die Wand. Sie hielt ihren Finger an ihre Lippen, zum Zeichen, dass er leise sein sollte. Als sie sah, dass er verstanden hatte, löste sie sich von ihm und deutete in eine Richtung, während sie sich gleichzeitig in die andere bewegte. Marc tastete sich langsam an der Wand aus durch Lehm zusammengehaltenen Zweigen entlang, die zu einer der typischen Rundhütten gehörte. Wer hatte sich auf dem Land seiner Eltern eine solche Unterkunft gebaut? Und vor allem, warum hatte das bisher niemand bemerkt? Andererseits hatte er sie auch erst gesehen, als er fast schon in sie hineingerannt war; aus der Ferne war sie überhaupt nicht zu erkennen.

Mit dem Rücken zur Wand bewegte Marc sich langsam um die Hütte herum. Bereits nach wenigen Metern wurde die Deckung spärlicher. Wenn jemand draußen herumlief, würde er sie sofort bemerken. Automatisch bewegte er sich schneller. Je eher sie den Spuk beendeten, desto schneller wären sie wieder zu Hause in Sicherheit. Marc zuckte zurück, als er Stimmen hörte, die aus dem Innern der Hütte zu kommen schienen. Seine Hand suchte nach einer Lücke in den Zweigen. Vorsichtig ging er in die Knie und blickte durch eine lichtere Stelle. Nach der Helligkeit draußen mussten sich seine Augen erst an das schummerige Dunkel im Innern gewöhnen. Doch schließlich konnte er die Umrisse zweier Personen erkennen. Ein Mann und eine Frau unterhielten sich auf Khoisan. Marc bemühte sich zu verstehen, worum es ging, doch er erkannte nur einzelne Wörter wie Arzt, Junge und Unrecht. Die Frau nannte den Mann ihren Bruder und bat ihn, den Jungen freizulassen. Marcs Herz klopfte schneller. Meinte sie mit dem Jungen Kai? Es musste so sein!

Allerdings konnte er nicht mit der Pistole in die kleine Hütte stürmen, zu groß war die Gefahr, dass die Entführer Kai etwas antun würden, während er noch versuchte, sich zu orientieren. Trotzdem arbeitete er sich langsam auf die Öffnung zu. Eine Bewegung auf der anderen Seite ließ ihn seinen Kopf herumreißen, doch es war nur Ivory, die ihm ein Zeichen gab. Automatisch hob Marc seine Waffe und richtete sie auf den Ausgang. Ivory tat es ihm gleich, bevor sie einige laute Klicklaute ausstieß, die übersetzt so etwas wie »Vorsicht!« bedeuteten. In der Hütte war es totenstill, dann stürzte der Mann heraus. Als er sich gleich zwei Pistolen gegenübersah, die auf seinen Kopf zielten, blieb er abrupt stehen. Das Gewehr in seiner Hand fiel zu Boden. Marc drängte das Bedürfnis zurück, ihn trotzdem niederzuschlagen.

»Hände hoch. Und du da drinnen, rauskommen! Sofort!« Er gab die Anweisung auf Englisch, er konnte nur hoffen, dass beide die Sprache verstanden.

Der Mann sah ihn merkwürdig an, doch dann hob er die Hände. Gleichzeitig trat die Frau heraus. Marc spürte seine Knie weich werden, sein Atem stockte. »Amali?«

Ihre Augen weiteten sich, als sie ihn erkannte. »Oh mein Gott, Marc, bist du das?« Sie trat zu ihm und sah aus, als wollte sie ihn umarmen, doch dann streckte sie nur die Hände nach ihm aus. »Ich bin so froh, dass du da bist!« Gehetzt sah sie sich nach allen Seiten um. »Aber ihr müsst euch beeilen, es kann jeden Moment jemand kommen.«

Marc drückte ihr die Hände. »Wo ist Kai?«

Rasch duckte sie sich in die Hütte und zog ihn mit sich hinein. Er blinzelte gegen das Dämmerlicht und erkannte schließlich eine Person auf dem Boden, die in eine Decke eingewickelt war. »Er ist verletzt und hat Fieber. Bring ihn schnell zu einem Arzt.«

Marc hockte sich neben Kai und beugte sich über ihn. Seine Augen waren geschlossen, das Gesicht glänzte feucht. Es sah nicht so aus, als würde er gehen können, aber irgendwie mussten sie ihn von hier fortbekommen. Und zwar schnell. Marc legte seine Hand auf Kais Stirn, die heiß und feucht war. »Kai, kannst du mich hören?« Sein Bruder murmelte etwas, das er nicht verstand, öffnete die Augen aber nicht. Sanft tätschelte er seine Wange. »Kai!«

Die Augenlider hoben sich ein Stück. »Marc?«

»Ja. Wir müssen hier weg. Kannst du laufen?«

»Ich …« Kai leckte sich über die trockenen Lippen. »… ich weiß nicht. Fühle mich … wie aus Gummi.«

»Gut, versuchen wir es.« Nach einem Blick auf Amali schob er die Pistole in das Holster zurück und half Kai, sich aufzusetzen. Er legte seine Arme unter Kais Achseln und zog ihn hoch. Sein Bruder schwankte und wäre umgefallen, hätte Marc ihn nicht gestützt. Schließlich trug er ihn fast aus der Hütte.

Ivory hatte inzwischen den Mann gefesselt. Als er herauskam, sah sie auf. Besorgnis zeichnete sich auf ihrem Gesicht ab, als sie erkannte, in welchem Zustand Kai sich befand.

Marc runzelte die Stirn, als er den Blick bemerkte, den Amali dem Mann am Boden zuwarf. »Warum bist du hier, Amali? Gehörst du zu diesen Verbrechern?«

Vehement schüttelte sie den Kopf. »Nein. Ich wollte, dass sie Kai gehen lassen, aber sie hören nicht auf mich.« Ihr Mund verzog sich unglücklich. »Mein Bruder«, sie sah auf den Mann am Boden, »hat mich mitgenommen, damit Mugambo tut, was sie von ihm verlangen.«

»Dein Bruder?« Marc musterte den Mann genauer und erkannte in ihm Tano wieder, der damals nach dem Brand verschwunden war. »Wo kommt er auf einmal her?«

Amali schüttelte hilflos den Kopf. »Ich weiß es nicht, ich habe seit zwanzig Jahren nichts mehr von ihm gehört. Jedenfalls scheinen er und seine Leute auf der Suche nach deinem Vater gewesen zu sein. Aber dann ist Kai dazwischengekommen, und sie haben sich überlegt, dass sie mit ihm als Geisel Robert aus seinem Versteck locken könnten.«

»Wie denn, wenn er gar nicht weiß, dass Kai überhaupt hier ist?« Marc hob eine Hand. »Wir können uns später darüber unterhalten, jetzt müssen wir sehen, dass wir wegkommen.« Angewidert sah er auf Tano am Boden hinab. »Leider haben wir keine Möglichkeit, die beiden mitzunehmen, ich muss Kai helfen, und wir haben keine Zeit, darauf zu warten, dass der andere wieder zu sich kommt und selber laufen kann. Wir sollten aber wenigstens Tano mitnehmen, damit er uns erzählt, was hier vor sich geht.«

Amalis Bruder schoss ihm hasserfüllte Blicke zu. Durch den Knebel waren wütende Laute zu hören.

Ivory sah ihn zweifelnd an. »Ich denke nicht, dass er mitkommen wird, ohne Ärger zu machen. Ich halte es für zu gefährlich, vor allem, weil es im Hummer mit fünf Erwachsenen, und einer davon schwer verletzt, reichlich eng werden würde. Ganz davon abgesehen, dass wir uns beeilen müssen. Die anderen Entführer können jederzeit zurückkommen.«

»Du hast recht. Es ist nur …« Entschuldigend sah er Amali an, bevor er sich wieder an Ivory wandte. »Kannst du Kyle Bescheid sagen, dass er jemanden herschickt, der die beiden holt? Ich hasse es, sie hierlassen zu müssen. Sie könnten uns wichtige Hinweise über den Rest der Bande geben.«

»Natürlich.« Sie wandte sich ab und sprach in ihr Funkgerät.

Marc zog unterdessen Tano an den Schultern in die Hütte, trat wieder hinaus und schloss die Tür hinter sich. So wäre Amalis Bruder wenigstens vor wilden Tieren geschützt, bis jemand kam, um ihn abzuholen.

Dann schlang er sich Kais Arm um den Hals und versuchte, so gestützt, mit ihm zu gehen, doch Kais Beine gaben schon nach wenigen Schritten nach. »Verdammt. So geht es nicht.« Er winkte Amali zu sich. »Was für Verletzungen hat Kai?«

»Eine Stichwunde an der Schulter. Und eine dicke Beule samt Platzwunde am Kopf. Ich habe versucht, ihn zu behandeln, aber ohne Verbandszeug und Arznei …« Sie hob die Schultern.

»Okay. Kai, das wird jetzt wehtun, aber wir müssen hier weg, und du kannst nicht laufen.« Marc bückte sich und hob Kai auf die Schulter. Ächzend richtete er sich wieder auf. Sein Bruder war zwar etwas kleiner als er, aber nicht leichter. Es war klar, dass er die Last nicht lange würde tragen können, aber zuerst einmal mussten sie von hier verschwinden, und das so schnell wie möglich. Kai stöhnte und regte sich. »Halt still!« Er verlagerte das Gewicht. »Amali, du bleibst dicht bei mir und achtest auf Kai. Ivory, führ uns so schnell wie möglich zum Hummer.« Langsam ging er los, wobei ihn jeder Schritt anstrengte, weil er durch das zusätzliche Gewicht tiefer in den Sandboden einsank. Die Hitze tat ihr Übriges, Schweiß rann ihm über das Gesicht und brannte in seinen Augen. Der Atem kam stoßweise über seine Lippen, und er fühlte sich bereits nach wenigen Metern, als wäre er einen Marathon gelaufen. Aber sie konnten nicht aufgeben und Kai hierlassen. So folgte er Ivory, so schnell er konnte, die auf direktem Wege querfeldein auf die Stelle zulief, an der der Hummer stand. Amali ging schweigend neben ihm her und prüfte hin und wieder, wie es Kai ging.

Einige Male setzte Marc ihn ab und versuchte, wieder zu Atem zu kommen, etwas zu trinken und auch Kai ein paar Tropfen Wasser einzuflößen. Gott, seine Temperatur schien immer mehr zu steigen, und es gab nichts, was sie hier für ihn tun konnten. Hoffentlich hielt er durch, bis sie ihn in Sicherheit gebracht hatten. Als er schon Sterne vor den Augen sah und sich nur noch aus reiner Willenskraft vorwärtsschleppte, kamen sie endlich beim Hummer an. Marc ließ Kai auf die Rückbank sinken und fiel erschöpft hinterher. Ivory beschränkte sich darauf, seine Beine in den Wagen zu schieben und die Tür zu schließen, während Amali auf den Vordersitz kletterte und besorgt ihre beiden ehemaligen Schützlinge auf dem Rücksitz beobachtete. Als Ivory den Motor startete, richtete sich Marc ächzend auf. Am liebsten wäre er liegen geblieben, doch noch waren sie nicht außer Gefahr, jederzeit hätten die anderen Bandenmitglieder auftauchen und versuchen können, sie aufzuhalten. Die Pistole in der Hand sah er aus dem Rückfenster, während Amali die linke vordere Seite im Auge behielt und Ivory die rechte. Sie fuhr noch schneller als auf der Hinfahrt, aber sie bemühte sich gleichzeitig auch, möglichst wenige Löcher oder Felsen mitzunehmen, um Kais Körper nicht unnötigen Erschütterungen auszusetzen.

Marc hatte Kais Kopf auf seine Beine gebettet und sah von Zeit zu Zeit auf seinen Bruder hinab. Kai hatte die Augen geschlossen, seine Augenbrauen waren zusammengezogen, als hätte er starke Schmerzen. Seine Lippen wirkten ausgetrocknet, neue Linien zeichneten sich um seine Mundwinkel ab. Bartstoppeln bedeckten sein Kinn, Schmutz hatte sich mit Schweiß vermischt und einen dunklen Film auf seiner Haut hinterlassen. Es erinnerte kaum noch etwas an den jungen, unbeschwerten Mann, den er zuletzt in Deutschland gesehen hatte.

Eine schmale Hand legte sich auf die seine. »Er wird durchkommen, er ist genauso dickköpfig wie sein Bruder und sein Vater.« Amalis Stimme war sanft und mitfühlend, aber bestimmt.

Marc rang sich ein Lächeln ab. »Und einen Teil davon wird er sich damals bei dir abgeschaut haben.«

Amalis Zähne blitzten weiß in ihrem dunklen Gesicht auf. »Gut so.« Sie wurde ernst. »Wie geht es Mugambo?«

»Ich hatte das Gefühl, er macht sich große Sorgen, aber er hat nicht mit mir darüber geredet. Im Gegenteil, er hat mir nicht einmal gesagt, dass du entführt wurdest.«

Amali verzog schmerzlich ihren Mund. »Sie haben gedroht, mir etwas anzutun, wenn er nicht schweigt.«

»Und warum bist du nicht geflohen? Dein Bruder hätte dir sicher nichts getan, wenn …«

Amali unterbrach ihn. »Ich erkenne meinen Bruder nicht wieder, er hat sich sehr verändert.« Ihre Augen verdunkelten sich. »Aber wahrscheinlich kannte ich ihn vorher auch schon nicht. Er hat damit geprahlt, dass er damals den Brandstiftern behilflich war, als sie das Farmhaus angezündet haben. Elise und Karl Fechner waren wunderbare Menschen. Das werde ich Tano nie verzeihen.«

Schockiert schwieg Marc einen Moment. Er erinnerte sich noch gut daran, wie Tano und einer der anderen Arbeiter von Wilderern verletzt worden waren und die ganze Farm in Aufruhr war. In derselben Nacht war das Haus seiner Großeltern niedergebrannt. »Hat er sie getötet?«

Amali schüttelte rasch den Kopf. »Nein, das wohl nicht. Aber er hat die Täter zum Haus gelotst und es für sie geöffnet.«

Marc hatte Mühe, den Impuls zu unterdrücken, aus dem Wagen zu springen, zurückzulaufen und Tano den Hals umzudrehen. Seine Hände ballten sich zu Fäusten. »Ich werde dafür sorgen, dass er zur Verantwortung gezogen wird, wenn Ivorys Männer ihn zur Farm bringen.«

Amali nickte unglücklich. »Ich weiß. Es tut mir leid, dass er so viel Unglück über deine Familie gebracht hat.«

»Über uns alle, du gehörst schließlich auch zur Familie, Amali.«

Sie lächelte durch ihre Tränen hindurch. »Danke, Marc, das bedeutet mir sehr viel.«

Marc blickte aus dem Fenster. Es war nicht richtig gewesen, sie nie wieder kontaktiert zu haben, nachdem sein Vater sie nach Deutschland geschickt hatte. Um sich auf andere Gedanken zu bringen, kam er auf seine ursprüngliche Frage zurück. »Warum bist du denn nun dort in der Hütte geblieben und nicht zu Mugambo zurückgekehrt?«

»Marc Wolf, du glaubst doch nicht, dass ich mein Baby schutzlos in der Hand von Verbrechern gelassen hätte?«

»Baby?«

»Kai. Ihr wart immer auch meine Kinder, hast du das nicht gewusst?«

Verlegen senkte Marc den Blick. »Doch, schon. Und ich hätte mich auch aus Deutschland bei dir melden müssen. Du konntest ja nichts für die Entscheidung meines Vaters, uns wegzuschicken.«

»Das stimmt.« Amali hob sein Kinn mit einem Finger an. »Aber ich habe immer verstanden, dass es zu schmerzhaft für dich gewesen wäre, Kontakt zu uns zu haben, aber nicht wieder hierherkommen zu dürfen.«

Marc nickte stumm. Er fing Ivorys kurzen Blick im Rückspiegel auf und wurde sich wieder bewusst, wo sie waren. Mit den Fingern strich er über Amalis Wange. »Können wir später darüber reden?«

»Natürlich. Ich hoffe, du bleibst ein wenig länger. Oder sogar für immer?«

Bedauernd schüttelte Marc den Kopf. »Ich kann nicht lange von der Arbeit wegbleiben, mein Vorgesetzter hat mir sowieso nur sehr ungern Sonderurlaub gegeben.« Diesmal löste er seinen Blick nicht von dem Ivorys.

»Schade.« Amalis Stimme riss ihn aus seiner Trance.

»Ich habe nur Urlaub bekommen, weil mein Chef wusste, dass ich auch ohne offizielle Genehmigung gefahren wäre.«

»Ich bin froh, dass du hier bist. Habe ich mich schon bedankt, dass du mich dort herausgeholt hast?«

»Nein, und das musst du auch nicht. Ich nehme an, dass mein Vater schuld an deiner Gefangennahme ist.«

Amali wollte etwas sagen, schüttelte dann aber den Kopf. »Später.« Damit drehte sie sich in ihrem Sitz wieder nach vorne.

»Sturkopf.« Die leise Bemerkung kam von Kai. Marcs Kopf ruckte nach unten. Kais Augen waren offen, Schmerz lag in seinem Blick, aber auch eine leichte Belustigung.

»Hey, du bist ja wach. Wie geht es dir?«

»Fan…tastisch.« Kai unterdrückte ein Stöhnen, als der Wagen schwankte. »Sind wir … bald da?«

Marc sah aus dem Fenster. Sie waren schon an der Abzweigung bei den Weiden angekommen. »Ja, es dauert nicht mehr lange. Hältst du noch durch?«

Kai stieß ein Lachen aus, das in Husten überging. »Muss … ich ja.« Mühsam rang er um Atem.

Marc legte beruhigend seine Hand auf Kais unverletzte Schulter. »Sei jetzt still und ruh dich ein wenig aus.«

»Ja, Herr Oberkommissar.« Gehorsam schloss Kai die Augen. Vermutlich hätte er sie sowieso nicht länger offen halten können.

Marc betrachtete besorgt das blasse Gesicht seines Bruders.

»Schneller kann ich nicht fahren.« Ivorys ruhige Stimme ließ ihn den Kopf heben.

»Ich weiß. Fahr einfach so, dass wir alle heil beim Haus ankommen.«

Ivory nickte. »Immerhin scheint niemand hinter uns her zu sein.«

Marc sah durch die Rückscheibe. »Ja. Aber sie wissen, wo wir zu finden sind.«

Amali blickte ihn erschrocken an. »Glaubst du, wir sind in Gefahr?«

Unbehaglich hob Marc die Schultern. »Ich weiß es nicht. Der Plan der Männer hat nicht funktioniert, also geben sie ihn entweder auf, was ich für unwahrscheinlich halte, oder sie probieren es noch einmal. Wenn ich nur wüsste, was genau sie von Kai wollten.«

»Erst wollten sie aus ihm herauspressen, wo Robert ist. Als dann klar wurde, dass er es nicht weiß, wollten sie ihn als Pfand benutzen, um Robert dazu zu bringen, zurückzukommen.« Amalis Stimme zitterte.

»Und wie sollte Robert erfahren, dass Kai ihre Geisel war?«

»Das war das Problem an dem Plan. Sie waren davon ausgegangen, dass Mugambo in Kontakt mit Robert steht und ihm davon erzählt.« Sie presste die Lippen zusammen. »Aber Robert ist einfach verschwunden und hat sich nicht mehr bei uns gemeldet. Wir wissen nicht einmal, ob er überhaupt noch lebt.« Tränen schwammen in ihren Augen.

Marc wandte sich ab. Natürlich wünschte er sich nicht, dass seinem Vater etwas zustieß, aber wenn andere Menschen seinetwegen zu Schaden kamen ... Er schüttelte den Gedanken ab und konzentrierte sich auf das Wesentliche. »*Warum* wollen sie Robert so unbedingt finden?« Bitter fügte er hinzu: »Ihm gehört ja nicht mal mehr das Land, auf dem wir uns gerade befinden.«

Ivory mischte sich ein. »Dein Vater ist dafür bekannt, dass er ein Gespür für Bodenschätze hat. Ich könnte wetten, jemand denkt, er sei aufgebrochen, um welche ausfindig zu machen.« Sie strich sich eine Strähne ihres krausen Haares hinter ihr Ohr. »Wenn viel Geld im Spiel ist, finden sich immer genug zwielichtige Gestalten, um sich einen Teil davon zu sichern.« Ihr Blick traf den seinen im Spiegel. »Mit der Enteignung stimmt irgendetwas nicht. Wenn ich mit meiner Quelle gesprochen habe, werde ich es genauer wissen.«

Marc nickte dankbar. »Jetzt sind andere Dinge wichtiger. Amali, wenn du meinst, dass ihr in der Stadt sicherer seid, dann zieht so lange dorthin, bis wir die Gefahr beseitigt haben.«

»Ich werde mit Mugambo darüber reden. Ich kann mir aber nicht vorstellen, dass er die Farm im Stich lässt. Er hat Robert versprochen, sich darum zu kümmern.«

»Dann geh wenigstens du und nimm die Kinder mit, ich möchte nicht, dass euch etwas geschieht.«

Amali neigte den Kopf, zum Zeichen, dass sie darüber nachdenken werde, aber das Thema im Moment für sie erledigt war. Er erinnerte sich noch gut daran, dass sie früher als Kindermädchen genauso reagiert hatte. Sie konnte ebenso dickköpfig sein wie er, und sie würde nur das tun, was sie für richtig hielt.

»Kyle hat schon unsere Eingreiftruppe angefordert, sie werden sicher bald da sein und sich um die Kerle kümmern. Danach werden sie dann das Haus und die Unterkünfte bewachen, falls doch noch einige der Verbrecher frei herumlaufen.«

Marc runzelte die Stirn. »Eingreiftruppe?«

»Sehr zuverlässige Männer, die nicht nur mit Waffen umgehen, sondern auch denken können. Es gibt Fälle, wo ein oder zwei Leute nicht reichen, um eine Aufgabe zu erledigen, und dafür habe ich die Eingreiftruppe aufgebaut.« Sie hob eine Augenbraue. »Oder wolltest du dich gleichzeitig um deinen Bruder kümmern, dein Haus schützen, deinen Vater suchen und die Kerle dingfest machen?« Als er nicht antwortete, nickte sie. »Das dachte ich mir. Vertrau mir einfach, ich weiß, was ich tue und wie ich meinen Job zu erledigen habe.«

Erstaunlicherweise tat er das. Obwohl er sonst niemandem so schnell vertraute, war er überzeugt, dass Ivory immer ihr Bestes geben würde. Wenn sie einen Job annahm, dann nahm sie ihn ernst und führte ihn zu Ende, so gut es ihr möglich war. Woher er die Gewissheit nahm, wusste er nicht, aber er würde ihr jederzeit wieder sein Leben anvertrauen und das seines Bruders ebenfalls.

»Wir sind da.«

Marc sah überrascht auf. Er hatte gar nicht gemerkt, dass sie bereits so nah am Haus waren. »Sind deine Männer schon da?«

Ivory drehte sich zu ihm um. »Nein, wieso?«

»Weil dort ein Jeep steht, der vorhin nicht da war.« Automatisch glitt seine Hand zur Pistole.

»Ich glaube, das ist ein Mietwagen, da klebt ein Aufkleber an der Seitenscheibe.«

»Aber wer sollte …« Er brach ab, als die Haustür aufflog und ihnen jemand entgegengelaufen kam. »Verdammt!«

»Was ist? Wer ist das?«

»Meine Mutter.«

Zur gleichen Zeit stieß Amali einen Schrei aus und riss die Autotür auf. »Mariama!« Sie sprang aus dem Wagen, lief auf seine Mutter zu und fiel ihr in die Arme.

Ivory sah mit offenem Mund zu. »Sie ist doch viel zu jung!«

Marc musste grinsen. »Lass sie das nicht hören, sonst bildet sie sich noch was drauf ein.«

»Das kann sie auch.« Ivory trat näher an ihn heran. »Soll ich Kai in die Stadt zum Arzt fahren?«

Von seiner Mutter wurde er einer Antwort enthoben, als sie auf ihn zustürzte. »Mein Gott, Marc, wie siehst du denn aus! Geht es dir gut?«

»Alles in Ordnung. Wenn du deinen Jüngsten nicht so gut gemästet hättest, würde es mir allerdings besser gehen.«

»Ich verstehe nicht, was …?« Ihr Blick glitt an ihm vorbei zum Wagen. »Du hast ihn gefunden!«

Sie hockte sich neben den offenen Wagen und strich über Kais Haare.

Marc warf Ivory einen Blick zu. »Sie ist nicht absichtlich unhöflich.«

»Ich weiß, gar kein Problem. Soll ich ihn nun mitnehmen?«

»Nein, das ist nicht nötig, ich kümmere mich um ihn, und wenn er einen Arzt braucht, fahre ich ihn in die Stadt.« Mariama hatte sich zu ihnen umgewandt und schüttelte nun Ivorys

Hand. »Es tut mir leid. Ich war nur so froh, meinen Sohn zu sehen … Ich bin Mariama, Kais und Marcs Mutter.«

»Ivory Callaghan, ich habe Marc heute in der Stadt kennengelernt.«

Mariama sah von ihr zu Marc und zog eine Augenbraue hoch. »Ja?«

Marc unterdrückte ein Stöhnen. »Ivory ist Privatdetektivin und hat mir geholfen, Kai zu finden.« Sein Mundwinkel hob sich. »Genau genommen hat sie das ganz alleine geschafft, und ich bin nur hinterhergelaufen.«

Ivory lachte. »Er übertreibt.« Sie trat von einem Fuß auf den anderen. »Ich werde dann mal sehen, wo meine Männer bleiben, und mich darum kümmern, dass die Päckchen eingesammelt werden.«

Mariama sah ihr verwirrt nach. »Was meint sie mit Päckchen?«

»Die Männer, die wir überwältigt haben.«

»Wer …?«

Kais Stöhnen unterbrach sie. »Könntet ihr das … später diskutieren?«

Sofort eilte Mariama wieder an seine Seite. Gemeinsam trugen sie ihn kurz darauf ins Haus. Vorsichtig legten sie ihn auf das Bett, und Marc begann, ihm das zerrissene Hemd auszuziehen, während seine Mutter Wasser und Waschlappen sowie das Erste-Hilfe-Set holte. Sie setzte sich auf die Bettkante und begann, Kai zu waschen und seine Wunden zu säubern. Marc bemühte sich, währenddessen ruhig zu bleiben, aber Mariama schien trotzdem zu spüren, dass er ungeduldig war. »Ich mache das schon. Kümmer dich ruhig um deine Angelegenheiten.«

Marc wollte protestieren, ließ es dann aber bleiben. Stattdessen beugte er sich vor und küsste seine Mutter auf die Wange. »Ich bin froh, dass du hier bist.«

Mariama lächelte ihn an. »Ich auch.«

In der Tür drehte sich Marc noch einmal um. »Reden wir später?«

»Natürlich.« Sie hatte sich schon wieder Kai zugewandt, der sich unruhig auf dem Bett hin und her bewegte.

Nach einem letzten Blick verließ Marc den Raum und lief die Treppe hinunter.

Amali trat aus der Küchentür. »Wie geht es Kai?«

»Mama kümmert sich um ihn. Soll ich dich nach Hause fahren?« Sein schlechtes Gewissen meldete sich, als er erkannte, wie sehr die Gefangenschaft sie mitgenommen hatte. Zögernd berührte er ihren Arm. »Geht es dir gut?«

Amali zeigte das Lächeln, das er schon als Kind geliebt hatte. »Ja, es geht mir gut, und nein, du brauchst mich nicht zu fahren. Ich habe eben Mugambo angerufen, er kommt und holt mich ab. Du hast genug zu tun.« Ja, das hatte er, aber er mochte die beiden Frauen und Kai auch nicht alleine im Haus lassen. Amali musste sein Zögern bemerkt haben, denn sie schob ihn sanft in Richtung Ausgang. »Nun geh schon, wir kommen zurecht.«

»In Ordnung. Wenn etwas sein sollte, bin ich über Funk erreichbar.«

Amali nickte und verschwand wieder in der Küche.

Nachdem er sich im Bad frisch gemacht hatte, trat er aus dem Haus. Die Hitze ließ die Kleidung sofort wieder an seinem Körper kleben. Ivorys Hummer stand noch auf dem Parkplatz, und Marc bewegte sich automatisch darauf zu. Er sagte sich, dass er nur seine Sachen holen wollte, die noch im Wagen lagen, doch es war klar, was – oder vielmehr wen – er wirklich dort suchte. Enttäuscht erkannte er, dass Ivory nicht dort war. Kopfschüttelnd öffnete er die Beifahrertür und beugte sich in den Wagen. Sein Rucksack lag vergessen auf dem Boden, wo

Amali ihn hingelegt hatte. Gerade als er sich wieder aufrichten wollte, ertönte ein schabendes Geräusch.

»Wie geht es Kai?« Erschrocken ruckte er hoch, als Ivorys Stimme von unten erklang, und stieß mit dem Kopf gegen den Rahmen.

»Autsch, verdammt.« Mit einer Hand hielt er die schmerzende Stelle, während er zurücktrat und sich umsah.

»Hier unten.« Wieder ertönte ein Schaben.

Ungläubig senkte Marc den Blick und sah Ivorys Stiefel unter dem Hummer hervorschauen. Er kniete sich neben den Wagen und sah darunter. »Was tust du da?« Der Hummer war so hoch, dass sie bequem unter ihn rollen konnte, trotzdem gefiel es ihm nicht, dass sie so schutzlos unter diesem gewaltigen Fahrzeug lag.

Quer über ihr Gesicht lief ein schwarzer Streifen, ihre Haare ringelten sich um ihren Kopf. Unter ihrem Körper lag eine dünne Matte. »Ich hatte vorhin das Gefühl, dass irgendetwas unter dem Wagen hängen geblieben ist, und …« – mit einem Ruck zog sie an einem Gegenstand – »… ich hatte recht.« Sie warf ihm einen Dornenzweig vor die Füße und krabbelte dann wieder unter dem Hummer hervor. Ohne zu zögern, ergriff sie Marcs Hand und ließ sich von ihm hochziehen. »Danke.« Sie wischte sich Sand von ihrer Jeans und ihrem T-Shirt. »Also, wie geht es deinem Bruder?«

Marc hob die Schultern. »Kann ich noch nicht sagen. Meine Mutter kümmert sich um ihn. Wann kommen deine Männer?«

Ivory sah auf ihre Uhr. »Sie müssten bald da sein.« Er zog ein Tuch aus seinem Rucksack und hielt es ihr hin. »Wofür ist das?«

»Für dein Gesicht, du hast da …«

Sie rieb sich mit dem Tuch über das Gesicht, verteilte den Schmutz dabei aber nur. Argwöhnisch sah sie die Dreckspuren an. »Besser?«

Marc unterdrückte ein Grinsen. »Nicht wirklich.« Er nahm ihr das Tuch aus der Hand und trat näher. Mit einer Hand hielt er ihr Kinn, während er versuchte, den Schmutz zu entfernen. Er spürte ihren Atem auf seiner Haut, sein Blick senkte sich in den ihren. Einen Moment lang schien die Zeit stillzustehen, während sie ineinander vertieft waren. Schließlich zwinkerte Ivory, und der Bann war gebrochen. Marc trat rasch einen Schritt zurück und ließ die Hand sinken. »Vielleicht gehst du besser ins Haus, ohne Wasser und Seife scheint mir die Schmiere nicht abzugehen.«

Ivory verzog den Mund. »Vermutlich. Falls mein Eingreiftrupp kommt, sag ihnen, ich bin gleich zurück.«

»Wird gemacht!«

Mit einem Lachen lief Ivory in Richtung Haus. Marc sah ihr nach, bis sie im Innern verschwand, bevor er sich wieder dem Hummer zuwandte. Er schlang sich den Rucksack über die Schulter und schlug die Wagentür zu. Ein Motorengeräusch ließ ihn aufblicken. Aus der Richtung des Farmhauses kam ein Jeep heran und zog eine dichte Staubfahne hinter sich her. Angespannt beobachtete Marc, wie er näher kam und schließlich neben dem Hummer hielt. Mugambo stieß die Tür auf und sprang aus dem Wagen.

Er blieb vor Marc stehen, sein schlechtes Gewissen stand ihm deutlich ins Gesicht geschrieben. »Ich werde nachher alles erklären, aber zuerst muss ich …«

»Amali wartet im Haus auf dich.«

»Danke.« Damit wandte Mugambo sich um und rannte zum Haus.

Marc konnte sich vorstellen, wie erleichtert er sein musste, dass seine Frau wohlbehalten zurückgekehrt war. Erschöpft ließ er sich auf den Beifahrersitz sinken und lehnte den Kopf an die Nackenstütze. Wenn er wieder zu Hause war, würde er sein Fitnesstraining wieder aufnehmen. Wie es aussah, war er in den letzten Monaten zu faul gewesen und musste nun dafür bezahlen. Zum Glück hatte Ivory ihn vor dem Polizeigebäude angesprochen, denn ohne ihre Idee mit dem Wärmebildgerät und vor allem auch ihren Hummer hätte er Kai nie rechtzeitig gefunden. Egal, wie hoch ihr Honorar auch sein würde, er würde es gerne bezahlen. Marc verzog den Mund. Und dann würde Kai es für den Rest seines Lebens bei ihm abarbeiten dürfen. Vermutlich sollte er zurück ins Haus gehen und dort auf Ivory warten, doch er konnte sich nicht aufraffen. Seine Augen schlossen sich langsam, aber er sah noch immer Ivorys Gesicht vor sich.

22

Ivory lächelte, als sie auf Marc hinabblickte. Den Rucksack auf dem Rücken, saß er quer im Wagen und schlief tief und fest. Seine Erschöpfung war nachzuvollziehen, doch warum hatte er sich nicht einfach ins Bett gelegt – ohne unbequeme Kleidung und den schweren Rucksack – und sich ein wenig ausgeruht? Selbst im Schlaf waren seine Augenbrauen noch zusammengeschoben, sein Gesichtsausdruck angespannt. Dunkle Ringe zeichneten sich auf der blassen Haut unter seinen Augen ab, tiefe Linien lagen um seinen Mund. Ivory streckte die Hand aus, um sie wegzustreicheln, hielt sich aber gerade noch davon ab. Sie kannte Marc gerade erst ein paar Stunden, sicher würde er etwas dagegen haben, wenn sie ihn berührte, während er schlief. Und warum verspürte sie überhaupt das Bedürfnis danach? Sicher, er sah gut aus und war nett, wenn er nicht gerade so angespannt war, aber Männer wie ihn gab es zuhauf. Trotzdem bedauerte sie, dass Marc Wolf wieder nach Deutschland zurückkehren würde, sobald seine Mission hier erfüllt war.

Das Röhren eines Motors riss sie aus ihren Gedanken. Erleichtert richtete sie sich auf und sah ihrem Eingreiftrupp entgegen. Eigentlich war die Bezeichnung etwas zu hoch gegriffen, es waren Männer, denen sie vertraute und die Erfahrung im Umgang mit Waffen und Verbrechern hatten – entweder weil sie früher einmal Polizisten oder Soldaten gewesen waren oder einem Sicherheitsdienst angehört hatten. Sie brauchte sie nicht oft und konnte ihnen nicht allzu viel bezahlen, aber trotzdem kamen sie immer sofort, wenn sie sie benötigte. Vermutlich weil sie ein wenig Aufregung in ihrem Leben gut brauchen konnten. Mit einem breiten Grinsen ging sie auf den Jeep zu, der dicht vor dem Hummer zum Stehen kam.

Mahoney, ein stämmiger, braun gebrannter Ex-Soldat unbestimmbaren Alters, sprang heraus und umarmte sie heftig. »Hallo, Kleine, das wurde aber auch langsam Zeit, wir haben schon beinahe Rost angesetzt.«

Lachend löste sich Ivory von ihm. »Das glaube ich nicht, du siehst so fit aus wie eh und je.« Sie sah über seine Schulter zu den anderen Männern. »Hallo, Jungs. Seid ihr bereit?«

Die anderen vier Männer nickten. An ihren Westen baumelten diverse Waffen und Behälter, deren Inhalt Ivory lieber nicht zu genau untersuchen wollte. »Okay. Es geht darum, zwei bereits von uns überwältigte Männer einzusammeln – sofern sie in der Zwischenzeit nicht befreit wurden – und dann nach möglichen weiteren Eindringlingen zu suchen. Mindestens einer ist noch auf freiem Fuß. Ach ja, und springt nicht allzu hart mit ihnen um. Verstanden?« Leises Murren erklang, das Ivory aber überhörte. »Ich werde euch hinführen.«

»Ich komme mit.«

Ivory fuhr herum, als sie Marcs Stimme hörte. »Das halte ich für keine gute Idee. Du solltest hier bei deiner Familie bleiben.« Die Männer lauschten dem Gespräch mit großem Interesse, ihre Blicke wanderten zwischen Marc und ihr hin und her. Ivory unterdrückte den Drang, aufzuseufzen. Es war klar, dass sie noch einiges von ihnen darüber hören würde.

Marc trat neben sie, Entschlossenheit in seinem Blick und seiner Körperhaltung. »Mugambo ist hier. Ich halte es für wichtiger, diese Verbrecher so schnell wie möglich einzusammeln, bevor jemand sie befreit.«

Ivorys Stimme wurde sanfter. »Das werden wir auch. Wir haben damit viel Erfahrung …

»Ich will von den Kerlen wissen, warum sie meinen Bruder und Amali entführt haben. Was wollen sie hier auf unserem Land? Gibt es Hintermänner?«

»Du kannst noch mit ihnen sprechen, wenn wir sie hierher gebracht haben.«

Marc ballte die Hände zu Fäusten. »Das könnte ich, aber ich will trotzdem dabei sein, wenn ihr sie schnappt.«

Aus den Augenwinkeln heraus sah sie, wie Mahoney unauffällig nickte. »In Ordnung, du bist dabei. Wir fahren mit zwei Wagen, damit wir die Gefangenen transportieren können. Marc, du fährst mit mir.« Sie blickte zum Himmel. »Falls du so etwas wie Regenkleidung hast, solltest du sie besser mitnehmen.«

Sie nickte den Männern zu, die sich wieder in den Wagen schwangen. Als sie mit Marc alleine war, legte sie eine Hand auf seinen Arm. »Du musst das wirklich nicht tun.«

Marc schüttelte bereits den Kopf. »Doch, das muss ich. Und ich tue das auch nicht, um euch zu kontrollieren oder weil ich dir nicht vertraue, sondern weil ich das Gefühl habe, dass es richtig ist.«

»Okay. Dann beeil dich.«

Einen Moment lang betrachtete er sie prüfend, so, als befürchtete er, dass sie trotzdem ohne ihn losfahren würde, dann drehte er sich um und lief zum Haus. Seine Schritte wirkten schwerfällig, sein Körper hatte sich noch nicht von der Strapaze erholt, Kai durch die Wildnis zu schleppen. Es war falsch, ihn mitkommen zu lassen, sie wusste das genauso wie ihre Männer, aber sie brachte es nicht übers Herz, ihn hierzulassen. Wenn ihr eigener Bruder entführt und misshandelt worden wäre, würde sie die Verbrecher auch selbst zur Strecke bringen wollen. Erneut sah sie zum Himmel. Sie mussten sich beeilen, wenn sie die Entführer noch im Trockenen einsammeln wollten. Glücklicherweise kannten sie jetzt den Weg und würden viel schneller vorwärtskommen als vorhin. Ivory zog das GPS-Gerät vom Hosenbund und rief die gespeicherten Koordinaten auf. Gerade als sie Mahoney die Daten durchgegeben hatte, damit er schon vorfahren konnte, kam Marc aus dem Haus zurück.

Rasch ging Ivory zum Hummer hinüber und schwang sich auf den Fahrersitz. Marc öffnete die hintere Tür und warf seinen Rucksack hinein, bevor er sich auf den Beifahrersitz schob. Ivory deutete auf den prallvollen Rucksack. »Ich glaube nicht, dass wir so viel Proviant brauchen, um die Männer einzusammeln.«

Marc sah sie ruhig an. »Dafür nicht, aber ich werde anschließend zu Fuß weitergehen und meinen Vater suchen.«

Mit offenem Mund starrte Ivory ihn an. »Bist du verrückt? Es wird bald anfangen zu regnen, und dunkel wird es auch in wenigen Stunden sein. Du bist außerdem völlig erschöpft und solltest dich ausruhen. Und wie willst du ihn finden? Du weißt doch überhaupt nicht, wo er ist.«

»Ich nicht, aber Mugambo konnte das Gebiet zumindest grob umreißen, zu dem Robert wollte.«

»Auf einmal doch?«

Marc hob eine Schulter. »Vorher hat sich Amali in Gefahr befunden, und er war der Ansicht, dass mein Vater weiß, was er tut, und nicht gefunden werden will.«

»Und er hat es nicht mal gesagt, um seine Frau zu retten?«

Marc rieb sich über die Stirn. »Er hat darauf gebaut, dass Tano seine Schwester schützen würde. Außerdem war ihm klar, dass sie ihm Amali auch dann nicht einfach zurückgeben würden, wenn er ihnen Roberts Aufenthaltsort verriete.«

Ivory nickte langsam. »Vertraust du ihm?«

»Dazu kenne ich ihn nicht gut genug, aber anscheinend hat mein Vater ihm vertraut, und das muss reichen.« Auf ihren skeptischen Blick hin fuhr er fort. »Meine Eltern und Großeltern haben Mugambo aufgenommen, als er noch ein Kind war, und ihn großgezogen. Er gehört zur Farm, sie ist genauso sein Zuhause wie unseres. Ich kann mir nicht vorstellen, dass er jemanden aus meiner Familie verraten würde.«

Ivory ließ den Motor an. »Okay. Wie hast du dir deinen kleinen Ausflug vorgestellt?«

»Du lässt mich dort raus, wo wir Kai gefunden haben, und ich gehe dann zu Fuß weiter. Das Gebiet, in dem sich mein Vater vermutlich aufhält, ist nicht weit davon entfernt. Ein paar Stunden.«

»Bis du da bist, ist es dunkel!«

»Ich habe eine Taschenlampe.«

Ivory schnaubte. »Als wenn die etwas bringen würde. Warum wartest du nicht bis morgen früh, ich fahre dich gerne dorthin.«

Marc sah sie besorgt an. »Weil ich nicht weiß, ob mein Vater noch so viel Zeit hat. Amali erzählte, dass die Männer sich sammelten, um nach Robert zu suchen. Deshalb waren auch nur noch zwei bei der Hütte. Wenn sie Robert finden und ihm etwas antun …« Er brach ab und sah aus dem Seitenfenster.

Marc würde es sich nicht verzeihen können, wenn er seinen Vater nicht rettete, so viel war offensichtlich. »Der Eingreiftrupp …«

»Ich kann nicht warten, bis sie mit der Bergung der Verbrecher fertig sind. Du hast selbst gesagt, dass das Wetter schlechter und es bald dunkel wird. Die Zeit läuft mir davon.«

Ivory betrachtete ihn von der Seite. Er würde sich nicht von seinem Plan abbringen lassen, egal, was sie auch versuchte. Mit einem tiefen Seufzer gestand sie sich ein, dass sie nicht bereit war, ihn allein in sein Verderben rennen zu lassen. »Wo genau soll dieses Gebiet sein?«

Marcs Miene drückte Überraschung aus, wahrscheinlich hatte er damit gerechnet, dass sie weiterhin versuchen würde, ihm sein Vorhaben auszureden. Schließlich zog er die Karte heraus, die er auch schon in ihrem Büro mit dabeigehabt hatte. Mit dem Zeigefinger malte er einen Kreis um ein unwegsames Gebiet des Grundstücks. Die braune Farbe deutete felsiges Gelände an. Natürlich. Es wäre ja auch zu leicht gewesen, wenn man mit dem Wagen dorthin hätte fahren können. »Irgendwo hier könnte er sein.«

»Könnte. Also war sich Mugambo nicht sicher?«

»Nein.« Nur dieses eine Wort. Keine Ausflüchte, keine Versicherungen, dass er dort auch wirklich zu finden sein würde. Wahrscheinlich, weil Marc als Polizist und als gebürtiger Namibier genau wusste, wie schwierig es sein würde, eine einzelne Person mitten in der Wildnis zu finden. Besonders, wenn sie vielleicht nicht gefunden werden wollte.

Ivory gefiel sowohl seine Einstellung als auch die Entschlossenheit, mit der er seinen Vater aufspüren wollte, und nickte schließlich. »In Ordnung. Ich komme mit.«

»Aber …«

Ivory sah ihn scharf an. »Entweder ich komme mit, oder ich kette dich ans Auto und bringe dich wieder zum Haus zurück.«

Überrascht fuhr er mit dem Kopf herum. »Das würdest du nicht tun.«

»Führ mich nicht in Versuchung.« Sie stieß es hart hervor. Wenn sich herausstellen sollte, dass Marc genauso wie andere Männer war und in ihr nur ein schwaches Frauchen sah, dann hätte sie sich sehr in ihm getäuscht. Aber es wäre nicht das erste Mal.

Sein schwaches Lächeln dämpfte den Schmerz in ihrer Brust. »Danke, Ivory, ich kann die Hilfe gut brauchen.«

Wie sollte sie Abstand zu ihm halten, wenn er immer im entscheidenden Moment das Richtige tat oder sagte? Einerseits verstand sie ihn ganz genau, andererseits blieb er ihr ein Geheimnis. Genau die richtige Mischung, um ihn für sie anziehend zu machen. So konzentrierte sie sich die nächsten Minuten nur noch auf das Fahren. Mit dem Hummer kam sie zwar fast überall durch, aber es würde Zeit kosten, wenn sie sich irgendwo festfuhr – Zeit, die sie nicht hatten, wenn Marc seinen Vater finden wollte.

Das Funkgerät gab ein Knistern von sich. »Ivory, hier ist Kyle.«

Dankbar für die Ablenkung, nahm sie das Gerät in die Hand. »Was gibt es?«

Marc richtete sich plötzlich auf. Es schien, als hätte er vergessen, dass das Flugzeug noch immer nach menschlichen Wärmequellen suchte.

»Nichts Eindeutiges. Wir hatten einmal kurz eine Anzeige, die aber gleich wieder verschwunden ist. Vielleicht ein Tier, das vom Flugzeuglärm aufgeschreckt wurde.«

»Wo war das?«

Marcs Finger fuhr über die Karte zu den Koordinaten, die Kyle nannte. Sie lagen in dem Gebiet, das Mugambo ihm genannt hatte. Aufgeregt sah er sie an und nickte.

»Kyle, wir werden uns die Sache genauer ansehen. Fliegt ihr schon mal zurück, wir wollen niemanden aufschrecken, falls dort jemand ist.«

»Aber es wird bald dunkel …«

»Das ist mir bewusst, Kyle. Zur Not werden wir hier draußen übernachten. Aber vielleicht haben wir Glück und sind schneller zurück.« Obwohl sie es sagte, glaubte sie selbst nicht daran. Die Strecke war zu weit, das Terrain zu rau, um schnell vorwärtszukommen.

»Ivory, warte wenigstens, bis wir wieder unten sind, dann komme ich mit.«

»Keine Zeit. Fliegt zurück, sonst geht euch noch der Sprit aus. Wir kommen hier schon zurecht. Ich sage dem Eingreifteam Bescheid, dass sie hinterherkommen sollen, wenn sie mit der Suche nach den Verbrechern fertig sind.«

»Du bist der Boss.« Kyles Stimme klang aber nicht so, als hielte er ihre Entscheidung für besonders weise.

»Genau. Mach dir keine Sorgen, ich bin bald zurück, und dann kannst du mir lang und breit erzählen, wie falsch meine Entscheidung war. Einverstanden?«

Ein Grunzen war die einzige Antwort. Anscheinend hatte sie ihn nicht überzeugt, doch er war zu schlau, um weiter auf sie einzureden. Jeder, der sie kannte, wusste, dass sie dann erst recht genau das tun würde, wovon ihr abgeraten wurde. Sie hatte das Gefühl, dass Marc zu den Menschen zählte, die es damit ebenso hielten.

»Ich nehme das Funkgerät mit und werde von Zeit zu Zeit unsere Position durchgeben, damit ihr wisst, wo wir uns befinden.«

»Pass bloß auf dich auf, Ivory, das sieht da hinten verdammt nach Regen aus.«

»Danke für die Warnung, wir sprechen uns später. Ende.« Ivory hängte das Funkgerät zurück in die Halterung.

»Er denkt, wir machen einen Fehler.« Marcs leise Stimme klang angespannt.

»Ja.« Sie hob eine Schulter. »Vermutlich hat er recht.«

»Warum kommst du dann mit?«

Marcs Frage irritierte sie. »Damit du nicht auch noch verschwindest? Damit du eine bessere Chance hast, deinen Vater zu finden, und dann auch wieder nach Hause kommst? Damit du nicht allein bist? Such dir was aus.«

Marc zuckte bei ihrem harten Tonfall zusammen. »Entschuldige, ich habe nur versucht herauszufinden, warum du jemandem hilfst, den du erst ein paar Stunden kennst und der eindeutig nicht alle Tassen im Schrank hat.«

Ivory musste lachen. »Ich glaube nicht, dass du verrückt bist, wenn du deinen Vater finden willst. Wenn ich an deiner Stelle wäre, würde ich es genauso tun. Und wie ich schon sagte, ich finde es sinnvoller, wenn du nicht alleine unterwegs bist.«

Sie nahm erneut das Funkgerät in die Hand und stellte einen anderen Kanal ein. »Mahoney, hier ist Ivory.«

»Ich höre.« Seine raue Stimme dröhnte durch den Wagen.

Ivory holte tief Luft. »Fahrt ihr zu den Koordinaten, die ich dir genannt habe, wir fahren noch ein Stück weiter und versuchen, den zweiten Vermissten zu finden. Melde dich bei mir, wenn ihr die Kerle eingesammelt habt.«

»Verstanden.«

Keine Fragen, keine Vorhaltungen, sie liebte diesen Mann. »Danke, Ende.«

»Mahoney war dieser Kräftige mit dem Stoppelschnitt, richtig?«

Marcs Frage überraschte sie. »Ja, wieso?«

»Nur so.«

»Er ist der Anführer meiner Eingreiftruppe. War früher Soldat und hat seitdem nichts verlernt. Ich kann mich hundertprozentig auf ihn verlassen.«

»Habt ihr ein …« Marc beendete den Satz nicht, sondern starrte auf die Karte. »Vergiss es, das geht mich nichts an.«

»Wovon redest … oh.« Ivory verstummte, als sie verstand, was er fragen wollte. Die Vorstellung, sie und Mahoney könnten ein Verhältnis miteinander haben, war absurd. Zumindest für sie und auch für Mahoney, aber anscheinend sah Marc das anders. »Wie kommst du darauf?«

Marc faltete fein säuberlich die Karte zusammen, nur um sie gleich darauf wieder aufzuschlagen. »Ich habe gesehen, wie ihr euch umarmt habt. Vor dem Haus.«

Ivory unterdrückte den Impuls zu lachen. »Er ist ein alter Freund meines Vaters und auch ein guter Freund von mir, wir hatten uns länger nicht gesehen.«

Sie spürte Marcs Blick auf sich. »Wirklich?«

»Warum sollte ich lügen? Und warum interessiert dich das überhaupt?« Sie hatte eine Ahnung, aber sie wusste nicht, ob sie sie wirklich bestätigt haben wollte. Es würde nur zu Komplikationen führen und ihr vermutlich über kurz oder lang wehtun. Oder ihnen beiden.

»Du hast recht, es geht mich nichts an. Entschuldige.« Marc hatte sich wieder dem Fenster zugewandt.

Eine Weile herrschte angespanntes Schweigen zwischen ihnen, bis Marc sich plötzlich wieder zu ihr umdrehte. »Ich wollte nur wissen, ob du … ob du einen Freund hast.«

Vergeblich versuchte Ivory, ein Lächeln zu unterdrücken. »Ich habe sogar viele Freunde.«

Wütend funkelte Marc sie an. »Du weißt, was ich meine.«

»Ja, vermutlich.« Sie fragte sich, ob es klug war, ihm zu antworten, kam aber zu keinem Ergebnis. »Nein, ich habe derzeit keinen Freund.«

Marcs Mund verzog sich zu einem schiefen Lächeln. »Gut.« Mehr sagte er nicht.

Ivory biss sich auf die Lippen, um nicht zu fragen, wie es bei ihm aussah. Allerdings brachte es sie fast um, ihre Neugier nicht befriedigen zu können. Ihr gesunder Menschenverstand sagte ihr, dass es völlig egal war, ob Marc zu Hause eine Freundin hatte oder nicht, weil sowieso nie etwas aus ihnen beiden werden konnte. Ein wenig harmloses Flirten war in Ordnung, sofern sie dazu jemals die Gelegenheit haben würden, aber alles andere war strikt tabu. Und wenn sie sich das oft genug sagte, würde sie es vielleicht auch irgendwann glauben.

Glücklicherweise war sie so mit dem Fahren beschäftigt, dass sie sich nicht weiter damit befassen konnte. Mahoney meldete sich bald darauf und berichtete, dass sie nun zu der Hütte abbiegen würden. Ivory fuhr geradeaus, immer weiter auf das Gebiet zu, in dem Robert Wolf vermutet wurde. Ab und zu sah sie angespannt zu den Wolken hinauf, die sich langsam über ihnen auftürmten. Es war nicht zu ändern, wenn es regnen wollte, regnete es. Meist waren diese Schauer schon nach kurzer Zeit wieder vorbei, sodass sie nicht lange von ihrer Suche abgehalten würden. Und außerdem würden durch die kurze Verzögerung auch die Verbrecher aufgehalten, die hinter Robert her waren. Sie konnten eigentlich nur hoffen, ihn früher zu finden und dort herauszuholen, bevor die Männer ihn fanden.

»Marc, nimm das Navigationsgerät und programmier eine Route zu der Stelle ein, die Kyle uns genannt hat.

Er tat, was sie anordnete. »Wir können noch ein Stück auf dem Weg weiterfahren, dann Richtung Südwesten querfeldein.«

»Sag mir Bescheid, wenn wir abbiegen müssen.«

Die letzten Sonnenstrahlen blendeten sie, bevor sie hinter der Wolkenwand verschwanden. Ivory hielt auf einer Anhöhe an und stieg aus dem Hummer. Ohne Sonne war die Temperatur deutlich angenehmer, ein Windstoß wehte Haarsträhnen in ihr Gesicht. Ungeduldig strich sie die Haare zurück. »Es wird bald regnen.«

Marc stellte sich neben sie. »Es sieht so aus.« Er rieb sich über den Nacken. »Ich bin fast froh darüber, meine Winterhaut ist die viele Sonne nicht gewohnt.«

Es stimmte, seine Nase und seine Ohren waren bereits gerötet, und sein Nacken hatte schon fast die Farbe einer Himbeere angenommen. »Nicht eingecremt?«

»Doch, schon, aber nicht oft genug.« Er sah in die Ferne. »Als ich hier noch gelebt habe, hatte ich das Problem nie. Kai schon eher, er hat die hellere Haut unserer Mutter geerbt.« Marc senkte den Kopf. »Aber ich schätze, es gibt Schlimmeres.« Sein Blick traf den ihren. »Glaubst du, wir finden ihn?«

Sie konnte ihm keine Garantie geben, das wusste er genauso gut wie sie, doch sie brachte es nicht über sich, auf das Offensichtliche hinzuweisen. »Ich kann nicht versprechen, dass wir sofort Erfolg haben, aber wir werden so lange suchen, bis wir ihn gefunden haben. Wenn wir es nicht alleine schaffen, lasse ich das Eingreifteam nachkommen. Oder das Flugzeug weitersuchen. Oder Suchhunde.« Sie drückte seine Hand. »Egal wie, wir finden ihn.«

Marcs dankbares Lächeln traf sie mitten ins Herz. Abrupt ließ sie seine Hand los und kletterte in den Wagen zurück. »Beeilen wir uns lieber, damit wir heute noch ein gutes Stück vorankommen.«

Schweigend folgte Marc ihr in den Hummer und schnallte sich wieder an. Sie konnte den vorsichtigen Seitenblick spüren, den er ihr zuwarf, aber sie ging nicht darauf ein. Stattdessen startete sie den Motor und setzte die Fahrt fort. Nach einigen Kilometern bog sie vom Fahrweg ab und tauchte in die Wildnis ein. Zuerst ging es rasch voran, die Savannengräser boten kaum ein Hindernis, doch dann standen die Dornbüsche dichter, die Gegend wurde felsiger. Schließlich kamen sie nur noch im Schritttempo vorwärts, und mehr als einmal musste Ivory ihre ganzen Fahrkünste aufbieten, um den Hummer aus einer sandigen Kuhle herauszumanövrieren.

Nachdem sie einen Platz gefunden hatte, der einen stabilen und ungefährdeten Eindruck machte, stellte sie den Wagen ab und drehte sich zu Marc um. »Ab hier gehen wir zu Fuß. Es dauert zu lange mit dem Hummer.« Marc nickte nur und öffnete die Tür. Ivory legte ihre Hand auf seinen Arm. »Programmier die Koordinaten ein, damit wir den Hummer wiederfinden.«

»Natürlich.«

Ivory zog das Funkgerät hervor. »Mahoney, hier ist Ivory.«

»Ich höre.«

»Wir stellen den Wagen jetzt ab und gehen zu Fuß weiter. Ich gebe dir die Koordinaten durch.« Sie diktierte die Zahlen.

»Okay, ich habe sie.«

»Wie weit seid ihr?« Sie konnte sein leises Atmen hören.

»Wir nähern uns der Hütte. Den Jeep haben wir etwas entfernt abgestellt, um uns nicht anzukündigen. Ich melde mich wieder, wenn wir die Kerle gefunden haben.«

»Verstanden. Seid vorsichtig. Ende.«

Wie jedes Mal machte sie sich Sorgen um ihre Männer. Egal, wie oft sie so etwas schon gemacht hatten und wie geübt sie auch waren, es konnte immer etwas schiefgehen. Wenn jemandem etwas passierte, würde sie sich schuldig fühlen, weil sie sie dorthin geschickt hatte. Aber damit würde sie leben müssen, sonst hätte sie sich einen anderen Beruf aussuchen sollen. Nach einem weiteren Blick in Richtung Himmel nahm sie ihren Rucksack von der Rückbank und überprüfte, ob sie alles dabeihatte, was sie brauchen konnte. Zur Sicherheit steckte sie noch einige Wasserflaschen und Müsliriegel hinein, die sie für solche Notfälle stets im Wagen aufbewahrte. Das Regencape zog sie durch eine Schlaufe außen am Rucksack, um es schnell greifen zu können, wenn es zu regnen anfing. Erfahrungsgemäß dauerte es bei einem Wolkenbruch nur wenige Sekunden, bis man bis auf die Haut durchnässt war. Da sie vermutlich einen längeren Weg vor sich hatten, wäre es sehr unangenehm, die ganze Zeit in feuchter Kleidung herumlaufen zu müssen.

Zufrieden sah sie, wie Marc es ihr gleichtat und sich dann seinen Rucksack auf den Rücken schwang. Auch sein Zusammenzucken entging ihr nicht, das vermutlich seinen schmerzenden Muskeln geschuldet war. Doch dagegen konnten sie jetzt nichts tun, er würde sich erst wieder ausruhen können, wenn sie seinen Vater gefunden hatten. Sie hängte sich das Funkgerät an ihren Hosenbund, nahm das GPS-Gerät in die Hand, schloss die Wagentür und ging um den Hummer herum.

»Bereit?«

Marc schlug die Beifahrertür zu. »Ja.« Seine Miene war ernst, in seinen Augen stand Unsicherheit.

Um dem Drang, ihn zu trösten, zu widerstehen, ging sie in schnellem Tempo los, nachdem sie die Wagentüren verriegelt hatte. Sie wollte so weit wie möglich kommen, bevor der Regen losbrach. Hier in der Gegend gab es kaum vernünftige Deckung, dafür aber etliche Spalten im Boden, die sich durch das Regenwasser in reißende Ströme verwandeln konnten. Es konnte lebensgefährlich sein, in so eine Überflutung zu geraten, und sie würde gerne auf die Erfahrung verzichten. Je dichter sich die Wolken auftürmten, desto düsterer wurde es. Nicht mehr lange, und sie würden nicht mehr sehen können, wo sie hintraten, was eine weitere Gefahr barg. Marc folgte ihr wortlos und ohne zu murren, obwohl der schnelle Marsch für ihn nicht angenehm sein konnte. Als das Funkgerät knackte, blieben sie stehen, und Marc nutzte die Gelegenheit, um seine Atmung wieder unter Kontrolle zu bringen.

»Ivory, hier ist Mahoney.« An seiner Stimme konnte sie schon hören, dass etwas nicht stimmte.

»Was ist passiert?«

»Wir sind hier bei der Hütte. Wir haben darin einen Mann gefunden, allerdings ist er tot.«

»Tot?« Ivory wechselte einen erschrockenen Blick mit Marc. »Wie kann das sein? Als wir ihn verlassen haben, lebte er noch.«

»Eine Kugel, direkt ins Herz. Wenn ihr es nicht wart, dann muss wohl irgendjemand anderer sauer auf ihn gewesen sein.«

Ivory rieb sich über den Mund. Sie sah, dass Marc die Augen geschlossen hatte und sein Gesicht noch blasser wirkte als sonst. »Nehmt ihn trotzdem mit. Was ist mit dem zweiten Mann im Gebüsch?«

»Wir haben sonst niemanden gefunden.«

»Aber er muss dort sein, am Ende des kleinen Trampelpfads zur Toilette, links im Gebüsch.«

»Da haben wir nachgesehen, Ivory, aber es war niemand mehr da. Wir haben auch eure Fußspuren gefunden, wir waren also an der richtigen Stelle. Scheint so, als hätte er sich selbst befreit, oder es waren diejenigen, die den anderen in der Hütte getötet haben. So oder so, er ist weg.«

Ivory verzog den Mund. »Und damit wissen sie, dass sie ihre Geiseln verloren haben und irgendwie anders an das herankommen müssen, was sie haben wollen. Konntet ihr irgendwelche Spuren finden?«

»Jede Menge.«

»Folgt ihnen ein Stück und seht nach, wohin sie führen. Seid aber vorsichtig, die Typen scheinen keine Skrupel zu haben, jemanden umzubringen, nicht mal ihre eigenen Kumpane.«

»In Ordnung.«

»Danach kehrt zum Haus zurück und bewacht es. Wir wollen nicht, dass sie auf die Idee kommen, sich ihre Geiseln zurückzuholen.« Marcs Augen weiteten sich alarmiert.

»Wird gemacht. Ende.«

Ivory ließ das Funkgerät sinken und starrte einen Moment ins Leere.

»Tano war Amalis Bruder, er war neben ihr der einzige Überlebende in der Familie.«

»Das ist sehr tragisch. Aber wir konnten ihn einfach nicht tragen, und es war klar, dass er nicht freiwillig mitgekommen wäre.«

»Ich weiß.« Marc atmete unglücklich aus. »Trotzdem habe ich das Gefühl, ich wäre schuld an seinem Tod. Auch wenn er kein guter Mensch war, wird Amali erschüttert sein.«

»Ja, aber ich glaube nicht, dass sie dir die Schuld geben wird.«

Marc lachte bitter auf. »Nein, wohl nicht. Es reicht ja auch, wenn ich das tue.«

Ivory steckte das Funkgerät zurück und sah stattdessen auf das Navigationsgerät. »Wir sind schon ein gutes Stück vorangekommen. Wenn das Wetter noch ein wenig hält, könnten wir vielleicht noch vor Einbruch der Dunkelheit die Klippen erreichen.«

»Und dann?«

»Übernachten wir dort, um gleich morgens in aller Frühe wieder aufzubrechen.« Marc schien etwas einwenden zu wollen, überlegte es sich dann aber wohl anders und nickte nur. Ivory erklärte ihm ihre Entscheidung trotzdem. »Wenn es regnet, werden auch alle anderen einen Unterschlupf suchen müssen, und kaum jemand ist verrückt genug, im Dunkeln durch die Wildnis zu laufen, besonders nach dem Regen.«

»Ich vermute, das ist sinnvoll.« Er hob die Hand, als sie antworten wollte. »Ich *weiß*, dass es nicht anders geht, aber mein Instinkt sagt mir, dass die Zeit knapp wird.« Er verzog den Mund. »Vielleicht ist es aber auch nur die Angst, zu spät zu kommen.«

Ivory berührte seinen Arm. »Wir werden alles tun, um deinen Vater schnell zu finden. Immerhin haben wir einen Anhaltspunkt, wo er sich befinden könnte.«

»Ja, aber wenn es stimmt, was Amali sagt, und die Verbrecher haben Glück und finden eine Spur von Robert, dann sind sie nun vielleicht sogar schon vor uns.«

Ivory bemühte sich, zuversichtlich zu wirken. »Das glaube ich nicht, Kyle hätte sie bestimmt vom Flugzeug aus gesehen. Komm, gehen wir weiter.«

Für eine Weile hörte sie nur ihre eigenen und Marcs Schritte. Der Wind ließ die Blätter rascheln, vereinzelt knackten Zweige unter ihren Füßen. Die Wendung »die Ruhe vor dem Sturm« gewann hier draußen eine ganz neue Bedeutung. Sogar die Luft schien sich zu verändern, schien dichter zu werden, und die Haare an ihren Armen stellten sich auf, als wären sie elektrisch. Feuchtigkeit ließ das Atmen schwerer werden, hinter sich konnte sie Marcs Atemzüge hören. Unwillkürlich ging sie noch schneller. Wenn sie hier draußen vom Regen erwischt wurden, wären sie nicht nur sofort durchnässt, sondern schlimmstenfalls in einem Gewitter gefangen, das lebensbedrohlich werden könnte. Sie konnte nur hoffen, dass Robert Wolf schlau genug gewesen war, sich irgendwo zu verkriechen. Aber vermutlich kannte er das namibische Wetter genauso gut wie sie, schließlich lebte er hier seit vielen Jahrzehnten.

Sie waren immer noch nicht an den Klippen angekommen, als der erste Tropfen Ivorys nackten Arm traf. Einen Fluch unterdrückend, riss sie ihr Regencape aus der Schlaufe am Rucksack und zog es sich über den Kopf. Am Rascheln hinter sich erkannte sie, dass Marc das Gleiche tat. Sie rückte das Cape zurecht, sodass es den Rucksack und einen guten Teil ihrer Beine bedeckte, drehte sich kurz zu Marc um und ging dann rasch weiter, als sie sah, dass auch er die Regenkleidung angelegt hatte. Die Regentropfen fielen jetzt dichter, nicht mehr lange, und der Himmel würde seine Schleusen öffnen. Die Zeit wurde knapp, sie mussten dringend einen Unterschlupf finden, in dem sie das Unwetter abwarten konnten. Ivory blinzelte, um sich durch den Regenschleier hindurch orientieren zu können. Einige Hundert Meter entfernt glaubte sie ein Dornenbuschdickicht zu erkennen, das laut Karte in ein felsigeres Gebiet übergehen musste. Wenn sie es bis dorthin schafften …

Regen peitschte stechend gegen ihr Gesicht, rann über ihr Cape und tropfte auf ihre Schuhe. Glücklicherweise waren sie wetterfest, aber sobald ihre Hose durchweicht wäre und das Wasser in die Schäfte lief, würde es extrem unangenehm werden. Den Kopf geduckt, hielt Ivory den Blick auf dem Boden, um Hindernisse schneller erkennen zu können. In der Ferne war sowieso nur noch ein Wasserschleier zu sehen, sie musste sich auf ihr Gefühl verlassen und die Richtung beibehalten, in der sie hoffentlich bald zu einem Unterschlupf gelangten. Aufgrund des auf die Kapuze prasselnden Regens konnte sie nicht hören, ob Marc noch hinter ihr war, deshalb drehte sie im Laufen kurz den Kopf zur Seite. Obwohl er nur wenige Schritte hinter ihr war, konnte sie ihn in dem Regen kaum erkennen. Hoffentlich verlor er den Anschluss nicht, es würde schwierig werden, ihn wiederzufinden.

Gerade als sie wieder nach vorne blickte, geschah es. Der Boden unter ihrem Fuß brach ein, und sie verlor das Gleichgewicht. Geistesgegenwärtig presste sie das GPS-Gerät gegen ihre Brust, während sie versuchte, den Sturz mit ihrem anderen Arm aufzufangen. Doch da war nichts mehr, woran sie sich hätte festhalten können. Unbemerkt hatte sie sich einem Abhang genähert, dessen Rand, vom Regen durchweicht, unter ihrem Gewicht abgerutscht war. Für einen Moment hing sie in der Luft, dann gewann die Schwerkraft, und sie rutschte auf dem Rücken die steile Böschung hinunter. Steine und Stöcke bohrten sich schmerzhaft in ihr Kreuz, Dornen rissen an ihrem Regencape und an den Haaren, die aus der Kapuze heraushingen. Ihr schmerzerfüllter Ausruf ging im Geprassel des Regens unter. Ganz leise meinte sie noch Marcs Stimme zu vernehmen, die ihren Namen rief, dann konzentrierte sie sich darauf, sich so geschmeidig wie möglich zu machen, um den Sturz halbwegs unbeschadet zu überstehen, während sie sich gleichzeitig bemühte, nicht nach vorne zu kippen und zudem die technischen Geräte zu schützen. Der Aufprall kam überraschend, sodass sie keinerlei Möglichkeit hatte, sich darauf vorzubereiten. Mit einem dumpfen Laut landete sie kopfüber in einer mit Wasser gefüllten Furche.

Marc wischte sich den Regen aus dem Gesicht und versuchte zu erkennen, wohin Ivory so plötzlich verschwunden war. Obwohl er dicht hinter ihr gewesen war, hatte er nicht sehen können, was geschehen war. Kurz zuvor war sie noch da und im nächsten Augenblick wie vom Erdboden verschluckt gewesen. Vorsichtig bewegte er sich Zentimeter für Zentimeter vorwärts, bis er auf eine Abbruchkante stieß. Mit einem flauen Gefühl im Magen beugte er sich ein Stück vor, um hinuntersehen zu können.

»Ivory!« Er konnte seine eigene Stimme kaum verstehen.

Keine Antwort.

Furcht um Ivory trieb ihn vorwärts. Sie konnte nur hinuntergefallen sein, ein Abdruck ihres Schuhs war kurz vor der Kante zu sehen – und dann nichts mehr. Das Wasser lief von seiner Kapuze über sein Gesicht, aber das nahm er nicht mehr wahr, als er etwa dreißig Meter unter sich einen hellen Fleck sah. Ivory! Sie rührte sich nicht, und er konnte nicht erkennen, ob sie irgendwo verletzt war. Das Einzige, was er sah, war, wie sich die Rinne unter ihr zunehmend mit Wasser füllte. Er musste sofort zu ihr, aber wie? Die Zeit, nach einem ungefährlicheren Abstieg zu suchen, hatte er nicht, das spürte er. Schließlich holte er tief Atem, schob seine Beine über den Rand und stieß sich ab. Halb schlitternd, halb laufend pflügte er den Abhang hinunter, in der Hoffnung, heil unten anzukommen. Nicht nur sein Leben hing davon ab, sondern auch das von Ivory. Marc schwitzte unter dem Regenzeug vor Anstrengung und Angst.

Es schien endlos zu dauern, bis er endlich unten war, dabei hatte er vermutlich nur wenige Sekunden gebraucht. Seine Schuhe gruben sich in die wassergefüllte Furche, jeder Schritt war ein Kampf. Rasch hockte er sich neben Ivory und berührte vorsichtig ihren Rücken. Er musste sie bewegen, hatte aber Angst, dass er damit eine mögliche Verletzung noch verschlimmerte. Aber hatte er eine andere Wahl? Vorsichtig schob er seine Hand unter ihren Kopf und drehte sie herum. Ihre Augen waren geschlossen, schlammiges Wasser bedeckte ihr Gesicht. Sein Herz hämmerte in seiner Brust, während er nach einem Lebenszeichen suchte. Seine zitternden Finger pressten sich an ihre Kehle, um ihren Puls zu finden, doch er spürte nur seinen eigenen. Behutsam schob er seine Arme unter ihren Körper und hob sie hoch. Seine Brust krampfte sich zusammen, als ihr Arm schlaff herunterbaumelte, an dem das GPS-Gerät mit einem Band befestigt war. Er trat einen Schritt vor und sah in die Richtung, aus der das Rauschen zu einem ohrenbetäubenden Lärm anschwoll.

Eine Flutwelle schoss durch die Rinne und riss alles mit sich, was ihr im Weg stand. Marc hatte keine Wahl, mit der letzten Kraft, die er noch in sich hatte, sprang er in Richtung des rettenden Ufers. Schwer schlug er mit dem Oberkörper auf den harten Boden, als er versuchte, Ivory vor dem Aufprall zu schützen. Der Atem entwich seiner Lunge in einem Stoß, während Ivory ein Stück weiter auf dem Trockenen landete. Das Wasser riss an seinen Beinen und drohte ihn mit sich zu ziehen. Erst beim dritten Versuch gelang es ihm, sich aus den Fluten zu befreien. Einen Moment lang blieb er keuchend liegen, dann rappelte er sich auf und kroch, so schnell es ging, zu Ivory. Noch immer lag sie still da. Ihre Kapuze war heruntergeglitten, und der Regen traf jetzt ungehindert auf ihr Gesicht.

Eine Haarsträhne klebte an ihrer Wange, eine Prellung wurde an ihrer Schläfe sichtbar. Marc beugte sich über sie, sodass ihr Kopf vor dem Regen geschützt war, und strich ihr sanft über das Gesicht.

»Ivory, kannst du mich hören?«

Nichts. Noch dichter beugte er sich über sie, bis er ihren Atem an seiner feuchten Haut spüren konnte. Erleichtert atmete er auf. Sie lebte! Jetzt musste er nur noch herausfinden, was ihr fehlte und wie er ihr helfen konnte. Vor allem mussten sie endlich aus dem Regen heraus, schon jetzt waren sie beide trotz der Regenkleidung vollkommen durchnässt. Vorsichtig tastete Marc ihre Arme und Beine ab, stieß aber auf keine offensichtlichen Verletzungen. Als er sie auf die Seite drehte, um auch ihren Rücken zu überprüfen, rührte sie sich. Ein Stöhnen drang aus ihrer Kehle. Ihre Augen öffneten sich, und sie starrte in den Regen. Erst allmählich schien sie wieder etwas wahrzunehmen. Marc drehte sie wieder in Rückenlage und beugte sich über sie.

»Tut dir etwas weh?«

Ivorys eisblaue Augen verengten sich. »Solltest du nicht lieber fragen, was mir nicht wehtut?« Erleichtert lachte er auf. Sie war tatsächlich am Leben und konnte sogar noch Witze machen. »Ich bin fast zu Tode gestürzt, und du lachst. Vielen Dank auch!«

Ihr Gesicht war nur wenige Zentimeter von dem seinen entfernt. »Ich bin froh, dass es dir gut geht.«

Ivory verzog den Mund. »Das muss sich erst noch herausstellen. Hilfst du mir hoch?«

Marc stand so rasch auf, wie es ihm im schlüpfrigen Matsch möglich war, und hielt ihr seine Hand hin. Ivory ergriff sie und ließ sich von ihm hochziehen. Ihr Gesicht verzerrte sich schmerzhaft, doch sie gab keinen Laut von sich. Wenn er sich daran erinnerte, wie sehr er gestöhnt hatte, nachdem er Kai hatte schleppen müssen, war ihm das jetzt noch peinlich. Gut, seine Schulter schmerzte höllisch, aber Ivory war gerade einen Abhang hinuntergerutscht und sicher nicht sanft gelandet. Und trotzdem stand sie schon wieder und hatte auch ihren Humor nicht verloren. Er war allerdings ein wenig schärfer geworden. Marc versuchte, sein Grinsen zu unterdrücken, aber er war sich nicht sicher, ob es ihm gelang.

Ivorys Blick durchbohrte ihn, während sie nach und nach sämtliche Gliedmaßen testete. Sie zuckte sichtbar zusammen, als sie den Kopf bewegte, ignorierte dann aber den offensichtlich starken Schmerz. Regen rann ihr über das Gesicht und beseitigte die Schlammspuren. Marc trat näher an sie heran, stülpte ihre Kapuze nach außen, um das Wasser daraus zu entfernen und zog sie über ihren Kopf. Nass waren ihre Haare zwar sowieso schon, doch wenigstens würde ihr das Wasser so nicht in den Kragen laufen. Mit den Daumen strich er sanft über ihre Wangenknochen.

»Kannst du gehen?« Marc merkte, wie rau seine Stimme klang, und trat vorsichtshalber ein Stück zurück.

»Ich denke schon.« Sie machte ein paar Schritte und nickte dann. »Alles klar.«

Marc sah zur gegenüberliegenden Seite des Flusslaufs hinüber. »Die Frage ist, wie wir da wieder hochkommen.«

»Warum willst du das tun?« Irritation klang in Ivorys Frage mit.

»Um zum Hummer zurückzukommen und dich zum Haus zu bringen.«

Ivory sah ihn ungläubig an. »Und was ist mit deinem Vater?«

Unbehaglich wandte Marc sich um. »Der muss solange warten.«

Ivory berührte ihn am Ärmel seiner Regenjacke. »Du weißt, dass er die Zeit vielleicht nicht hat.«

»Du bist verletzt und durchnässt …«

Ivory unterbrach ihn. »Ich bin nicht aus Zucker. Mir geht es so weit gut, ich kann mich bewegen, das Navigationsgerät funktioniert auch noch, und wir sind nun schon so weit gekommen, da wäre es Unsinn, jetzt umzukehren. Wir suchen uns wie geplant einen Unterschlupf, wo wir ein wenig die Kleidung und uns selbst trocknen können, und danach finden wir deinen Vater.«

»Ivory …«

Kampfeslustig sah sie ihn an. »Du willst dich doch wohl nicht mit mir streiten, oder?«

Unvermittelt fühlte Marc seine Brust enger werden. Einen langen Moment sah er sie einfach nur an, dann beugte er sich vor und küsste sie mitten auf den Mund. Nur kurz, aber etwas einem Stromschlag Ähnliches fuhr ihm durch den Körper und ließ ihn prickeln. Ivory starrte ihn mit weit aufgerissenen Augen an, während ihre Finger ihre Lippen berührten. Wenn sie ihn noch weiter so ansah, würde er sie noch einmal küssen, und das wäre in der derzeitigen Situation nicht wirklich empfehlenswert. Abrupt drehte er sich um und marschierte los. Er glaubte, Ivorys Blick auf seinem Rücken zu fühlen, doch er traute sich nicht, sich noch einmal umzudrehen. Allerdings passte er sein Tempo dem ihren an, und von Zeit zu Zeit blickte er über seine Schulter, um sich zu vergewissern, dass sie ihm folgen konnte. Erschreckt fuhr er zusammen, als er eine Berührung am Rücken spürte, und drehte sich um. Ivory stand direkt hinter ihm; wenn sie einer der Verbrecher gewesen wäre, hätte er sie nicht kommen gehört. Er musste sich eindeutig mehr darauf konzentrieren, die Umgebung zu beobachten, als darüber nachzudenken, was eben mit Ivory passiert war.

»Meinst du nicht, ich sollte vielleicht vorgehen? Ich habe das GPS-Gerät und kann uns einen Weg suchen, vor allem aber brauchst du dann nicht alle zehn Sekunden hinter dich zu schauen, um zu sehen, ob ich noch da bin.«

»Das tue ich doch gar …«

»Gib es auf, ich habe schließlich Augen im Kopf.« Ihr Mundwinkel hob sich zu einem halben Lächeln. »Außerdem finde ich es nett, dass du dir um mich Sorgen machst. Wenn auch unnötig.«

Marc strich mit seinen Fingerspitzen sanft über die Prellung an ihrer Schläfe. »Natürlich mache ich mir Sorgen um dich, du bist schließlich verletzt und das war unvernünftig. Ich hätte darauf bestehen sollen, dass wir umkehren.«

Ihre Augenbraue hob sich. »Du glaubst wirklich, du hättest mich zu etwas bringen können, das ich nicht tun will? Das liegt eindeutig daran, dass du mich nicht besonders gut kennst.«

»Noch nicht, aber ich lerne schnell.«

Ivory grinste. »Dann viel Spaß dabei, es gibt einige, die sich wünschen würden, sie hätten mich niemals so gut kennengelernt.«

Marcs Blick fiel auf ihren Mund. »Das kann ich mir gar nicht vorstellen.« Abrupt richtete er sich auf, als er erkannte, was er da tat. Sie standen mitten in der Wildnis in einem Wolkenbruch, Ivory war verletzt, und er konnte nur daran denken, wie gern er sie noch einmal küssen würde. Es war verrückt und überhaupt nicht seine Art. »Gehen wir weiter.«

»Moment, ich wollte noch Mahoney …« Sie brach ab und sah hinunter. »Oh, verdammt!«

Alarmiert sah Marc sich um. »Was ist?«

»Das Funkgerät ist weg. Ich muss es im Wasser verloren haben.« Ihr Mund war grimmig verzogen.

»Dann gehen wir zurück und …«

»Das würde nichts bringen, es ist vermutlich von der Flutwelle weggespült worden. Außerdem ist es zwar spritzwassergeschützt, aber ein richtiges Tauchbad hält es dann doch nicht aus. So ein Mist, ich habe zwar Ersatzbatterien mit, aber kein zweites Funkgerät.« Sie schüttelte den Kopf. »Aber gut, daran kann ich jetzt nichts mehr ändern. Glücklicherweise haben wir das GPS-Gerät noch, das ist das Wichtigste.«

»Aber wenn wir Hilfe brauchen …«

»Mahoney ist nicht dumm, wenn wir uns nicht melden, wird er wissen, dass etwas passiert ist, und hinterherkommen. Er wollte sowieso den Spuren der Verbrecher folgen, die vom Lager wegführten, und wenn er sie nicht bald findet, wird er umkehren und zu unserer letzten bekannten Position aufbrechen, um uns zu suchen. Vielleicht schickt er auch wieder Kyle mit dem Flugzeug hoch, sobald der Regen vorbei ist. Sie werden uns auf jeden Fall finden.«

»Und wenn nicht?«

»Dann müssen wir uns eben alleine helfen. Wir wissen ja noch gar nicht, ob wir überhaupt Hilfe benötigen werden. Vielleicht finden wir deinen Vater irgendwo gesund und munter, nehmen ihn mit zum Wagen und fahren nach Hause. Ende der Geschichte.«

Er hatte schon öfter gehört, dass er positiver denken sollte, aber er war lieber auf jede Eventualität vorbereitet und stellte sich zunächst immer auf das Schlechteste ein. Wenn das dann nicht eintrat – umso besser. Ivory schien eher zu den Optimisten zu gehören, die erst einmal davon ausgingen, dass alles so laufen würde wie geplant. Fairerweise musste er zugeben, dass sie sonst nie leichtsinnig war; immer wusste sie, was sie tat, und war auf alles vorbereitet. Schließlich nickte er. »In Ordnung, versuchen wir es. Aber du musst mir sofort sagen, wenn es dir schlechter geht.« Er hob ihr Kinn mit dem Finger an. »Ich werde nicht dein Leben riskieren, um meinen Vater zu finden.«

Ivory lächelte. »Das weiß ich zu schätzen.« Regentropfen rannen ihr wie Tränen über das Gesicht. »Und jetzt sollten wir endlich weitergehen, es wird langsam ungemütlich in den nassen Klamotten.«

Marc konnte dem nur zustimmen, nasse Jeans waren äußerst hinderlich, wenn man sich noch fortbewegen wollte. Ganz zu schweigen von den durchnässten Wanderstiefeln. Bei jedem Schritt rieben die nassen Socken an seinen Füßen und scheuerten langsam, aber sicher die Haut auf. Er wollte sich irgendwo ins Trockene setzen, seine Schuhe trocknen lassen und sich die mitgebrachten frischen Socken anziehen. Jetzt wünschte er sich, er hätte noch eine Ersatzhose eingepackt, aber er hatte nicht so viel schleppen wollen und deshalb darauf verzichtet. Glücklicherweise war die Luft noch recht warm, sodass sie nicht froren. Ivory sah auf das Navigationsgerät und schlug dann einen Weg ein, der sie näher an die Klippen brachte. Marc folgte ihr bereitwillig. Sie hatte recht, es war tatsächlich bedeutend bequemer, ein Auge auf sie zu haben, wenn er hinter ihr ging.

23

Erleichtert atmete Ivory auf, als vor ihnen endlich die Felsen aus den Regenschleiern auftauchten. Auch wenn sie Marc gesagt hatte, dass es ihr gut ging, spürte sie mittlerweile jeden einzelnen Knochen und Muskel im Körper. Ganz zu schweigen von der unangenehmen Beule am Kopf, die ihr heftige Kopfschmerzen bescherte. Und als wäre das nicht schlimm genug, kreisten ihre Gedanken ständig um den Kuss. Obwohl sie die flüchtige Berührung seiner Lippen mit den ihren kaum so hätte nennen wollen und nicht einmal Zeit für eine angemessene Reaktion gehabt hatte. Wie die ausgefallen wäre, wusste sie allerdings nicht. Ihr erster Impuls war gewesen, ihn an sich zu ziehen und ihm zu zeigen, was ein *richtiger* Kuss war, der zweite, ihn von sich zu stoßen und so schnell wie möglich vor ihm zu flüchten. Nicht, weil ihr die Berührung nicht gefallen hatte, sondern weil sie wusste, dass nichts aus ihnen beiden werden konnte. Andererseits, sollte sie wirklich auf eine schöne Erfahrung verzichten, nur weil jetzt schon klar war, dass Marc bald wieder gehen würde? Mit einem unterdrückten Stöhnen berührte sie ihre Schläfe. Anscheinend hatte sie sich den Kopf doch stärker angestoßen, als sie geglaubt hatte.

Vor den Klippen blieb sie stehen und drehte sich zu Marc um. »In Ordnung, suchen wir uns ein trockenes Plätzchen. Ich kriege langsam Schwimmflossen.«

»Ich habe schon welche.«

Es tat gut, mit Marc zu lachen und zu ihrem kameradschaftlichen Verhältnis zurückzufinden. »Dann sollten wir uns erst recht beeilen. Gehen wir am Fuß der Felsen entlang; wenn wir Glück haben, finden wir einen Felsüberhang oder eine kleine Höhle.«

Nach einer weiteren Viertelstunde war sie fast bereit, die Suche einzustellen und die kleine Regenplane aufzuspannen, die sie im Rucksack hatte, als sie Marc rufen hörte. Sie hatten sich an den Klippen getrennt und waren in entgegengesetzte Richtungen gegangen, um möglichst schnell den geeigneten Unterschlupf zu finden, deshalb lief sie nun dorthin, wo sie seine Stimme gehört hatte.

»Marc, wo bist du?« Er war nirgends zu sehen. Hoffentlich war er nicht irgendwo hineingeklettert, ohne vorher zu überprüfen, ob sich ein gefährliches Tier darin befand.

»Hier oben.«

Ivory schirmte mit der Hand die Augen vor dem Regen ab und blickte suchend an den Klippen hinauf. Im treibenden Niederschlag war Marcs schlichte Regenkleidung kaum mehr zu erkennen. Schließlich entdeckte sie ihn in etwa fünf Metern Höhe. »Okay, ich sehe dich. Ich komme.«

»Sei vorsichtig, die Felsen sind verdammt glitschig!«

Natürlich, warum sollte auch etwas einfach sein? Behutsam suchte sich Ivory einen Weg hinauf. Leicht außer Atem kam sie schließlich bei Marc an und sah, dass er vor dem Eingang einer Höhle kauerte. »Wie … hast du die von unten gesehen?«

Marcs Mundwinkel hob sich. »Du weißt doch, mein Vater ist Geologe. Früher bin ich oft mit ihm unterwegs gewesen. Bei Regen sieht alles anders aus, aber als ich merkte, wo wir sind, fiel mir wieder ein, dass wir hier mal eine kleine Höhle untersucht hatten. Es hat nur etwas gedauert, sie wiederzufinden, nach über zwanzig Jahren konnte ich mich nicht mehr so gut an ihre genaue Lage erinnern. Außerdem kam mir damals alles viel gewaltiger vor.«

»Du warst wohl auch einige Zentimeter kleiner.« Ivory drehte ihm den Rücken zu. »In der linken Seitentasche müsste eine Taschenlampe sein. Besser wir prüfen erst, ob die Höhle schon bewohnt ist, bevor wir es uns darin gemütlich machen.« Sie spürte, wie Marc ihr Cape anhob und den Reißverschluss an ihrem Rucksack öffnete. Er wühlte kurz in der Tasche und trat dann zurück. »Hoffentlich funktioniert sie nach dem Sturz noch.« Ja, sie funktionierte!

»Dann sehe ich mal nach.« Marc zog seine Waffe heraus und überprüfte, ob sie trocken geblieben war. Anscheinend zufrieden, sah er schließlich auf. »Bleib so lange hier.«

»Das hatte ich vor, zu zweit mit Schusswaffen in einer engen Höhle ist nicht gut für die Gesundheit.«

Ein weiteres schiefes Lächeln von Marc, dann trat er durch den Eingang der Höhle. Nach einigen Sekunden wurde der Schein schwächer und verschwand schließlich ganz. Nervös wartete Ivory darauf, dass er wiederkam, während sie gleichzeitig die Umgebung beobachtete. Wer wusste schon, ob nicht auch andere auf die Idee kamen, dass die Höhle ein idealer Unterschlupf wäre.

Erleichtert betrat sie die Höhle, als Marc verkündete, dass sie unbewohnt war. Es war ein merkwürdiges Gefühl, plötzlich im Trockenen zu stehen, ohne das Geräusch des Regens auf der Kapuze und ohne die Tropfen, die unentwegt von dort herab in ihre Augen liefen. Langsam schob sie die Kapuze zurück und sah sich um. Die »Höhle« war eher eine tiefe Ausbuchtung im Fels als eine richtige Höhle, nur wenige Meter tief und nicht besonders hoch. Aber sie bot genügend Platz, dass sie sich beide darin aufhalten konnten, ohne einander zu berühren. Es war kühl in der Höhle, besonders in der nassen Kleidung, aber nicht wirklich kalt. Glücklicherweise, denn ein Feuer konnten sie mangels trockenen Holzes nicht entfachen.

Ivory zog sich das Regencape über den Kopf und breitete es in einer Ecke der Höhle aus, damit es trocknen konnte. Als Nächstes setzte sie den Rucksack ab, froh, sein Gewicht in den nächsten Stunden nicht mehr tragen zu müssen. Aus den Augenwinkeln heraus sah sie, dass Marc das Gleiche tat. Rasch hockte sie sich hin und öffnete den Rucksack. Gut, dass sie immer auf alles vorbereitet war, so hatte sie auch diesmal nicht nur genug zu essen und zu trinken eingepackt, sondern auch noch dünne Isolierkissen und ein Notfallisolierlaken, das sie als Decke nehmen konnten, um sich zu wärmen. Auch ein zweites Paar Socken, eine leichte Treckinghose und ein Ersatz-T-Shirt hatte sie sich mitgenommen, Dinge, die ihr jetzt sehr zugutekommen würden. Als sie erkannte, wie still es geworden war, sah sie auf.

Marc starrte auf ihren Rucksack. »Was hast du denn da noch alles drin? Einen Grill? Feuerholz? Herrenhosen?«

Ivory lachte. »Nein, das leider alles nicht.« Noch einmal griff sie in die Seitentasche und zog das Erste-Hilfe-Etui heraus. »Aber glücklicherweise Kopfschmerztabletten.«

Besorgt hockte sich Marc neben sie. »Ich werde mir deinen Kopf ansehen.«

»Jetzt noch nicht, erst möchte ich die nassen Sachen loswerden.« Sie drehte den Kopf zu ihm und stellte fest, dass er nur wenige Zentimeter von ihr entfernt war. Für einen winzigen Moment glitt ihr Blick zu seinem Mund, dann zwang sie sich, ihm in die Augen zu sehen. »Hast du Kleidung zum Wechseln mit?«

Marc verzog den Mund. »Nur trockene Socken. Ich hatte eigentlich nicht vorgehabt, in einem Fluss zu landen.«

»Hatte ich mich eigentlich schon bei dir dafür bedankt, dass du mich rausgezogen hast?«

Sein Lächeln ließ ihr Herz für einen Schlag aussetzen. »Nein, aber das ist auch nicht nötig. Ich bin nur froh, dass du nicht schwer verletzt bist.« Er machte eine kurze Pause. »Und jetzt zieh dich aus.«

Um ein Haar verschluckte Ivory sich an ihrer eigenen Spucke. »Wie bitte?«

»Du sollst dein T-Shirt ausziehen.« Ein Grinsen glitt über sein Gesicht. »Ich will mir deinen Rücken ansehen, um sicherzustellen, dass du auch wirklich nicht verletzt bist.«

Sich vor Marc ausziehen? Das war überhaupt keine gute Idee.

Marc schien ihre Gedanken zu erraten, denn er begann, ihr T-Shirt hochzuschieben. »Das war keine Bitte, sondern ein Befehl. Entweder sehe ich mir deinen Rücken an, oder wir gehen zum Hummer zurück, sobald der Regen nachlässt.«

»Das würdest du nicht machen, dein Vater …«

Marcs Lippen pressten sich zusammen. »Ich glaube nicht, dass du jetzt das Thema wechseln solltest. Du bist einen Abhang hinuntergestürzt, und ich will mich mit eigenen Augen davon überzeugen, dass du nicht verletzt bist. Und das werde ich – auch wenn ich dich dafür fesseln muss.«

Ivory musste lachen. »Ich glaube zwar nicht, dass du das schaffen würdest, aber damit du endlich Ruhe gibst …« Sie zog sich das T-Shirt über den Kopf und drehte ihm den Rücken zu. Ihre Muskeln verkrampften sich, sie konnte beinahe fühlen, wie sein Blick über ihre Haut strich. Die Stille zerrte an ihren Nerven. »Und, wie lautet das Urteil?«

Marc räusperte sich. »Ich brauche die Taschenlampe.« Als er sich vorbeugte, streiften seine Haare ihre Haut.

Gänsehaut bildete sich an ihrem Oberkörper, ihre Brustwarzen zogen sich zusammen. So unauffällig wie möglich legte Ivory ihren Arm über ihre Brüste, um ihre Reaktion zu verstecken. Ihr BH war feucht und daher so gut wie durchsichtig, und auch wenn sie nicht sonderlich schamhaft war, hielt sie es für unklug, Marc wissen zu lassen, was seine Berührung in ihr auslöste. Sie hielt die Luft an, bis er sich wieder zurückgesetzt hatte, und atmete dann unauffällig aus. Gleich darauf zuckte sie zusammen, als seine Finger über ihren Rücken strichen. Zuerst glitten sie von ihrem Nacken am Rückgrat abwärts, bevor sie die Schulterblätter berührten. Danach bewegten sie sich über ihre Rippen hinunter. Sie sog scharf die Luft ein, als ihr plötzlich ein stechender Schmerz durch die Seite fuhr.

Marcs Druck wurde sofort geringer. »Tut es hier weh?«

Mit zusammengebissenen Zähnen presste sie ein »Ja.« heraus.

Marc beugte sich vor, bis sie seinen Atem auf ihrer Haut spüren konnte. »Das scheint eine unangenehme Prellung zu werden. Es schimmert schon leicht bläulich.«

»Gut zu wissen.«

Ivorys trockene Antwort brachte ihn zum Lachen. »Entschuldige. Hast du eine Salbe dabei?«

»Müsste im Erste-Hilfe-Set sein.«

Marc wühlte darin und zog schließlich die Tube heraus. »Ich habe sie. Scheint so, als würdest du sie öfter benutzen.«

»Bei meinem Job kann es schon mal zu kleineren Blessuren kommen. Und ich bin lieber gut ausgerüstet, als dass mir mal etwas fehlt, das ich brauche.«

»Achtung, jetzt kann es ein wenig wehtun.«

Ivory biss die Zähne zusammen, während Marc mit leichten Bewegungen die Salbe auf die Prellung rieb. Die Seite war empfindlich, aber da sie ohne größere Schmerzen atmen konnte, ging sie davon aus, dass keine Rippen gebrochen waren.

Schließlich nahmen Marcs Finger ihre Wanderung wieder auf. »Sonst sehe ich keine Verletzungen. Tut noch etwas weh?«

»Die Nackenmuskeln sind etwas verspannt, aber ich werde es überleben.«

»Gut.« Marc schraubte die Tube wieder zu. »Soll ich dir einen Verband um die Rippen legen, damit die Salbe nicht sofort in deinem T-Shirt landet?«

»Nicht nötig, ich warte einfach ein wenig, bis sie eingezogen ist.« Als sie seinen Blick auf sich fühlte, drehte sie den Kopf zu ihm um. »Ich möchte den Verband nicht unnötig verschwenden, wer weiß, ob wir ihn noch brauchen werden.«

Marc nickte und wandte sich seinem Rucksack zu. Mit einer Flasche Wasser und einem Tuch tauchte er wieder auf. Er hockte sich so nah neben sie, dass seine Oberschenkel die ihren streiften und sie die Wärme seines Körpers spüren konnte.

»Was tust du da?« Es war ihr egal, dass ihre Stimme zitterte, sie hatte genug damit zu tun, ihren Arm weiterhin über ihren Brüsten zu halten.

»Ich kümmere mich um deine Schläfe.« Er schüttete etwas Wasser auf das Tuch, hob ihr Kinn mit einem Finger an und begann damit, ihr Gesicht zu säubern.

Marcs Gesicht war ihr so nah, dass sie jede einzelne seiner dichten schwarzen Wimpern sehen konnte, während ihr Blick in seine grünen Augen tauchte. Es fühlte sich merkwürdig an, von einem Mann so behandelt zu werden, normalerweise flickte sie sich selbst wieder zusammen, wenn sie während eines Jobs verletzt worden war. Doch da es sich so gut anfühlte und Marc offenbar das Bedürfnis hatte, ihr etwas Gutes zu tun, brachte sie es nicht übers Herz, ihn davon abzuhalten. Sie spürte seinen Atem auf ihren Lippen, während er ihre verletzte Schläfe mit besonderer Vorsicht reinigte. Ivory schloss die Augen und überließ sich seinen Händen. Ihr Kopf schmerzte, aber irgendwie wurde es allein dadurch ein bisschen besser, dass Marc die Verletzung ernst nahm und sie behandelte. An diese Art der Fürsorge könnte sie sich glatt gewöhnen. Ivory riss die Augen so abrupt auf, dass ein heftiger Schmerz durch ihren Kopf zuckte.

Sofort zog Marc seine Hände zurück. »Habe ich dir wehgetan?«

»Nein. Wie sieht es aus?«

»Lila und eine leichte Schwellung. Glücklicherweise ist die Haut nicht aufgeplatzt, also sollte die Salbe etwas Linderung bringen.« Er schraubte die Tube auf und verteilte die Salbe über der Verletzung.

Tatsächlich glaubte Ivory, sofort eine leichte Entspannung der Haut zu fühlen, und auch der Druck in ihrem Schädel nahm etwas ab. »Das tut gut, danke.«

Marc setzte sich auf die Hacken zurück und sah sie prüfend an. »Es ist das Mindeste, was ich tun kann.« Er sah aus, als wollte er noch etwas sagen, aber dann strich er ihr nur kurz mit dem Finger über die Wange und erhob sich rasch.

Ivory blickte ihm verwundert nach. »Was hast du vor?«

»Endlich die nassen Schuhe ausziehen.« Er sah nicht zu ihr hin. »Soll ich dir mit deinen helfen?«

»Nicht nötig, das kriege ich auch alleine hin.« Es wäre nicht klug, ihn noch einmal so dicht an sich heranzulassen.

Marc schien sich damit zufriedenzugeben, denn er setzte sich hin und löste seine Schnürbänder. Mit einer Grimasse zog er den Schuh vom Fuß und drehte ihn um. Ein Schwall Wasser ergoss sich auf den Sandboden der Höhle. Sein Socken folgte und danach der andere Schuh. Während Ivory ihn aus den Augenwinkeln heraus beobachtete, löste sie ihre eigenen Schnürsenkel und zog ihre Wanderstiefel aus, die nicht weniger nass waren. Ihre Socken folgten und nach kurzem Zögern schließlich auch ihre Jeans. Ihre Rippen schmerzten höllisch, während sie versuchte, den nassen Stoff über ihre Beine zu bekommen, bis sie schließlich mit einem herzhaften Fluch aufgab. Schwer atmend saß sie da und versuchte, neue Kraft zu sammeln, um einen zweiten Versuch zu starten. Als Marc plötzlich barfuß vor ihr stand, gab sie einen erschrockenen Laut von sich und schlug ihre Arme vor die Brust.

»Keine Angst, ich gucke schon nicht. Ich will dir nur helfen.«

Sie hätte ihm geglaubt, wäre sein Blick nicht erst jetzt bei ihren Augen angekommen. »Lügner. Aber Hilfe wäre nett, ich kriege die verdammte Jeans nicht runter.« Marc zog erst an dem einen Hosenbein, dann am anderen und hatte sie nach einigem Kampf befreit. »Ah, danke. Ich weiß schon, warum ich normalerweise immer Trekkinghosen trage, wenn ich in die Wildnis gehe.«

»Warum heute nicht?« Marc bemühte sich sichtbar, ihren fast nackten Körper nicht anzusehen.

Ivory zog eine Augenbraue hoch. »Weil ich eigentlich nur in der Stadt ein paar Erkundigungen einholen wollte. Zu Hause hätte ich dann ein Sommerkleid angezogen und mich gemütlich mit einem Eistee auf meine Terrasse gesetzt.«

»Ja, ich würde auch lieber auf einer Terrasse sitzen, als im Regen durch die Wildnis zu laufen.« Marcs Blick glitt über ihren Körper, bevor er bei ihren Augen landete. »Nein, streich das.«

»Marc …« Weiter kam sie nicht, denn er hatte sich bereits umgedreht und kehrte zu seinem Platz zurück.

Mit mehr Gewalt als Finesse zog er seine nasse Jeans aus und legte sie zum Trocknen in eine Ecke der Höhle. Ivory tat währenddessen erst gar nicht so, als würde sie woanders hinsehen, das hätte Marc ihr sowieso nicht abgenommen. Seine Beine sahen so aus, als würde er regelmäßig Sport treiben, schlank und trotzdem muskulös. Sie bemühte sich, ihren Blick nicht weiter nach oben wandern zu lassen, doch es gelang ihr nicht, denn jetzt zog er auch sein T-Shirt über den Kopf und stand nur noch mit einem knappen schwarzen Slip bekleidet in der von ihrer Taschenlampe beleuchteten Höhle. Als er sich vorbeugte, um etwas in seinem Rucksack zu suchen, hatte sie Schwierigkeiten, ihn nicht zu berühren oder an sich zu ziehen oder wahlweise seines Slips zu berauben. Abrupt wandte sie sich ab, strich den Sand von ihren Füßen und zog ihr zweites Paar Socken an. Besser, sie brachte so schnell wie möglich etliche Lagen Stoff zwischen sich und die Versuchung dort in Form eines beinahe nackten Marc Wolf. Es kam nicht oft vor, dass sie sich von einem schönen Körper beeindrucken ließ, aber hier, in dieser Situation, hatte sie Probleme, damit umzugehen. Ihr Körper sagte ihr klar und deutlich, dass sie ihn wollte, doch ihr Gehirn warnte sie davor, denn sie wusste nur zu gut, dass sie es später bereuen würde.

»Sieh mal, es hat aufgehört zu regnen.« Marcs Stimme riss sie aus ihren Gedanken.

Mit seinen frischen Socken in der Hand stand er im Eingang der Höhle und sah nach draußen. Ivory rappelte sich auf und gesellte sich zu ihm. Der Wind hatte die Wolken weitergetrieben, es waren bereits wieder einige Flecken blauen Himmels zu sehen. Es würde sicher nicht lange dauern, bis die Sonne herauskam und die Landschaft zum Dampfen brachte. Vielleicht würden sie ihre Kleidung sogar noch ein wenig trocknen können, bevor die Nacht hereinbrach. Aus den Augenwinkeln heraus sah sie Marc an. Seine Aufmerksamkeit war voll auf die Natur gerichtet, ein entrückter Ausdruck lag auf seinem Gesicht.

»Ich hatte vergessen, wie schön es hier ist.« Seine leise Stimme klang wehmütig.

Nach kurzem Zögern legte Ivory ihre Hand auf seinen Rücken. »Ja, das ist es. Ich könnte mir nicht vorstellen, woanders zu leben.«

Marc drehte ihr sein Gesicht zu. »Früher konnte ich mir das auch nicht vorstellen, aber es war gar nicht so schlecht in

Deutschland. Landschaftlich natürlich nicht zu vergleichen, aber es gibt auch dort durchaus schöne Ecken. Vor allem die bessere Infrastruktur und Bildungssituation waren damals eindeutige Pluspunkte. Und es gab keine Apartheid und keinen Bürgerkrieg.«

»Es war sicher gut für euch Kinder, besonders nachdem es hier offensichtlich jemand auf euch abgesehen hatte.« Ihr Blick glitt über die Landschaft. »Selbst wenn wir das Land hätten verlassen können, ich glaube, ich wäre geblieben. Es ist einfach so … so …« – sie machte eine ausladende Handbewegung – »… so weit und ursprünglich. Ich kann es gar nicht richtig erklären, es ist einfach das Gefühl, dass Namibia in mir ist und ich woanders gar nicht frei atmen könnte.« Sie spürte ihre Wangen heiß werden. »Das hört sich lächerlich an, ich weiß.«

»Nein, ganz und gar nicht.« Marcs Augen leuchteten warm. »Ich kann mir dich auch nicht woanders vorstellen. Du gehörst hierher, du bist ein Teil dieses Landes.«

Ivory lächelte. »Genau.« Sie merkte, dass ihre Hand immer noch auf seinem Rücken lag, und zog sie hastig weg. »In dir spüre ich zwei verschiedene Strömungen, einmal die zivilisierte, europäische, und dann gibt es da noch die ursprüngliche, wilde Seite, die du nur selten herauslässt. Ich würde sie zu gerne einmal kennenlernen.«

»Das glaube ich eher nicht.« In seiner Feststellung schwang ein Unterton mit, der es in ihrem Nacken prickeln ließ.

»Warum nicht?«

Marc trat näher an sie heran, seine Pupillen waren geweitet. »Weil ich glaube, dass du nicht bereit bist, die Konsequenzen zu tragen.«

Damit hatte er recht, und es war eine Schande. Bedauernd trat Ivory einen Schritt zurück. »Marc …«

In diesem Augenblick fand der erste Sonnenstrahl seinen Weg durch die Wolken und ließ den Höhleneingang erstrahlen. Schlagartig wurde es wärmer, und Marc, der für einen Moment in Richtung Sonne geblickt hatte, sah sie an. »Ja?«

»Wir … wir sollten die nassen Sachen in die Sonne legen, damit sie schneller trocknen.«

Marc trat in den Schatten zurück, holte seine Kleidung und breitete sie draußen aus. Ivory sah ihm einen Moment zu, bevor sie ihre eigenen Sachen holte und danebenlegte. Dabei achtete sie darauf, ihm nicht zu nahe zu kommen. Sie hatte das Gefühl, dass eine winzige Berührung genügen würde, um ihrer beider Feuer zu entfachen. Und sie wusste nicht, wie sie es dann wieder löschen könnte. Oder ob sie das überhaupt wollte. Nachdem sie ihre Kleidung ausgelegt hatte, blieb sie in der Sonne stehen und sog sie gierig in sich auf. In einigen Minuten würde es vermutlich bereits zu heiß sein, aber in diesem Moment, am Übergang zwischen Regen und Sonnenschein, war es angenehm. Die Vögel stimmten wieder ihren Gesang an, es roch nach feuchter Vegetation und Erde. Sie liebte diesen Geruch, diese Stimmung des Neubeginns. Ivory schloss die Augen und atmete tief ein.

»Wusstest du, dass deine Haut in der Sonne aussieht, als würde sie leuchten?« Marcs leise Stimme erklang dicht an ihrem Ohr.

Die Augen fest geschlossen, versuchte sie die Verführung zu ignorieren und sich in sicheres Gewässer zurückzubringen. »Nein, schließlich stecke ich meist darin.«

Marc ging nicht auf ihren Scherz ein. »Zu schade. Es ist ein warmer, heller Braunton, der die Sonne einzufangen scheint und das Licht dann an die Umgebung abgibt.« Seine Fingerspitzen strichen über ihre Schultern. »Sie ist auch ganz warm und so weich …«

»Marc, ich denke nicht …«

»Das ist gut, du sollst jetzt auch nicht denken, sondern fühlen. Spürst du die Wärme der Strahlen, wenn sie auf deine Haut treffen? Wie sie versuchen, jeden Winkel deines Körpers zu erreichen?«

Hitze breitete sich in ihr aus. Wusste Marc nicht, was er da tat und wie wenig noch fehlte, bis ihre Zurückhaltung brechen würde? Sie wollte etwas sagen, ihn irgendwie aufhalten, aber ihre Zunge schien sich nicht vom Gaumen lösen zu können. Stumm schüttelte sie den Kopf.

Seine Finger glitten weiter, über ihr Schlüsselbein bis zum Hals und wieder zurück zu den Schultern. Die Berührung ließ sie sich unruhig bewegen, und sie versteifte sich. Es dauerte einen Moment, bis sie den Luftzug an ihren Brüsten wahrnahm. Ivory riss die Augen auf und sah nach unten. Marc hatte ihr die Träger ihres BHs über die Schulter und bis zu ihren Ellbogen nach unten gestreift, die Körbchen wurden nur noch von den aufgestellten Brustspitzen gehalten. Durch den transparenten Stoff und den tiefen Ausschnitt wurde kaum noch etwas der Fantasie überlassen. Ihr Herz hämmerte in ihrer Brust, während sie blind auf die Landschaft vor sich starrte. Sie spürte Marcs Körper hinter sich, seine rauen Finger, die über ihren Armen lagen und damit wirkungsvoll jeden Versuch unterbanden, die Träger wieder nach oben zu schieben. Nicht dass sie dazu überhaupt in der Lage gewesen wäre. Ein Schauer lief ihr durch den Körper, der den BH noch weiter rutschen ließ. Ihre dunklen Brustspitzen lugten hervor, als würden sie sich tatsächlich danach sehnen, die Sonne zu spüren.

»Hast du schon mal den Wunsch gehabt, die Sonne überall zu spüren?« Sein Zeigefinger glitt über die Wölbung ihrer Brust. »Hier zum Beispiel? Oder hier?« Sein anderer Zeigefinger strich über ihre zweite Brust.

Ein Zittern hatte von ihr Besitz ergriffen, das sie nicht unterdrücken konnte. Ihre Hände legten sich auf Marcs Handgelenke, aber sie gehorchten nicht ihrem Befehl, seine Finger aus der Gefahrenzone zu entfernen. Stattdessen fühlte sie sich nicken. Marcs Körper berührte ihre Rückseite, sein Kopf schob sich vor, bis er neben dem ihren war. Sie hielt die Augen nach vorne gerichtet, sie konnte ihn jetzt nicht ansehen, ohne auf der Stelle zu zerfließen. Sein stoppeliges Kinn streifte ihre Haare, als er den Blick über ihre Schulter auf ihre Brüste richtete.

Er atmete hörbar aus. »Ja, ich glaube, du magst es. Sieh nur, wie sie sich recken, um ein wenig Sonne zu bekommen.«

Automatisch sah Ivory wieder nach unten. Marcs Finger lagen immer noch oberhalb ihrer Brustwarzen und zogen sich jetzt wieder zurück. Ein Laut entfuhr Ivory, der zu ihrem Entsetzen wie ein Protest klang. Doch dann verließ sie jegliche Stimme, als Marc die Körbchen weiter nach unten zog und ihre Spitzen ganz enthüllte. Das Gefühl, mit nackten Brüsten mitten in der Wildnis zu stehen, war atemberaubend. Die Sonne brannte auf sie nieder und entfachte gleichzeitig das Feuer in ihrem Innern. Ihre Brustspitzen hatten sich schmerzhaft aufgestellt und genossen die Hitze und das sanfte Streicheln des Windes. Ihre Finger krallten sich in Marcs Arme, zu gefangen in dem erotischen Spiel, um irgendetwas anderes zu tun. Marcs schneller Atem streifte ihr Ohr, sie konnte das Pochen seines Herzens an ihrem Rücken spüren. Ihr Kopf fiel nach hinten und wurde von seiner Schulter aufgefangen. Ihr Körper drängte sich an ihn heran und nahm gierig seine Wärme auf. Seine Brusthaare kitzelten ihre Haut, etwas Hartes drückte sich in ihren unteren Rücken. Davon überzeugt, dass er sie genauso sehr wollte wie sie ihn, drehte Ivory ihr Gesicht dem seinen zu und küsste ihn.

Sie waren keine Fremden, die sich gerade erst kennengelernt hatten, sondern zwei Menschen, die ein Bedürfnis teilten, das nur der jeweils andere von ihnen stillen konnte. Ivory konnte sein Verlangen an der Wildheit seines Kusses spüren, die aber nicht die Zurückhaltung überdeckte, welche er sich auferlegte. Das war ihr Untergang. Sie wollte diesen Mann, und es war ihr im Moment egal, wo er herkam oder wie lange er bleiben würde. Langsam löste sie ihre Finger von Marcs Armen und gab ihm damit die Freiheit, mit ihrem Körper zu tun, was er wollte. Das nutzte er sofort aus, er löste ihren BH ganz und ließ ihn achtlos zu Boden fallen. Seine Hände fuhren über ihre Rippen, wobei er darauf achtete, ihre Verletzung nicht zu berühren; sie schlossen sich schließlich über ihren Brüsten. Ivory bog ihr Kreuz durch und presste sich in seine rauen Handflächen. Enttäuscht stöhnte sie auf, als seine Hände wieder nach unten glitten, nur um gleich darauf zusammenzuzucken, weil sie über ihren Bauch strichen. Marcs Lippen lösten sich von ihrem Mund, und er zog eine Spur von sanften Küssen über ihre Wange zu ihrem Ohr.

»Gibt es noch weitere Stellen, die mehr Sonne wollen?« Sein raues Flüstern erregte sie über alle Maßen.

Ihr gesamter Körper zog sich zusammen, bis sie meinte, jeden Augenblick zu explodieren. Ihre zitternden Beine pressten sich zusammen, um zu verhindern, dass sie einfach zu Boden sackte.

»Ah ja, genau. Ich denke, wir werden dich ganz befreien müssen.« Marcs Finger glitten tiefer, während er an ihrem Ohr zu knabbern begann.

Ivory hatte Marcs andere Seite zum Leben erweckt. Sie spürte, wie ihr Slip quälend langsam über ihre Hüfte rutschte. Die Hitze der Sonne konkurrierte mit dem Feuer in ihrem Innern – und verlor. Marcs Mund verließ ihr Ohr und küsste eine

Spur an ihrem Rückgrat entlang, während er gleichzeitig ihren Slip hinunterzog. Wie in Trance stieg Ivory aus dem Slip und schob ihn mit dem Fuß zur Seite. Die Beine leicht geöffnet, ließ sie die Sonne ihren Körper baden, ein Gefühl von Freiheit durchströmte sie. Marcs Hände glitten an ihren Beinen nach oben, als er sich langsam wieder aufrichtete. Nur flüchtig strichen sie über ihre Schamhaare und legten sich unter ihre Brüste. Sanft hob er sie an, als wollte er sie damit näher an die Sonne bringen.

»So ist es besser.« Seine Stimme war so leise, dass sie kaum zu verstehen war. »Wunderschön.« Seine Daumen strichen über ihre Brustwarzen und sandten damit einen weiteren Hitzestoß durch ihren Körper.

Ivorys Hände suchten nach einem Halt, den sie schließlich an Marcs Hüfte fanden. Seine Haut schien zu glühen, ein Zittern lief durch ihn, als sie ihn berührte. Instinktiv schlüpften ihre Finger unter den Bund seines Slips und schoben ihn nach unten. Seine Arme schlangen sich fester um sie, Marcs Lippen berührten ihren Nacken. Wie im Fieber befreite sie seinen Penis aus seinem Gefängnis, der sich zwischen ihre Beine schob. Als Marc einen Schritt zurücktrat, protestierte sie. »Nicht …«

»Schsch.« Sein Atem strich heiß über ihre Wange. »Lehn deinen Oberkörper an mich, ich halte dich.« Ivory tat, worum er sie gebeten hatte. »Genau so. Lass deine Füße da, wo sie sind.« Als er noch einen Schritt zurücktrat, klammerte sie sich automatisch an seinen Hüften fest. Die Muskeln unter seiner Haut waren angespannt. Vom Po bis zu den Schultern war sie an ihn gepresst, ihre Hüfte stand im Winkel zu ihren Füßen, die weiter vorne gegen den Boden gepresst waren. In dieser Position vertraute sie darauf, dass Marc sie nicht fallen ließ, sie selbst würde das Gleichgewicht nicht mehr halten können, sondern nach hinten kippen. »Die Füße auseinander. Ja, genau so. Noch weiter.«

Jetzt war ihr auch klar, was Marc vorhatte. Die Sonnenstrahlen kitzelten ihren Eingang, der jetzt schon feucht war. Hinter sich fühlte sie Marcs Erektion, deren Spitze sich zwischen ihre Beine schob. Oh Gott! Ihre Finger gruben sich in seine Pobacken, zogen ihn näher zu sich heran.

»Weiter.« Seine Aufforderung war nur ein Hauch, über ihrem rauen Atem kaum zu verstehen.

Ihre Füße bewegten sich wie von selbst, bis sie ganz offen vor der Wildnis stand. Ihr Herz hämmerte so schnell, dass sie kaum noch die einzelnen Schläge spürte. Marcs Finger strichen über ihre Brustwarzen, einmal, zweimal. Ivory wurde immer höher hinaufgetragen, während die Sonne auf sie niederbrannte. Ihre Hüfte bewegte sich unruhig, rieb sich an Marcs Schaft. Sie wollte mehr! Als hätte Marc sie gehört, rollte er ihre Brustspitzen zwischen Daumen und Zeigefinger, sein Knie schob sich zwischen ihre Beine und drückte sie noch ein Stück weiter auseinander. Unvermittelt wurde Ivory von der Welle ihrer Gefühle überrollt und schrie auf. Zuckungen liefen durch ihren Unterleib und setzten sich in ihrem Körper fort. Marcs Hand legte sich über ihre Brust, die andere um ihre Scham und hielt sie eng umschlungen.

Nur langsam kam sie wieder auf die Erde zurück und nahm etwas außerhalb ihrer Gefühlswelt wahr. Noch immer stand sie an Marc gelehnt, während die Sonne ihren Körper streichelte. Seine Hände lagen warm und sicher über ihren empfindlichsten Stellen, seine Brust polsterte ihren Rücken. Sein Penis steckte pulsierend zwischen ihren Beinen. Obwohl sie gerade erst gekommen war, baute sich bereits wieder neue Erregung in ihr auf. Marc schien zu spüren, was in ihr vorging, denn seine Finger begannen, ihre Brustwarzen zu umkreisen. Ein Schauer lief durch ihren Körper, ihre inneren Muskeln zogen sich zusammen. Reflexartig gruben sich ihre Finger in seine Hüfte. »Nein.«

Sofort stellte Marc jegliche Bewegung ein. Seine Hüfte trennte sich von ihrer. Ivory schob ihre Beine wieder zusammen und löste sich von Marc. Zumindest versuchte sie es, aber da ihre Beine sie noch nicht wieder trugen, hielt er sie weiterhin aufrecht. Langsam drehte sie sich zu ihm um und betrachtete ihn. Röte überzog seine Wangenknochen, seine Augen glitzerten verlangend. Seine Brust hob und senkte sich, als wäre er einen Marathon gelaufen, die Muskeln seiner Arme traten hervor, während er sie stützte. Ihr Blick glitt weiter hinunter und landete auf seiner Erektion, die ihr entgegenzukommen schien. Marc war ein Fremder, aber es war offensichtlich, dass er sie genauso sehr wollte wie sie ihn. Normalerweise sollte ihr peinlich sein, was sie ihm gerade erlaubt hatte und wie sehr sie seine Berührungen genossen hatte, aber das Einzige, was sie spürte, war das Verlangen, ihn ebenso zu berühren und zum Höhepunkt zu bringen.

Marc löste seine Hände von ihr und trat einen Schritt zurück.

»Wo willst du hin?« Ivory erkannte ihre eigene Stimme kaum wieder.

»Ich will dir mehr Raum geben …«

Sie folgte ihm, bis sie so dicht vor ihm stand, dass sie die braunen Flecken in seinen Augen erkennen konnte und sein Schaft beinahe ihren Bauch berührte. »Wer sagt, dass ich den haben will?« Sie legte ihre Handflächen auf seine Brust. »Ich will dich sehen und berühren können.«

Sein Lächeln blitzte kurz auf. »Dann tu dir keinen Zwang an.«

Ivory trat zurück. »Komm vor, in die Sonne.«

Sie konnte ihn heftig schlucken sehen, aber er folgte ihrer Aufforderung. Die Sonnenstrahlen spielten über seine Brust, den flachen Bauch und seinen erigierten Penis. Seine Füße standen leicht auseinander, die Muskeln in seinen Beinen zuckten. Die Hände hingen zu Fäusten geballt an seinen Seiten. Ivory ging um ihn herum und bewunderte seine muskulöse Rückseite. Schließlich lehnte sie sich vor, bis ihre Brüste an seinen Rücken gepresst waren, ihr Bauch berührte seinen Hintern. Ein feines Zittern lief durch seinen Körper, als sie ihre Finger über seine Rippen wandern ließ. Sie glitten über seinen Bauch, in dem sich unter ihrer Berührung die Muskeln zusammenzogen, dann höher, immer höher, bis sie bei seinen Brustwarzen ankam. Langsam umkreiste sie die harten Punkte und genoss Marcs heftiges Einatmen. »Wie fühlt sich die Sonne an?«

»Heiß.«

Marcs knappe Antwort brachte sie zum Lachen. »Gut.« Sie rieb ihre Brüste an seinem Rücken. Erregung schoss ihr durch den Körper. Wie hatte Marc es ausgehalten, sie so lange zu quälen, ohne dabei selber zu kommen? Sie würde die Sache abkürzen müssen. Während sie mit einer Hand weiterhin seinen Nippel reizte, glitt die andere wieder abwärts. Ihr Finger tauchte kurz in seinen Bauchnabel ein und umkreiste ihn, bevor ihre Hand weiter hinunterfuhr. Seine Haare kitzelten an ihren Fingerspitzen, als sie hindurchfuhr und schließlich an ihrem Ziel ankam. Marc bewegte sich unruhig, als sie die Berührung hinauszögerte und stattdessen mit der Zunge seinen Rücken berührte. Er schmeckte salzig, aber nicht unangenehm, ganz im Gegenteil. Ivory biss sanft zu und erhielt ein weiteres Zucken als Antwort. Ihre Hand glitt unter seinen Penis und hob ihn sachte an. »Und wie fühlt sich die Sonne hier an?« Ihr Daumen glitt über seine samtige Haut.

»Heißer.« Seine Antwort war nur noch ein tiefes Grollen und kaum zu verstehen. Sein Schaft zuckte in ihrer Hand.

Zufrieden schloss sie ihre Finger um ihn und fuhr seine gesamte Länge entlang. An der Spitze konnte sie bereits Feuchtigkeit fühlen, Marcs Selbstbeherrschung war anscheinend nicht wesentlich besser als ihre eigene. Sie umschloss seine Hoden und drückte leicht zu. Ein Stöhnen brach über Marcs Lippen, er senkte den Kopf und beobachtete ihre Hand auf seinem Fleisch. Sein ganzer Körper spannte sich an. Seine Hand schnellte vor und umschloss die ihre.

»Stopp.«

Ivory glaubte, sich verhört zu haben. Wie konnte er jetzt aufhören wollen? Sie löste sich von ihm und trat neben ihn, ihre Hand immer noch unter seiner auf seinen Hoden. »Warum?«

Sein Gesicht war schweißbedeckt, die Muskeln in seinem Kiefer zuckten. »Weil ich sonst …« Er brach ab und schloss die Augen.

»Ja, und?« Ihre andere Hand strich über seine Wange. »Das war Sinn der Sache, oder?«

Er öffnete die Augen und zog sie zu sich heran. Seine Hand glitt an ihrem Körper hinab. Sie tauchte in ihre Schamhaare ein und berührte ihre Klitoris. Ivory stieß einen unterdrückten Laut aus und presste ihre Beine zusammen, sodass seine Hand dort gefangen war. Sie zog seinen Kopf zu sich herunter und küsste ihn mit all der Leidenschaft, die er in ihr geweckt hatte. Sein Mund war heiß und gierig, als er sie verschlang. Seine Hand legte sich über ihre Brust. Ihre Finger lösten sich von seinen Hoden und schlossen sich um seinen Penis. Der Kuss wurde härter, die Berührungen immer verzweifelter, bis Ivory sich schließlich von ihm losriss und in die Höhle zurückstolperte. Sie riss die Isolierdecke hoch und breitete sie hastig in der Sonne aus. Marc sah ihr aus brennenden Augen dabei zu, bewegte sich aber keinen Millimeter. Sie legte sich auf die Decke und sah zu Marc hoch. »Worauf wartest du?«

Wie eine Statue stand er da und ließ Unsicherheit in ihr aufkommen. Andererseits, diese Erektion konnte niemand vortäuschen, Marc wollte sie. Langsam schob sie ihre Beine weiter auseinander und legte sich die Hände auf die Brüste. Mit einem beinahe verzweifelten Stöhnen brach Marcs Beherrschung, und er kniete sich über sie. Seine Hände glitten über ihren Körper, berührten sie überall, wo er sie erreichen konnte. Sein Mund legte sich auf ihre Lippen, seine Zunge erforschte ihre Mundhöhle. Die Sonne brannte auf sie nieder, ließ die Hitze ins Unermessliche steigen. Ivorys Hände krallten sich in seine Pobacken, ihre Beine schlangen sich um seine und zogen ihn näher an sich. Die Spitze seines Schafts berührte ihren Eingang und ließ sie aufstöhnen. Ihre Hüfte hob sich ihm einladend entgegen, doch Marc zog sich im letzten Moment zurück.

Er vergrub sein Gesicht in ihrer Halsbeuge, sein heftiger Atem streifte ihre feuchte Haut. »Kon…dom.«

Ein Rest von Vernunft zuckte durch Ivorys Gehirn. »Hast du eins?«

Marc hob den Kopf und schloss die Augen. »Nein.« Seine Arme zitterten, als er sich über ihr aufrichtete.

»Ich auch nicht.« Ihre Beine schlangen sich enger um ihn, als er sich von ihr wegbewegen wollte. »Aber ich bin geschützt. Solange du keine Krankheit hast, von der ich wissen sollte …«

Er riss die Augen auf, ungläubig sah er sie an. »Nein, ich bin gesund.«

»Dann ist ja alles geklärt.« Ivory schlang ihre Arme um seinen Hals.

»Bist du dir sicher …?«

»Halt den Mund und küss mich!«

Marc zögerte nur noch den Bruchteil einer Sekunde, bevor er sich auf sie stürzte und sie mit sich in den Strudel der Leidenschaft zog. Langsam, fast gleitend schob er sich in sie, tiefer, immer tiefer. Ivory bog ihre Hüfte nach oben, um ihm einen besseren Zugang zu ermöglichen, und genoss das Gefühl, ihn tief in sich zu spüren. Seine Hände legten sich um ihr Hinterteil und hoben sie weiter an. Es war unglaublich, seine steife Hitze in sich zu spüren, mit ihm zu verschmelzen. Genauso langsam zog er sich wieder zurück, nur um gleich darauf erneut hineinzustoßen. Sein Mund verließ ihre Lippen und zog eine feuchte Spur über ihren Oberkörper, bevor er sich über ihrer Brust wieder schloss. Seine raue Zunge spielte mit der Brustspitze, reizte sie, bis sie sich ihm verlangend entgegenstreckte. Seine Zähne kratzten über das empfindliche Fleisch und entlockten Ivory ein tiefes Stöhnen. Ihre Hüfte drängte sich an ihn, sie wollte mehr.

Marc stieß heftiger in sie, immer schneller, immer härter, während er in ihre Brustwarze biss. Mit einem Schrei kam sie zum Höhepunkt, ihr Inneres zog sich wieder und wieder zusammen. Hilflos klammerte sie sich an Marc, der den Kopf gehoben hatte und ihr in die Augen sah, während er noch einmal tief in sie stieß. Sie spürte, wie der Orgasmus ihn überrollte, die Zuckungen seines Schafts in ihr, das wilde Hämmern seines Herzens. Schließlich brach er auf ihr zusammen. Sein Gewicht presste sie gegen den Boden, doch sie hätte um nichts in der Welt auf diese Erfahrung verzichten mögen.

Nach einer Weile rollte er sich herum, sodass sie auf ihm zum Liegen kam. Immer noch mit ihm verbunden, stützte sie ihr Kinn auf seine Brust und sah ihn an. »Das war … ungewöhnlich.«

»Ja.« Sein Mund verzog sich. »Ich habe Sonnenbrand an ganz neuen Stellen.« Ivory begann zu lachen. »He, das ist nicht lustig, und vor allem, halt still, sonst …« Mit einem Seufzen beendete er den Satz. »… zu spät.«

Ivory gab einen protestierenden Laut von sich, als sein Schaft aus ihr herausglitt. Sie fühlte sich plötzlich so leer. Langsam richtete sie sich etwas auf. Marcs Blick folgte ihr, streifte ihre Brüste und glitt dann zu ihren Augen. Er stemmte sich hoch und legte seine Hände um ihr Gesicht. Sanft küsste er sie auf die Lippen. »Danke.«

Ivory versuchte, sich ihre Trauer nicht anmerken zu lassen. »Das war jedenfalls eindeutig anders als das übliche ›Blumen, Verabredung, Küssen, Monate später Sex‹.«

Marcs Daumen rieb über ihre Wange. »Zur Not kann ich das auch.«

Lächelnd löste sie sich von ihm. »Da bin ich mir sicher.« Vom Rand der Höhle aus sah sie über die Landschaft. Die Sonne stand schon merklich niedriger, das tiefe Blau des Himmels färbte sich langsam rötlich. »Es wird bald dunkel, wir sollten alles für die Nacht vorbereiten.«

Marc trat hinter sie und schlang seine Arme um ihren Oberkörper. »Es ist wunderschön hier.«

Ivory nickte nur, ihre Kehle war wie zugeschnürt.

»Bereust du es?«

»Nein. Und ich glaube nicht, dass ich es je im Leben vergessen werde.« Sie konnte es nicht ändern, dass ihre Stimme belegt klang.

Marcs Arme spannten sich an. »Ich auch nicht. Ich wünschte …«

»Nicht.« Ivory drehte sich zu ihm um und legte die Finger auf seinen Mund. »Ich möchte es nicht zerreden. Es war eine wundervolle Erfahrung, lassen wir es dabei bewenden.«

Marc sah aus, als wollte er etwas einwenden, nickte aber schließlich nur. Seine Arme lösten sich zögernd von ihr. »Wir sollten uns anziehen, ich für meinen Teil kann an einigen Körperteilen keine Sonne mehr vertragen.«

Ivory grinste. »Es war deine Idee.«

»Und sie war es wert.« Marc hob ihren Slip auf und warf ihn ihr zu, bevor er seinen eigenen ausschüttelte und überstreifte.

Ivory zog ihre Unterwäsche und die frische Kleidung an. Sie klebte an ihrer verschwitzten Haut, aber es war immer noch besser als das nasse Zeug von vorher. Die Jeans waren noch nicht getrocknet, deshalb zog Marc nur sein T-Shirt über. Unwillkürlich fragte Ivory sich, ob sie jemals wieder seinen nackten Oberkörper sehen würde oder ob es das erste und einzige Mal gewesen war. Es war also bereits so weit. Sie hatte nicht gelogen, sie würde das Geschehene nie bereuen und auch nie vergessen, selbst wenn Marc schon längst wieder in Deutschland und sie zu ihrem Alltagsleben zurückgekehrt wäre. Und genau das war das Problem. Es würde ihr nie gelingen, es als einfachen One-Night-Stand zu sehen, dazu war es viel zu intensiv gewesen und dazu mochte sie Marc zu sehr. Ganz davon abgesehen hatte es für sie Sex bisher immer nur in einer festen Beziehung gegeben, nie ohne Gefühle. Aber so war es ja auch: Die Gefühle waren da, sie würden nur keine Zeit haben, sich weiterzuentwickeln. Rasch wandte sie sich ab und begann, ihre Unterkunft für die Nacht vorzubereiten. Solange sie sich beschäftigte, würde sie vielleicht nicht darüber nachdenken müssen.

Langsam tauchte Marc aus einem tiefen, traumlosen Schlaf auf. Einen Moment lang war er desorientiert, dann nahm er den harten Boden und die knisternde Isolierdecke wahr, und die Erinnerung kam mit einem Ruck zurück. Ivory … Wärme strömte durch seinen Körper, als er sich daran erinnerte, wie sie sich geliebt hatten, mitten im Sonnenschein, mitten in der Wildnis, für jeden zu sehen, der sich zufällig gerade in der Nähe aufhielt. Aber vermutlich hatten sie höchstens ein paar Tiere aufgeschreckt. Ivorys Geruch nach Natur und Freiheit stieg ihm in die Nase. Jetzt erst bemerkte er, dass er sich im Schlaf an ihren Rücken geschmiegt hatte, sie mit dem Arm an sich gepresst hielt und seine Hand auf ihrer weichen Brust lag. Sein Schaft regte sich, und Marc unterdrückte ein Stöhnen, als sich seine Erektion an Ivorys Hinterteil rieb. Er musste sich dringend ablenken, wenn er sich ihr nicht aufdrängen wollte. Sie hatte den Sex gestern genossen, das war offensichtlich gewesen, aber danach war sie niedergeschlagen gewesen und hatte sich von ihm ferngehalten. Sicher, sie hatte mit ihm geredet, aber die Unbeschwertheit ihrer früheren Unterhaltungen war verschwunden gewesen.

Sie hatten sich die Decke geteilt, weil es sinnvoll war, doch solange sie beide noch wach gewesen waren, hatten sie steif nebeneinandergelegen und versucht, sich nicht zu berühren. Im Schlaf waren die Hindernisse dann anscheinend wieder überwunden worden, Ivorys Kopf lag auf seinem Arm, ihre Finger waren mit den seinen verschränkt. Es war stockdunkel in der Höhle, bis auf einen leichten hellen Schimmer, der von der Öffnung her ins Innere drang. Marc hob den Kopf und starrte auf das grandiose Naturschauspiel, das sich seinen Augen bot, als sich der Himmel langsam rötlich färbte und die Nacht dem Tag wich. Es tat ihm leid, diesen schönen Ort zu verlassen, doch wenn sie Robert heute finden wollten, würden sie bald aufbrechen müssen. Ein letztes Mal strich er über Ivorys Brust, dann ließ er sie widerwillig los.

Er beugte sich über sie und küsste sanft ihre Wange. »Wach auf, Ivory.«

Ihre Augen öffneten sich sofort. »Was ist passiert?«

»Die Sonne geht auf.« Seine Finger spielten mit ihren Locken, die sich im Schlaf um ihren Kopf herum ausgebreitet hatten.

»Ah.« Ihre Augen schlossen sich noch einmal. Sie drehte sich zu ihm um und rieb ihre Wange an seiner Brust. Ihr Arm schlang sich um seine Taille. »Dann müssen wir wohl aufstehen.«

Marc konnte nicht antworten, er war zu sehr damit beschäftigt, die Gefühle zu genießen, die Ivorys unerwartete Berührung in ihm auslöste. Ohne darüber nachzudenken, beugte er sich wieder hinunter und rieb mit seinem Mund über ihre Lippen. Ihre Reaktion war eindeutig: Sie öffnete den Mund und küsste ihn zurück, als würde ihr Leben davon abhängen. Ihre Finger gruben sich in sein T-Shirt, ihre Scham rieb sich an seiner Erektion. Marc beschloss, das Geschenk anzunehmen und sich erst später Gedanken darüber zu machen. Seine Finger glitten unter ihr T-Shirt und fuhren über die samtweiche Haut ihres Rückens. Am liebsten würde er sie überall berühren und kosten, sich noch einmal in ihr vergraben, doch da die Zeit drängte, versuchte er, so viel wie möglich in den Kuss zu legen. Schließlich löste er sich von ihr, legte sich auf den Rücken und schloss die Augen, in dem Versuch, seiner Gefühle wieder Herr zu werden.

»Wow, ich könnte mich daran gewöhnen, so geweckt zu werden.« Ivorys leise Stimme drang durch die Dunkelheit.

»Ich auch.« Bedauern presste ihm die Brust zusammen. Als er es nicht mehr ertragen konnte, erhob er sich und trat zum Eingang der Höhle. Die kühle Morgenluft strich über seine nackten Beine, half aber nicht dabei, den Schmerz aus seinem Innern zu verdrängen. Damit würde er leben müssen, er konnte nur hoffen, dass es leichter werden würde, wenn er wieder in Deutschland war und er Ivory nicht mehr sah. Wenn er könnte, würde er noch länger in Namibia bleiben und herausfinden, ob eine Beziehung zwischen ihnen möglich wäre, aber sein Job wartete auf ihn. Er konnte nicht einfach sein ganzes Leben aufgeben, dafür hatte er zu lange gebraucht, um sich überhaupt in Deutschland einzugewöhnen, und er hatte zu hart daran gearbeitet, in seinem Beruf weiterzukommen.

Ihre Hand strich über seinen Rücken. »Komm, wir müssen uns beeilen.« In ihrer Stimme klang ein Echo dessen mit, was er fühlte.

Warum musste das Leben so ungerecht sein, ihm ausgerechnet hier eine Frau zu präsentieren, die nicht nur wunderschön, sondern vor allem auch humorvoll, hilfsbereit und äußerst fähig war? Die trotz Verletzungen nicht aufgab und ihm weiter bei der Suche nach seinem Vater half. »Wie geht es dir?«

»Einige Stellen schmerzen etwas, aber alles halb so schlimm.« Sie sah von ihrem Rucksack auf. »Zieh dich an, dann essen wir etwas und machen uns auf den Weg.«

Marc hob die Jeans auf und schüttelte sie aus, bevor er sie anzog. Sie war noch etwas feucht, aber es würde gehen. Er überprüfte seine Pistole, die er während des Schlafens neben sich gelegt hatte, und schob sie zurück in das Holster, das er über den Rucksack hängte. Sein Kreuz schmerzte vom Schlafen auf dem harten Boden, doch sonst fühlte er sich erstaunlich fit und ausgeruht. Wahrscheinlich, weil er zum ersten Mal seit Jahren nicht über diverse Fälle nachgedacht hatte, die ihn nach Dienstschluss regelmäßig noch begleiteten. Hier war er … frei, ohne die Pflichten, die ihn in Deutschland manchmal erdrückten und die er nicht abschütteln konnte, selbst wenn er Urlaub hatte. Marc verzog den Mund. Natürlich hatte er hier dafür die Verpflichtung auf sich genommen, Kai und auch noch seinen Vater zu finden, doch das war privat und besaß einen anderen Stellenwert. Und er hatte Ivory, die ihm dabei half und die deutlich leichter zu ertragen war als seine Kollegen bei der Polizei.

Er nahm die Karte heraus, schlug sie auf und leuchtete mit der Taschenlampe auf das Gebiet, in dem Robert laut Mugambo unterwegs sein sollte. Es war nicht allzu groß, aber zu Fuß könnten sie leicht tagelang aneinander vorbeilaufen. Und so viel Zeit blieb ihnen nicht, wenn die Männer, die Kai und Amali entführt hatten, tatsächlich hierher unterwegs waren.

»Hast du eine Ahnung, wo dein Vater nach Bodenschätzen suchen könnte?« Ivory hatte sich neben ihn gehockt.

»Ich bin zwar kein Geologe, aber ich habe mich als Kind für Geologie interessiert. Nachdem wir nach Deutschland gekommen sind, habe ich allerdings das Interesse verloren, mein Wissen dürfte also ziemlich eingerostet sein. Ich erinnere mich aber daran, dass Robert immer an ganz bestimmten Felsformationen interessiert war. Deshalb hat er sein Land auch oft mit einem Flugzeug überflogen, es können also nur größere Gesteinsanhäufungen sein, die man auch aus der Luft erkennen kann.« Er fuhr mit dem Finger über das von Mugambo genannte Gebiet. »Ich denke, wir können die grüne Ebene hier unten ausschließen. Wenn ich mich recht erinnere, liegen die Koordinaten, die Kyle dir gegeben hat, irgendwo hier im felsigen Bereich. Es könnte natürlich auch etwas anderes gewesen sein, aber vielleicht ist es ein ganz guter Startpunkt.«

»Hört sich nach einem Plan an. Wenn wir gegessen haben, brechen wir auf.«

24

Bald nachdem sie aufgebrochen waren, stand die Sonne wieder hoch am Himmel und brannte auf sie herab. Marc hatte ein Tuch um seinen Nacken geschlungen und ihn eingecremt, trotzdem schmerzte der Sonnenbrand unangenehm. Die Kappe bedeckte seinen Kopf, eine Sonnenbrille schützte seine Augen vor der grellen Helligkeit. Schweiß sammelte sich unter dem Rucksack und lief seinen Rücken hinab, das T-Shirt klebte an seinem Oberkörper wie eine zweite Haut. Seine Wanderstiefel waren nur noch leicht feucht gewesen, und die trockenen Socken schützten seine Füße vor Blasen. Und obwohl der raue Jeansstoff durch den Slip hindurch über sein verbranntes Hinterteil rieb, fühlte er sich überraschend gut. Er genoss die Bewegung, die er in seinem Job vermisste, die frische Luft und vor allem den Blick auf Ivory inmitten der grandiosen Landschaft. Trotz ihrer schmerzenden Rippen lief sie mit ihrem schweren Rucksack in einem Tempo über den unebenen Boden, das ihm Respekt abnötigte. Nicht selten mussten sie über Felsen klettern oder lange Umwege in Kauf nehmen, wenn sie ihren Weg versperrten.

Mithilfe des GPS-Geräts bewegten sie sich zielstrebig auf die Koordinaten zu, an denen Kyle einen Wärmepunkt entdeckt hatte. Hoffentlich war es Robert gewesen, denn das würde bedeuten, dass er noch lebte. Die Angst, nur noch seine Leiche zu finden, wurde immer stärker, je näher sie der felsigen Region am südlichen Rand des Grundstücks kamen. Sosehr er noch immer von dem Verhalten seines Vaters verletzt war, er wollte ihn lebendig wiedersehen, nicht nur seinetwegen, sondern vor allem auch wegen Kai und seiner Mutter. Und dafür würde er alles tun, was in seiner Macht stand.

Im Schatten einer Akazie blieb Ivory stehen und holte eine Wasserflasche heraus. Sie trank einen Schluck und bot sie dann Marc an, der sie dankbar entgegennahm. Er schob den Schirm seiner Kappe zurück und wischte sich mit dem Ärmel über die feuchte Stirn, bevor er gierig trank.

Ivory blickte auf das Navigationsgerät und deutete dann in Richtung einer Hügelkette, die am Horizont zu sehen war. »Wir müssen nur noch durch diese Ebene, auf der anderen Seite, irgendwo dort in den Felsen liegen Kyles Koordinaten. Wenn wir uns beeilen, sind wir in einer halben Stunde da.«

»Kannst du mit deinen Verletzungen überhaupt klettern?«

Ivory zog beide Augenbrauen hoch. »Wenn es für Sex langt, sollte ich wohl noch ein wenig klettern können.«

Marc fühlte Wärme in sein Gesicht steigen. »Entschuldige, ich hätte mehr Rücksicht auf dich nehmen sollen.«

»Oh nein, das hättest du nicht. Wie du vielleicht gemerkt hast, war ich ein mehr als williger Partizipant.« Sie wurde ernst. »Wage nicht, dich für das zu entschuldigen, was wir getan haben.«

Marc trat näher zu ihr und strich eine Haarsträhne zurück, die sich aus ihrem Zopf gelöst hatte. »Du hast recht, es war richtig und fantastisch und nichts, wofür wir uns je schämen oder entschuldigen müssten.«

Ivorys Lächeln war traurig. »Wir können nur bedauern, dass es eine einmalige Erfahrung bleiben wird, aber selbst dafür hat es sich gelohnt.«

»Ivory …«

Ihre Finger legten sich auf seine Lippen. »Sag nichts, unsere Situation ist nicht zu ändern, und wir müssen uns damit abfinden.« Sie nahm ihm die Flasche ab und steckte sie in den Rucksack zurück. »Gehen wir weiter, ich möchte ungern in der Mittagssonne auf der Ebene gefangen sein.«

Rasch nahmen sie wieder ihren Marschrhythmus auf, der sie an die Felsen heranführte. Hatten sie aus der Ferne wie kleine Erhebungen in der Landschaft gewirkt, wurden sie nun immer gewaltiger. So weit war er auf den Touren mit seinem Vater nie gekommen, Robert musste sie erst später erkundet haben. Oder er hatte ihn absichtlich ferngehalten. Marc blieb stehen. Könnte es sein, dass sein Vater schon länger von diesem Ort wusste und ihn umgangen hatte, um seine Existenz geheim zu halten? Doch wozu? Und warum war er jetzt hier? Die letzte Frage ließ sich leicht beantworten: die Enteignung. Robert war die Zeit davongelaufen, wenn er jemals auf seinem Land eine Entdeckung machen wollte, musste es jetzt sein, bevor sich ein Käufer fand.

»Was ist?«

Marc tauchte aus seinen Gedanken auf und stellte fest, dass Ivory ebenfalls stehen geblieben war und ihn nun besorgt musterte. »Nichts, ich habe mich nur gefragt, warum Robert hier nicht schon früher nach Bodenschätzen gesucht hat. Ich kann mir nicht vorstellen, dass ihm eine so große Felsformation nicht bekannt war.«

»Vielleicht war er ja bereits früher hier.«

»Möglich. Aber wenn er damals nichts gefunden hätte, wäre er jetzt nicht noch einmal wiedergekommen. Und ich denke, dass Mugambo mir dann etwas davon erzählt hätte, allerdings hat Robert ihm seinen Aufenthaltsort nur grob umrissen.«

»Hat er ihm eventuell nicht völlig vertraut?«

Marc schüttelte den Kopf. »Er kennt Mugambo seit sechsunddreißig Jahren, er hat ihn mit aufgezogen. Er hat ihn zum Vorarbeiter der Farm gemacht und war damit einverstanden, dass er nach der Enteignung Verwalter der Farm wird. Wenn es einen Mann gibt, dem Robert Wolf vertraut, dann ist es Mugambo. Aber er hat ihm nicht konkret gesagt, wo er hingeht. Ich frage mich gerade, ob er damit sich selbst schützen wollte, oder auch Mugambo.«

»Oder sie beide.«

»Ja. Also muss er wirklich annehmen, dass hier etwas Wertvolles zu finden ist, Diamanten vielleicht. Etwas jedenfalls, an dem auch Personen Interesse haben würden, die nicht davor zurückschrecken, Menschen dafür zu töten. Vielleicht hat er damals tatsächlich etwas gefunden, ist aber nicht wieder zurückgekommen, weil es ihm zu gefährlich war.«

»Und warum hat er es nun getan?«

»Vielleicht sah er keine andere Möglichkeit mehr, jetzt, wo er die Farm verloren hat. Er muss alles versuchen oder die Hoffnung für immer begraben.«

»Seine Familie ist weit weg, er braucht sich nur um sich selbst Sorgen zu machen, also wagt er es.« Ivory schien sich für die Erklärung erwärmen zu können.

»Genau. Der Punkt, der mich beunruhigt, ist folgender: Wie wir gesehen haben, sind bereits Männer auf dem Land, die bereit sind, zu entführen und zu töten, um Roberts Aufenthaltsort herauszufinden. Aber woher wissen sie überhaupt von möglichen Rohstoffvorkommen auf diesem Land und von Roberts Suche danach? Wo sind sie abgeblieben, nachdem sie Tano getötet haben? Wie viele von ihnen sind noch auf dem Grundstück? Und die größte Frage für mich: Warum werden gerade wir enteignet? Die Farm ist eine der kleineren in der Gegend, der Boden eher karg, und meine Eltern hatten nie Ärger mit den Behörden, weder unter der alten Regierung noch unter der neuen. Es gibt eigentlich keinen Grund für eine Enteignung – außer, jemand mit sehr viel Einfluss interessiert sich für das Land und hat die Enteignung schließlich durchgesetzt, nachdem mein Vater sich beständig weigerte, es zu verkaufen. Der potenzielle Käufer müsste dann nur noch abwarten, bis ihm das Land gehört und er es von vorne bis hinten umgraben kann.«

»Warum wurde er nicht früher enteignet?«

»Wahrscheinlich wäre das vor einigen Jahren noch zu auffällig gewesen, aber jetzt, wo es gängige Praxis zu werden scheint, konnte man es wagen. Vielleicht ist auch jemand neu im Amt, der besser bestochen werden kann, der Referent kam mir jedenfalls so vor, als wäre er kleinen Aufmerksamkeiten gegenüber nicht abgeneigt. Doch dann verschwand Robert plötzlich, und die andere Seite bekam Angst, dass er finden könnte, wonach er sein Leben lang gesucht hat. Also müssen sie ihn stoppen.«

Ivory zog die Augenbrauen zusammen. »Oder diese ganze Enteignungssache ist nur darauf ausgerichtet, dass dein Vater einen Grund bekommt, ganz schnell nach dem zu suchen, was er hier vermutet, und die Verschwörer damit zu den Rohstoffquellen führt.« Sie stieß frustriert den Atem aus. »Verdammt, wenn ich das Funkgerät hätte, könnte ich nachhören, was meine Quelle bei der Behörde rausgefunden hat.«

»Und vor allem könnten wir der Verstärkung mitteilen, wo wir sind. Aber egal, welches Szenario stimmt, Tatsache bleibt, dass hier jederzeit Leute auftauchen können, die unbequeme Gegenspieler wie uns gerne beseitigen würden. Ich weiß nicht, wie viel Zeit uns noch bleibt.«

Ivory rückte ihren Rucksack zurecht. »Dann sollten wir uns beeilen.« Noch schneller als vorher lief sie auf die Berge zu.

Außer Atem kamen sie bei den zerklüfteten Felsen an, die in der Sonne rötlich leuchteten. Normalerweise hätte er den Anblick genossen, doch jetzt konnte er nur daran denken, dass sie irgendwie dort hinaufmussten. »Einen Weg drumherum gibt es vermutlich nicht, oder?«

Ivory sah auf das GPS-Gerät. »Jedenfalls nicht, wenn wir zu der Stelle wollen, wo Kyle den Wärmepunkt gesehen hat. Sie liegt mitten auf dem Felsplateau.«

»Eine Bergsteigerausrüstung hast du nicht dabei?«

Ivory lächelte. »Nein. Nächstes Mal denke ich daran.«

Marc schüttelte den Kopf. Ivorys Rucksack war eine wahre Fundgrube. Er kam immer noch nicht über die Bewegungssensoren hinweg, die ihnen, befestigt am Höhleneingang, einen ruhigen Schlaf beschert hatten. »Okay, versuchen wir es. Ich glaube, dort sieht es etwas weniger steil aus.«

Glücklicherweise waren die Felsen so zerklüftet, dass sie immer genug Spalten fanden, an denen sie sich festhalten und in die sie ihre Füße setzen konnten. Marc verzichtete darauf, nach unten zu schauen, er wollte gar nicht wissen, wie tief er fallen würde, wenn er sich mal verschätzte. Über seinen eigenen lauten Atemzügen konnte er Ivorys Keuchen hören. Er mochte sich gar nicht vorstellen, wie sehr ihre verletzten Rippen schmerzen mussten, während sie mit Gepäck den Fels erklomm. Doch sie beschwerte sich nicht, und sie hatten auch keine Wahl, wenn sie Robert finden wollten. Ivory hätte zwar unten bleiben können, aber sie hatte die Idee sofort abgetan, worüber er insgeheim froh gewesen war, denn er mochte sie nicht aus den Augen lassen. Zu zweit hatten sie eine bessere Chance, sollten die Verbrecher auftauchen.

Mit einem letzten Klimmzug zog er sich nach oben und blieb einen Moment erschöpft liegen. Als er Ivory hörte, setzte er seinen Rucksack ab und hielt ihr die Hände hin, um sie hinaufzuziehen. Seite an Seite saßen sie schließlich auf einem Felsblock und sahen sich um. Es war tatsächlich ein Plateau, durchschnitten von Tälern und Spalten, aber grundsätzlich auf einer Höhe. Das würde die Suche erleichtern, denn so hatten sie immer einen guten Überblick und würden sofort sehen, wenn sich etwas bewegte. Die Ebene unter ihnen wirkte aus der Entfernung friedlich und leicht begehbar, im Gegensatz zu den zerklüfteten Felsen. Nach einem letzten Schluck Wasser gingen sie weiter. Diesmal folgten sie dem GPS-Signal nicht direkt, sondern suchten sich einen Weg, der sie über das Plateau führte und dabei die Spalten aussparte. So kamen sie wesentlich schneller voran und konnten gleichzeitig Ausschau nach Robert oder eventuellen Verfolgern halten. Der Wind war hier oben etwas stärker, konnte die Hitze aber nicht vertreiben. Wenn es so weiterging, würde ihr Wasser nicht für den Rückweg reichen, aber das mussten sie riskieren. Denn wenn sie jetzt zu wenig tranken, würden sie die Suche nicht durchstehen.

Nach einem anstrengenden Marsch, auf dem sie einmal sogar eine breite Felsspalte überspringen mussten, kamen sie endlich in die Nähe der angegebenen Koordinaten. Unwillkürlich gingen sie langsamer und hielten nach allen Seiten Ausschau. Aber da war nichts, nicht einmal ein Baum oder Strauch, hinter dem sich jemand verstecken konnte. Trotzdem zog Marc seine Pistole aus dem Holster und sah, dass auch Ivory ihre Hand stets in der Nähe ihrer Waffe hielt. Wo auch immer sein Vater jetzt war, er befand sich nicht an den Koordinaten, die Kyle ihnen übermittelt hatte. Entweder war er weggelaufen, nachdem er das Flugzeug über sich hatte kreisen sehen, oder er war nie hier gewesen. Sie konnten nur versuchen, Spuren zu finden, die ihnen Aufschluss über den Verursacher des Signals gaben.

Ohne ein weiteres Wort miteinander zu wechseln, trennten sie sich und näherten sich spiralförmig und den Boden absuchend den Koordinaten.

Marc wollte schon fast die Hoffnung aufgeben, als er frische Wischspuren sah, so, als hätte jemand versucht, seine Abdrücke zu tilgen. Er winkte Ivory zu sich heran und deutete auf den Boden. Sie hockte sich neben ihn und nickte. »Müssen von heute sein, der Regen hätte sie sonst weggewaschen.«

»Also war er hier.«

»Dein Vater oder jemand anderes. Wir sollten auf jeden Fall vorsichtig sein.«

Marc nickte zögernd. Am liebsten hätte er laut nach Robert gerufen, aber das wäre unklug gewesen. »Wie weit ist es noch zu den Koordinaten?«

Ivory sah auf die Anzeige des Navigationsgeräts. »Wir sind ganz nah dran.« Sie deutete in die entsprechende Richtung.

Marc zog seine Kappe tiefer ins Gesicht. »Wenn er nun nicht mehr hier ist …«

Ivory ließ ihn nicht ausreden. »Dann werden wir ihn woanders finden.« Sie drückte aufmunternd seinen Arm. »Nun komm, je eher wir Gewissheit haben, desto besser.«

Er wischte seine schweißnasse Hand an der Jeans ab, griff die Pistole fester und folgte Ivory, wobei er darauf achtete, sie nie direkt vor sich zu haben, damit sein Schussfeld frei blieb. Am liebsten hätte er sie hinter sich gezogen, aber da sie den Kurs vorgab und zudem nicht klar war, ob eine mögliche Gefahr vor oder hinter ihnen lauerte, ging er schräg hinter ihr und beobachtete aufmerksam die Umgebung. Schließlich blieb Ivory stehen. Die Stelle, an der Kyle das Signal ausgemacht hatte, war unauffällig und sah genauso aus wie der Rest des Plateaus. Nichts deutete daraufhin, dass nach dem gestrigen Regen jemand hier gewesen war.

»Okay, wir müssen einen Ort finden, der von hier aus in etwa dreißig Sekunden zu erreichen ist und der eine Wärmesignatur verdeckt.«

»Warum dreißig Sekunden?«

»Weil das Flugzeug ungefähr so lange braucht, um einen Bogen zu fliegen und ein Wärmesignal wiederzufinden. Da Kyle danach nichts mehr gesehen hat, gehe ich davon aus, dass sich das Zielobjekt in dieser kurzen Zeitspanne irgendwo verstecken konnte. Wie weit kann man in dreißig Sekunden laufen?«

»Höchstens zweihundert Meter, je nach Alter und Konstitution. In diesem Gelände eher weniger.« Ivory gab etwas in das GPS-Gerät ein. »Was tust du da?«

»Das Navigationsgerät zeigt auch Landschaftsstrukturen an, ich sehe nach, ob es hier in der Nähe irgendetwas gibt, wo sich ein Mensch verkriechen könnte.«

»Ich kann mir nicht vorstellen …«

Ivory stieß einen triumphierenden Laut aus und tippte mit dem Finger auf das Display. »Keine hundert Meter von hier ist eine tiefe Spalte. Ich denke, es kann nicht schaden, sich die mal näher anzusehen.«

Marcs Puls beschleunigte sich, während er Ivory zum Rand der Spalte folgte. Wenn es wirklich sein Vater war, dessen Spur sie gefolgt waren, wie würde es sich anfühlen, ihm zum ersten Mal seit zwanzig Jahren wieder gegenüberzustehen? Mit ihm zu sprechen? Würde er ihn überhaupt wiedererkennen? Ivorys Hand auf seinem Arm riss ihn abrupt aus seinen Gedanken.

»Jetzt nicht grübeln, ich brauche deine ganze Aufmerksamkeit.«

Verlegen nickte Marc. »Die hast du.«

Prüfend sah Ivory ihn an. »Gut. Wir sind gleich bei der Spalte.« Gebückt lief sie weiter.

Marc folgte ihr und schob jede Überlegung beiseite, die ihn von seiner Aufgabe ablenken konnte. Später würde er immer noch genug Zeit haben, seine Gefühle zu analysieren. Die letzten Meter robbten sie zur Kante, um so wenig Angriffsfläche wie möglich zu bieten, falls sich jemand dort versteckte und anfing, auf sie zu schießen. Vorsichtig schob Marc seinen Kopf vor und sah in die enge Schlucht hinunter. Sie war oben nur zwei Meter breit, schien sich nach unten hin aber zu weiten. Ein sicherheitstechnischer Albtraum, wenn sie versuchen sollten, hinunterzuklettern. Wenn jemand dort unten war, brauchte er nur zu warten, bis sie an den Wänden hingen, um sie dann einfach zu erschießen. Eine Weile beobachteten sie den Spalt, doch es bewegte sich nichts. Vielleicht war auch niemand dort, doch Marcs Gefühl sagte ihm etwas anderes. Er spürte, dass jemand unten war und auf sie wartete.

Ivory gab ihm ein Zeichen, dass sie hinunterklettern würde, doch er schüttelte vehement den Kopf. Nie im Leben würde er sie der Gefahr aussetzen, sich in eine Falle zu begeben.

Er kroch zu ihr, sodass er in ihr Ohr flüstern konnte. »Ich klettere runter und sehe nach, du bleibst hier oben und gibst mir Feuerschutz.«

Ivory sah aus, als wolle sie protestieren, doch schließlich nickte sie widerstrebend. »Pass auf dich auf.«

»Das hatte ich vor.« Er steckte die Pistole ins Holster zurück und atmete tief durch. Nach einem letzten Blick in Ivorys besorgtes Gesicht schwang er sich über die Kante und suchte mit seinem Fuß nach einem Halt. Mit den Fingern klammerte er sich an den Felsvorsprüngen fest, während er sich langsam nach unten bewegte. Marc versuchte, nicht darüber nachzudenken, dass er an die zwanzig Meter tief fallen konnte, und konzentrierte sich stattdesssen darauf, einen Fußhalt nach dem anderen zu erfühlen, ihn zu testen und dann zu belasten. Schneller als erwartet, kam er auf dem sandigen Grund der Spalte an. Den Rücken an die Felswand gepresst, sah er sich um. Einzelne Brocken waren von den Wänden des Schachts abgebrochen und heruntergestürzt. Der Sand hatte sich um sie herum angesammelt, an einigen Stellen wuchsen sogar Pflanzen, die an die Lichtverhältnisse angepasst waren. Dort, wo die Sonne noch nicht hinschien, standen einzelne Pfützen, die Felsen an der im Schatten liegenden Seite glänzten feucht. Er würde sich nicht wundern, wenn sich das Wasser bei einem heftigen Regen vom Plateau in die Spalten ergoss und diese immer weiter aushöhlte. Glücklicherweise schien es irgendwo wieder abzufließen, sonst könnte er jetzt nicht hier stehen und nach seinem Vater suchen.

Vorsichtig löste er sich von der Wand und trat einen Schritt vor. Über sich konnte er Ivorys besorgtes Gesicht sehen und winkte ihr kurz zu, dass alles in Ordnung war. Er zog die Waffe wieder aus dem Holster und ging langsam die Spalte ab, immer auf der Suche nach menschlichen Spuren. Es war nichts zu erkennen. Die Stille zerrte an seinen Nerven, das Geräusch seiner Schritte, jeder Atemzug kam ihm viel zu laut vor. Wenn sich hier jemand versteckte, würde er ihn schon von Weitem hören können – zumindest hatte er das Gefühl. Das Rieseln von Sand an der Wand ließ ihn aufblicken. Ivory war ihm entlang des Spaltenrandes gefolgt und gab ihm Zeichen. Aufgeregt deutete sie auf etwas über ihm, das er wegen eines Felsvorsprungs nicht sehen konnte. Kurz entschlossen kletterte er wieder ein Stück an der Wand hoch und war überrascht, den Eingang eines Ganges zu sehen, der in die Felsen hineinführte.

Marc zog sich die letzten Meter hoch und schob vorsichtig den Kopf vor, bis er in eine Höhle sehen konnte. Schon nach wenigen Metern herrschte nur noch schwarze Finsternis, er würde die Taschenlampe benötigen, wenn er etwas erkennen wollte. Doch die war oben in Ivorys Rucksack. Verärgert entschloss er sich zu erkunden, ob der Gang tief in den Fels hineinführte. Schließlich könnte er bereits nach wenigen Metern in einer massiven Wand enden. Wenn er jedoch weiterführte, würde er Ivory signalisieren, ihm die Taschenlampe herunterzulassen, um den Gang erforschen zu können. Marc setzte seinen Rucksack ab und lehnte ihn außerhalb der Höhle gegen die Wand, bevor er so lautlos wie möglich ins Dunkle trat.

Die Decke war nicht besonders hoch, er hatte gerade noch ein paar Zentimeter Luft über seinem Kopf. Unwillkürlich zog er ihn ein, während er sich langsam vorwärtstastete. Mit den Fingern strich er an der überraschend kühlen Wand entlang, um die Orientierung nicht zu verlieren. Hinter ihm wurde der Lichtschein immer schwächer, bis er kaum mehr als eine Andeutung war. Eindeutig Zeit, umzukehren und die Taschenlampe zu holen. Gerade als er sich umdrehen wollte, glaubte er ein Geräusch zu hören. Stocksteif blieb er stehen und lauschte. Nichts. Doch sein Instinkt sagte ihm, dass er nicht mehr alleine war, irgendjemand lauerte dort in der Dunkelheit und wartete nur darauf, dass er einen Fehler machte. Die Pistole nützte ihm nicht viel, da er einen möglichen Angreifer nicht sehen konnte, trotzdem hielt er sie weiterhin schussbereit in der Hand. Da war es wieder! Ein leises Knirschen im Sand, so, als hätte jemand sein Gewicht verlagert.

Okay, es brachte nichts, hier nur zu stehen und darauf zu warten, dass sich sein Gegner rührte. Vermutlich kannte der sich hier viel besser aus und könnte ihn jederzeit überrumpeln. Außerdem, wenn es wirklich sein Vater war, dann brauchte er sich nur zu erkennen geben, und sie könnten endlich zum Haus zurückkehren. Marc traf eine Entscheidung und stieß sich von der Wand ab.

»Hallo? Ist hier jemand?« Seine Stimme hallte unheimlich von den Felsen wider.

Keine Antwort. Er hatte auch nicht wirklich eine erwartet – das wäre zu einfach gewesen. Einen Seufzer unterdrückend, änderte er seine Position. »Robert Wolf, wenn …« Eine Bewegung aus den Augenwinkeln ließ ihn herumwirbeln. Doch es war nur Ivory, die ihm gefolgt war und nun in die Höhle trat. »Warte da, ich komme …« Unvermittelt traf ihn ein heftiger Schlag am Hinterkopf, der ihn auf die Knie sacken ließ. Schmerz zuckte ihm durch den Kopf, Schwindel erfasste ihn. Mit den Händen stützte er sich ab, als er versuchte, wieder auf die Beine zu kommen.

»Vorsicht!« Ivorys Warnung kam rechtzeitig, Marc warf sich zur Seite und entging so nur knapp einem weiteren Hieb. Bevor sein Angreifer reagieren konnte, hatte er etwas wie einen Schaufelstiel gepackt und zog kräftig daran. Ein gedämpfter Fluch ertönte, dann fiel der Mann auf ihn. Diesmal zuckte der Schmerz durch seine Rippen, als ein Ellbogen oder etwas ähnlich Knochiges in seinen Brustkorb stieß. Während er um die Oberhand rang, wurde es plötzlich heller in der Höhle. Ivory hatte die Taschenlampe angeschaltet und leuchtete nun auf ihn und seinen Angreifer.

»Aufhören, sofort!« Ihre Stimme hallte laut durch die Höhle. In der Hand hielt sie ihre Pistole.

Marc nutzte die Ablenkung, um den Mann von sich zu stoßen und sich auf ihn zu werfen. Mit seinem Gewicht drückte er ihn zu Boden und versuchte gleichzeitig, wieder zu Atem zu kommen. Ivory trat näher und leuchtete in das Gesicht des Mannes. Marc erstarrte.

»Warum haben Sie ihn angegriffen?« Ivorys Stimme hallte in der Höhle wider.

»Weil Sie hier nichts zu suchen haben!« Er blinzelte gegen das grelle Licht der Taschenlampe. »Gehen Sie von mir runter.«

Wortlos stand Marc auf und zog sich zum Höhleneingang zurück.

Ivory blieb, wo sie war, Taschenlampe und Pistole weiterhin auf den Angreifer gerichtet. »Sind Sie Robert Wolf?«

»Was interessiert Sie das? Und was machen Sie hier überhaupt?« Er sah von Ivory zu Marc.

»Wir wollen Sie hier rausholen, Sie werden schon gesucht.«

Marc mischte sich ungeduldig ein. »Gehen wir.«

Robert starrte ihn an. »Wer sind Sie?«

Sein Herz hämmerte, während er zusah, wie sein Vater näher kam. Wie auch immer er sich ihr Wiedersehen vorgestellt hatte, so jedenfalls nicht. Die Beule an seinem Kopf würde ihn noch länger daran zurückdenken lassen, so viel war sicher. Sein ausgetrockneter Mund ließ nicht zu, dass er auf Roberts Frage antwortete. Stattdessen wartete er stumm, was nun passieren würde. Je weiter sein Vater ins Tageslicht am Höhleneingang kam, desto genauer konnte er ihn sehen. Er sah müde und erschöpft aus, sein Gesicht dünner und älter, als er es in Erinnerung hatte. Silberne Strähnen zogen sich durch seine schwarzen Haare.

»Oh mein Gott, Marc?« Robert musterte ihn ausgiebig. Seine Stimme sank fast zu einem Flüstern herab. »Ich habe fast nicht mehr daran geglaubt, dich noch einmal wiederzusehen. Und jetzt stehst du plötzlich vor mir, mitten in der Wildnis …«

Marc hatte Mühe zu sprechen. »Wir sollten das auf später verschieben, wenn wir in Sicherheit sind. Ich möchte ungern hier von den Verbrechern erwischt werden, die nach dir suchen.« Er bückte sich und hob seinen Rucksack auf. »Gehen wir.« Der traurige Ausdruck in Roberts Augen machte ihm zu schaffen, doch er fühlte sich nicht in der Lage, seinem Vater mit der Herzlichkeit zu begegnen, die er offensichtlich von ihm erwartete.

»Warte.« Roberts Hand auf seinem Arm hielt ihn zurück. »Wir können hier nicht alles zurücklassen. Wenn sie die Spuren finden, werden sie wissen, wo ich gewesen bin. Das kann ich nicht zulassen.«

»Willst du lieber tot sein?«

Robert schob sein Kinn vor. »Wenn es sein muss, ja.«

Heißer Ärger stieg in Marc hoch. »Und Ivory und ich müssen dann halt auch mit dran glauben, oder wie? Bist du immer noch so selbstsüchtig, dass es dir egal ist, was mit anderen Menschen geschieht?« Betroffen sah Robert ihn an, doch er verteidigte sich nicht. »Aber warum sollte mich das wundern? Weißt du eigentlich, dass deinetwegen Amali entführt und Kai schwer verletzt wurde? Oder dass Mama sich furchtbare Sorgen um dich macht, einen Mann, der sie vor zwanzig Jahren einfach abgeschoben hat.« Marc zitterte vor Wut.

Robert war leichenblass geworden. »Amali wurde entführt? Das muss nach meinem Aufbruch passiert sein. Wir müssen sie befreien und …«

»Das haben wir schon.«

»Ich hoffe, sie ist nicht verletzt?«

Marc schüttelte den Kopf.

»Gott sei Dank! Wie habt ihr sie gefunden? Woher wusstet ihr überhaupt …« Roberts Augen weiteten sich. »Sagtest du, Kai ist verletzt? Heißt das, dass er auch hier ist?«

»Ja. Er war so dumm zu glauben, dass er dich finden könnte. Stattdessen wurde er entführt und dabei verletzt.«

»Wo ist er jetzt?«

»Im Haus, in Sicherheit.«

In Roberts Gesicht arbeitete es, aber Marc konnte seine Miene nicht deuten. »Wartet hier, ich hole meine Sachen, dann können wir gehen.« Er verschwand in der Dunkelheit.

Ivory trat neben Marc und strich ihm über die Wange. Er versuchte ein Lächeln, scheiterte jedoch kläglich. »Das lief super, was?«

Verständnis lag in Ivorys Blick. »Ich hatte kein rührseliges Wiedersehen erwartet. Dafür tragt ihr beide noch zu tiefe Wunden. Ihr habt genug Zeit, über alles zu sprechen, wenn wir wieder beim Haus sind.« Sie lächelte ihn an. »Jetzt weiß ich wenigstens, wie du später mal aussehen wirst.«

Marc verzog den Mund. »Ich hoffe, das war positiv gemeint.«

»Auf jeden Fall. Ich …« Weiter kam sie nicht, denn in diesem Moment trat Robert wieder zu ihnen.

»Ich bin bereit.«

Marc nickte knapp und ging dann vor. Er konnte den Blick seines Vaters im Rücken spüren, aber er drehte sich nicht mehr zu ihm um.

Er hörte, wie Robert und Ivory sich miteinander bekannt machten, während er mit dem anstrengenden Aufstieg begann. Nach wenigen Metern wurde er sich bewusst, dass er extra schnell kletterte, um sich keine Blöße vor den beiden zu geben, und passte sein Tempo den Gegebenheiten und seinen Möglichkeiten an. Oben hielt er erst nach allen Seiten Ausschau, bevor er sich über die Kante schwang.

»Alles in Ordnung, ihr könnt raufkommen.«

Er wusste nicht, ob er stolz oder neidisch sein sollte, als er sah, mit welcher Geschmeidigkeit sein Vater die Schachtwand erklomm. Kaum zu glauben, dass er bereits über sechzig war. Nach kurzem Zögern hielt Marc ihm die Hand hin und zog ihn auf das Plateau.

»Danke.« Robert war leicht außer Atem, aber bereits dabei, die Umgebung nach Verfolgern abzusuchen, als Marc auch Ivory hinaufzog. »Es darf uns hier keiner sehen, sonst wissen sie, wo ich war.«

Marc verzog den Mund. »Und ich dachte, es dürfte uns niemand sehen, damit wir heil beim Haus ankommen.«

»Das auch.«

»Können wir dann?« Ivory marschierte los, ohne sich noch einmal nach ihnen umzudrehen. Marc und Robert wechselten einen Blick, bevor sie ihr rasch folgten.

»Ivory erinnert mich ein wenig an Mariama.« Seine Stimme klang weich, als er den Namen aussprach. »Deine Mutter wusste auch immer ganz genau, was sie wollte, und hat mir mehr als einmal den Kopf zurechtgerückt.«

Marc biss die Zähne zusammen. »Ich möchte nicht mit dir darüber reden.«

Robert schwieg kurz und seufzte dann. »Ich wollte damit nur ausdrücken, dass mir Ivorys Art gefällt.«

»Okay.«

Marc ging schneller, um sich nicht weiter mit seinem Vater unterhalten zu müssen. Das war vermutlich kindisch, aber er konnte jetzt keine Ablenkung brauchen. Aufmerksam sah er sich um. Es war alles still – zu still für seinen Geschmack. Andererseits konnte sich hier oben kaum jemand verstecken, ohne dass sie ihn entdecken würden. Außer er saß in einer der Spalten und wartete darauf, dass sie an ihm vorbeiliefen. Solch einem Hinterhalt wären sie schutzlos ausgeliefert. Es blieb ihnen also nur zu hoffen, dass niemand sie bisher gefunden hatte – und sie ohne Probleme wieder beim Hummer ankommen und nach Hause fahren könnten. Ende der Geschichte. Er könnte nach Deutschland zurückkehren, und alles wäre wieder so wie früher. Sein Blick strich über Ivory. Oder auch nicht. In Deutschland hätte er Ivory nicht mehr, nicht ihr Lächeln, ihren Mut, ihre Loyalität. Zu Hause wartete nur seine Arbeit auf ihn, sonst nichts. Von sich selbst genervt, schob Marc alle Gedanken an die Zukunft beiseite und konzentrierte sich nur auf das Hier und Jetzt.

Am Rand des Plateaus angekommen, robbte Marc sich zu Ivory vor, die bereits Position bezogen hatte. »Etwas zu sehen?«

»Bisher noch nicht. Aber das muss nicht heißen, dass nicht doch jemand da ist. Wenn wir nach Hause wollen, müssen wir allerdings da runter. Bringen wir es also hinter uns. Ich bin froh, wenn wir unten wieder etwas Deckung haben.« Sie sah ihn aufmerksam an. »Wer geht zuerst, du oder ich?«

»Ich.« Er holte tief Atem. »Wenn sich irgendetwas bewegt, zieht euch zurück. Und bring meinen Vater sicher zurück zum Haus, ja?«

»Ich tue, was ich kann.«

Ernst betrachtete er sie. »Gut.« Der Wunsch, sie zu berühren, sie zu küssen, bevor er ins Ungewisse stieg, war so groß, dass seine Hand zitterte. Doch in Anbetracht der Situation und weil Robert sie beobachtete, nickte er ihr nur noch einmal zu, bevor er sich über den Rand der Felsen schob. Der Abstieg fiel ihm wesentlich schwerer als der Aufstieg, weil er nicht sehen konnte, wohin er trat, und erst umständlich mit dem Fuß nach Trittstufen tasten musste. Schweiß lief ihm über das Gesicht und brannte in seinen Augen. Wenn er hochsah, konnte er die Köpfe von Ivory und Robert sehen, die seinen Abstieg beobachteten und gleichzeitig nach den Verbrechern Ausschau hielten. Der Gedanke daran, dass in diesem Moment eine Waffe auf ihn gerichtet sein könnte, trieb ihn zu noch größerer Eile an. Selbst wenn er unten und in relativer Sicherheit wäre, könnte Ivory oder seinem Vater etwas geschehen, wenn sie selber an der Reihe waren. Die letzten Meter sprang Marc hinunter und kam hart auf dem Sandboden auf.

Einige Sekunden lang atmete er tief durch, dann bedeutete er Robert, herunterzukommen, und sah zu, wie er zu klettern begann. Wirklich erstaunlich, wie fit sein Vater für das Alter noch war. Abrupt drehte Marc sich um und ließ seinen Blick über die ihn umgebende Wildnis gleiten. Ivory hatte von oben einen wesentlich besseren Überblick, doch wenn auch sie herunterkletterte, war dieser Vorteil dahin. Als Robert beinahe unten war, gab er Ivory ein Zeichen, dass sie ihm schon folgen sollte. Ohne zu zögern, steckte sie die Waffe weg und schob sich über die Kante. Behände kletterte sie die steile Felswand hinunter. Marc zwang sich, den Blick wieder in die andere Richtung zu lenken. Aus den Augenwinkeln heraus sah er, wie Robert sich etliche Meter entfernt von ihm aufstellte und ebenfalls Ausschau hielt. In seiner Hand hielt er ein Gewehr. Wahrscheinlich hatte er es in seinem Rucksack gehabt, es war ihm vorher gar nicht aufgefallen.

Erleichtert atmete Marc auf, als Ivory schließlich ebenfalls festen Boden unter den Füßen hatte und sie in den Schatten einiger Dornensträucher eintauchen konnten. Nachdem sie etwas Wasser getrunken hatten, machten sie sich wieder auf den Weg, vorneweg Ivory mit dem GPS-Gerät, das sie direkt zum Hummer führen würde, dahinter er, ein wenig versetzt, um im Notfall sofort schießen zu können. Robert bildete mit dem Gewehr die Nachhut und achtete darauf, dass sich ihnen niemand von hinten näherte. Trotz der sengenden Mittagshitze gingen sie, so schnell sie konnten, und gelangten so bald von der Ebene zu den aufgetürmten Felsen, wo sie die Nacht verbracht hatten. Automatisch glitt Marcs Blick zu der Höhle hinauf, deren Eingang in der flimmernden Luft kaum auszumachen war. Hitze schoss ihm durch den Körper, die rein gar nichts mit der Außentemperatur zu tun hatte. Er fühlte das unbändige Verlangen, Ivory an sich zu ziehen und zu küssen, bis sie beide atemlos wären. Aber das würde er in Gegenwart seines Vaters nicht tun, stattdessen fing er nur Ivorys Blick auf. In ihren Augen konnte er die gleichen Gefühle erkennen, die auch ihn durchströmten.

Hastig sah er in die andere Richtung, während sie das Gleiche tat. Wenn sie in Sicherheit waren, mussten sie sich unbedingt darüber unterhalten, wie es mit ihnen weitergehen sollte. Es war klar, dass er nach Deutschland zurückkehren musste, aber er konnte sich nicht vorstellen, Ivory nie wiederzusehen. Es musste einfach eine Möglichkeit geben. Vielleicht …

»Runter!« Roberts halblaute Warnung verdrängte seine Gedanken. Automatisch ließ Marc sich zur Seite hinter den Schutz eines Busches fallen und zog Ivory mit sich. Robert kroch von hinten näher an sie heran.

Marc wandte sich zu seinem Vater um und sprach so leise wie möglich. »Was hast du gesehen?«

Roberts Miene war grimmig. Auch er flüsterte. »Männer – etliche Männer. Vermutlich folgen sie euren Spuren.«

»Das wäre möglich, aber größtenteils sollten sie vom Regen weggewaschen sein.«

»Wie habt ihr mich gefunden?«

»Ein Flugzeug mit Wärmebildkamera. Mein Mitarbeiter hat uns die Koordinaten übermittelt, die wir dann mit dem GPS-Gerät gefunden haben.«

Robert verzog den Mund. »Natürlich, die moderne Technik. Ich benutze sie selbst, aber manchmal ist es wirklich lästig.« Er strich sich über die zerwühlten Haare. »Was machen wir jetzt?«

Ivory und Marc sahen sich an. »Wir versuchen, uns irgendwo zu verstecken, und hoffen, dass die Kerle uns nicht gesehen haben und an uns vorbeimarschieren.«

»Aber wir müssen sie aufhalten! Sie dürfen es nicht finden.«

Marc fragte nicht, was. »Unser Leben ist mir wichtiger als das, was du möglicherweise gefunden hast. Und wir drei können schlecht so viele Menschen überwältigen.«

»Dann rufen wir eben Verstärkung!«

Ivory seufzte. »Das Funkgerät ist bei meinem Sturz verlorengegangen. Wir haben keine Verbindung mehr mit meinem Team.«

»Wo sind Ihre Männer jetzt?«

»Nachdem wir uns nicht mehr gemeldet haben, werden sie vermutlich schon auf der Suche nach uns sein. Und sie werden sicher jemanden zum Schutz auf der Farm stationiert haben. Warum?«

Grinsend öffnete Robert seinen Rucksack und zog ein Funkgerät hervor. »Weil wir sie dann kontaktieren können.«

Marc sah ihn mit offenem Mund an. »Du hattest die ganze Zeit ein Funkgerät dabei?«

»Natürlich.«

»Warum hast du dich dann nie gemeldet? Weißt du, wie viele Sorgen sich die Leute um dich gemacht haben? Mugambo wäre vielleicht auch froh gewesen, etwas von dir zu hören!«

Verlegen rieb sich Robert über das Kinn, das von Bartstoppeln übersät war. »Ich wollte verhindern, dass jemand anders einen Funkspruch auffängt. Woher sollte ich wissen …?« Er senkte den Blick. »Du hast recht, es war egoistisch von mir, mich nicht zu melden.«

»Gut, dass du es einsiehst. Und jetzt mach schnell, bevor uns die Kerle erreicht haben.«

Robert schaltete das Funkgerät an und überprüfte die Verbindung. »Mugambo, bitte melden.«

Mit angehaltenem Atem warteten sie auf eine Antwort des Verwalters. Es konnte genauso gut sein, dass Mugambo nicht in der Nähe eines Funkgeräts war.

»Hier ist Elise, wer spricht da?«

»Robert. Ich muss dringend deinen Vater sprechen.«

Ein überraschtes Einatmen war zu hören. »Er ist nicht hier, sondern drüben bei deinem Haus. Warte, ich rufe schnell an und sage ihm, dass er sich ein Funkgerät schnappen soll.«

»Danke, mein Schatz.«

Ein Klappern ertönte, dann wurden Tasten gedrückt, als Elise die Nummer vom Haus wählte. »Ich bin froh, dass es dir gut geht.« Ihr Tonfall änderte sich, als jemand abnahm. »Hier ist Elise, ich muss dringend mit Vater sprechen.«

Einige Zeit später, die ihnen wie Stunden vorkam, meldete sich Mugambo. Was er sagte, war nicht zu verstehen. »Ja, ja, natürlich. Ich habe Robert am Funkgerät, er möchte, dass du dir eines suchst, damit er mit dir reden kann.« Einen Moment herrschte Stille. »Mein Vater fragt, welchen Kanal er einstellen soll.«

Robert beantwortete die Frage. »Den üblichen.«

Marc lehnte sich näher an das Funkgerät. »Elise, hier ist Marc. Sag bitte deinem Vater, er möchte auch Mahoney dazuholen.«

Elise gab seine Bitte weiter, die von Mugambo bestätigt wurde. Sie legte den Hörer auf. »Er wird sich gleich bei euch melden. Kann ich sonst noch etwas für euch tun?«

»Weißt du, wie es Kai geht?«

»Schon viel besser, Mama kümmert sich gut um ihn.« Sie schnaubte. »Er wollte sogar schon wieder los, als er hörte, dass der Funkkontakt zu euch abgebrochen ist. Sie mussten ihn fast ans Bett ketten.«

Das hörte sich sehr nach dem alten Kai an. Es schien so, als hätte er sowohl die Verletzung als auch die Gefangenschaft gut überstanden. »Das ist gut.«

»Kommt ihr bald zurück?«

»Ja, Elise. Ende.« Hoffentlich stimmte das. Ein vorsichtiger Blick über die Sträucher zeigte ihm, dass die bewaffneten Männer bereits wesentlich näher gekommen waren. Sie hatten nicht mehr viel Zeit.

Ivory schien zu der gleichen Erkenntnis gekommen zu sein. »Wir sollten uns einen sichereren Platz suchen.«

Marc nickte. »Selbst wenn sie sofort losfahren, wird es lange dauern, bis sie hier sind. Besser wir suchen uns eine gute Deckung, damit die Kerle uns nicht überrumpeln können, falls sie uns bemerken.« Er sah Ivory an. »Die Höhle?«

»Dann müssen wir uns aber beeilen, sonst sehen sie uns schon beim Hinaufklettern.«

Die ersten Meter liefen sie geduckt durch die Büsche, danach im Bogen auf die Felsen zu, sodass sie vor den Blicken der Verfolger geschützt waren. Nur auf dem letzten Stück des Weges würde es knifflig werden, denn dann wären sie gut sichtbar. Robert hatte das Funkgerät in seine Westentasche gesteckt, damit er beide Hände für das Gewehr frei hatte. Marc konnte seinen schweren Atem hören. Oder vielleicht war es auch sein eigener. Wieder einmal stellte er fest, dass Laufen mit Gepäck und Wanderstiefeln einfach nicht seine Sache war. Aber gut, in Deutschland kam er auch eher selten in die Verlegenheit, so etwas tun zu müssen. Glücklicherweise waren es nur ein paar Hundert Meter, die sie zurücklaufen mussten, doch es kam ihm viel länger vor. Schließlich erreichten sie erschöpft die Felsen und blickten sich um. Noch waren ihre Verfolger nicht zu sehen, doch das konnte sich jede Sekunde ändern. Ivory kletterte bereits die Felsen hinauf und verschwand im Eingang der Höhle.

»Jetzt du.« Marc gab Robert ein Zeichen.

Sein Vater blickte ihn noch einmal an und folgte dann Ivory. Kurz darauf tauchte der Lauf seines Gewehrs aus der Höhle auf. Marc kraxelte hoch und warf sich fast in die Öffnung. Mit klopfendem Herzen blieb er einen Moment liegen und lauschte nach einem Hinweis darauf, dass man sie bemerkt hatte.

»Mist.« Fast tonlos ausgestoßen, war die Bemerkung seines Vaters trotzdem deutlich zu verstehen.

Marc hob den Kopf. »Was ist?«

»Ich glaube, sie haben etwas gesehen. Zumindest der eine an der Spitze. Er ist eben zu einem anderen zurückgegangen, und jetzt reden sie miteinander.«

»Er zeigt hierher.« Ivorys Blick traf den seinen. »Ich glaube nicht, dass wir viel Zeit haben. Aber immerhin können wir uns hier etwas besser verteidigen, wenn es sein muss.«

»Wie viel Munition habt ihr?« Roberts Stimme war sachlich.

»Zwei Magazine.« Jetzt wünschte Marc sich, er hätte mehr mitgenommen. Aber er hatte nicht erwartet, in solch eine Situation zu kommen. Ein dummer Fehler, der nun nicht nur ihn, sondern auch Ivory und seinen Vater das Leben kosten könnte.

»Ich habe vier.« Ivory klang auch nicht gerade glücklich. »Im Hummer ist noch Ersatz, aber das bringt uns jetzt auch nichts.«

»Und ich habe zwanzig Patronen für das Gewehr.« Robert runzelte die Stirn. »Ich würde sagen, je nachdem, wie gut wir zielen und wie schlau unsere Gegner sind, haben wir vielleicht eine Viertelstunde, dann wird es eng.«

Marc beobachtete die Verfolger, die sich immer noch besprachen. »Vielleicht haben wir Glück und sie gehen einfach weiter.« Noch während er das sagte, setzte sich die Gruppe wieder in Bewegung – direkt auf die Felsen zu. »Oder auch nicht.«

Das Funkgerät erwachte mit einem Knacken zum Leben. »Robert, hier ist Mugambo.«

»Wir haben hier ein kleines Problem, etwa zwanzig bewaffnete Männer kommen direkt auf uns zu.«

»Haben sie euch gesehen?«

»Ja, es scheint so. Wir sind in einer Höhle und haben dadurch etwas Schutz, aber allzu lange wird unsere Munition nicht halten.«

Marc beugte sich vor. »Mugambo, hier ist Marc. Ist Mahoney auch da?«

»Ja, er steht neben mir. Moment.«

Ivory ließ sich von Robert das Funkgerät geben.

»Mahoney.«

»Ist die Truppe einsatzbereit?«

»Ja. Wo seid ihr?«

Ivory gab ihm die Koordinaten ihres Standorts durch, die sie von dem Navigationsgerät ablas. »Wie schnell könnt ihr da sein?«

»Viertelstunde maximal.«

Erstaunt sah Ivory auf. »Wie bitte? Sagtest du fünfzehn Minuten?«

»Ja.« Im Hintergrund war Lärm zu hören, Stimmen riefen durcheinander.

»Seit wann kannst du fliegen?«

Mahoney lachte trocken. »Seit ich nichts mehr von dir gehört habe und ich mir deshalb einen Hubschrauber besorgen musste. Bleibt am Leben, bis wir da sind, verstanden?«

»Wird gemacht.« Grinsend gab Ivory das Funkgerät an Robert zurück. »Ich liebe diesen Mann.«

Unvermittelt spürte Marc einen Stich im Herzen, obwohl er genau wusste, dass Ivory nicht mit Mahoney zusammen war. Er schüttelte den Kopf und konzentrierte sich darauf, vom Höhleneingang aus die Bewegungen der Verfolger zu beobachten. Einige verschwanden rechts und links im Gebüsch, wahrscheinlich würden sie versuchen, von den Seiten her anzugreifen. Hoffentlich beeilte sich Ivorys Eingreiftruppe, denn je länger sie hier saßen, desto gefährlicher wurde es für sie. Aber das wusste Mahoney auch. Wütend auf sich selbst, biss er die Zähne zusammen und starrte in die Wildnis, bis die Landschaft vor seinen Augen verschwamm. Eine Hand berührte seine Schulter.

Ivory legte sich neben ihn und sah ihn besorgt an. »Alles in Ordnung?«

»Ja.« Bei seiner knappen Antwort zuckte sie zusammen, deshalb brachte er mit Mühe seinen Kiefer wieder auseinander. »Und bei dir?«

Ivory hob eine Schulter. »Es ist ein bisschen merkwürdig, wieder hier zu sein, nach allem …« Sie verstummte, dann richtete sie ihren Blick auf die Verfolger. »Wir werden es schaffen.«

Ein Lächeln hob seine Mundwinkel. »Gut zu wissen. Ich hoffe, dein Mahoney weiß zu würdigen, wie viel Vertrauen du in ihn hast.«

Irritiert sah Ivory ihn wieder an. »Wenn ich ihm und den anderen Männern nicht vertrauen würde, ständen sie nicht auf meiner Gehaltsliste.«

Marc schloss kurz die Augen. »Ich weiß. Entschuldige, das war überflüssig.«

»Ja.« Ivory rückte wieder von ihm ab.

Ein Knall ertönte, der ihn zusammenzucken ließ, während er sich gleichzeitig so flach wie möglich auf den Boden drückte. Es schien, als wäre die Schonzeit vorbei und die Verfolger hätten beschlossen, nicht mehr länger zu warten. Ein zweiter Schuss folgte, Steinstaub rieselte von oben auf seinen Kopf.

»Wir wollen Robert Wolf«, rief der vermeintliche Anführer der Gruppe auf Englisch. »Gebt ihn heraus, und ihr könnt gehen.«

Marc sah seinen Vater an. Er hatte die Lippen zusammengepresst und starrte geradeaus.

»Du bleibst hier, ist das klar?« Marc sprach so leise, dass es niemand außer ihnen hören konnte.

Robert sah ihn an, sein Mundwinkel hob sich. »Ich hatte nicht vor, jetzt schon aufzugeben. Nur als allerletzte Möglichkeit. Sobald ich ihnen gesagt habe, wo sie das finden, was sie suchen, werden sie mich töten. Und wenn ich es ihnen nicht sage, töten sie mich auch. Die Aussichten sind also nicht gerade rosig.«

»Gut.«

Ivory sah Marc an. »Antworten wir?«

»Nein, sollen die Kerle sich doch fragen, ob wir überhaupt hier sind.«

»Und wenn sie näher kommen?«

»Schießen wir.«

Ivory nickte angespannt und sah erneut auf die Uhr. »Zehn Minuten.«

War wirklich erst so wenig Zeit vergangen? Es kam ihm vor, als würden sie hier schon viel länger warten. Unauffällig lockerte er seine Muskeln, die von der Anspannung und dem Liegen auf dem harten Boden ganz steif geworden waren. Er löste seinen verspannten Griff um die Pistole und richtete sie direkt auf den vermeintlichen Anführer. Wenn es möglich war, wollte er niemanden erschießen, aber bevor Ivory oder seinem Vater etwas passierte, hatte er keinerlei Hemmungen, abzudrücken. Wieder schienen sich die Verfolger zu beraten, um sich dann erneut aufzuteilen.

»Ihr seid umzingelt, falls ihr das noch nicht wisst, ihr habt keine Chance zu entkommen. Wir können euch einfach erschießen, niemand wird uns davon abhalten. Wir geben euch noch eine Chance: Robert Wolf gegen eure Freiheit.« Er schwieg eine Weile und schien auf ihre Antwort zu warten. »Also gut, das war meine letzte Warnung, den Rest habt ihr euch selbst zuzuschreiben.« Der Mann hob sein Gewehr und zielte auf die Höhle. »Feuer!«

25

Robert warf sich zur Seite und duckte sich hinter einen Felsblock. Erleichtert stellte er fest, dass auch Marc und die Detektivin sich rechtzeitig in Sicherheit gebracht hatten. Verdammt noch mal, was machten diese vielen Halunken auf seinem Land? Und vor allem, wer hatte sie geschickt und woher wussten sie, wo er zu finden war? Er hatte niemandem erzählt, wo er hinwollte, und er bezweifelte, dass Mugambo irgendjemandem gesagt hatte, in welchem Gebiet er sich befand. Aber nicht nur Marc und Ivory hatten ihn gefunden, sondern auch diese bewaffneten Männer dort unten, die den Eindruck machten, als meinten sie es ernst. Robert rollte sich näher an Marc heran. »Wisst ihr, wer diese Typen sind?«

»Nein.« Marc sah ihn abschätzig an. »Wir dachten, du könntest es uns vielleicht verraten. Schließlich laufen sie auf deinem Land herum und haben es offenbar auf dich abgesehen.« Seine Mundwinkel bogen sich nach unten. »Und sie haben Amalis Bruder ermordet.«

Robert richtete sich erschrocken auf. »Was hast du gesagt?«

»Runter! Oder willst du, dass sie dich erschießen?« Marc zog ihn am Riemen seines Rucksacks herunter.

»Redest du von Tano?«

»Hat Amali noch andere Brüder?«

»Warum haben sie ihn ermordet? Wollte er Amali beschützen? Und wo kommt er jetzt überhaupt wieder her? Er war doch seit dem Brand verschwunden. Ich habe mich damals gefragt, ob er vielleicht etwas damit zu tun hatte.« Robert wurde ganz schlecht bei dem Gedanken, dass Amali seinetwegen leiden musste. Seit so vielen Jahren war sie auf der Farm, und Mugambo und ihre Kinder waren wie eine Familie für ihn, besonders nachdem er seine eigenen fortgeschickt hatte.

Marc stieß ein Geräusch aus, das fast wie ein Lachen klang. »Nein, er hat sie zusammen mit den anderen entführt, um Mugambo dazu zu zwingen, deinen Aufenthaltsort preiszugeben. Was er natürlich nicht getan hat, vor allem, weil er ihn selbst nicht kannte. Du hattest übrigens recht mit deiner Vermutung, Amali erzählte vorhin, dass Tano den Brandstiftern damals geholfen hat, das Farmhaus anzuzünden.«

Robert erstarrte. Etwas zu vermuten war eine Sache, es aus dem Mund seines Sohnes bestätigt zu bekommen, eine andere. Nachdem Tano tot war, konnte er ihn leider nicht mehr fragen, warum er es getan hatte; die Fechners hatten ihn aufgenommen und immer gut behandelt. Und er konnte nun auch nicht mehr die Namen derjenigen von ihm erfahren, die damals Karl und Elise ermordet und den Brand gelegt hatten. Er ballte die Faust vor Wut.

Ivory mischte sich ein. »Wir hatten Amalis Bruder verschnürt in der Behausung zurücklassen müssen, in der man sie und Kai gefangengehalten hatte, weil wir ihn nicht mitnehmen konnten. Als meine Leute ihn später einsammeln wollten, war er tot. Mehr wissen wir auch nicht.«

»Verdammt! Ich habe nicht damit gerechnet, dass sie nach all den Jahren tatsächlich noch mal offen angreifen würden.« Aber vermutlich sollte er inzwischen daran gewöhnt sein, nachdem nicht nur seine Schwiegereltern, sondern auch Phil und schließlich Leola ermordet worden waren. Wie es schien, hatte Bodmin auch nach zwanzig Jahren noch nicht aufgegeben. Vorausgesetzt, es waren wirklich Bodmins Schergen, die nun hinter ihm her waren, und nicht irgendjemand anders. Blieb nur noch, aus dieser gefährlichen Situation irgendwie wieder herauszukommen, und zwar ohne dass Marc und seiner Freundin etwas geschah.

»Hast du mit jemandem darüber geredet, dass du hier Bodenschätze vermutest?« Marcs Frage riss ihn aus seinen Gedanken.

»Nein.«

»Es scheint aber, als hätte jemand davon gewusst. Warum sonst sollte man das Land enteignen wollen? Keine der Nachbarfarmen wurde zwangsenteignet, nur deine.«

Robert verzog den Mund. »Woher weißt du davon?«

»Der Brief lag gut sichtbar in deinem Müll.« Marc hob die Schulter. »Ich habe versucht herauszufinden, wo du bist, weil ich Kai aufspüren wollte.«

Also war es ihm nicht um ihn, seinen Vater, gegangen. Es klang so deutlich aus Marcs Worten heraus, als hätte er es ausgesprochen. Zu wissen, dass sein Sohn ihm immer noch nicht verziehen hatte, gab Robert einen Stich. Aber warum sollte er ihm auch verzeihen? Er hatte ihn schließlich weggeschickt, und auch wenn es nur zu seinem eigenen Besten geschehen war, hatte Marc es als Kind gewiss ganz anders gesehen. Eine Zeit lang hatte ihn die Hoffnung aufrechterhalten, dass seine Söhne es verstehen würden, wenn sie erst erwachsen waren und selber Kinder hatten. Aber es sah nicht so aus, als würde Marc in absehbarer Zeit sesshaft werden, wenn er Mariamas Erzählungen Glauben schenkte. Und er schien nicht verzeihen zu können, was ihn am meisten schmerzte. Rasch drehte er den Kopf zur Seite, damit Marc seine feuchten Augen nicht sah. Er liebte seine Söhne seit ihrer Geburt. Deshalb hatte er alles getan, um sie in Sicherheit zu bringen, und wenn er die Wahl gehabt hätte, hätte er es heute wieder genauso getan. Marc und Kai waren in einem sicheren Land aufgewachsen und hatten sich großartig entwickelt. Selbst Mariama war nicht ganz unglücklich in Deutschland, zumindest hatte sie ihm das erzählt.

Schüsse fielen und sandten Steinsplitter in alle Richtungen. Robert duckte sich tiefer. Bei der nächsten Feuerpause sah er Marc an. »Schon seit ich dieses Land gekauft habe, werden Gerüchte gestreut, ich würde nach Bodenschätzen suchen und stände kurz vor einem großen Fund. Ich weiß nicht, woher sie kommen, aber ich habe den Eindruck, dass vieles, was uns widerfahren ist, direkt oder indirekt damit zusammenhängt. Nachdem Phil … starb, habe ich nur noch heimlich danach gesucht. Außerdem musste ich versuchen, die Farm am Laufen zu halten. Ich habe gedacht, dass man das Interesse daran irgendwann verlieren würde und ihr dann wieder zurückkommen könntet.«

»Und, hat es geklappt?« Unterdrückte Wut war in Marcs Stimme zu hören.

»Ja, es war relativ ruhig auf der Farm, von den Rebellen und Wilderern einmal abgesehen. Aber ihr seid nie zurückgekommen.«

»Du hast uns nicht geholt.«

Eine Weile sah Robert ihn schweigend an. »Als 1990 die Regierung wechselte und relativer Frieden einkehrte, habe ich Mariama gebeten, mit euch zurückzukehren. Sie hielt es für besser, euch eure Ausbildung beenden zu lassen, weil ihr in Deutschland bessere Möglichkeiten hattet.« Robert spürte jetzt noch den Schmerz von damals. »Ich wollte euch bei mir haben, unbedingt, aber ich konnte Mariamas Entscheidung verstehen. Sie wollte für euch das Beste, und ich musste ihr schließlich zustimmen, dass es angesichts der unübersichtlichen politischen Lage im Land und der ungewissen Zukunft für die weiße Minderheit schwieriger für euch sein würde, eine gute Ausbildung zu erhalten und ein sicheres und leichtes Leben zu führen.«

»Meinst du nicht, ihr hättet uns vielleicht fragen sollen, wie wir dazu stehen?« Ein Muskel zuckte in Marcs Wange, seine grünen Augen, die denen Mariamas so ähnelten, waren zusammengekniffen. »Ich war siebzehn, nicht fünf! Ich wäre durchaus in der Lage gewesen, eine Entscheidung für mich zu treffen.«

»Ja, wahrscheinlich schon. Aber du warst mit der Schule noch nicht fertig, und Kai war noch jünger.«

»Wer sagt, dass ich mich entschieden hätte, hierher zurückzukehren?«

Robert zuckte unter diesem Hieb zusammen. »Du hast natürlich recht. Aber wir wollten euch die Last einer Entscheidung nicht zumuten.«

»Stattdessen haben wir ohne Vater gelebt.«

»Aber ihr hattet euch.« Robert verkniff es sich, zu sagen, dass er allein gewesen war. Marc würde nie verstehen, was er durchgemacht hatte, und er konnte es auch nicht von ihm verlangen.

Ivory drehte sich zu ihnen um. »Könnt ihr das vielleicht später diskutieren?« Sie hielt das Funkgerät an ihre Lippen. »Mahoney, wo bleibt ihr?«

»… bald da … keine … wo … ihr?« Er war über dem Lärm im Hubschrauber kaum zu verstehen.

»Wir haben nicht mehr viel Zeit, sie kommen immer näher. Wir sind in einer Höhle in den Felsen, vor denen die Männer mit den Waffen stehen. Nicht zu verfehlen.«

Ihre Stimme klang erstaunlich ruhig, stellte Robert fest. Es blitzte sogar in solch einer Situation noch Humor bei ihr durch. Eine tolle Frau, keine Frage. Der Blick, mit dem Marc sie bedachte, sagte alles. Und jetzt waren sie seinetwegen in Gefahr. Der Gedanke ernüchterte ihn augenblicklich. Als er sich entschlossen hatte, diese letzte Exkursion zu unternehmen, war ihm nicht bewusst gewesen, wie übel sie würde ausgehen können. Dass Bodmin weiterhin Interesse an seinen Aktivitäten haben könnte und sie eventuell nicht davor zurückschrecken würden, sich zu nehmen, was sie haben wollten, war ihm klar gewesen. Trotzdem hatte er es nicht lassen können, weiterzusuchen, und das könnte sie nun alle teuer zu stehen kommen.

Robert verzog den Mund. Vielleicht hätte er tatsächlich damals mit Mariama und den Kindern nach Kanada auswandern sollen oder irgendwohin, wo es keine Auslieferung gab. Oder sich der Polizei in Deutschland stellen und akzeptieren sollen, was ihm als Strafe auferlegt wurde. Doch jetzt konnte er es nicht mehr ändern, die Farm war weg, und seine Familie hatte er schon vor Jahren verloren. Was blieb also noch übrig, und wie sollte es weitergehen?

Wie als Antwort auf seine Frage schlug eine Kugel nur wenige Zentimeter über seinem Kopf in den Felsen. Fluchend rutschte er noch weiter zur Seite und duckte sich tiefer. Auch wenn er nicht wusste, was das Schicksal für ihn bereithielt, war er nicht gewillt, einfach aufzugeben und sich töten zu lassen. Entschlossen griff er sich das Gewehr und schob den Lauf durch eine Felsnische.

»Was tust du da?«

Marcs Frage ließ ihn aufblicken. »Ich werde dafür sorgen, dass sie nicht noch näher herankommen. Ich finde es langsam etwas ungemütlich hier.«

Marc nickte knapp. »Aber spar dir noch Munition auf, für den Fall, dass wir uns den Weg zum Hubschrauber freischießen müssen.«

»Das hatte ich vor.« Robert beugte sich über das Gewehr, visierte einen der Männer an und drückte ab. Mit einem Aufschrei fiel der Verbrecher zu Boden. Grimmig drehte Robert den Lauf ein Stück und drückte erneut ab. Wieder ein Treffer. Die beiden Männer waren außer Gefecht gesetzt, lebten aber noch.

Robert rollte sich rasch zur Seite, als die Antwort in Form eines wahren Kugelhagels über sie hereinbrach. Für einen Moment lag er nur da und starrte zur Höhlendecke hinauf.

»Wow, wo haben Sie so gut schießen gelernt?« Ivory war wegen des Schusslärms kaum zu verstehen.

»Meine Frau hat mir die Feinheiten beigebracht.« Ein schmerzliches Lächeln huschte über sein Gesicht. »Und in den letzten zwanzig Jahren hatte ich unendlich viel Zeit zu üben.« Er hatte sich dafür wappnen wollen, seine Familie vor allem zu beschützen, wenn sie wieder bei ihm wäre. Doch sie waren nie zurückgekommen, und nach einiger Zeit hatte er aufgehört, darauf zu warten. Stattdessen hatte er das Schießen genutzt, um seine Aggressionen abzubauen. Es war reine Ironie, dass er seine Kenntnisse jetzt brauchte, wo seine Söhne endlich wieder hier waren.

Nachdem die Schussfrequenz etwas geringer geworden war, beugte Robert sich vor und spähte hinter den Felsen hervor. Ihre Angreifer hatten sich hinter der spärlichen Deckung verteilt, die beiden Verletzten lagen weiterhin mitten in der Schusslinie. Es schien, als gäbe es in der Gruppe keinen größeren Zusammenhalt, was sie durchaus zu ihrem Vorteil nutzen konnten. Wenn sie die Kerle ein wenig aufrieben, konnte es sein, dass zumindest ein Teil von ihnen floh. Robert legte erneut an, suchte sich ein Opfer aus und drückte ab. Obwohl er normalerweise keiner Fliege etwas zuleide tat, verschaffte es ihm eine grimmige Genugtuung, zu sehen, wie der Mann seine Waffe fallen ließ und sich die Schulter hielt. Den nächsten Angreifer traf er ins Bein.

Ein lautes Knacken ließ ihn zusammenzucken. Dann erkannte er, dass es vom Funkgerät kam. »Ivory, hier ist Mahoney. Wir sind jetzt im Anflug. Haltet euch bereit.«

»Wir sind so was von bereit, das kannst du dir gar nicht vorstellen. Versucht, so nah wie möglich an die Felsen heranzukommen, damit wir nicht so weit ungeschützt laufen müssen.«

»Das hatten wir vor. Wir sehen uns gleich. Ende.«

Robert entschied, dass ihre Chancen, heil herauszukommen, wesentlich höher waren, je weniger Angreifer noch schießen konnten. Es wurde allerdings immer schwieriger, jemanden zu treffen, da sich die meisten verkrochen hatten und aus der Deckung auf die Höhle feuerten.

Zuerst war nur ein leises Brummen zu hören, doch dann wurde das Geräusch immer lauter. Der Hubschrauber! Auch ihre Angreifer schienen ihn entdeckt zu haben, denn sie begannen, nun auch in seine Richtung zu schießen. Verdammt, wenn jemand einen guten Treffer landete, könnte er den Helikopter sogar zum Absturz bringen! Der Hubschrauber flog einmal über die freie Fläche vor der Höhle und stieg dann wieder höher. Robert sah, wie die Tür geöffnet wurde und ein Mann mit einem Maschinengewehr in der Öffnung erschien. Die erste Salve ließ die Männer auf der Suche nach einer besseren Deckung in alle Richtungen auseinanderlaufen. Einige flohen in die Richtung, aus der sie gekommen waren. Das Chaos war perfekt.

»Jetzt.« Marcs Kommando kam ihm gerade recht. Dies war die beste und vermutlich einzige Gelegenheit, die Höhle unversehrt zu verlassen.

»Mahoney, wir kommen jetzt raus.« Ivorys Stimme war so ruhig, als säße sie in einem Café.

»Verstanden.«

Der Hubschrauber beschrieb einen Bogen und startete ein weiteres Ablenkungsmanöver. Es schien zu funktionieren, die wenigen Schüsse, die noch zu hören waren, gingen in Richtung des Helikopters, der höher hinaufstieg – unerreichbar für die Kugeln. Robert bildete hinter Marc und Ivory den Schluss, als sie vorsichtig ihre Deckung verließen und die Felsen hinunterkletterten. Er versuchte, alle möglichen Gegner im Auge zu behalten, aber es war unmöglich, nachdem sie den erhöhten Standort aufgegeben hatten. Hoffentlich beobachtete niemand ihre Flucht aus der Höhle, so ungeschützt waren sie eine leichte Beute. Sie schlugen sich in die Büsche, die am Fuße der Felsen wuchsen, und arbeiteten sich langsam zur Lichtung vor, wo der Hubschrauber am besten landen konnte. Das würden ihre Angreifer vermutlich auch wissen und genau dort auf sie warten, sofern sie nicht geflohen waren. Es war ein Glücksspiel, sowohl für sie selbst als auch für ihre Retter. Nach einigen weiteren Feuersalven schwebte der Hubschrauber tiefer, bis seine Kufen fast den Boden berührten.

»Jetzt!« Der Befehl kam aus dem Funkgerät.

Ivory rannte geduckt los, Marc direkt hinter ihr her. Robert biss die Zähne zusammen, als er erkannte, dass sein Sohn sich extra zwischen Ivory und die Angreifer geschoben hatte, um sie vor Schüssen aus dem Hinterhalt mit seinem Körper zu schützen. Genau das hätte er selber auch für Mariama getan. Rasch lief Robert hinterher, damit sie so schnell wie möglich abheben konnten. Während er näher kam, sah er, wie der bullige Mann mit dem Maschinengewehr weiterhin dafür sorgte, dass die Verbrecher in Deckung blieben. Gleich hatten sie es geschafft, nur noch wenige Meter trennten sie von der offenen Tür des Hubschraubers. Aus den Augenwinkeln sah Robert eine Bewegung und fuhr herum. Ein Lauf ragte aus einem der Dornenbüsche, nur etwa zwanzig Meter von ihnen entfernt. Es würde nichts bringen, die anderen zu warnen, deshalb handelte Robert automatisch. Er warf sich nach vorne und stieß Marc mit seinem Schwung in die offene Luke. Schmerz zuckte durch seine Schulter, als ihn die Kugel streifte und er auf dem Boden landete. Mühsam versuchte er sich aufzurappeln, dann wurde er unvermittelt gepackt und in den Hubschrauber geschoben. Ihm wurde schwarz vor Augen, als ihn der Schmerz bei der Bewegung erneut durchfuhr.

»Was ist passiert, ist er …?« Eine Frauenstimme drang in sein Bewusstsein.

»Nein, er lebt noch. Nur eine Fleischwunde.« Robert spürte, wie etwas an seinem Arm zerrte. Der Schmerz wurde heftiger. »So ein Verrückter, wenn er sich nicht nach vorne geworfen hätte, wäre er nicht getroffen worden.«

Robert erkannte Marcs Stimme wieder. Sein Sohn schien immer noch nicht besonders gut auf ihn zu sprechen zu sein. Mühsam versuchte er, die Augen zu öffnen, doch die Frau – Ivory Callaghan – antwortete bereits.

»Ich glaube eher, dass er dir das Leben gerettet oder zumindest einiges an Schmerzen erspart hat. Hätte er dich nicht nach vorne gestoßen, hätte dich die Kugel getroffen, so viel ist sicher.«

Ein kurzes Schweigen entstand, dann erklang Marcs seltsam raue Stimme. »Tatsächlich?«

»Ja.« Eine tiefe, kräftige Stimme, die Robert zu dem bulligen Typen aus dem Hubschrauber zu passen schien. »Er hat sich umgeschaut und sich dann nach vorne geworfen. Sehr mutig, die Kugel hätte ihn auch töten können.«

Robert hätte es eher dumm genannt, aber da er sein Ziel, Marc zu retten, erreicht hatte, konnten sie ihn auch ruhig mutig nennen. Er zuckte zusammen, als etwas an seiner Schulter zerrte, und öffnete die Augen.

»Er kommt zu sich.« Ivory beugte sich über ihn, sie musterte ihn besorgt.

Sehr schöne Augen hatte sie, hellblau, ein starker Kontrast zu ihrer Hautfarbe. Robert befeuchtete seine Lippen und versuchte zu sprechen, doch es kam nur ein Krächzen heraus.

»Moment, hier haben Sie etwas zu trinken.« Ivory hob seinen Kopf an und hielt ihm eine Flasche Wasser an den Mund.

Er trank gierig ein paar Schlucke, räusperte sich und versuchte es dann erneut. »Sind wir in Sicherheit? Seid ihr verletzt?«

Marcs Gesicht erschien in seinem Blickfeld. »Wir sind schon auf halbem Weg zum Haus. Außer dir wurde niemand verletzt. Wie konntest du …« Er brach ab, als ihm Ivory die Hand auf den Arm legte. »Wir reden später.«

Ivory strich mit einem Tuch über Roberts Gesicht. Es fühlte sich gut an, so umsorgt zu werden, vor allem von einer Frau. Es war lange her … Robert schüttelte den Gedanken ab. »Was ist mit meiner Schulter?« Sie tat höllisch weh, aber er würde eher sterben, als das zuzugeben.

»Glücklicherweise war es wohl nur ein Streifschuss, das Gewebe ist verletzt, aber der Knochen ist heil, soweit ich das beurteilen kann.« Sie lächelte ihm zu. »Ich möchte keinen Schmutz in die Wunde bringen, deshalb untersuchen wir Sie im Haus noch einmal gründlich und rufen dann den Arzt.«

»Keinen Arzt.«

»Aber …«

Robert schnitt eine Grimasse, als er versuchte, den Arm zu bewegen. »Ich hasse diese Typen. Sie nehmen immer nur Geld, helfen einem aber nicht richtig.« Gut, das war vermutlich übertrieben, aber er wollte nicht, dass ihn jemand fragte, wo er die Schusswunde herhatte und was zum Teufel er noch auf seiner enteigneten Farm trieb. Es wäre besser, erst einmal nicht aufzufallen, bis er sich entschieden hatte, was er jetzt tun würde. Wenn er überhaupt etwas tun konnte, er war gegen die Entscheidungen der Behörden machtlos.

»Einer meiner Freunde ist Arzt, wenn Ihre Wunde ernst sein sollte, werde ich ihn anrufen, damit er sie sich ansieht.« Ihr Tonfall duldete keinen Widerspruch.

»Ich hoffe, du bist nicht so starrköpfig wie Kai.« Ungeduld klang in Marcs Stimme mit.

Irgendwoher musste der Junge das ja haben, und er hatte den Verdacht, dass auch Marc in dieser Hinsicht nach ihm kam. Wobei allerdings auch Mariama immer ihren eigenen Kopf gehabt hatte. Diesmal loderte der Schmerz in seinem Innern. Trauer um all das, was er – was sie alle – verloren hatten, presste ihm die Kehle zu. Seine Söhne waren bereits Männer, während sie in seiner Erinnerung noch kleine Kinder waren, Kai gerade erst den Windeln entwachsen. Und was hätte er darum gegeben, dabei zu sein, als sich das erste Grau in Mariamas Haare geschlichen hatte. Es war eine Zeit, die für immer verloren war, etwas, das nicht nachgeholt werden konnte. Robert schloss die Augen, um nicht Marcs vorwurfsvollen Blick ertragen zu müssen oder das Mitleid, das er bei Ivory zu erkennen glaubte.

Robert wusste nicht, wie viel Zeit vergangen war, als der Hubschrauber mit einem harten Ruck auf dem Boden aufsetzte und ihm ein Stöhnen entlockte. Die Tür wurde aufgerissen. Grelles Sonnenlicht schien ins Innere und direkt in seine Augen. Geblendet schloss er sie für einen Moment. Die anderen redeten durcheinander und verschwanden nach und nach, bis nur noch Marc übrig blieb.

»Kannst du aufstehen oder sollen wir dich tragen?«

Robert blinzelte zu Marc hoch, der nur noch eine dunkle Silhouette gegen die Sonne war. »Die Kerle haben meine Schulter getroffen, mit meinen Beinen ist alles in Ordnung.« Jedenfalls hoffte er das. »Wenn du mir hochhelfen würdest …«

Marc schob seine Schulter unter Roberts Achsel und half ihm, sich langsam aufzurichten. Robert konnte spüren, wie das Blut aus seinem Kopf wich, er schwankte und wäre hingefallen, wenn Marc ihn nicht gestützt hätte. Verdammt nochmal, wenn er Ivory glauben konnte, dann war es nur ein Ritzer, kein Grund, ohnmächtig zu werden. Anscheinend bewahrheitete sich gerade die Weisheit, dass kleine Kratzer am meisten schmerzten. Er biss die Zähne zusammen, während er darauf wartete, dass sein Kreislauf wieder in Schwung kam.

Marc blieb bei ihm stehen, bis er sich aufrichtete. »Alles klar?«

»Ja.« Seine Stimme klang selbst in seinen eigenen Ohren schwach. Er räusperte sich und versuchte es nochmal. »Gehen wir.«

Marc sprang zuerst zu Boden und hielt Robert dann den Arm hin, damit er sich darauf abstützen konnte, als er selber weit weniger elegant den Hubschrauber verließ. Aber immerhin lief er auf seinen eigenen Beinen, das war schon mehr, als er gehofft hatte. Nachdem er sicher war, nicht gleich wieder umzukippen, sah Robert zum ersten Mal auf. Er blinzelte gegen die Sonne … und sah eine Erscheinung. Abrupt blieb er stehen und starrte das Trugbild an, das ihm vorgaukelte, Mariama wäre hier, auf der Farm, nur wenige Schritte von ihm entfernt. Sein Herz begann zu hämmern, sein Mund wurde trocken. *Mariama.* Es konnte nur eine Fata Morgana oder, noch schlimmer, die Folge eines Deliriums sein, trotzdem ging er darauf zu, schneller, so schnell es seine Verletzung zuließ. Mariama schien in den Hitzewellen auf ihn zuzuschweben, schwerelos, fast ätherisch.

Einen Meter vor ihr blieb er stehen, unsicher, was er jetzt tun sollte. Tränen standen in Mariamas Augen, die Arme hatte sie um ihren Körper gelegt, als würde sie frieren. Alles in ihm verlangte danach, sie zu umarmen und nie wieder loszulassen, doch er wusste nicht, wie sie auf eine Berührung reagieren würde. Er bekam nicht mehr mit, was um ihn herum geschah, die anderen Menschen waren in den Hintergrund getreten. Schließlich räusperte er sich.

»Hallo, Mariama.« Es schmerzte, ihren Namen laut auszusprechen.

»Robert.« Ihre Stimme klang wie früher, sanft, mit einem warmen Timbre, das noch jetzt sein Herz stillstehen ließ. Ihr Blick glitt zu seiner Schulter. »Bist du verletzt?«

»Nur eine Fleischwunde.« Die er nicht einmal mehr fühlte, seit seine Aufmerksamkeit nur noch seiner Frau galt. Zögernd trat er einen Schritt näher. Ihr Geruch strömte ihm in die Nase, vertraut und doch auch fremd. »Was tust du hier?« Er zuckte zusammen, als er merkte, wie falsch die Frage klang.

Mariamas Augenbraue schoss in die Höhe. »Ich kümmere mich um Kai und versuche herauszufinden, was hier eigentlich vorgeht. Wo bist du gewesen, Robert?«

»Das erzähle ich dir drinnen.« Er streckte die Hand aus, ließ sie dann aber wieder sinken. »Darf ich …«

Obwohl er nicht zu Ende sprach, schien Mariama ihn zu verstehen. So war es früher schon gewesen. Sie machte den letzten Schritt auf ihn zu und schlang ihre Arme um seine Taille, die Wange bettete sie an seine Brust. Robert legte seinen unverletzten Arm um sie und hielt sie, so fest er konnte, ohne ihr wehzutun. Die Augen geschlossen, genoss er das Gefühl, Mariama wieder an sich zu spüren, ihr so nahe sein zu können. Der Schmerz der vergangenen zwanzig Jahre brach hervor und raubte ihm den Atem. Robert vergrub sein Gesicht in ihren Haaren und ließ seinen Tränen freien Lauf. Oh Gott, wie könnte er sie je wieder gehen lassen? Es würde ihn umbringen, das wusste er jetzt. Das Blut rauschte in seinen Ohren und steigerte sich zu einem Dröhnen. Erst als ihm ein Windstoß durch die Haare fuhr, verstand er, dass nicht sein Blut die Ursache war, sondern der Hubschrauber, der gerade wieder startete.

Robert hob den Kopf und zwang sich, Mariama wieder freizugeben. Unauffällig wischte er sich über das Gesicht, damit sie seine Tränen nicht sah, dann blickte er sie an. »Wollen wir ins Haus gehen?«

Mariama nickte stumm. Auch ihre Wangen waren feucht, ihre Augen schimmerten wie grüne Bergseen. Sie schlang ihren Arm um seine Taille und legte seinen gesunden Arm auf ihre Schulter, um ihn zu stützen. Er sagte ihr nicht, dass das nicht nötig war, denn er genoss es, ihr so nah zu sein. Als er aufblickte, stellte er fest, dass Marc und Ivory immer noch in der Nähe waren, genauso wie Mugambo und Amali sowie ein hochgewachsener junger Mann, den er von den Fotos als Kai erkannte. Während Marc mehr von ihm selbst hatte, war Kai eindeutig der Sohn seiner Mutter, von den helleren Haaren bis hin zu dem umwerfenden Lächeln, aufgrund dessen er sich in Mariama verliebt hatte. Sein Herz tat einen schmerzhaften Sprung. Langsam gingen sie auf Kai zu.

»Kai, ich glaube nicht, dass ich dir schon erlaubt hatte, aufzustehen.« Ein Lächeln war in Mariamas Stimme zu hören. »Das ist Robert, dein Vater.«

Kais Grinsen war erloschen, schweigend musterte er ihn einen Moment lang. »Ja, ich weiß. Er sieht aus wie Marc.«

»Oder anders herum.« Robert hatte Mühe, die Worte durch seine eng gewordene Kehle herauszupressen. »Marc sagte, du hättest versucht, mich zu finden. Danke.«

Kai hob die Schultern und zuckte zusammen. »Sieht so aus, als hätte er mehr Erfolg gehabt.«

Marc mischte sich ein. »Nein, ohne Ivorys Hilfe wäre ich vermutlich genau dort gelandet, wo du auch warst. Du siehst besser aus, Kai.«

»Und du schlechter. Habt ihr euch irgendwo im Schlamm gewälzt?«

Marc schnitt eine Grimasse. »So ähnlich.« Er legte seinem Bruder eine Hand auf die Schulter. »Ich bin froh, dass es dir besser geht.« Damit ging er zum Haus, Ivory dicht hinter sich.

»Ich glaube, es ist besser, wenn du dich erst mal setzt und wir uns deine Schulter ansehen, Robert.« Es war eindeutig ein Befehl. Wie sehr hatte ihm das gefehlt!

Robert trat einen zögernden Schritt auf Kai zu und hielt ihm seine Hand hin. »Ich freue mich, dich wiederzusehen, mein Sohn.« Am liebsten hätte er ihn umarmt, aber er hatte keine Ahnung, ob es Kai recht gewesen wäre.

Kai ergriff die Hand und drückte sie fest. »Ich mich auch. Ich habe mich immer gefragt, wie dieser Moment wohl sein würde …« – er deutete auf ihre diversen Verletzungen und lachte – »… aber auf so etwas wäre ich nie gekommen.«

Mariama hakte sich bei Kai unter. »Lasst uns reingehen, ich möchte nicht, dass einer von euch beiden gleich im Sand liegt.«

Robert konnte sich nichts Schöneres vorstellen, als sich auf das Sofa zu setzen, Mariama neben sich, und einfach nur das weiche Polster zu genießen. So viele Wochen auf dem harten Boden zu übernachten hatte ihm gezeigt, dass er in seinem Alter doch ein wenig Komfort brauchte, um sich richtig wohlzufühlen. Es fühlte sich merkwürdig an, auf einmal wieder seine Familie im Haus zu haben, wie ein Traum. Hoffentlich zerplatzte er nicht so schnell wieder, er könnte sich daran gewöhnen, endlich wieder Stimmen im Haus zu hören, Lebendigkeit und Freude. Wobei Letzteres noch Wunschdenken war, wie er erkannte, als Marc ihn angespannt ansah. Er stand an die Wand gelehnt, die Arme über der Brust verschränkt, die Augenbrauen zusammengezogen. Ivory war nirgends zu sehen. Robert ließ sich mit einem Seufzer auf das Sofa sinken.

»Wo ist Ivory geblieben?«

Marcs Miene hellte sich auf, als der Name genannt wurde. »Sie telefoniert gerade mit ihrem Kontakt bei der Behörde.«

»Wegen der Verbrecher?«

»Nein, um die kümmert sich ihre Eingreiftruppe mit dem Hubschrauber.« Marc strich sich über die zerzausten Haare. »Wir nehmen an, dass es bei der Enteignung nicht mit rechten Dingen zuging, und genau das will sie nun herausfinden.«

Robert war sprachlos. »Danke.«

Es war Marc anzusehen, dass er mit sich kämpfte. Schließlich nickte er knapp. »Es ist unser Land. Karl und Elise haben so viel Zeit und Kraft in die Farm gesteckt, genauso wie ihr auch, es wäre nicht richtig, wenn man sie uns einfach so wegnehmen würde.«

Mariama setzte sich neben Robert und umfasste seine Hand. »Hoffentlich findet sie etwas heraus. Ich kann mir nicht vorstellen, warum sie gerade unsere Farm enteignen sollten. Die Farmen weiter nördlich sind doch deutlich fruchtbarer.«

Marc blickte von ihr zu Robert. »Ich denke nicht, dass sie – wer auch immer *sie* sind – an Viehwirtschaft Interesse haben. Oder?« Sein Blick war herausfordernd.

Robert rieb sich müde über das Gesicht. »Nein, vermutlich nicht.«

Marcs Lippen wurden vor Wut schmal. »Willst du uns nicht endlich sagen, was hier los ist? Warum bist du einfach so verschwunden? Woher kommen all die Männer, die hinter dir her sind und nicht mal davor zurückschrecken, Menschen zu töten?«

Erschöpft schloss Robert die Augen. Er wusste nicht, ob er die Fragen beantworten konnte, doch wenn Marc nach ihm kam – was er befürchtete –, dann würde er so lange nicht locker lassen, bis er eine befriedigende Antwort hatte. Nicht umsonst war er Kriminalkommissar geworden.

»Lass deinen Vater doch erst mal zu Atem kommen, Marc. Er ist verletzt und sicher müde nach all der Zeit dort draußen. Wir können später immer noch darüber reden.« Es lag ein entschlossener Unterton in Mariamas Stimme, der klarmachte, dass es keine Bitte, sondern ein Befehl war. »Amali müsste gleich mit dem Verbandszeug wiederkommen, dann sehen wir, ob du zu einem Arzt musst.« Ihre Hand strich sanft über seine Wange. »Oder sollen wir dich lieber nach oben ins Bett bringen?«

Mühsam schlug Robert die Lider auf. »Nein, dann komme ich nicht wieder herunter.«

»Das war auch Sinn der Sache.« Diesmal schwang Humor in ihrer Stimme mit.

Robert versank für einen Moment in ihren Augen, dann schüttelte er entschieden den Kopf. »Erst muss die ganze Sache geklärt werden, vorher haben wir alle keine Ruhe. Während ihr mich zusammenflickt, könnt ihr mir ja erzählen, wie ihr überhaupt hierherkommt. Oder warum ihr gekommen seid.«

Kai, der sich in den Sessel hatte fallen lassen, meldete sich zu Wort. »Nachdem Mama sagte, dass du verschwunden seist, bin ich kurzerhand hierhergeflogen und habe versucht, dich zu finden.« Er schnitt eine Grimasse. »Nicht sehr erfolgreich, wie ihr gesehen habt.«

»Hat Mugambo euch angerufen, oder woher wusstet ihr, dass ich unterwegs war?« Er zuckte zusammen, als Mariama das Tuch von der Wunde löste.

»Entschuldige.« Ihre Zähne in der Lippe vergraben, bemühte sie sich, den Stoff noch vorsichtiger zu entfernen.

»Ist schon gut.« Ihr Gesicht war dem seinen so nahe, dass er ihren Atem spüren konnte. Trotz der Schmerzen fühlte er auch Erregung in sich. Eine hervorragende Ablenkung, wenn auch etwas unangenehm vor all den Leuten.

»Um deine Frage zu beantworten: Nein, Mugambo hat getan, worum du ihn gebeten hast, und kein Sterbenswort gesagt. *Ich* habe hier angerufen, weil ich mit dir sprechen wollte, doch du warst nicht da. Als du Tage später immer noch ›unterwegs‹ warst, wurde ich unruhig. Ich wusste, dass du die Farm nicht so lange allein lassen würdest.« Mariama verzog den Mund. »Natürlich hatte ich da noch keine Ahnung, dass die Farm enteignet wurde. Wann hattest du eigentlich vor, mir das zu sagen?«

Verlegen senkte Robert den Blick. Er wusste, dass er es ihr hätte sagen müssen, doch er hatte es nicht über sich gebracht. Es war ihre Farm viel mehr als seine, ihre Eltern hatten sie aufgebaut, sie selber war hier geboren. Wie hätte er ihr sagen sollen, dass seinetwegen ihr Zuhause enteignet worden war? »Ich dachte, ich könnte es irgendwie noch verhindern. Es gibt keine Entschuldigung, Mariama, ich weiß, wie viel dir die Farm bedeutet.«

Sie sah ihn einen Moment schweigend an und nickte dann. »Ich wollte mit dir sprechen, um dir zu sagen, dass Heidrun Steinfels gestorben ist.«

Roberts Kopf ruckte so schnell hoch, dass sein Nacken protestierend knackte. »Was?« Schock und ein vages Gefühl der Trauer durchzuckten ihn. Heidrun war tot? Ihr junges Gesicht stand ihm noch vor Augen, von dem letzten Mal, dass er sie gesehen hatte. Natürlich war sie ebenso alt gewesen wie er selbst, aber zum Sterben war es doch noch viel zu früh. »Ein Unfall?«

»Krebs.« Mariama zögerte. »Es tut mir leid, ich weiß, dass sie dir früher viel bedeutet hat.«

»Sie war ein Teil meines Lebens, und ich mochte sie sehr. Es ist traurig, dass ihr nicht mehr Zeit blieb. Auch für ihre Tochter.« Der Gedanke an Clarissa verstärkte den Druck auf seiner Brust. Sie war so ein niedliches kleines Mädchen gewesen, er konnte nur hoffen, dass sie nicht nach Gunter kam. Inzwischen musste sie auch schon … in Gedanken rechnete Robert nach … achtunddreißig Jahre alt sein. Wie war nur die Zeit vergangen?

»Ich habe sie gesehen.«

Verwirrt sah Robert Mariama an. »Clarissa?«

»Ja, die auch, aber ich meinte Heidrun. Kurz vor ihrem Tod hat sie mich um ein Treffen gebeten. Sie war schon sehr krank und konnte das Bett nicht mehr verlassen, deshalb bin ich zu ihr nach Hause gefahren.«

Wut kroch in ihm hoch. Nur mit Mühe bekam er seine Zähne auseinander. »War Gunter auch da?«

»Nein, ich habe ihn nicht gesehen.« Nachdenklich starrte Mariama auf ihre Hände. »Ich glaube nicht, dass er da war. Sie scheinen kein gutes Verhältnis gehabt zu haben, ich hatte sogar das Gefühl, dass Heidrun ihren Mann gehasst hat. Aber das kann ich nicht beurteilen, ich kannte sie ja nicht näher.« Sie sah Robert direkt in die Augen. »Ich glaube, sie hat dich immer noch geliebt und es bedauert, damals nicht mit dir fortgegangen zu sein.«

Ein weiterer schmerzhafter Stich in seiner Herzgegend. »Sie hat ihre Wahl getroffen, und ich meine.« Mit einem Finger strich er über Mariamas Wange. »Und ich bedauere meine Entscheidung keine Sekunde. Nicht damals, nicht jetzt und auch nicht in Zukunft.«

Mariama lächelte zittrig. »Das ist gut zu wissen.« Jemand räusperte sich, und sie rückte von ihm ab, Röte stieg ihr in die Wangen.

»Was wollte Heidrun von dir?«

»Sie hat mir von dem Unglück in Norwegen erzählt.« Forschend blickte Mariama ihn an. »Das du in all unseren Ehejahren nicht ein einziges Mal erwähnt hast.«

Robert fühlte sich wie zu Eis erstarrt. Auch jetzt noch, fast vierzig Jahre später, hatte er hin und wieder Albträume. So sehr er es auch versucht hatte, er konnte seine Schuld nicht vergessen. Und auch nicht seine Feigheit, nie nach Deutschland zurückgekehrt zu sein und sich der Justiz in Norwegen gestellt zu haben. Marcs verächtlicher Blick schien darauf hinzudeuten, dass sein Sohn es genauso sah. Als Polizist musste er das wohl auch. Wie sollte er Mariama erklären, was er empfunden, warum er ihr nie davon erzählt hatte? Auf jeden Fall musste er es versuchen, denn er wollte Mariama nicht noch einmal verlieren. »Ich habe dir nie davon erzählt, weil ich mich für mein Versagen geschämt habe. Mein Gutachten hat den Bau des Staudamms befürwortet, damit war es meine Schuld, dass diese armen Menschen umgekommen sind.«

»Bist du deshalb aus Deutschland geflohen?«

Robert nickte langsam. »Die Albträume ließen mir keine Ruhe – und auch die Situation mit Heidrun und Gunter nicht. Ich wollte Abstand gewinnen, etwas ganz Neues beginnen, deshalb bin ich nach Namibia gekommen. Von den Ermittlungen habe ich erst später erfahren, zu der Zeit kannte ich dich schon und wollte nicht mehr nach Deutschland zurück.«

»Du wusstest also nichts von dem Geld, das Gunter von dem Kraftwerksbetreiber bekommen hatte?«

Erstaunt sah Robert Mariama an. »Welches Geld?«

»Sie haben ihn bestochen, damit er ein positives Gutachten liefert, sagte Heidrun.«

Verwirrt schüttelte Robert den Kopf. »Nein, das kann nicht sein. Meine Berechnungen …« Er brach ab, als ihm klar wurde, was das bedeutete. Das Blut wich aus seinem Gesicht. »Oh mein Gott! Warum bin ich nie darauf gekommen? Er muss meine Berechnungen manipuliert haben.«

»Er hat die Messergebnisse gefälscht, bevor du die Berechnungen angestellt hast. Heidrun hat die Beweise all die Jahre aufbewahrt.«

»Warum hat sie sie damals beim Prozess nicht vorgelegt?«

»Da du außer Reichweite der norwegischen Justiz warst, hat sie das gemacht, was sie für das Richtige für sich und ihre Tochter hielt: Sie hat ihren Mann beschützt. Ihr Leben, ihre Zukunft.«

Robert lachte bitter auf. »So kann man sich in Menschen täuschen. Ich hätte nicht geglaubt, dass Heidrun mich so ausliefern würde.«

»Du warst weit weg, Robert. Ich will ihr Schweigen ganz sicher nicht verteidigen, es war falsch. Aber ich kann sie ein wenig verstehen, ich hätte auch alles getan, um meine Kinder zu schützen.« Ihre Augen waren feucht. »Ich habe sogar mein Leben und den Mann, den ich liebte, zurückgelassen, um sie in Sicherheit zu bringen.«

Liebte. Vergangenheitsform. Hieß das, sie liebte ihn nun nicht mehr? Vermutlich konnte er das nach zwanzig Jahren auch nicht erwarten, aber trotzdem fühlte sich sein Herz an, als wäre es in tausend Stücke zersprungen.

Ein unangenehmes Schweigen herrschte im Raum, Kai und Marc tauschten einen betretenen Blick aus. Robert richtete sich langsam auf und rückte ein Stück von Mariama ab. Es tat zu weh, ihr so nahe zu sein und sie nicht berühren zu können. »Was hast du mit dem Beweis gemacht?«

»Ich habe ihn mitgebracht. Er ist oben in meinem Koffer, ich hole ihn …« Sie erhob sich, blieb dann aber plötzlich stocksteif stehen.

»Das ist nicht nötig, ich habe ihn schon gefunden.« Die altbekannte Stimme ließ Robert das Blut in den Adern gefrieren. Gunter Steinfels trat durch den Türrahmen und schob Ivory vor sich her. Als Marc automatisch einen Schritt auf sie zu machte, schüttelte er den Kopf. »Oh nein, bleiben Sie schön da, wo Sie sind. Meine Waffe ist genau auf das Herz dieser netten Lady gerichtet, Sie wollen sicher nicht, dass sie stirbt, oder?«

Marc blieb stehen, als hätte jemand bei ihm den Stecker gezogen. Nur an seinem Gesichtsausdruck war zu erkennen, wie gerne er Gunter angegriffen hätte. Doch der lachte nur. »Die Ähnlichkeit ist wirklich verblüffend. Wie hast du es nur geschafft, Robert, einen Sohn zu zeugen, der dir so ähnlich ist, obwohl er die meiste Zeit ohne dich auskommen musste? Es muss eindeutig an den Genen liegen.« Er machte eine wegwerfende Handbewegung. »Aber kommen wir zur Sache. Nachdem ich das habe, was ich wollte, bleibt nur noch eine Kleinigkeit zu tun, auf die ich schon sehr, sehr lange warte.«

Es war eindeutig, was er meinte. Fieberhaft überlegte Robert, wie er seine Familie in Sicherheit bringen konnte. Marc sah aus, als wären seine Nerven zum Zerreißen gespannt, und auch Kai wirkte, als würde er jeden Moment auf Gunter losgehen wollen. Egal, was passierte, sie durften auf keinen Fall verletzt werden! »Lass die anderen gehen, und wir können in Ruhe besprechen, wie es weitergeht.«

»Das ist nicht nötig, ich weiß, wie es weitergehen wird.« Sein Lächeln war unangenehm. »Und da du mir meine Familie genommen hast, sehe ich nicht ein, warum ich deine verschonen sollte.«

»Wie kommst du darauf, dass ich dir irgendetwas genommen hätte? Ich war die letzten vierzig Jahre in Namibia und hatte keinen Kontakt zu deiner Familie.« Roberts Stimme wurde sanfter. »Ich habe gerade gehört, dass Heidrun gestorben ist, es tut mir furchtbar leid.«

In Gunters Gesicht arbeitete es, schweigend sah er Robert an. Dann siegte sein Hass. »Das glaube ich kaum, schließlich hat sie dir zum Abschied ja noch ein Geschenk gemacht.« Er hielt ein zerknülltes Stück Papier hoch. »Willst du wissen, was sie mir zum Abschied gesagt hat?«

»Nein.«

Gunter sprach weiter, als hätte er Robert gar nicht gehört. »Sie sagte, es sei ein Fehler gewesen, sich damals für mich zu entscheiden. Und dass sie dir die Beweise zukommen lässt, damit endlich die Wahrheit ans Licht kommt. Es ist unglaublich, da hat sie die ganzen Jahre von meinem Geld gelebt, und dann ist das alles plötzlich nicht mehr gut genug? Sie hat sich nie darüber beschwert, wenn sie sich wieder etwas Neues kaufen konnte oder dass ihre Tochter so lange studieren durfte, wie sie wollte. Aber im Nachhinein die Nase zu rümpfen und es mir vorzuwerfen, wie ich das Geld verdient habe, das sie durchgefüttert hat!« Gunters Gesicht war wutverzerrt. Er hatte immer noch dieselbe kräftige Statur, aber es war ihm anzusehen, dass er mit sich und seinem Körper Raubbau getrieben hatte. Seine Augen waren gerötet, sein Gesicht aufgedunsen. Er wirkte wie jemand, der regelmäßig zu viel trank, die Hand mit dem Beweisstück zitterte.

»Ich kann verstehen, dass dich das aufregt, Gunter, aber warum kommst du dann hierher?«

»Weil du schuld an allem bist. Du hast Heidrun damals gegen mich aufgebracht und versucht, sie mir wegzunehmen. Aber das ist dir nicht gelungen, weil du nämlich nicht das hattest, was sie wollte: Geld.«

Robert trat einen Schritt vor, sodass er Mariama mit seinem Körper schützen konnte, falls Gunter anfangen sollte zu schießen. »Ich habe Heidrun nicht gegen dich aufgebracht, du hast sie mit deiner Art und dem Mangel an Aufmerksamkeit verletzt. Sie kam zu mir, weil sie einsam war. Und vielleicht auch, um dich eifersüchtig zu machen, denn du hast dich um alles andere gekümmert, nur nicht um sie und eure Tochter.«

Gunters Mund verzog sich höhnisch. »Verstehe, dann bin ich also der Schuldige. Ihr hattet Sex miteinander, weil ich euch, meinen Partner und meine mich ach so liebende Frau, einander in die Arme getrieben habe. Nein, mein Lieber, es war anders, ihr beide habt mich hintergangen, hinter meinem Rücken eine Affäre begonnen, während ich versucht habe, die Firma am Leben zu halten.«

Robert zuckte zusammen. Auch wenn es schon so lange her war, hatte er immer noch ein schlechtes Gewissen deswegen, und Gunter schien das genau zu wissen. »Ja, es war falsch, aber es ist nun einmal passiert und leider nicht mehr rückgängig zu machen. Ich bin gegangen, und sie ist bei dir geblieben. Ihr seid Jahrzehnte zusammen gewesen, warum, wenn nicht aus Liebe?«

»Sie wollte finanzielle Sicherheit für sich und Clarissa, deswegen.«

»Warum hast du dich dann nicht von ihr getrennt?«

Ein Muskel zuckte in Gunters Wange. »Weil ich wollte, dass Heidrun für das büßt, was sie getan hat.«

»Als hättest du nie Affären gehabt!« Robert konnte nicht glauben, wie sehr er sich in seinem damaligen Partner getäuscht hatte. Was war das für ein Mensch, der einen anderen an sich band, nur um ihm wehzutun?

»Das war etwas anderes.«

»Warum, weil du ein Mann bist? Ich hätte nie gedacht, dass du dermaßen sexistisch bist, Gunter.«

»Ich hätte ihr verzeihen können, dass sie mit einem anderen Mann herummacht, aber nicht, dass sie so tut, als wäre ihre Tochter mein Kind.« Gunter zitterte vor Wut, sein hochrotes Gesicht glänzte feucht.

Verwirrt sah Robert ihn an. »Von wem redest du?«

»Von Clarissa natürlich! Stell dich nicht dümmer, als du

bist.« Gunter schob Ivory grob zur Seite und trat näher an Robert. Die Pistole war nun direkt auf seine Brust gerichtet. »Oder versuchst du gerade, dich aus der Affäre zu ziehen? Das wird dir nicht gelingen, mein *Freund*.« Das letzte Wort klang wie ein Schimpfwort.

»Clarissa ist deine Tochter. Von wem sollte sie sonst sein?«

Heidrun war Gunter seines Wissens nur ein einziges Mal untreu gewesen, und das war, als sie bei ihm Trost gesucht hatte. Robert konnte sich nicht vorstellen, dass sie davor schon eine Beziehung eingegangen war, aus der sie Gunter sogar ein Kind untergeschoben hatte. Als er die beiden kennengelernt hatte, waren sie so glücklich gewesen, so verliebt, sie hätte im Traum nicht daran gedacht, fremdzugehen. Erst als Gunter sich mehr um sein Geld gekümmert hatte und immer öfter weggeblieben war, hatte sie einen Ersatz gesucht.

»Musst du das wirklich noch fragen? Sie ist dir wie aus dem Gesicht geschnitten!«

Robert fühlte sich, als hätte er einen Schlag in den Magen bekommen. Mariamas entsetztes Einatmen machte ihm bewusst, dass seine Familie jedes Wort mit anhörte und vor allem in unmittelbarer Gefahr schwebte, wenn Gunter völlig durchdrehen sollte. Deshalb hielt er seine Stimme sehr ruhig, als er antwortete. »Gunter, Clarissa war schon über ein Jahr alt, als Heidrun und ich … uns näherkamen. Clarissa kann mir nicht ähnlich sehen, denn sie ist auf keinen Fall meine Tochter.«

»Du denkst also, Heidrun hätte auf ihrem Totenbett gelogen?«

»Sie hat dir gesagt, Clarissa wäre meine Tochter?« Das konnte gar nicht sein.

»Nein, sie hat es aber auch nicht abgestritten, als ich sie damit konfrontiert habe.« Er hob seine Hand. »Und sie war bei klarem Verstand, falls du das gerade einwenden wolltest. Sie wusste genau, was sie sagte.«

»Dann hat sie es vielleicht nicht abgestritten, um dir wehzutun. Ich kann dir nicht sagen, was in ihrem Kopf vor sich ging. Aber ich kann dir versichern, es ist völlig unmöglich, dass Clarissa meine Tochter ist.« Er senkte die Stimme. »Wenn sie es wäre und ich es gewusst hätte, hätte ich sie ganz sicher nicht bei dir gelassen, sondern alles dafür getan, sie zu mir zu holen.«

»Du elender …« Gunter schrie fast, sein ganzer Körper bebte vor Wut.

»Deshalb warst du also immer so kühl zu mir und hast mich ignoriert.« Eine Frauenstimme unterbrach ihn. Die Frau trat aus dem Gang ins Zimmer. Wie gebannt sah Robert sie an. Zuletzt hatte er Clarissa gesehen, als sie noch Windeln trug. Sie sah aus wie Heidrun, sie hatte die gleichen schwarzen Haare. Und sie hatte Gunters braune Augen. »Ich habe mich mein ganzes Leben gefragt, was ich falsch gemacht habe, warum alles, was ich tat oder sagte, unwichtig für dich war. Ich habe immer gedacht, es wäre einfach deine Art und du könntest deine Liebe nicht richtig zeigen, aber das war es offenbar nicht. Du dachtest, ich wäre nicht deine Tochter, und deshalb hast du mich gehasst.«

Gunter war zu ihr herumgewirbelt und hatte dabei die Pistole in seiner Hand ganz vergessen. »Clarissa! Wie kommst du hierher?«

»Vermutlich genauso wie du.« Sie sah seltsam fehl am Platz aus mit ihrer eleganten Kleidung und der hellen Haut. »Ich habe eine Bestätigung für das Ticket nach Windhoek und diese Adresse auf deinem Schreibtisch gefunden. In ihrem Brief an mich hat Mutter den Namen Robert Wolf erwähnt, also bin ich dir gefolgt, weil ich wissen wollte, was du hier so Wichtiges zu erledigen hast. Eigentlich sollte es mich nicht mehr schockieren, dass du dich in dieses Haus geschlichen hast und nun die Leute mit einer Pistole bedrohst. Du denkst immer nur an dich und an niemanden sonst. Du hast Mutter und mir das Leben zur Hölle gemacht, einfach weil du dich rächen wolltest.« Sie wandte sich an Robert. »Sind Sie mein richtiger Vater?«

Bedauern stieg in ihm auf. »Leider nicht. Ich wünschte, ich wäre es.« Er spürte die Berührung von Mariamas Hand an seiner und schloss die Finger darum. »Dein Vater und deine Mutter waren zu der Zeit, als du gezeugt wurdest, noch sehr glücklich miteinander, ich halte es für ausgeschlossen, dass Heidrun damals ein Verhältnis hatte. Außerdem hast du Gunters Augen. Es ist mir unbegreiflich, wie er jemals so etwas denken konnte.«

Gunter hatte sich von seinem Schock erholt und richtete die Waffe wieder auf Robert. »Rede nicht von mir, als wäre ich nicht im Raum! Clarissa, geh raus und warte dort auf mich.«

»Nein.« Ihr Gesicht war bleich, aber die Stimme klang fest.

»Ich verlange von dir, dass du mir gehorchst! Geh …«

Clarissa wirbelte zu ihm herum und zeigte mit dem Finger auf ihn. »Du hast mir überhaupt nichts mehr zu sagen! Du hast mich nie gewollt – und jetzt will ich dich nicht mehr. Ich war nur Mutter zuliebe noch höflich zu dir, aber jetzt ist sie tot, und ich kann dir endlich sagen, was ich von dir halte. Geh du, und zwar direkt zum Teufel!« Ihr schlanker Körper bebte, doch sie hielt seinem Blick stand, ohne mit den Wimpern zu zucken.

Gunter sah aus, als hätte ihm noch nie jemand so deutlich ins Gesicht gesagt, was er von ihm hielt. »Du kannst mich nicht …«

»Doch, ich kann. Du hast selbst gesagt, dass ich nicht deine Tochter bin, also muss ich mich auch nicht mehr so verhalten, als ob ich es wäre. Ich bin endlich frei.«

Gunters Gesicht verzerrte sich. »So dankst du es mir also, dass ich dich jahrelang finanziell unterstützt habe. Ohne mich hättest du kein so gutes Leben gehabt.«

Clarissa sah ihn mitleidig an. »Geld ist nicht alles. Ich hätte es jederzeit liebend gerne getauscht gegen Eltern, die mich lieben. Ich hatte eine Mutter, die die meiste Zeit depressiv war, und einen Vater, der sich nicht um uns kümmerte.« Tränen standen ihr in den Augen. »Ich gehe jetzt, weil ich es nicht mehr mit dir in einem Raum aushalte.« Clarissa drehte sich um und ging auf die Tür zu.

»Bleib stehen.« Gunters Stimme klang leise und bedrohlich. Die Waffe hielt er jetzt auf Clarissas Rücken gerichtet. »Du wirst mich nicht verlassen, wie deine Mutter es tat.«

Clarissa sah über ihre Schulter zurück. »Doch, das werde ich. Erschieß mich, wenn dir das nicht passt.«

26

Oh Gott, erkannte sie denn nicht, wie nahe Gunter daran war, sie alle zu töten? Ihn jetzt zu reizen, könnte sie alle ins Verderben stürzen. Aber vielleicht war es ihr wirklich egal, ob sie lebte oder starb. Robert spannte die Muskeln an, als Clarissa sich umdrehte und weiter auf die Tür zuging. Irgendetwas musste er tun … Ein Schuss zerriss die Stille. Für einen Moment erstarrte er, dann sprang er vorwärts. Auch Marc und Kai stürzten sich auf Gunter, der mit einem Schrei zu Boden ging. Gemeinsam rangen sie ihn nieder, während Mariama sich um Clarissa kümmerte. Sein ehemaliger Partner wehrte sich, doch gegen drei Männer hatte er keine Chance. Ivory kniete sich neben ihn und wickelte Kabelbinder um seine Hand- und Fußgelenke. Die Pistole nahm sie an sich und hielt sie auf ihn gerichtet, bis sich alle aus Gunters Reichweite entfernt hatten.

Mariama kniete immer noch neben Clarissa. Zögernd ging Robert hinüber und hockte sich neben sie. »Ist sie …?«

Mariama sah zu ihm auf. »Sie ist unverletzt, ich glaube, er wollte sie nur erschrecken.«

Zusammengekauert lag Clarissa auf dem Boden, stumme Schluchzer erschütterten ihren Körper. Robert wollte ihr helfen, sie trösten, doch er wusste nicht wie. Er wusste, wie es war, lieblose Eltern zu haben, sich wie ausgestoßen zu fühlen. Mit ihrer Mutter hatte sie den einzigen Menschen verloren, der sie geliebt hatte, und nun hatte sie auch noch die Bestätigung dafür erhalten, dass ihr Vater sie nie akzeptiert hatte. Sanft legte er seine Hand auf ihren Rücken. »Du kannst so lange hierbleiben, wie du möchtest, Clarissa. Du bist jederzeit willkommen.« Jedenfalls solange er noch hier war, denn wenn die Enteignung tatsächlich rechtens war, würde er sich auch überlegen müssen, wohin er gehen könnte.

Clarissa hob den Arm von ihrem Gesicht und sah ihn ungläubig an. »Wirklich?«

»Natürlich. Ich habe deine Mutter sehr gemocht, und dich habe ich schon in Windeln gesehen. Du gehörst praktisch zur Familie.« Es kostete ihn Mühe, sich ein Lächeln abzuringen.

Mariama nickte bekräftigend. »Komm mit, du kannst dich in einem der oberen Zimmer ein wenig ausruhen, solange wir hier Ordnung ins Chaos bringen.«

Unsicher blickte Clarissa durch den Raum, die Zähne in ihre Lippe gegraben. »Danke.«

Mariama half ihr aufzustehen und führte sie zur Treppe. Dort drehte sie sich noch einmal zu ihm um und lächelte. Robert erhob sich und sah ihnen nach, bis sie im Obergeschoss verschwunden waren. Erschöpft rieb er sich über das Gesicht. Himmel, was für ein Tag, was für ein Durcheinander. Er wurde langsam eindeutig zu alt für so etwas.

Die Haustür wurde aufgerissen und knallte gegen die Wand. Alle fuhren zu dem neuen Eindringling herum, bereit, auch ihn zu bekämpfen. Erleichtert atmete Robert auf, als er Mugambo erkannte, der ein Gewehr schussbereit in der Hand hielt. »Was ist hier los? Ich habe einen Schuss gehört.«

»Alles in Ordnung, der Schütze wurde schon überwältigt.« Robert deutete auf Gunter. »Er muss wohl das Durcheinander bei unserer Ankunft ausgenutzt und sich im Haus versteckt haben.«

»Wer ist das?« Mugambo hatte den Gewehrlauf gesenkt, war aber immer noch wachsam.

»Mein ehemaliger Geschäftspartner aus Deutschland. Er wollte eine alte Sache regeln, hat aber inzwischen erkannt, dass er falsch informiert war. Richtig?«

Gunter sah ihn hasserfüllt an, sagte aber nichts. Anscheinend wollte er sich nicht überzeugen lassen, denn das würde bedeuten, dass er die eigene Tochter ihr ganzes Leben lang zu Unrecht von sich gestoßen hatte. Es war klar, dass sie ihm das nie verzeihen würde und er ohne seine Familie weiterleben musste. Hinzu kam noch das Papier, das Roberts Unschuld beweisen würde. Robert drehte sich ruckartig um. Wo war es hingekommen? »Wo ist das Beweisstück?«

Ivory hielt den Zettel hoch. »Hier. Ich habe versucht, das Papier ein wenig zu glätten. Ich denke, es ist alles Wichtige darauf zu erkennen.«

Robert sank erleichtert in sich zusammen. Auch wenn er jahrzehntelang ohne den Beweis gelebt hatte, wollte er nun doch die ganze Angelegenheit hinter sich bringen. Wenn das bedeutete, dass er nach Deutschland zurückkehren und sich der Polizei stellen musste, würde er das tun. Er nahm den Zettel vorsichtig entgegen. »Danke. So ein kleines Stück Papier, und es hat so viel Leid ausgelöst.«

Ivory lächelte ihn an. »Vielleicht interessiert Sie auch, was mein Informant herausbekommen hat. Ich war gerade fertig mit dem Telefonat, als mich der Kerl überraschte.« Sie verzog das Gesicht. »Normalerweise bin ich nicht so leicht zu überwältigen.«

Marc legte seine Hand auf ihre Schulter. »Du konntest ja nicht wissen, dass sich jemand im Haus versteckt hatte.«

Dankbar lächelte sie ihn an. »Guter Versuch.« Sie wandte sich wieder Robert zu. »Aber um aufs Thema zurückzukommen: Er hatte noch nicht genug Zeit, um besonders tief zu wühlen, doch wie es aussieht, gibt es ein großes Unternehmen, das hier in der Gegend Land kaufen will, ganz besonders *dieses* Stück Land. Da ihnen offenbar klar war, dass die jetzigen Besitzer die Fechnerfarm nie verkaufen würden, haben sie einige Beamte der Behörde bestochen, damit sie die Zwangsenteignung ins Rollen bringen.«

»Die Firma heißt nicht etwa Bodmin, oder?«

Erstaunt sah Ivory ihn an. »Doch, genau die. Woher wussten Sie das?«

»Ich habe 1966 für Bodmin gearbeitet, und schon damals war man dort sehr an diesem Stück Land interessiert. Doch ich habe Karl – meinen Schwiegervater – nicht zum Verkauf an Bodmin überredet, wie es eigentlich meine Aufgabe gewesen war, sondern stattdessen einen Teil des Landes selber gekauft. Das kam nicht sehr gut an bei der Firma. Nachdem ich merkte, dass Bodmin Geschäftspraktiken pflegte, die ich nicht akzeptieren konnte, habe ich gekündigt.«

Marc lehnte sich an den Türrahmen. »Und was haben sie dazu gesagt?«

Robert erinnerte sich noch zu gut an den Überfall in Windhoek und die Drohungen von Peltier. »Sie mussten es akzeptieren, denn ich hatte etwas herausgefunden, das auf keinen Fall an die Öffentlichkeit dringen durfte.«

»Was war das?«

»Sie haben den Farmern das Land unter Drohungen und Zwang für viel zu niedrige Preise abgekauft. Und vermutlich haben sie einen Reporter der Allgemeinen Zeitung, der zu diesem Thema recherchierte, beseitigt. Jedenfalls war er plötzlich verschwunden und ist nie wieder aufgetaucht, und sein Informant bei Bodmin ist kurz nach seiner Kündigung gemeinsam mit seiner Frau und seinen beiden Kindern bei einem merkwürdigen Autounfall ums Leben gekommen.«

Marc richtete sich ruckartig auf. »Ist das dein Ernst?«

»Ja. Ich habe damals mit einer Mitarbeiterin der *Allgemeinen Zeitung* gesprochen, die mit dem Reporter befreundet war. Sie übergab mir Kopien seines Recherchematerials. Und ich hatte mit dem Bruder des verstorbenen Bodmin-Mitarbeiters geredet, er hat mich überhaupt erst darauf gebracht. Ich traf also eine Abmachung mit dem Chef von Bodmin: Er lässt mich und meine Familie in Ruhe und dafür werde ich kein Wort über ihre Verfehlungen verlieren. Als Absicherung habe ich ein Paket mit den von mir zusammengetragenen Erkenntnissen bei meinem Freund Klaus deponiert, der es im Falle meines Todes der Polizei in Namibia und Deutschland übergeben wird.«

Marc runzelte die Stirn. »Warum hast du nicht gleich etwas gegen diese … gegen Bodmin unternommen? Das sind ja anscheinend Mörder!«

»Weil sie mir klargemacht haben, dass ihr Einfluss wesentlich weiter reicht als meiner. Meine Aussage wäre für sie vielleicht unangenehm gewesen und hätte schlechte Presse und eventuell die Aufnahme von Ermittlungen gegen sie bedeutet, aber letztendlich hätten sie gesiegt. Und ich musste auch an Mariama und ihre Eltern denken, sie konnten doch nicht einfach ihre Farm verlassen, um sich dem Einfluss von Bodmin zu entziehen. Eine Möglichkeit für mich wäre damals gewesen, Namibia zu verlassen, aber ich liebte eure Mutter und konnte mir nicht vorstellen, ohne sie zu leben. Außerdem wäre damit niemandem geholfen gewesen, denn Bodmin hatte es ja im Wesentlichen auf das Land abgesehen.« Er sah Marc und Kai an. »Meine Rechnung schien aufzugehen, und es passierte über fünfzehn Jahre lang nichts mehr. Bis zu dem Brand im Farmhaus.« Noch jetzt kamen Trauer und Wut in ihm hoch, wenn er daran dachte.

»Heißt das, Bodmin hatte etwas mit dem Brand zu tun?« Marcs Gesicht zeigte Zweifel.

»Das war immer meine Vermutung, aber es gab keine Beweise dafür. Noch heute weiß ich nicht, warum Bodmin nach all den Jahren plötzlich angegriffen hat. Ich kann mir nur vorstellen, dass sie vermuteten, ich hätte auf meinem Grundstück etwas gefunden. Wahrscheinlich haben sie gedacht, wenn sie es wie einen Unfall oder die Tat von Wilderern aussehen ließen, würde ich sie nicht verdächtigen und meine Beweise nicht gegen sie einsetzen. Ich erinnere mich noch daran, wie mich die Schwester des Ladenbesitzers Kramer kurz darauf ansprach, dass ich auf meinem Grundstück angeblich Bodenschätze gefunden hätte. Damals habe ich nicht weiter darüber nachgedacht, aber inzwischen frage ich mich, ob Bodmin nicht aufgrund dieser Gerüchte versucht hat, uns von unserem Land zu vertreiben.« Marcs Skepsis tat ihm weh, aber er konnte es seinem Sohn nicht verdenken. Beschwörend sah er ihn an. »Kurz danach stürzte Phils Flugzeug ab. Es wurde festgestellt, dass eine Bombe an Bord explodiert war. Wieder konnte nicht ermittelt werden, wer dahintersteckte.«

»Also kann es auch jemand anders gewesen sein.«

»Ja, aber das halte ich für unwahrscheinlich. Denn als ich in Phils Wohnung war, um seine Dinge zu ordnen, habe ich etwas gefunden, das ihn mit Bodmin in Verbindung brachte.«

Interessiert lehnte Kai sich vor. »Was war das?«

»Ein Notizbuch, in dem er sämtliche Flüge, die wir zusammen unternommen hatten, dokumentiert hatte. Mit Koordinatenangaben und meinen Bemerkungen zu den Untersuchungsgebieten.«

Nachdenklich rieb sich Marc über das Kinn. »Das kann eine Eigenart von ihm gewesen sein, vielleicht hat er die Routen aller Stammkunden so genau aufgeschrieben.«

»Das hätte ich vielleicht auch geglaubt, wenn nicht vorne im Buch eine Telefonnummer gestanden hätte, die direkt ins

Vorzimmer von Nicolas Peltier führte, dem Chef von Bodmin.«

Marc richtete sich auf. »Das ist tatsächlich ziemlich eindeutig. Was aber nicht heißt, dass sie auch die Bombe an Bord gebracht haben.«

»Nein. Aber wie gesagt, ich halte es für ziemlich wahrscheinlich. Phil hat mir einen Brief hinterlassen, in dem er schreibt, dass er viel Geld für seine Spitzeltätigkeit bekommen habe. Allerdings habe er durch sie verhindern wollen, dass Bodmin mich umbringen würde, als ich auch nach Jahren immer noch keine Rohstoffvorkommen entdeckt hatte. Also hat er ihnen alles gesagt, was ich jemals auf unseren Flügen zum Thema Bodenschätze von mir gegeben habe. Er hatte deswegen wohl ein schlechtes Gewissen, sonst hätte er mir kaum die Hälfte seines Vermögens vererbt.« Tanya Kingston hatte von ihrem Teil tatsächlich ein Waisenhaus finanziert, Robert hatte hinterher noch einige Zeit mit ihr in Kontakt gestanden. Anders als er war sie glücklicherweise nie von Bodmin belästigt worden und hatte schließlich Rick Stanton geheiratet.

Marcs Gesicht verdüsterte sich. »Das Geld, mit dem du uns weggeschickt hast.«

»Mit einem Teil davon, ja. Nach dem Brand und Phils Tod merkte ich, dass meine Drohung, die Beweise an die Polizei zu übergeben, offenbar nicht mehr wirkte. Mir war klar geworden, dass ihr hier bei mir in Lebensgefahr seid und dass ich euch in Sicherheit bringen musste.«

»Warum bist du dann nicht mit uns gekommen? Ach nein, du konntest ja nicht, weil du in Deutschland gesucht wurdest.«

Robert versuchte, ruhig zu bleiben. Marc hatte ein Recht auf diese Fragen, auch wenn sie ihm nicht behagten. »Zum Teil, ja. Ich wollte aber auch nicht, dass Mariama die Farm ihrer Eltern verliert. Als ich euch wegschickte, hatte ich an ein paar

Monate gedacht, aber die Situation hier verschlimmerte sich noch, zumindest, was die Unruhen betraf. Die Kämpfe der Rebellen mit den Regierungstruppen wurden immer heftiger, die Wilderer immer dreister, sodass ich es für zu gefährlich hielt, euch wiederkehren zu lassen.« Er hatte jeden Tag darauf gehofft, die Situation würde sich wieder bessern, doch es vergingen Jahre, und seine Hoffnung schwand zusehends. Dann kam die Wende, die Unruhen ebbten ab, und er hatte geglaubt, die Zeit wäre endlich gekommen, seine Familie zurückzuholen. Er war davon ausgegangen, dass die schwarze Regierung Bodmins Treiben einen Riegel vorschieben würde. Doch das war nicht geschehen, das Unternehmen hatte mehr Einfluss denn je.

Kai blickte ihn hoffnungsvoll an. »Wolltest du uns 1990 wirklich zurückhaben?«

»Ja, ich habe Mariama sogar Flugtickets geschickt. Aber ihr seid nicht gekommen, und ich konnte euch auch nicht dazu zwingen. Also habe ich weiter gewartet, in der Hoffnung, dass ihr eines Tages doch noch zurückkehren würdet.« Er stieß ein schwaches Lachen aus. »Und jetzt seid ihr alle hier, wenn auch nur vorübergehend. In den letzten Jahren habe ich kaum mehr daran geglaubt.« Feuchtigkeit stieg in seine Augen, und er blinzelte sie hastig fort.

Ivory schien sein Unbehagen zu merken, denn sie kam wieder auf das ursprüngliche Thema zurück. »Gibt es hier nun Bodenschätze?«

Robert warf einen Blick zu Gunter, der immer noch auf dem Boden lag und jedes Wort mithörte. »Ich habe dieses Land gekauft, weil ich ein Zuhause wollte, nicht, weil es mir um Bodenschätze ging.«

Gunter lachte trocken auf. »Ach nein? Ich habe aber ganz andere Dinge gehört.«

Robert trat vor Gunter und hob ihn am Hemdkragen ein Stück hoch. »Was hast du denn gehört? Und von wem?«

Sein früherer Kompagnon versuchte ein amüsiertes Lächeln, das aber eher zu einer Grimasse geriet. »Warum sollte ich dir das sagen?«

Robert ignorierte den Schmerz in seiner Schulter und hob ihn noch etwas höher. »Warum bist du hier? Doch nicht nur, um dich an mir zu rächen.«

»Ich denke, das ist offensichtlich. Ich habe über all die Jahre genau verfolgt, was du hier tust. Bei deinem Talent habe ich erwartet, dass du innerhalb kürzester Zeit auf Bodenschätze stoßen wirst. Doch das ist seltsamerweise nie geschehen, obwohl es immer wieder Gerüchte darüber gab. Als Heidrun mir kurz vor ihrem Tod … anvertraute, dass sie dir die Beweise für deine Unschuld übergeben hatte, war das nur ein weiterer Grund, hierherzukommen und dafür zu sorgen, dass ich für all das entschädigt werde, was du mir angetan hast. Und warum nicht mit ein paar Bodenschätzen? Aber als ich ankam, warst du verschwunden, also habe ich mich hier versteckt und so herausgefunden, in welchem Gebiet du vermutet wurdest.« Er grinste Marc an. »Danke übrigens für die Information. Ich habe sie gleich an Bodmins Männer weitergegeben, anscheinend waren die ja zu blöd, das selber herauszufinden.« Er verzog den Mund. »Es war natürlich anders geplant gewesen, eigentlich solltest du durch die Geiseln zum Aufgeben gezwungen werden, Robert, aber das hat leider nicht geklappt. Deshalb habe ich mich entschieden, auf eigene Faust vorzugehen.« Sein Blick fiel auf Roberts Schulter. »Wenn Bodmins Männer nicht solche Stümper wären, wärest du jetzt gefangen oder tot.«

Robert presste die Lippen zusammen und ließ Gunter unsanft fallen. »Und was hättest du davon gehabt? Bodenschätze, wenn es die hier überhaupt geben würde, sicherlich nicht.«

Gunter grinste ihn an. »Da irrst du dich, mein Freund. Wenn dein Grundstück an Bodmin verkauft worden wäre, hätte ich für sie die Rohstoffvorkommen aufgespürt und wäre dafür fürstlich belohnt worden.«

Kopfschüttelnd betrachtete Robert seinen früheren Partner. »Das glaubst du doch nicht im Ernst. Bodmin hat eigene Prospektoren, sie brauchen keinen abgehalfterten Deutschen, der noch dazu kein wirkliches Talent in dem Bereich hat.«

Gunters Gesicht lief rot an. »Es sollte mein Lohn dafür sein, dass ich ihnen gesagt habe, wo sie dich finden können. Und glaube mir, ich wäre fündig geworden und hätte nicht sechsunddreißig Jahre dafür gebraucht, so wie du!«

»Du hast nichts verstanden, Gunter. Ich wollte hier einfach nur in Ruhe leben. Geld ist nicht alles, das wird mir wieder klar, wenn ich dich betrachte.« Robert schwieg einen Moment. »Hat es sich wirklich gelohnt, wenn du dafür jetzt ins Gefängnis gehst? Deine Frau ist tot, und deine Tochter wird nie wieder ein Wort mit dir reden. Nein, ich möchte wirklich nicht mit dir tauschen.«

»Das ist alles nur deine Schuld! Du hast mir Heidrun weggenommen und unsere Firma in den Untergang geführt!« Gunter versuchte, sich aufzurichten, während er Robert anschrie. »Außerdem hast du jetzt auch nichts mehr, dein Land ist enteignet, und deine Familie hast du schon längst verloren!«

Robert ging nicht darauf ein, stattdessen drehte er sich um und schritt zur Tür.

»Hey, wir sind hier noch nicht fertig!«

Im Gegensatz zu Gunter sprach Robert leise. »Doch, das sind wir.«

Kai trat neben Gunter und blickte verächtlich auf ihn herab. »Wissen Sie, mein Vater hat seine Familie nie wirklich verloren. Auch wenn er von ihr getrennt war, blieb er in Gedanken immer bei uns. Und wir bei ihm.« Er wandte sich zu Robert um und nickte ihm zu.

Sein Vater lächelte ihn an. »Danke, mein Sohn.« Dann blickte er in die Runde. »Kommt ihr hier für einen Moment allein zurecht? Ich möchte gerne mit eurer Mutter sprechen.«

»Natürlich.« Marcs Gesichtsausdruck war unbestimmt.

Kai grinste. »Und denk auch dran, dir die Schulter ordentlich verbinden zu lassen.«

Robert nickte nur und ging die Treppe zum Obergeschoss hinauf. Aufregung breitete sich bei dem Gedanken in ihm aus, zum ersten Mal seit so langer Zeit wieder mit Mariama allein zu sein. Natürlich nur, wenn sie zustimmte. Er mochte sich gar nicht vorstellen, was für ein Gefühl es sein würde, wenn sie seine Bitte zurückwies. An der Tür zum Gästezimmer zögerte er kurz, bevor er sie aufschob.

Mariama saß an Clarissas Bett und sah auf, als sie ihn hereinkommen hörte. Clarissa hatte die Augen geschlossen und schien tief zu schlafen. Es tat ihm weh, die Linien der Erschöpfung in ihrem Gesicht zu sehen, die selbst im Schlaf nicht verschwanden. Ihr Leben mit ihrem Vater Gunter musste furchtbar gewesen sein. Wie hatte Heidrun das ihrer Tochter antun können? Warum hatte sie sich nicht von ihrem Mann getrennt? Sie würde diese Fragen nicht mehr beantworten können.

Mariama stand auf, nahm seinen Arm und führte ihn aus dem Zimmer. Leise schloss sie die Tür hinter sich. »Sie ist eben eingeschlafen. Das arme Kind.« Sie betrachtete Robert, der in seine Gedanken vertieft schien. Die Falten hatten sich tief in sein gebräuntes Gesicht gegraben, Bartstoppeln bedeckten sein Kinn. Seine Kleidung war schmutzig und zerfetzt, die Haare zerzaust, trotzdem übte er auf sie immer noch dieselbe Anziehung aus, die sie schon beim ersten Kennenlernen gespürt hatte. Zu gerne hätte sie es miterlebt, als sich die ersten grauen Haare an seinen Schläfen gezeigt, die Fältchen sich nach und nach vertieft hatten. Aber all das war nicht wiederzubringen. Die Traurigkeit vertiefte sich.

»Können wir uns unterhalten?« Roberts Frage klang rau.

»Natürlich. Gehen wir hinunter …«

»Ich meinte allein.«

Mariama spürte, wie ihr Körper zu summen begann. »Ich werde Amali Bescheid sagen, dass sie sich um Clarissa kümmert.« An der Treppe blieb sie stehen. »Kommen die Jungs zurecht?«

Ein schwaches Grinsen hob Roberts Mundwinkel. »Ohne Frage. Außerdem ist Ivory auch noch da.« Das Grinsen verbreiterte sich. »Sie wird die Jungs schon auf Trab halten.«

Wärme stieg in ihr auf. »Habe ich da etwas verpasst?«

Robert zwinkerte ihr zu. »Sagen wir es so, Marc scheint sich recht gut mit ihr zu verstehen.«

»Mein Marc? Der Herr ›Wozu brauche ich eine Frau im Leben‹?«

»*Unser* Marc, ja.«

Mariama sah ihn einen Moment lang stumm an, dann lächelte sie. »Unser Marc.« Ihr Herz klopfte so laut, dass sie fürchtete, Robert könnte es hören. »Ich hoffe nur, es wird ihm nicht so wehtun, wenn er wieder nach Deutschland zurückkehrt.«

»Das wünsche ich ihm auch nicht. Vielleicht findet er ja eine Möglichkeit, hierzubleiben, wenn es ihm ernst genug ist.«

Mariama stieg langsam die Treppe hinab. »Wolltest du darüber mit mir sprechen?«

»Nein, ich wollte über uns reden.«

»Oh.« Wie kam es, dass sie in seiner Gegenwart keinen vernünftigen Satz herausbrachte – so wie am Anfang ihrer Beziehung? Sie hatte mit diesem Mann sechzehn Jahre ihres Lebens verbracht und zwei Kinder gezeugt, eigentlich sollte sie ihn in- und auswendig kennen. Doch in der Zwischenzeit war so viel geschehen, und sie hatten sich beide verändert. Robert steckte seinen Kopf ins Wohnzimmer und verkündete, dass er mit Mariama eine kurze Fahrt unternehmen würde, was zu halbherzigen Protesten ihrer Söhne führte, die er jedoch sofort unterbrach. Mariama schüttelte den Kopf. Es war fast wie früher.

»Meinst du nicht, du solltest mich erst nach deiner Schulter sehen lassen?«

Robert sah sie intensiv an. »Nein, das kann warten. Ich nicht.«

Ihr Herzschlag beschleunigte sich. »Wo willst du mit mir hin?«

Lächelnd führte Robert sie zur Haustür. »Das ist eine Überraschung.« Er wurde ernst, als er ihren Blick sah. »Vertraust du mir?«

Mariama horchte in sich hinein. So seltsam es auch klang, sie vertraute ihm immer noch. Schweigend nickte sie.

»Danke.« Damit nahm er ihre Hand und führte sie zum Jeep, der vor dem Haus stand. Galant öffnete er die Beifahrertür und ließ sie einsteigen, bevor er sich auf den Fahrersitz schwang.

Während der Fahrt genoss Mariama den Anblick der vertrauten Landschaft, die sie so sehr vermisst hatte. Die nun, am Ende der Regenzeit, ergrünte Vegetation bildete einen spannenden Kontrast zu den Felsen und dem rötlichen Sand. Durch das offene Fenster wehte die warme Luft mit dem typischen Duft, den sie nur aus Namibia kannte, und streichelte sanft ihr Gesicht. Tränen traten ihr in die Augen, als sie erkannte, wohin Robert fuhr. Der schmale Weg zum früheren Farmhaus war gut ausgefahren, wahrscheinlich wurde er noch von den Arbeitern genutzt, die dort nach wie vor ihre Unterkünfte hatten. Es war eine gute Idee von Robert gewesen, sie zu den Ruinen ihres Geburtshauses zu fahren. Sie hatte sie sowieso sehen wollen, nur bisher noch keine Zeit gefunden, weil sie sich zuerst um Kai hatte kümmern müssen. Vermutlich würde es wehtun, in Gedanken wieder zu dem Tag zurückzukehren, an dem ihre Eltern gestorben waren, aber sie wusste, dass sie sich ihnen dort, wo sie zu Hause gewesen waren, am nahesten fühlen würde. Wie sehr hatte es sie geschmerzt, so lange von ihnen, von diesem Ort getrennt zu sein. Jetzt, wo sie wieder hier war, fragte sie sich, wie sie es geschafft hatte, zwanzig Jahre lang fortzubleiben. Namibia war in ihrem Blut, es war ihr Leben. Sie wusste jetzt, dass sie auch woanders leben konnte, wenn es sein musste, aber ihr war auch klar geworden, dass sie nirgendwo sonst sein wollte.

»Du bist so still.« Roberts Bemerkung riss sie aus ihren Gedanken.

Sie wandte sich ihm zu. »Ich habe die Farm und Namibia so sehr vermisst. Es ist schön, wieder hier zu sein.«

Ein Lächeln umspielte seine Mundwinkel, das sie nicht zu deuten wusste. »Ich freue mich, dass ihr hier seid. Du und auch Kai und Marc. Es ist, als hätte ich zwanzig Jahre im Tiefschlaf gelegen und wäre jetzt erst wieder aufgewacht. Plötzlich ist Leben im Haus.« Er schnitt eine Grimasse. »Gut, auf Gunters Auftritt hätte ich durchaus verzichten können.«

»Ich bin nur froh, dass er niemanden verletzt hat.« Sie betrachtete kritisch seine Schulter. »Du hättest dich wirklich erst untersuchen und ordentlich verbinden lassen sollen, das Gerüttel kann nicht gut für die Wunde sein.«

»Zuerst die Überraschung, dann kannst du mit mir machen, was du möchtest.«

Wärme rieselte durch ihren Körper bei der Vorstellung, mit ihm machen zu können, was sie wollte. Vermutlich hatte er etwas anderes gemeint, aber sie konnte nur daran denken, wie es wäre, ihre Hände über seinen Körper wandern zu lassen, ihn zu küssen und endlich wieder seine Nähe zu spüren. Ihr Blick wanderte zu seinem Mund.

Robert stieß ein heiseres Lachen aus. »Führe mich nicht in Versuchung.«

Hitze stieg ihr in die Wangen, als sie hastig den Kopf abwandte. Mariama sah auf die Landschaft hinaus und versuchte, ihre aufgewühlten Gefühle wieder zu beruhigen. Um sich abzulenken, wechselte sie das Thema. »Hast du dort draußen nun eigentlich etwas gefunden?«

Robert sah sie kurz an. »Bodenschätze meinst du?«

»Ja. Es war doch immer dein Traum …«

»Manche Träume sind wichtiger als andere.« Er deutete in die Wildnis. »Wenn ich etwas Großes gefunden hätte, sagen wir mal Coltan, das für die Produktion von Handys und anderen technischen Geräten benötigt wird und gerade sehr begehrt ist, dann würde ein heißer Kampf um die Schürfrechte entstehen, so wie derzeit im Kongo, aber vor allem würde diese wunderbare Natur hier vernichtet werden. Ich habe etliche Bergwerke gesehen, ich möchte nicht, dass so etwas auch mit unserem Land passiert. Aber wir wären furchtbar reich.«

Mariama lächelte, als sie verstand, was er andeutete. »Dann bin ich ja beruhigt, dass es diese Bodenschätze hier gar nicht gibt.«

»Genau das dachte ich mir auch. Gegen ein paar kleinere Diamanten, mit denen wir unsere Finanzen hin und wieder ein wenig aufbessern könnten, hätte ich aber nichts einzuwenden.« Sein Grinsen ließ ihren Magen hüpfen. Seine Miene wurde ernst. »Ich habe mir damals geschworen, sollte ich jemals etwas auf dem Grundstück finden, werde ich einen Fonds für die Überlebenden und Angehörigen des Unglücks in Norwegen einrichten. Das ist nun zwar schon fast vierzig Jahre her, aber ich möchte es trotzdem noch tun.«

Mariama legte ihre Hand auf seinen Arm. »Die Idee finde ich sehr schön.«

Roberts Lächeln wirkte erleichtert. »Danke.« Der Wagen fuhr die Anhöhe hinauf, von der aus man früher das Farmhaus hatte sehen können. Mariama hielt den Atem an in Erwartung des trostlosen Anblicks. »Oh mein Gott!« Es musste eine Täuschung sein, anders war es nicht zu erklären. Sie rieb sich über die Augen, doch noch immer war das Farmhaus da. Sie bemerkte kaum, dass Robert den Jeep anhielt und den Motor abstellte. Wie ferngesteuert öffnete sie ihre Tür und stieg aus. Ein paar Schritte vom Wagen entfernt blieb sie stehen und schlang die Arme um sich. Tränen liefen ihr über die Wangen, während sie den unerwarteten Anblick in sich aufsog. Fast dachte sie, dass ihre Eltern noch lebten und sie dort freudig empfangen würden.

Robert trat hinter sie und legte ihr die Hände auf die Schultern. Mariama ließ sich gegen ihn sinken und atmete tief durch, als er seine Arme um sie schlang und sein Kinn auf ihren Kopf legte. »Wie …? Wann …?« Es gelang ihr nicht, vernünftige Sätze zu bilden, aber Robert schien sie auch so zu verstehen.

»Es war noch etwas von Phils Geld übrig, und ich hatte viel Zeit, nachdem ihr weg wart. Die Arbeit hat mir gutgetan.« Er zog sie enger an sich. »Ich wollte, dass du dein Geburtshaus zurückbekommst, so originalgetreu wie möglich. Einige Details sind anders, und die Einrichtung ist der heutigen Zeit angepasst, aber zumindest außen habe ich mich an die alten Pläne gehalten.« Er küsste ihren Scheitel. »Es sollte fertig sein, wenn ihr zurückkommt. Seitdem steht es leer, aber Mugambo und Amali sorgen dafür, dass es immer gut gelüftet ist und nichts verkommt.«

Mariama drehte sich in seinen Armen um und sah mit feuchten Augen zu ihm auf. »Du bist verrückt.«

»Nein, eher pragmatisch. Ich hatte mir überlegt, wo unsere Söhne mit ihren Familien leben sollen, wenn sie hierbleiben würden.« Er hob die Schultern und zuckte vor Schmerz zusammen. »Damals dachte ich noch, ihr würdet nach wenigen Monaten oder Jahren zurückkehren.« Seiner Miene war anzusehen, dass er inzwischen nicht mehr glaubte, seine Söhne würden hier noch leben wollen.

Mariama hatte Mühe, ihre Stimme wiederzufinden. »Das war eine sehr schöne Idee von dir.«

Der Anflug eines Lächelns huschte über sein Gesicht. »Ich bin froh, dass du es jetzt doch noch zu Gesicht bekommen wirst.« Sein Mund berührte sanft ihre Lippen, dann löste er sich von ihr. »Fahren wir weiter, damit du es dir auch von innen ansehen kannst.«

Mariama griff nach seiner Hand, bevor er zum Jeep zurückgehen konnte. »Warte. Ich ...«

»Ja?«

Mariama nahm all ihren Mut zusammen. Sie musste jetzt wissen, woran sie war, sie konnte die Ungewissheit nicht länger ertragen. »Möchtest du wirklich, dass ich zurückkomme?«

»Mehr als alles andere auf der Welt.« Die Antwort kam prompt, ohne Zögern, ohne Nachdenken. »Der Tag, an dem ich euch wegschicken musste, war der schlimmste in meinem Leben. Aber ich wusste wenigstens, dass es euch gut geht und euch nichts passieren konnte.« In seinem Blick konnte sie Liebe erkennen. »Es gab nicht einen Tag, an dem ich dich nicht geliebt und mich nicht nach dir gesehnt hätte.«

Tränen liefen ihr über das Gesicht, aus Trauer um alles, was sie in den Jahren der Trennung verpasst hatten, und gleichzeitig vor Glück, weil Robert sie immer noch liebte. Sie umrahmte sein Gesicht mit ihren Händen. »Mir ging es genauso. Ich hatte zwar Marc und Kai, aber Deutschland kam mir so kalt und fremd vor, und du warst so weit weg …« Sie küsste ihn mit bebenden Lippen. »Es hat mir nie gereicht, mit dir zu telefonieren oder dich für ein paar Tage in Kanada zu treffen. Ich wollte so oft hierherkommen, aber ich hatte Angst, ich würde nicht mehr wegwollen, und ich konnte die Jungs nicht aus ihrem Leben in Deutschland herausreißen.«

»Und ich hätte dich nicht mehr gehen lassen.« Roberts Arme schlangen sich um ihre Taille, er zog sie an sich. »Wir haben so viel Zeit verloren. Glaub nicht, dass ich dich jemals wieder loslasse.«

Ein letztes Mal fuhr Marc den holperigen Pad in Richtung Usakos. Vermutlich würde er es sogar vermissen, auf ihm durchgeschüttelt zu werden, so, wie ihm auch die Landschaft, das Klima und die Farm fehlen würden. Aber er hatte keine Wahl, seine Aufgabe hier war erledigt, und seine Dienststelle wartete schon auf seine Rückkehr. Sie waren sowieso schon unterbesetzt, da konnte er nicht einfach so länger als ein paar Tage fehlen. Seine Mutter und Kai hatten es da besser, an der Universität waren jetzt Semesterferien, und sie würden noch ein wenig bleiben können. Kai hatte sogar in Erwägung gezogen, seinen Aufenthalt über die Ferein hinaus zu verlängern, wenn es ihm hier gefiel. Marc stützte seinen Ellbogen auf die Fensteröffnung und genoss den Fahrtwind, der ihn umwehte. Es fiel ihm schwer, dem Land seiner Kindheit, das solche starken Gefühle in ihm auslöste, erneut den Rücken zu kehren. Und es war auch nicht viel leichter, Ivory zu verlassen.

Sie war in den letzten Tagen eine echte Hilfe gewesen. Mahoney und seine Männer hatten die meisten der Verbrecher mit dem Hubschrauber und dem Hummer nach Usakos transportiert, wo sie von der Polizei in Gewahrsam genommen worden waren. Auch Gunter Steinfels war verhaftet worden, aber es war noch nicht klar, ob er für seine Taten bestraft werden würde. Marcs Griff um das Lenkrad wurde fester. Es machte ihn wütend, dass so ein mieser Kerl einfach freikommen könnte, obwohl er mehrere Menschen mit einer Waffe bedroht und sogar auf seine eigene Tochter geschossen hatte. Aber er würde dafür sorgen, dass der Prozess um das Unglück in Norwegen neu aufgerollt und sein Vater freigesprochen werden würde. Mit den Beweisen und Heidruns beeidigter Aussage vor ihrem Tod sollte es kein Problem sein, Gunter als den Schuldigen zu entlarven. Und auch wenn Gunter nicht mehr gerichtlich belangt werden konnte, da die Tat nach norwegischem Rechtsverständnis verjährt war, würde Steinfels seines Lebens nicht mehr froh werden, sobald herauskam, was er getan hatte.

Robert hatte Clarissa angeboten, noch länger auf der Farm zu bleiben, doch sie hatte schließlich dankend abgelehnt. Zuerst wollte sie mit sich und ihrem Leben und vor allem ihrem Vater ins Reine kommen, bevor sie darüber nachdachte, wie es weitergehen sollte. Sie war gleich am nächsten Tag abgereist, plante aber, irgendwann einmal Urlaub in Namibia zu machen und dann vorbeizukommen.

Marc bog nach Usakos ab und fuhr langsam durch die leeren Straßen. Auch das würde er vermissen, wenn er wieder im Kölner Berufsverkehr feststeckte. Er hielt vor Ivorys Haus, stellte den Motor ab, blieb aber im Jeep sitzen. Obwohl er schon die ganze Zeit darüber nachdachte, wusste er immer noch nicht, was er ihr sagen sollte. Er hatte sich nicht von ihr verabschieden wollen, um den Abschiedsschmerz nicht größer werden zu lassen, aber er konnte nicht abfliegen, ohne sie noch einmal gesehen zu haben. Mit einem tiefen Seufzer stieg er aus und trat auf den Bürgersteig. Hoffentlich war sie auch da. Sein Herz hämmerte schmerzhaft in seiner Brust, als er auf den Klingelknopf drückte. Als nach einigem Warten niemand öffnete, versuchte er es mit dem zweiten Knopf, der zu ihrer Wohnung gehörte. Erleichtert atmete er auf, als ein leises Summen ertönte und die Tür nach innen aufschwang.

Rasch lief er die Treppen hinauf und blieb abrupt stehen, als er Ivory in der offenen Wohnungstür stehen sah. Sie trug ein leichtes Sommerkleid, ihre Haare waren in unzähligen Löckchen hochgesteckt. Zögernd trat er näher. »Hallo.«

Sie sah ihn forschend an. »Hallo, Marc.« Ihr Blick wanderte über seine Kleidung, bevor er zu seinem Gesicht zurückkehrte. »Du reist ab?«

»Notgedrungen, meine Arbeit wartet auf mich.«

Sie nickte, als hätte sie so etwas erwartet. »Dann wünsche ich dir eine gute Heimreise. Es wird sicher merkwürdig sein, wieder zurück ins kühle Deutschland zu kommen.«

»Ja, ich weiß noch gar nicht, wie ich den Rest des Winters durchstehen soll.«

»Warten deine Mutter und dein Bruder unten?«

»Nein, sie bleiben noch hier.« Marc konnte es nicht mehr ertragen, mit Ivory zu reden, als wären sie Fremde. Er trat vor und nahm ihre Hand. »Es tut mir leid, Ivory, ich …«

»Sag nichts, es kann zu nichts führen.«

»Ich möchte es aber sagen. Ich mag dich ungeheuer gern, und unter anderen Umständen hätte ich dich sehr, sehr gern näher kennengelernt.«

Ivory presste ein Lachen heraus. »Und ich dachte, wir wären uns schon recht nahegekommen.«

»Du weißt, dass ich das nicht meinte.« Aufgewühlt strich er sich durchs Haar. »Kann ich dich zum Essen einladen? Ich möchte wenigstens ein Mal eine richtige Verabredung mit dir gehabt haben.«

Ivory zog ihre Hand aus seinen Fingern und trat einen Schritt zurück. »Ich kann das nicht. Ich habe mich sowieso schon zu sehr an deine Gegenwart gewöhnt. Je länger wir uns sehen, desto schlimmer wird es für uns beide, wenn du gehst.«

Marc senkte den Kopf. Auch wenn ihm ihre Ablehnung wehtat, konnte er sie verstehen. Sein Brustkorb schmerzte, als steckte er in einer Schraubzwinge, die allmählich immer fester zugedreht wurde. Hoffentlich würde das Gefühl nachlassen, wenn er wieder in Deutschland war und seine Erinnerung an Ivory und ihre gemeinsame Zeit verblassten. »Ich verstehe.« Er versuchte ein Lächeln, das ihm aber völlig misslang. »Alles Gute, Ivory. Danke für deine Hilfe und für … alles.« Hitze stieg hinter seinen Augen auf und er drehte sich rasch um.

»Marc, warte!«

Er blieb stehen, drehte sich aber nicht um. Schritte kamen auf ihn zu, dann stand sie plötzlich vor ihm und schlang ihre Arme um ihn. Ihr Mund fand den seinen zu einem verzweifelten Kuss. Marcs Hände glitten über ihren Rücken, ein letztes Mal genoss er es, ihr so nah zu sein, sie berühren und schmecken zu können. Schließlich riss er sich los und rannte die Treppe hinunter, ohne noch einmal zurückzusehen.

Epilog

Fünf Monate später

Die Türklingel riss Ivory aus ihrer Konzentration. Fluchend warf sie den Stift auf die Schreibunterlage und strich sich die Haare aus dem Gesicht. Sie hatte mehr Arbeit, als sie erledigen konnte, und ständig kamen noch mehr Leute und wollten ihre Dienste in Anspruch nehmen. Im Grunde freute sie sich darüber, aber es zehrte an ihren Kräften. Warum konnte sie nicht wenigstens einmal einen Auftrag einfach beenden, ohne dass bereits der nächste Kunde vor ihr stand?

»Ich gehe schon!«

Kyles Ruf ließ sie erleichtert aufatmen. Sie hatte damit begonnen, kleinere Fälle ganz an ihn abzugeben, sodass sie sich auf die wichtigen Dinge konzentrieren konnte. Nachdem die Enteignung der Fechnerfarm widerrufen worden war und die Korruption innerhalb der zuständigen Behörde aufgedeckt, war der Name ihrer Detektei in aller Munde gewesen. Immer mehr Geschäftsleute, Firmen, aber auch Privatleute und sogar die Polizei hatten sich bei ihr gemeldet, um sie zu engagieren. Außerdem war da noch die Sache mit Bodmin. Noch immer wurde versucht, die Schuldigen der Morde von 1982 und des Überfalls auf die Fechnerfarm Anfang des Jahres zu ermitteln, aber sollten in dem Bergbaunternehmen jemals Unterlagen dazu bestanden haben, waren sie inzwischen vernichtet worden. Immerhin hatte man Ermittlungen gegen den ehemaligen Vorstandsvorsitzenden, Nicolas Peltier, eingeleitet, ihn aber aufgrund seines hohen Alters nur unter Hausarrest gestellt. Bisher wurde davon ausgegangen, dass 1982 mit der Brandstiftung und dem Mord an den Fechners Robert dazu bewogen werden sollte, Namibia den Rücken zu kehren und sein Grundstück zu verkaufen. Wahrscheinlich hatte man extra so lange gewartet, bis es der Farm durch die Dürre wirtschaftlich so schlecht ging, dass sich ein weiterer Betrieb kaum mehr lohnte.

Philip Raynes war dann vermutlich ermordet worden, weil er ahnte, wer hinter der Brandstiftung steckte, und man bei Bodmin befürchtete, dass er mit Robert darüber reden würde. Nachdem der seine Familie nach Deutschland geschickt hatte, suchte er wieder verstärkt nach Bodenschätzen, weshalb Bodmin vorerst nichts unternahm, ihn aber weiterhin beobachtete. Die folgenden Jahre hatte das Unternehmen durch die zunehmende politische Instabilität des Landes andere Sorgen und »vergaß« die Fechnerfarm, besonders, als Peltier in den Ruhestand ging. Zu Beginn des neuen Jahrtausends hatte das Unternehmen einige Probleme, weitere Rohstofflagerstätten zu erschließen, und Peltier brachte seinen Nachfolger auf die Idee, sich das Land von Robert und Mariama Wolf nun doch noch anzueignen.

Schnell war ein korrupter Beamter gefunden, der die Enteignung durchsetzte, damit das Land durch Strohmänner gekauft und später von Bodmin übernommen und erschlossen werden konnte. Doch dann verschwand Robert plötzlich, und Bodmin wurde nervös. Ihnen war klar, dass sie ihn finden mussten, damit er sie zu den Bodenschätzen führte. Also engagierten sie einen ganzen Trupp Verbrecher, die Amali und Kai Wolf entführten, als sie Robert nicht finden konnten. Den letzten Teil der Geschichte hatten sie von Gunter Steinfels erfahren, der anscheinend keine Lust hatte, die gesamte Schuld auf sich zu nehmen, und schließlich auspackte. Anschließend war er als deutscher Staatsbürger an die Justiz seines Heimatlandes ausgeliefert worden, die sich nun mit seinen Taten auseinandersetzen würde.

Es würde sicher noch einige Zeit dauern, bis sie die ganze Wahrheit darüber erfahren würden, was passiert war, aber wenigstens würde Bodmin diesmal nicht wieder so einfach davonkommen. Denn auch die damals von Robert als »Lebensversicherung« gesammelten Beweise wurden in die Untersuchung einbezogen. Am wichtigsten aber war, dass den Wolfs aufgrund der offiziellen Ermittlungen nun keine Gefahr mehr durch das Unternehmen drohte.

Zuerst hatte Ivory sich mit Feuereifer in die Arbeit gestürzt, hatte die Ermittlungsbehörden im Fall Bodmin nach Kräften unterstützt und war selber über jeden neuen Fall glücklich gewesen, weil es sie ablenkte. Doch irgendwann hatte sie gemerkt, dass all das nicht half. Nachts, wenn sie nicht beschäftigt war, kamen die Erinnerungen an Marc und ihr kleines Abenteuer immer wieder in ihr hoch. Wie oft war sie schon aufgewacht und hatte sich gewünscht, er wäre bei ihr und würde sie in seinen Armen halten.

Das Klopfen an ihrer Tür ließ sie aufseufzen. Wie es aussah, hatte Kyle den Kunden doch nicht abwimmeln können. »Herein.« Ivory hob den Kopf und erstarrte. Für einige Sekunden blinzelte sie Marc einfach nur an, als wäre er eine Erscheinung.

Ein Lächeln hob seine Mundwinkel. »Hallo, Ivory.«

»Was tust du denn hier?« Sie merkte, wie unhöflich ihre Frage klang, und schüttelte den Kopf. »Entschuldige, ich bin nur etwas überrascht, dich zu sehen.«

»Ich weiß, ich hätte mich anmelden sollen, aber da ich sowieso in der Stadt war und dir ehrlich gesagt auch keine Gelegenheit geben wollte, mich abzuwimmeln, bin ich einfach so hereingeschneit.«

Ivory stand auf und ging um den Schreibtisch herum. »Bist du schon länger in Namibia?«

»Ein paar Tage, ich musste noch einiges auf der Farm regeln.« Er trat näher. »Hast du gerade Zeit, oder soll ich später wiederkommen?«

»Weißt du …«

Sein Lächeln erlosch, seine Miene zeigte Unsicherheit. »Vielleicht möchtest du mich auch gar nicht sehen. Ich würde das natürlich verstehen, aber ich hatte gehofft …« Er sprach nicht weiter.

Ivory lehnte sich an ihren Schreibtisch, weil ihre Beine zu sehr zitterten. »Was hattest du gehofft?«

»Dass du mich vielleicht auch vermisst hast und wir noch einmal von vorne anfangen können.« Sein Blick war fest auf sie gerichtet. Sie konnte spüren, was es ihn kostete, so viel von seinen Gefühlen preiszugeben.

»Machst du hier Urlaub?«

»Nein, ich helfe auf der Farm mit. Vielleicht hast du gehört, dass meine Eltern sie gerade zu einer Gastfarm umbauen?«

Röte kroch ihr ins Gesicht. »Ja, das habe ich gehört. Es ist eine gute Idee, der Tourismus bringt viel mehr ein als die Rinder.« Genau genommen hatte sie es nicht einfach so gehört, sondern sich gezielt immer wieder nach den Bewohnern der Farm erkundigt, in der Hoffnung, etwas über Marc aufzuschnappen. »Wie lange bleibst du?«

Marc hob die Schultern. »Ich weiß es noch nicht. Ich habe mich für ein Jahr beurlauben lassen, um meinen Eltern zu helfen, aber auch meinen Vater neu kennenzulernen, etwas Zeit mit ihm zu verbringen. Meine ganze Familie ist hier: Meine Mutter hat sich entschieden, ganz nach Namibia überzusiedeln, und Kai macht hier ein Praktikum.«

»Dann seid ihr ja wieder vereint.« Ivory biss sich auf die Lippen. Es fiel ihr schwer, ihre Gefühle unter Kontrolle zu halten. Sie wollte sich auf ihn stürzen und ihn verschlingen, doch sie blieb wie angewurzelt stehen.

»Das hatte ich für uns auch gehofft. Dich nicht sehen, nicht berühren zu können, war furchtbar.« Marc sah sie direkt an. »Sag mir bitte, wenn ich mich zum Narren mache, weil du gar kein Interesse mehr hast.«

Interesse? Konnte er nicht sehen, dass sie förmlich unter seinem Blick zerschmolz? »Ich denke, ich könnte mich daran gewöhnen, dich ab jetzt öfter zu sehen.« Sie lachte über seinen düsteren Gesichtsausdruck. »Ich bin froh, dass du hier bist, ich habe dich vermisst.« Sie wurde wieder ernst. »Aber was ist, wenn du nach einem Jahr wieder zurückgehst?«

Marc legte seine Hände um ihr Gesicht. »Lassen wir es doch erst einmal auf uns zukommen. Wer weiß, vielleicht hast du schon nach ein paar Wochen die Nase voll von mir und freust dich, wenn ich gehe.«

Ivory zog ihn am T-Shirt zu sich heran. »Das glaube ich kaum. Aber du hast recht, wir haben alle Zeit der Welt und sollten jede Sekunde davon nutzen.« Ihre Lippen trafen sich in einem sanften Kuss. »Und wenn es dir auf der Farm zu langweilig wird, ich habe hier mehr als genug Arbeit.«

Sie spürte, wie Marc lächelte. »Ein interessanter Vorschlag, aber ich hatte eigentlich etwas anderes im Sinn.«

Ivory atmete erschrocken ein, als Marc sie zurück auf den Schreibtisch drückte, dann begann sie zu lachen.

Geschichte Südwestafrikas seit der deutschen Kolonialisierung

1884–1914
Namibia ist »Deutsches Schutzgebiet« unter dem Namen »Deutsch-Südwestafrika«

1904
Die Herero und Nama lehnen sich gegen die deutsche Herrschaft auf. Die Herero werden am 12. August 1904 am Waterberg vernichtend geschlagen. Die Kämpfe der Nama dauern bis zum März 1907 und enden mit der Unterzeichnung sogenannter Schutzverträge.

1908
Es werden große Diamantenvorkommen in der Nähe von Lüderitz entdeckt.

1915
Der Erste Weltkrieg beeinflusst auch Südwestafrika, die Kapitulation der deutschen Soldaten führt zum Ende der deutschen Kolonialherrschaft. Südafrika besetzt Deutsch-Südwestafrika.

1919
Südwestafrika wird im Versailler Vertrag zum Mandatsgebiet des Völkerbundes unter südafrikanischer Verwaltung erklärt.

1920
Offizielle Übertragung des Mandatsgebiets an Südafrika.

1939
Über eintausend deutsche Männer werden in Südwestafrika interniert. Sonst hat der Zweite Weltkrieg kaum direkten Einfluss auf die Region.

1946
Der Antrag Südafrikas, Südwestafrika in sein eigenes Territorium zu übernehmen, wird von der UNO abgelehnt.

1951
Die südafrikanische Apartheid (Rassentrennung) wird auch auf Südwestafrika übertragen.

1959
Erste Massenkampagne der Widerstandsbewegungen OPO (Ovamboland People's Organization) und SWANU (South West African National Union) gegen die Umsiedlungen in der Region Windhoek, mit denen die Rassentrennung umgesetzt werden soll. Dreizehn Menschen sterben bei Zusammenstößen mit der Polizei.

1960
Die SWAPO (South West African People's Organization) wird gegründet. Liberia und Äthiopien klagen vor dem Internationalen Gerichtshof gegen Südafrika wegen Verstoßes gegen die Mandatsbestimmungen.

1964–1966
Die Regierung Südafrikas nimmt den Bericht der Odendaal-Kommission an, der die Einführung der Apartheid-Politik in Südwestafrika empfiehlt. Mit der Durchsetzung des Odendaal-Plans soll die schwarze Bevölkerung des Landes in neun sogenannte Homelands umgesiedelt werden.

1966
Die Klage Liberias und Äthiopiens wird abgelehnt und an die UNO verwiesen. Die UNO entzieht Südafrika daraufhin das Mandat, Südwestafrika wird der unmittelbaren Verantwortlichkeit der UNO unterstellt und das Recht des Landes auf Unabhängigkeit bestätigt. Südafrika erkennt diese Resolution jedoch nicht an und weigert sich, der UNO die Kontrolle über das Land zu übergeben. Die SWAPO unter Leitung ihres Präsidenten Sam Nujoma beginnt im selben Jahr ihren bewaffneten Befreiungskampf, der 23 Jahre dauern wird.

1967
Ovamboland wird als erstes Homeland eingerichtet.

1968
Der UN-Sicherheitsrat verurteilt Südafrika wegen der unter dem neuen südafrikanischen Terrorismus-Gesetz angestrengten Gerichtsverfahren gegen afrikanische Bewohner von Südwestafrika. Offizielle Umbenennung Südwestafrikas in Namibia.

1971–1973
Die UN-Generalversammlung erkennt die Unabhängigkeit und territoriale Unverletzbarkeit Namibias an und betrachtet alle Handlungen Südafrikas gegenüber Namibia als Geset-

zesverstöße. Trotzdem verfolgt Südafrika die Homeland-Politik weiter. Der UN-Sicherheitsrat beendet die Gespräche mit Südafrika und erkennt die SWAPO als Repräsentanten des Volkes von Namibia an.

1974
Wegen umfangreicher Verhaftungswellen emigrieren etwa sechstausend SWAPO-Anhänger in Nachbarländer.

1975
Beginn der Turnhallenkonferenz, die zur Vorbereitung der Unabhängigkeit Namibias eine Verfassung ausarbeiten soll. Sie findet in der ehemaligen Turnhalle von Windhoek statt. Die SWAPO bleibt von der Konferenz ausgeschlossen.

1977
Endgültige Annahme des Verfassungsentwurfs durch die Turnhallenkonferenz, dessen Verabschiedung durch das südafrikanische Parlament zurückgestellt wird, nachdem fünf Westmächte intervenieren.

1979
Nach langen Verhandlungen wird in Windhoek eine Nationalversammlung eingesetzt.

1980
Bildung eines Ministerrates auf Grundlage der Turnhallenverfassung.

1983
Nationalversammlung und Ministerrat werden wieder aufgelöst.

1985
Einsetzung einer Übergangsregierung und Nationalversammlung für Namibia durch Südafrika, die von der UNO für illegal und nichtig erklärt wird.

1988
Waffenstillstand zwischen Angola, Kuba und Südafrika. Im Zuge dessen wird auch der Unabhängigkeitsprozess für Namibia geregelt.

1989
Die nicht anerkannte Übergangsregierung wird aufgelöst. Es brechen schwere Kämpfe zwischen der SWAPO und südafrikanischen Einheiten aus, die auch die UN nicht unterbinden kann. SWAPO-Führer Samuel Nujoma kehrt aus dem Exil zurück. Im November finden die ersten freien Wahlen zur verfassunggebenden Versammlung statt, die SWAPO gewinnt die Wahlen mit 57% der Stimmen.

1990
Am 9. Februar wird die Verfassung verabschiedet, am 21. März die Unabhängigkeit der Republik Namibia erklärt. Nujoma wird Präsident. Namibia wird als 151. Mitglied in die Vereinten Nationen aufgenommen.

1993
Der Namibia-Dollar wird eingeführt und ersetzt den südafrikanischen Rand.

2000
Der Druck auf Präsident Nujoma nimmt zu. Seit der Unabhängigkeit sind erst 97 von 4000 Farmen aus weißem Besitz in die Hände schwarzer Familien gekommen.

2001
Nujoma will die Landreform beschleunigen, aber weiter dafür sorgen, dass die Verkäufe freiwillig und gegen Entschädigung erfolgen.

2004
Die Regierung beginnt mit dem Zwangsaufkauf von Farmen, vor allem von im Ausland lebenden Besitzern, von Ausländern sowie von Eigentümern, die mehrere Farmen besitzen oder im Verdacht stehen, ihre Arbeiter auszubeuten.